☆国家十一五规划教材
☆南京大学"985工程"二期哲学社会科学
 "当代外国文学与文化研究"创新基地资助项目

二十世纪西方文论

朱 刚 编著

北京大学出版社
PEKING UNIVERSITY PRESS

图书在版编目(CIP)数据

二十世纪西方文论/朱刚编著.—北京：北京大学出版社,2006.8
ISBN 978-7-301-10737-8

Ⅰ.二… Ⅱ.朱… Ⅲ.文艺理论-西方国家-二十世纪 Ⅳ.IO

中国版本图书馆 CIP 数据核字(2006)第 052062 号

书　　　名：二十世纪西方文论
著作责任者：朱　刚　编著
责 任 编 辑：汪晓丹
标 准 书 号：ISBN 978-7-301-10737-8/H·1662
出 版 发 行：北京大学出版社
地　　　址：北京市海淀区成府路 205 号　100081
网　　　址：http://www.pup.cn　　新浪官方微博:@北京大学出版社
电 子 信 箱：alicechu2008@126.com
电　　　话：邮购部 62752015　发行部 62750672　编辑部 62759634
　　　　　　出版部 62756370
印　刷　者：三河市北燕印装有限公司
　　　　　　650 毫米×980 毫米　16 开本　36.75 印张　631 千字
　　　　　　2006 年 8 月第 1 版　2020 年 12 月第 9 次印刷
定　　　价：59.00 元

未经许可,不得以任何方式复制或抄袭本书之部分或全部内容。
版权所有,侵权必究
举报电话：(010)62752024　电子信箱：fd@pup.pku.edu.cn

内容提要

本书对现当代西方文论主要流派作了全面梳理,通过指导性阅读与归纳性阐释,突出核心概念和理论重点,纠正常见误解;"举重若轻"的叙述以及大量的图片,也为读者平添了几许亲和力与吸引力,使理论阅读与思考不再枯燥,不再沉重。

目 录

序言	1
引论	5

第一单元　俄苏形式主义 …… 1

作为技法的艺术
　　什克洛夫斯基 …… 16
标准语言与诗歌语言
　　穆卡若夫斯基 …… 24
"形式方法"的理论
　　艾亨鲍姆 …… 29
形式主义诗学流派与马克思主义
　　托洛茨基 …… 36

第二单元　英美新批评 …… 43

传统与个人才能
　　艾略特 …… 58
意图谬误
　　维姆萨特，比尔兹利 …… 65
情感谬误
　　维姆萨特，比尔兹利 …… 69
反讽——一种结构原则
　　布鲁克斯 …… 72
诗歌中的张力
　　泰特 …… 77

第三单元　马克思主义文学批评 …… 86

文学与历史
　　伊格尔顿 …… 102
批判现实主义与社会主义现实主义
　　卢卡契 …… 115

决定论
　　威廉姆斯 ………………………………………………… 119
叙事是社会象征行为
　　詹明信 …………………………………………………… 125
语言的牢笼
　　詹明信 …………………………………………………… 132

第四单元　精神分析批评 ………………………………………… 138
意识的结构
　　弗洛伊德 ………………………………………………… 154
俄狄浦斯情结
　　弗洛伊德 ………………………………………………… 162
梦的解析
　　弗洛伊德 ………………………………………………… 168
作家与白日梦
　　弗洛伊德 ………………………………………………… 171
弗洛伊德与文学
　　特里林 …………………………………………………… 177
镜子阶段
　　拉康 ……………………………………………………… 181

第五单元　神话原型批评 ………………………………………… 188
主要原型
　　荣格 ……………………………………………………… 200
集体无意识概念
　　荣格 ……………………………………………………… 206
文学原型
　　弗莱 ……………………………………………………… 213

第六单元　读者批评理论 ………………………………………… 221
阅读行为
　　伊瑟尔 …………………………………………………… 235
文学史作为对文学理论的挑战
　　姚斯 ……………………………………………………… 242
为什么无人害怕沃尔夫冈·伊瑟尔？
　　费希 ……………………………………………………… 247
阅读和身份：一场精神分析的革命
　　霍兰德 …………………………………………………… 251
批评阐释的主体特色
　　布莱希 …………………………………………………… 258

第七单元　结构主义文学批评 …… 266

语言符号的性质
　　索绪尔 …… 276

神话的结构研究
　　列维-斯特劳斯 …… 281

结构主义活动
　　巴尔特 …… 287

诗学的定义
　　托多罗夫 …… 293

第八单元　解构主义文学批评 …… 299

结构，符号，人文科学话语中的嬉戏
　　德里达 …… 307

延异论
　　德里达 …… 312

作为寄主的批评家
　　米勒 …… 317

新批评与解构：诗歌教学中的两种态度
　　德比基 …… 324

解构的天使
　　阿布拉姆斯 …… 329

第九单元　女性主义文学批评 …… 336

性/文本政治
　　莫伊 …… 350

她们自己的文学
　　萧瓦尔特 …… 357

再现奥菲丽娅：女人，疯狂以及女性主义批评的责任
　　萧瓦尔特 …… 363

《关于中国妇女》
　　克里斯蒂娃 …… 371

第十单元　新历史主义批评理论 …… 381

惩罚的结构
　　福柯 …… 396

权力的即兴运作
　　格林布拉特 …… 402

情感的力量：《汤姆叔叔的小屋》和文学史的策略
　　汤普金斯 …… 410

再现暴力,或"西方是如何取胜的"

　　阿姆斯特朗,特林豪斯 ·············· 418

第十一单元　文化研究批评理论 ·············· 426

有文化的作用

　　霍格特 ·············· 441

文化研究:两种范例

　　豪尔 ·············· 446

文化研究的未来

　　威廉姆斯 ·············· 452

迪斯尼乐园:一个乌托邦城市空间

　　高迪内 ·············· 458

学校教科书中的种族主义

　　赖特 ·············· 466

第十二单元　后殖民主义批评理论 ·············· 474

狱中札记

　　葛兰西 ·············· 488

黑皮肤,白面具

　　法农 ·············· 493

东方主义

　　赛义德 ·············· 499

征服的面具,文学研究和英国在印度的统治

　　维斯万纳森 ·············· 506

第十三单元　性别研究批评理论 ·············· 515

同性恋性史

　　布洛 ·············· 530

怪异论导言

　　杰戈斯 ·············· 536

女人并非天生

　　威蒂格 ·············· 542

壁橱认识论

　　塞奇威克 ·············· 548

性别困扰

　　巴特勒 ·············· 554

结束语 ·············· 562

序　言

　　二十世纪被称为"批评理论的世纪"(Age of Theory)。
　　现当代西方文学文化批评理论滥觞于二十世纪初,但是"理论"的另一种称谓是"方法"①,而对方法的重视至少开始于西方近代科学出现的时代(文艺复兴后期或启蒙运动初期)。培根(Francis Bacon,1561—1626)1620年发表《新工具》(Novum Organum),提出思考方法的重要性,以仔细观察缜密推理的归纳法,先对过去的"方法""存而不论",经过一番推论之后,进而归之于"四大谬见",来质疑经院哲学常用的演绎法,力图为近代科学扫清道路②。十几年之后,法国哲学家笛卡儿(René Descartes,1596—1650)出版《方法论》(Discourse on Method,1637),向众人推荐自己走过的"道路"③,归纳为"四大假设",引导出"我思故我在"这个著名的怀疑论,为近代科学清障开道。而现代和当代科学的缘起,也归功于二十世纪初以爱因斯坦为代表的新科学"方法"。
　　尽管现当代西方批评理论代表了新的思维方式,但由于其先锋性,在二十世纪五十年代之前一直没有为大多数学者所认可。在美国和加拿大,当时批评理论的研究仅限于所谓的"理论系",即比较文学系和法文系(当代西方批评理论在很大程度上出自法国),而大部分学者对这些舶来之物持怀疑态度,甚至觉得受到了威胁,而对理论产生抵触或敌视。但是十几年后情况发生很大变化:文学系的学生开始跨系选修批评理论课程,到二十世纪八十年代中期,批评理论已经成为欧美大学研究生院的保留课程,成为大学生们的时髦话题。加拿大英语系九十年代招聘文艺复兴、十八世纪英国文学教

---

① 所以二十世纪对文学研究来说也是"方法论的世纪"。
② "新工具"批评的对象"旧工具"是亚里斯多德的逻辑学著述《工具论》,后来被中世纪意大利神学家托马斯·阿奎那(Thomas Aquinas,1225—1274)用来建构起一套基督教神学,成为经院哲学的基础。
③ "道路",英语是"path"或"way",即"方法"。

师,其基本要求就是必须了解现当代批评理论;时至今日,虽然仍然有人对"理论"怀有戒心,甚至二十世纪末出现了反理论思潮(朱刚,2001),但即便如此,具备理论知识,进行理论思维,已经成为人文学者必备的素质,人文研究的基本起点(朱刚 刘雪岚,1999)①。

毋庸置疑,批评理论比较抽象,又需要具备其他学科知识,所以不少大学生研究生对批评理论有种畏惧感。《二十世纪西方文论》就是在这样的背景之下写作的。它的特点在于:在新世纪初始,对现当代西方批评理论做一个梳理,对我国学者自八十年代理论热以来的研究和探讨做一个回顾;在此基础上,表现现当代西方批评理论的主要论述和学术界的主要观点,突出理论重点,纠正一些常见的误解,在新的批评距离上对它们进行重新认识。

本书的另一个特点,就是增加了大量的图片。批评理论的文字很艰涩,内容也常常很枯燥,图片则比较直观,可以增加一些感性印象,或许有助于理论的学习。视觉反映对文学阅读和欣赏有直接的帮助,在哈佛大学图书馆翻阅艾米莉·狄金森的照片和诗歌手稿,和面对市面上出版的狄金森选读,感觉是大不一样的:除了能更加直接地了解诗人的成长、揣摩诗歌的创作过程之外,感情上也能和她靠得更近。电脑时代,"手稿"和"手迹"之类的文献越来越少见,但是"文"与"人"齐出,仍然不失为一种增加阅读兴趣、加深阅读理解的做法。

本书的又一个特点,是力图使理论的阅读和思考尽可能变得轻松和有意思。考虑到研读批评理论的艰难,作者根据自己学习和教学研究的体会,在阅读和研习一个理论流派时,突出重点难点,同时力图"举重若轻",拉近学习者和理论的距离,增强理论的亲和力和吸引力。采取的措施是:

1. 在每个单元开始的"理论综述"中,描绘出该理论流派的整体轮廓,反映出它的历史流变,并且着力打通和其他流派与批评家的关系,在现当代西方批评理论(尽可能结合中国批评传统)这个大框架下面显示出它的坐标,给它定位。

2. 尽可能使用"亲和读者"的语言,使语言表述通俗流畅。

3. 给出详细的注释,一是帮助理解,二是说明问题的复杂化,避免简单思维,定势思维,或者轻易下结论,在"举重若轻"的同时揭示出更大的背景。

4. 给出每个理论家、代表作和整个流派的中英文关键词,以利整体把握和讨论。

5. 每篇代表作后面给出关键引语,作为该篇文章的核心意义,借此提醒

---

① 这也说明批评理论在大学中的体制化已经完成,尽管批评理论本身一直在抵制,极不情愿被纳入体制——一旦进入体制,"批评"就困难了。见后面对福科等人的分析。

读者的注意。我的体会是,如果抓住了关键的几句话乃至几个字,就抓住了文章的要义,领会了作者的主要思想。新批评的一个主要阅读策略,就是抓住作品的核心语句,围绕核心语句做文章。文学阅读中,只要准确找到核心语句,就已经是成功的一半(另一半就是要对这个语句做出正确的阐释)。我想,这种新批评文本阅读方法,至今仍然有积极的意义。

6. 每篇作品之后,给出思考题,以利阅读的伸展和进行讨论。

7. 每一单元之后,给出"阅读书目",既作为引文的出处,也作为该单元内容的参考文献。全书结束部分的"参考书目"主要由各种批评理论选读和流派综述组成,也作为各单元引文的出处。

8. 重要的人名和术语都给出相应的英文,以便资料搜索和查找。

需要说明的是,所谓的核心词语/语句和思考题,只是作者本人的选择,实际情况可能会因人而异。在这里,重要的不是找到"固定"的"核心意义",而是能够发现更多的"核心意义",提出更多的问题,做出更多的思考,开展有意义的批评。

写作和研读批评理论的最大困难,在于理论的博大精深和作者的孤陋寡闻。有人在谈到结构主义时说过,"结构主义,即使是特指的某一类结构主义,在主题范围上也涉猎极广,要面面俱到实无可能,除非作者是某个非凡的天才"(Sturrock 1986: xii)。结构主义的一个方面尚且如此,"二十世纪西方批评理论"这个大题目就更不必说了,况且用区区十几万字来概述一个西方现当代批评流派难免挂一漏万,要想现其全貌,的确是心有余而力不足,希望各位行家对书中的谬误提出批评。

本书作者之前出版过两部著作:Twentieth Century Western Critical Theories(上海外语教育出版社,2001)和《二十世纪西方文艺文化批评理论》(台湾生智出版社,2002)。本书中的很多内容取自于两书,当然进行了全面的修订、扩充、翻译,增加了新的章节和内容。本书主要来自于阅读体会和教学实践,得益于和同事们的商讨以及课堂上博士生和硕士生的发言和课程论文、学位论文。他们的一些见解被写进本书,由于篇幅所限,无法列入他们的名字,在此一并表示感谢。

尤其要感谢的,是我的导师钱佼汝先生。八十年代末期开始,我跟随他做博士生,研读批评理论,获益匪浅。可以说,我的大部分基础阅读都是在那四年期间完成的。最重要的是,钱先生的阅读习惯,研究方法,对学问本身的追求精神,和谦虚谨慎的治学态度,都使我终身受益。本书中的很多阅读篇目,都是钱先生布置的"作业",我至今觉得它们仍然适合阅读与研讨。

作者也愿借此机会向支持本人写作的所有同仁表示感谢。本书的部分理论研读在哈佛大学完成，在此也向提供资助的哈佛燕京学社以及提供方便的哈佛大学 Widener 和 Hilles 两图书馆表示谢意。

  本书中收集的大部分文本原文是英文，翻译工作由英语系的博士生们完成（译者姓名附在文后），在南京大学做翻译学博士后研究的吴文安博士进行了校读（他还共同撰写了"后殖民主义批评理论"的理论综述）。理论难读，翻译更难，要使译文读上去通顺达意则难上加难。他们的中译文仍然可以继续完善，也一定还有失误之处，请大家在阅读过程中一一指出。

朱刚

2006 年夏于南京大学

引　论

　　二十世纪是人类有史以来变化最大的一个世纪,其中的一个最明显的变化,就是人文科学的空前繁荣。二十世纪之前,西方人文科学学科数量有限,学科领域比较狭窄,学科涵盖面不广,学科之间相互影响不大。进入二十世纪后,人文研究愈加活跃,新的学科层出不穷,研究领域不断趋深趋广,各种流派此起彼伏,不同学科之间相互渗透,学术思想的发展愈发呈现多元化。

　　人文科学研究的一个重要分支是文艺批评理论,它在上个世纪之交时开始发生质的变化。西方文艺批评自古希腊罗马开始至十九世纪已经绵延了两千余年,虽然在不同时期人文思潮的影响下,伴随不同时期的文学创作实践,出现过各种样式的批评实践,提出过形形色色的批评观点,其中不乏大量的真知灼见,但总体来看,二十世纪以前的西方文学批评尚称不上是文学批评"理论",因为这些文学批评实践在阐释的系统性和完整性、论述的深度和广度以及方法论意识等方面远远无法和二十世纪西方批评理论相提并论。

　　了解二十世纪的西方社会,一个最直接的方法就是了解这个时期的西方文学艺术,因为正如评论家常说的,文学是人学,最能反映人的精神和时代特征;而了解二十世纪西方的人文思潮,一个最有效的途径就是研究二十世纪西方文艺批评理论。首先,文艺批评理论是文学艺术创作实践的经验总结和理论概括,因此现当代西方批评理论是对二十世纪西方社会发展的一个历史总结,也是对现当代西方社会不同发展阶段的反映。从这个意义上讲,了解现当代西方批评理论可以基本掌握现当代西方社会的发展脉络。其次,现当代西方批评理论是二十世纪西方人文思潮的重要组成部分。经过近一个世纪的发展,当代西方人文思潮流派纷呈,理论触角涉及当代社会生活的各个方面。而当代批评理论的一个特点,就是兼容并蓄人文思潮在各个领域中所做的思考,如心理学、社会学、历史学、哲学、伦理学;甚至数学、医学等自然科学研究在批评理论中也有所反映。此外,现当代批评理论发展的一个趋势就是和社会实际结合得越来越紧密。纵观上个世纪批评理论的发展,可以看出它和普通人的生活越来越靠近,和现实政治的关系越来越密切,只是这种结合表现得越来越复杂。

最后,现当代批评理论的关注对象已经和所谓的"终极关怀"离得越来越远,和眼前的生活细节越来越近。当然,文学的"终极关怀"问题依然存在,评论家们仍时时会讨论诸如文学的起源、写作的源泉、作品的意义、阐释的有效性等问题。但他们现在似乎更加关心文学阅读中的具体问题,如作品的道德倾向,人物(尤其是女性人物)的遭遇,作品中反映的社会阶层间的不平等问题等等。

需要指出的是,以上所说的几个特点虽然是现当代西方批评理论近期的显在表现,但其酝酿、产生、发展却经历过一段相当长的时期。我们甚至可以说,从二十世纪初现当代西方批评理论崭露头角时,以上的大部分特征就已经初露端倪,只不过当时并未引起充分的注意。这一点很重要,因为它有助于我们在新的世纪更加实事求是地回顾二十世纪西方批评理论的各个流派和理论家,对我们习以为常的看法、观念进行更加客观地重新评估。

本书论述的"文艺批评理论",指的是欧美文艺理论界对西方文学艺术创作实践所进行的理论阐述。这里先简要地界定一下"理论"(theory)、"批评"(criticism)和"美学"(aesthetics)这三个相互关联的概念:"美学"主要指对文学艺术进行的哲学思考,其思辨性最强,观照范围最广,除文学艺术之外,还包括建筑、音乐、服饰等。"批评"指对文学艺术作品进行的评论,尤其指对具体作品进行赏析性评论。"理论"在今天则专指自俄苏形式主义起的西方文艺文化批评,尤其指后结构主义批评理论。它和西方其他人文思潮联系密切,理论性、体系性强,往往以流派的形式出现[①]。如果说三十年前人们还可以把"理论"认定是为评论家阐释文学名著服务的"佣人的佣人",把它泛泛地解释为"某种对文学研究实践的思考"或对"现存文学研究实践的挑战",今日则很难给批评理论划个简单的范围。正如当代美国批评家卡勒所言:"(批评理论)并不只是'文学理论',因为它很多有意思的著述并不明显地论述文学。它也不同于现在意义上的'哲学',因为它既包括黑格尔、尼采、汉斯-乔治·伽达默尔,也包括索绪尔、马克思、弗洛伊德、欧文·戈夫曼和雅克·拉康。如果可以把文本理解为'用语言表达的一切',则它或许可

[①] 参阅 Jefferson & Robey 1986:1; Wellek & Warren 1986:39。当然新批评家韦勒克和沃伦当年还是把"理论"牢牢地限定在"文学"的范畴,而半个世纪后的今天,"文学理论"已经是跨学科多方向的研究领域了。

以被称为'文本理论'。但是最方便的称谓莫过于'理论'这个最简单的指称了。"(Culler 1983:7—8)这是因为,今日的批评理论已经成为一门单独的科学,它的研究对象交叉于人文研究的多个领域之中,常常既涉及又有别于或跨越某个特定领域,有其独立的地位,从而形成了自己独特的身份。

  本世纪以前的西方文学批评可以宽泛地分为三个阶段。第一个是古典主义阶段,从公元前五世纪的古希腊直到十六、十七世纪的文艺复兴。这里的"古典"指由古希腊哲学家柏拉图(Plato)、亚里士多德(Aristotle)提出的一整套文艺创作、欣赏原则和价值判断依据,这些原则和依据被后来的思想家所承袭,一直是文学艺术创作的准绳,评判艺术作品的标准。古典主义最重要的原则就是:艺术是对自然的模仿。这里面包含了几层意思。首先,"自然"指的是"理性"、"和谐"、"有序"的外部世界,这个世界遵循一定的运作规则,具有一定的内在结构,柏拉图称之为"形式"①。其次,外部世界的千变万化都是这个世界本质即"形式"的反映,而艺术又是对外部世界的反映。既然艺术是对"形式"的间接反映,在反映过程中就不免会有所扭曲,所以古典

意大利文艺复兴画家拉斐尔的"雅典学院"(1510—1511),画中央的人物是柏拉图和亚里士多德

主义对文学艺术的最高要求就是必须"客观再现"模仿对象,尽可能揭示模仿对象包含的真实与本质。虽然柏拉图、亚里斯多德之后的两千年中批评家对古典主义多有发展,但一直恪守古典主义模仿论的圭臬。需要指出,古典主义的"模仿"(imitate)和这个词现在的含义略有不同:它虽然含有"忠实复制"的意思,但不等于亦步亦趋原样照搬,因为"形式"虽然永恒,但并不显在,对它的再现需要模仿者去思考去创造,正如人们现在对"真理"的理解和追求一样,需要发挥创造性和主观能动性。但总的说来,古典时期的文化要求个人服从权威,"忠实性"是第一要素,不论这个权威表现在国家政治上,还是宗教信仰上或伦理道德上,在这些原则问题上个人不得越雷池一步。

  亚里斯多德认为,成功的艺术模仿除了模仿行为本身以外,还依赖于艺术家本人的艺术天赋,但古典时期的艺术作品为了体现内容大于形式的原则,基本上是整体大于枝节,情节大于人物,对人本身及人和社会的关系没

---

① 当时的古希腊哲学本身也是这种思想的体现:它和之前较为凌乱的哲学观察不同,已经成为颇有体系、逻辑严谨、结构完整的学说(Bate,1970:3—5)。

有给予重视。西方文艺批评的第二个阶段是后古典主义时期,明显特点就是把关怀的对象移到了人本身。文艺复兴及新古典主义时期把古典主义对形式(Form)的追求从万物转到了人:如果人能够最大限度地保留他的优秀品质,充分发挥他的所有潜质,最大限度地展现他的个人特点,这就是宇宙"形式"在他身上的表现。艺术在这个过程中具有催化促进作用,帮助个人品质"形式"化(formative)并使之"成形"。这个时期古典戒律仍然具有很大的权威性,但个人在表现方面更加自由,个人对社会文化可以施加更加大的影响,个人本身(如人的心理、行为、感情)也越来越受到重视,

法国批评家泰纳(1828—1893)

同时由于人的社会经历对人心理自我的形成至关重要,社会环境对人的影响也引起批评家的注意。这种对个人情感、社会环境、心理因素的重视在浪漫主义时期达到顶点,艺术上则表现为对独特性、创造性、主观性的追求,强调人对社会的感受。由于科学主义的兴起,人们对权威的盲从有所减少,而更愿意相信自己亲眼所见,更注重对不同事物的具体细节进行观察研究,因此对社会环境与人的关系问题也更感兴趣。新古典主义后期(十八、十九世纪)的艺术研究对历史因素给予了很大的关注,如英国文化批评家阿诺德(Matthew Arnold)在《文化与无政府状态》(Culture and Anarchy)中就把文学批评的范围延伸到"文化",即和思维相对应的一切社会准则和道德规范;法国思想家泰纳(Hippolyte Adolphe Taine)认为作品是大脑对社会时尚的记录,提出文学的三要素(即 race, surroundings, epoch)以说明作家的社会环境和个人经历对创作的影响(Introduction to the History of English Literature,Bate 1970:466—472, 501—507)。这个时期文艺批评的特点首先是批评实践越来越趋向多元化,研究方法越来越系统化,批评语言越来越"专业"化。

批评多元化,研究系统化、专业化正是二十世纪西方批评理论明显的特征。世纪初自然科学研究有了重大突破,其影响迅速波及到人文研究,科学主义很快在批评理论方面得到显现。不论是早期的俄苏形式主义和英美新批评,还是稍后的心理分析和神话原型批评,都公开宣称要建立文学批评这门"科学"①。这些批评流派的显著特点也是精于分析,注重实证,讲究推理,形成的观点有很强的逻辑性和系统性,并且有完整的理论框架所支撑。二

---

① 结构主义之后开始的后结构主义,从语言学转向人文研究,于是不再把"科学"作为文学研究的依据,甚至连科学本身也被纳入批评的范畴。

十世纪批评理论的一个特点就是思维的"语言学转向"。瑞士语言学家索绪尔(Ferdinand de Saussure)在世纪初开现代语言学先河,几乎同时,批评理论也把文学的本体存在方式确定为文学语言,并以此作为研究的中心。语言学转向在二十世纪中期文学结构主义中发展到顶点,此后的后结构主义、后现代主义虽然声称要跨出"语言的牢房",但实际上仍然坚持着语言这个中心,只不过改变了形式罢了。二十世纪后期的批评理论其显著特点就是把文艺批评引向文化批评。这种倾向较为明显地开始于六十年代的读者批评[①],文学批评理论由此开始迅速转向文化批评理论,近来的后殖民主义、后现代主义、新女性主义、当代马克思主义、文化研究、同性恋批评等批评理论几乎变成了泛文化批评,和社会政治生活中的实际现象结合得更加紧密。最后,文艺批评理论在二十世纪已经完成了它的体制化过程,成为一个独立的研究领域。批评理论不再是文学、文化研究的异己或者附庸,也不再可有可无,而是大学、研究所里人文研究必不可少的组成部分。

当然,"批评"理论得力于二十世纪六十年代全球范围的文化革命,在破旧立新的氛围中发展壮大。八十年代之后的西方社会全面右转,保守主义"回潮",逐渐占据主导,批评理论也是今非昔比,理论界悲观气氛浓厚,为它的出路担忧者大有人在。但是批评理论毕竟已经完成了体制化,在大学里占据了一席之地,抛开批评理论就无法开展真正有深度的"批评",这一点仍然是当今西方学界的普遍共识。批评理论的这种不可替代的地位也算是它的又一个特点,至少目前还是如此。

阅 读 书 目

Culler, Jonathan. *On Deconstruction*. London: Routledge & Kegan Paul, 1983
Sturrock, John. *Structuralism*. London: Paladin Grafton Books, 1986
Wellek, René & Austin Warren. *Theory of Literature*. Penguin Books, 1986
朱刚:《从 SCT 看二十世纪美国批评理论的走向》,《英美文学论丛》(第 2 期),上海外语教育出版社,2001
朱刚 刘雪岚:《琳达·哈钦访谈录》,《外国文学评论》1999 年第 1 期

[①] 往前甚至可以追溯到二十世纪初。俄苏形式主义的"前置/后置"概念和英美新批评的"含混"说都为读者的介入创造了更大的空间。参阅本书第一、第二两单元。

第一单元 俄苏形式主义①

和传统文艺批评实践相比,十九、二十世纪交替时期文艺批评的一个特点就是批评视角众多、批评范围扩大,批评方法多元,但关注的范围仍然是社会环境、艺术家的生活经历和创作心理对文学作品的影响,以及艺术作品对读者心理产生的作用。这个时候,在俄国兴起了一股新的批评思潮。和当时轰轰烈烈,声势浩大的现代主义思潮不同,这批俄罗斯批评家人数不多,不知不觉中崭露头角,可是他们却信心坚定,旗帜鲜明,"最早也是最坚决地挑战传统的文学史研究中哲学与美学、文化史与思想史、社会学与心理学等非文学视界的入侵"(周启超,2005:28),给俄国文艺批评界带来了不大不小的震动。更加重要的是,它开二十世纪西方文艺批评理论的先河,并对其后的西方批评理论发展产生很大的影响。

作为一个有意识的文学批评流派,俄苏形式主义(Russian Formalism)②始于1910年代(以什克洛夫斯基1914年发表《词语之复活》为标志③),终于1930年(什氏撰文《给科学上的错误立个纪念碑》进行自我评判)。这个流派有两个主要分支:1914—1915年间成立的"彼得堡诗歌语言研究会"(下面简称诗歌语言研究会)和1917年成立的"莫斯科语言学学会",两个组织的成员

---

① 首先必须说明,这里讨论的"形式主义"和我们通常所说的"形式主义"不同。《人民日报》批评过形式主义的某些表现:喜欢做表面文章,空喊口号;沉湎于文山会海,应酬接待;热衷于沽名钓誉,哗众取宠;喜欢搞各种"达标"活动,外表轰轰烈烈,实则劳民伤财;只说空话套话,不干实事(2000年10月26日特约评论员文章"刹住形式主义歪风")。这里的"形式主义"是一种行为方式;而我们讨论的形式主义,指的是对事物内在规律的探索,对事物本质的追求,对该事物与其他事物本质区别的研究。所以,尽管双方都是"对形式的追求",其含义截然相反。
② 本章以下把俄苏形式主义简称为"形式主义"。批评家常用大写的"Formalism"指称俄苏形式主义,以区别于一般的形式主义,但实际上俄苏形式主义之后的所有其他批评流派都或多或少有形式主义倾向,而这种形式主义倾向可以说滥觞于俄苏形式主义。
③ 1913年12月,彼得堡大学语文系一年级学生什克洛夫斯基在一次学术讨论会上作了《未来派在语言史上的地位》的报告,引起轰动;次年2月,他出版了16页的小册子《词语的复活》(周启超,2005:29)。

语言学家雅各布森

都是一些酷爱诗歌的大学生和大学青年教师。前者大多研究文学,代表人物有什克洛夫斯基(Viktor Shklovsky)、艾亨鲍姆(Boris Eikhenbaum)和迪尼亚诺夫(Yury Tynyanov)。他们从探讨诗歌语言和日常语言的差别入手,挖掘文学语言的基本特性,并据此总结出文学研究的总体思路和作品解读的基本方法,这些思路和方法成为形式主义的理论基础。"莫斯科语言学学会"由语言学家组成,如雅各布森(Roman Jakobson)和穆卡若夫斯基(Jan Mukarovsky)。他们也从界定文学语言入手,着重研究文学语言的本质和文学语言规律,并据此对作品进行结构分析。艾亨鲍姆不喜欢"形式主义"这个标签,认为称他们为"形式主义者"是某些人不怀好意、图谋政治陷害之举,并且否认"俄苏形式主义"是一个有组织的流派,理由是它没有制订过统一的章程,没有组织活动,成员之间也没有一致的文学观点。前一种说法可以理解,因为艾亨鲍姆说这话的时候形式主义正感受到越来越大的政治压力,所以宁愿称自己为"独特性寻找者"(specifier),表明他们的工作仅仅只是寻找文学作品的独特性(specificity)(Bennett 1979: 10; Jefferson & Robey,1986: 21)。后一种说法当然也情有可原,因为即使成立文学组织在二十年代的背景之下也是敏感的政治问题。但是形式主义的确有较为明确的文学纲领,成员之间只是研究领域不同,观念上没有很大的差异。在二十世纪西方批评理论的主要流派中,也许形式主义是组织最不松散、成员间观点相对最为一致的流派,因此对它的理论特征进行概括也容易一些。

什克洛夫斯基是诗歌语言研究会的核心人物,也是最重要的形式主义批评家(Lemon & Reis,1965: 3)。他的《作为技巧的艺术》(Art As Technique,1917)一文常被辑录为形式主义文论的代表作,因为它集中表达了早期形式主义的文学见解和理论主张,其中最重要的一个概念就是"文学性"。什氏(或者说所有形式主义者)从一开始就选择了文学研究中十分困难、却又不得不首先解决的问题,即:什么是文学。这个问题之所以困难,因为虽然批评家们一直在谈论文学,却很难说清楚文学的特征到底是什么,往往只用笼统含混的术语指称,如"艺术作品"或"诗",使之成为只可意会不可言传的概念。但是对形式主义来说,这是个不得不说、而且十分关键的问题,因为只有从定义文学

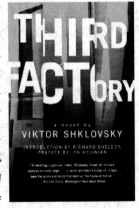

什克洛夫斯基的小说《第三工厂》

入手,才能清楚地显示出自己有别于其他文学批评的独特之处,也才能接触到问题的实质——这是科学研究的特征[①]。什氏采取了一个聪明的方法作为研究的突破口:否定性界定,即从排除什么不是文学入手来界定什么是文学。什氏认为,文学之所以是文学,就在于它具有与众不同的特征而有别于非文学,这个特征就是"文学性"(литературность);由于文学是一门语言艺术,所以文学的特殊性——文学性就应当体现在文学语言的特殊性上,即文学语言区别于非文学语言之处。文学语言的特征到底是什么?什氏认为,文学语言是一种经过艺术加工以后有意变得"困难"的语言:"因此,诗歌语言就是一种困难的、变得粗糙的、受到阻碍的语言"[②]。相比之下,非文学语言(如什氏所说的"散文"语言)的特点就是准确精炼,直截了当,顺畅达意。什氏对文学语言/日常语言的区分比较简单,没有详细展开,但是这个区分已经十分明确,其他的形式主义者(如布拉格学派)基本接受,并做过进一步的阐述。需要指出的是,文学语言的"困难、粗糙、扭曲"性并不等于说形式主义认为文学语言就是难懂的语言,是一种特定不变的语言表达形式。什氏曾举例道,当一种语言被公认为文学语言时,说明它在文学读者中十分流行,已经落入俗套的边缘,这时如果某位作家突然启用原本被认为是非文学(如大众)的语言,反而会给人耳目一新的感觉。如普希金(A.S. Pushkin)和高尔基(Maxim Gorky)都有意把当时的文学语言和日常语言换个位置,使习惯于"文学"表达的读者感到某种不习惯,非文学语言便获得出其不意的文学化效果,因此就成了文学语言,而原来公认的文学语言由于逐渐落入"俗套"而变得"机械化",逐渐失去了文学语言的地位。

　　由此可见,形式主义的文学性具有一定的辩证性。它并不指某类固定不变的语言表达形式,而是吸纳非文学语言,打破旧文学语言,由此产生新的文学语言。实际上这种现象在文学史上经常可以见到。中国文学史中南北朝曾经盛行句法讲究、声律严谨、内容浮艳、形式华丽的骈体文。由于骈体文"几乎占有了一切文字领域",才使初唐时期形成"绮丽不足取"的反叛风气,并导致李白等盛唐诗人主张"清水出芙蓉,天然去雕饰",向汉魏六朝口语化的乐府民歌靠拢,给人耳目一新的感觉(游国恩,1: 166—167, 204, 285—286; 2: 7, 77)。西方文学史中,经历了端庄凝重、循规蹈矩的新古典主义文学创作之后,才有英国湖畔诗人华兹华斯(William Wordsworth)和柯勒律治(Samuel Taylor Coleridge)在《抒情歌谣集》中力倡使用"平常人使用的平

[①] 爱因斯坦的狭义相对论(1905)和广义相对论(1915)也发表在这个时候,促使二十世纪的科学研究发生巨大的变化。

[②] 此处及以下什克洛夫斯基的引文均出自"Art As Technique"(Lemon & Reis, 1965: 5—24)。

英国浪漫主义诗人
柯勒律治(1772—1834)

常语言",表现人们普通感情的"自然流露",并因此开了一代诗风。

什氏和诗歌语言研究会的其他理论家都是文学批评家,他们谈论的也是文学作品,主要是小说和诗歌,即文字语言的艺术。但是形式主义者们知道,作为普遍的艺术规律,文学性应当有更广的涵盖面,有更大的适用性。因此什氏在描述文学性的最主要表现形式时,就跨出了语言文字的范畴,而把它放在了"感知"的层面上。这样,以陌生化为代表的"文学性"就不止于文学作品,还可以包括如摄影、绘画、雕塑、舞蹈、建筑等其他的艺术形式,因为一切艺术形式都是通过感知产生审美效果的。什氏的兴趣仍然主要在艺术感知的特性上,即艺术感知和非艺术感知的区别究竟在哪里。什氏认为,非艺术感知的目的在于获得对被感知对象的认知,这里重要的是感知对象本身,要求认识的直接、准确、顺畅(这使我们想到了他早先对"日常语言"的界定);而在艺术感知中,感知对象并不重要,处于首要位置的是艺术感知过程本身,因为艺术审美产生于艺术感知过程。但艺术感知的特征又是什么?当时的象征主义有一种说法:艺术是形象思维,这种思维的特点就是最完全最直接最省力,是"感知过程相对容易"的思维。因此,艺术形象的作用就是集被表征事物的特征于一身,使之在瞬间得到充分体现。

什氏对象征主义的形象思维论颇不以为然。首先,形象并不是先在的,而是有赖于作者的创造和读者的确定,其结果往往因人而异,不便作为恒定的艺术标准。如李白诗《忆东山》:"不向东山久,蔷薇几度花?白云还自在,明月落谁家?"诗中的"东山"、"蔷薇"、"白云"、"明月"皆隐含地理、建筑名,不了解这一点就产生不出李白所期待的形象,艺术感知程度就会降低。而且,文学形象虽然重要,却只是众多手法之一,不可能囊括艺术作品的全部,不足以作为文学性或艺术感知的根本。其次,形象也有文学/非文学之分,它本身并没有告诉我们如何确定它是不是文学形象;而且文学形象本身也不断变化,某个时期的某个形象可能是文学形象,过了这个时期就可能不再是文学形象。另外,文学形象一经形成后人只可沿用,不大容易再进行变化,而文学艺术的源泉是创新,因此用有限不变的形象很难说明艺术的本质。而且,很多艺术形象已经广为接受,但其含义可能会因文化背景不同而不同。如"龙"所产生的意象在东西方文化中往往相反,"女巫"的基本形象可能相似,但在不同文化中具体含义会有很大差异。因此,以形象作为文学性的唯一表征就失去了普遍性。最后也是最重要的是,艺术形象论遵循的是"通过已知揭示未知",即通过读者熟悉的形象让他获得新的知识,但这里重点是"揭示未知"或获取新知,而"通过"即感知过程本身被排挤到第二位。

在什氏看来,象征主义的错误归根结底是没有说明文学形象的文学性到底是什么,即什么才使一个形象成为"文学形象"。他认为,文学形象的特征就在于它的感知过程,具体地说,象征主义所谓的"感知过程相对容易"的形象应当是非文学形象,只适用于日常语言;文学形象的感知正相反:它有意识地使被感知对象变得困难,使它和读者原有的体验不一致甚至完全相反,使意义的获得变得艰涩,延长了读者对形象的体验过程。什氏把文学形象的这个感知过程称为"陌生化"(estrangement)①。其实,什氏之前并非没有人谈过类似于文学性和陌生化的关系:英国十八世纪批评家约翰逊博士(Samuel Johnson)在《莎士比亚前言》中就说,莎翁的天才表现在"使遥远的靠近,使优美的变熟悉"(Bate 1970: 209),只是对什氏来说,优美的变熟悉之后并不一定还会优美。英国浪漫主义诗人雪莱(P.B. Shelley)好像离什克洛夫斯基更近一些:"诗使熟悉的事物变得好像不熟悉起来"(同上,432)。因为感知的一般规律告诉我们,动作经过多次重复之后就会成为习惯,"习惯成自然",这个动作就成了自动的、无意识的或下意识的、机械的动作,对动作者来说这个动作就失去了意义。托尔斯泰(Leo Tolstoy)曾说过一段名言:

俄国小说家托尔斯泰(右)和契诃夫

> "我在房间里擦洗打扫,转来转去,转到长沙发,可是不记得是不是擦过它了。由于这都是些无意识的习惯性动作,也就不记得了,并且感到不可能记得了——是否我已经擦过但是忘记了。也就是说,如果我是无意识地擦了它,那就同我没有擦一样。……如果许多人的一生都是这么无意识地匆匆度过,那就如同这一生根本没有存在。"

基于此,什克洛夫斯基给文学的作用赋予了时代意义:打破生活给人造成的"过度自动化"(overautomatization),恢复现代人感知的敏锐程度,使人能

---

① "陌生化"又称"奇异化",强调由事物的新鲜感受引起的奇异感。它的俄文单词是"остранение",本意是"使尖锐、锋利"。什氏的原词是"останнение"("使奇怪"、"奇异"),据说由于排字工人误排成"остранение",后来也就沿用下来。其实陌生化的意思正是要使读者已经麻木的体验重新变得敏锐起来,所以"остранение"倒是一个美丽的错误。

够真正体验生活的原汁原味。

　　艺术的存在就是为了使人能够恢复对生活的感知,为了让人感觉事物,使石头具有石头的质地。艺术的目的是传达事物的视觉感受,而不是提供事物的识别知识。艺术的技法是使事物"陌生化",使形式变得困难,加大感知的难度和长度,因为感知过程就是审美目的,必须把它延长。艺术是体验事物艺术性的途径,而事物本身并不重要。

　　作为文学性的基础,"陌生化"效果当然最突出地表现在文学作品中。在语言层面,日常语言在文学技法的压力之下被强化、浓缩、扭曲、重叠、颠倒、拉长而转变为文学语言。陌生化主要发生在语言的三个层次上:语音层,如采用新的韵律形式对日常语言的声音产生阻滞;语义层,使词产生派生或附加意义;词语层,如改变日常语言的词序。陌生化还可以发生在作品的其他层面。如视角、背景、人物、情节、对话、语调等。托尔斯泰的《霍斯托密尔》就是以一匹马的视角展开整个故事,《战争与和平》的部分场景使用平民的眼光来描述战争,这些都给人以某种震动,产生新的感觉①。

结构主义语言学家雅各布森(1896—1982)

　　和诗歌语言研究会一样,"莫斯科语言学学会"的成员也对形式问题作了独到的阐述。不同的是,雅各布森1920年移居捷克斯洛伐克,1926年建立了布拉格语言学学会,创立了布拉格结构主义语言学。后来欧洲受到战争威胁,雅各布森于三十年代末经巴黎辗转去了美国,成为美国语言学研究的重要理论代表。其形式主义观点虽不断变化,但宗旨未改。虽然没有足够的证据证明他的存在使俄苏形式主义理论对英美新批评产生过显在的影响,但间接影响肯定存在。

　　雅各布森和什克洛夫斯基一样,也是从研究文学性开始的。这并不难理解:不论是文学研究还是语言学研究,形式主义最终关注的必须是文学语言的独特性。雅各布森在形式主义鼎盛期曾指出:"文学科学的对象不是文学,而是'文学性',也就是使一部作品成为文学作品的东西。"这种说法和什氏的"使石头成为石头的东西"如出一辙,都意在寻找文学区别于其他科学之处。不同的是,什氏是从文学欣赏的角度即感知过程入手,把文学性的产

---

① 同样道理,《红楼梦》中的"大观园"主要是通过贾府里的人的视角来展现的,当这种情况过多而使读者"麻木"时,刘姥姥这个特殊人物通过自己的眼睛对大观园进行了三次"观察",使读者对贾府的衰败有了全新的、深刻的印象。

生归之于散见于单部作品中统称为"陌生化"的各种文学技法,雅各布森则相反,兴趣在于出现在同一类文学作品中的普遍构造原则和一般表现手段,如结构、韵律、节奏、修饰等,对它们进行语言学归类和分析,找出文学语言的规律。如在《隐喻极和转喻极》(The Metaphoric and Metonymic Poles, 1956)中,他认为一般的话语行为发生在相似性和延续性之间,一切语言符号系统便可以因此具有类似语言学上的隐喻和转喻两个极,文学作品也可以用这两极来归类,如现实主义作品侧重表现人物与外部环境的关系,因此转喻结构占支配地位;而浪漫主义、象征主义作品的外指性减弱,内指性加强,所以隐喻结构占主导。同理,绘画中的立体主义讲究外部线条,转喻成分多;超现实主义则隐喻性更强。更进一步,则可以认为文学语言的隐喻性更强,日常语言的转喻性更强(Latimer, 1989: 22—27)。

什克洛夫斯基认为,在艺术感知中感知过程比感知对象重要得多,并由此引出陌生化的概念。雅各布森同样认为,"诗歌就是语言表达本身,而语言表达的东西则可有可无"(Bakhtin & Medvedev, 1985: 87)。这里,对"莫斯科语言学学会"或其后的布拉格结构主义者来说,代替诗歌语言研究会"陌生化"概念的是诗歌语言本身的特征,即文学语言和日常语言的区别①。雅各布森的"转喻/隐喻"说自然是一个区别手段,但另一位布拉格结构主义者穆卡若夫斯基在《常规语言和诗歌语言》(Standard Language and Poetic Language, 1932)中则做了更加具体的阐述。首先,穆卡若夫斯基理所当然地设置了两种语言的存在:"诗歌语言理论主要关注常规语言和诗歌语言的差异,而常规语言理论则主要关注两者间的相同点",可见存在两种语言的这种假设在这里已经被作为既成事实。其次,诗歌语言和诗的语言不同。诗的语言大部分由常规语言组成,不论是语言形态还是语义范围都近似于常规语言;诗歌语言则是对诗的语言或常规语言有意识进行扭曲,此时诗的语言作为背景,来反映由诗歌语言造成的阻滞和变形。因此对雅各布森和穆卡若夫斯基来说,日常语言是诗歌语言得以显现的重要前提,这一点和什克洛夫斯基早期的观点有所不同。此外,诗歌语言最显著的特征是突出(形式主义的术语是"前置")自身,这可以从语言的功能上看出。诗歌语言的功能就是最大限度地前置语言本身,作用是打消由常规语言造成的"自动化"、"麻木化"。当然,日常语言有时也会"前置自身",给读者以新鲜感,如报纸、广告的语言,但它们前置自身的目的和诗歌语言不同:它们是为了交际,为了达到某个功利性目的,而诗歌语言的目的则是非实用的,完全是为了体现

---

① 形式主义的这个观点有专门的术语表达:文学语言是"autotelic",日常语言是"heterotelic",两个词的前缀 auto/hetero 已经说明了它们的含义:一个自指,一个他指。

语言本身(Garvin，1964: 17—19)①。

虽然什克洛夫斯基和"莫斯科语言学学会"都在谈论文学语言/非文学语言的区别②，但后者过渡到布拉格结构主义后却比早期的诗歌语言研究会要高明，一个重要原因是雅各布森等人的语言理论大多是三十年代及此后提出的，这个时候他们对诗歌语言研究会及早期形式主义的偏激观点已经看得很清楚，并且做过认真的反思，因此提出的观点相对比诗歌语言研究会成员要成熟。什氏的失误在于过分拔高"文学性"和技法的重要性，以"展示技法"(lay bare devices)代表文学艺术活动的全部，但完全排除所谓文学之外的因素使得什氏的许多看法失之偏颇，很难自圆其说。社会、历史、心理、思想等因素固然不能代表文学，但作为社会文化一部分的文学也不可能完全和前者隔离。正因为如此，穆卡若夫斯基对诗歌意义和诗歌语言的论述才显得更加合理，具有很强的辩证性和包容性。这个观点在布拉格结构主义的另一个概念"前置/后置"中体现得更加完全。

国内出版的俄苏形式主义读本

所谓前置后置(foreground，background)指的是中心和边缘的关系问题。这里已经不是诗歌语言研究会一味只强调"前置"的一元论，而是辩证的二元关系。虽然这个时候诗歌语言研究会在苏联国内大势已去，文学性中心论已经声名狼藉，什克洛夫斯基等人已经转向自己先前所不屑一顾的社会学方法来研究文学，但布拉格学派强调的"前置/后置"观至少在表面上和政治毫无关系，仍然能够囿于纯学术范围。

雅各布森在《论主导因素》一文中，较为简洁完整地阐述了布拉格学派的这个观点。

> 主导因素可以被定义为文艺作品的聚焦部分，这个部分统治着、决定着并改变着其他的部分。……文艺作品就是一个文字讯息，其审美功能是它的主导因素。

---

① 这里，什克洛夫斯基的语言差别变成了语言载体的差别，"陌生化"本身也因文体的不同而有文学和非文学之别。这固然解决了什克洛夫斯基的一个难题，却又引出了新的难题，因为这显然是一种循环论证：文学体裁决定语言的文学性，语言的文学性又反过来证明文学语言的存在。

② 如雅各布森1919年在《最新的俄国诗歌》中的著名论断："如果造型艺术是对自足的视觉表现材料的塑造，音乐是对自足的声音材料的塑造，舞蹈设计是对自足的姿态的塑造，那么诗歌就是自足的词语的塑造"(Todorov，1988: 12)。

这里，雅各布森认为审美功能并不是文艺作品所独有，有些文字材料如演讲、广告也会重视审美功能，也着意于文字本身的使用。因此，他认为文字表达有多重语言功能，这些语言功能组成一个等级序列①，依文章的性质不同对某些语言功能的倚重也不同。如说明文有赖文字的指涉功能，而在文艺作品中，审美功能则占第一位（Matejka & Pomorska，1978:82—85）。另外，除了主导因素之外，文艺作品中还有各种其他因素。这些因素显然不是审美因素，是早期形式主义者竭力要予以排除的异质成分。但在这里它们却成了审美因素的陪衬，虽然处于后置位置却必不可少，否则审美因素就不可能得到前置。重要的是，这里的前置成分不再是具备固有内在文学性的东西，陌生化技法也不再是看上去固定不变的东西。相反，文学性/非文学性、技法/非技法原本并没有区别，只有进入文艺作品之后才会显示出来，正如诗的语言进入诗歌之后才会形成诗歌语言一样。雅各布森曾举例：俄国大作家普希金、果戈理（Nikolay Gogol）、托尔斯泰都大量使用被前辈作家所不齿的"无足轻重的细枝末节"，却收到绝佳的艺术效果，因为这些曾居于后置位置的成分突然被这些现实主义大师们推到了前台，给人以新的感受；如果没有以往的"无足轻重"，就不会产生今日的奇特效果。只有前后对照，才能相映生辉。前置/后置观还避免了单纯追求"展示技法"这样一个缺陷：过多的展示技法，势必造成主次不分，最终导致技法效果的消失，只有有选择地前置"主导因素"，才能充分展现技法的文学性。

由布拉格学派倡导的文艺作品语言功能等级序列说及前置后置说，还导致了形式主义文学史观的产生。在诗歌语言研究会早期，形式主义者们并没有过多地涉及文学传统问题，因为"文学性"指涉的是一个固定的范畴，和"陌生化"与"技法展示"对应的也是静态概念。排除了一切和纯粹的文学性无关的因素之后，原本是社会文化产物的文学也就成了孤家寡人，形式主义文学观便不可能包含发展变化的可能和余地，因为发展变化要依靠事物之间的相互作用，衡量发展变化程度也要有参照系。同样道理，一个文学因素是否具有文学性，是否可以产生陌生化效果，要取决于它和其他相关因素的联系，单靠该因素本身是无法决定的。或许正是因为布拉格学派意识到早期形式主义的理论缺陷，才提出"前置/后置"或"主导因素"说。这个观点

---

① 等级序列(hierarchy)及主导因素(the dominant)观导致布拉格学派重视语言结构内各语言成分之间的相互位置和相互关系问题，因此被称为"结构主义"。尽管他们和六十年代出现的文学结构主义不尽相同，如穆卡若夫斯基所说的"结构"当时指的只是语言的动态平衡结构，即"多样性中的统一性"(unity in variety)，这至少可以追溯到英国浪漫主义的"有机论"，如柯勒律治在《美术批评原则》中认为美存在于"统一性中的多样性"〔multiplicity in unity〕(Bate, 1970: 369)。

俄罗斯诗人普希金
（1799—1837）

的理论长处是：它既保存了形式主义的精神实质，继续追求文学艺术的独特品质，同时也可以避免早期形式主义过于狭隘的不足。雅各布森指出，文艺作品是一个"结构体系"，其中蕴含的种种文学技法（或称"语言功能"）构成了一个排列有序的等级序列："在诗歌形式的演变中，重要的不是某些成分的消失或出现，而是文学体系中各个组成部分相互关系的转化，易言之，就是主导因素的变化问题"（同上）。穆卡若夫斯基也指出，这个文学结构金字塔由处于塔尖的"主导因素"控制，它决定了结构体系内部各组成部分间的相互地位和相互作用，因此文学结构就是一个动态的、不断变化的、充满不和谐却又相对稳定平衡的结构。在这里，文学性和非文学性仍然存在，仍然在起决定性作用，但和什克洛夫斯基早期的观点不同，它们本身可以相互转化。也就是说，一个技法在某一部作品中具有文学性，属于文学成分，但随着时间的推移它可能会变得越来越自动化，不再能产生陌生化效果，并最终失去其文学技法的身份（同上，20—21）。最重要的是，虽然主导因素毫无疑问是文学成分，处于边缘位置的成分并不因此成为非文学因素。它们仍然属于文学的一部分，作为背景，以衬托文学成分的表现。这样，被早期形式主义所排斥的"非文学因素"如时代背景，作家经历等就可以很容易地进入文学作品，成为文学研究的对象。

诗歌语言研究会在发展的后期也论及文学史问题，和布拉格学派相似，他们的出发点也是文学技法的功能，文学作品的结构及文学形式的演变。什克洛夫斯基在《罗扎诺夫》一文中详细论述了他的文学演变观：一个时代可以同时并存几种文学样式或重要的文学表现形式，但只有一种会占据统治地位；当现存形式权威的文学功能减弱后，就会受到处于被统治地位的文学形式的挑战，新的形式权威就会产生。由此可见，诗歌语言研究会后期的文学史观和布拉格学派的观点已经非常接近。较明显的差别是，诗歌语言研究会仍然坚持文学形式的纯文学性，排斥非文学因素的介入，他们的文学史实际上就是文学形式的变化史。另一个差别也许是他们对形式替换方式的看法。

> 每一个新的文学流派都导致一场革命……消失的一方并没有被消灭，没有退出。它只是被从峰顶上赶了下去，静静地躺着处于休眠状态，并且会随时跃起觊觎王位。而且……新的霸主常常不是单纯地复活以前的形式，而是复杂得多：既带有新流派的特征，又继承了现已退居次要地位的前任统治者的特征。

这里新旧形式的替换不是简单的篡权夺位或"你方唱罢我登场",而是你中有我,我中有你,新旧交融,推陈出新。曾有人指出,好莱坞巨片《泰坦尼克号》使用的是非常传统的叙事方式——倒叙,由于现在的年轻人习惯了当代电影一味追求新奇的表现手法,而对几十年前的传统手法并不了解,所以"倒叙"倒使他们有耳目一新

《泰坦尼克号》是通过露丝老太太的大段回忆展开的

的感觉。这话不无道理,从一个侧面说明了早期形式主义的局限:任何陌生化技法都有一定的时效期,终究会变得"机械化",被读者所厌倦。后期形式主义的形式发展论仅倒更加周全,说明了"机械化"和"陌生化"的辩证关系:《泰坦尼克号》借鉴了传统影片的表现手法,却决不会是它的翻版,一定得对它进行发展,否则即使受年轻观众青睐,也取悦不了中老年观众,由此可见什克洛夫斯基关于形式转换的看法确实不无道理。因此,诗歌语言研究会的文学形式观在后期确实更加辩证,更加全面。迪尼亚诺夫在《陀思托耶夫斯基和果戈理》一文中对形式替换做了另一种描述:文学传统的流传不是直接的继承,而是另辟蹊径,是斗争,是与旧价值的突然断裂。这种说法很有意思,因为"断裂说"五十年后已不罕见:库恩(Thomas S. Kuhn)在描述范式转换(paradigm shifts)时,福柯(Michel Foucault)在谈论知识考古时,甚至当代进化论研究都在使用这个概念,只是迪尼亚诺夫对此没有深挖下去。

在二十世纪西方文艺文化批评理论的发展中,俄苏形式主义占有很重要的位置。虽然现在看来他们的许多主张显得比较简单甚至幼稚,但它毕竟开现当代西方批评理论的先河。很多学者讨论过为什么形式主义会出现在二十世纪之交的俄国,原因当然很多,用形式主义的形式替换理论("前置/后置"和"断裂"说)或许可以略加说明。受到当时欧洲文学的影响,十九世纪的俄国文学和中世纪俄国文学传统的距离正越来越大,虽然作家们积极地采用俄国文学传统中的主题、事件、人物,而且有意识地偏离欧洲文学传统以显示俄国文学的"特色",如普希金、莱蒙托夫(Mikhail Lermontov)、托尔斯泰等人的作品,同时俄国作家对有意偏离欧洲文学传统的欧洲新潮作家情有独钟(形式主义者们就十分推崇独树一帜的英国十八世纪小说家斯特恩[Laurence Sterne]),但一般认为此时的俄国文学正经历着和自己的传统、和欧洲传统的"断裂"。从某种意义上说,形式主义也是这种断裂的结果:当英国、法国的批评家们在为自然主义、象征主义、现实主义等文学流派争来

争去时，俄国学者却以另一种方式关注起文学本身的特征。

斯特恩（1713—1768）的小说《项狄传》（1759—1767）

除了文学传统之外，还有社会政治和人文思潮的因素。进入二十世纪之后，俄国社会一直处于动荡之中。1904—1905年俄国在日俄战争中被打败，在国内引起广泛的不满和骚乱，第一次世界大战又给俄国人带来了巨大的苦难，一百多万人在战争中丧生，导致沙皇于1917年1月被废黜。十月革命后的三年又经历了内战，直至二十年代初国家（苏联）才稍稍稳定。处于这个时期的一部分俄国知识分子对传统价值观产生了怀疑，对政治斗争感到厌倦，把文学研究孤立起来作为一种逃避，钻入象牙塔①。这个时期欧洲出现王尔德（Oscar Wilde）的唯美主义、柏格森（Henri Bergson）的直觉主义、崇尚内心体验的新康德主义，尤其是索绪尔语言学著作的发表和传播②，这些人文思潮无疑对形式主义者施加了极大的影响。此外，这段时期也是俄苏文学获得大发展的时期，被称为俄国文学的"白银时代"（十九世纪初期普希金时代被称为"黄金时代"），文学流派纷呈，重要作家辈出，而这个时期的批评家文化层次高，文学修养好，形式主义者中许多人本身就是作家、语言学家、文学史家，并通晓多门外国语。这些都为文学研究的"前置/后置"和"断裂"打下了基础。

俄苏形式主义确实留给后人一份宝贵的文学遗产。人们常说二十世纪是方法论的世纪，而对方法论的讲究当首推俄苏形式主义。这里的方法论首先指形式主义为了阐明自己的文学主张而有意识发展起来的一套文学理论。这套理论覆盖面广，涉及到文学研究的众多领域。它系统性强，明显地区别于其他的文学论述；它理论性强，集美学、哲学、语言学于一身。如果说形式主义是人文思潮对文学研究施加重大影响的结果，科学主义的影响也不可忽视。艾亨鲍姆二十年代在《"形式主义方法"理论》（The Theory of the "Formal Method"）一文中开宗明义，称形式主义是"一门特别的文学学科"，

---

① 形式主义对"文学性"的崇尚显然和上一代人不同：别林斯基（V. G. Belinsky）要求文学必须具有民族精神即"人民性"，车尔尼雪夫斯基（N. G. Chernyshevsky）主张艺术反映生活时须有"典型性"，杜勃罗留波夫（N.A.Dobrolyubov）则倡导另一种形式的"人民性"；而他们本人却积极介入了当时的政治生活。形式主义者们反其道而行之，正是在这个意义上高尔基才说1907至1917年的十年是俄国知识界最贫乏、最耻辱的十年（Craig, 1975: 518—519）。

② 形式主义关于文学语言/日常语言的区分和索绪尔关于语言/言语的划分乃异曲同工，都是为了分离出研究对象本身。索绪尔坚持要使语言学研究成为一门独立的学科，这一点无疑也影响了形式主义。

研究范围仅限于"文学材料",不依赖于任何其他的学科,因为"作为文学科学,它的研究目标必须是那些有别于其他材料的特定东西"(Adams 1971: 830—831)。雅各布森也认为,文学和其他科学一样,是一套"独特的结构规则的复合体",因此文学研究需要采取"科学的态度"(Matejka & Pomorska, 1978: 79)。艾亨鲍姆强调形式主义的客观性科学性,部分原因是为了避免政治上受到"唯心主义"的指责。但世纪之交时确实是科学主义的繁荣时期(爱因斯坦的"相对论"就出现在这个时期),科学主义正渗透进人文研究的各个领域(和文学形式主义相似,二十世纪最重要的哲学流派现象

爱尔兰小说家、戏剧家
王尔德(1854—1900)

学世纪初出现时也以科学性为基础界定哲学研究的特殊目标),并且形式主义之后,批评流派常常给自己冠上科学性,英美新批评、心理分析、神话原型批评、结构主义等无不如此,足见形式主义的影响之大。

尽管现在很多批评家认为形式主义对形式的理解过于狭隘,对形式的追求过于偏执,但不可否认,形式主义的文学性在具体文本分析中仍然和社会文化有各种关联,因此和形式主义者的理论阐述并不完全一致。如法国十七世纪作家拉布吕耶尔(Jean de La Bruyère)的下面这段描写:

> 田间散布着一些凶猛的动物,有雌有雄,被阳光炙得浑身发黑,埋头于土地,顽强地挖掘着、翻刨着。它们能发出一种清晰的声音,直立时现出人的面孔,实际上他们就是人。晚间它们缩进巢穴,靠黑面包、水、植物根充饥。它们使其他人免受耕作收获之苦,因此也该享用一些自己收获的面包。

法国思想家拉布吕耶尔
(1645—1696)

这里,陌生化的功能发挥得淋漓尽致:人被异常地描绘成动物,使得读者的感受受到"阻碍",而且这种阻碍被"拖延"至描写的中间才被读者意识到,增加了接下来的反语的讽刺批评力量。因此,陌生化在这里可以产生巨大的效果,使作者对法国农民当时的悲惨生活的描写入木三分,使读者更深刻地体会到作者对社会现实的评判。因此,说形式主义只注重形式而不顾社会内容并不确切(Jameson, 1972: 56—57)。或者说,形式主义者可以只注重形式而不顾社会,但是形式本身却没有游离于社会之外。正因为如此,才会不断有批评家出来为形式主义鸣不平:"在诗歌语言

研究会小组的活动中,在他们把文学研究变成一个基本一致的研究领域的努力中,或如有些学者所说,在他们把这些研究形式化的愿望中,我们发现了一种挑战。我们可以说在很大程度上他们成功了。仅仅因为这一点,也值得把他们文化遗产中最丰富的部分接受下来,发扬光大,而不应当只去挑它的缺点进行指责。指责总是最容易做的"(Matejka & Pomorska, 1978: 269)。

但是,指责总是不可避免的,因为形式主义的理论缺陷实在是太明显了,而且对后人产生过负面的影响。对形式主义最早最有影响的批评,恐怕要算托洛茨基(Leon Trotsky)。托氏是当时苏共的最高领导人之一,曾经担任过苏军的最高指挥官。十月革命后,新生的苏维埃政权忙于对付国内敌对势力和外国势力的干涉,暂时还顾不上文学艺术,所以形式主义得以继续发展。但国内局势稳定后,作为巩固政权的一部分,苏共把注意力更多地转向意识形态领域。在这种背景下,托氏于1924年发表《形式主义诗歌流派和马克思主义》一文,对形式主义展开了批评。此文带有明显的时代烙印,如指责形式主义是"苏维埃俄国成立以来唯一的反马克思主义艺术理论",说它"主观唯心",属于"反动"学术研究等,言辞都有些偏激。尽管如此,和后来的批评文章相比,托氏此文还算摆事实讲道理,很多评价也还公允①,尤其是一些批评不但客观公正,而且切中形式主义要害,可谓一针见血。如他认为语言只可能是手段,不会是目的,任何语言的使用其目的都外在于语言。这是因为,"艺术形式尽管在某种甚至很大程度上是独立的,但产生这个形式的艺术家和欣赏它的公众却不是空洞的机器"。因此,"新的艺术形式……产生于新的历史需要"。托氏把形式主义者称为"圣约翰的信徒",把词语作为上帝的赐物加以盲目崇拜("In the beginning was the Word")(Adams,1971: 820—827)。另一位苏联马克思主义批评家巴赫金(M. M. Bakhtin)对此做了进一步评论:"在神学里做推论判断是可以理解的:上帝不可知,因此只得用他不是什么来勾勒他是什么。但是说到诗歌语言时我们不明白为什么就不可以明确说明它是什么。"巴赫金的意思是形式主义并不知道也不可能搞清楚形式到底是什么,只好采用否定性界定,把它奉为上帝,顶礼膜拜。实际上,形式是一种观念:"如果把观念客体孤立起来,就会对贯穿于它的社会联系视而不见;如果把它和社会作用相分离,那么观念客体也就荡然无存了"(Bakhtin & Medvedev, 1985: 77,88)。基于同样理由,詹明信

---

① 如托氏说革命的文艺并不一定非要描写工人反抗资本家,因为"新艺术的犁铧耕耘的不仅仅只是有限的几垄地,而是整个宽阔的田野";他还承认"形式主义者的一部分研究工作是有用的"。"形式研究方法十分必要,尽管仅有它还不够"。

（Fredric Jameson）后来把形式主义理论称为"语言的牢房"。

巴赫金批评了文学语言/日常语言二元论，认为这种区分既说不清楚又自相矛盾。当代英国理论家伊戈尔顿（Terry Eagleton）也做过同样的批评。他认为根本不存在一个供整个社会共有的、唯一的"日常语言"，因为语言总是随语言使用者的地位、阶层、性别、信仰等不同而不同，而且"一个人的日常语言对另一个人来说就可能是变异语言"，即使是文学语言也会大量出现在人们的日常会话里。最重要的是，文学性的决定根本上在于人，而不在于语言本身或其载体，文学价值的衡量也要看人的具体目的（Eagleton, 1985: 5—11）。当然，形式主义者也意识到文学语言的界定不那么简单。迪尼亚诺夫在 1924 年发表的《文学事实》中就承认"对文学确定无疑的定义越来越难下……老一代人知道，他们时代被称为非文学事实的东西现在却成了文学事实，反过来亦然"；艾亨鲍姆 1929 年也承认，"文学事实和文学时期是复杂且不断变化的概念，因为文学语言成分要素之间的关系及其功能在不断变化"（Todorov, 1988: 26）。这里也许形式主义是迫于政治压力而言不由衷（如布拉格学派就始终坚持对文学性的看法），但也许他们的认识确实有了提高，的确对自己的初衷有所改变。

巴赫金（1895—1975），
批判形式主义的先锋

随着六十年代读者批评的兴起，特别是后结构主义思潮的影响，文学研究已经和社会文化越来越密不可分，而且从五十年代起批评理论的直接攻击目标就是形式主义（其中包括英美新批评），所以形式主义已经声名狼藉。但是另一方面，由于解构主义的影响，形式主义本身的定义也变得不确定起来。诗歌语言研究会的一位成员雅库宾斯基（Lev Jakubinskij）早在 1919 年就说过，所谓形式主义就是"有必要区分两类人类活动，一类注重活动本身具有的价值，另一类追求外在目的，其价值只是作为获取外在目的的工具"（同上 10—11）。如此说来，从广义上说，形式主义其实涵盖了人类社会生活的各个方面。为了打破西方人文传统对形式主义的偏见，后结构主义批评家费希（Stanley Fish）对形式主义做了解构主义式的重新界定：凡是在他所列出的十六条范围内的人，都可以被称为"形式主义者"[①]。费希所划的范围非常广，覆盖人们思维、生活的方方面面，因为他认为，形式主义不仅仅是一种语言学理论，"它还蕴含了一种对个人，对群体，对理性，对实践，甚至对政治

[①] 关于费希的后结构主义理论，参阅本书第六单元"读者批评理论"。

的理论"(Fish，1989: 6)。

尽管费希试图模糊形式/非形式的差别,打破那些批评形式主义的人的自以为是,形式主义仍然受到强烈的批评。它之所以仍然是现当代西方批评理论重要的组成部分,不仅因为从时间上说形式主义是现当代西方批评理论的先驱,而且因为它所留下的精神遗产被后人所继承,不管这些后人赞成还是不赞成形式主义的看法。正如批评家所说,"几乎每一个欧洲的文学理论新流派都从'形式主义'传统中得到启示,只不过强调的是这个传统中的不同理论倾向,并把自己的一套形式主义说成是唯一正确的形式主义"(Fokkema & Kunne-Ibsch，1977: 11)。这是因为,形式主义的精神已经深深地渗透进西方人的思维之中,成为当代西方人文思潮的基石。

韦勒克的巨著《文学批评史 1750—1950》(1955—1986)

三十年代之后,形式主义在苏联文坛上销声匿迹。但是雅各布森和他的同事们在布拉格继续从事研究,并对后来的苏联符号学和欧美结构主义产生影响。俄苏形式主义的主张和稍晚的另一个重要的形式主义文艺批评理论英美新批评十分相似,尽管尚没有证据说明前者对后者产生过明显影响,英美新批评的主要人物之一韦勒克(René Wellek)二十年代曾在雅各布森那里从事过研究,所以俄苏形式主义很可能以某种方式影响过英美新批评。

作为技法的艺术(什克洛夫斯基)

维克多·鲍里索维奇·什克洛夫斯基(1893—1984)是俄苏形式主义的主要理论家。他毕业于圣彼得堡大学,任教于艺术史学院,是"诗歌语言研究会"的发起人,其理论"涉及到了大多数形式主义的基本原理,经常最先提出一个问题并且第一个找到解决问题的办法"。在不到十年的时间里他提出了一些著名的形式主义概念,如陌生化,文学性,本事/情节,裸露手法等,用重复、同义反复、对句法、双重结构、对立和虚假结尾等技法对作品的情节和语言加以分析,给人留下很深的印象。从二十世纪三十年代开始他转而采用较为传统的文学社会学方法研究托尔斯泰,二十世纪六十年代,随着他的早期作品得到重印和诗歌语言研究会回忆录的出版,他又重出江湖。"作为技巧的艺术"(1917)是早期形式主义的主要文献,通常被认为是俄国形式主义的宣言。它通过阐述形式主义流派的一些核心概念,"提供了一种关于批评方法和艺术目的的理论"。

"艺术即形象思维。"这句话一个中学生也能讲得出来,但是一位学识渊博的语文学家如果着手提出某种系统的文艺理论,也会以此为起点。这种看法,当然不是波捷勃尼亚一个人提出来的①,但是广为人们接受。他写道:"如果没有形象,就不存在艺术,尤其不会有诗歌。"他还说:"诗歌和散文首先是而且主要是一种特殊的思维和认识方法"。

诗歌是一种特殊的思维方式,特别是用形象思维的方式;这种方式就是通常所说的"脑力节省",这种方法会使得"感知的过程相对轻松"。审美感受就是人脑对这种节省的反应。这是科学院院士奥夫夏尼科·库利科夫斯基在肯定认真地读过他的老师的著作以后,对他的思想所做的确切理解和如实概括。波捷勃尼亚和他的许多学生把诗歌看作是一种特殊的思维方式,即用形象进行思维的方式。他们认为,使用形象的目的是为了把各种不同的事物和活动归类,并且通过已知事物来使未知事物变得明晰。

俄国批评家波捷勃尼亚

"艺术即形象思维"的定义意味着(我把通常中间部分的论述省略了)艺术就是创造象征。这个定义在它所依据的理论衰落之后,竟然存留了下来。这个定义尾随着象征主义而来,特别是象征主义运动的理论家们仍然认可这个定义。

因此,许多人仍然认为,用形象思维,即用一些"道路和风景","犁沟和田边"的具体画面来思维②,是诗歌的主要特点。所以他们本来应该期待着有一部"形象艺术"的历史(按照这些人的说法),来描述形象变化的历史。但我们发现形象很少变化;从一个世纪到另一个世纪,从一个民族到另一个民族,从一个诗人到另一个诗人,形象不断地传递却没有变化。形象不属于任何个人,它是属于上帝的。越了解某个时代,就越确信原来认为是某个诗人创造的形象不过是他几乎原封不动地从其他诗人那里借用的。对诗人的作品进行分门别类,是根据诗人们发现和共同使用的新手法来进行的,还要根据他们对语言材料的安排和发展;诗人们更关心使用形象而不是创造形象。形象都是现成的东西,记住形象的能力远比创造形象的能力更重要。

在任何情况下,形象思维都不能包括艺术的所有方面,甚至也不能包括语言艺术的所有方面。形象的变化对于诗歌发展并不是至关重要。我们知

---

① 波捷勃尼亚(Alexander Potebnya),1835—1891,俄罗斯语言学家。
② 暗指俄罗斯作家、哲学家、俄国象征主义理论家雅契斯拉夫·伊凡诺夫(Vyacheslav Ivanov,1866—1949)的《犁沟和田边》(1916),这是象征主义理论的重要宣言。

苏联批评家什克洛夫斯基(1893—1984)

道,经常会有些词语被看作颇有诗意,是为了审美愉悦而创造的,而实际上创造的时候并没有这种意图。例如,安年斯基认为斯拉夫语特别具有诗性①;而安德烈·别雷对十八世纪俄国诗人把形容词放在名词后面的手法感到兴高采烈②。别雷高兴地认为这种手法有艺术性,或者更确切地说,这种手法是有意为之的,如果我们把意图看作艺术的话。而实际上,把形容词和名词的顺序颠倒,不过是这种语言的特色之一(这是受了教会使用的斯拉夫语的影响)。因此,一部文学作品可能是:(1)本意写成散文,但被当作诗歌;(2)本意写成诗歌,但被当成散文。这说明赋予某部作品的艺术性来自于我们感知的方式。所谓的"艺术品",狭义上就指通过特殊技巧创造的词语,以便让这部作品的艺术性越明显越好。

波捷勃尼亚的结论可以简单地归纳为"诗歌等于形象",这个结论产生出一整套"形象等于象征"的理论,即形象可以成为一种永远不变的谓语,不论其主语如何变化。(这个结论由于和象征主义者的看法相似,所以吸引了象征派的一些主要代表人物——安德烈·别雷、梅列日科夫斯基③,还有他的"永恒的伙伴们",并实际上成为象征主义的理论基础)。波捷勃尼亚得出这样的结论,部分原因就是他没有把诗歌语言和散文语言加以区别。因此他也没有发现存在着两种形象,一种形象是思维的实际手段,来把各种事物分门别类,另一种是诗歌的形象,用以加强印象。用一个例子来加以说明。我想引起一个小孩子的注意,她正在吃涂了黄油的面包,并把黄油弄到了手指上。我喊:"嘿,沾满黄油的手指!"这是一种修辞,显然是散文式的比喻。现在举一个不同的例子。这个孩子玩我的眼镜,把它掉在地上。我就喊:"嘿,沾满黄油的手指!(你这个拿不稳东西的家伙!)"这种修辞就是诗歌的比喻。(在第一种情况下,沾满黄油的手指是转喻性质的;在第二种情况下,它就是隐喻性质的了,但这不是我想强调的。)

诗歌形象是创造最深刻印象的一种方法。作为一种手段,就它的目的而言,与其他诗歌技法相比,效果差不多;其效果与普通的或否定的排偶法差不多,也与比较、重复、对称、夸张法等普通的修辞手法差不多,与那些强调语言情感效果的方法差不多(包括词语甚至发出的声音)。但诗歌形象与

---

① 安年斯基(Innokenty Annensky),1856—1909,俄罗斯诗人。
② 别雷(Andrey Bely),1880—1934,俄国象征主义理论家、诗人。
③ 梅列日科夫斯基(Dmitri Sergeyevich Merezhkovsky),1865—1941,俄国批评家、小说家。

寓言、民谣及形象思维中的形象仅仅是形似而已，例如在奥夫相尼科—库里科夫斯基的《语言与艺术》中，一位小姑娘把圆球称为西瓜就是这样。诗歌形象只是诗歌语言的手法之一。散文形象则是一种抽象的手段：说那是小西瓜而不是灯罩，或是小西瓜而不是脑瓜，这仅仅是对事物一种属性的抽象，即圆形。这与说脑瓜和西瓜都是圆的没什么两样。这只是一种表达而已，与诗歌没有关系。

这种节省脑力的说法，还有创作的法则和目的的说法，如果应用到"日常"语言当中也许是对的；但是这些说法被扩展到了诗歌语言当中。这样他们没有区分日常语言的法则和诗歌语言的法则。日语诗歌里的声音在日语日常会话里没有，这一事实也几乎不是诗歌语言和日常语言具有差异的首次发现。莱·彼·雅库宾斯基认为①，流音差异的法则不能应用到诗歌语言上。于是他认识到，诗歌语言里能够容忍一些相似声音的组合，这些组合音很难发声。他的论文称得上是一篇早期科学性批评的范例，他在文中归纳性地指出了诗歌的语言法则和日常语言法则之间的鲜明对比（稍后我还会提到这一点）。

托尔斯泰（左）和高尔基

因此，我们要讲一讲诗歌语言里的浪费与节省的法则，不是根据与散文的类比，而是根据诗歌语言的法则。

研究一下感觉的一般规律，我们就会看到，感觉一旦成为习惯性的，就会变成自动的行为。这样，我们的所有习惯就退到无意识和自动的领域；回忆一下第一次拿笔时的感觉，或是第一次讲外语时的感觉，再把这种感觉同第一万次重复同一件事情的感觉做一下比较，你们就一定会同意我们的看法。这样的习惯性可以解释一般会话的原则，即我们会使用不完整的语句，念出一半的词。这种过程在代数里实现得最理想，事物用符号象征代替。在速度快的日常会话里，人们不说完整的词语；开头的声音几乎觉察不到。亚历山大·波戈金举了一个例子，一个小男孩设想一句话"瑞士的山很好看"，用一连串的字母 T. S. m. a. b. 来替代。

这种思维的特点不仅意味着代数方法，而且想到采用象征符号（也就是采用字母，特别是首字母）。利用代数式的思维方法，我们所感知的事物只

---

① 雅库宾斯基（Lev Petrovič Jakubinskij），1892—1945，俄国语言学家。

是些没有准确外延的形状;我们不是从整体上看待事物,而是根据主要特征认识事物。这些事物看上去,就好像装在袋子里似的。我们通过其外形了解它,不过我们看到的只是它的侧影。以如此散文式的感觉感知的事物,会慢慢地消失,不会给我们留下任何印象;最后即使事物的本质也会被忘掉。这样的感觉可以解释为什么我们听不到完整的散文词语(参阅莱斯·雅库宾斯基的文章),以及为什么(像其他的口误一样)我们不会发出整个词语的声音。"代数化"的过程,或者对于事物的过分自动化,可以最大限度地节省感知时使用的脑力。各种事物或是仅仅规定成一种特点,例如数字,或者好像只是按公式起作用,本身根本不出现:

> 我在房间里擦洗打扫,转来转去,转到长沙发,可是不记得是不是擦过它。由于这都是些无意识的习惯性动作,也就不记得了,并且感到不可能记得了——是否我已经擦过但是忘记了。也就是说,如果我是无意识地擦了它,那就同我没有擦一样。如果有人清楚地记得看见我擦过,事实就可以搞清楚了。但是,如果谁也没有看见,或者无意识地看我打扫,如果许多人纷繁的一生都是这么无意识地匆匆度过,那就这一生如同根本没有存在。①

这样生活就仿佛是虚无。习以为常的状态吞噬掉了工作、衣服、家具、妻子、还有对战争的恐惧。"如果许多人的繁杂生活都是这么无意识地匆匆度过,那就这一生如同根本没有存在"。艺术的存在就是为了使人恢复对生活的感知,为了让人感觉事物,使石头具有石头的质地。艺术的目的是引起对事物的感受,而不是提供识别事物的知识。艺术的技法是使事物"不熟悉",使形式变得困难,加大感知的难度和长度,因为感知过程本身就是审美目的,必须把它延长。艺术是体验事物艺术性的方式,而事物本身并不重要。

诗歌(艺术)作品的范围囊括了从感觉到认知,从诗歌到散文,从具体到抽象;从塞万提斯的堂吉诃德——一个书生气十足贫穷潦倒的贵族,有意无意地忍受公爵的侮辱——到屠格涅夫的空泛而空洞的堂吉诃德;从查理曼大帝到国王这个词(俄语"查理曼"和"国王"显然来自于同一个词根"korol"),几乎无所不包。艺术作品的意义一味地扩展,直到艺术性消失;因此寓言比诗歌更有象征性,而格言又比寓言更有象征性。其结果是,波捷勃尼亚的理论在分析寓言时自相矛盾的地方最少,按照他的观点,他对寓言作了透彻的研究。但是由于波捷勃尼亚的理论并没有涉及"表现式的"艺术作品,所以他的书还没有写完。我们知道,《文学理论札记》是波捷勃尼亚死后

---

① 列夫·托尔斯泰1897年3月1日日记。

十三年即1905年出版的。在这本书里,波捷勃尼亚只完成了关于寓言的那一部分。

一件事物我们见过几次以后,就开始识别它。事物摆在我们面前,我们知道它,但是我们对它视而不见。因此,我们对它谈不出任何有意义的话来。艺术有几种方式可以使事物摆脱感觉的自动化。这里,我想列举一种列·托尔斯泰经常使用的方法,至少对于梅列日科夫斯基来说,这些事情似乎是托尔斯泰本人的亲眼所见,他看到的是完整的事物,而没有改变它们。

年轻时的托尔斯泰

列·托尔斯泰不直呼事物的名称,从而使得熟悉的事物变得陌生。在他的笔下,好像是第一次见到这种事物,描述的事件仿佛该事件第一次发生。在描写事物时,他避免使用该事物各个部分为人所知的名称,而是使用其他事物相应部分的名称。例如,列·托尔斯泰在《何等耻辱》一文中,把鞭刑进行了"陌生化"处理:"脱下犯法的人的衣服,将他按倒在地,用枝条抽打臀部"。隔了几行他又写道:"抽打裸露的屁股"。然后他评论道:

> 为什么要用这种愚蠢而野蛮的办法让人疼痛,而不用别的办法呢?比如用针扎肩膀或身体的其他部位,用钳具夹双手或双脚,或是其他类似的办法呢?

请原谅我举了这样一个不雅的例子,但这是托尔斯泰典型的刺激人类良心的方法。熟悉的鞭刑动作变得陌生了,一方面是靠描写,一方面是改变了表现形式,但没有改变其本质。托尔斯泰经常使用这种陌生化的方法。例如在《霍斯托密尔》里,故事是从一匹马的视角(而不是人的视角)叙述的,这使得故事的内容变得陌生了。这匹马对私有制是这样看的:

俄罗斯画家笔下的"霍斯托密尔"(1996)

> 他们谈到鞭笞和基督教的良心,这些我是很明白的,可是后来我又完全糊涂了。什么是"他自己的","他的驹子"?从这些话里我看出人们认为我和马厩之间有什么特殊关系。究竟是什么关系,我当时并不明白。直到过了好多时候,他们把我同其他的马分开,我才开始明白过来。但是即使那时我仍然不明白他们为什么把我叫做"人的财产"。我觉得把我这样一匹活生生的马说成是"我的马"实在别扭,就如同说"我的土地"、"我的空气"、"我的水"一样。
>
> 但这些字眼给我的印象很深。我不停地思考它们。直到同人类在一起有了种种经历以后,我才最终明白这些字眼的含义。它们的意思就是:在生活中指导人们的是词语,不是行动。他们不是很喜欢有可能去做什么或者不做什么,而是更喜欢

有可能用彼此认可的词语谈话,谈论各种各样的事情。他们把这样的词语"我的"、"属于我的",用到不同的事物上面,如动植物,物体,甚至是土地、人和马。他们赞同只有一个人可以对一样东西或另一样东西说"我的"。谁能照他们相互之间认定的方式,把最多的东西说成"我的",谁就是他们中间最幸福的人。为什么要这样,我不明白,但这是事实。我以前费了好大劲想让自己明白这样做真的有好处,可是又不得不否定这种解释,因为这种解释不合理。譬如,我被叫做某些人的马,可他们中的许多人并不驾驭我,驾驭我的倒是另外一些人。喂我的也不是他们,还是另外一些人。此外,待我好的也不是那些说我是属于他们的人,而是马夫、兽医,总之都是一些旁人。后来,扩大了观察的范围,我总算找到了满意的答案:不仅是对我们马,对任何东西使用"我的"这个字眼并没有什么理由,它只是反映人类的一种狭隘的本能——他们把它说成是对私有财产的意识或权力。一个人说:"这房子是我的",可他从来不在里面住,只关心房子的建筑和维修。一个商人说:"我的铺子",譬如说"我的纺织品店",他却没有一件衣服是用他铺子里上等料子做的。

有些人把某块土地称为"我的地",可是他从来没有看到过这块土地,也没有在上面走过。有些人把另外一些人称为他们的人,其实从来没有看见过那些人,他们之间的关系不过是所谓的"主人们"不公正地对待另一些人。

有些人把女人称为自己的人或"妻子",而这些女人却与别的男人生活在一起。人们不是争取美好的生活,而是追求得到更多的可以称作属于自己的东西。

现在我相信,人类同我们最大的区别就在这里。因此,我们比人类优越的其他地方自不必说,光凭这一点,我们就可以大胆地说,在生物等级的分类上,我们比人类高一级。人类的活动,至少就我所接触到的人类活动而言,是被"字眼"引导着;而我们的活动是由行为引导的。

小说的末尾,马被杀掉了,但叙事的方式或是其表现手法,并没有改变:

很久以后,谢普霍夫斯科依,这个在世上吃喝玩乐了一辈子的人的尸体被收拾进土里。他的皮也罢,他的肉也罢,骨头也罢,都无利可图。

这个在世上呆了二十年的家伙,其尸体对于大家来说是一个承重的负担,而把他埋入土里,对人类也是一次多余的尴尬。早已没有任何人需要他了,人人早就觉得他成了个累赘。但埋葬尸体的行尸走肉们,认为有必要给躯体肿胀并且已经开始腐烂的尸体穿上讲究的制服、讲究的皮靴,放进讲究的新棺材里,棺材四角还摆上崭新的璎珞,再把这崭新的棺材放到另一樽崭新的铅樽里,用船运到莫斯科,在那里掘出古人的尸骨,就在那地方把穿着崭新礼服、锃亮皮靴子的腐烂生蛆的尸体埋葬起来,上面再盖上泥土。

这样,我们看到在小说的结尾,托尔斯泰继续使用这种技法,即使使用它的动机已经不再存在了。

(丁兆国 译)

关 键 词

技法(technique)
诗歌语言/散文语言(poetic/prosaic language)
代数化/过分自动化/习惯化(algebrization/ over-automatization/ habitualization)
陌生化(defamiliarize)

关 键 引 文

1. 研究一下感觉的一般规律,我们就会看到,感觉一旦成为习惯性的,就会变成自动的行为。这样,我们的所有习惯就退到无意识和自动的领域;回忆一下第一次拿笔时的感觉,或是第一次讲外语时的感觉,再把这种感觉同第一万次重复同一件事情的感觉做一下比较,你们就一定会同意我们的看法。

2. 利用代数式的思维方法,我们所感知的事物只是些没有准确外延的形状;我们不是从整体上看待事物,而是根据主要特征认识事物。这些事物看上去,就好像装在袋子里似的。我们通过其外形了解它,不过我们看到的只是它的侧影。以如此散文式的感觉感知的事物,会慢慢地消失,不会给我们留下任何印象;最后即使事物的本质也会被忘掉。

3. 如果许多人纷繁的一生都是这么无意识地匆匆度过,那就这一生如同根本没有存在。

4. 艺术的存在就是为了使人恢复对生活的感知,为了让人感觉事物,使石头具有石头的质地。艺术的目的是引起对事物的感受,而不是提供识别事物的知识。艺术的技法是使事物"不熟悉",使形式变得困难,加大感知的难度和长度,因为感知过程本身就是审美目的,必须把它延长。艺术是体验事物艺术性的方式,而事物本身并不重要。

讨 论 题

1. 本文中"形式"指的是什么,和我们通常批评的"形式主义"是一回事吗?这里的"形式主义"反对的是什么?
2. 在早期形式主义者们看来,形式和内容的关系是什么?
3. 艺术的存在仅仅是为了"使石头具有石头的质地",你同意吗?

瑞普一觉醒来发现今非昔比

4. 举例说明"陌生化"。右图是《格列夫游记》中的景象,它是"陌生化"的范例吗?为什么?华盛顿·欧文的小说《瑞普·冯·温克尔》是什么类型的陌生化?灾难片展示的又是什么陌生化?有什么作用?

5. "形式主义"过时了,但是"形式主义精神"在西方批评理论里一直存在。什么是这种精神?它有什么长处?

美国灾难片《后天》中的场景水漫曼哈顿

标准语言与诗歌语言(穆卡若夫斯基)

简·穆卡若夫斯基(1891—1975)是 1926 年创建的布拉格语言学派最活跃的一位成员,曾任捷克布拉格查尔斯四世大学捷克文学教授(一度任该校校长)。他的早期研究带有浓厚的俄国形式主义理论色彩,部分原因是由于雅各布森于 1920 年迁居布拉格,但穆卡若夫斯基的理论并不是形式主义的延续。在胡塞尔现象学的影响下,"他以互惠关系概念取代了因果关系概念,以结构概念取代了形式概念"。下文最初发表于 1932 年,在文中穆氏强调对"经验现实进行现象学(功能)意义上的构造",以便去掉美学中的实证主义,反抗把美当作绝对理念来进行心理沉思。文章的重要之处在于以"前置"或"主导因素"来阐明形式主义二分法(诗歌语言/日常语言)。这也是他和严格意义上的形式主义立场相左之处。

标准语言与诗歌语言的关系问题可以从两方面来考虑。诗歌语言的理论家们对此提出的问题大致如下:诗人是否受到标准语规范的约束?抑或:这个规范在诗歌中是如何起作用的?另一方面,标准语言理论家首先想搞清楚的是:一首诗究竟在何种程度上可以当作材料来证实标准语的规范?易言之,诗歌语言理论的旨趣主要在于标准语言和诗歌语言间有哪些差异,而标准语理论则侧重于双方的共同点。很明显,这两种方法如果研究方法得当,它们之间本不会出现什么冲突,唯一的差别只是看问题的角度不同,对问题的解释不同。本研究从诗歌语言的角度来探讨诗歌语言和标准语言的差异。我们的方法是将这个笼统的问题细分成若干具体问题来处理。

第一个问题,作为入门,涉及以下方面:诗歌语言与标准语言在外延有什么关系?双方在整个语言系统中各自所处的位置之间有什么关系?诗歌语言究竟是标准语言的一个特殊名称呢,还是一种独立存在?诗歌语言不能说是标准语言的特殊名称,因为至少从词汇、句法等来看,诗歌语言里使用了某种语言的所有语言形式,通常包含该语言不同发展阶段的语言形式。有的作品(例如法国文学中维荣或里克蒂的俚语诗歌①)中,甚至所有的词汇材料都出自另外一种语言形式,而非标准语言。在文学作品中,不同形式的语言可以并存(例如长篇小说中,对话可以用俚语,而叙述段落用的又是标准语言)。最后,诗歌语言还有一些自己特殊的词汇,短语表达以及若干语法形式,即所谓的诗歌专用语,如 zor(凝视)、or(骏马)、pláti(燃烧)、第三人称单数 muz("能够",试比较英语中的-th)等。……当然,赞成使用诗歌专用语的仅仅是某些诗歌流派(斯·捷赫所属的五月派便是其中之一②),其余各家都拒绝使用。

由此可见,诗歌语言并不是标准语言的一种叫法。这样说,并不等于否认二者间存在密切联系,这种联系的事实是:对诗歌来说,标准语言是它的背景,用来表现出于审美目的对作品语言成分进行有意的扭曲、亦即对标准语言规范有意进行违背。例如,我们可以想象,某一部作品,其中的方言中穿插了标准语言,来形成扭曲。那么显而易见,尽管方言在数量上占优势,却没有谁会把标准语言看成对方言的扭曲,而只会把方言看成对标准语言的扭曲。正是对标准语言规范进行有系统的违背,才有可能对语言进行诗意运用,没有这种可能,也就没有诗。某种语言中标准语言的规范越稳定,对它进行违背的途径就越是多种多样,诗歌在该语言中表现的天地也就越广阔。另一方面,人们越是意识不到这种规范,就越不大可能违背它,诗歌创作的可能性就越小。这样,在早期的捷克现代诗歌,人们对标准语言规范的意识还不强烈,以打破标准语言规范为目标的诗歌语汇,和以获得普遍认同并成为规范语言为目标而制造出来的语汇相差无几,以至两者被混为一谈。

我们要回答的第二个特殊问题关系到两种语言形式的不同功能。这是问题的核心所在。诗歌语言的功能在于最大限度地把言辞"前置",是"自动化"的反面,也就是说,它对一种行为进行反自动化。一种行为的自动化程度越高,

---

① 维荣(François Villon),1431?—1463?,文艺复兴时期法国最著名的抒情诗人;里克蒂(Jehan Rictus),1867—1933,法国诗人。
② 捷赫(Svatopluk Cech),1846—1908,捷克记者,诗人。

意识对它的感知就越少。越是前置,意识对它的感知就越高。客观地说,自动化使事情程式化,前置则意味着打破程式化。纯粹的标准语言形式,如以公式化为目标的科技语言,就极力避免前置(aktualisace)。于是,在科学论文中,因为"新"而被前置的新词语其含义会被赋予确切的定义,使它立刻被自动化。当然,前置在标准语言中还是较为普遍,例如在报刊文章、尤其是散文中更加普遍。但在那里它总是服从于交流目的:其目的在于把读者(或听众)的注意力更多地吸引到由前置表达手段所反映出来的主题内容上。这里所说的关于标准语言中前置和自动化的论述,在哈维兰内克的文章中都作了详尽阐述,我们在这里只研究诗歌语言。在诗歌语言中,前置达到了极限强度,前置就是语言表达的目的,它的使用就是为了它本身,而交流则被挤到背景。它不是用来为交流服务的,而是用来把表达行为、语言行为本身推到前台。于是问题是:在诗歌语言中,这种前置是怎样达到最大限度的?也许有人会回答说,这是数量效果的缘故,也就是将绝大部分语言成分,或者是全部语言成分一起推到前置位置。这个回答是错误的,虽然它仅仅是理论上的错误,因为实际上不可能把所有语言成分一起前置。前置任何语言成分,必然有其他一个或多个语言成分作为自动化加以陪衬。例如,在沃尔契里基和捷赫的作品中,语调被前置,就必然要把作为意义单位的词语挤到自动化的最底层。因为,如果它的意义也前置,其语音就必然具有独立性,从而打乱连贯的(流畅)语流。K.托曼的诗给我们另外一个例子①,说明到一定程度时,语境中一个词语的语义独立后同时其语调也表现为独立。于是,语调作为连贯的语流被前置,就与语义的"空缺"密切相关,由于这种"空缺",五月派被后人批评为"搞文学游戏"。除了实际当中不可能把所有语言成分一起前置外,还应指出,把一首诗中的所有语言成分同时前置也是不可想象的。这是因为,所谓前置,正意味着把一些语言成分放到前台上,而所谓占据前景,也是和留在背景上的另一个或另一些成分相对而言。同时把一切都前置只会把所有语言成分提高到同一水平,势必造成新的自动化。

因此,要让诗歌语言最大限度地得到前置,其手段并不在被前置语言成分的数量,而在其他地方。这就是前置的一贯性和系统性。一贯性表现在这一事实:只能沿着一个稳定的方向,对特定作品中前置的语言成分进行重新塑造。因此,某部作品中意义的去自动化就是不断地通过词汇选择(词汇中相互对立部分进行相互混合)来进行的,而另一部作品则同样不断地通过

---

① 沃尔契里基(Jaroslav Vrchlicky),1853—1912,笔名佛瑞达(Emil Frida),捷克诗人;托曼(Karel Toman),1877—1946,捷克诗人。

语境中结合在一起的词的特殊语义关系来实现。两种方法都导致意义前置,但前置的方式各不相同。在特定作品里,有系统地前置语言成分体现在这些语言成分相互关系的渐变中,即在它们相对主从关系的变化中。在这种高低秩序中占据最高位置的语言成分成为主导因素。其他语言成分无论前置与否,及其相互关系,都要从主导因素的角度进行衡量。起主导作用的语言成分推动其他语言成分的关系不断发展,并确定其发展方向。一首诗,即使没有任何前置出现,其材料也和它的各语言成分的相互关系交织在一起。因此,总是存在着语调与语意、语调与句法、语调与词序的潜在关系,或者是作为意义单位的词与本文的语音结构,与本文中出现的词汇选择,与同一句子中作为意义单位的其他词语之间的关系,交流语言中的情况也是如此。可以说,通过这些形形色色的内在关系,每一个语言成分都以某种方式,直接或间接地跟所有其他语言成分联系在一起。在交际语言中,这些关系大体上是潜在的。因为人们并没有关注它们的存在和相互之间的关系。然而只要在某一点打破这个系统的平衡,就足以使整个关系网络倾向一方,并在内部结构上沿着这一方向发展;网络的某一部分会产生张力(由于连续的非同一方向的前置),而网络的其他部分就会出现相应的松弛(通过自动化,当作有意安排的背景)。从受到影响的方面、即主导因素方面来看,各种关系的内在结构不会一成不变。更具体地说,有的时候语调受到语义的控制(通过各种方式),而另一些时候,意义的结构又由语调来确定;还有一些时候,一个词与所属词汇的关系可能前置;再有一些时候,这个词与本文的语调结构的关系又可能前置。至于这些可能的关系中的哪一种关系被前置,哪些关系仍留在自动化位置上,前置又顺着什么方向进行是从语言成分A到语言成分B还是反方向,而这一切都取决于主导因素。

于是,主导因素就把文学作品结合成一个整体。当然,这是它自己的一种统一,在美学上,这种特性通常被称为"多样性中的统一"。这是一种动态的统一,同时可以发现和谐与不和谐、聚合力和离散力。聚合力源自主导因素的吸引力;离散力则是来自和吸引力反方向的抵抗力,来自作为静态背景的未被前置的语言成分。从标准语言的角度看,或是从诗歌准则的角度看,有些语言成分看上去没有前置。这里的诗歌准则指的是一系列牢固稳定的规范,之前的诗歌流派由于融入了这些规范,其结构已经被自动化所消解了,不再被视为不可分离的。换言之,在某些情况下,一个语言成分以标准语言的规范来衡量,可能是前置的,然而在某部作品中,由于它符合自动化了的诗歌准则,又不能算作前置了。人们总是把某种传统作为背景去认识一部作品,这传统也就是自动化的准则,有了它,那部作品才显出自己的不同寻常之处。自动化的外在表现就是:人们以准则为参照可以更容易地进行艺术创新,更容易出现大量的模仿者,而不太熟悉文学的人士也会很容易地喜欢上落伍的诗歌。创作新潮流被视为对传统准则的扭曲,人们对此的反应程度可由保守派的批评来见证。这些人把对准则的有意视为错误,认为这有悖于创作本质。

因此,我们在诗歌作品后面看到的背景,就是那些对前置进行抵抗的未被前置的语言成分。这个背景有两个因素组成:标准语言的规范和传统的审美准则。这两种背景都潜在着,虽然具体情况下其中之一占据统治地位。语言要素突出前置的时候,标准语言的规范成为主要背景,而在前置活动适度的时候,传统准则是主要背景。如果后者大大扭曲了标准语言的规范,那么它的适度扭曲也许反过来会形成对标准语言规范的更新。其所以如此,也正因为适度之故。文学作品中前置和未前置的成分之间的相互关系形成了作品的结构。这种动态的结构包含有聚合力和离散力,而且形成了不可分解的艺术整体,因为它的每一个成分都是在与整体的关系中才获得本身的价值。

(丁兆国 译)

关 键 词

标准语言/诗歌语言(standard/poetic language)
前置/后置(foregrounding/ backgrounding)

关 键 引 文

1. 对诗歌来说,标准语言是它的背景,用来表现出于审美目的对作品语言成分进行有意的扭曲、亦即对标准语言规范有意进行违背。……正是对标准语言规范进行有系统的违背,才有可能对语言进行诗意运用,没有这种可能,也就没有诗。

2. 在诗歌语言中,前置达到了极限强度,前置就是语言表达的目的,它的使用就是为了它本身,而交流则被挤到背景。它不是用来为交流服务的,而是用来把表达行为、语言行为本身推到前台。

3. 在特定作品里,有系统地前置语言成分体现在这些语言成分相互关系的渐变中,即在它们相对主从关系的变化中。在这种高低秩序中占据最高位置的语言成分成为主导因素。其他语言成分无论前置与否,及其相互关系,都要从主导因素的角度进行衡量。起主导作用的语言成分推动其他语言成分的关系不断发展,并确定其发展方向。

4. 文学作品中前置和未前置的成分之间的相互关系形成了作品的结构。这种动态的结构包含有聚合力和离散力,而且形成了不可分解的艺术整体,因为它的每一个成分都是在与整体的关系中才获得本身的价值。

讨 论 题

1. 按照穆卡若夫斯基的观点,文学语言和日常语言的区别是什么？真的有这种区别吗？请对下面引文作出评论。

> 某种语言中标准语言的规范越稳定,对它进行违背的途径就越是多种多样,诗歌在该语言中表现的天地也就越广阔。另一方面,人们越是意识不到这种规范,就越不大可能违背它,诗歌创作的可能性就越小。

2. 在分析"后置"时,穆卡若夫斯基和形式主义者们有什么不同？为什么"关系"和"结构"在这里如此重要？请对下面引文作出评论。

> 一首诗,即使没有任何前置出现,其材料也和它的各语言成分的相互关系交织在一起。因此,总是存在着语调与语意、语调与句法、语调与词序的潜在关系,或者是作为意义单位的词与本文的语音结构、与本文中出现的词汇选择、与同一句子中作为意义单位的其他词语之间的关系,交流语言中的情况也是如此。可以说,通过这些形形色色的内在关系,每一个语言成分都以某种方式,直接或间接地跟所有其他语言成分联系在一起。

3. 穆卡若夫斯基的论述涉及到对文学史的理解,请评论。

"形式方法"的理论(艾亨鲍姆)

鲍·艾亨鲍姆(1886—1959)曾在军事医学院学习,后转到圣彼得堡大学语文系,1912年毕业。1948—1949年曾任列宁格勒大学教授,1956年开始在俄国文学研究所任教。二十世纪二十年代艾亨鲍姆积极参与诗歌语言研究会的活动,成为其重要的代言人。后来他致力文学史研究,发表过三百多篇论述俄国重要作家的著述。艾亨鲍姆对文学与环境的互动关系颇有研究,反对把生活排斥在文学之外的狭隘的形式主义和只看重社会经济因素的庸俗社会学批评。下文用乌克兰语首次发表于1926年,即在托洛茨基对形式主义进行了有力批判的两年后,也即在形式主义彻底消失的几年前。本文经常被当作形式主义的经典表述,既是为形式主义辩护,又是其主要论点的总结。

所谓形式方法,来自于建立文学科学的努力,使之独立和以事实为基础,而不是来自某种特殊的方法论。方法这个概念的范围被大大地夸大了,以至现在它的含义太广。原则上讲,形式主义者在文学研究中注重的不是如何研究文学,而是文学研究的对象到底是什么。我们不讨论方法论,也不就此进行争论。我们谈论并且只会谈论理论原则,这些原则是经过研究具体语境中的具体材料而引出的,而不是某种现成的方法论提出的。形式主义者在文学理论和文学史方面的研究已经非常明确地表达了这一点。但是近十年来,又产生了诸多新的问题,并且旧的误解也没有消除,因此,我们不妨对我们作过的一些研究工作做一下总结,当然不是要梳理出教条体系,而是做个历史概括。我想说明形式主义者的研究是怎样开始,怎样发展的,并且涉及到了哪些方面。

鲍·艾亨鲍姆(1886—1959)

形式方法的发展具有逐渐变化的特点,了解这一点对了解其历史非常重要;我们的对手和我们的许多追随者都忽视了这一点。我们周围有不少折中主义者和模仿者,他们爱把形式方法变成一种僵硬的形式主义体系,以便从中获取可以利用的词语、计划和名称。批评家们可以很容易获得这样的计划,但这样的计划根本说明不了我们方法的特点。我们的科学方法过去没有事先设计好计划或教条,现在也没有。在我们的研究中,我们把理论仅仅看作是一种可行性假设,借助这种假设来发现和解释事实;就是说,我们借此确定事实的可靠性,然后把这些事实用作研究的材料。我们不关心那些模仿者所关心的定义,也不建立那些折中主义者感兴趣的普遍理论。我们制定一些具体原则并且坚持这些原则,条件是事实能够证实这些原则可行。如果事实材料要求我们改进或者改变这些原则,我们就会去这样做。从这种意义来说,我们根本就没有什么自己的理论,就好比提出理论和深信不疑是不同的一样,在这方面科学是自由的。没有什么完全现成的科学,科学的发展不靠停留在真理上,而靠不断的克服谬误。

本文的目的不是为自己辩护。一开始的科学之争和报刊笔战已经过去了。像《报刊与革命》上那样的攻击(为此我很荣幸)只有新的科学研究成果才能作为回应。我在此的主要目的就是要指出,形式方法如何通过自身的不断发展和扩大研究领域,超越了一般"方法论"的局限,成为一种特殊的文学科学,一种对事实进行具体梳理的方式。在这种科学的范围内,各种不同的方法都可以取得进展,至少因为我们把注意力集中在对于事实材料的实

形式主义批评家
迪尼亚诺夫(1894—1943)

验性研究上。从根本上来说,这样的研究是形式主义者们最初的目标,也恰恰是他们与旧传统争论的意义所在。该运动被冠之以形式方法这个称谓,现在已经与之紧密联系在一起了,但这个名称不妨可以理解为一个历史性的术语;不应被看作是对我们工作的准确描述。无论是作为美学理论的形式主义,还是作为已经完成的科学体系的方法论,都不能反映我们的特色;我们的特色就是试图创立一门独立的文学科学,研究只属于文学的材料。我们唯一的目标就是确认文学艺术本身的理论事实。

常有各种人指责形式方法的代表人物,说他们理论模糊,原则不当,说他们对诸如美学、社会学、心理学中的普遍问题漠不关心。这些指责尽管不尽合理,但都正确地抓住了下面这一点,即形式主义的主要特点的确是有意与"高高在上的美学"和现成的自以为是的各种普遍理论拉开了距离。这种拉开距离的方式(特别是与美学拉开距离),或多或少是当代一切艺术研究的典型做法。当代艺术研究抛开了(诸如美、艺术目标等)一整套普遍问题,集中探讨美学的具体问题。它对艺术形式及其发展提出探讨,而不愿涉及社会美学的种种前提。随之而来的是许多更具体的关于理论和历史的问题。一些熟悉的口号,例如韦尔夫林的"不要姓名的艺术史",成为一些对风格与技巧进行具体分析的实验的特点(例如福尔的"绘画比较研究实验")①。在德国,视觉艺术的理论和历史研究在那里有特别丰富的传统和实验的历史,在艺术研究中居中心地位,并且开始影响艺术的普遍理论和艺术的各个分支——特别是文学研究。在俄国,由于当地的历史原因,文学研究像德国的视觉艺术一样,占据中心的地位。

马雅可夫斯基
(1893—1930)

形式方法引起人们的普遍注意,并且引起争议,当然不是因为它独特的方法,而是由于它对解释和研究技法持有独特的态度。形式主义者宣扬的原则违反了根深蒂固的传统观念,这些观念不仅在文学研究中,而且在一般的艺术研究中被尊为金科玉律。他们恪守这些原则,因此便大大缩小了文学理论的具体问题和美学的一般性问题之间的距离。形式主义者的思想和

---

① 韦尔夫林(Heinrich Wölfflin),1864—1945,瑞士文艺史学家,美学家。

原则尽管讲究具体性,也直接针对审美的普遍理论。所以,我们创造出来的极其非传统的诗学,不仅仅意味着对具体问题的重新审视,而且对一般的艺术研究也产生影响。它产生影响是因为一系列历史发展的缘故,最重要的就是哲学美学的危机和惊人的艺术革新(在俄国,最突出最明显地表现在诗歌上)。美学变得空洞无物,艺术也极为贫瘠,完全沦落到原始状况。所以形式主义和未来主义便历史性地结合在一起了。

但是,形式主义出现的普遍历史意义是一个特别的题目;这里我要岔开一下,打算说明形式方法的原则和问题是如何演变的,以及形式主义者如何发展到目前的状况。

形式主义出现之前,学院式的研究对理论问题一无所知,仍然在运用美学、心理学和历史学的古老原则,失去了真正的研究对象,所以这一学科的科学存在也成为幻影。形式主义者和学院派之间几乎没有争斗,不是因为形式主义者破门而入(根本就没有门户),而是因为我们遇到的是通行无阻的大道,而不是堡垒。波捷勃尼亚和维谢洛夫斯基的门徒在理论上继承了他们的衣钵①,而这些理论似乎

罗曼·雅各布森

(1896—1982)

成了不能产生利息的无用资本,他们不敢稍有触动,看着它的光彩逐渐消失。实际上,学院学术的权威和影响已经逐渐转移到了期刊杂志的"学术"领域,转到象征主义批评家和理论家的研究中。实际上,1907到1912年间,维·伊凡诺夫、勃留索夫、梅列日科夫斯基、楚科夫斯基等人所发表的著作和文章②,其影响远远超过大学教授们的学术性研究和论文。这种期刊研究,尽管充满主观性和倾向性,但都以新艺术潮流和其宣扬者们的理论原则和口号为基础。因此,如安德烈·别雷的《象征主义》(1910)之类的书,当然要比一些文学史著作对青年一代更有效果,因为那些专门论述文学史的著述没有系统的原则,表明其作者既完全没有科学的态度,也完全缺乏科学的观点。

两代人(象征主义者和形式主义者)之间的历史性战斗,战斗的焦点是原则问题,而且颇为激烈,在期刊上决出分晓,战线的一边是象征主义理论,另一边是印象式批评,与学院派的著作没有关系。我们介入到和象征派的争论,目的是要从他们手中夺回诗学,使诗学摆脱他们的主观性哲学和美学理论的束缚,把它引向针对事实的科学研究。他们的著作唤起了我们,我们清楚地意识到他们所犯的错误。这个时候,争论变得更加迫切,因为未来主

---

① 维谢洛夫斯基(Alexander Veselovsky),1838—1906,俄国著名语言学家。
② 楚科夫斯基(Korney Ivanovich Chukovsky),1882—1969,俄苏批评家,诗人。

义者们(赫列勃尼科夫、克鲁切内赫①、马雅可夫斯基)正成长起来,他们反对象征主义诗学,支持形式主义者。

最初的形式主义小组团结在一起,共同的理想是把诗学语言从知性主义和道德主义的桎梏那里解放出来,而象征主义正越来越陷入这个桎梏中。象征主义理论家的分歧(1910—1911)和阿克梅派②的出现,为我们决定性的革命作了准备。我们知道必须避免一切妥协,历史要求我们必须具有真正的革命态度——毫不含糊的论点,无情的讽刺,还要大胆拒绝一切与我们不相容的立场。我们必须通过对事实的客观研究来反对象征主义者信奉的主观美学原则。所以形式主义运动的特点就是对于科学实证主义具有新的激情——拒绝哲学假设,拒绝心理学的和美学的解释,等等。摆脱哲学美学和意识形态理论来思考艺术,艺术对事物便有了自己的视角。我们必须转向事实,放弃普遍体系和一般性问题,从"中间"开始,研究艺术让我们必须面对的事实。艺术要求我们从近处观察它,而科学则要求我们处理具体的事物。

建立具体的和贴近事实的文学科学是形式方法构成的基础。我们的所有努力都旨在肃清以前的观点,即按照阿·维谢洛夫斯基的说法,那时把文学当成一个弃物。这就是形式主义的观点无法和其他流派相容,也不能被折中主义者所接受的原因。形式主义反对其他流派,实际上过去和现在反对的不是他们采用的方法,而是反对他们把不同的领域和不同的问题混淆起来,这是不负责任的做法。我们过去和现在的基本主张都是以文学科学本身为对象,研究其具体的细节,这种研究把文学细节与其他的一切材料区别开来。(然而,其他科学领域可以合理地正当地以附带的方式使用那些次要的、偶然的特征)。罗曼·雅各布森极为清晰地说明了这种观点:

> 文学科学研究的对象不是文学,而是文学性,也就是说使某部作品成为文学作品的东西。文学史家们一直喜欢装扮成警察,为了要逮捕某个人,他们利用一切机会,把所有偶然进入房间的人,甚至从旁边街上经过的人统统都抓起来。文学史家就是这样无所不抓,诸如人类学、心理学、政治、哲学等等。这样便自说自话出一个各种学科(哲学史、文化史、心理学史等)的大杂烩,什么都像,就不是文学科学,在这

---

① 赫列勃尼科夫(Velimir Khlebnikov), 1885—1922, 克鲁切内赫(Aleksei Eliseevich Kruchenykh), 1886—1968, 皆是俄国未来主义诗人。
② 阿克梅派,如未来派一样,反对象征主义的原则和做法。但和未来派不同,他们接受一种高度克制、雅致的诗歌风格。最著名的阿克梅派人物是安娜·阿赫玛托娃和奥斯普·曼德尔施塔姆。这个运动在第一次世界大战结束前就消失了。

里文学名作被理所当然地当成了有缺陷的二手材料。

为了应用并强调这一具体性原则,也为了避开抽象地谈论美学,我们必须把文学事实和其他事实作比较,从无数的重要事实的组合中选出一种组合,这种组合属于文学,而且在功能上能够把文学和其他领域区别开。雅库宾斯基在诗歌语言研究会发表的首部文集中撰写的几篇论文就使用了这种方法,他把诗歌语言和实用语言作了对比,这也成为形式主义在诗学的关键问题上的基本原则。其结果就是,形式主义者们和文学专业的学生不同,不会去研究历史、文化、社会、心理或审美等,而是转向语言学这门紧靠着诗学并和诗学使用相同材料的科学,只是研究语言学的视角和提出的问题不同。语言学本身也对形式方法感兴趣,因为把诗歌语言和实用语言

意大利未来主义雕刻家乌姆伯托·波丘尼(Umber to Boccioni, 1882—1916)1913年的铜雕作品"空间延续的独特形式",反映躯体行走时与环境的相互作用。

进行比较,得出的发现可以作为纯粹的语言问题加以研究,当作普遍的语言现象的一部分。语言学和形式方法之间的关系,即互相利用相互界定的关系,有些类似于物理与化学之间的那种关系。在这个背景之下,波捷勃尼亚之前提出的、被其追随者理所当然地加以接受的问题,又被重新考察和评述。

列昂·雅库宾斯基在他的第一篇文章《论诗歌语言的声音》里,比较了实用语言和诗歌语言,指出了它们之间如下的差别。

> 对语言现象应加以分类,分类的依据应该是说话者在形成自己的语言模式时带有的具体目的。如果该模式的形成纯粹为了交际这个实用目的,那么我们处理的就是实用语言系统(即表达思想的语言),这里的语言模式(语音、构词特点等)没有独立的价值,只是交际的手段而已。但是也可能会有其他的语言系统,其中实用目的退居次要地位(虽然可能并没有完全隐退);这样的系统的确存在,它们的语言模式具有独立的价值。

确立这种差异很重要,这对于建立一套诗学,对于理解未来主义对无意义语言的偏爱都是如此。未来主义者对无意义语言情有独钟,因为它能够把词语完全独立的价值揭示到极致,这种价值有些可以从儿童语言观察到,有些可以从宗教帮派的语言里看出,等等。未来主义者在无意义语言方面的实验对于反对象征主义显示出极其重要的意义。象征主义理论仅仅认为语音是伴随意义的附属品,只具有工具性,这样就贬低了语音在诗歌语言中的作用。诗歌韵文中的语音问题特别重要,因为正是在这一点上,形式主义者和未来主义者

联合起来,反对象征主义理论。形式主义者首先在这一问题上入手很自然,因为如果要反对象征主义者偏向美学和哲学,建立一套精确观察体系,进而归纳出现象背后的科学结论,首先必须解决的就是语音问题。

(丁兆国 译)

关 键 词

形式方法(formal method)
文学科学(science of literature)
诗歌语言/实用语言(poetic/practical language)
具体事物(the specific)

关 键 引 文

1. 所谓形式方法,来自于建立文学科学的努力,使之独立和以事实为基础,而不是来自某种特殊的方法论。

2. 没有什么完全现成的科学,科学的发展不靠停留在真理上,而靠不断的克服谬误。

3. 艺术要求我们从近处观察它,而科学则要求我们处理具体的事物。

4. 形式主义反对其他流派,实际上过去和现在反对的不是他们采用的方法,而是反对他们把不同的领域和不同的问题混淆起来,这是不负责任的做法。

5. 所以形式主义运动的特点就是对于科学实证主义具有新的激情——拒绝哲学假设,拒绝心理学的和美学的解释,等等。摆脱哲学美学和意识形态理论来思考艺术,艺术对事物便有了自己的视角。我们必须转向事实,放弃普遍体系和一般性问题,从"中间"开始,研究艺术让我们必须面对的事实。艺术要求我们从近处观察它,而科学则要求我们处理具体的事物。

讨 论 题

1. 为什么艾亨鲍姆强调,形式主义不单单是很多方法中的一种,而是"文学科学"?为什么"科学"在这里如此重要?

2. 形式主义和象征主义的主要不同点是什么?

3. 你认为有没有一种"纯粹为了交际的实用目的"的实用语言?

4. 艾亨鲍姆写此文的时候,形式主义正面临越来越激烈的批评,所以他有时不得不表现得吞吞吐吐。能找到例证吗?

形式主义诗学流派与马克思主义(托洛茨基)

列昂·托洛茨基(1879—1940)曾经是俄国马克思主义理论家,早年参加反对沙皇的革命活动,以论著和演讲闻名。1917年他加入布尔什维克并入选中央委员会,后来担任苏维埃外交事务委员,1929年因反党活动被驱逐出苏联。与二十世纪三四十年代庸俗马克思主义文艺批判不同,早期的托洛茨基对形式主义的批评既坚持马克思主义文艺思想的基本原理,又比较中肯,实事求是,颇能激发心智,他对形式主义的许多批评至今仍然有效,整篇文章仍然具有历史和现实意义,是用马克思主义文艺观对形式主义进行批评的佳作。

什么是形式主义流派?

正如当前形式主义的代表人物什克洛夫斯基、日尔穆蒙斯基、雅各布森等人所表现的那样,这个流派显得极端狂妄和不成熟。他们宣称形式是诗歌的本质,把这个流派的任务简单地归结为分析诗歌词源和句法(基本上是描述性的和半统计性的),计算元音和辅音重复的频率,以及计算音节和称谓出现的次数。形式主义把这种分析看作是诗歌或诗学的本质,这无疑有必要也很有用,但人们必须知道它比较片面、琐屑、次要、起辅助作用等特点。它可以成为诗歌技巧和诗艺规则的一个基本要素。诗人或作家为了扩大自己的词汇量,要罗列同义词以求增加它们的数量,因此,诗人同样有必要不仅按照词语的内在意义判断一个词,而且还要考虑其音响效果,因为词语首先凭借其音响效果在人们之间传播。在合理的限度内,形式主义的方法有助于阐明形式在艺术和心理方面的特征(它的简约、它的运动、对比、夸张等等)。反过来,又可以开辟另一条道路——一条通向艺术家感知世界的道路,也有助于发现艺术家个人,或发现整个艺术流派与社会环境之间的关系。既然我们所面对的是一个当代仍在不断发展的生机勃勃的流派,那么在我们社会的转型阶段,以社会研究的方式对它进行探究,澄清它的阶级根源,便具有重要的现实意义,因为不仅读者,而且这个流派本身也能给自己明确方向:即了解、净化和指导自身。

但形式主义者却不满足于让他们的方法仅仅具有辅助性的、服务性的

红军时期的托洛茨基

和技巧上的重要性,类似于统计学之于社会科学的作用,或者显微镜之于生物学的作用。不,他们的胃口更大。对他们来说,语言艺术最后完全终止于词语,描绘的艺术终止于颜色。一首诗是声音的集合,一幅画是颜色的叠加,艺术的法则就是言语集合与颜色叠加的法则。对我们来说,社会学和心理学的研究角度使得关于语言材料的微观、统计的工作具有意义;而对形式主义者来说,那只不过是炼金术而已。

我们马克思主义者认为,艺术依赖于客观社会,具备社会作用;这种想法转化为政治语言时,根本不等于要用行政规定或命令来主宰艺术。说我们认为只有描写工人的作品才是创新的革命的作品,这是不真实的;说我们要求艺术家一定要描写工厂的烟囱或者反抗资本家的起义,也是无稽之谈!当然,新艺术必然要把无产阶级斗争作为关注的中心。但是新艺术的犁铧并不局限在少数几块土地上。相反,新艺术必须从所有的方向耕耘整块田地。即使范围最为狭小的个人抒情诗在新艺术中也绝对拥有存在的权力。不仅如此,如果没有一种新的抒情诗也难以塑造新人。但要创造新的抒情诗,诗人自己必须以新的方式来感受世界。

如果诗人仅仅热切地拥抱基督或万军之耶和华①(如阿赫玛托娃、茨维塔耶娃、史卡普斯卡亚等人的创作),那这只会证明他的抒情诗是多么落后于时代,而且对新人来说这种诗的社会性和审美性是多么欠缺。即使这种术

托洛茨基和列宁(1921)

语只是词语而非经验造成的,它表明的仍然是种心理惰性,因此与新人的意识格格不入。没有人要给诗人规定主题,也从来没人打算这么做。请写你所想到的任何东西!但一个新的阶级理直气壮地认为自己责无旁贷地要建设一个新世界,请允许它在任何情况下对你说:把十七世纪的人生哲学翻译成阿克梅派诗人②的语言不会使你成为新诗人。在一定甚至很大程度上,艺术形式是独立的,但是创造形式的艺术家和欣赏形式的观众却不是空洞的

---

① 圣经中常用的语言。
② 可能喻指古米廖夫、阿赫玛托娃和曼德尔施塔姆等俄国诗人,这些人与1910—1917年出版的"阿波罗"(Apollon)杂志有联系,曾追随戈蒂埃反对象征主义文学。

机器,前者创造形式,后者欣赏形式。他们是活生生的人,具有明晰的心理,代表某种完整性,即使并不一定完全和谐。这种心理是社会环境的产物。创造和感知艺术形式是这种心理的一个功能。不管形式主义者如何努力使自己明智,他们的所有构想都建立在这个事实之上:社会人既创造物质又消费创造出来的物质,形式主义恰恰忽视了这个心理统一性。

  如果认为每个阶级可以完完全全从自己内部创造出自己的艺术,尤其是,如果认为无产阶级能用封闭的艺术行会或小圈子或"无产阶级文化组织"等创造出一种新艺术,那确是幼稚可笑。总体来说,人类的艺术作品具有连续性。每一个新兴阶级都使自己踩到被替代阶级的肩膀上。但这种连续性是辩证的,就是说,它在发展中伴有内部的排斥和断裂。新的文学和艺术观点需要新的艺术需求,这种需求随着新阶级的发展由经济激发产生;次要的激发因素来自于阶级财富和文化权力的增长带来的阶级地位发生的变化。艺术创作是对旧形式进行彻底改造复杂过程,受到发源于艺术之外的新激发因素的影响。从这一词语的广义来看,艺术是一个侍女。艺术并不是一个孤芳自赏的孤立要素,而是一个与生活和环境不可分割的社会性的人产生的功能。在俄国这样一个历史时期,艺术以如此彻底的坦诚显示出其依赖特定的社会阶级、亚阶级和群体的精神、环境和物质,这种时候,什克洛夫斯基却得出艺术绝对独立于社会环境的想法,如果要追究每一种社会迷信最终的荒诞性,什克洛夫斯基的说法是多么的典型!

  不管是在逻辑学、法学还是艺术方面,唯物主义并不否认形式因素的重要性。正如对法学体系能够并且必须通过它内部的逻辑和一致性上对其做出评判,因此艺术也能够而且必须从它在形式上取得的成就来对其加以评判,因为没有形式上的成就就没有艺术。然而,如果某个法学理论想把司法独立于社会环境之外的话,其基础肯定有缺陷。法律的推动力在于经济,在于阶级矛盾。法律仅仅对这些现象进行形式上的、内部连贯的表述,表述的不是它们的具体细节,而是它们的总体特征,也就是那些重复出现的、永久的因素。现在我们以一种历史上少见的清晰表述论述了新的法律的制定过程。法律不是根据逻辑演绎制定的,而是根据实际把握、根据对新的统治阶级的经济需要而调整制定的。文学方法和过程的根源可以追溯到最遥远的过去,代表着代代积累的语言技艺方面的经验,表达了新时代和新阶级的思想感情、喜怒哀乐、看法希望。人们无法越过这一点。而且也没有必要越过这一点,对那些不是为已经过去的时代服务、不是为已经消失的阶级服务的人来说,尤其是这样。

  形式分析的方法是必要的,但还有不足之处。你可以统计流行谚语中有多少头韵,对隐喻进行分类,计算婚礼曲中元音和辅音的数量。这无疑会多多少少增长我们对民间艺术的知识;但如果你不了解农民的耕种体系以及他们以此为基础的生活,如果你不知道镰刀的用处,不知道农民嫁娶的时间,或者农妇生孩子的日子,那你只是明白了民间艺术的外壳而无法深入它的内核。要了解科隆大教堂的建筑模式,可以测量它的地基和拱梁的高度,确定正堂的三维,柱子的体积和位置等;但是如果不知道中世纪城市是什么样子,不知道什么是行会或者什么是中世纪的天主教堂,就永远也不会真正了解科隆大教堂。让艺术脱离生活,声称艺术只是种自足的技艺,只会使艺术丧失活力并因此泯灭艺术。对这种做法产生需要,显然是知识衰落的症候。

  以上把形式主义反对马克思主义比作神学反对达尔文主义,这个类比对读者来说可能流于表面,有些捕风捉影。这在某种程度上可能是正确的。但其中还有更深刻的联系。形式主义理论必然会让任何读过书的马克思主义者想起一种非常古老的哲学旋律的熟悉曲调。法理学家和道德家(随便列举,如德国人施塔姆勒和我们国家的主观主义者米哈伊洛夫斯基)企图证明经济不能决定道德和法律,因为司法和道德规范以外的经济生活是无法想象的。确实,法律和道德的形式主义者没敢断言法律和道德规范完全独立于经济。他们承认这些"因素"之间存在某种复杂的相互关系,而且这些因素在相互

建于十三世纪的哥特式建筑科隆大教堂

影响的同时保持了他们不知来自何处的独立品质。什克洛夫斯基自说自话,断言审美因素完全独立于社会环境的影响,这种说法是特殊夸张的一个例子,顺便说一下,它的根源也在于社会环境;这是美学的妄自尊大,把坚实的现实本末倒置。除了这个特点以外,形式主义的理论在方法上具有所有其他唯心主义同样有的缺陷。唯物主义者认为,宗教、法律、道德和艺术表现了同一社会发展过程的不同方面。虽然它们自身与工业基础有区别,十分复杂,加强并发展它们各自的特点,但是政治、宗教、法律、道德和美学仍然是社会性的人的所作所为,并且服从他所在的社会组织的法则。另一方面,唯心主义者看不到历史发展的统一进程,这种发展从自身内部产生出必要的机构和功能;他们看到的只是某些独立原则在相互交叉、结合与影响——那些宗教的、政治的、司法的、美学的和道德的东西,认为它们的起源和解释都在其自身。黑格尔的(辩证)唯心主义把这些东西(这些属于永恒范畴)归结为类的整体而把它们安排为某种序列。黑格尔的这种整体就是

绝对精神,它在自身辩证发展的过程中分化为各种"因素",如果不考虑这一点,黑格尔的系统由于其辩证特点而不是由于其唯心主义,显示出一种历史现实观,犹如手套的衬里翻出来所显示的人手形状一样。但是形式主义者(他们最伟大的天才是康德)并不注重发展的动力,而是注重发展的横截面,注重某时某刻它们自身的哲学启示。在这种交叉处他们显示了事物的复杂性和多样性(不是过程,因为他们不考虑过程)。他们对这种复杂性进行分析和归类。他们给这些因素命名,这些因素立即被转化为本质,转化为次绝对物,却没有本源,即智慧、宗教、政治、道德、法律、艺术。这里我们不再拥有一双衬里外翻的历史手套,而是从各个指头撕下来的皮肤,干到完全脱水的程度,而且这只历史之手竟还是大拇指、食指、中指和其他所有"因素"相互作用的结果。美学因素是小拇指,个头最小,但并非不受宠爱。

在生物学里有一种说法,即只需展现世界过程的不同方面而无须知道它的内在关系,生机说与之相同,只是叫法不一。对于一个超越社会的绝对道德或美学,或一个超越物质的绝对"生命力"来说,缺乏的只是造物主了。许许多多的独立因素,无始无终无头无尾的各种"因素",不是别的,正是伪装起来的多神主义而已。正如康德的唯心主义,它代表的是把基督教历史转变成理性哲学语言,而唯心主义五花八门的形式主张,无论是公开地还是秘密地,也都会走向上帝,把它作为万源之源。与唯心主义哲学的十多种次绝对寡头构成的政治相比,唯一的造物主已经代表了一种秩序。形式主义者反对马克思主义和神学反对达尔文学说之间的深层联系也就在这里了。

形式主义流派代表了一种应用于艺术争论中的流产的唯心主义。形式主义者显示出一种快速成熟的宗教性。他们相信圣约翰所宣告的"太初有道",但是我们相信太初有行。词语跟随其后,语音是行动的影子。

(丁兆国　译)

关　键　词

侍女(handmaiden)
社会环境的产物(result of social conditions)
辩证(dialectic)
历史发展的统一进程(unified process of historic development)

关 键 引 文

1. 在合理的限度内,形式主义的方法有助于阐明形式在艺术和心理方面的特征(它的简约、它的运动、对比、夸张等等)。反过来,这又可以开辟另一条道路——一条通向艺术家感知世界的道路,也有助于发现艺术家个人,或发现整个艺术流派与社会环境之间的关系。

2. 对他们来说,语言艺术最后完全终止于词语,描绘的艺术终止于颜色。一首诗是声音的集合,一幅画是颜色的叠加,艺术的法则就是言语集合与颜色叠加的法则。对我们来说,社会学和心理学的研究角度使得关于语言材料的微观、统计的工作具有意义;而对形式主义者来说,那只不过是炼金术而已。

3. 说我们认为只有描写工人的作品才是创新的革命的作品,这是不真实的;说我们要求艺术家一定要描写工厂的烟囱或者反抗资本家的起义,也是无稽之谈!当然,新艺术必然要把无产阶级斗争作为关注的中心。但是新艺术的犁铧并不局限在少数几块土地上。相反,新艺术必须从所有的方向耕耘整块田地。

4. 形式主义者显示出一种快速成熟的宗教性。他们是圣约翰的信徒。他们相信"太初有道",但是我们相信太初有行。词语跟随其后,语音是行动的影子。

讨 论 题

1. 与形式主义观相对照,托洛茨基的马克思主义观是什么?指出它们的主要差别。
2. 托洛茨基是如何证明"形式分析的方法是必要的,但还有不足之处"的?
3. 用马克思主义文艺观,你还能指出形式主义批评方法有哪些不足?
4. 托洛茨基的观点有什么时代局限性?

阅 读 书 目

Bakhtin, M. M. & P. N. Medvedev. *The Formal Method in Literary Scholarship: A Critical Introduction to Sociological Poetics*. Cambridge: Harvard UP, 1985

Bennett, Tony. *Formalism and Marxism*. London: Methuen & Co. Ltd., 1979

Craig, D. ed. Marxists on Literature: An Anthology. Penguin Books, 1975

Erlich, Victor. Russian Formalism: History-Doctrine. London: Mouton & CO, 1965

Fish, Stanley. Doing What Comes Naturally — Change, Rhetoric, and the Practice of Theory in Literature and Legal Studies. Durbam and London: Duke UP, 1989

Fokkema, D.W. & Elrud Kunne-Ibsch. Theories of Literature in the Twentieth Century. London: C. Hurst & Company, 1977

Garvin, Paul L. ed. & trans. A Prague School Reader on Esthetics, Literary Structure, and Style, Washington, D.C.: Georgetown UP, 1964

Jameson, Fredric. The Prison-House of Language. Princeton: Princeton UP, 1972

Lemon, Lee T. & Marion J. Reis eds. Russian Formalist Criticism, Four Essays. Lincoln: U of Nebraska P, 1965

Matejka, Ladislav & Krystyna Pomorska eds. Readings in Russian Poetics: Formalist and Structuralist Views. Michigan: Michigan Slavic Publications, 1978

Thompson, Ewa M. Russian Formalism and Anglo-American New Criticism, A Comparative Study. The Hague & Paris: Mouton, 1971

Todorov, Tzvetan. Literature and Its Theorists, A Personal View of Twentieth-Century Criticism. London: Routledge & Kegan Paul, 1988

方珊等编译：《俄国形式主义文论选》，北京：三联书店，1989

钱佼汝：《文学性陌生化—俄国形式主义早期的两大理论支柱》，《外国文学评论》1989/1

T.托多罗夫编：《俄苏形式主义文论选》，蔡鸿滨 译，北京：中国社会科学出版社，1989

汪介之：《俄国形式主义在中国的接受》，《中国比较文学》2005/3

辛国刚：《中国文学对俄国形式主义的拒斥与接受》，《东岳论丛》2004/1

徐岱：《形式主义与批评理论》，《杭州师范学院学报》2003/7

周启超：《理念上的"对接"与视界上的"超越"——什克洛夫斯基与穆卡若夫斯基的文论之比较》，《外国文学评论》2005/4

周小仪：《文学性》，《外国文学》2003/5

邹元江：《关于俄国形式主义形式与陌生化问题的再检讨》，《东南大学学报》2004/3

第二单元　英美新批评

虽然俄苏形式主义发轫于二十世纪初,并在二十年代在苏联形成了一定的影响,而且俄国的形式主义者们大多是大学知识分子,本身的文学素养极好,又通晓欧洲多国语言,但事实上俄苏形式主义基本上一直是俄国/苏联本土的文学现象,并没有传播到欧美其他国家。究其原因,一是因为俄苏形式主义者们讨论的主要是俄国文学和文化现象,很少触及到俄国之外的国家;二是当时俄国政局动荡变化,西方知识界对此时俄苏文学的发展并不大关心,同时俄苏形式主义受到国内政治形势的影响很快便销声匿迹了;最主要的是,当时欧美文学批评遵循的还是亚里士多德到黑格尔(G. W. F. Hegel)到马克思的哲学传统,把文学视为对现实的反映,崇尚的是反映的内容而不是反映的手段和方式,文学本身的存在性质还没有引起他们的注意。由此可见,俄苏形式主义倡导对作品形式的关注,对文学本身的关注,其革命性、先锋性不言而喻。

法国诗人波德莱尔
(1860—1938)

但是,当俄苏形式主义达到鼎盛时,在欧美也确实出现一股和它极其相似的文学文化思潮,这就是英美新批评(Anglo-American New Criticism)。虽然两种文艺思潮之间还没有发现存在直接的联系①,但双方的理论主张在许多方面都不谋而合,特别是在对文学形式的追求上,因此批评界常常把双方统称为"形式主义"②。既然俄苏形式主义的影响只局限在俄国,所以英美新批评就显得更加重要,因为它是本世纪在欧美第一个倡导形式研究的文艺

---

① 韦勒克和沃伦1949年出版的《文学理论》中提及俄苏形式主义,首次引起美国批评界的注意;几年后埃利希在耶鲁大学出版社出版《俄国形式主义:历史-学说》,专门介绍俄苏形式主义,而俄苏形式主义的重要论文的英译直到六十年代才和英美批评家见面(Leitch, 1988: 53)。

② 英语中,常常以大写的"F"特指俄苏形式主义。

批评理论,并且形成重大影响,一直延续了半个世纪。在谈论英美新批评之前,有必要回顾一下二十世纪初欧美文学研究的状况。

十九、二十世纪之交的欧美文坛文学实证主义、唯美主义和浪漫主义文学批评占主导地位,主要的批评方法在欧洲有象征主义、意象主义、表现主义、唯美主义,在美国有文学激进派、新人文主义、心理分析及文化历史批评。其主要特点是,欧陆的新潮批评越来越关注文学表现本身,美国文坛则一方面受到欧陆文学思潮的影响,一方面对本国批评现状越来越不满。

象征主义(symbolism)是继浪漫主义、现实主义、自然主义之后兴起的一个诗歌流派。象征主义文学思潮和创作方法在浪漫主义鼎盛期已经初露端倪,表现在喜欢使用暗示、含蓄等写作手法。象征主义注重表现个人情感,但和浪漫主义不同,他们描写的大多是个人内心的隐秘,采用的方法就是对诗歌语言进行革新,对俄苏形式主义者所谓的日常语言进行重新组合,产生出人意外的效果。早期象征主义诗人波德莱尔(Charles Baudelaire)把外部世界理解成"意象的储藏室",认为想象是人类灵魂的统帅,最适于表现诗人内心隐秘和真实的感情;马拉美(Stéphane Mallarmé)同样注重意象的出人意料,强调想象的创造能力,主张用艺术揭示深邃的意境(Adams 1971: 629—630, 693—694)。1890年代早期象征主义(或作为文学流派的象征主义)解体,但其创作思想和艺术风格一直延续到二十世纪。如法国诗人瓦莱里(Paul Valéry)通过进入超验的心灵世界来表达诗人"玄虚的思考和空灵的抒情";爱尔兰诗人叶芝(William Butler Yeats)要凭借想象力"找出那摇曳不定的、引人深思的、有生机的韵律";英国诗人庞德(Ezra Pound)倡导使用意象("一个想象的漩涡,各种思想不断升降、穿过其中"),主张用精妙的意象"转瞬间呈现给人们一个感情和理智的综合体"(Trilling, 1970: 285—306)。

意大利美学家克罗齐
(1866—1952)

表现主义(expressionism)文艺理论主要指意大利美学家克罗齐(Benedetto Croce)在《美学》(Aesthetic,1902)中的主张,认为艺术中最重要的是表现和直觉,通过艺术家赋予的艺术形式反映出来,达到他所谓的"外部化"(externalization)。这是艺术家瞬间的心灵展现,是艺术家和鉴赏者心灵的沟通,而与作家意图、社会时代、道德标准等毫无关系。克罗齐区分了知识的两种表现形式:逻辑—直觉、理智—想象,共相—个别,概念—形象,为几乎同一时期的俄苏形式主义和后来的英美新批评的发展(如文学/科学,文学语言/日常语言,内部研究/外部研究等艺术自主论)做了理论铺垫(Adams,1971: 727—735)。稍晚一些的英国学者科林伍德(Robin George Collingwood)在《艺术原理》(Principles of Art, 1938)中也同样区分了技艺(craft)和艺术(art)之别,认为不具备表现特征的艺术只是技艺,其目的主要是实用性的,而艺术主要不在于它的外在功利性,而在于其自身。因此,艺术的本质就是为表现而表现,就是表现形式,表现的对象是心智中的"情感",而不是外部世界的存在物。

唯美主义(aestheticism)产生于十九世纪末,其主张可以用一句话来概括:为艺术而艺术。法国诗人戈蒂耶(Théophile Gautier)逆浪漫主义而行,于1830年代提出艺术的全部价值就是形式美,以"艺术移植"的方法再现感官、视觉上的纯粹美,导致艺术向唯美和自然主义转变。英国作家王尔德认为美是永恒的,不带任何功利色彩和利害关系;艺术是纯粹的,它的作用是创造(make)而不是模仿(copy),因此艺术和现实生活没有直接的关系,它自足自律,生活、自然只是对艺术的模仿;艺术和其他文字形式不同:散文或科学文章依赖于内容来表现真理,而艺术里的真理就是它的形式,所以艺术家应当关注的只能是创造美或美的形式(Adams 1971: 673—685)。

二十世纪之交时以上的文学主张风行于英国乃至整个欧洲大陆,其影响不但波及美国而且还产生了美国本土的艺术思想①。美国建国以后,以波士顿为中心的新英格兰地区因其清教主义和绅士文学传统曾一度成为全国的文化中心。但南北战争后,纽约、芝加哥等城市迅速崛起与波士顿分庭抗礼,那里的年青作家群思想敏锐、观点新潮,向新英格兰文学传统提出挑战,使得后者"无可挽回地衰落"了。当时的美国文学界分为两派:保守派虽然愿意重新评价新英格兰传统,但仍然以柏拉图、亚里斯多德的古希腊文化传统和阿诺德(Matthew Arnold)为代表的新古典主义为基础,基本上沿袭了清教和绅士文学这个美国的传统。与之相对的是"文学激进派",他们吸收欧洲大陆的哲学思想,批评已经日趋落后的美国习俗,一度成为美国文坛的主要声音。但无论是保守派还是激进派谈论的都只是文学的教诲作用,他们对新批评的形成并没有直接的影响,即使有,这种影响也只能是负面的,倒是受欧陆思潮影响的几位批评家更值得重视。

美国批评家门肯
(1880—1956)

汉尼克(James Gibbons Huneker)是二十世纪之交时美国主要的印象主义批评家。他撰写过小说、戏剧、音乐、美学等方面的评论,在纽约的《实录

---

① 本小节的部分内容参考了盛宁先生的著作《二十世纪美国文论》,北京大学出版社,1994,第25—45页。

报》(New York Recorder)和《太阳报》(New York Sun)等报刊上对绅士文化传统进行批判。这些文评缺乏深刻的见解和完整的结构，大多属于印象式批评。但他的贡献在于引进了欧陆的新思想，在《反传统的剧作家》(Iconoclasts: A Book of Dramatists, 1905)、《自我之上的超人》(Egoists: A Book of Supermen, 1909)和《一个印象主义者的漫游》(Promenades of an Impressionist, 1910)等著作里评介易卜生、福楼拜、萧伯纳、马拉美、尼采、波德莱尔等欧洲新潮作家和批评家，"对沉闷的美国文坛犹如一股清风"，其影响甚至波及欧洲文坛(Bode，1973：88—91, 144)。另一位批评家斯宾加恩(Joel Elias Spingarn)是克罗齐的热心追随者，1899年他出版《文艺复兴时期的文学批评史》(History of Literary Criticism in the Renaissance)，克罗齐为这本书的意大利文译本写了前言。他最著名的是根据讲座稿修订而成的论文集《新批评》(The New Criticism, 1911)，被称为"美国批评史上的一个里程碑"。该书虽然在内容上和后来的英美新批评并没有很大的关联，但至少"新批评"这个术语第一个出现，并且以此为题的讲座"赋予了这一美学运动以名称及明确的方向"(斯皮勒 1990: 218)。所谓"明确的方向"指的是他和汉尼克一样，强调文学的自足自律，主张对文学作品本身开展有深度的审美批评。门肯(Henry Louis Mencken)是二十年代美国最有影响的社会批评家和文学批评家。他的父母是德国移民后裔，自己深受德国文化的影响，很小写诗作曲，显露出文学天赋。他广泛阅读，尤其喜爱萧伯纳、马克·吐温，赫胥黎等人的著作，形成了自己激进的民主主义思想。他积极介入当时的文学论战，任《时髦人士》(The Smart Set)主编期间发表批评文字近百万言，向传统价值观和美国文学现状发起猛烈攻击。他尖刻地批评美国人的虚伪市侩、偏见狭隘，推崇尼采(Friedrich Nietzsche)的怀疑哲学，文学上则喜新厌旧，倡导尖锐泼辣的批评风格，并且通过文学评论赞扬扶植了一批和他一样桀骜不驯的作家如马克·吐温(Mark Twain)和德莱塞(Theodore Dreiser)(Glicksberg，1951：25—26, 73—78)。作为文学史家，早年的布鲁克斯(Van Wyck Brooks)同样也对美国传统文化的陈腐一面进行过猛烈的批评。在《马克·吐温的磨难》(The Ordeal of Mark Twain, 1920)中他认为马克·吐温由于幼年受到加尔文主义的规束致使他的情感发展受到阻碍，而绅士传统和市民习俗也使他的文学天赋受到压抑。《亨利·詹姆斯的朝圣之旅》(The Pilgrimage of Henry James，1925)则批评了詹姆斯远离本土致使文学创作日渐衰颓。此外，布鲁克斯在分析美国文学天才先天不足、后天难成的原因时，指出除了要有主导性的批评领袖外，还有必要组成"自尊自强的文学团体"，这样"一切就都会全然改观"(盛宁，1994: 39)。和门肯一样，布鲁克斯对美国文化传统持激烈的批评态度,尤其是批评"新清教"过分偏向物质追求,忽视生活里的审美价值,导致美国文学里缺乏活生生的生活,甚至连马克·吐温这样的作家也逃脱不了商业化的影响。但和门肯不同,布鲁克斯1934年以后态度发生明显变化,从早期批评新英格兰文化变成转向肯定赞扬之,并对当年对19世纪新英格兰作家报有的"幼稚"看法表示后悔。

总的说来,这个时期欧洲大陆各种文艺新潮已经开始了对文学艺术本身的重视,开始了对文艺自身规律的追求和探索,从这个意义上说,俄苏形式主义的出现就不是那么的突兀,因为俄国本身就是欧洲大陆的一部分,俄国知识界和欧洲知识界一直就有密切的联系;而且从欧陆文学思潮出发,俄国形式主义的出现就不那么平白无故,它的许多文学主张,如文学的自主自律性、文学与非文学之分等看上去也就不那么"新潮"了。当然,虽然不论是俄国还是英美的形式主义都会赞同艺术具有独立性和独特性,都会努力挖掘艺术的本体存在,但他们毕竟和当时的文艺思潮有很大的不同,仍然是批评领域里的一场革命。如它们都不会同意表现主义,因为把"诗"定义为直觉和表现的产物会导致心理主义,且直觉—表现多指艺术创作主体,而作品本身的艺术性未能揭示。他们也不会赞同象征主义,个中原委俄苏形式主义者已经表达得很清楚。至于美国的文学批评,其主流仍然还是文化历史批评,即使对文学本质问题有所涉及,在探讨的深度上远未达到欧陆思潮的程度。和整个二十世纪相比,世纪初的美国文学批评仍然处于萌芽状态,因为批评家仍然缺乏信心和勇气,欧陆尤其是英国的批评传统仍然占据着主导。因此布鲁克斯在《美国的成年》里竭力要发掘出美国的文学批评传统,以便树立信心,但依然底气不足。批评家 W. C. 布朗在1901发表的一篇文章中指出:"只有在批评里时代的观念才能变得清晰,得以成形,连贯地得到表达。……它本身就是文学,因为它本身既是评论又是创造,直接表露观念而不是间接地表达,比如像印象主义者那样按时间顺序记录评论家的感受,或依据某种间接的客观的评判标准进行衡量"(Glicksberg,1951:7—12)。这一方面表明美国的批评时代尚没有真正到来,一方面表明美国批评家们已经意识到文学批评是一门独立的学科,在美国文学中应当占有一席之地,确实需要有一个实实在在的理论突破。

英美新批评(以下简称"新批评")的历史延续了近半个世纪,批评家一般把新批评的理论发展划分为三个阶段:起始(1910—1930),成形(1930—

1945),鼎盛(1945—1957)①。至于新批评产生的确切年份则说法不一。如果以英国美学家休姆(T. E. Hulme)为"现代英美文论的第一个推动者",或以美国诗人庞德(Ezra Pound)为新批评的"远祖"②,则新批评兴起于二十世纪初。如果以瑞恰慈(I. A. Richards)、燕卜逊(William Empson)等人的学术活动为起点,则新批评开始于二十年代。如果以新批评形成系统的理论特征算起,则也有人说它开始于三十年代后期(Fekete 1977: 86)。但休姆、庞德毕竟离新批评稍稍远了一些,只能算是理论先驱;瑞恰慈、燕卜逊又明显地过于接近新批评(实际上他俩已经属于新批评群体),三十年代后期实际上已经接近新批评发展的鼎盛,而美国批评家艾略特(T. S. Eliot)则是承上启下的人物,所以不妨把他作为新批评的第一人。艾略特是现代派诗人,主要从事文学创作,但也发表过许多著名的文艺评论,其中 1917 年发表的《传统和个人才能》(Tradition and the Individual Talent)可以认作新批评的一个序言(注意:此时也正是俄苏形式主义最活跃的时候)。

燕卜逊(1960—1984)

从标题看,艾略特谈的是文学传统和个人创造之间的关系。和休姆、庞德一样,艾略特直接的批评目标是浪漫主义对个人的过分突出和现代派对传统的一味否定。他认为,创新固然重要,但是,"任何诗人最好并且最个人的东西也许就是前辈诗人最有力地表现他们不朽之处"。因此,诗人必须具备历史感,不仅要能看到"过去中之过去",还要看到"过去中之现在"。要做到这一点,诗人必须做出某种"牺牲",即放弃自己个人的情感,溶入伟大的民族传统中去,在传统的衬托下显现个人的特征。因此,"艺术家的过程就是不停的自我牺牲,持续的个性泯灭",这就是艾略特著名的"个性泯灭论"(extinction of personality)或"去个性化论"(depersonalization):在氧气和二氧化硫发生化学反应生成硫酸的过程中,白金作为催化剂,既不可或缺又本身不受任何影响。诗人创作时他的思想犹如白金,既是创作的源泉又不介入

---

① 对新批评还有不同的分期,如初始期为二十年代,发展期三四十年代,正统期为五十年代,主流期六十年代起至今(Leitch, 1988: 24—5)。李契的分期法很特别:进入五十年代之后新批评确实变成强弩之末,成为各种新潮批评理论的攻击对象,并在六十年代很快被神话原型批评,结构主义批评,读者批评所替代。但李契认为新批评并没有因此退出历史舞台,而是进入了批评家的潜意识中,至今仍然是美国文艺批评的主流。由此可见作为批评流派的新批评影响之深远。请参阅本单元的结束部分。

② 休姆积极介入意象派诗歌讨论,在《古典主义与浪漫主义》(1915)中主张扬弃浪漫主义而开全新的诗风(赵毅衡, 1986: 8—9);庞德也深受休姆的影响,成为 1912 年起的美国新诗运动的核心人物,主张对诗歌语言进行大胆的革新(张子清, 1995: 188—91)。

作品中去,"艺术家越高明,他个人的情感和创作的大脑之间分离得就越彻底"。浪漫主义个人消失之后,艾略特的艺术家还剩下什么呢?那就是媒介(medium)。文学作品的媒介就是文本,是语言本身:"诗人要表达的不是什么'个性',而是某种特别的媒介,只是媒介而不是个性,在这个媒介里种种个人感觉和亲身经历被用特别的出人意料的方式组合在一起"。这里,诗人的个人情感(emotions)已经"死"了,而这种情感的奇妙组合(fusion)却代代流传①。由此可见,把艾略特称为新批评家并不为过,因为他非常明确地突出了新批评所崇拜的"文本"即"媒介",他谈的"传统"实际上是文学媒介的传统,去个性化和后来新批评对"情感谬误"的竭力反对如出一辙,情感/组合的区别也十分近似俄国形式主义及新批评所一再坚持的日常语言与文学语言、故事与情节的二元区分。此外,艾略特还明确地指出,去个性化的优点就是"更接近于科学的状态",这与形式主义一直想把文学研究科学化、使文学研究成为独立的研究领域的努力完全一致(Adams,1971:784—787)。

新批评的重要刊物《肯庸评论》

如果说在新批评的起始阶段艾略特类似于俄苏形式主义的什克罗夫斯基,从文学创作和文学批评实践谈论批评理论的话,对应于雅各布森的也许就是英国批评家瑞恰慈,因为瑞恰慈试图用现代语义学和现代心理学的原理来阐释文学阅读。二十年代他写了多部著作,系统地阐发了他的批评理论,对新批评后来的发展产生了巨大的影响。在《文学批评原理》(Principles of Literary Criticism,1924)中,瑞恰慈明确提出了两种不同的语言使用:科学中使用的语言与情感表达中使用的语言。科学中的语言指涉明确,逻辑性强,指涉的结果可以检验,正误分明。而表达情感的语言只是为了说明态度、感觉,往往不遵循明晰的逻辑关系,甚至没有可以明辨的指涉;即使有,指涉的作用也只是陪衬性的,第二位的,情感才是主要的。在心理活动方面,科学语言中如果指涉有误,后果只能是交流的失败;而在情感语言里,即使语言本身的指涉有较大误差,只要能引出需要的情感或态度,语言交流的目的仍然算是达到了。瑞恰慈把诗歌语言称为"准陈述"(pseudo-statement),以区别于指涉清晰的科学语言,这里他的语言观和俄苏形式主义者的语言观几无二致。在《实用批评》(Practical Criticism,1929)中瑞恰慈通过对学生的实际阅读进行评估后认为,

---

① 五十年之后文学结构主义(另一种形式主义)理论家罗兰·巴尔特在《作家之死》中也表达了相似的看法。参阅第七第八单元《结构主义》、《解构主义》。

一般的语言(包括诗歌语言)可以行使四种语言功能:观念(sense),感情(feeling),语气(tone),意图(intention)。在实际语言运用中,可能会由于语言使用情况的不同使以上部分功能得到突出而掩盖住其他功能,从而使语言具有四种不同的意义类型。如在科学语言里"功能"要大于"感情";竞选演说里"意图"最主要;诗歌里突出的是"感情"(Lodge,1972:111—120)。这里文学语言/科学语言的区分已经不是那么绝对,而是你中有我,我中有你,只是看谁占的分量重。这自然使人想起俄苏形式主义和布拉格学派的"前置—后置"说,以及雅各布森的语言六要素(说话者,受话者,语境,讯息,接触,代码)和六功能(指称,情感,意动,接触,元语言,审美),功能依所突出要素的不同而不同。如突出讯息则显示出审美功能,突出语境则显示指称功能等。当然俄苏形式主义和新批评并不会接受瑞恰慈阐释中明显的心理主义,但是无疑会赞同分离出语言中的文学性。

三十年代之后,新批评进入其发展的第二阶段即稳步发展的阶段。此时瑞恰慈渐渐脱离批评理论,他所倡导的语义学研究方法被他的学生燕卜荪所继承。燕氏于1930年出版《含混七型》(*Seven Types of Ambiguity*),主要通过具体的文本解读,阐发瑞恰慈的批评观念。此书实际上是燕氏根据瑞恰慈对他文学课作业的批改扩充而成的,可以说是瑞恰慈"实用批评"的一个继续,但由于其中集中展示了新批评式的"细读",对后来的欧美批评界产生过很大影响。这里的"含混"指的是由文学语言符号的歧义引起的语义上的飘忽不定,燕氏对"含混"的定义是:"任何词语的细小差别,不管这种差别有多轻微,足以引起对同一语言产生不同的反应"。燕氏以含混的复杂程度为据把它分解为七种不同的类型,最复杂的第七类含混为两义相佐且难相容,表明作者思维的根本对立。如莎士比亚剧《麦克白》中的一段话:

燕卜逊和沃伦(1973)

    Mecbeth
    Is ripe for shaking, and the powers above
    Put on their instruments. Receive what cheer you may,
    The night is long, that never finds the day.(第四幕)

最后一句的中译文一般是"振作起来吧,因为黑夜再长,白昼总会到来"。根据英文句法和剧情发展判断,这种理解完全可能。但考虑到《麦》剧浓厚的悲剧气氛和莎翁对人心黑暗面的无情揭示,把上句理解为"不论如何振作,人类总面临不尽的长夜"也并无不当(Empson 1966: 1,192—202)。这种歧义分训却又并出合训的"含混"①,十分类似此后新批评的其他文本阐释策略,如"悖论","反讽"或"张力",而且燕氏的文本分析方式十分接近新批评的细读法。当然燕氏的阐释带有明显的心理主义,把消除含混等同于大脑的某种顿悟过程,对于这一点后来的新批评断难接受,而且《含混七型》之后燕氏的研究兴趣也别移他处,但他仍不失为这个时期新批评的典型代表。

新批评的重要刊物《南方评论》

此时新批评的另一位重要人物泰特(Allen Tate)在《诗歌中的张力》(Tension in Poetry,1938)中提出了著名的"张力"说。泰特想要通过诗歌的一个"简单的性质"入手来概括其"共同的特征",这种企图和俄苏形式主义者的做法几无二致,只是泰特没有使用"文学性"这个术语罢了。和形式主义一样,泰特的出发点也只能而且必须是:寻找文学语言和非文学语言的根本区别。和形式主义略有不同的是,泰特并没有明确地指出文学/非文学的最终区别,但其结论已是不言自明:日常语言是"交际语言",其目的只是为了煽情,而不是使文本具备形式特征。泰特批评了政治诗、社会诗等诗歌形式,称其为"交际诗",陷入了"交际谬误"之中。泰特崇尚的诗歌形式是十七世纪英国的玄学派诗人,因为这种诗歌的特点是"逻辑性强的表面"加上"深层次的矛盾性"。他用一个词把这种诗歌特征予以概括,即"张力":"好诗是内涵和外延被推到极至后产生的意义集合体"。这两个词取自形式逻辑,但泰特的用意略有不同。这里"内涵"(intension)指诗歌的"暗示意义"或"附属于文词上的感情色彩";"外延"(extension)则指词语的字面意义或词典意义。唯美主义、象征主义直至早期新批评和雅各布森都对诗歌的内涵强调有加,而泰特却同样看重诗歌字面意义的明晰性,即外延,因为缺乏外延的诗不仅晦涩难懂,而且形成不了意义的冲突,无法展现意义的丰富。故而泰特将两词的前缀去除,造出"张力"(tension)一词,既把内涵/外延含于一身,又十分巧妙地勾勒出泰特所称道的诗性②(Tate,1959:75—90,另见赵毅衡 1986:55—58)。另外值得注意的是,泰特的文学性即"张力"本身已经包含有价值尺度,即"极至的"内涵与外延,而其他新批评家极少有这种主张。此外,使用"极至"也说明泰特对诗歌语言

---

① 钱钟书先生在《管锥编》中,专门讨论了"并行分训"和"背出分训",和《含混七型》有很多吻合之处(钱钟书 1979:1—8,169—171)。

② "张力"本系物理学词汇,指物体所受各方的拉力;用之于泰特意义上的内涵与外延,则十分恰当地显露出两者间的相互作用及动态平衡。

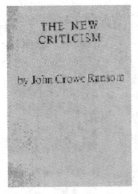

国内较早影印出版的兰塞姆的《新批评》

与交际语言的区分信心不足,只能用"极至"这个含混的术语来给文学语言划个范围。

这个时期新批评的一个关键人物是兰塞姆(John Crowe Ransom),不仅因为他给了新批评一个特定的称谓而使其具有更加明确的整体形象①,而且他承上启下,为新批评下一步的发展打下了基础。在《新批评》里兰塞姆既肯定了艾略特等人的批评观点,又逐一剔除他们身上的心理主义,道德评判,历史主义,并在最后一章提出"本体批评"取而代之。实际上兰塞姆有关"本体批评"的说法在 1934 年就已经提出(Poetry: A Note in Ontology),并常常念及它,但却从来没有正面地予以定义②。兰塞姆对本体批评的界定主要是否定性的③:它追求的不是具体的诗歌内容或意象(physical poetry),也不是单纯的传达意念,而是诗歌本身:"对艺术技法的研究无疑属于批评……高明的批评家不会满足于堆砌一个个零散的技法,因为这些技法预示着更大的问题。批评家思考的是为什么诗要通过技法来竭力和散文相区别,它所表达的同时也是散文所无法表达的东西是什么"(Lodge, 1972: 237)。和俄苏形式主义一样,诗歌在这里等同于技法,本体批评要探讨的就是使文学具有文学性的东西,而文学性就是非散文性。有学者认为,兰塞姆的"本体"既指文学作品自成一体,自足自在,又指文学的存在是为了复原人们对本源世界的感知,类似亚里士多德的"模仿说",所以此说在立论上相互矛盾(朱立元, 1997: 106—107)。实际上对兰塞姆来说这种实在论(realism)哲学也许本身并不矛盾:文学所反映的并非是客观现实,而是"本原世界"(original world)即客观世界的本体存在,文学的本体和世界的本体在本质上是一致的(Ransom 1979: 281)。这也是新批评家们共同的信念:他们和早期俄苏形式主义不

---

① 兰塞姆 1941 年出版《新批评》一书,对现在通常被归之于早期新批评家的瑞恰慈,燕卜逊,艾略特等人关于文学性的论述进行了评析。他承认他们属于和前人不同的"新批评",又认为他们的批评都有情感化和道德化之嫌,所以呼吁更加形式化的所谓"本体批评"(Ransom 1979: vii—xi)。没想到此书一出,"新批评"很快成为他们的标识,尽管"新批评家"本身并不喜欢这个称谓(正像俄苏形式主义者不喜欢"形式主义"这个称谓一样)。

② 新批评的许多概念都是如此,只管抛出,不做界定。或许这是他们的难处所在:和俄苏形式主义者所面临的情况一样,文学性只适宜于描述而不适宜于定义。到了后结构主义那里,情况依然如故,但是原因已经大不一样:不加界定的概念成了一种游戏策略,以防止被体制化。参阅后结构主义各单元。

③ "什么是批评?倒不如问得更简单点:什么不是批评?"(Criticism Inc. in Lodge, 1972: 235)这种否定式界定和俄苏形式主义界定文学的策略十分相似,参阅第一单元。

同,既拼命维持文学的自足性,维持批评的单纯性,又怀有某种政治抱负,想赋予兰塞姆所称的"形体世界"(The World's Body 1938)中的文学某种更大的社会责任。

二战前后,新批评在美国的发展达到了高潮。这时新批评的理论主张(如去个性化、含混、张力、本体批评等)已经定型,《肯庸评论》(Kenyon Review)、《南方评论》(Southern Review)、《西瓦尼评论》(Sewanee Review)等批评期刊连篇刊登具有新批评倾向的英美批评家的文章,新批评方法和思想也越来越多的进入美国大学课堂,成为文学批评的一种时尚。这个时期新批评家主要对传统批评观念进行更为彻底的批评,在理论上也达到了新的高度。

兰塞姆(1888—1974)

在对传统观念的批评上,维姆萨特(William K. Wimsatt)和比尔兹利(Monroe C. Beardsley)对两个"谬误"的评判最为著名。在《意图谬误》(The Intentional Fallacy, 1946)一文中,两人强调作者创作时的意图往往稍纵即逝,有时甚至连作者本人也把握不准,因此不足以作为批评的依据。即使作者意图明确,这个意图也不足取,因为文本不是由作者的生活经历构成,而是由语言组成;个人生平可能和作品的形成有关,但和已经形成的作品没有直接的关系。研究诗歌(poetic studies)不等于研究个人(personal studies),因为诗歌是日常事件、个人经历经过文学技巧重新加工之后的产物。这里文学语言与日常语言二元区分显而易见,和俄苏形式主义的"故事/情节"(story/plot)说也几无二致。《情感谬误》(The Affective Fallacy, 1949)中有一段著名的定义:

> 意图谬误是对诗歌和其起源的混淆,对哲学家来说这是"发生谬误"的特别表现。它始于从诗的心理原因寻找批评的标准,终于传记或相对主义。情感谬误是对诗歌和其效果的混淆。……它始于试图从诗产生的心理效果去寻找批评的标准,终于印象主义和相对主义。意图/情感谬误的后果就是,诗歌本身本应当成为批评判断的特别对象,现在却消失得无影无踪了。(Lodge, 1972: 345)

他们认为,优秀的作品不是作者个人的情感表达,而是时代的情感表达;表达的不仅仅是某个时代,而是所有时代共有的、永恒不变的人类情感。对他们来说,批评家的任务不是如瑞恰慈般列数个人对作品的情感反应,而是将情感冻结,使之凝结于作品的文字之中。如果说《意图谬误》旨在从文学批评中去除作者,《情感谬误》则去除了读者,使批评对象只剩下文本自身,批评家面对的是永恒的"精致的瓮",批评实践也得到了纯洁,成了泰特

1963年春季号的《西瓦尼评论》

所说的"本体批评"。实际上,这个时候不论是对意图谬误还是对情感谬误进行评判在新批评来说都不再新鲜,因为几乎从一开始新批评的矛头就直指这两个"谬误"(如艾略特的"去个性化"和泰特对"交际诗"的批评)。尽管当时它们主要指十九世纪实证主义和浪漫主义批评传统,但到二十世纪四十年代大多数文学评论中这两个概念仍然占据着主导,可见它们是传统批评的核心。平心而论,作者生平、传记材料(尤其是作者自传)在文学研究中至今还在起着重要作用,在新批评退出批评舞台后,这两个概念仍然流行,如阐释学家赫希(E. D. Hirsch)就坚持作者意图是文本阐释所追求的唯一目标,后结构主义者 S. 费希也持相似的观点。可是,经过维姆萨特和比尔兹利的有力批判,后世批评家再也不敢轻易使用这两个"谬误"了。

这个时期的另一位新批评家是布鲁克斯(Cleanth Brooks)。他曾是兰塞姆的学生,三十年代一直编辑新批评的重要喉舌《南方评论》,1947年到耶鲁大学任教,使耶鲁成为新批评鼎盛时期的中心(三十多年后耶鲁英文系又成了美国解构学派的中心[Yale Gang of Four],不知和新批评[Yale Group]有什么内在的联系)。布鲁克斯的影响实际上几年前就已经显现。在《悖论的语言》(The Language of Paradox, 1942)中,他以"悖论"作为诗歌语言的特征,排除了"不存在任何悖论痕迹"的科学语言;同时依赖新批评所特有的文本细读方法,分析了"悖论"在几首诗歌里的存在。如布鲁克斯最欣赏的邓恩(John Donne)所写的《圣谥》(Canonization),就把疯狂与理智、世俗与精神、死亡与永生等含义相背的主题融为一体,使诗余味无穷(Lodge, 1972: 300—302)。实际上,布鲁克斯的"悖论"在本质上并不是什么创新:悖论把"已经黯淡的熟悉世界放在了新的光线之下",和俄苏形式主义的"陌生化原则"十分相像;而悖论产生于"内涵和外延都具有重要作用的语言之中",又不禁使人想起泰特的"张力"说。

几年之后,布鲁克斯又提出了另一个著名的概念"反讽"(Irony As A Principle of Structure, 1948)。"反讽"作为一种修辞手法,在西方文艺批评中由来已久,已经成了"诗歌的基本原则、思想方式和哲学态度",尽管不同的批评家对什么是反讽见解不一。布鲁克斯首先认为现代诗歌技法可以完全归之于"对暗喻的重新发现及完全依赖",而暗喻或反讽"几乎是显示诗歌重要整体唯一可以使用的术语",这和俄苏形式主义追求文学性的做法十分相似。布鲁克斯对反讽的定义是:语境的外部压力加上语言内部自身的压力,使诗歌意义在新的层面上达到了动态平衡(Adams,1971:1041—1048)。这里,泰特的"张力说"甚至布鲁克斯本人的"悖论说"的痕迹都展露无遗。此外,布鲁克斯认为反讽在现代西方诗歌中表现得最为彻底,因为诗歌语言到了现代已经过于陈腐,急需要重新振兴方能传情达意。这里不仅体现出俄苏形式主义的"陌生化"原则,而且使"反讽"超出了对诗歌语言的一般描述,变成了诗歌本身质量高低的价值判断,这在新批评家中尚不多见(这和泰特把"张力"作为评判标准的做法有些相似)。需要说明,布鲁克斯以上的两个概念"悖论"和"反讽"意义十分相近但又不完全相同。"悖论"指"表面荒谬实际真实"的陈述,"反讽"则指"字面意义和隐含意义之间相互对立";即"悖论是似是而非,反讽是口是心非"(赵毅衡,1986:185—187)。但是布鲁克斯在使用这两个术语时常常相互等同,只是有时才把反讽归入悖论的一部分。

韦勒克和沃伦合著的《文学理论》(1949)

另一位非常有影响的"耶鲁集团"(Yale Group)新批评家是韦勒克(René Wellek)。和上述新批评家不同,韦勒克没有提出过什么特别的新批评阅读理论,也没有创造什么新批评术语①,而是新批评理论的集大成者。他和沃伦(Austin Warren)合著的《文学理论》(Theory of Literature,1949)可以说是在新批评发展的顶峰期对新批评文学主张所做的最为完善的理论总结,并且作为美国大学文学课的读本,影响一直延续至今。他从五十年代起花费三十年时间撰写鸿篇巨制《当代批评史》(A History of Modern Criticism:1750—1950),1986年出齐。虽然此书资料翔实,旁征博引,气势恢弘,但新批评在此期间已经从巅峰迅速跌入低谷并很快销声匿迹,因此这部新批评式的文学批评史的影响也江河日下。韦勒克的文学批评视野比大多数新批评家宽,他本人也不认为自己属于新批评派,但在新批评从鼎盛到衰落的十年间,他可以说是其核心人物。其实韦勒克是最早接触形式主义的英美批评家。二十年代初期他就在布拉格求学,三十年代积极介入布拉格语言学派的学术活动。在《文学理论》中,他提出了著名的内部研究/外部研究说,力主把文学作品作为最为独立自在的对象加以对待,把批评的注意力集中在作品的审美结构上,而不是把文学附属在其他学科之下。他深受斯拉夫同事们的影响:和穆卡若夫斯基、雅各布森一样,他把文学作品看作一套符号系统,致力于研究该体系中各个成分之间的相互关系;和波兰现象学家英伽顿(Roman

---

① 需要指出的是,以上讨论的新批评概念同样很难定义,表述也困难,新批评家们基本上也不愿意给出明确的说法,而宁可把它归之于文学语言的特点(Jefferson,1986:88)。

Ingarden)一样,他在《文学理论》中着力描述文学作品的本体存在模式①,被称为"新批评的哲学基础"(Makaryk 1997: 485)。或者由于《文学理论》的影响太大,或者由于新批评消失得太快,或者由于曲高和寡,《当代批评史》并没有得到应有的承认。但这套巨著最系统地反映了新批评理论,最完整地表现了韦勒克的文学史观,也是新批评方法在批评史论中的成功尝试(其他现当代西方批评理论迄今尚未做过类似的尝试)。韦勒克还是新批评最忠实的辩护人,直至晚年还在不遗余力地为之争辩。在八十年代发表的《新批评:拥护与反对》(The New Criticism: Pro and Contra)中,他历数了后世批评家对新批评的不实之词,感叹道"我简直不知道现在的评论家们究竟有没有读过新批评家写的东西"(Wellek, 1982: 87—103)。韦勒克的批评也许有一定的道理:现代人一说起新批评便急于否定它,而真正研读新批评学说的人并不多。布鲁克斯去世前不久(1993)在一次采访中也批评了现代人学术上的浮躁,因为他们为了批评的便利,常常把新批评当成一种刻板地生产正确意义的"运转自如的机器",把新批评家的某些论述孤立出来断章取义,或用当代的观念如"种族"、"性别"、"文化"来反衬新批评的"狭隘"(Spurlin & Fischer, 1995: 374—382)。

韦勒克和布鲁克斯为新批评所做的辩护大多只是他们本人的一面之词,在新批评消失四十年的今天也不会引起批评界的反应,但是他们的一点说法倒是值得注意:新批评并不是一味排除历史或社会因素,而是主张文学反映论,相信"词语指向外部世界",诗歌"面对的是现实的图景","文本不是与外部世界毫无关系的某种神圣之物"。这里自然有自我开脱的因素,而且他们所举的例子并不足以让人信服新批评具有"历史的想象力",如艾略特虽然要汲取"过去中的精华",但这里的"过去"只是文学的传统,"去个性化"的要旨正是切断作品和现实的联系。

英国诗人叶芝(1865—1939)

但韦勒克和布鲁克斯的话也不是完全没有道理。新批评一开始就和早期的俄苏形式主义有所不同,不愿意把文学和现实世界完全割裂开。实际上新批评乃至形式主义文学主张的产生本身就是对现实政治的反应:法国诗人戈蒂耶倡导"为艺术而艺术"以对抗浪漫主义和七月王朝的妥协,英法唯美主义者曾积极介入过1848年的欧洲革命,九十年代英国唯美主义、象征

---

① 当然韦勒克和现象学文学批评有很大的差别,如他坚决反对"诗歌不经过读者的体验就等于不存在"这个现象学基本原理,斥之为"心理主义"(Wellek & Warren, 1982: 146—147)。

主义者(如王尔德、叶芝)也大部分是非英格兰的"少数族裔",直至当代的法国结构主义、后结构主义者们也有很多是六十年代法国学生运动的积极参与者。新批评家们也是如此,他们的立场大多是明显的保守主义。休姆怀有"原罪说"的宗教观;艾略特信奉宗教救世思想;维姆萨特是罗马天主教徒;而兰塞姆和他的三个学生泰特、布鲁克斯、沃伦等"南方批评派"(the Southern Critics)则代表了"南方农业主义"(South Agrarianism),缅怀封建色彩很强的美国南方文化传统,反对由北方大工业生产所代表的资本主义和科学主义,试图以某种明确无误的信仰准则作为伦理道德的依靠,用以保持生活秩序和社会经验的完整,保持人性的完整(赵毅衡 1986:196—200)。新批评家们认为,工业文明的过度发展导致人的异化,人对世界的感知变得麻木迟钝,因此诗的作用就是"恢复事物的事物性"。这个主张和俄苏形式主义的"感觉更新原则"如出一辙,不同的是新批评始终关注文学的功利作用,因此对俄苏形式主义者"并无任何同情"(Wellek, 1982:96)。正因为如此,新批

泰特(左一)、艾略特(中)、沃伦(右一)于1948年11月

评家们并不像有些人所说的那样"关起门来的美学家,替国家政权培养听话的公民"。实际上,有些左派批评家甚至认为新批评的政治倾向性过于外露,功利性过于突出:"那些南方文人们如果更忠实于他们本来的农业文明观,会更好地履行社会责任"(Winchell, 1996:361—363)。

从这个意义上说,新批评的"细读法"就不单单只是一种文本研读方法,而包含了一种认识论,表明一战后英美知识分子对社会现状的思考。但是新批评的认识论并不是马上变成知识界普遍的共识,如布鲁克斯在四十年代初还抱怨新批评只在南方小学校流行,"在大学中毫无影响可言"(赵毅衡,1986:14;Jefferson & Robey, 1986:73,81)。但到了二战后,新批评却几乎统治了美国大学的文学系,似乎当代批评理论只有新批评一家。二战以后,美国的资本主义消费文化发展迅速,南方农业经济的残存影响迅速萎缩,新批评何以反而大行其道呢?英国批评家伊格尔顿分析了个中原委。新批评通过"细读"(close reading)法确立了文学的自

国内第一部系统评述批评的专著,赵毅衡撰写

主身份，使文学第一次成为可供消费的商品，顺应了资本主义商业文化的发展。新批评这个商品在美国大学里寻到了最好的市场，因为它提供了一套文本阐释方法，易于操作，十分适于大学文学课的课堂教学，这是新批评影响依旧的最重要原因。此外，和一战之后俄苏形式主义者的态度相似，二战后东西方进入冷战阶段，具有自由思想的文人们本来就对冷战思维持怀疑态度，新批评那种孤芳自赏、不愿同流合污的清高态度十分符合这些人此时的心态(Eagleton, 1985: 44—50)。伊格尔顿说这些话时口气有些调侃，但颇有几分道理，因为新批评最终寿终正寝是在六十年代后半期，此时的知识界动荡最甚，知识分子追求的是积极入世的人生态度，和一战、二战后知识分子的心态迥然不同，所以对新批评的理论主张失去了兴趣。

新批评统治了西方批评界达半个世纪，尽管消亡得似乎太快（有人称之为"盛极而衰"），但也有人认为"它看上去似乎已经没有影响，只是因为这种影响无处不再以致于我们通常都意识不到"，所以与其说是"消亡"倒不如说是"规范化的永恒"(Leitch, 1988: 26)。布鲁克斯直到八十年代还在美国各大学巡回演讲新批评，可见追随者不乏其人："凡是不想'趋赶时髦文论'的教授，在授课时自觉或不自觉地采用的还是新批评方法，尤其是它的细读法"(赵毅衡, 1986: 214)。这其中除了以上几个原委之外，和新批评本身的特点也有关系，这就是所谓的"新批评精神"。首先，和俄苏形式主义一样，新批评从一开始就致力于寻找文学的本质，给文学以独立的本体身份。其次，新批评采用了科学主义作为自己的方法，以客观、具体、可实证为依据，建立了系统的阅读理论和思辨方式。此外，新批评提供了一整套文本分析的策略、方法，尤其是文本细读，新批评之后，尚没有任何一家批评理论可以摆脱这种阅读方式，从这个意义上说，"无论我们喜欢与否，我们今天大家都是新批评派"（同上）。正因为如此，韦勒克在八十年代还仍然认为，新批评有朝一日会卷土重来，因为"新批评的大多数说法还是站得住脚的，并且只要人们还思考文学和诗歌的性质和作用，新批评的说法就会继续有效。……新批评阐明了或再次肯定了许多基本真理，未来一定会回到这些真理上去，对此我深信不疑"(Wellek, 1982: 87, 102)。

传统与个人才能（艾略特）

T. S. 艾略特(1888—1965)1906 年入哈佛大学学习语言文学和哲学。获硕士学位后去巴黎聆听柏格森的哲学讲座，此后返回哈佛学习东方哲学，1914 年去牛津继续研究哲学。艾略特一生著作等身，写过相当数量的诗歌、剧本、散文，1948 年获诺贝尔文学奖。他接受了柯勒律治的说法，认为文学作品是自足统一的整体，有自身的目的,反对浪漫主义追新求异的主张。他批评莎士比亚的《哈姆雷特》,因为莎氏和剧中人物哈姆雷特都没有把强烈的感情客观化。《传统与个人才能》(1919)是艾略特的早期文章,主张作家要放弃个性,文学作品要放到文学传统中按照作品本身去加以理解。他对印象式批评的批判可以视为英美新批评的先驱。

一

在英文写作中我们很少谈到传统,尽管我们偶尔在惋惜没有传统时会提到它。我们没法确指"这种传统"或"一种传统";至多我们会用它的形容词,说某人的诗比较"传统",甚至"太传统"。也许除了批评之外,这个词很少会出现。如果是表达一种赞许,暗示某部作品不错,这种赞许也是含糊的,带有一些欣赏古玩复制品的味道。除非你指的东西带有让人舒服放心的考古学意味,否则这个词很难让英国人听上去顺耳。

在我们欣赏在世或已故作家时,这个词肯定不大会出现。每个国家,每个民族,不但有创造性的也有批评式的头脑;他们忽略创造性天才的缺点和局限,更会忽略自己批评习惯中的缺点和局限。从卷帙浩渺的法语批评论著中,我们了解了或自以为了解了法国人的批评方法或习惯;我们便断定(我们就是这样没有自觉意识)法国人比我们"更具有批评意识",有时候甚至以此自得,好像法国人不如我们有文采。也许是吧;但我们该提醒自己,批评像呼吸一样不可避免。如果我们读一本书而有所感悟,我们不妨把感慨表达出来,这样在阅读他们的批评的时候也评价一下我们自己的头脑。在这一过程中彰显出来的一个事实就是,我们在赞扬一个诗人的时候,往往会偏爱他最不模仿别人的东西。对他作品的这些特色部分,我们会声称发现了个性化的东西,是他最独特的地方。我们对

艾略特《荒原》(1922)的手稿

这位诗人和前人(特别是最直接的前辈)的不同之处感到心满意足,努力要找到那种有别于他人的东西来加以赞赏。但是我们如果不带此种偏见来考察一位诗人,就会常常发现,他作品中不只是最好的部分,连最个性化的部分,也都是那些已故的前人,即他的前辈,最能体现不朽魅力的地方。我指的不仅仅只是作家年轻时凭印象写作的作品,完全成熟期的作品也是如此。

然而,如果传统或者传承的唯一形式是亦步亦趋,是后人紧随前人,盲目拘谨地恪守前人的成功,我们肯定没必要追随"传统"。我们见过很多这样简单的潮流,不久就消失得无影无踪了;新奇总比重复要好。传统的意义要大得多。传统不能继承,如果需要传统,必须通过艰辛的努力。首先,传统关

艾略特送给庞德的《荒原》中的签名

系到历史意识,过了二十五岁,如果仍然想做诗人,我们认为历史意识就不可或缺;历史意识关系到一种察觉,不只是察觉过去中的过去性,还有过去中的现在性;历史意识迫使写作者不仅胸怀他那整整一代人,还要同时容纳自荷马以来的整个欧洲文学和位于其中的整个本国文学,融会贯通于一身。这种历史意识,是永恒的意识,也是时序的意识,又是永恒意识和时序意识的结合,方使得作家具有传统性。与此同时,这种历史意识也让作家敏锐地察觉到自己所处的时空位置,即自己具有的时代性。

　　没有任何诗人,没有任何艺术的艺术家,能够单靠自己获得全部意义。他的意义,人们对他的欣赏就是欣赏他和已故诗人以及艺术家的联系。你不能单独给他做出评价;你得把他放在前人中间,来对照和比较。我认为这是美学批评的原则,不只是历史批评原则。他需要遵从传统、需要承前启后,这种必要性不是单方面的;一件新的艺术作品诞生后,同时会影响到它以前的所有艺术品。现存的经典作品互相之间构成一种理想的秩序,这个秩序由于新(真正新的)作品的产生而有所调整。现存的秩序在新作品产生以前是完整的;在新事物产生以后,整个现存的秩序如果要继续保持完整,就必须进行哪怕是些许的改变;因此每件艺术作品相对于整体的关系、比例和价值都要重新调整;这就是新旧艺术品之间的相互遵从。认同这种秩序的人,认同欧洲有其艺术形式,英国有其文学的人,无论是谁,谈到过去应该为了现在而改变,正如现在被过去引导的时候,都不会觉得是荒谬的。意识到这一点的诗人,就会意识到他面临的巨大困难和肩负的重大责任。

　　在一个特殊的意义上,他也会意识到他不可避免地要被过去的标准评判。我说是被评判,不是被剔除;不是被看作比前人的差或者好,或者一样好;当然也不是按照已故批评家的准则去评判。这种评判、比较是用两种事物互相衡量。要求新作品仅仅去遵从旧准则,实际上是根本不遵从;这样作品就不会新了,也不会是一件艺术品。我们也不是说,新的作品如果符合原有的秩序,就更有价值;符合与否,只是对它价值的检验——的确,这种检验,只能够慢慢地谨慎地使用,因为在对遵从与否的判断上,没有谁不会犯错误。我们说:这东西看上去是遵从准则的,其实也许是独特的;或者,看上去是独特的,实际上也许是遵从准则的;但我们很难确认它到底是遵从准则的还是独特的。

　　让我们更清楚地说明诗人和过去的关系:他不能把过去看作乱七八糟

的一团,也不能完全靠个人仰慕的一两位作家来成长,也不能完全靠喜欢的某个时期来塑造自己。第一条路行不通,第二条是年轻人的一种重要体验,第三条是愉快而非常可行的一个补充方法。诗人一定要清醒地意识到文学的主要潮流,而那些最有名的作家不一定完全属于主要潮流。他必须非常清楚这个明显的事实:艺术永远不会进步,但是艺术的题材也永远不会完全相同。他必须明了欧洲的精神——本国的精神——他到时候自会知道这比他自己个人的精神重要很多——是一种会变化的精神,而这种变化是发展,而这种发展在路上不会抛弃任何东西,不会使莎士比亚、荷马或"马格达林宁"时期的岩画艺人变得老朽①。这种发展,或许是提高,肯定是复杂化,在艺术家看来并不是什么进步。或

年轻时的艾略特

许在心理学家看来也不是进步,或不如我们想象的进步那样大;或许最后发现这种复杂化只是经济和机器影响的结果。但是现在与过去之间的差别就是,现在的意识是对过去的认识,而这种认识的方式和过去对于自身的认识不同,其程度也是过去对自身的认识所达不到的。

有人说:"已故的作家离我们很遥远,因为我们知道的远比他们多。"的确如此,他们为我们所熟知。

我很清楚往往会有人反对我明显为诗艺所制定的一部分程序。之所以反对,是因为这种教条要求博学到可笑的程度(卖弄学问),只要看一下名人堂里诗人的生平就可以对这种要求不予理睬。我们甚至可以断言,学问可能让诗之敏感变得麻木或扭曲。然而,虽然我们仍然坚信诗人应该知道得越多越好,只要知识不妨碍他必需的接受能力和必需的懒散就行,但是如果认为知识仅仅限于应付考试,会客应答,大出风头等种种用途,那是不可取的。有些人善于吸收知识,迟钝一点的要下苦功。莎士比亚从普卢塔克学到的历史精髓比大多数人从整个大英博物馆学到的还要多②。我们要坚持的,是诗人必须培养或习得对过去的意识,而且必须在一生中不断地培养这个意识。

经常发生的情况是,在发现了更有价值的东西时,诗人要不断地委身于它。艺术家的进步就是不断的自我牺牲,不断泯灭自己的个性。

---

① "马格达林宁"时期指的是西欧旧石器时代(16000—10000BC),以艺术闻名,名字取自法国南部的岩石。
② 普卢塔克(46—120),古希腊传记作家,一生著述颇丰,名著包括《希腊罗马名人比较列传》,囊括了从神话时期以来的几乎所有希腊罗马名人,莎士比亚的三部罗马历史剧均取材自该书。

现在要说明的,是去个人化的过程及其与传统意识的关系。正是在去个人化当中,艺术才可以说接近了科学的境地。因此,我请你们考虑一个富有意味的比喻,即一条白金丝放到一个盛有氧气和二氧化硫的容器里,会发生什么作用。

二

诚实的批评和敏锐的鉴赏不应该针对诗人,而应该针对诗歌。如果我们关注一下报纸上批评家的胡乱叫喊和大众随之而来的窃窃私语,我们会听到很多诗人的名字;如果我们寻求的不是有关名人的知识,而是诗歌欣赏,就很难找到。我在前面已经指出一首诗和其他作家诗歌的关系的重要性,并且提出了一个概念,即诗歌指一切已有诗歌的活生生的整体。这个诗歌理论的另一方面就是一首诗和其作者的关系。我已经用一个类比来暗示,成熟诗人的思想与未成熟诗人的思想,其差异不在对其"个性"的评价,不在于哪个更有趣或"更有话可说",而要看哪个使用了更完美的中介,可以让特殊的、千差万别的各种情感自由地进行新的组合。

老年时的艾略特

我用的类比是催化剂。当前面所说的两种气体混合在一起,加上一条白金丝,就会产生硫酸。这种化合作用只在有白金的情况下才发生;但是新形成的硫酸里没有白金的踪影。白金本身显然没受影响;仍然是惰性的,中立的,没有任何变化。诗人的精神就是白金丝。它可以部分地或专门地靠诗人本人的体验发生作用;但艺术家越完美,承受痛苦的自我和进行创作的自我就越是分开;思想就越能完美地消化和转化作为其材料的激情。

你会注意到,那些体验,那些和催化剂一起起作用的因素有两种:情感与感觉。艺术作品对欣赏者产生的效果不同于任何非艺术品产生的感受。艺术效果可能因一种情感而产生,或是几种情感的结合;蕴含于作者特别的词语、短语或形象中的不同的感觉,可以结合在一起造成最终的效果。抑或伟大的诗篇也可能根本没有直接诉诸任何情感:只是凭感觉创作。《神曲》中的《地狱》第十五章(布鲁奈托·拉提尼)就是利用情景来唤起情感;但是其效果,虽然像任何艺术作品一样是整体性的,却是通过很复杂的细节产生的。最后四行给出一个意象,伴随着意象还有一种感觉。意象的突现,不是仅仅从上文发展而来,而可能预先就悬置在诗人的思想中,待恰当的融会处到来时才加入进去。诗人的思想实际上是一个贮藏器,攫取、储藏着无数感觉、短语和意象,直到所有的因素齐全,结合起来形成新的组合之后,方才显现出来。

比较一下从最伟大的诗篇中挑出的代表性章节,你就会看到各种结合的方式是多么了不起,也会看到所有半伦理性的"崇高"准则是如何完全偏离了目标。因为情感和各因素体现出的"伟大性"与强烈程度并不重要,重要的是艺术过程的强烈程度,或者说,是使得结合得以产生的压力的强烈程度。保罗和佛朗塞斯卡的一段插曲明显在煽情①,但是诗的强烈程度与意在煽起的情感强度不大相同。另外,它并不比第二十六章写尤利西斯的漂流更为强烈,那一章并不直接依赖煽情。感情的转化中可能有各种变化形式:阿伽门农的被杀,奥赛罗的痛苦,其艺术效果比但丁作品里的情景显然更逼真。在《阿伽门农》里,艺术情感已接近于真实旁观者

1858年七十岁的艾略特携新妻造访波士顿

的情感;而在《奥赛罗》里,艺术情感又接近于剧中主角的情感。但是艺术与现实事件的差别总是绝对的:阿伽门农被杀的艺术结合手法和尤利西斯游荡的艺术结合手法大概同样复杂。上述两者中都有各种因素的结合。济慈的《夜莺颂》包含着多种感觉,与夜莺没有什么特别关系,但是也许是由于名字吸引人,也许是由于名声,夜莺就把这些因素结合到了一起。

我力图要反对的观点,也许和认为灵魂有真实统一性的形而上学理论有关:我的意思是,诗人要表现的不是什么"个性",而是一种具体的表达媒介,这只是一种媒介而不是个性,通过这种媒介各种印象和体验就以特别的预料不到的方式结合到一起。印象和体验对诗人个人很重要,在诗歌里就没有地位了,而诗中至关重要的东西,对于诗人及其个性可能就无关紧要。

(吴文安 张敏 译)

关 键 词

传统(tradition)

---

① 佛朗塞斯卡,十三世纪意大利公主,与丈夫的弟弟保罗有私情,被丈夫杀害,但丁把他们的爱情故事收入《神曲》。

历史意识（historical sense）

过去中的过去性/过去中的现在性（pastness of the past/ pastness of the present）

去个人化（depersonalization）

催化剂（catalyst）

媒介（medium）

关 键 引 文

1. 我们在赞扬一个诗人的时候，往往会偏爱他最不模仿别人的东西。对他作品的这些特色部分，我们会声称发现了个性化的东西，是他最独特的地方。我们对这位诗人和前人（特别是最直接的前辈）的不同之处感到心满意足，努力要找到那种有别于他人的东西来加以赞赏。但是我们如果不带此种偏见来考察一位诗人，就会常常发现，他作品中不只是最好的部分，连最个性化的部分，也都是那些已故的前人，即他的前辈，最能体现不朽魅力的地方。

2. 历史意识关系到一种察觉，不只是察觉过去中的过去性，还有过去中的现在性；历史意识迫使写作者不仅胸怀他那整整一代人，还要同时容纳自荷马以来的整个欧洲文学和位于其中的整个本国文学，融会贯通于一身。这种历史意识，是永恒的意识，也是时序的意识，又是永恒意识和时序意识的结合，方使得作家具有传统性。与此同时，这种历史意识也让作家敏锐地察觉到自己所处的时空位置，即自己具有的时代性。

3. 我已经用一个类比来暗示，成熟诗人的思想与未成熟诗人的思想，其差异不在对其"个性"的评价，不在于哪个更有趣或"更有话可说"，而要看哪个使用了更完美的中介，可以让特殊的、千差万别的各种情感自由地进行新的组合。

4. 艺术家越完美，承受痛苦的自我和进行创作的自我就越是分开；思想就越能完美地消化和转化作为其材料的激情。

5. 诗人要表现的不是什么"个性"，而是一种具体的表达媒介，这只是一种媒介而不是个性，通过这种媒介各种印象和体验就以特别的预料不到的方式结合到一起。

讨 论 题

1. 艾略特是现代文学运动的代表,但为什么其他现代主义作家在批判传统的时候他要大谈特谈传统?

2. 文学传统(或文学的精华)来自于文学作品,而不是作家本人,这个观点你同意吗?为什么艾略特说:"传统不能继承,如果需要传统,必须通过艰辛的努力?"

3. 评论白金丝的比喻。这个比喻贴切吗?你同意吗?"去个性化"指的是什么?

4. 从什么意义上讲艾略特属于新批评学派?评论他的这句话:"诚实的批评和敏锐的鉴赏不应该针对诗人,而应该针对诗歌。"

意图谬误(维姆萨特,比尔兹利)

　　威廉·K.维姆萨特(1907—1975)1939年在耶鲁大学获博士学位,后一直留校任教,是研究十八世纪英国文学和新批评理论方面出色的学者,被誉为新批评"最前沿的阐释者"。他重视历史对文学和批评的作用,写下巨著《文学批评简史》(1957)。进入六十年代,他批评解构主义和后结构主义"为了政治目的而劫持文学"。蒙罗·C.比尔兹利(1915—1985)是位哲学家和美学家,也在耶鲁任教。《意图谬误》(1946)与《情感谬误》(1949)被认为是"新批评理论最完整的表述",是新批评家鼓吹的"科学客观性"的"最坚定的理论阐述"。《意图谬误》批判了把探索作者意图作为文学解读的主要方法,认为作者生平、写作氛围和作品来源对作品理解有重要的意义,但对作品的文学价值却没有决定性作用。作品的真正意义存在于其内在模式,和作者的生平与作品的历史背景无关。

　　在近来的一些讨论中,批评家需要判断作家的"意图"这种说法受到了挑战,特别是在路易斯与梯里亚德两教授之间的那次关于"个人误说"的辩论中表现得很明显[①]。但是这一说法,及其多数浪漫主义的推论似乎还没有受到广泛的质疑。本文两位作者在为一部文学词典的"意图"词条所写的一篇短文中曾提出过这个问题,但没能够深入探讨其含义。我们认为如果要衡量一部文学作品是否成功,作者的构思或意图不是一个现成的标准,也不是可行的标准。对我们来说,这条准则涉及到历史上各种批评观念之间某

---

① 路易斯(Clive Staples Lewis),1898—1963,英国文学批评家、作家,强调直接面对作品,反对文学研究过分专业化,在这些方面他和新批评有相通之处;梯里亚德(Eustace Mandeville Wetenhall Tillyard),1889—1962,英国文艺复兴研究学者、批评家。

些深刻的分歧。这一原则曾接受或排斥过两种完全对立的观点：古典主义的"模仿说"和浪漫主义的表现论。这一原则又促生了一些具体的理论，它们是有关灵感、真实性、传记、文学史、考证研究，以及一些当代诗歌的走向，特别是其暗喻性。如果一位批评家的方法没有涉及到"意图"，那么他就没有资格解决文学批评中的问题。

维姆萨特的《词语标志》（1954）

"意图"，按照我们的用法，相当于"作者意下要做的"，这一见解已经程度不同地为大家认可。"为了判断诗人的作品，我们必须先知道他想要做什么"。意图就是作者头脑里的构思或计划，和作者对自己作品的态度、作者感知的方式、写作的动力等有着明显的联系。

我们的讨论就从一系列命题开始。它们是概括或抽象出来的，达到了对我们来说似乎成了公理的程度。

1. 一首诗的产生不是偶然的，正如斯多尔教授所说，一首诗的词语是从头脑里而不是帽子里产生的。然而坚信人脑构思的能力是诗歌的一个来源并不等于把构思和意图当作一种标准，并且据此标准来判断诗作价值的高低。

2. 人们一定要问，关于意图的问题批评家如何指望得到答案。他怎样才能发现诗人想做什么？如果诗人做到了这一点，那么诗歌本身就说明了他要做的。如果没有实现，那么诗歌就不足为凭，批评家就必须在诗外做文章——寻找诗歌内找不到的意图证据。"只有一个忠告一定要记住"，一位有名的意图论者在他的理论发生矛盾时这样说，"诗人的目的必须是在创作活动的当时来判断，也就是说，要根据诗歌本身的艺术来判断"。

3. 鉴定一首诗就像鉴定一个布丁或一台机器。人们要求它能起作用。一个产品在其起作用的时候我们才能推断其设计者的意图。"一首诗不应该讲述什么而应该独立存在"。一首诗的存在只能通过它的意义，因为它的媒介是词语；但是诗之存在，之所以存在，是因为我们没有必要探询它的哪一个部分是意图所在或意义所在。诗是一种语言风格的技艺，能够同时处理复杂的意义。诗的成功在于它所讲的或暗示的一切或大部分都相互关联；无关的都已经被排除在外了，就像布丁中的面团或机器中的"瑕疵"一样。在这个意义上说，诗歌不同于应用文。只有我们能推断到作者的意图，应用文才算成功。应用文比诗歌更抽象。

4. 可以肯定一首诗的意义是个性化的，因为一首诗表达的是个性或灵魂的状态，而不是像苹果那样的有形物体。但即使一首很短的抒情诗也有

维姆萨特的《约翰逊诗文选》(1978)

戏剧性,也是一位说话人(无论把他想象得多么抽象)对于某个情景(无论其多么普遍)的反应。我们应该认为诗歌的思想、态度直接来源于戏剧性的说话者(加着重号),万一是源于作者,只有通过对他生平方面的推论才能得出。

5. 在某种意义上,作者可以通过修改作品更好地实现他最初的意图。但这是一种很抽象的意义。他原本就要写一部更好的作品,或某一类更好的作品,现在他完成了。但是随后发现他原来的具体意图并不是他的意图。"的确,他是我们以前要寻找的人,"哈代笔下的乡村警官说,"但他又不是我们以前要寻找的人。因为我们要寻找的人并不是我们要通缉的人。"

斯多尔教授问道:"批评家难道不是一位法官吗?他不去探寻一下自己的意识,却要确定作者意图的意义,好像诗歌是遗嘱、是合同或宪法。但诗歌并不属于批评家本人。"他准确地诊断出两种不负责任的做法,其中之一是他认可的。我们的看法跟他还不一样。诗歌不是批评家本人的,但也不是作者的(它一出生,就脱离了作者而来到世界上,已经超出了作者意图的力量,作者不能控制它)。诗歌已经属于大众了。诗歌委身于语言,而语言为大众所有;诗歌是关于人类的,而人类是大众了解的对象。关于诗歌的评论要经受得起推敲,像任何语言学或普通心理学的论述要经得起推敲一样。

一位对我们的辞典释义进行评论的批评家安那达·K·库玛拉斯沃梅争论说①,对艺术作品有两种探究:第一,艺术家是否达到了他的意图;第二,这部艺术作品"是不是应该创作出来",所以"是否值得保留"。库氏认为,这第二条不是"把艺术作品当作艺术品批评",而是道德批评;只有第一条才是艺术上的批评。但我们认为第二条不一定是道德批评:有另外一种方法也能确定艺术作品是否值得保留,或者在某种意义上,是否"应该"被创作出来,这是一种对艺术作品进行客观批评的方法,这个方法使我们能够区别开一起熟练的谋杀行为和一首精妙的诗歌。熟练的谋杀就是库玛拉斯沃梅所用的例子。在他的理论体系中,谋杀与诗歌之间的差别仅仅是"道德"上的,而不是"艺术上的"问题。因为只要两者都是按计划实施的,就都算作"艺术上"成功了。我们认为第二条比第一条重要,因为能够把诗歌与谋杀区别开

---

① 库玛拉斯沃梅(Ananda K. Coomaraswamy 1877—1947),斯里兰卡裔英国学者,以研究印度文化和亚洲文化而知名。

的是第二条而不是第一条,恰当地说,"艺术批评"的名称应该给予第二条。

(吴文安 张敏 译)

关　键　词

作家意图(author's intention)
意图论者(intentionalist)
诗歌/应用文(poetry/practical messages)
道德批评(moral criticism)
艺术批评(artistic criticism)

关　键　引　文

1. 我们认为如果要衡量一部文学作品是否成功,作者的构思或意图不是一个现成的标准,也不是可行的标准。

2. 意图就是作者头脑里的构思或计划,和作者对自己作品的态度、作者感知的方式、写作的动力等有着明显的联系。

3. "一首诗不应该讲述什么而应该独立存在"。

4. 诗的成功在于它所讲的或暗示的一切或大部分都相互关联;无关的都已经被排除在外了,就像布丁中的面团或机器中的"瑕疵"一样。在这个意义上说,诗歌不同于应用文。只有我们能推断到作者的意图,应用文才算成功。应用文比诗歌更抽象。

5. 诗歌不是批评家本人的,但也不是作者的(它一出生,就脱离了作者而来到世界上,已经超出了作者意图的力量,作者不能控制它)。诗歌已经属于大众了。诗歌委身于语言,而语言为大众所有;诗歌是关于人类的,而人类是大众了解的对象。

讨　论　题

1. 在什么意义上作者意图会阻碍文学研究的"客观性"?

2. 维姆萨特和比尔兹利乃至新批评理论赋予作者的作用是什么? 比较"意图谬误"与结构主义和后结构主义所谓的"作者之死"。

3. 文学阅读的"绝对客观性"要通过排除作者意图获得。你认为两位作者在文中是这么认为的吗？

4. 一位耶鲁批评家 E. D. 赫希在《阐释的有效性》（1967）和《阐释的目的》（1976）中认为，读者的阐释只能以意义或作者意图为基础。S. 费希如今也说，意图谬误本身就是个谬误。你认为文学批评家可以抛开作者不顾吗？

情感谬误（维姆萨特，比尔兹利）

《情感谬误》是《意图谬误》的姊妹篇，维姆萨特和比尔兹利在文中力图消除"外部"（或称"个人的"、"主观的"）因素对文本阐释的影响。一定的历史时期对诗歌自有其独特的接受，这种接受有其自身的价值，六十年代末这种价值被读者反应批评所张扬，引起批评界的注意；后来的女性主义、后殖民主义、性别研究关注的重点仍然是作者和读者的主观立场。但对新批评家们来说，诗歌自给自足，自身可以解释一切，主观接受在那时还没有上升到主导因素的位置。

维姆萨特：《鲍斯韦尔辨》（1960）

一

本篇的标题引发我们把它同第一篇作比较①，所以在此我们要说明一下。我们是在探讨两条文艺批评的路线：这两条路线似乎使我们得以方便地绕开公认的也是大家通常害怕的障碍，从而直达客观批评，然而这两条道路实际上使我们偏离了批评，偏离了诗歌。意图谬误混淆了诗歌及其来源，这种特殊情况被哲学家们看作"起源谬误"。这种方法的起点是要从诗歌的心理成因上找到批评的标准，终点却是传记和相对主义。情感谬误混淆了诗歌和其效果（也就是诗歌是什么和诗歌做了什么），这是认识论上怀疑主义的一种特殊表现，虽然通常表现得更高深，好像比各种形式的怀疑论更有说服力，但毕竟还是怀疑主义。它始于想从诗歌的心理效果那里得到批评标准，终于印象主义和相对主义。两种谬误，不论是意图谬误还是情感谬误，其结果便是诗歌本身，作为具体批评判断的对象，往往就消失了。

在本文中，我们将简要地讨论情感批评的历史及其结果，以及它和认知批评方面的一些关联，因而也会涉及到诗歌的一些认知特点，正是这些特点使得情感批评似乎言之成理。我们还要观察一下情感批评的前提，这些前

---

① 指两人三年前发表的《意图谬误》。

比尔兹利:《美学:从古希腊到今天》

提在当今一些具有广泛影响的哲学和次哲学领域时时表现出来。首先,主要是在语义学方面。

二

把情感意义和指涉意义区分开,这是大约二十年前瑞恰慈在早期著作中极力推崇的主张[①]。瑞恰慈的《实用批评》以及他和奥格登合著的《意义的意义》中,描述了意义的种类,他们用暗示或是直接陈述的方式,提出在"语言的象征和情感使用方面"有一种明确的"对照"。在《实用批评》里,瑞恰慈谈到了"审美的"或"投射式"的词语——通过一些形容词我们把感情投射到事物之上,其实这些事物本身与这些感情特征没有关联。在简明扼要的《科学与诗》一书中,瑞恰慈认为科学是一种陈述,而诗歌则是一种"次陈述",与陈述相比,诗歌的作用是让我们更好地感受事物。在瑞恰慈以后,当然也由于考尔济布斯基伯爵非亚里士多德式的《科学与明智》的影响,又出现了蔡斯、早川、瓦尔波尔、李等人为代表的语义学派。最近西·勒·斯蒂文森在《伦理与语言》一书中为此做了说明[②],这比其他人的更详细更明确,可以看作是对这一学说最清楚的辩护,当然也最充分地暴露了它的弱点。

斯蒂文森体系中最强调的一点是区分开一个词的意义和其含义。在这种区别的某一具体实例中,我们可以使用符号学家所称的"语言学规则"(即传统术语中的"定义"),其作用是使得一个词能获得稳定的反应。"athlete"这一词的一个意义可以指对运动感兴趣的人,但其含义仅仅是一个高个的年轻男性。语言学规则是:"运动员必须对运动感兴趣,但不一定个子高"。这些都属于我们所称的词语的描写(或认知)功能。而对于词语的第二个单独的主要功能,即情感功能,则没有语言学规则保证其获得稳定的反应,所以在斯蒂文森的体系里,意义和含义之间没有与前者类似的平行区分。尽管斯蒂文森建议可以使用次从属性的情感意义这一术语来指称一种情感"意义",而"这种情感意义取决于符号的认知含义",但他的论证的主要倾向却是情感意义与描写(认识)意义不相关联,而且独立于描写(认识)意义。

---

① 瑞恰慈(I. A. Richards),1893—1979,英国批评家,任教于剑桥大学和哈佛大学,抗战期间和解放前后曾在我国任教多年。

② 斯蒂文森(Charles Leslie Stevenson),1908—1979,美国哲学家,注重伦理和情感方面的研究,《伦理与语言》发表于1944年。

这就是说,在描写意义发生急剧变化时,情感"意义"也不受影响。有相同描写意义的词语据说有很不同的情感"意义"。例如"license"(放任)和"liberty"(自由)两个词,斯蒂文森认为它们在某些上下文中有相同的描写意义,却有完全相反的情感意义。最后,他认为有些词语没有描写意义,却有明确的情感"意义":这些就是各类感叹词。

斯蒂文森不断地使用意义一词来表示语言的认知和情感功能,而他在情感功能上又没有对意义和含义详细加以区分,这就需要我们做进一步的明确区分,而且是重要的区分,在斯蒂文森的体系以及前人的体系中还没有这样区分过。值得强调的事实是,斯蒂文森所用的情感意义一词,以及瑞恰慈用以指称他的四种意义之一的更谨慎的术语感情,都不指如情感名词愤怒和爱所表示的那种认知意义。相反,这些关键性词语用来指情绪状态的表达,而斯蒂文森和瑞恰慈认为情绪状态受某些词的影响,例如放任、自由、愉快、美、丑等,所以这些词语也可以用来形容这些词汇在听众那里可能激起的情感反应。因为意义一词传统上有效地运用到语言的认知功能或描写功能上,所以如果这些作者在上述的语境中使用不那么有既定意义的术语可能更合适一些。涵义可能是更好的选择。在词汇上如此区分的优点就是能反映语言功能的深刻差别,即情感之基础与情感本身之间的差别,词语的直接所指与词义唤起的联想之间的差别,或者简单地说词语本身的涵义。

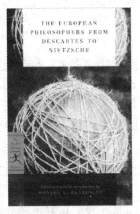

比尔兹利:《从笛卡儿到尼采的欧洲哲学》

(吴文安 张敏 译)

关 键 词

起源谬误(genetic fallacy)
情感谬误(affective fallacy)
印象主义和相对主义(impressionism and relativism)
陈述/次陈述(statement/pseudostatement)
意义/含义(meaning/suggestion)

关 键 引 文

1. 这种方法(起源谬误)的起点是要从诗歌的心理成因上找到批评的标准,终点却是传记和相对主义。情感谬误混淆了诗歌和其效果(也就是诗歌是什么和诗歌做了什么),这是认识论上怀疑主义的一种特殊表现,虽然通常表现得更高深,好像比各种形式的怀疑论更有说服力,但毕竟还是怀疑主义。……两种谬误,不论是意图谬误还是情感谬误,其结果便是诗歌本身,作为具体批评判断的对象,往往就消失了。

2. 科学是一种陈述,而诗歌则是一种"次陈述",与陈述相比,诗歌的作用是让我们更好地感受事物。

讨 论 题

1. 两个"谬误"有什么共同之处?
2. 为什么说借助于诗歌激发的感情来阐释文本并不可靠?
3. 有人说:"文化千变万化,诗歌却亘古不变,意义自在"。你同意吗?文化研究学者就不会赞同这个说法,他们会按照文化的变化解读出文本的变化。但是新批评家们却会同意这种说法,为什么?

反讽——一种结构原则(布鲁克斯)

克利安思·布鲁克斯(1906—1994)就读于温特比尔特、杜兰和牛津,执教于路易斯安那大学和耶鲁大学,八十多岁时仍活跃在学术研究领域。三十年代布鲁克斯开始和沃伦合编《南方评论》,反映南方逃亡派或称农业派的文学观点。这一流派源于温特比尔特大学,当时布鲁克斯在兰塞姆门下求学。布鲁克斯的长处是语言分析,不强调历史语境,他"代表的文学运动认为诗作的本质是诗,而不管内容如何"。他与韦勒克、沃伦、维姆萨特一起,使耶鲁成为四十年代末期美国文学批评的中心。布鲁克斯是个"典型的新批评家",和其他新批评家一起,"改变了整整一代严肃读者对英国文学的看法"。

他对"反讽"(1949)的理论阐述是对新批评的一个贡献。瑞恰慈认为反讽是"把对立面放在一起"以形成一种"平衡的状态",而沃伦则用了更有涵盖力的"张力"来表述这一概念。从二十世纪六十年代起,布鲁克斯一直受到其他文学理论的批评,这至少说明,"他的阐释方式已成为文学传统中不朽的一部分"。

我们可以把现代诗歌技巧总结为隐喻的重新发现和一切回归隐喻。诗人必须首先穿过具体事物的窄门才能合法地进入普遍性。诗人不能选择一种抽象的主题,然后用具体的细节修饰它。相反,他必须首先确立细节,恪守细节,通过细节的刻画而达到他所能达到的普遍意义。意义必须从具体事物而来,而不能看上去是任意地强加在具体事物头上的。这样,在对待诗歌的时候,常规的语言习惯必须反过来,因为在这里是尾巴让狗儿摇摆。还有一个更好的比喻,那就是风筝的尾巴——是尾巴让风筝飞翔:跟被风猛吹的纸糊框架相比,是尾巴让风筝成其为风筝。

的确,风筝的尾巴好像是否定了风筝的功能:它把要起飞的事物往下拽;同样,诗人堆积的具体细节好像是否定了他所追求的普遍性。诗人是想"说些"什么的。那么他为什么不直截了当地说呢?他为什么偏偏愿意通过隐喻来说呢?通过隐喻,他的言说就有片面或晦涩的风险,甚至有言不达意的风险。但是这个风险一定要冒,因为直接陈述会导致抽象,有使我们完全脱离诗歌的危险。

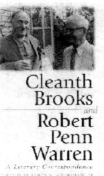

《布鲁克斯和沃伦文学通信集》(1998)

这样,对隐喻的运用就暗示了在一般主题方面有一个间接表达的原则。而对于具体的意象和陈述,就暗示了有机联系的原则。就是说,诗歌不是一些美丽的或"有诗意的"意象的集合。即使有些物体真的有些内在的"诗意",那么仅仅把它们集合起来也不会得到一首诗。因为如果那样的话,我们就可以把有"诗意"的意象摆放一下,按照摆放式样来制造诗歌了。但是诗歌的成分相互联系,不像花束里排列的花朵,而是像一株活生生的植物上生长的花朵,和植物的其他部分相互联系。诗的美在于整株植物上鲜花盛开,需要茎、叶和看不见的根。

如果这个比喻有点夸张,让我们用另一种艺术来做一个类比:诗歌像一幕短剧。戏剧的总体效果来自于所有的环节;一首好诗,就像一出好戏,没有无用的动作,也没有多余的部分。

了解了诗歌的各个部分是互相有机地联系在一起的,并且间接地与总的主题相联系,我们就认识到了语境的重要性。仔细考察一下会发现,诗歌中那些难忘的诗句,甚至那些好像有内在"诗意"的部分,它们的诗歌特征也是因为与具体的语境相互联系而得来。的确,我们也许会说莎士比亚的"睿智就是一切"①是有诗意的,因为那是崇高的思想,或者因为它简洁有力;但那样就忘记了篇章所处的语境。如果我们考虑一下没有诗意的句子,这个道理就很明显,例如"活力就是一切"、"沉静就是一切"、"成熟就是一切",这些陈述中抽象的哲学内涵几乎和"睿智就是一切"同样站得住脚。的确,这些寻常字眼并不是因为重复不到五遍就成为《李尔王》中最深刻最动人的诗句,而是因为有着作为后盾的语境。甚至任何具体部分的"意义"都要受到语境的影响。因为任何言语都是在一个具体的情景,由具体的剧中人物说出来的。

上面所引的最后一例可以被恰当地看作从语境"负载意义"的例子。是语境赋予具体的词语、意象或陈述以意义。意象经过如此丰富便成为象征;陈述经过如此丰富便成为戏剧话语。但还有另外一种方式来看语境对诗歌"部分"的影响。"部分"要受到语境压力的影响。

语境对陈述造成的明显扭曲,我们现在称之为"反讽"。举个简单例子,我们说"这是个大好局面",但是在某种语境里,这一陈述的意思恰恰与它的字面意义相反。这是嘲讽,最明显的一种反讽。在这里意义完全变得相反:这是由语境造成的,并且可能是由说话的语气加以点明。但即使没有嘲讽式的意义翻转,语境的影响也会很重要,语境的影响不一定需要语气来强调。反讽的语气可以通过巧妙地处理语境而获得。葛雷的《墓园挽歌》提供了一个明显的例子②:

> 有图画的骨灰坛,生动的半身像
> 能否把飞逝的呼吸召回家园?
> 荣耀的声音能否唤起缄默的尘土?
> 或者谄媚能否抚慰死亡迟钝冰冷的耳朵?

在这个语境中,疑问句显然是反诘性的。答案已经通过描写呼吸之飞逝、死亡耳朵之迟钝和冰冷暗示出来。诗句的形式是疑问句,但提问的方式表明那根本不是真正在提问。

这些是反讽的明显例子,甚至在这个层次上,反讽式诗歌要比读者意料的多得多。举例来说,在哈代的很多诗歌和霍斯曼的几乎全部诗歌之中③,反讽都像这样表现得确定和显著。然而,这些例子好像专门说明挖苦性质

---

① "ripeness"翻译成"睿智",指的是老者拥有的丰富人生经验和生活智慧,与下面的"maturity"(成熟)相对,后者指成年。

② 葛雷(Thomas Gray),1716—1771,英国诗人,浪漫主义文学的先驱,以"Elegy Written in a Country Churchyard"一诗最为著名。

③ 霍斯曼(Alfred Edward Housman),1859—1936,英国诗人,以研究古典文学见长。

的反讽,为了避免这样的误会,我要提醒读者一句,即使明显的、常规认可的反讽形式,也包括各种各样的方式:悲剧反讽,自反反讽,嬉笑式、调皮式、挖苦式、或温和的反讽等。诗歌当中一般意义的反讽从《李尔王》到《丘比特和康伯斯皮玩耍》里都能找到①。

一个完全没有潜在反讽的陈述——一个完全不需要语境来支持的陈述,会是什么样子呢?果真如此,就只能是这样的例子,如"二加二等于四"或者"直角三角形斜边的平方等于外两条边平方之和"之类的陈述。这类陈述的意义不需要任何语境;如果它们是正确的,在任何可能的语境下都同样正确。这些陈述是完全抽象的,它们的术语也是纯粹指示性的。(如果"二"或"四"对于富于幻想的人偶然产生一些内涵,这些内涵也无关紧要:它们不包含在陈述的意义结构中。)

但是诗歌的内涵很重要,并且在诗歌的意义结构中举足轻重。另外,我还要说,作为前面命题的推论,诗歌从不包含抽象的陈述。就是说,诗歌中的任何"陈述"都要承受语境的压力,其意义要受语境影响。换句话说,那些陈述,包括好似哲学概括的陈述,应该当作戏剧中的台词来读。他们的关联性,它们的恰当与否,它们的修辞力量,甚至它们的意义,都不能脱离它们所处的语境。

我所说的原则似乎很浅显,但我以为它很重要。它或许会帮助我们理解现代批评中反讽这一术语的重要性。我肯定过多地使用了反讽这个词,也许有时候是滥用,在这一点上我是过于关注了。但我想说明白我关注的是什么:我不是要为反讽这个术语辩护,而是为了指出为什么现代批评家禁不住要用这个术语。我们无疑把这个术语引申得太远,但它几乎是唯一可用的术语,来指出诗歌的一个普遍而重要的方面。

让我们看一下这个例子。马修·阿诺德②的诗歌《多佛海滩》中有人这样评述世界,"在我们面前展开的好像是梦境……实际上既没有愉悦,也没有爱,也没有光明……"对有些读者来说,这个陈述似乎不言自明(例如,典型的海明威小说或短篇故事中的主人公会这样说,尽管表达方式会很不同)。但是对其他读者来说,这句话好像是错的,至少是很值得怀疑的。不论怎样,如果

---

① 《丘比特和康伯斯皮玩耍》是英国文艺复兴时期诗人李利(John Lyly, 1554—1606)写的一首短诗。
② 马修·阿诺德(Matthew Arnold),1822—1888,英国批评家,著名论著有《文化与无政府状态》(1869)。

我们要"证明"这个命题,我们会涉及到很多令人困惑的形而上学问题;而且,这样做的时候,我们肯定会偏离诗歌的问题,最后偏离开什么是诗歌的论证。因为这几行诗必须从语境方面来加以论证:诗中的讲话者正站在心上人的旁边,眺望窗外宁静的海面,倾听着海水退潮的长啸,而且意识到了月光造成的美丽的错觉,即月光"漂白了"整个景致。这一陈述之"真理",这首诗本身内涵的真理之论证,不能靠此类组织的多数人的同意,如社会学家协会、物理学家委员会或者形而上学学家大会,即使他们愿意签章赞同这一陈述。那么这一陈述如何才能证实呢?应用一下艾略特的测试方法再好不过了:读者的头脑能不能接受这句陈述,认为它是连贯的、成熟的、并建立在经验事实的基础上?但是我们提出这样的问题,就不得不把诗歌当作戏剧了。我们还可以提出进一步的问题:讲话者是不是好像沉浸在自己的情感中?他是不是似乎把情景过于简单化了?或者,另一方面,他似乎达到了一种疏离和客观的状态?换句话说,我们不得不提出疑问,即这句陈述是不是恰当地从其语境生发出来;它是否认可语境的压力;它是不是"反讽"式的,或者仅仅是幼稚、油滑、感伤的。

  我在别处讲过,符合艾略特测验的诗与理查兹所谓"综合的诗"相同,即诗歌不排斥与其主要语气明显相悖的因素;而且,因为诗歌能够把无关的与不和谐的因素融合起来,能够协调自身,所以不会受反讽的制约。那么反讽,在这一深层意义上,就不仅仅是认可语境的压力。不受反讽制约所体现出的是语境的稳定性:其内部的压力相互平衡并且互相支撑。这种稳定性像是拱形桥:经过计算,把石块拉向地面的力实际上提供了支撑力,在这种原则下,推力和反推力成为实现稳定性的手段。

(吴文安 张敏 译)

关 键 词

间接表达原则(principle of indirection)
隐喻(metaphor)
有机联系原则(principle of organic relationship)
语境(context)
嘲讽/反讽(sarcasm/irony)
语境的压力(pressure of context)

关　键　引　文

1. 就是说，诗歌不是一些美丽的或"有诗意的"意象的集合。既是有些物体真的有些内在的"诗意"，那么仅仅把它们集合起来也不会得到一首诗。因为如果那样的话，我们就可以把有"诗意"的意象摆放一下，按照摆放式样来制造诗歌了。但是诗歌的成分相互联系，不像花束里排列的花朵，而是像一株活生生的植物上生长的花朵，和植物的其他部分相互联系。诗的美在于整株植物上鲜花盛开，需要茎、叶和隐藏的根。

2. 如"二加二等于四"或者"直角三角形斜边的平方等于另外两条边平方之和"之类的陈述。这类陈述的意义不需要任何语境；如果它们是正确的，在任何可能的语境下都同样正确。这些陈述是完全抽象的，它们的术语也是纯粹指示性的。

3. 诗歌从不包含抽象的陈述。就是说，诗歌中的任何"陈述"都要承受语境的压力，其意义要受语境影响。

4. 那么反讽，在这一深层意义上，就不仅仅是认可语境的压力。不受反讽制约所体现出的是语境的稳定性：其内部的压力相互平衡并且互相支撑。这种稳定性像是拱形桥：经过计算，把石块拉向地面的力实际上提供了支撑力——在这种原则下，推力和反推力成为实现稳定性的手段。

讨　论　题

1. 试比较布鲁克斯与其他新批评家或者俄苏形式主义者，看他们在科学/文学语言两分法上的相同之处。
2. 布鲁克斯是如何理解"反讽"的？和"反讽"的词典意义一致吗？为什么他要强调"语境"的作用？
3. 根据布鲁克斯的说法，"反讽"揭示出诗歌的重要一面是什么？
4. "关键引文"中有一些布鲁克斯使用的比喻。讨论这些比喻。

诗歌中的张力（泰特）

艾伦·泰特（1899—1979）是美国诗人，小说家，新批评的主将之一。他就读于温特比尔特大学，帮助创办了由一群被称为"逃亡者"的年轻诗人创立的诗歌杂志《逃亡者》（1922—1925）。泰特曾把艾略特的诗介绍给其成员，因为艾略特在诗中对于现代生活所表现的态度，对于现代生活之空虚的描写，与泰特本人的诗歌主题相似。无论在批评论文还是在诗歌创作中，泰特都在保守的、农业化的南方及后来的罗马天主教中寻到了自己的传统。从1930年起，他在美国、欧洲和亚洲各大学执教。由他编辑的（1944—1946）文学杂志《西瓦尼评论》获得了一定的声望。下面这篇论文写于1938年，文中泰特提出了自己的诗歌阅读策略，即外延和内涵的组合，并使"张力"成为新批评派评价诗歌和诗人的标准。

我们一般认为是好诗的很多诗歌具有某种共同的特点，另外还有一些我们不在意的诗歌。为了更好地理解它们，让我们给这种特性创造一个名称。我要把这种特性称为"张力"。用抽象的语言表达，就是诗歌突出的特色就是其整体的最终效果，而整体是意义构造的结果，批评家的职责就在于考察和评价这个意义。在此我提出这一职责的时候，将会阐明我在其他场合已经用过的批评方法，同时我也不放弃以前的方法，我称其为把诗作中隐含的普遍意义隔离出来。

大众语言是"交际"的媒介，其使用者对于激发有时所称的"情感状态"的兴趣大于正式表达这种状态的兴趣。

　　一旦你说万物都是一样，很明显文学就等同于宣传；一旦你说脱离了直接的辩证历史过程就无法了解真理，那么很明显所有当代艺术家都得追逐同一种风尚；很显然万物为一要受时空限制，所以信奉黑格尔的法西斯分子说一切艺术都是爱国主义的也是如此。

威廉·燕卜逊所称的爱国诗不仅是为国家歌唱[①]；在忸怩作态的抒情诗和很多当代政治诗里都有此类东西。这是大众语言的诗歌，与已故的叶芝感兴趣的"人民语言"大相径庭。举例如下：

　　从光荣的逝者那里
　　我们继承了什么——
　　适合庄稼的田垄，野草被铲除——
　　而现在害虫和霉病横行，
　　罪恶肆虐
　　飞燕草和玉米；
　　我们看着它们匍匐在下面。

[①] 威廉·燕卜逊（William Empson），1906—1984，英国批评家，师从瑞恰慈，其作业后来扩充为著名的《含混七型》(1930)，发表时他年仅24岁。

从米雷小姐的这节诗我们可以推断她光荣的先人让大地美好,而如今大地一片荒芜——从题目那里就可以知道原因:"在马萨诸塞州正义被拒绝。"马萨诸塞州怎么会遭遇大面积干旱,为什么(诗的脚注中是这样说的)萨柯和梵塞蒂被处死与庄稼的毁坏有关系,却没有说明白①。这些诗行属于大众语言,它们用一系列术语来激发某种情感状态,而突然之间一个无关的事物会从中受益;我认为这种效果通常不是通过有意识的努力获得的,而是

泰特的石膏头像(1959)

感伤。米雷小姐的诗大约十年前出版时受到赏识,今天无疑仍然得到欣赏,欣赏这首诗的人有的认为它表达了关于社会正义的一些情感,有的是因为和诗人有共鸣。但是,如果你与这些感情没有共鸣,就像我碰巧对干枯的自然意象并无共鸣一样,那么这些诗行,甚至整首诗,都会显得晦涩难懂。

我在此反对的是诗歌的"交际谬误"。(我并非在反对社会正义)这种谬误在诗歌创作中和批评理论中是一样的。我们越是追溯这一批评的教条,就发现它越糟糕。如果有人想找到一个标识,我想这一教条是从1798年以后开始兴盛起来的;因为从整体而言十九世纪的英国诗歌是一种交际诗。诗人用

诗歌来表达思想感情,但他们从心里明白这种思想感情用科学表达得会更好(请参阅雪莱的《诗辩》),或者用很糟糕的诗歌术语来表达,即我们今天所称的社会科学。也许是因为诗人觉得科学家太冷酷,而诗人又附和科学家的说法认为诗人温柔,所以诗人就一直写诗。人们可能不大会提议,让我们给这种诗取一个新名字——社会诗,来改变诗歌无用的传统。诗人能期望比应付物理学更好地应付社会学吗?如果他用科学方法在两门学问之一取得了成功,他是不是放弃了诗人的本职?

我发现上面所引诗歌中的历史意识比爱德蒙·威尔逊先生所写的后期

---

① 米雷(Edna St. Vincent Millay),1892—1950,美国女诗人;萨柯/梵塞蒂杀人案,指的是1920—1927年间美国麻省对两位意大利移民杀人的审判,曾因证据不足而引起社会的巨大关注,1977年麻省州长公开为当年的误判道歉。

象征主义英雄所表现出的更差①,这种有韵诗歌早期受到社会科学伪理性的威胁。这种感伤的威胁无所不在,以至无论诗歌落在纸上是多么简单,都让人理解不了。(在此我要说一个来不及论证的设想,即米雷小姐的诗是晦涩的,而邓恩的《第二周年》一诗则不是。)我随意选来另一首这类隐晦诗,一首19世纪的抒情诗,即詹姆斯·汤姆森的《葡萄树》②:

爱情的美酒是音乐
爱情的盛宴是欢歌;
当爱情桌旁就座,
爱情就会久坐;
久坐以后,醉了站起,
不是因为美酒和筵席;
他任自己的心儿旋转,
那繁茂无比的葡萄树。

这里的语言是诉诸现存的情感状态;在字面上或是模糊意义或是暗示方面,都没有表达连贯的意义。它可以完全用几种解释来代替,这些解释已经在我们的头脑里了。解释之一就是一个自我陶醉的花花公子的混乱形象。而现在好诗的每个词语都能经受最严密的逐字考察,而其本身就能防止我们的反讥;但是我们越是仔细考察这首抒情诗,它就越晦涩;我们越是追寻其意象的隐含意义,就越是摸不着头脑。这里的意象对诗歌要表明的主旨不起任何作用;这首诗使得过去很多更好的诗人已经赢得的尊严也黯然失色,让我来打个比方,如从前的圭尼泽里③:

仁慈的心经常遭遇爱情,
就像绿草丛上撒满露珠……

我想要说明的是某种诗歌里一种具体的失败,而不是失败的程度如何。如果我们感兴趣的是失败的程度,我们不妨引用十七世纪约翰·克利夫兰

---

① 爱德蒙·威尔逊(Edmund Wilson),1895—1972,美国批评家,二十世纪上半叶在《纽约人》等期刊报纸上发表大量文学评论。
② 詹姆斯·汤姆森(James Thomson),1700—1748,苏格兰诗人。
③ 圭尼泽里(Guido Guinizelli),1230—1276,意大利诗人。

或亚伯拉罕·考利的蹩脚抒情诗①,比《葡萄树》还要差,尽管他们那个年代产生了一些伟大的英语诗篇,如此一来也许能给十九世纪一点安慰。下面是考利《颂歌:致光明》中的几行,该诗足有一百行,列举了这个主题在看来依然属于托勒密体系的宇宙中表现的种种作用。我不愿意想象在哥白尼体系下这首诗会写多长。下面是"光的责任",很有意思:

> 你不要在这所有胜利之中
> 鄙视卑微的萤火虫,
> 这些有生命的光点
> (哦,伟大但不傲慢!)把田野灌木装点。

还有一段:

> 紫罗兰,春的小宝宝,站一站,
> 在紫色的襁褓里安眠;
> 你偏爱漂亮的郁金香;
> 给它穿上欢乐的节日盛装。

这无疑是玄学派的诗;不管诗行如何拙劣,它们与《葡萄树》没有共同的品质,不管是好的还是坏的品质。兰塞姆先生在一篇出色的文章《莎士比亚的十四行诗》(《世界的躯体》,1938)中出色地描写了这种诗:"玄学派诗歌的动力……在于把感情……倾注于选定的修辞手段上"。就是说,在玄学诗中,逻辑次序是明显的;它必须前后连贯,诉诸于感觉的意象至少要表现出逻辑的决定性;也许仅仅是表现出,因为在表面逻辑之下的各种各样的语义模糊和矛盾是无穷无尽的,正如燕卜逊先生在他阐释马伏尔的《花园》一诗时所指出的那样。在这里我们只需要说意象依靠外延发展,而其逻辑上的决定因素是一根阿里阿德涅的线,诗人不允许我们放松它,这就是所谓的玄学派诗歌最主要的特点②。

《葡萄树》在外延上是失败的。《颂歌:致光明》在内涵上是失败的。《葡萄树》的语言缺乏客观内容。让我们举前两行的"音乐"和"欢歌"为例;上下文并不能让我们理解这些词语的外延;就是说,并没有指向我们辨认为"音乐"和"欢歌"的事物。爱情的美酒也可能是"欢歌",筵席也可能是"音乐"。

---

① 克利夫兰(John Cleveland),1613—1658,英国文艺复兴时期写作骑士诗歌和讽刺诗的诗人;考利(Abraham Cowley),1618—1667,英国诗人、散文作家。

② 马伏尔(Andrew Marvell),1621—1678,英国玄学诗人,擅长讽刺,曾与弥尔顿一起支持过共和政府。"阿里阿德涅之线"(Ariadne's thread):希腊神话中的典故。克里特公主阿里阿德涅(米诺斯和帕西法尔的女儿)给了雅典王子忒修斯一个线团,帮助他走出食人怪物米诺陶洛斯的迷宫。

而在《颂歌：致光明》之中，如果把这些术语的内涵简化，如"紫罗兰"，"襁褓"和"光明"（"光明"在诗中用代词"你"表示），就会得到一串意象，只有我们忘记这些术语的明确外延时，它们才能统一起来。要是我们接受紫罗兰宝宝的合理性，我们必须忽略表达这一概念的隐喻，因为这一隐喻使紫罗兰显得荒谬；通过忽略那块尿布，以及与之联系的两个术语，我们就不再读这一段诗了，就开始为隐喻的术语构建可以接受的外延。

真是荒谬：但是我把这些诗歌称为荒谬的最终根据却不能当作一条原则。我吁请读者运用自己的体验，来得到我这样的判断。这很容易表述，我下面要详细加以说明，好的诗歌是内涵的极致和外延的极致的结合，是其中所有意义的统一体。然而我们对这种统一意义行为的认可则是由于天赋的经验、文化，或者如果你愿意这么说，由于我们的人文精神。我们的辨别能力并非演绎能力，虽然演绎能力可以对我们有所帮助。辨别能力有赖于总体人文能力的培养，并且代表这种能力在一种体验媒介中的特殊应用即诗歌。

我已经指出了一种体现交际谬误的诗歌：这种诗歌表达的是情感状态，（在语言方面）是由于不负责任地使用词语的外延造成的。其对"真实"世界的把握是模糊的。这一谬误的历史和诗歌一样悠久，但到了十八世纪末，它不仅开始主宰诗歌，还主宰其他艺术。它的历史大概会表明，诗人把语言的外延拱手送给科学家了，诗人自己只剩下越来越稀薄的处在边缘的内涵了。另一种相伴的谬误，我只能给它一个字面上的名称，即只有外延的谬误，我也曾举考利的诗为例说明过：这种诗不符合我们最发达的人类真知灼见，因为其不能使用和引导丰富的内涵，而丰富的内涵是人类经验赋予语言的。

让我们再回到本文所探讨的问题：我们是要考察一下除了我们在那两个极端的例子中探讨的之外，诗歌里还有没有某个中心成就。我提出的对那一成就的描述，其术语是张力。我不是把它当作普通隐喻来使用，而是作为特殊名称，是把逻辑术语"外延"和"内涵"的前缀去掉而来。当然我所说的是，诗歌的意义是其张力，是诗歌中能包含的所有外延和内涵构成的有机整体。我们所能得到的最深远的比喻意义并不会妨碍字面陈述的外延。或者我们也可以从字面陈述开始，一步步深入隐喻的复杂内涵：在每一步，我们都可以停下来说明已理解的意义，而在每一步，意义都会是连贯的。

（吴文安 张敏 译）

关　键　词

张力（tension）
交际媒介（medium of communication）
大众语言（mass language）
交际谬误（fallacy of communication）
交际诗（poetry of communication）
社会诗（social poetry）
外延/内涵（denotation/connotation，extension/intension）
张力（tension）

关　键　引　文

1. 我们一般认为是好诗的很多诗歌具有某种共同的特点，另外还有一些我们不在意的诗歌。为了更好地理解它们，让我们给这种特性创造一个名称。我要把这种特性称为"张力"。

2. 我提出的对那一成就的描述，其术语是张力。我不是把它当作普通隐喻来使用，而是作为特殊名称，是把逻辑术语"外延"和"内涵"的前缀去掉而来。

3. 好的诗歌是内涵的极致和外延的极致的结合，是其中所有意义的统一体。然而我们对这种统一意义行为的认可则是由于天赋的经验、文化，或者如果你愿意这么说，由于我们的人文精神。我们的辨别能力并非演绎能力，虽然演绎能力可以对我们有所帮助。辨别能力有赖于总体人文能力的培养，并且代表这种能力在一种体验媒介中的特殊应用即诗歌。

4. 我已经指出了一种体现交际谬误的诗歌：这种诗歌表达的是情感状态，（在语言方面）是由于不负责任地使用词语的外延造成的。其对"真实"世界的把握是模糊的。这一谬误的历史和诗歌一样悠久，但到了十八世纪末，它不仅开始主宰诗歌，还主宰其他艺术。它的历史大概会表明，诗人把语言的外延拱手送给科学家了，诗人自己只剩下越来越稀薄的处在边缘的内涵了。另一种相伴的谬误，我只能给它一个字面上的名称，即只有外延的谬误，我也曾举考利的诗为例说明过：这种诗不符合我们最发达的人类真知灼见，因为其不能使用和引导丰富的内涵，而丰富的内涵是人类经验赋予语言的。

5. 当然我所说的是，诗歌的意义是其张力，是诗歌中能包含的所有外延和内涵构成的有机整体。我们所能得到的最深远的比喻意义并不会妨碍字面陈述的外延。或者我们也可以从字面陈述开始,一步步深入隐喻的复杂内涵:在每一步,我们都可以停下来说明已理解的意义,而在每一步,意义都会是连贯的。

讨 论 题

1. 泰特所说的"外延"和"内涵"的意义到底是什么?
2. "张力"这个概念在什么意义上是新批评概念?比较"张力"与其他新批评概念,如"似是而非"(paradox)、"反讽"(irony)、"含混"(ambiguity)。
3. 为什么包括泰特在内主要的新批评家们都对玄学诗着迷?
4. 你认为仅凭"张力"就能说明诗歌的特征吗?或者说,诗歌的特征主要就是它的"张力"吗?
5. 泰特提到1798年为"交际谬误"起始的时间,为什么?他或者新批评家们为什么不喜欢"大众语言"?

阅 读 书 目

Bennett, Tony. *Formalism and Marxism*. London: Methuen & Co. Ltd., 1979

Bode, Carl ed. *The Young Menchen*. New York: The Dial P, 1973

Empson, William. *Seven Types of Ambiguity*. New York: New Directions Publishing Corporation, 1966

Fekete, John. *The Critical Twilight*. London: Routledge & Kegan Paul, 1977

Glicksberg, Charles I. *American Literary Criticism, 1900—1950*. New York: Hendricks House, Inc., 1951

Ransom, John Crowe. *The New Criticism*. Westport: Greenwood P, 1979

Richards, I. A. "The Two Uses of Language," & "The Four Kinds of Meaning." In Lodge

Spurlin, Williams & Michael Fischer. *The New Criticism and Contemporary Literary Theory, Connections and Continuities*. New York & London: Garland Publishing, Inc., 1995

Tate, Allen. *Collected Essays*. Denver: Alan Swallow, 1959

Wellek, René & Austin Warren. *The Attack on Literature*. Chapel Hill: U of North Carolina P, 1982

—— *Theory of Literature*. Penguin Books, 1986

Winchell, Mark Royden. *Cleanth Brooks and the Rise of Modern Criticism*. Charlottesville & London: UP of Virginia, 1996

陈本益:《新批评的文学本质论及其哲学基础》,《重庆师院学报》2001/1

姜飞:《从"淡入"到"淡出"——英美新批评在中国的传播历程简述》,《社会科学研究》

1999/1
王奎军:《"新批评"与小说评点之可比性研究》,《郑州大学学报》2000/1
王毅:《"错将沙砾作宝珠"的谬误——"意图谬见"与追附"意见谬见"简说》,《天府新论》
2004/1
殷满堂:《刘勰的情采说与英美新批评的文学本体论》,《贵州社会科学》2005/7
赵毅衡:《新批评》,北京:中国社会科学出版社,1986
——《新批评文集》,天津:百花文艺出版社,2001
支宇:《复义——新批评的核心术语》,《湘潭大学学报》2005/1

第三单元 马克思主义文学批评

新批评的主要成员韦勒克曾说,三十年代新批评的兴起主要是为了对抗当时的主导批评理论,其中之一就是马克思主义文评(Wellek 1982: 88)。世界资本主义经济大萧条和两次世界大战,使得马克思主义在西方得到极大地发展。在冷战和麦卡锡主义的白色恐怖年代,西方的马克思主义有所削弱。随着六十年代社会批判思潮的兴起,马克思主义又一次在西方迅速普及,并从书斋走向街道,从学术活动转向学生运动,之后又逐渐从街道走回书斋,从学生运动转回学术活动,和近三十年出现的其他西方后结构主义批评理论相互结合,成为当代西方主要的文学文化批评理论。

马克思主义批评理论在马克思主义形成初期就已经存在。一个半世纪以来,马克思主义的发展不仅几起几落,而且本身也经历着不断的自我发展,自我更新,自我派生,因此出现过众多自诩的马克思主义批评理论版本。要展现这个庞大的理论体系委实不易,  有必要选定一个观念框架,以便从一个特定的视角来展现它的一个侧面。在这里,我们从西方批评理论的视角出发,把马克思主义文评依时间秩序划分成三部分①:传统马克思主义文评,早期西方马克思主义文评,当代西方马克思主义文评。尽管少数理论家可能很难以此来归类,但这个框架基本可

---

① 其他的划分有:美国当代评论家杰佛逊和罗宾依据马克思主义文艺批评的侧重点不同而进行的划分:反映型(reflection)、生产型(production)、发生型(genetic)、否定型(negative knowledge)、语言型(language centred)(Jefferson & Robey, 1986: 139—163);或英国马克思主义理论家伊格尔顿依据马评的侧重点和历史分期进行的划分:人类学型(anthropological)、政治型(political)、意识形态型(ideological)、经济型(economic)(Eagleton & Milne, 1996: 7—13)。这些分类有各自的道理,但为了叙述的方便,本文采用较笼统但更加简单的历史分期。

以囊括主要的马克思主义批评家。

传统马克思主义文艺批评指自马克思、恩格斯直到二十世纪中叶这段历史时期的马克思主义批评理论，即俗称的"传统马克思主义文评"。这种批评坚持的基本马克思主义理论包括：1. 物质第一精神第二（唯物主义）；2. 经济基础决定上层建筑；3. 阶级及阶级斗争；4. 剩余价值理论；5. 物化及异化理论；6. 武装斗争理论；7. 无阶级社会（共产主义）思想（Leitch, 1988: 6—7）。尽管马克思和恩格斯是思想家和社会活动家而不是真正意义上的文学批评家，但是他们的文学修养极好，马克思对戏剧、诗歌情有独钟，在论述经济政治哲学问题时常常涉及文艺和文化。如在《神圣家族》（The Holy Family）里马克思对欧仁·苏的小说《巴黎的秘密》进行了著名的"意识形态批判"。马克思的意识形态概念首次出现在《德意志意识形态》。马克思本人对它没有做过详细的解释，但已经揭开了它的神秘面纱，揭示了它的阶级本质：意识形态是统治阶级的价值取向和价值观念的代表，由统治阶级制订，通过他们把持的国家机器灌输给社会，使之变得合法、正常、自然、普适而被大众所接受，再转化成和统治阶级经济基础相适应的上层建筑（法律、道德、行为规范等），通过国家机器加以强制实行。文化是资产阶级上层建筑的一部分，肯定会参与传播并强化资产阶级的意识形态，使读者在不知不觉中全盘接受，以强化统治者制造的神话，加强它的统治，因此恩格斯把意识形态称为"错误意识的代表"（Mostafa, 1991: 11—14）。在《巴黎的秘密》中，苏宣扬资产阶级的仁爱观，以怜悯、仁慈、忍耐掩饰资本主义剥削的实质。此外苏还暗示，个人可以通过自己的努力来改良不合理的社会，而不必进行大规模的社会革命，这实际上肯定了资本主义社会的合理性，表露的是资本主义意识形态。恩格斯对苏的这种批评范式此后成为传统马克思主义批评实践的典范。

马克思关心的是文化文本的内容而不是它的形式，因为文本是意识形态工具，传播的是社会知识，所以形式只能是从属、服务性的，尽管马克思在《政治经济学批判大纲》（Grundrisse）中曾指出，文学艺术表现的内容和经济发展水准不一定相一致。因此虽然马、恩谈论的大多是一般意义上的文学艺术，却对现实主义，尤其是现实主义小说，情有独钟。恩格斯曾经对现实主义下过定义：真实再现典型环境下的典型人物。他们钟爱的现实主义小说家包括狄更斯（Charles Dickens），巴尔扎克（Honoré Balzac），萨克雷（William Makepeace Thackeray），列宁则喜爱托尔斯泰，因为他们作品中包含的"政治社会真理""比所有专职政治家，社会活动家和道德家加在一起还要多"。

马、恩之后，比较著名的马克思主义批评家有德国人梅林（Franz Me-

梅林（1846—1919）

hring），俄国人普列汉诺夫（Plekhanov）和列宁。梅林在十九、二十世纪转换的十余年间撰文用马克思主义对德国及欧洲其他国家的文学进行了分析。如他曾就当时较为流行的自然主义发表过数部论著，指出自然主义虽然在一定程度上揭露批判了资本主义社会的冷漠残酷，却没有对这个制度本身进行批判，所以仍然是资产阶级文学；无产阶级文学要完全站到工人阶级一面，以"文学革命"推动社会变革。对于自然主义的审美原则，梅林也予以批判，认为它逃避客观现实，由此不足以真实地反映现实。普列汉诺夫一生著述颇丰，论题涉及文学艺术的大部分领域，其中比较有趣的是他对马克思主义文学反映论的看法。他主张经济生活和艺术创作之间有"中间环节"，经济生活可以影响甚至决定艺术创作，但这种影响和决定往往是间接的，复杂的，不要贸然用经济基础决定论来理解文学。评论家曾指出，普列汉诺夫的前后期论述有时不一致甚至相互矛盾，尽管如此他仍然不失为出色的传统马克思主义批评理论家。列宁出于当时严酷的社会现实和政治斗争的需要，强调文艺的党性原则，强调文艺的工具性，但在苏联十月革命后，则采取了较为宽松的文艺政策，使建国初期的苏联文学获得较大发展。到了斯大林时代，苏联的马克思主义文艺批评逐渐表现出某些僵化，期间出现过不少优秀的文艺作品和文学评论，对苏联国内的重大政治事件产生过巨大的正面影响，但同时也出现过这样那样的"左"的失误，使马克思主义批评理论的声誉受到一定的负面影响，很多时候，马克思主义文艺批评成为政治宣传的传声筒。

　　这个时期的批评家注重用马克思主义的原理研究具体的文学文化现象，批判非马克思主义文艺观，所以总的倾向是具体评论多，理论思考少；批评摧毁多，主动建构少。如梅林著述等身，但专论美学的著作只有一本（《美学简介》）。普列汉诺夫虽然是少数几位文艺理论家，但他的论述仍然属于对马克思主义理论的具体运用，理论性系统性不够强，而且不无自相矛盾之处。这个时候"西方马克思主义"应运而生，其有别于传统马评的明显标志

俄国批评家普列汉诺夫
（1856—1918）

是：1. 对文化的重视,把文学批评的范围纳入文化批评之中①,2. 对哲学(尤其是马克思主义哲学)的青睐,后者正是西方马克思主义"理论性"特别强的原因。

卢卡契(Georg Lukács)通常被认为是早期西方马克思主义第一人。他从二十世纪初开始投身社会主义直至五十年代,曾在共产党内担任过职务,但他对马克思主义文学批评理论的研究影响最大。作为西马的开拓者,他在许多方面和传统马克思主义保持一致(他本人仍然愿意和传统马克思主义认同),但也在某些方面和后者当时僵化教条的做法拉开距离。尽管西方学术界有些人把他视作传统马克思主义而不屑一顾,东欧苏联的传统马克思主义也把他当作异己,他仍然初衷不改,几十年来基本立场保持不变,这也是他理论的一个特色。

卢卡契坚持马克思主义审美反映论,认为这是文学艺术的根本所在,1954 年他发表《艺术和客观真理》时仍然坚持他早年的这个主张。社会存在决定社会意识这个马克思主义原理应用于文艺,就表示艺术属于社会意识,受制于社会存在,具体表现就是文艺必须客观再现现实。但是卢卡契反对艺术再现里的两种态度：机械唯物论的反映论和主观唯心论的反映论。前者是"错误的客观主义"(false objectivism),后者是"错误的主观主义"(false subjectivism),都割裂了主客体。前者的典型代表是十九世纪欧洲自然主义文学思潮："一段现实被机械地再现,难免客观上的错误,而且在要成为艺术品时还要经过观察者的主观理解,这个主观也和实践分离,和实践没有相互作用"。主观主义则把重心完全放到观察者身上,把客观现实的存在依附于主体的存在,如十九世纪德国哲学家利普斯倡导的"移情论"(empathy)："物体的形式永远由我来决定,由我的内心活动来决定",因此"审美愉悦是个人满足的外在表现形式",客观存在也就成了主观投射的创造物。卢卡契发表以上见解时,关于文学自然主义的争论在欧美理论界已成定论,卢卡契的见解显然过于简单化而不合时宜,但是卢卡契依然坚持己见不为所动；五十年代欧美主观主义文艺思潮开始泛滥,形式主义批评理论占据主导,在这种形势下批评主观主义也不会被西方理论界所接受,但这些反而表现出卢卡契对传统马克思主义文艺理论的执著(Lukács, 1954: 791—807)。

卢卡契认为,文学作品是作者反映现实和超越现实的辩证统一,审美反映是主客体相互作用的能动过程：

---

① 这一点在当代西方马克思主义尤为明显,当然这也得力于其他批评理论有意识地吸纳马克思主义,极大地扩展了马克思主义文学批评理论的范畴。

一切伟大艺术之目标就是提供现实图景,其中的表象与实际,个体与整体,实在与观念之间的矛盾得到圆满解决,在艺术作品的直接感受中双方和谐地溶为一体,使人感到它们是无法分割的整体……只有当读者体验到发展或变化的每一个重要方面及其全部主要的决定性要素时,只有当不是简单地塞给他结果,而是引导他直接去体验这个过程并最终达到结果时,表象和实际的结合才能成为直接的经验。

也就是说,艺术作品审美价值的实现既要依靠作品本身的艺术构思,也要依靠读者的积极参与。这种审美反映必须渗透进审美体验的全过程,因此艺术审美真正体现主客体的相互作用。

基于这种认识,卢卡契对他所认为的反马克思主义的文学思潮进行了不懈地批判,主要表现在否定现代主义,褒扬现实主义。他认为现代主义文学的错误是:第一,对客观现实的反映不准确;第二,没有反映客观现实的整体;第三,割裂主客体的互动关系。"如果只是把诸多偶发细节堆积在一起,绝不会产生艺术必然。细节从一开始就必须精心挑选描绘,使其和整体保持一种有机能动的关系"。卢卡契批评现代主义,因为这种"不加分辨地、照相似地、武断地"反映现实是"客观无政府主义",其结果就是审美过程受到阻

狄更斯(1812—1870)

滞,审美价值无法实现。这是"错误的客观主义",也是变相的"错误的主观主义",是"帝国主义寄生阶段"唯心主义在文艺里的表现。

"现实主义"指十九世纪欧洲批判现实主义,尤其指英国的狄更斯,法国的巴尔扎克,俄国的果戈理等为代表的小说家,因为他们具备一种"对社会历史现实正确的审美理解"。但是对卢卡契来说社会主义现实主义比批判现实主义还要理想。社会主义现实主义指"以社会主义经验为基础的现实主义的形象思维"(高尔基语),是苏联三十年代提出的文学创作模式和艺术评判标准。卢卡契认为社会主义现实主义基于社会主义立场,从这个角度展现各种社会内部力量在建设社会主义过程中的表现,因此更具有科学性。相比之下,批判现实主义则由于社会环境的限制,只能以乌托邦式的寄托或鸵鸟般的逃避来消极对抗资本主义社会,虽然具有积极意义,终不免隔靴搔痒之嫌。他断言,当进入社会主义社会之后,批判现实主义将逐渐失去其用武之地而为社会主义现实主义所替代(Newton,1988:89—

巴尔扎克(1799—1850)

91)。对斯大林时期制订的社会主义现实主义创作原则,即使社会主义国家理论界内部也一直有争议,因为它曾给文艺理论造成某种僵化,给创作实践造成一定的限制。此外,文艺思潮都是一定社会环境的产物,社会主义现实主义也许适合斯大林时代的苏联现实,但不应当成为文学艺术的理想化通式;而且把批判现实主义放到苏联的背景下也显得有些不自然。卢卡契在五十年代仍然这么做,可见其信仰的坚定和理论立场的前后一致。

巴赫金(1895—1975)

但是,卢卡契这么做并不是为了讨好迎合,而是出于批评家的良知。理论界之所以把他视为西马理论家,主要是因为他细致入微的文本分析,周到合理的论述方式,以及坚持真理的学术精神。他对社会主义现实主义理论中所谓的"革命的浪漫主义"持有异议,便直言相陈(同上,92)。对马克思主义感到难以阐释的文学形式问题也不讳言。马克思主义认为客观存在不依赖于主观意识,但艺术形式是不是客观存在,如何理解它和作者主观意识的关系,这些问题马克思主义感到较难处理,所以常常只谈文学内容,少谈或不谈文学形式,有时干脆把形式作为内容的对立面。卢卡契首先区分形式和技巧,以打消马克思主义对形式的顾忌:文学形式不等于文学技巧,"技巧"指孤立于现实的文学手法,是近代各种形式主义崇拜的对象①,而艺术形式则不仅和内容不可分割,而且本身也是对现实的反映②,是另一种意义上的内容,而且是更深层的内容,所以理所当然属于马克思主义审美范畴③。文学形式即属于客观存在,就有其自身的运作规律,作家在创作时必须遵守艺术形式的客观规律,否则就会出问题。如巴尔扎克用短篇小说(short story)特有的紧凑、快节奏来表现突发性的、情节起伏大的故事,但当自然主义者左拉把巴尔扎克的这种形式用于长篇小说时,就不免情节拖沓,给人以拼凑感(Lukács, 1954: 804—805)。

---

① 卢卡契的这种观点并不正确,因为形式主义的"技巧"并不见得和现实完全无关。参阅第一单元《俄苏形式主义》。
② 如小说这种文学形式在十八世纪英国的兴起就是当时社会意识形态的反映:从浪漫主义转向日常生活,从超自然现象转向个人心理,从夸张想象转向个人不平凡的生活经历。这些兴趣的转移和当时正在上升的资产阶级力图打破旧的贵族文学传统相一致,为小说形式的产生奠定了基础。自然主义也是这样:十九世纪后期资产阶级的革命性逐渐消失,把社会现状当作即存事实接受下来,所以就出现只注重表面细节,不顾整体意义的文学现象(Eagleton, 1976: 24—30)。
③ 卢卡契把文学形式作为文学内容的一部分,这个提法倒是和后期的俄苏形式主义十分接近,尽管双方对此的解释并不一样。参阅第一单元。

和卢卡契同时代的还有苏联文学理论家巴赫金。巴赫金比较特别：他身居苏联，所以显然不属于西方马克思主义，但他的马克思主义批评理论又不为苏联的传统马克思主义所接受，因此他的许多作品都以笔名发表，长期不为西方理论界所了解，直到斯大林时代结束之后他的重要理论著述才陆续发表，因而声名鹊起。由于他著述的年代在二十世纪上半叶，所以他的理论话语仍然属于"经典"马克思主义批评范畴，但不论是六十年代苏联的官方马克思主义文艺批评，还是新出现的塔耳图-莫斯科符号学派（Tartu-Moscow

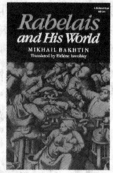

巴赫金：《拉伯雷和他的世界》

School），尤其是此时西方的结构主义、解构主义、符号学、文化研究、女性主义等"时髦"理论话语，都从巴赫金那里获得教益，使他的影响经久不衰。

尽管一些西方批评家认为巴赫金不能算真正的马克思主义理论家①，但这个论断尚待确实，因为巴赫金本人（至少早期的巴赫金）受到马克思主义的影响，并且在理论实践中有意识地加以运用。《小说中的话语》一文写于三十年代，且作者身份没有异议，但它是马克思主义文艺批评理论的极好实践。小说是一种独特的文学样式（genre），但巴赫金对现代文体学对小说话语的界定颇有微辞，认为诸如"形象"、"象征"、"个性化语言"等术语过于狭隘空泛，没有揭示出小说的真正文体特征。巴赫金认为，小说的特征在于它的话语形式，它和普通语言联系密切。

> 普通语言是一个统一的语言规则系统。但是这些系统并不是抽象的规则，而是语言生活的种种生成力量，这些力量力图消除语言所造成的异质性（heteroglossia），使语言-意识形态观念统一集中，在一个异质的民族语言内生成坚实、稳定、为官方所认可的语言核心，或维护业已形成的语言使其摆脱异质性越来越大的压力（Bakhtin, 1992: 667）。

巴赫金解释道，语言不是抽象的符号系统，而是充满意识形态内容，是

---

① 巴赫金的一些著作用笔名发表，西方和苏联对这些著作的真伪一直有争议，如《弗洛伊德主义批判》（Freudianism: A Critical Sketch, 1927）和《马克思主义和语言哲学》（Marxism and the Philosophy of Language）两本著作最能体现马克思主义的批评方法，但发表时用的是巴赫金同事的名字，苏联学者宣布实乃巴赫金所著，但巴赫金本人至死未置可否（参阅 Latimer, 280）。

世界观的表现①。如集权社会便有集权化语言,其职能是树立集权的意识形态思维,消除蛮民的对立情绪。小说话语之所以遭误解,是因为当时的欧洲社会需要统一集中的语言,只承认语言的同质性。但是小说语言的特点就是异质性:"除了语言的向心力,其离心力也在不受阻碍地产生作用;除了语言-意识形态产生的集中和一致,非集中化、非一致化进程也在不受阻碍地发展着"(同上,668)。如果说一切话语都因此而具有对话性,小说话语的对话性则最强烈,尤其表现在语言内部的对话:主题、形式、段落甚至词语间的显在意义和隐在意义不停地发生互动,产生极其丰富的语义场,并和现实生活中异质的意识形态产生无数的对话,引出无数的问题。所以小说是无数矛盾观点的集合体,小说意义的产生是一个能动过程,而不是静态的中性表达。

这种对话观及其意识形态含义(文学-语言-意识形态-国家政权)在巴赫金1940年出版的另一部著作《拉伯雷和他的世界》中得到进一步发挥。中世纪法国小说家拉伯雷(Francois Rabelais)写四卷本《巨人传》,利用书中人物的粗言俚语对当时占统治地位的经院哲学和社会现实进行了极为大胆的嘲弄挖苦。巴赫金认为拉伯雷和中世纪的社会现象"狂欢节"有联系。中世纪社会认可的真理由掌握知识的教会把持,唯一容忍的自由就是"笑",因此,人们对封建神学意识形态的反抗就集中体现在狂欢节上。他们把平日不可一世的权力偶像作为肆意嘲笑的材料,利用狂欢节期间人人平等的机会对神权俗权表示蔑视。通过狂欢节无拘无束的开怀大笑,人们不仅暂时摆脱了外部世界强加的压力,而且内心几千年积淤的原型般的恐惧也荡然无存,因此这种笑还是人们对未来美好社会的一种憧憬(Bakhtin, 1989: 301—307)。这里巴赫金极好地利用了马克思主义的观点:狂欢节的"笑"是对中世纪上层建筑的反应,也是中世纪社会现实的反映,只是其间的关系并非庸俗马克思主义所主张的直接对应,而是更加复杂曲折;而且巴赫金的分析也和庸俗马克思主义文艺批评不同,是细致的、说理性的学术分析,而不是粗暴的、简单化的政治批判。

阿多诺(1900—1969)

当二十年代苏联开始实践列宁式的马克思主义理论,三十年代美国左

---

① 《文学研究中的形式主义方法》(1928)是当时用马克思主义方法分析批判俄苏形式主义的力作,署名"巴赫金",而欧美学者对此书的作者身份表示怀疑。但书中对索绪尔语言观的批判(只重抽象的语言系统[langue],忽视具体言语表达[parole];割断语言符号和社会现实[referent]的联系;忽视语言社会异质性等等)和这段引文表述的思想基本一致。

翼思潮蓬勃发展之时,马克思主义研究也出现在德国,即 1923 年成立的法兰克福"社会研究所",也就是后来的"法兰克福学派"。三十年代之后在霍克海默(Max Horkheimer)的领导下,云集了一批德国的理论精英,包括阿多诺(Theodor Adorno)、本雅明(Walter Benjamin)、弗洛姆(Erich Fromm)、马尔库塞(Herbert Marcuse)等,用跨学科研究的方法对属于上层建筑的文化领域进行深入细致的马克思主义研究。尽管由于政治风云的变幻研究所几经漂泊,但研究工作一直未停。除了具有西方马克思主义细致说理求实求证的风格之外,法兰克福学派的另一个特点就是"独立性"。从成立伊始他们就和以苏共为中心的传统马克思主义保持一定的距离,对虽持异见但基本上仍和苏联传统保持一致的卢卡契和意大利共产党领袖葛兰西(Antonio Gramsci)①也多有不同,甚至偶有冲突,如对现代主义的看法。卢卡契把现代主义称为资产阶级的颓废艺术,批评它抽掉作品的具体内容,逃避时代现实,以艺术形式取代对社会重大问题的反映(Taylor, 1977: 28—34)。在卢卡契和同为西方马克思主义者的布莱希特(Bertolt Brecht)关于现代主义的论战中,本雅明显然支持后者。他指出,艺术形式发展到当代发生了"裂变",导致古典艺术的萎靡,现代艺术的勃兴。这是因为现代主义艺术手法(如布莱希特的"陌生化效果")会产生震颤,有助于帮助现代人打消由大机器所造成的麻木,在震颤中引发对现代资本主义社会进行反思②。

这种主张显然更能说明后工业资本主义的社会现实,是用马克思主义的原理对新的社会现实进行的思考。本雅明在 1934 年的一次演讲中(《作为生产者的作者》)对现代社会作家的创作进行了类似的思考。他认为,迄今社会对作家的要求不尽合理:不论资本主义社会还是社会主义社会首先需要的是作家的服务功能,尤其是后者强调作家的"政治倾向性",都没有认识到或有意不愿意承认文学创作的特殊性,即"文学"倾向性:"文学倾向明显或不

本雅明(1892—1940)

---

① 从思想渊源和理论特色上说,葛兰西(甚至卢卡契)也可以包括进法兰克福学派之列。参阅李英明 18。关于葛兰西的马克思主义理论,参阅第十三单元《文化研究》。
② "(陌生化效果)使观众在剧院里获得一种新的立场……这种立场是他作为这个世纪的人面对自然界所应当具有的。观众在剧院里被当作伟大的改造者,能够干预自然界和社会的发展过程;他不再仅仅一味忍受,而是要主宰这个世界。剧院不再企图让观众如痴如醉,使他陷入幻觉,忘掉现实世界,屈服于命运。剧院现在把世界展现在观众面前,以便让观众干预它"(布莱希特:《论试验戏剧》1939)。布莱希特的"陌生化效果"和什克洛夫斯基的"陌生化"技法在内涵上有很多不同,但有趣的是,双方不仅名称上几乎一致,精神上也有异曲同工之处。

明显地包含在每一种正确的政治倾向之中,占有这个才决定一部作品的质量"。这里,本雅明从完全不同于传统马克思主义文学理论的角度解释了文学性和思想性的关系,大胆地把"文学性"摆到了突出的位置。他提出一个很有意思的问题:人们(这里他指传统马克思主义及当时的左翼文学)常谈文艺与社会生产关系的联系,却忘了文艺生产本身的内部关系①。在当代社会,文艺生产的内部关系体现在工具现代化上,即作家不仅提供生产装置,而且要通过不断的手法更新来改进它,这样才能解放作家的生产力,使革命内容取得预期效果。他以布莱希特戏剧中的蒙太奇手法为例,说明作家用技法抓住观众比用说教煽动观众更加有效(Benjamin,1934:93—97)。

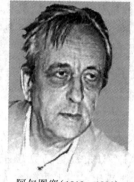

阿尔图塞(1918—1990)

跨学科性同样是法兰克福学派的研究特色,并因此开了马克思主义研究的许多先河。以法国理论家阿尔图塞(Louis Althusser)为例。阿尔图塞对传统马克思主义理论多有"发展",如马克思的理论-实践二元论被表述为"理论上的实践"(theoretical practice),以揭示科学实践在认识论上的突破;传统马克思理论的劳资关系被解释为"多重决定论"(overdetermination)(《保卫马克思》)。但阿尔图塞最突出的贡献是他的"结构主义的马克思主义",即用结构主义做观念框架来阐释马克思主义对社会的认识:社会是"包含由一个等级关系联系起来的统一结构的复合体",并且用"结构因果论"来解释社会的构成,其中用到拉康的精神分析理论。拉康本人对社会问题不感兴趣,但阿尔图塞在《意识形态和国家机器的意识形态》("Ideology and Ideological State Apparatuses" in Lenin and Philosophy)中把马克思主义与结构主义和拉康心理学相结合,来阐释意识形态在社会中的运作:意识形态的作用是维持统治阶级的生存,但普通大众为什么会心甘情愿地对它俯首听命?这里阿尔图塞把个人看成社会某一阶级的成员,表现为社会结构的一个功能或效果,在某一生产方式中占有一定的位置,是社会众多决定因素的产物,然后对他加以研究。但普通大众却看不到控制自己的诸多社会决定因素,而是觉得自己完全自由,自足自在(self-generating),造成这种感觉的就是意识形态。它使人们对自我怀有虚幻意识,以为自己与社会有重要联系,自己的存在对社会具有意义和价值:我以社会为中心的同时,社会在很大程度上也以"我"为中心,使我成为自足自在的人。由于这种意识形态无处不在却

---

① 这里本雅明和英国马克思主义理论家威廉姆斯一样,坚持马克思主义者更应当关注现实中经济基础和上层建筑各种具体的表现形式以及影响它们的具体因素。参阅下文威廉姆斯一节。

又让人觉察不到,所以"我"在融入社会、形成自我存在的同时不知不觉地和国家机器捆在了一起。阿尔图塞实际上在用拉康的"想象层"(Eagleton 1985: 172),把社会里的个人比做镜前的儿童,先和外物认同,然后此外物再以封闭自恋的方式把形象反映出来,给自我以满意的自足形象。但是这种认识实际上是一种"误识"(misrecognition),因为"我"只是诸多社会决定因素下的非中心功能,但我却心甘情愿用"臣服"换得"臣民"。当然阿尔图塞不一定正确,因为个人并非对意识形态的控制束手无策,且他对拉康的理论也有误读。但是把拉康对无意识的理解(无意识并非自我深处的个人欲望,而是外在无形的无法逃脱的人际关系)和对语言的揭示(无意识是语言的特殊效果,是由差异产生的欲望过程;语言不是主体随心所欲的工具,而是断裂人的主宰)与马克思主义相结合并应用于社会构成形式的分析,则是阿尔图塞的创造。

阿尔图塞的马克思主义理论影响了一代人,促成了所谓"综合式"(syncretist)的批评形式,在英国则反映在自称为"文化唯物主义"的文化研究,代表人物就是威廉姆斯(Raymond Williams)。关于威廉姆斯的马克思主义文化研究将在第十三单元《文化研究》中予以评述,这里仅限于他对马克思主义基本概念的新的理解。对应于"上层建筑"的"经济基础"(base)是马克思主义的重要概念,但长期以来争论颇多,解释不一。究其原因,一是马恩本人语焉不详,二是语言互译造成含混。传统之见往往把经济基础作为一种封闭自足独立存在的实体,机械地对应于上层建筑,因此导致庸俗马克思主义过分强调"经济基础决定论"。威廉姆斯认为,马克思的上层-基础对应论其实是一种比喻的说法,不应当作为实际存在加以机械理解。实际情况是,双方之间存在一系列的中介,使得双方关系变得十分复杂。因此威廉姆斯主张把双方关系看作一种能动的互动过程,由具体时空下的诸多因素所决定,马克思主义者更应当关注现实中经济基础和上层建筑各种具体的表现形式以及影响它们的具体因素,而不要空谈抽象概念(Williams,1978: 75—82)。对于经济基础和上层建筑的关系,有些理论家态度暧昧,有些则闭口不谈。威廉姆斯则认为,"不承认经济基础决定论的马克思主义实际上毫无价值;容忍对决定论可以不同理解的马克思主义则基本上毫无用处"。他指出,马克思本人对此的看法也经历过变化:早期持"科学决定论",即决定完全由外部实施,被决定对象无能为力;后期则可能暗示"主体决定论",这里的关键是外部的决定力量有多大。"抽象客观论"主张完全由客观外部来决定,主体无法参与,这是经济主义。威廉姆斯主张"历史客观决定论",即人和社会不应对立,社会历史和人的主观共同产生决定作用。也就是说,经济基础的决定作用是通过社会和人来共同实施的;"决定"既是外部社会行为,又内化于个人,成为个人意志的结果。因此,威廉姆斯倾向于阿尔图塞的"多重决定论",即经济基础是通过诸多因素来决定上层建筑,而且这些因素是具体可见的,散布在社会进程的各个方面,既相对独立也相互作用互相影响,决不应当把它们当成抽象自足的哲学范畴(同上,83—89)。

西方马克思主义和传统马克思主义的最大区别,莫过于后者认为正宗马克思主义只有一家(常指以前苏联为代表的马克思主义),而前者意识到马克思主义是一门不断发展的科学。威廉姆斯至少相信有三种马克思主义:马克思本人的学说,由此产生的种种理论体系(马克思主义)及在一定时期占主导地位的马克思主义(同上,75)。当代美国马克思主义理论家詹明信持有相似的看法:不同的社会经济制度、政治制度、社会环境产生不同的思维观念,不同的社会历史境况也会产生不同的马克思主义。因此,"马克思主义"这个词应当是复数,正像现实里存在

马尔库塞(1898—1979)

俄苏马克思主义,第三世界马克思主义,西方马克思主义等,不存在所谓"唯一正统"的马克思主义,否认这一点就不是马克思主义者。马克思主义的基本原理来自马克思本人的思想体系(Marxian System),所以是单数,后人对这个体系的发展则五花八门(Jameson,1977:xviii)。在五花八门的西方马克思主义理论家中,詹明信一枝独秀,被认为是北美四十年来最有影响、最有深度马克思主义理论家和文化批评家。他的理论涵盖面广,把马克思主义原理与西方文化结合得颇为成功,所以被视为六十年代之后马克思主义新的高峰(Jameson 1988:ix)。

詹明信的马克思主义文艺文化批评有鲜明的理论特色。首先,詹明信以马克思哲学为指导,提倡文学研究关注人及人的生存状况,把文学现象和人类历史进程相联系,使文学批评担负起历史责任。而处于二十世纪六十年代社会动荡时期的西方知识群正迫切需要了解马克思主义,作为改造社会的武器。其次,他汲取了黑格尔和马克思的辩证统一思想,主张把文学放入产生这种现象的具体社会中,探索双方内部互动的复杂关系,恢复马克思倡导的文学对社会的反映、改造功能。但他也反对庸俗马克思主义的经济决定论和简单化做法,主张把马克思主义当作世界观和方法论,尊重文艺的特殊性,实事求是地进行历史的,客观的,周全的"文学"研究。此外,詹明信对传统马克思主义的"发生学"(generic)研究方法(即研究文学的产生和演变过程)表示怀疑:这种方法很难深入人(文学的表现对象)的内心来分析西方

现代、后现代主义作品,也很难和现当代西方其他批评理论话语形成"对话"(而不是简单化的大批判);而由于后工业资本主义意识形态摧毁了人们的历史感知能力,人们也不可能把现实有机地构成整体去体验把握,因此马克思主义理论家应当适应新的历史形式,启用新的文学文化阐释方法,以高度的社会责任感引导人们去追求更加完美的社会形式(Jameson,1977:xvii—xviii;1988:132)。

《政治无意识》是詹明信理论生涯转折时期的代表作。它力图用辩证唯物主义历史地透析文学阐释,揭示文学阅读、文本理解中不可避免的政治性和意识形态性,其中出现的一个重要概念是"意识形态素"(ideologeme)。现时使用的意识形态观来自马克思,恩格斯把它作为"错误意识的代表"(Rejai,1991:11—14)。詹明信继承法兰克福学派把意识形态作为社会文化批判对象,同时把它扩展为一切阶级的偏见,作为文本分析的对象。他把"意识形态素"定义为"社会阶级之间基本上是敌对的集体话语中最小的意义单位"(Jameson,1981:76)作为意识形态和文本叙事之间的中介,使前者在后者中得到体现。也就是说,"意识形态素"代表文本深层中一个阶级对另一个阶级最为细小的批判性思考,例如《失乐园》中弥尔顿既想证明上帝对人类的公正,又把上帝描写成迫害人类的暴君,这就是一个"意识形态素",表明弥尔顿对英国资产阶级革命充满矛盾的思考。

詹明信:《政治无意识》

"意识形态素"所体现的,是法兰克福学派的一种典型的马克思主义研究方法:"症候式阅读"(symptomatic reading)。这种阅读的目的是寻找文本中隐含的"问题素"①,揭示其"意识形态无意识",阿尔图塞在《保卫马克思》(Pour Marx,1965)中对"问题素"的定义是"内部无法进一步细分的一个思维整体。问题性使得对有些问题可以进行思考,对有些问题却无法进行思考"(Makaryk,1997:15—16,38)。使用问题素方法就可以使各种学说掩盖的问题暴露出来,以便进行更深入的批判。"问题素"的一种最佳实践,就体现在詹明信提出的"元评论"(meta-commentary)这个概念上,这也是詹明信四十年马克思主义文艺批评理论最具特色的体现。它比较完整地出现在1971年

---

① "问题素"(the problematic,这个概念不大好翻译,由于其定义中有"无法进一步细分",和对意识形态素的描述"最小意义单位"很相似,所以姑且译做"问题素")说明的是:一种理论或方法可以如愿以偿地解决某些问题,但本身却包含有它所料不及的另外一些问题,它对此意识不到,更无法处理,显露出自身的"盲点",说明了这种理论或方法的"意识形态性"。

发表的同名论文里,但是他在其后的理论生涯中一直在实践着这个批评方法[①]。首先,他提出文学阐释的重要性质"自释性":"每一个阐释都必须包含对自身存在的阐释,必须显示自己的可信性,为自己的存在辩护:每一个评论一定同时也是一个元评论"。即每一个文学评论都隐含对自身的解释和证明,说明自己这么做的动机、原因、目的;因此文学理论首先关注的不是评判某一个文学评论的正确与否,而是它展示自己的方式。这是因为阐释的最终目的不是追求价值判断,也不是刻意寻找问题的答案,而是思考问题本身和形成问题的思维过程,发掘其中隐含的矛盾,把问题的实质显露出来[②]:

"在艺术问题上,特别是在艺术感知上,要解决难题的念头是错误的。真正需要的是思维程序的突然改变,通过拓宽思维领域使它同时包容思维客体以及思维过程本身,使纷乱如麻的事情上升到更高的层次,使问题本身变成对问题的解决"。下面这段话把以上的含义表述得更加显豁:

> 不要寻求全面的、直接的解决或决断,而要对问题本身赖以存在的条件进行评论。想建构连贯的,肯定的,永远正确的文学理论,想通过评价各种批评"方法"综合出放之四海而皆准的方法,我们现在可以看出这类企图肯定毫无结果(Jameson 1988: 5, 67, 44)。

《后现代主义,或当代资本主义的文化逻辑》

所谓"肯定的"文学批评喻指挖掘文本初始意义的努力(如传统马克思主义批评理论),而詹明信追求的非神秘化批判性阅读则是西方马克思主义批评理论的总体特点,只是詹明信通过"元评论"对它进行了明确的表述。

[①] 元评论中的"元"(meta-)是前缀,意思有"超越"(如 metaphysics"超越实体的学问"即形而上学)、"位于后方"(港台就把 metacommentary 译成"后设评论"),但是在后现代语境下一般意为"关于",如"metalanguage 元语言","metafiction 元小说",后者是"关于小说的小说,指的是在自身内部带有对其词语或语言特征进行评论的小说"(Worthington, 2001: 114),尽管这样的"元小说"至少可以追溯到十八世纪英国小说家斯特恩(Laurence Sterne, 1713—1768)的《项狄传》(The Life and Opinions of Tristram Shandy, Gentleman, 1759—1767)。以此解释,"元评论"就是"关于评论的评论"。

[②] 詹明信以"问题化"的批评方法而闻名,但是这里的"问题"不是"problem",因为由此"问题"而导出的必然是问题的"解决"(solution)。詹明信关注的是"问题化",即问题形成的过程,包括问题的提出,出现的原因,针对的对象,背后的逻辑,尤其是问题本身隐含的内在矛盾,以及由此问题而引出的一系列更多更大的问题。也就是说,詹明信提出一个问题,不在于解决它,而在于引出更多的问题,目的是把此问题的实质显露出来,让问题"上升到更高的层次,使问题本身变成对问题的解决"。这一点值得我们做学术研究时加以借鉴。

"元评论"不仅揭示出一切文学批评的本质,而且概括了一个新的理论批评模式。首先,它把理论实践牢牢地限制在文本之内,把分析对象化约为文本因素,以避免现实中的传统误见(如庸俗马克思主义脱离审美的倾向)。其次,把批评目标固定在文本之中,把讨论范围限制在"元评论"层面上,就使詹明信的理论具有更大的兼容性,可以更加客观公正地对待其他批评理论和实践,承认他们在一定范围内的合理性。最后,把阐释对象从阐释本身转到阐释代码,体现了由表及里,从现象到本质的批判过程,因此是更深层次的文学批评。

詹明信关于"元评论"的文章后来辑入《理论体系评析》(上下卷),由以文艺理论系列丛书闻名的明尼苏达大学出版。这部评论集收集了詹明信1971—1986年间发表的重要理论著述,从不同的角度展示了他一贯的理论指导思想:马克思主义是文学研究的理论基础。值得注意的是,该书下卷从文本分析过渡到文化研究,涉及建筑、历史及后现代主义等论题,标志詹明信理论的进一步发展。"元评论"的思想也在詹明信的下一部文化研究力作《后现代主义,或当代资本主义的文化逻辑》中得到进一步的伸展。在书中,他用一贯坚持的马克思主义理论方法对当代西方社会文化的各个层面进行解析,建立后现代主义和当代资本主义发展的密切联系,并透过后现代主义的种种文化表现揭露当代西方社会的意识形态本质。

要对时代做出评判,首先碰到的是时代划分问题。詹明信认为,时代划分不应当依据诸如"时代精神"或"行为风范"这些抽象唯心的标准,而应当依靠马克思主义,把资本主义社会发展放入资本发展的框架中去理解:资本发展造成科技发展,因此可以通过更加直观的科技发展来透视资本的发展。哲学家曼德尔依据工业革命之后机器的发展而提出资本-科技发展模式:蒸汽发动机(1848),电/内燃发动机(1890),电子/核子发动机(1940)。与之相对的资本主义发展三阶段是:市场资本主义,垄断资本主义/帝国主义,后工业/跨国资本主义。对应于这种资本发展的三个阶段,詹明信提出西方资本主义社会文化发展的三个阶段:现实主义,现代主义,后现代主义[①]。在评述詹明信的后现代主义理论之前,有必要提一下他的文化研究方法,即"译码法"(transcode)。当今社会各种文化诠释层出不穷,它们实际上都是一种"重新写作",用各自的诠释代码重新勾勒社会文化事物。詹明信使用马克思主义

[①] 资本发展的三阶段似乎也对应了本文使用的马克思主义发展的三个阶段:古典马克思主义、早期西方马克思主义及当代西方马克思主义。当代西方马克思主义有时被称为"晚期马克思主义"(late Marxism),实际上这是一种误译,因为"late"虽有"后期"、"晚期"、"终结"之意,在这里却是"最新""最近"的意思,所以"late Marxism"指的应当是资本主义的最新发展形态。

理论对这些文化诠释代码进行对比研究,揭示它们的独特之处以及理论局限。由此可见,"译码法"和"元评论"的理论基础完全一样,只是文本研究范围扩大了,从文学文本转到文化文本(Jameson,1991:298)。

詹明信对后现代社会的关注起始于这样一些思考:"后现代社会"是否存在?提出这个概念有什么实际意义?它反映当代西方社会的哪些特征?在詹明信之前一些理论家已经对这些问题做出过思考。哈桑(I. Hassan)和德里达(Jacques Derrida)等人从后结构主义角度对西方形而上传统进行了激烈的批判,虽然他们没有使用"后现代主义"这个术语,但已经把它作为新的时代标志。克莱默却竭力为现代主义的道德责任感和艺术丰碑辩护,抨击后现代社会道德世风日下艺术日渐浅薄。哈贝马斯(Jürgen Habermas)则从社会进步的角度否定后现代主义,认为其反动性在于诋毁现代主义所代表的资产阶级启蒙传统和人道主义理想,对社会现实表现出全面妥协。詹明信认为这些解释"代码"在一定范围内都有合理性,但是他们有个通病,即或多或少都是道德评判,没有从资本发展和生产方式的变化来看待后现代主义的历史必然性,没有把它理解为当代资本主义逻辑发展的必然结果(同上45—46)。

要对当代西方社会进行历史性思考,就必须对这种文化的具体表现形式进行分析,以便对当代资本主义发展中出现的后现代主义文化做出理论描述。以后现代建筑为例。其特点之一是"大众化",但它指的不是建筑规模或气派,而是建筑的指导思想和审美倾向。詹明信以一幢现代派建筑"公寓楼"为例:在四面破旧不堪、形象猥琐的建筑群的衬托之下,公寓楼鹤立鸡群,表现出格格不入的清高态度,企图用自己新的乌托邦语言来改造同化这个它所不屑一顾的环境。而后现代建筑"波拿冯契"是幢玻璃大厦,但和周围商业中心的环境极其和谐,溶入其中构成一幅当代资本主义商业城市的图景。它的内部结构和功能也显露出"大众化":内部设置最大化地便利消费者购物;大楼和城市路面连成一体,其周身镶嵌的巨幅玻璃反射周围的环境,以"抹去"大楼本身的客观存在。这些构成一种意识形态手段,即最大限度地迎合人们的消费需要,最大限度地发挥大楼的消费功能,使消费者产生物我一体的感觉。这种消费意识在后现代社会的市场运作中表现得淋漓尽致:"市场符合人性"这个冷战时期用于和社会主义国家进行对抗的意识形态,随着后现代商品化的深入不知不觉成了"真理"。大楼的存

哈贝马斯(1929—)

在其实是一个市场经济符号,意在表明自由贸易,自由选择。但是詹明信指出,资本主义后现代所提供的所谓"自由"其实是种虚幻的假象:不论市场中的"自由"还是议会中的"民主"都由资本主义意识形态工具(如媒体)所操纵,大众的选择面实际上非常窄。

应当承认,詹明信的马克思主义批评理论对西方社会的分析深入细致,其批判力度其他理论话语很难企及。但是,由于詹明信的社会批判局限在理论层面,和社会实践拉开距离,因此在一定程度上削弱了理论的实际批判效果,并有损于理论本身的逻辑性和可靠性。詹明信本人对此也许是清楚的。他在分析现代主义的反文化冲击时指出,在后现代资本主义社会,这种冲击力已经大大减弱,通常只作为学院式研究的一种方法或大学课程而存在,因为一切反叛精神都会很快被消费社会吸收同化,变成一种精神商品(Jameson, 1988: 177)。

马克思主义理论在其历史发展中经历过数次大的危机。但每次危机时,马克思主义文学文化批评理论不仅没有低落,反而在经历一段痛苦的反思之后重新获得发展:二十世纪初第二国际前后正是伊格尔顿所称的"人类学型"马克思主义文学批评理论活跃时期;三十年代斯大林时代也正是欧美左翼文学理论(尽管有些左翼理论并不能算是马克思主义)的活跃时期;五十至六十年代欧美白色恐怖时,西方马克思主义批评理论却进入新的历史发展;八十年代西方保守主义抬头,马克思主义再次面临考验(Eagleton & Milne, 1996: 1—5)。尽管由于社会境况的改变马克思主义的表现形式也会有所不同,但毋庸置疑它还会继续发展,因为正如詹明信所言,在有关社会、历史、文化方面,马克思的学说是一个"无法超越的地平线"。

文学与历史(伊格尔顿)

T. 伊格尔顿(1943—)曾求学剑桥大学,师从威廉姆斯,1969 年起在牛津执教。作为一名文学、文化理论家,伊格尔顿以其马克思主义批评理论著称,其著作有《文学批评与意识形态》(1976),《美学的意识形态》(1990)。和詹明信相似,伊格尔顿强调文学与意识形态的关系;试图揭示文学中隐藏的、自身不能表达的社会现实和社会矛盾。伊格尔顿的"普及类"作品也十分流行。《文学理论入门》(1983)不仅是对20 世纪西方文学批评理论的马克思主义再批评,同时也是大学生学习文学理论很好的导读。以下章节选自《马克思主义与文学》(1976),为一些重要的马克思主义概念提供了清晰的阐释。

马克思、恩格斯和批评

如果卡尔·马克思和弗里德里希·恩格斯以他们的政治、经济著作著称,而不以文学著作著称,绝不是因为他们认为文学不重要。诚如托洛茨基在《文学与革命》(1924)中所说,"世上有许多人思想如同革命者,而感情如同庸人",但马克思和恩格斯不在此列。马克思在青年时代写过抒情诗、一段诗剧以及一部深受劳伦斯·斯特恩影响的喜剧小说(未完成)。他的著作中充满文学概念和典故,还写过一部颇具规模的论述艺术和宗教的手稿(未出版),并计划创

办一个剧评杂志,写一部巴尔扎克研究专著和一篇美学论文。马克思生活在一个充满伟大古典传统的社会中,是一个文化教养极高的德国知识分子,艺术和文学是他呼吸的空气的一部分。从索福克勒斯到西班牙小说,从卢克莱修到粗制滥造的英国小说,他都熟悉,范围之广令人惊愕①。他在布鲁塞尔创立的德国工人小组,每星期都有一个晚上讨论艺术。马克思本人十分喜欢看戏、朗诵诗歌、阅读从奥古斯都时期的散文到工人歌谣一切种类的文学艺术②。他在一封致恩格斯的信中描述他自己的著作是一个"艺术整体"。他对文学风格问题有细致的感受力,更不用说自己的文体。在他最早撰写的报刊文章中,他就提倡艺术表现的自由。此外,在他成熟著作中使用的一些最重要的经济学观念里,也能找到美学观念的痕迹。

然而,马克思和恩格斯手头的任务比系统阐述美学理论更为重要。他们关于艺术和文学的评论散见在著书中,都是简短的片段,只是涉及文学典故,而不是充分表达立场。这就是为什么马克思主义批评所涉及的,不只是重述马克思主义创始人提出的论点。他所包含的内容也超出了西方所谓的"文学社会学"。文学社会学主要是谈特定社会中的文学生产、分配和交换的手段——书籍怎样出版,作者和读者的社会成分,文化水平,决定"趣味"的社会因素。它也探查文学作品,从中抽出社会历史学家感兴趣的主题;考

---

① 索福克勒斯(Sophocles),496? —406? BC,古代雅典三大悲剧作家之一,另外的两人是埃斯库罗斯(Aeschylus,525? —456 BC)和欧里庇得斯(Euripides,480? —406? BC);卢克莱修(94? —55? BC),古罗马诗人。

② 奥古斯都时期指的是罗马皇帝奥古斯都统治时期(27BC—AD14),是古罗马文艺鼎盛时期,出现了贺拉斯、奥维德、维吉尔等文学大家。

察文学内容,从中找出与"社会学"相关的问题。在这方面已有一些出色的著作,它形成马克思主义批评整体的一个方面。但究其本身而言,即称不上专门的马克思主义,也称不上专门的批评。确实,在很大程度上,这只是一种经过适当的驯服之后,掐头去尾的马克思主义批评,颇适合西方人消费的口味。

伊格尔顿(1943—)

马克思主义批评不只是一种"文学社会学",只考虑小说怎样获得出版,是否提到工人阶级等等。马克思主义批评的目的是更充分地阐明文学作品;这意味着要敏锐地注意文学作品的形式、风格和意义。但是,它也意味着把这些形式、风格和意义作为特定历史的产物来理解。画家亨利·马蒂斯曾经说过①,一切艺术都带有它所处的历史时代的印记,而伟大的艺术是带有这种印记最深的艺术。大多数文学专业的学生受到的却是另外一种教育:最伟大的艺术是超越时间、超越历史环境的艺术。关于这个问题,马克思主义批评最有发言权。但是,"历史地"分析文学当然不是从马克思主义开始的。马克思之前的许多思想家已经试图根据产生文学作品的历史说明文学作品。德国唯心主义哲学家黑格尔是其中之一,他对马克思的美学思想有深刻的影响。因而,马克思主义批评的创造性不在于它对文学进行历史的探讨,而在于它对历史本身的革命性的理解。

经济基础与上层建筑

对历史的革命性理解,最早出现在马克思和恩格斯的《德意志意识形态》(1845—1846)一书的著名章节中。

> 思想、观念、意识的生产最初是直接与人们的物质交往、与现实生活的语言交织在一起的。观念、思维、人们的精神交往在这里还是人们物质关系的直接产物。……我们不是从人们所说的、所想象的、所设想的东西出发,也不是从描述出来的、思考出来的、想象出来的、设想出来的人出发,去理解真正的人。我们的出发点是从事实际活动的人。……不是意识决定生活,而是生活决定意识。

在《〈政治经济学批判〉序言》(1859)中,对这段话的含义有更加充分的阐述:

> 人们在自己生活的社会生产中产生一定的、必然的、不以他们的意志为转移的

---

① 马蒂斯(Henri Émile Benoît Matisse),1869—1954,二十世纪法国著名艺术家。

关系,即同他们的物质生产力的一定发展阶段相适合的生产关系。这些生产关系的总和构成社会的经济结构,既有法律的和政治的上层建筑竖立其上,并有一定的社会意识形式与之相适应的现实基础。物质生活的生产方式制约着整个社会生活、政治生活和精神生活的过程。不是人们的意识决定人们的存在,相反,是人们的社会存在决定人们的意识。

换言之,人们之间的社会关系与他们自己的物质生活的生产方式有密切联系。一定的"生产力",譬如说,中世纪的劳动组织,构成了佃农与地主的社会关系,我们称之为封建主义。在后来的阶段,新的生产组织方式的发展建立在一套变化了的社会关系上,这一次是占有生产资料的资产阶级与向追求利润的资本家出卖劳动力的工人阶级之间的关系。这些"生产力"和"生产关系"合在一起,形成马克思所说的"社会经济结构",或是马克思主义更常说的经济"基础"或"基础结构"。每一时期,从这种经济基础出现一种"上层建筑"——一定形式的法律和政治,一定种类的国家,其基本职能是使占有经济生产资料的社会阶级的权力合法化。但是,上层建筑的内容不止这些,它还包括"特定形式的社会意识"(政治的、宗教的、伦理的、美学的等等),即马克思主义称之为意识形态的东西。意识形态的职能也是使社会统治阶级的权力合法化;归根结底,一个社会的主导意识即是那个社会的统治阶级的意识。

德文版的《资本论》

因而,对于马克思主义来说,艺术是社会"上层建筑"的一部分。它是(我们将在后面加以限定)社会意识形态的一部分,即复杂的社会知觉结构中的一部分;这种知觉结构确保某一社会阶级统治其他阶级的状况或者被绝大多数社会成员视之为"理所应当",或者根本视而不见。所以,理解文学就等于理解整个社会过程,文学只是其中的一部分。正如俄国马克思主义批评家普列汉诺夫所指出的:"一个时代的社会精神取决于那个时代的社会关系。这一点没有比在艺术和文学的历史中表现得更明显的了"[①]。文学作品不是神秘的灵感的产物,也不是简单地按照作者的心理状态就能说明的。他们是知觉的形式,是观察世界的特殊方式。因此,它们与观察世界的主导方式即一个时代的"社会精神"或意识形态有关。而那种意识形态又是人们在特定的时间和地点进入的具体的社会关系的产物;它是体验那些社会关

[①] 普列汉诺夫(Georgy Valentinovich Plekhanov),1856—1918,俄国政治活动家、理论家,被誉为"俄国马克思主义之父",力图把马克思主义的原理用之于俄国实际,但是后期的政治主张却背离了布尔什维克的斗争纲领。

系并使之合法化和永久化的方式。而且，人们不能任意选择他们的社会关系，物质的需求即他们的经济生产方式发展的性质和阶段迫使他们进入一定的社会关系。

文学与上层建筑

如果认为马克思主义的批评方法就是机械地从"作品"到"意识形态"，到"社会关系"，再到"生产力"，那是错误的。马克思主义批评着眼的却是这些社会"方面"的统一体。文学可以是上层建筑的一部分，但它不仅仅是被动的反映经济基础。恩格斯在1890年致约瑟夫·布洛赫的信中将这一点说得很清楚①：

马克思一家和恩格斯

> 根据唯物史观，历史过程中的决定因素归根到底是现实生活的生产和再生产。无论马克思或我都从来没有肯定过比这更多的东西。如果有人在这里加以歪曲，说经济因素是唯一的决定因素，那末他就是把这个命题变成毫无内容的、抽象的、荒诞无稽的空话。经济状况是基础，但是上层建筑的各种因素：阶级斗争的各种政治形式和这个斗争的结果，胜利了的阶级在获胜以后建立的宪法等等，包括各种形式的法律，甚至所有这些实际斗争在参加者头脑中的反映：政治的法律的和哲学的理论，宗教观点以及他们向教义体系的进一步发展——所有这些对历史斗争的进程也在发生影响并且在许多情况下主要决定着这一斗争的形式。

恩格斯是要否定在经济基础和上层建筑之间存在任何机械的、一对一的对应关系。上层建筑的各种因素不断产生反作用，影响经济基础。唯物史观否认艺术本身能改变历史进程，但它强调艺术在改变历史进程中是一种积极的因素。确实，马克思在考察经济基础和上层建筑之间的关系时，以艺术为例来说明这种关系的曲折复杂。

> 关于艺术，大家知道，它的一定的辉煌时期绝不是同社会的一般发展成比例的，因而也绝不是同仿佛是社会组织的骨骼的物质基础的一般发展成正比的。例如，拿希腊人或莎士比亚同现代人相比。就某些艺术形式，例如史诗来说，甚至谁都承认：当艺术生产一旦作为艺术生产出现，它们就再不能再以那种在世界史上划时代的、古典的形式创造出来；因此，在艺术本身的领域内，某些有重大意义的艺术形式只有在艺术发展的不发达阶段上才是可能的。如果说在艺术领域内不同艺术种类间存

---

① 布洛赫(Joseph Bloch)，1871—1936，德国社会主义活动家。

在这种关系,那么,在整个艺术领域同社会一般发展的关系上有这种情形,就不足为奇了。困难只在于对这些矛盾作一般的表述。一旦它们的特殊性被确定了,它们也就被解释明白了。

马克思在这里考虑的是他所说的"物质生产的发展……与艺术生产的发展的不平衡关系"。伟大的艺术成就未必依赖最高度发展的生产力,希腊人的例子就是明证:他们在一个经济不发达的社会里产生出一流的艺术品。像史诗这类重要的艺术形式只有在一个不发达的社会中才可能产生。马克思继续问道:既然我们与它们之间隔着历史距离,我们为什么仍然会对这些艺术形式产生感应呢?

年轻时的马克思

但是,困难不在于理解希腊艺术和史诗同一定社会发展形式结合在一起。困难的是,它们何以仍然能够给我们以艺术享受,而且就某方面说还是一种规范和高不可及的范本。

希腊艺术为什么仍然能够给我们以艺术享受呢?马克思接着做了回答,但这个答案却被怀有敌意的评论家们普遍的斥为蹩脚透顶。

一个成人不能再变成儿童,否则就变得稚气了。但是,儿童的天真不使他感到愉快吗?他自己不该努力在一个更高的阶梯上把这种真实再现出来吗?每一个时代的固有性格不是在儿童的天性中纯真地显现吗?为什么历史上的人类童年时代,在她发展的最完美的地方,不该作为永不复返的阶段而显示出永久的魅力呢?有的儿童粗野,有的儿童早熟。古代民族中有许多是属于这一类的。希腊人是正常的儿童。他们的艺术对我们所产生的魅力,同它在其中生长的那个不发达的社会阶段并不矛盾。它倒是这个社会阶段的结果,它在其中产生而且只能从其中产生的那些未成熟的社会条件永远不能复返,它是同这一点分不开的。

这样,我们喜欢希腊艺术是因为缅怀童年,怀有敌意的批评家们兴高采烈地抓住这一点属于非唯物主义的感伤情怀不放。这段话见于1857年写的一部政治经济学手稿,现在称之为《导言》。它们割裂了上下文,才能这样粗暴的对待这段话。一旦通观上下文,意思立刻就明白了。马克思论证道,希腊人能够产生第一流的艺术,并不是不顾他们所处社会的不发达状态,而正是由于这个不发达状态。古代社会还没有经历资本主义的过细"分工",没有产生由商品生产和生产力的无休止发展而引起的"数量"压倒"质量"的现象。那时候,人与自然之间还能保持一定"程度"的和谐,即一种完全取决于希腊社会有限性质的和谐。"童年般的"希腊世界是迷人的,因为它是在某些适当的限度之内繁荣起来的,而这些限度被无限度的要求生产和消费的资产阶级社会粗暴地践踏了。从历史上说,当生产力的发展超过了社会所能容纳的限度时,这个社会就必然崩溃。但是,当马克思说到"努力在一个更高的阶梯上把自己的真实再现出来"时,他显然指的是将来的共产主义社会;在那里,无限的资源将为无限发展的人服务。

文学与意识形态

恩格斯在《路德维希·费尔巴哈和德国古典哲学的终结》(1888)中说,艺术远比政治、经济理论丰富和"隐晦",因为比较来说,它不是纯意识形态的东西。在这里,理解马克思主义关于"意识形态"的准确含义是重要的。首先,意识形态不是一套教义,而是指人们在阶级社会中完成自己角色的方式,即把他们束缚在他们的社会职能上并因此阻碍他们真正理解整个社会的那些价值、观念和形象。在这种意义上,《荒原》具有意识形态性:它显示一个人按照那些阻止他真正理解他的社会的方式解释他的经验,也就是说,按照那些虚假的方式解释他的经验。一切艺术都产生于某种关于世界的意识形态观念。普列汉诺夫说过,没有一部完全缺乏思想内容的艺术作品。但是,恩格斯的评论指出:比起更为明显地体现统治阶级利益的法律和政治理论来,艺术与意识形态有着更为复杂的关系。问题在于,艺术与意识形态是一种什么关系?

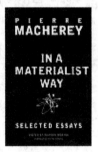

法国马克思主义批评家马舍雷(1938—):《用唯物主义的方法》

这不是一个容易回答的问题,可能会出现两种极端的、对立的观点。一种认为文学只能(着重号)是具有一定艺术形式的意识形态,即文学作品只是那个时代意识形态的表现形式。它们是"虚假意识"的囚徒,不可能超越它而获得真理。这种观点代表"庸俗马克思主义"的批评,倾向于把文学作品看作仅仅是占统治地位的意识形态的反映。这样,就不能解释譬如何以有这样大量的文学作品实际上都向当时的意识形态观念提出挑战。与此对立的观点则抓住许多文学作品对其所面临的意识形态提出挑战这一事实,并以此作为对文学艺术本身的定义。如恩斯特·费歇尔在他的题为《对抗意识形态的艺术》(1969)的论著中所说①,真实的艺术常常超越它所处时代的意识形态界限,使我们看到意识形态掩盖下的真

---

① 费歇尔(Ernst Fischer),1899—1972,奥地利诗人,文学批评家。

正现实。

　　我看着两种观点都过于简单。法国马克思主义理论家路易斯·阿尔图塞提出了一种说法①,把文学与意识形态之间的关系讲的更为细致(虽然仍不完全)。阿尔图塞说,不能把艺术简化为意识形态,其实艺术和意识形态有一种特殊的关系。意识形态代表了人们体验现实世界的想象方式,这当然也是文学提供给我们的那种经验,让人感到在特殊条件下的生活是什么样子,而不是对那些条件进行概念上的分析。然而,艺术不只是消极地反映那种经验,这种经验包含在意识形态之中,但又尽量与意识形态保持距离,使得我们"感觉"或"察觉"到产生它的意识形态。在这样做的时候,艺术并不能使我们认识意识形态所掩盖的真理,因为,在阿尔图塞看来,"知识"在严格意义上指的是科学知识,譬如像马克思的《资本论》而不是狄更斯的《艰难时世》所提供给我们的那种关于资本主义的知识。科学与艺术之间的区别并不是他们处理的对象不同,而是它们处理的是同一对象,但使用的方法不同。科学给予我们有关一种状况的观念知识;而艺术给予我们对那种状况的经验,这一经验就等于意识形态。但是,艺术通过这种方法让我们"看到"那种意识形态的性质,由此逐渐使我们充分地理解意识形态,即达到科学的知识。

1919年红军宣传画中的托洛茨基

　　文学何以能做到这一点,阿尔图塞的同事皮埃尔·马舍雷阐述得更充分②。马舍雷在他的《文学创作理论》(1966)中,将他称之为"幻觉"(主要指意识形态)和称之为"虚构"的两个术语作了区分。幻觉这种人们普通的意识形态经验是作家赖以创作的材料,但是作家在进行创作时,把它改变成某种不同的东西,赋予它形状和结构。正是通过赋予意识形态某种确定的形式,将它固定在某种虚构的范围内,艺术才能使自己与意识形态保持距离,由此向我们显示那种意识形态的轮廓。马舍雷认为,在这样做的时候,艺术有助于我们摆脱意识形态的幻觉。

列宁、托洛茨基与倾向性

　　日丹诺夫在1934年作协大会上提出社会主义现实主义原则的时候③,

---

① 阿尔图塞(Louis Althusser),1918—1990,法国哲学家。
② 马舍雷(Pierre Macherey),1938— ,法国马克思主义批评家,曾师从阿尔图塞。
③ 日丹诺夫(Andrey Aleksandrovich Zhdanov),1896—1948,苏共政治局委员,分管文艺工作。

按照惯例引用列宁的话做权威,其实他的引证歪曲了列宁的文学观点。列宁在《党的组织和党的文学》(1905)一文中,指责了普列汉诺夫,因为普列汉诺夫批评了像高尔基的《母亲》这种宣传性质过于明显的作品。列宁却相反,强调文学创作必须具有公开的阶级性,"文学事业应当成为一个统一的、伟大的社会民主主义机器的齿轮和螺丝钉"。他反驳道,文学创作不可能不偏不倚,"资产阶级作家的自由,不过是带着假面具的对于钱袋的依赖!……打倒无党性的文学家!"所需要的是"真正自由的、多样化的、和工人阶级运动密不可分的文学"。

不友好的批评家认为列宁这些话是对一切虚构文学创作说的,其实列宁指的是党的文学。列宁写这篇文章的时候,布尔什维克党正在发展成为一个群众组织,需要加强内部纪律,所以列宁想的不是小说而是党的理论著作;他心目中指的是托洛茨基、普罗汉诺夫和巴尔沃斯①,想到的是知识分子必须遵循党的路线。他自己的文学趣味是相当保守的,总的来说只欣赏现实主义文学;他承认自己看不懂未来主义或表现主义的作品,但他认为电影大有潜力,是政治上非常重要的艺术形式。然而,在处理文化事务上,他一般说来是比较开通的。他在1920年无产阶级作家大会上反对把无产阶级艺术进行抽象化教条化,认为那种用法令来制造某种牌子文化的做法是不现实的。无产阶级文化只能在了解前人文化的基础上建立起来;他强调,资本主义遗留下来的一切有价值的文化都必须细心保存。他在《关于艺术与文学》中写道:"无可争论,文学事业最不能做机械的平均划一或少数服从多数。无可争论,在这个事业中,绝对必须保证有思想和幻想、形式和内容的广阔的活动天地"。他在给高尔基的信中说,一个艺术家可以从各种哲学思想里汲取有价值的东西;哲学思想与他要表现的艺术真理之间可能会有矛盾,但重要的是艺术家所创造的,而不是他所思想的。列宁自己关于托尔斯泰的文章就是这一观点的实际运用。托尔斯泰作为小资产阶级农民利益的代言人,认识不到只有无产阶级才有前途,就不可避免地对历史作了不正确的理解;但他的理解对于他创作伟大的艺术来说并不重要。他小说的现实主义力量与真实的形象超越了束缚小说的天真的乌托邦思想,从而展现了托尔斯泰的艺术与他保守的基督教道德之间的矛盾。下面我们要谈到,这种矛盾非常重要,关系到马克思主义批评对待文学党性问题的态度。

俄国革命第二位主要建筑师列昂·托洛茨基在美学问题上观点与列宁

---

① 巴尔沃斯,原名"Alexander Helphand",巴尔沃斯(Parvus),1869—1924是其笔名,俄裔德国人,曾信仰社会主义,追随过托洛茨基,一战中支持德国,靠军火发了财,十月革命后向苏维埃政权示好,遭到拒绝;有关托洛茨基,见第一单元"俄苏形式主义"。

别林斯基(1811—1848)

一致,而不是和无产阶级作家或俄罗斯无产阶级作家联合会站在一起,虽然布哈林和卢那察尔斯基两人利用列宁的著作来攻击托洛茨基的文化观点①。他写《文学与革命》的时候,俄国多数知识分子敌视革命,必须加以争取。托洛茨基既对革命后非马克思主义艺术抱着富有想象力的开放态度,又锐利的批评了这种艺术的盲点与局限,并把这两个方面巧妙地结合起来。他反对未来主义者无知地摈弃传统("我们马克思主义者永远生活在传统里"),像列宁一样,强调社会主义的文化必须吸收资产阶级艺术最优秀的成果。在文化这个领域里,党不要去发号施令;但是这不等于说可以用折中主义的态度容忍反对革命的作品。严格的、革命的审查制度必须同"自由灵活的艺术政策"相结合。社会主义艺术必须是"现实主义"的,但是不能狭隘地把它理解为某种类型的文学,因为现实主义从本质上讲既不是革命的,也不是反动的;它是一种"生活的哲学",不应当局限于某个特定流派的写作技巧。"以为我们横蛮地只许诗人去写工厂的烟囱或者一次反对资本主义的起义,不许写别的东西,这种想法是荒谬的"。我们看到,托洛茨基认为艺术形式是社会"内容"的产物,但同时,他又给予形式以高度的自由:"一件艺术作品的好坏首先要根据它自身的法则来判断"。这样,他就既肯定了形式主义繁琐技巧分析的价值,同时又批评他们不关心文学形式的社会内容和社会环境。《文学与革命》结合了马克思主义的原则性与灵活性,又是感觉敏锐的实用批评,是一部使非马克思主义的批评家感到不安的著作。难怪 F·R·利维斯称这部书的作者为"这位既有智慧又危险的马克思主义者"②。

马克思、恩格斯与倾向性

社会主义现实主义的原则当然自称来自马克思和恩格斯;但是,确切些说,其真正的前辈是十九世纪俄国"革命民主主义"批评家别林斯基、车尔尼雪夫斯基和杜波罗留波夫。这些人把文学看成对社会的批评和分析,把艺术家看成社会的启蒙者;文学不应当刻意追求艺术技巧,而应当成为推动社

---

① 布哈林(Nikolay Ivanovich Bukharin),1888—1938,苏共领导人,理论家,后因与斯大林产生分歧而被清除出苏共;卢那察尔斯基(Anatoli Vasilyevich Lunacharsky),1875—1933,苏联作家,革命家,曾任苏联教育委员会委员(1917—1929)。
② 利维斯(Frank Raymond Leavis),1895—1978,英国新批评家,见第二单元"英美新批评"。

会发展的工具。艺术反映社会现实,必须刻画它的典型形象。这些批评家的影响从格奥尔基·普列汉诺夫(托洛茨基称他为"马克思主义的别林斯基")的著作中可以看出来。普列汉诺夫批评车尔尼雪夫斯基要求艺术成为一种宣传,不赞成文学为党的政治服务,而是严格区别文学的社会作用与美学效果;但是,他认为艺术只有为历史服务,而不是为了直接享受,才有价值。和革命民主主义批评家一样,他也相信文学"反映"现实。在普列汉诺夫看来,文学的语言可以"译成"社会的语言,也就是说,文学中的事实可以找到"社会的对等物"。作家把社会中的事实译成文学中的故事,而批评家的任务就是把文学故事译回现实。普列汉诺夫同别林斯基和卢卡契一样,认为作家反映现实时,最重要的是创造"典型";作家在人物形象中表现"历史的个性",而不是仅仅描写人物的个人心理。

伦敦海顿公园马克思的墓碑

　　通过别林斯基和普列汉诺夫的传统,典型化和反映社会这一文学概念就进入了社会主义现实主义的公式。我们知道,对于"典型性"这个概念,马克思和恩格斯的意见是一致的;但是,他们自己在评论文学的时候,很少规定文学作品在政治上应当如何如何。马克思心爱的作家埃斯库罗斯、莎士比亚和歌德,没有一个在真正意义上有革命思想;他早期在《莱茵报》上发表的一篇论出版自由的文章中,批评把文学当成达到某种目的的手段的实用观点。"作家绝不把自己的作品看作手段。作品就是目的本身;无论对作家或其他人来说,作品根本不是'手段',所以在必要时作家可以为了作品而牺牲自己个人的生存。……出版业最主要的自由就在于不要成为一种商业。"这里需要弄清两点。第一,马克思谈的是商业利用文学,而不是政治利用文学;第二,报纸不是商业这种主张是马克思年轻时的一种理想,因为他知道得很清楚(也说过),事实上报纸就是一种商业。但是,艺术在某种意义上说自身就是目的这一思想,甚至在马克思成熟期的作品中也出现过:在《剩余价值论》中说,"弥尔顿出于同春蚕吐丝一样的必要而创作《失乐园》。那是他的天性的表现。"(在《法兰西内战》(1871)草稿中,马克思说密尔顿把他的诗卖掉只得了五个英镑,并以此与巴黎公社的工作人员相比,说明他们执行公务不是为了巨额的报酬。)

　　虽然马克思的政治倾向会自然而然地影响到他对文学作品的价值判断,但是马克思和恩格斯决不会粗暴地把艺术上的精致等同于政治上的正确。马克思喜欢现实主义的、讽刺的、激进的作家;除了民歌以外,马克思是

马克思诞生在德国小城特瑞尔的这座房子里

反对浪漫主义的,认为浪漫主义把难以忍受的政治现实用诗意加以神秘化。他很讨厌夏多布里昂①,并认为德国浪漫主义诗歌只是一块神圣的面纱,掩盖资产阶级生活的污秽和无聊,就像德国封建关系掩盖资产阶级生活一样。

马克思和恩格斯对待倾向性的态度,最明白地表现在恩格斯两封著名的信里面,这两封信是回复那些把作品寄给他的小说家的。敏娜·考茨基把自己刚写的、沉闷乏味的小说寄给恩格斯②,恩格斯在1885年给她的信中写道,他不反对具有政治"倾向"的小说,但是作者不应当公开表明自己的政治立场。政治倾向必须在戏剧性的场景中自然地流露出来;革命小说只有用这种间接的方式才能有力地影响资产阶级读者的意识。"一部具有社会主义倾向的小说,通过对现实关系的真实描写,打破关于这些关系的传统幻想,动摇资产阶级世界的盲目乐观,引起对资本主义世界永久长存的怀疑,那么,就是作者没有直接提出任何解决问题的办法,甚至作者没有明确地表明自己所持的立场,我也认为这部小说完全完成了自己的使命。"

恩格斯第二封信是在1888年写给玛格丽特·哈克奈斯的③,他批评她描写伦敦街头无产阶级的小说(《城市姑娘》),说她把东区的群众写得过于消极。他抓住小说的副标题"一个现实主义故事"评论道:"据我看来,现实主义的意思是,除细节的真实外,还要真实地再现典型环境中的典型人物"。哈克奈斯没有从工人阶级的历史使命和发展前途的意义上去描写工人阶级的实际生活,所以缺乏真正的典型性;在这个意义上,她这部小说是"自然主义的",而不是"现实主义的。"

总起来说,恩格斯这两封信的意思是说:小说表现出明显的政治倾向是不必要的(当然,也不是不可接受的),因为真正现实主义的作品本身就描绘了社会生活中的重要力量,即超出了照相式的观察,又不是用雄辩的言辞硬塞进一条"政治出路"。这个概念后来在马克思主义批评中成了所谓"客观党性"。作家不必把自己的政治观点硬塞到作品里去,因为,只要他揭示出

---

① 夏多布里昂(François Auguste René Chateaubriand),1768—1848,德国作家,浪漫主义先驱,死后出版自传《身后的回忆》(Memoirs from Beyond the Tomb 1849—1850)。
② 考茨基(Minna Kautsky),1837—1912,德国社会民主党领袖卡尔·考茨基(Karl Johann Kautsky),1854—1938的母亲,小说家。
③ 哈克奈斯(Margaret Harkness),1854—c 1921,英国记者,作家十九世纪八十年代曾描写过伦敦东区的生活状况。

在某个环境中现实的和发展的力量客观地在起作用,那末,在这个意义上讲,他已经具备了党性。也就是说,立场是现实本身所固有的;它在描写社会现实的方法中流露出来,不必动用主观态度来表露它。(在斯大林时期,这种"客观党性"被斥责为纯"客观主义",并用纯主观的立场取而代之。)

这种立场是马克思和恩格斯文学批评的特点。他们两人在互不通气的情况下,都批评拉萨尔的诗剧《佛兰茨·冯·济金根》缺乏莎士比亚式的丰富的现实主义[①],否则,剧中人物就不会沦为历史的传声筒;他们还批评了拉萨尔所选择的主人公对他创作意图来说不够典型。马克思在《神圣家族》(1845)中对欧仁·苏的畅销小说《巴黎的秘密》进行了类似的批评[②],马克思认为小说中的人物性格扁平,代表性不够充分。

(王育平　译)

关　键　词

文学社会学(sociology of literature)
历史(history)
社会意识(social consciousness)
生产关系(relations of production)
社会存在(social being)
经济基础(economic base/infrastructure)
上层建筑(superstructure)
意识形态(ideology)
政治倾向性(commitment)
客观党性(objective partisanship)

关　键　引　文

1. 但是,"历史地"分析文学当然不是从马克思主义开始的。马克思之前的许多思想家已经试图根据产生文学作品的历史说明文学作品。德国唯心主义哲学家黑格尔是其中之一,他对马克思的美学思想有深刻的影响。

---

① 拉萨尔(Ferdinand Lassalle),1825—1864,德国社会主义活动家,《佛兰茨·冯·济金根》发表于1859年。
② 欧仁·苏(Eugène Sue),1804—1857,法国小说家,善于描写城市生活的阴暗面。

因而,马克思主义批评的创造性不在于它对文学进行历史的探讨,而在于它对历史本身的革命性的理解。

2. 因而,对于马克思主义来说,艺术是社会"上层建筑"的一部分。它是(我们将在后面加以限定)社会意识形态的一部分,即复杂的社会知觉结构中的一部分;这种知觉结构确保某一社会阶级统治其他阶级的状况或者被绝大多数社会成员视之为"理所应当",或者根本视而不见。

3. 如果认为马克思主义的批评方法就是机械地从"作品"到"意识形态",到"社会关系",再到"生产力",那是错误的。马克思主义批评着眼的却是这些社会"方面"的统一体。文学可以是上层建筑的一部分,但它不仅仅是被动的反映经济基础。

4. 意识形态不是一套教义,而是指人们在阶级社会中完成自己角色的方式,即把他们束缚在他们的社会职能上并因此阻碍他们真正理解整个社会的那些价值、观念和形象。

5. 意识形态代表了人们体验现实世界的想象方式,这当然也是文学提供给我们的那种经验,让人感到在特殊条件下的生活是什么样子,而不是对那些条件进行概念上的分析。

6. 据我看来,现实主义的意思是,除细节的真实外,还要真实地再现典型环境中的典型人物。

讨 论 题

1. 马克思主义文艺批评(或者说马克思主义)的主要理论依据是什么?
2. 根据伊格尔顿,文学和意识形态的关系是什么?
3. 你认为"倾向性"是马克思主义文艺批评的先决条件吗?为什么?
4. 马克思主义文艺批评的主要优点是什么?它的现实意义是什么?
5. 恩格斯认为,小说家最好把自己的观点潜移默化地融入读者的思想中:"……就是作者没有直接提出任何解决问题的办法,甚至作者没有明确地表明自己所持的立场,我也认为这部小说完全完成了自己的使命"。这个说法和詹明信的"元评论"方法有相通之处,即通过"质疑"来产生"动摇",而不是急于给出答案。试讨论。

批判现实主义与社会主义现实主义(卢卡契)

匈牙利文艺理论家 G. 卢卡契(1885—1971)和阿多诺、布洛赫和本雅明一样,一生致力于"创建真正的二十世纪马克思主义美学"。他在马克思主义批评中占据重要位置，既继承了传统马克思主义的原则，又开了后来的"西方马克思主义"之先河，但这种"合二为一"的做法也因而受到来自两方面的责难。以下选文展示了卢卡契典型的马克思主义立场：文学不仅是对社会经济现实的反映，而且是对社会现实的批判。由此，十九世纪的现实主义小说（或说批判现实主义）反映了资产阶级社会的矛盾。今天看来，卢卡契对"社会主义现实主义"的理解颇为幼稚，但他就批判现实主义和社会主义现实主义进行的比较很有新意，极富马克思主义的创见。

卢卡契（1885—1971）

社会主义现实主义和批判现实主义的不同之处，不仅在于前者基于坚实的社会主义视角之上，而且在于前者利用这一视角从内部描述推进社会主义的力量。社会主义是一个独立的整体，它不是资本主义社会的陪衬，也不像批判现实主义者那样逃避资本主义的困境，虽然他们已经接近于接受社会主义思想。更重要的是社会主义现实主义对于可以推进社会主义的力量的处理：作为科学的而不是乌托邦式的理论，科学社会主义着力于科学地对待这些力量，正如社会主义现实主义对人性中创建新社会秩序的品质的关注。

社会主义的视角使得作家们可以看清社会和历史的真相。这就开创了文学创作上一个崭新的、卓有成效的篇章。有两点我们要注意。社会主义现实主义是一种可能而非现实；该可能的实现是一个复杂的过程。单靠学习马克思主义（更不用说参加社会主义运动中的其他活动，甚至入党）本身是不够的。作家可以借此获得一些有用的经验，认识一些思想上的和道德上的问题。但是，想把对现实的"真正认识"转变为完备的审美形式并不比从资产阶级的"虚假认识"得出审美形式来得容易。

同时，尽管一个正确的理论方法往往碰巧成为一种正确的美学体系（例如类型学的建立），但其方法和理论结果却不尽相同。这种巧合的根源在于二者都反映同一现实。对社会和历史现实的正确审美理解是现实主义的前提。无论正确与否，纯粹理论的理解只有被完全吸收并转化成合适的审美范畴之后才可能影响文学。理论正确与否并不重要，因为对作家而言，所有理论和概念上的理解充其量只起一般性的指导作用。

如果忽视了这两种运动及其发生的历史必然性之间的联系，我们对于社会主义现实主义和批判现实主义之间相似性的评述就不完整。这一联系的理论基础是社会主义对于真实的关注。马克思主义理论中，对现实的真实再现处于最核心的位置，这是任何其他理论都无法比拟的。这一点和马克思主义理论的其他要素有密切联系。马克思主义者认为，通向社会主

的道路就是历史本身行进的道路。一切的现象,不管主观还是客观,都会推进、阻滞这一运动或使其偏离正确的轨道。这一理解对于勤于思考的社会主义者至关重要。由此,无论作者的主观意图如何,任何对现实的精确描述都有助于马克思主义批判资本主义,都推动社会主义事业的发展。

　　批判现实主义和社会主义现实主义之间的联系,也暗含于艺术的本质当中。想要阐明社会主义现实主义的理论原则,就必须考虑现实主义与现代主义之间的对立。回顾过去,社会主义现实主义理论家就已经注意到了这一点;他们知道,建立现实主义在美学中的主导地位就必须联合批判现实主义作家们。但这种联合不只是理论上的。这些作家的作品中表现出的历史维度和成就这一历史维度的方法对于理解影响现在和将来的力量必不可少,有助于我们理解现代社会中进步和反动、生命与腐朽的力量之争。无视这一切,就等于扔掉了用以搏击腐朽的反现实主义文学的最有力武器。

　　随着社会主义的发展,批判现实主义作为一种独立的文学体裁将会枯萎。我们已经指出了社会主义社会中批判现实主义所面临的局限和碰到的问题,并说明,当批判现实主义无法把握一个新的社会的现实,其用武之地必然缩小。批判现实主义会逐渐采用类似于社会主义现实主义的视角,由此批判现实主义将日益枯萎死亡。

　　所有这些都论证了社会主义现实主义的历史优越性(尽管我一再强调这一优越性不会使社会主义现实主义的作品自动获得成功)。这一优越性的根源在于,和传统观念相比较,社会主义思想和社会主义视角更能给作家以洞察力,使他们能够更加全面深刻地描述作为社会存在的人。

　　我们已经提到过类型学的问题。什么是典型的文学人物的关键所在呢?典型不能和通常混为一谈(尽管有时会出现这种情况),也不等同于怪异(尽管典型人物经常会超出常规)。从技法意义上讲,当一个人物的内心世界由社会的客观力量所决定时,我们说这是一个典型人物。就像伏脱冷和于连,表面看相当怪异但行为非常典型:一个特定历史时期的决定力量在他们身上得到了集中体现。然而,尽管很典型,但不能一看即明。这些人物身上有一种辩证性,将人物及其偶然遭遇同典型性联系在一起。列文是俄国拥有土地的阶级在一切"都被颠倒了过来"这个时期的典型。了解了他的个人经历之后,读者会不无道理地认为他在某种程度上是一个局外人,或一个行为古怪的人——直到他意识到这些怪异是身处变革中的时代留下的印迹。

上面我所描述的公式化文学中的人物缺乏这些特点。他们不是典型人物,而是主题人物。他们的特点是由某种政治意图事先确定好了的。还需指出,很难把"典型"特点与其他特点区别开来。典型人物用其所有的人格特征对时代的生活做出反应。只要社会主义现实主义创造出了真实的典型,如法捷耶夫的列文森或者肖洛霍夫的格里高里等,都会是深刻人格与深刻典型的有机统一。公式化作家们所创造的人物,一方面来说,不是低于就是高于典型性。人物的塑造低于典型性(尽管娜塔莎·萝托娃的轻快的舞步或者是安娜·卡列尼娜的舞会盛装毫无疑问具有典型性①),而创造他们典型性的意图也许和人物的心理并不相关。当然,这一弱点是所有自然主义文学的通病,左拉的"典型"人物也显示了类似的缺憾。

无论是社会主义的还是其他类型的自然主义,都剥夺了生活的诗意,使一切变成叙事。自然主义的公式化做法抓不住现实的"多变性"、丰富性和美感。自然主义剥夺生活的诗意,这是人所共知的,那些帮助造成这种局势的作家和批评家也对此供认不讳。值得一提的是,社会主义国家里,公众舆论对于社会主义自然主义的看法不如资产阶级对于他们的现代主义的看法那么虚伪。但是,我们知道,在斯大林时期,很多重要的马克思主义原则被讲错了。一些文学理论家因此给自然主义取了一个富有诗意的名字:"革命浪漫主义",而没有提出思想上正确的审美解决办法。

(王育平 译)

关 键 词

社会主义现实主义(socialist realism)
批判现实主义(critical realism)
类型学(typology)
典型/通常/怪异(typical/average/eccentric)
典型人物/主题人物(typical hero/topical hero)
公式化文学(schematic literature)

---

① 伏脱冷、于连、列文、娜塔莎·萝托娃分别是巴尔扎克的《人间喜剧》、司汤达的《红与黑》、托尔斯泰的《安娜·卡列尼娜》以及《战争与和平》中的人物。

主题人物(topical hero)

关 键 引 文

1. 社会主义现实主义和批判现实主义的不同之处,不仅在于前者基于坚实的社会主义视角之上,而且在于前者利用这一视角从内部描述推进社会主义的力量。

2. 马克思主义理论中,对现实的真实再现处于最核心的位置,这是任何其他理论都无法比拟的。

3. 什么是典型的文学人物的关键所在呢?典型不能和通常混为一谈(尽管有时会出现这种情况),也不等同于怪异(尽管典型人物经常会超出常规)。从技法意义上讲,当一个人物的内心世界由社会的客观力量所决定时,我们说这是一个典型人物。就像伏脱冷和于连,表面看相当怪异但行为非常典型:一个特定历史时期的决定力量在他们身上得到了集中体现。

4. 上面我所描述的公式化文学中的人物缺乏这些特点。他们不是典型人物,而是主题人物。他们的特点是由某种政治意图事先确定好了的。

讨 论 题

1. 卢卡契认为社会主义现实主义和批判现实主义的主要异同是什么?卢卡契判断社会主义现实主义比批判现实主义优越,你赞成吗?

2. "典型性"这个概念据说是恩格斯首先提出的,讨论其含义(参阅伊格尔顿的选文《文学与历史》)。

3. 讨论卢卡契对待自然主义和现代主义的态度。

4. 为什么卢卡契不喜欢"革命的浪漫主义"?

决定论(威廉姆斯)

雷蒙德·威廉姆斯(1921—1988)生长于威尔士的一个工人家庭,毕业于剑桥和牛津大学,一生致力于英国文化的研究与批评,发表过六百余篇论著。威廉姆斯是英国最重要的一位马克思主义文学批评家和文化理论家。他抛弃了庸俗马克思主义,将经济基础的作用重新解释成一种对社会和经济活动产生既强大又微妙的影响力。威廉姆斯对一些马克思主义的概念进行了重新定义,如"决定论"(1978),将文化再现为一种动态过程和表意系统。通过文化唯物主义的批评方法,威廉姆斯希望诸如文学和评论之类的文化体系可以在一定程度上摆脱和资本主义意义系统、价值

威廉姆斯（1921—1988）

观念以及劳动分工系统的同谋关系,从而有助于进行一场"漫长的革命"。

在马克思主义文化理论中,没有比"决定论"更难理解了。马克思主义的反对者认为,马克思主义不可避免地是一种简单化的、决定论的理论,因为它认为任何文化活动本身都不具备真实性和意义,只能被看作先在的、主导的经济内容抑或一定的经济地位和经济状况所决定的政治内容的直接或间接表达。从二十世纪中期马克思主义的发展来看,这种描述是对马克思主义的滑稽戏仿。虽然可以有把握地说它已经过时了,但不可否认,这一看法尽管有些差强人意,仍源自一种常见的马克思主义。在那种马克思主义和最近的马克思主义中,有很多对决定论的阐释,类似于恩格斯给布洛赫的信中那样,或者更激进一点,如当代提出的"多重决定论"(一个涵义深奥的英语单词,指的是由多种因素决定)。其中有些修正已经背离了马克思主义的初衷,转而追求一种与其他层面上的决定论复合,如心理学(一种经过修正的弗洛伊德主义)、精神或者是形式结构(形式主义,结构主义)等。这些阐述和修正自有其弱点,但也受到反马克思主义者的欢迎,因为反对者们总是试图避开马克思主义的挑战,或者干脆认为马克思主义是一种无关主旨的教条。因此,认识到这种挑战过去和现在究竟是什么至关重要。没有决定论概念的马克思主义毫无价值,而负载太多决定论概念的马克思主义又会很难前进。

追根到底,"决定论"指的是"设定界限"或"设定限制"。这个词的延伸种类繁多,且常应用于很多具体过程的分析中,但最有争议的解释就是为某一活动设定界线从而停止其活动。作为一种概念,决定一种计算、一种研究或者是一个租期相对来说并非难事。权威做某项决定起初容易,但往往导致后来的很多难题,因为这一决定是由一种外在于特定活动的因素所做出的,而这种因素又将决定或解决这个特定活动。"外在性"的意义在"决定论"的发展中很关键,因为往往是外在于活动过程的某种力量(上帝、自然、历史等)决定着活动的结果,而活动主体的意志或愿望对此无能为力。这是一种抽象决定概念,区别于一种表面上类似的决定概念,即某一过程的重要特征或者其组成成分的性质决定(控制)它的结果:其特征和性质被称作"决定因素"。抽象的"决定作用以及上帝的先知"(丁道尔①),到了尤其是自然科学领域,便成了基于对过程本身及其组成成分内在特点的精确把握之上的"决定条件"或"决定规律"。抽象决定概念预设动作的参与者无能为力(或力量绝对有限),"科学"决定概念预设特性的不可改变或者相对稳定,变化源于外在条件和特性组合的改变,这些改变能够被发现,所以可以预料。

马克思主义的决定论,至少在其第一阶段,看上去和这种"科学"概念相一致:

> 在社会生产过程中,人类会进入确定的社会关系,和人的意志不可分割,又不以人的意志为转移……一个必然的发展阶段……(SW, i. 362)

马克思的"bestimmen"概念译成英语为"definite"。在这种意义上,现存的物质生产阶段及其相应的社会关系是"固定的"。

> 人类所能支配的生产力的总和决定人类的社会条件……(GI, 18)

从环境决定这个角度不难理解马克思主义强调经济的"铁的法则"即"绝对客观条件",并视其为一切的根源。这一影响广泛的阐释认为,马克思主义发现了一个外在、客观的经济体系的规律,一切都会或早或晚、直接或间接地遵循这一规律。但是这并不是唯一的理解方式。如果考虑到"进入"(enter into)"所能支配的"(accessible to),我们同样有理由强调这一进程中特定时刻的客观条件的主导。在实践中,这一理解其实是完全不同的主张。在给布洛赫的信中,恩格斯略带辩解地写道:"我们自己创造历史,但首先,这个历史有确定的前提和条件"。和另一理解方式不同,这一论断肯定了直接力量的作用:"我们创造自己的历史"。那些"确定的"、"客观的"前提和条件就是这一力量的限定条件:事实上,"决定"即是"当时确定的界限"。

这种意义上的"决定"和整个过程中内在的、可预见的规律的"决定"的根本不同之处不难理解,但常因"决定"一词的意义含混而难以捕捉。关键问题在于,"客观"条件在多大程度上被视为"外在的"。根据马克思主义的定义,客观条件是并且只能是人类在物质世界活动的结果,这样,真正的区别就在于历史客观性和抽象客观性的区别。前者是某一特定时刻人类生长于其中的条件,因此是人们"进入"的所能支配的条件;而后者指的是"决定"过程"不随主观愿望"而改变,不是因为他们历史地继承了这一特性,而是在

---

① 丁道尔(William Tyndale 或 William Tindal),1492?—1536,英国文艺复兴时期宗教改革家,深受马丁·路德翻译《圣经》的鼓舞,于 1530 年自行印刷译自希腊文的《圣经·新约》,遭到教会的激烈反对,却为钦定本《圣经》的翻译(1611)奠定了基础。

绝对意义上他们无法控制决定过程；他们只能试图理解并以此来指导自己相应的行动。

抽象客观性是后来广为人知的马克思主义"经济基础决定论"的基础。这一概念作为一种政治或哲学原则毫无价值，但是需要我们历史地加以理解。需要抽象决定概念的一个最主要的原因在于大规模的资本主义经济活动。在这一活动中，除了马克思主义者，更多的人们认为，历史进程的控制是他们力所不及的，这种控制至少在实践上说外在于他们的意志和愿望，因此，他们认为进程受控于其自身"规律"。极具讽刺意味的是，一种批判性的、革命的学说在实践中和这一理论层面上变成了一种被动和物化形式，为抵制这种倾向，另外一种决定论开始起作用。

也就是说，抽象决定概念本身在某种意义上已经被决定了。它是一种以其自身对历史局限性的经历为条件的反应和阐述形式，忽略了"决定性的"自然法则和"决定性的"社会进程之间的关键性区别，这部分是由于语言混乱造成的，部分出于特殊的历史经验。将这二种知识都描绘为科学则更加强了这种混乱。但是，由此是否能够把"决定"复原为对"客观限制"的体验？作为一种否定意义，这一观点至关重要，曾被马克思反复使用。新的社会关系及贯穿其中的社会活动可以被设想，但只有某一生产方式的决定性限制在实践中被超越时才有可能通过社会变革成为现实。例如，浪漫主义实现人类解放的理想和主导的资本主义之间现实中的相互作用的历史就是如此。

但是，单单这样说有可能陷入一种新的被动和客观主义模式，正如恩格斯所经历的：

> 历史事件……或许可以……被看作某种力量的产物，这种力量作为一个整体不知不觉地、毫无意志地起作用。因为，个人的意愿会被别人所阻，最后出现的就是根本没有人祈愿的东西。

这里，社会就是客观化的（无意识无意志的）总过程，唯一可能的替代是"许多个人的意愿"。但这是一种资产阶级的社会图景。这种社会图景的一种形式后来发展成弗洛伊德主义，是马克思主义-弗洛伊德主义合成体的真正基础；不无讽刺意味的是，这一合成体居然是经济主义和经济决定论的主要反对者。社会，无论是一般意义的社会还是具体到"资本主义社会"或"资本主义生产方式的社会和文化形式"，都被视为一种主要的否定力量，其来源都是将决定论理解为设定界限。但是，"社会"或"历史现实"不可能以这种方式从"个体"或"个体意志"中抽象出来。如此的概念分离只能导致一种异化的、客观主义的、不知不觉地运作的"社会",以及把个体理解为"先在于社会"甚至"反社会"。如此一来,"个体"或"个例"成为积极的社会附加力量。

这是整个决定论概念的关键所在,因为在实践中决定不仅是设界,也是施加一种压力。事实上,英文"determine"恰好有这一层含义:决定或者下定决心做某事也是一种意愿和目的行为。在整个社会进程中,肯定意义的决定或许会被个人所经历,但总是以社会行为、常常是特定的社会形式出现。它和表现为限制的否定决定之间关系错综复杂。虽然它作为一种反限制的动力非常重要,但不仅于此。至少,这种力量也往往来自于既定社会模式的形式和惯性,事实上,是一种要维持和更新其自身的难以抗拒的冲动。同时,这一点至关重要,它也是挟带其尚未实现的意向和要求的新形式所带来的压力。因此,"社会"从来只是一个束缚个人和社会实现的"死的外壳",同时也是一个强有力的构成过程。其强制力既有政治、经济、文化形式表现,又被内化为个人意愿从而充分实现其"作为一种构成要素的性质"。作为限制和驱动的复杂互动过程,整个这一套决定概念存在于且仅存在于整个社会进程中,而非存在于任何抽象的"生产方式"或者"心理过程"。任何孤立出自足的范畴,把这些范畴看成可以施加控制力的或可用来进行预测的,并据此把决定概念进行抽象,都是将具体的决定因素之间的相互联系即真正的社会进程神秘化。这种真正的社会进程在主体缺省时是一种被动的、客观化的同时又是积极的、有意识的历史经验。

"多重决定论"的概念试图避免孤立出自足范畴,同时强调实践的相对独立却又互相作用。它最积极的形式承认多种力量而不是孤立的生产方式或生产技能的力量,进而认为这些力量在特定的历史条件下有机联系在一起,而非是某个理想整体中的单个,或干脆当成毫不相干的单个因素。这种积极意义的多重决定论对于理解真实的历史情境以及实践的真正复杂性最有作用,也有助于我们理解"矛盾"和一般形式的"辩证法"。如果没有多重决定论,这种辩证法会被轻易抽象为理论上孤立的(具有决定意义的)情境或运动,按照某种(决定论的)法则自行发展。在任何社会整体中,各种实践(实践意识的表现形式)的相对独立性和相对不平衡性以促动和限制的方式,作为决定因素影响着实践的实际发展。但这个概念也有艰深之处。弗洛伊德以此来说明一种症候的多重因果结构:类似于法兰克福学派的辩证形象。某些理论运用中仍可见这一根源的痕迹(例如,阿尔图塞在马克思主义中介绍了这一观点,但他没有将其最积极的因素用于自己关于意识形态的论著)。和"决定论"类似,"多重决定论"也可以被抽象成为一种结构(症候),这一结构以一种复杂的方式按照内在结构关系去"发展"(形成,维系,崩溃)。作为一种分析方法这常常行之有效,但是对结构的孤立会将侧重点转移,离开真正的实践和实践意识:"实践活动……人在实践中的发展过程。"任何对决定或多重决定结构的绝对客观化会更严重地重复"经济主义"的错误,因为这会包含(常常带着一种傲慢)所有活生生的、实际的和构成不均衡的以及正在构成的经验。不论是"经济主义"还是另一种结构主义,犯这种错误的原因之一就是对"生产力"本质的错误理解。

（王育平　译）

关 键 词

多重决定论（overdetermination）
历史客观性/抽象客观性（historical objectivity/ abstract objectivity）
决定因素（determinants）
经济决定论（economic determinism）
相对独立性（relative autonomy）
个人意愿（individual wills）

关 键 引 文

1. 没有决定论概念的马克思主义毫无价值,而负载太多决定论概念的马克思主义又会很难前进。

2. 需要抽象决定概念的一个最主要的原因在于大规模的资本主义经济活动。在这一活动中,除了马克思主义者,更多的人们认为,历史进程的控制是他们力所不及的,这种控制至少在实践上说外在于他们的意志和愿望,因此,他们认为进程受控于其自身"规律"。极具讽刺意味的是,一种批判性的、革命的学说在实践中和这一理论层面上变成了一种被动和物化形式,为抵制这种倾向,另外一种决定论开始起作用。

3. 同时,这一点至关重要,它也是挟带其尚未实现的意向和要求的新形式所带来的压力。因此,"社会"从来不只是一个束缚个人和社会实现的"死的外壳",同时也是一个强有力的构成过程。其强制力既有政治、经济、文化形式表现,又被内化为个人意愿从而充分实现其"作为一种构成要素的性质"。

4. 任何孤立出自足的范畴,把这些范畴看成可以施加控制力的或可用来进行预测的,并据此把决定概念进行抽象,都是将具体的决定因素之间的相互联系即真正的社会进程神秘化——这种真正的社会进程在主体缺省时是一种被动的、客观化的同时又是积极的、有意识的历史经验。

讨 论 题

1. 讨论威廉姆斯的论断:"没有决定论的马克思主义毫无价值,而负载太多决定论概念的马克思主义又会很难前进。"

2. 威廉姆斯对决定论的解释是什么?他的这个解释和通常对这个重要却常常引起争议的概念的理解有什么不同?

3. 解释"多重决定论"。讨论威廉姆斯的观点,即经济基础决定论应当是一个复杂的概念。

4. 按照威廉姆斯的解释,"经济基础决定论"里包含了客观因素,也包含有主观因素。论证一下,他的这种提法是否站得住脚。

5. 本文发表于 1978 年,结合当时的社会背景,讨论为什么威廉姆斯要突出人的主观作用。

叙事是社会象征行为(F. 詹明信)

詹明信(1934—)是当代美国马克思主义批评的主将,对马克思主义批评理论在后现代美国社会的复兴做出了重要贡献。他 1960 年毕业于耶鲁大学,任教于耶鲁大学、杜克大学。研究中他一直坚持马克思主义辩证法传统,把马克思主义尊为解读其他一切主义的"最终代码"。詹明信的马克思主义理论特色之一在对其对非马克思主义思潮的兼容并蓄。但是在这一点上他表达了不容置疑的信心:马克思主义是一切文学批评不可超越的最终视界,是批判当代资本主义社会最好的武器。《政治无意识》(1981)可称为詹明信最成熟的马克思主义文艺学研究成果。以下章节选自该书,詹明信在文中坚持认为,无论从任何批评角度出发,文学阐释都首先并且最终是政治和"社会象征行为"。

本书将论证对文学文本进行政治阐释的重要性。它不把政治视角当作某种补充方法,不将其作为当下流行的其他阐释方法如精神分析或神话批评、文体学、伦理批评、结构主义等作为可供选择的辅助手段,而是作为一切

詹明信在南京大学英语系做讲座（1996）

阅读和一切阐释的绝对视域。

这显然是比那种每一个人肯定都能接受的谦虚主张极端得多的一种观点，那种谦虚主张认为，有些文本能够产生社会的、历史的、有时甚至是政治的反响。诚然，传统文学史从来不会阻止探讨这样一些主题，如但丁作品中佛罗伦萨的政治背景，或弥尔顿与分裂教会派的关系，或乔伊斯作品中对爱尔兰的历史指喻。然而，我要论证的是，这样的信息并不产生真正的阐释，在大多数情况下甚至并不为观念历史这样的唯心主义观所包含，充其量只是这种阐释的（不可或缺的）先决条件。

今天，这种与文化过去的尚古关系具有一种最终不再令人满意的直接对应物；我指的是大量当代理论依据自己的美学、尤其是依据现代主义的（或更准确地说是后现代主义的）语言观选择过去的文本并加以重写的倾向。

在尚古精神与现代化"相关性"或投射之间，这种让人无法接受的选择或意识形态的双重束缚表明，历史主义久已为之困扰的那些两难问题①，尤其是遥远的甚至远古时代的文化丰碑要求立足在一个文化上完全不同的现在这个问题，并不仅仅会我们对其不予理睬而消失。我们即将进行的分析的前提是，只有一种真正的历史哲学才能尊重过去的社会和文化特性和根本差异，同时又揭示出它的论证和热情，它的形式、结构、经验和斗争，都与今天的社会和文化休戚相关。

我在此提出的观点是，只有马克思主义提供了在哲学上符合逻辑、在观念上令人信服的解决上述历史主义困境的方法。只有马克思主义才能充分说明文化过去的神秘本质，就如同吸血的提瑞希阿斯，这种文化的过去暂时恢复了生命和温暖，再一次被允许讲话②，在完全陌生的环境里传达那早已为人忘记的信息。只有当人类的冒险成为神秘的时候，这种神秘性才能被再次展现出来；只有这样——不是通过尚古的嗜好或现代主义者的投射——我们才能瞥见那些强烈要求我们去解决的久已作古的问题，如原始部落随季节交替的经济，关于三位一体本质的激烈争论，宇宙帝国众多相互

---

① 指的是远古时代的文化丰碑与现在的联系问题。
② 提瑞希阿斯，希腊神话中的盲人语言家，一说因偷窥雅典娜女神洗澡而遭惩罚失明，但雅典娜赋予他预言的能力；一说因得罪宙斯妻子赫拉而遭惩罚，宙斯赋予他预言能力。《奥德赛》中，奥德修斯得到女神的指点，前去向提瑞希阿斯的灵魂询问返乡的路线。提瑞希阿斯只有喝了祭祀的羊血之后，才能被允许片刻讲话。

冲突的城邦模式;抑或明显离我们更近一些的,如十九世纪民族国家枯燥乏味的议会和新闻论战。这些问题若要使我们感到它们当初的迫切性,只能在一部伟大的集体故事的统一体内加以重述;不管他们采取怎样的掩盖和象征形式,只能认为他们共有一个单一的基本主题,对马克思主义来说,这就是从必然王国走向自由王国的集体斗争;而且只能把他们理解成一个单一庞大而未完成的情节中的关键插曲:"到目前为止一切社会的历史都是阶级斗争史:自由民和奴隶、贵族和平民、领主和农奴、行会师傅和帮工,一句话,压迫者和被压迫者,始终处于相互对立的地位,进行不断的、有时隐蔽有时公开的斗争,而每次斗争的结局或者是整个社会受到革命性改造,或者斗争双方同归于尽。"①正是在查寻那种未受干扰的叙事的踪迹中,再把这个基本历史的被压抑和被淹没的现实重现于文本表面时,一种政治无意识的学说才找到了它的功能和必然性。

从这个视角出发,社会和政治的文化文本与非社会和非政治的文化文本之间那种为了工作方便而做的区分就比错误还要糟糕:即是说,它已成为当代生活的物化和私有化的症状和强化。……假定在避开无所不在的历史和无法改变的社会影响的情况下,一个自由王国已经存在,不管它是文本词语的微观经验的自由王国还是形形色色私人宗教的极乐和激情的自由王国,那么,这种想法只能加强必然性对所有这些盲目地带的控制,而单个主体却还在这些盲目地带里寻找避难所,追求纯粹个人的、绝对心理的救赎。从这些束缚中唯一有效的解脱开始于这样的认识,即一切事物都是社会的和历史的。事实上,一切事物"说到底"都是政治。

肯定政治无意识就是主张我们从事的这样一种最终分析,并探索为作为社会象征性行为的文化制品揭开其面目的众多途径。这种肯定提出与上面已经罗列的那些阐释相抗衡的一种阐释;但是,如我们将看到的,它并不拒斥那些阐释的发现,而是论证它自己在哲学和方法论上对那些比较专门的阐释代码的终极优越性,这些代码的见地在方法上受到其本身环境根源的限制,同时也受到它们理解和建构研究客体的狭隘的或局部的方法的限制。

然而,把本书中包含的众多理解和分析说成是许多阐释,把它们作为建构一种新阐释学过程中的许多展品而呈现出来,已经是在宣布一整套论战计划,它必然要不同程度地形成敌视这些口号的一种批评和理论氛围。比如,越来越清楚,阐释或解释活动已经成为法国当代后结构主义的基本论战目标之一,它以尼采的权威为强大后盾,旨在把这些阐释活动与历史主义相认同,尤其是

---

① 卡尔·马克思,弗里德里希·恩格斯:《共产党宣言》

与辩证法及其对不在场和否定性的赞扬认同,与其对整体化思想的必然性和优越性的肯定认同。我赞成这种认同,赞成这种对观念相近性的描述,以及理想的解释或阐释行为的含义。但我认为这种批判是被错置了。

姑且不谈任何真正内在批评的可能性,我们将假定,提出"那是什么意思"这个问题的批评构成了颇似寓言性质的东西,其中的文本依据某种基本的万能代码或"终极决定实例"而被系统地加以重写。那么,照此看来,所有"阐释"在其狭隘的意义上都要求把特定的文本强行地或不知不觉地改变成由其特殊代码或"超验所指"构成的寓言。因此,阐释所落得的坏名声与寓言本身遭受的毁誉是分不开的。

詹明信:《马克思主义与形式》

然而,如此看待阐释就等于获取某种工具,借此迫使特定的阐释实践亮出立场,亮出姓名,亮出它的原代码,因而揭示其形而上学和意识形态的基础。在当下的知识氛围里,没有必要费力来证明,每一种实践形式,包括文学批评,都暗含或事先假定某种形式的理论;证明经验主义这种极端的非理论实践的虚幻性,确切说是矛盾的;证明甚至最形式化的文学或文本分析都带有理论的负荷,否认这种理论负荷反而揭示出它的意识形态面具。……这里,我要比这走得更远,我要指出,甚至连新批评这种最天真的形式化阅读也把宣扬历史是什么这一特殊观点作为其本质和终极的功能。事实上,任何有关语言功能、交际或言语行为性质以及形式和风格变化的动力的运作模式,如果不隐含一整套历史哲学的话,都是不可想象的。

阐释本身即我们所称的"强有力的"重写,以区别于伦理代码的软弱重写,而二者又都以这种或那种方式透射出关于意识统一和谐的种种观念,阐释总是有前提的,这个前提即便不是关于无意识本身的概念,那么至少也是关于某种神秘化或抑制机制,据此才有理由去寻求显意背后的隐意,或用某种更基本的阐释代码的更有力的语言去重写文本的表面范畴。这时候也许可以回答普通读者的反对意见了,他们在面对细腻和精到的阐释时会提出,文本的意思就是它所表达的东西。不幸的是,任何社会都没有像我们自己的社会这样如此众多的方面被神秘化,像它这样浸透着消息和信息,这些都是神秘化的工具(如塔列朗所说①,之所以给予我们语言,就是为了掩盖我们

---

① 塔列朗(Charles Maurice de Talleyrand-Périgord),1754—1838,法国政治家,外交家,在法国大革命和拿破仑战争中起过重要作用。

詹明信在郑州(2004)

的思想)。如果一切都是显而易见的,那么,任何意识形态都不可能了,任何统治也不可能了:这显然不是我们所处的境遇。但是,除了神秘化的事实之外,我们还必须指出文化或文学文本研究中涉及的那个附加问题,易言之,实际上就是叙事中涉及的那个附加问题:因为即便论证性语言完全按其字面意义加以理解,在构成上也总是有关于这种叙事的"意义"问题;而对于这种或那种叙事的"意义"进行评价和随后的系统阐述问题,则是解释学的问题,这使我们深深卷入了我们目前的探究之中,就像反对意见刚刚提出时那样。

对这里提倡的这种阐释更令人满意的理解是,它是对文学文本的重写,从而使文学文本变成是对某个先在的历史或意识形态次文本的重写或重构。因为不言而喻的是,那个"次文本"并不会直接按这个样子呈现在我们的眼前,不是人们常说的外部现实,甚至也不是历史手稿中的传统叙事,而是它本身总要根据事实来进行(重新)建构。因此,文学或审美行为总是保有与"真实"的某种能动关系:然而,为了做到这一点,它就是不能允许"现实"惰性地保持其自身的存在状况,在文本之外与文本保持距离。相反,它必须把"真实"拉入自身的质地中,而语言学的终极悖论和虚假问题,尤其是语义学的问题,都将被追溯到这个过程中来,借此语言设法把"真实"包含在自身内部,将其作为自身固有的或内在的次文本。换言之,由于象征性行为是对世界采取某种行动,柏克将之描绘为"梦"、"祈祷"或"图表"①,在那个意义上,我们现在称之为"世界"的东西就必须存在于它的内部,成为它必须纳入自身的内容,以便使其服从形式对它的改变。因此,象征性行为开始于生成和产生其自身的语境,在语境出现的同一时刻又从中退却出来与之保持距离,在打量自己的变化项目中审视自身。我们在这里所称的次文本的整个悖论或许可作如下概括:文学作品或文化客体似乎是有史以来第一次生产出那种环境,但它本身同时又是对那种环境的反应。它表达出自身的处境,将其文本化,由此促成了这种幻觉并使其永久化:即这种环境本身并非先于文本而存在,存在的不过仅仅只是文本。在文本本身以虚幻的形式生成现实之前从来就没有外在于或与文本共存的现实。人们不必论证历史的

---

① 柏克,或许指的是爱尔兰探险家柏克(Robert O'Hara Burke),1820—1861,曾自南向北横越澳大利亚。

现实:如约翰逊博士的石头一样①,必然性会为我们去论证。那个历史不是文本,即阿尔图塞所说的"不在场的原因"和拉康所认为的"真实",因为从本质上说它是非叙事的、非再现性的;然而,还必须附加一个条件,即我们只有以文本的形式才能接近历史,换言之,我们只有通过预先的(再)文本化才能接近历史。因此,坚持象征性行为的两个密不可分又互不相容的范畴中的一个而忽视另一个:或是过分强调文本重新组织其次文本的能动方面(也许是为了得出"指涉物"并不存在这个洋洋自得的结论);或是另一方面,完全强调象征性行为的想象地位,以至于物化其社会基础,不再将其看作次文本,而仅仅是供文本被动地或想入非非地做出"反映"的某种惰性的给定物,强调象征性行为两种功能中的任何一个,牺牲另一个,产生只会是意识形态,不管它是第一种情况所示的结构主义意识形态,还是第二种情况所示的庸俗唯物主义的意识形态。

于是,历史就成了必然性的经验,而只有这种经验才能预先阻止它被主题化或物化,成为纯粹再现的客体或成为诸多万能代码中的一种。在这个意义上必然性并不是一种内容,而是事件的不可更改的形式;因此,本书论及了恰当的叙事政治无意识,在这种扩大了的意义上,必然性就是一种叙事范畴,是对大写的历史的再文本化,它并不把后者作为新的再现或"想象",某种新的内容,而是阿尔图塞学着斯宾诺莎所称的"不在场的原因"的形式结果②。惟其如此,历史是伤人的,就是拒绝欲望,给个人和集体实践设置不可改变的限制,历史的"诡计"让这种实践公开宣称的意图发生可怕的颇具讽刺意味的逆转。但是,这种历史只能通过它的效果来加以理解,而从来不被理解为物化了的力量。这的确是把历史作为基础和不可逾越的层面的终极意义,这一点无需特殊的理论证实:可以肯定,不管我们多么愿意对历史的异化必然性视而不见,这种必然性都不会把我们忘掉。

(王育平 译)

关 键 词

绝对视域(absolute horizon)

---

① 约翰逊(Samuel Johnson),1709—1784,英国著名作家,词典编纂家。据说当年为了反驳唯心主义先驱贝克莱(George Berkeley),1685—1753 的"存在就是被感知"的观点,踢了踢路边的一块石头说:石头在我踢它之前就已经存在了。
② 斯宾诺莎(Baruch Spinoza 或 Benedict Spinoza),1632—1677,荷兰哲学家。

观念历史（history of ideas）
必然王国/自由王国（realm of Necessity/ realm of Freedom）
阐释（interpretation）
社会象征行为（socially symbolic act）
终极优越性（ultimate priority）
寓言（allegory）
先在的历史或意识形态次文本（prior historical or ideological subtext）
绝对视域（absolute horizon）
政治无意识（political unconscious）

关 键 引 文

1. 只有一种真正的历史哲学才能尊重过去的社会和文化特性和根本差异，同时又揭示出它的论证和热情，它的形式、结构、经验和斗争，都与今天的社会和文化休戚相关。

2. 从这些束缚中唯一有效的解脱开始于这样的认识，即一切事物都是社会的和历史的。事实上，一切事物"说到底"都是政治。

肯定政治无意识就是主张我们从事的这样一种最终分析，并探索为作为社会象征性行为的文化制品揭开其面目的众多途径。……它并不拒斥那些阐释的发现，而是论证它自己在哲学和方法论上对那些比较专门的阐释代码的终极优越性，这些代码的见地在方法上受到其本身环境根源的限制，同时也受到它们理解和建构研究客体的狭隘的或局部的方法的限制。

3. 提出"那是什么意思？"这个问题的批评构成了颇似寓言性质的东西，其中的文本依据某种基本的万能代码或"终极决定实例"而被系统地加以重写。

4. ……甚至连新批评这种最天真的形式化阅读也把宣扬历史是什么这一特殊观点作为其本质和终极的功能。事实上，任何有关语言功能、交际或言语行为性质以及形式和风格变化的动力的运作模式，如果不隐含一整套历史哲学的话，都是不可想象的。

5. 对这里提倡的这种阐释更令人满意的理解是，它是对文学文本的重写，从而使文学文本变成是对某个先在的历史或意识形态次文本的重写或重构。因为不言而喻的是，那个"次文本"并不会直接按这个样子呈现在我们的眼前，不是人们常说的外部现实，甚至也不是历史手稿中的传统叙事，而是它本身总要根据事实来进行（重新）建构。

讨 论 题

1. 詹明信的马克思主义被称为"复杂的马克思主义"。比较詹明信和其他马克思主义者,讨论他的马克思主义理论特征。

2. 詹明信把文学界定为"社会""象征""行为"。讨论这三个概念,以及詹明信赋予它们的意义。

3. 典型的詹明信式的马克思主义批评方法是"元评论",即文学批评是对目标文本的重写,进而揭示这个文本对"先前那个历史和观念的次文本"所进行的重写。讨论这么做的长处。

4. 讨论:詹明信如何继承和发展马克思主义文艺批评方法?这种方法为什么会受到西方批评理论的青睐?

语言的牢笼(詹明信)

"把语言作为模型!按语言学的方式把一切再细细梳理一遍!"早期詹明信马克思主义批评以及整个詹明信批评理论的核心在《语言的牢笼:结构主义和形式主义批判》(1972)中得到了最透彻的表露。詹明信早期选择形式主义作为批评对象,并不是因为马克思主义批评最容易从形式主义下手,而是由于詹明信力图通过自己严密、客观、在一定程度上富有同情心的分析树立一种和传统马克思主义批评不同的批评模式。这种批评模式的最大特点,就在于詹明信相信,每一种非马克思主义文学批评方法都"虽然缺乏哲学说服力却又能激发想象",可以为马克思主义分析所用。

詹明信:《语言的牢笼》(1972)

把语言作为模型!按语言学的方式把一切再细细梳理一遍!奇怪的倒是过去竟不曾有人想到过这样做,因为在构成意识和社会生活的所有因素中,语言显然在本体意义上享有某种无与伦比的优先地位,尽管这种优先地位的性质尚待确定。有人会提出反对意见,说这样来描述结构主义事业等于承认它又回到了哲学史上的老问题,回到了马克思之前,甚至是黑格尔之前的那些思维困境和伪问题中,我们今天对此本已无需再操心。不过,正如我们下面要在本书中看到的那样,这种意见对结构主义的根本矛盾来说较为中肯,而对其具体工作却不尽然。后者以大写的语言的组织和状态为其内容,提供出一批新的材料,并以此把老问题以新的、未曾预料过的方式重新提出来。因此,以思想观念为理由把结构主义"拒之门外",无异于拒绝把当今语言学

文学批评家科林伍德
（1889—1943）

中的新发现结合到我们的哲学体系中去。我个人认为，要对结构主义进行真正的批评，就需要我们钻进去对它进行深入透彻的研究，以便从另一头钻出来，带出一种全然不同的、在理论上更令人满意的哲学视角。

这当然不是说结构主义的根本出发点，即把语言模式放在首位，和我们即将谈到的思想困境毫不相干，因为这一出发点虽然有特色，却同样有任意性，而且由此产生的思想方法也不可避免地要承受对自身起作用的前提进行一番最终的、痛苦的、置疑性的探究。

这里我们不禁想起苏格拉底之前的思想方法自相矛盾之处。这种思想试图找出构成这个世界的唯一元素，例如水或火，结果却发现水或火本身的构成又必然是另外一种类型。毫无疑问，今天当我们说一切归根结底都是历史的、经济的、情欲的或者是语言的时候，我们的意思不是说所有的现象的骨骼血肉就是以这些东西为原材料构成的，而是说可以用这些不同的方法对它们加以分析。

然而，这样说也会产生类似的矛盾。我们总以为把语言学的方法用于文学研究再合适不过了，因为从本质上说文学本身就是一个语言结构。但是老的文体学，也就是施皮策和奥尔巴赫，或者是稍近的 J. P. 理查德的那种文体学①，在作品本身的文字结构上所下的功夫反而更多。最后我们只能得到这样的结论，即把文学作品视为语言系统实际上只是在使用比喻。

这种辩证意义上的颠倒在语言结构的外缘也有所表现。譬如我想到了格雷马斯的例子，他把结构语义学的研究对象说成是一种语义效应；似乎在把一切语意当作研究对象之后，我们就再也无法从指意本身上谈论语义，最后不得不置身于语义这个领域之外，才能确定它们之间在形式上有哪些共同之处，而不论其内容是什么。结果，作为内容的表达反而要以印象作为其形式；到头来，明明是智力结构的理性问题，我们却只好用"感觉如何"这类话来思考它。

我认为，用语言模式或比喻的更为深层的理由必须到是否具有科学性或是否代表科技进步这些争论以外的其他地方去寻找。它就在当今所谓发达国家的社会生活的具体性质之中。这些国家给我们展现了这样一幅世界图像：在那里，原本的自然已不复存在，而各种各样的消息和信息却达到了饱和；这个世界的错综复杂的商品网络可以看成是一个典型的符号系统。

---

① 施皮策（Leo Spitzer），1887—1960，奥地利裔美国语言学家。

因此,语言学成为一种方法和我们今天的文化成为一场有系统的、支离破碎的噩梦之间存在着一种深层次的对应联系。

我的计划是对这两股流派做一个概括的介绍,同时也可以说对它们的基本方法做一番批评。毫无疑问,这一定会同时招致支持者和反对派两方面的攻击。这当然是指结构主义的支持者和反对派,因为形式主义如今还有反对者吗?还有支持者吗?我的这一批评不打算对细节问题评头论足,也不准备对相关的著述做出褒贬,而只想把作为完整思想体系的形式主义和结构主义中科林伍德会称之为"绝对前提"的东西拿出来亮下相。这样,这些绝对前提便可以不言自明,并且像所有这类基本前提或基本模式一样,由于特别重要,不能简单地加以全盘接受或全盘否定。

我必须一上来就对我要进行的述评加以说明,并把真正的历史和某些结构主义者一贯坚持的历时性思维之间的区别作为自己的观点。这一点大家在下面将会看到。本书中我的指导思想和自始至终的任务是澄清索绪尔语言学提出的共时方法和时间与历史本身的现实之间可能发生的各种关系。这种关系在任何地方都没有像在文学分析领域中那样不合情理,而形式主义和结构主义正是在这一领域取得了极有实质性和最持久的成就。我指的是从什克洛夫斯基和普洛卜到列维-施特劳斯和格雷马斯的一系列对叙事结构所作的分析①。当然,所谓不合情理指的是某种共时方法竟能对思维赖以观察随时间而发生的变化和事件的形式提出如此丰富和如此富有启发性的见解。

假如能够更深入一步又会怎样呢?在他们生活的时代背景下,形式主义者(并非完全由于斯大林主义的压力)如果不到其他地方谋生,就转向历史小说和电影,变成了很难说的传统式的文学史家。读者将会发现,形式主义者们把文学史当作变异的看法在哲学上是不尽如人意的,但却能够激发人的想象。

说到结构主义,谁又能说像列维-斯特劳斯这样一位思想家没有对我们的历史观产生影响呢?有了他,卢梭那些似乎早已过时的关于自然状态和社会契约的思想才再次风行起来②;有了他,人们才能在令人窒息和矫揉造作的文明社会中重新对文化的起源进行思考。本书中,我们想提出这样一个看法,即如果结构主义有什么基本的和专门

俄苏形式主义批评家
普洛卜(1895—1970)

---

① 格雷马斯(Algirdas Julien Greimas),1917—1992,法国批评家,符号学家。
② 卢梭(Jean Jacques Rousseau),1712—1778,法国哲学家,社会政治理论家,启蒙运动的主将之一。

的研究领域的话,那么靠一种新的、非常严密的方法,这个领域很可能在思想史中找到。

  总之,当我们说共时方法无法从理性认识上充分解释历时现象的时候,并不等于说我们不能通过这些方法提高对历时性神秘性的认识。我们已习惯于把时间性看成是天经地义的;然而,当什么都是历史的时候,历史这个概念本身似乎也就失去了意义。也许这就是语言模式最基本的价值:即重新激发我们对时间这一基本要素的强烈兴趣。

(王育平 译)

关 键 词

语言(language)
语言模式(linguistic model)
共时/历时(synchronic/diachronic)
比喻(metaphor)
大写的历史(History)

关 键 引 文

  1. 因此,以思想观念为理由把结构主义"拒之门外",无异于拒绝把当今语言学中的新发现结合到我们的哲学体系中去。我个人认为,要对结构主义进行真正的批评,就需要我们钻进去对它进行深入透彻的研究,以便从另一头钻出来,带出一种全然不同的、在理论上更令人满意的哲学视角。

  2. 这些国家(发达国家)给我们展现了这样一幅世界图像:在那里,原本的自然已不复存在,而各种各样的消息和信息却达到了饱和;这个世界的错综复杂的商品网络可以看成是一个典型的符号系统。因此,语言学成为一种方法和我们今天的文化成为一场有系统的、支离破碎的噩梦之间存在着一种深层次的对应联系。

  3. 我的这一批评不打算对细节问题评头论足,也不准备对相关的著述做出褒贬,而只想把作为完整思想体系的形式主义和结构主义中科林伍德会称之为"绝对前提"的东西拿出来亮下相。这样,这些绝对前提便可以不言自明,并且像所有这类基本前提或基本模式一样,由于特别重要,不能简单地加以全盘接受或全盘否定。

4. 我们已习惯于把时间性看成是天经地义的；然而，当什么都是历史的时候，历史这个概念本身似乎也就失去了意义。也许这就是语言模式最基本的价值，即重新激发我们对时间这一基本要素的强烈兴趣。

讨 论 题

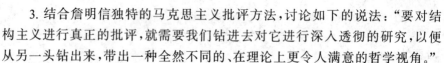

1. 詹明信是以什么方式批评结构主义和形式主义的？

2. 你认为是否一切批评理论都应当像詹明信所说的那样向"历史的四面来风"敞开自己？

3. 结合詹明信独特的马克思主义批评方法，讨论如下的说法："要对结构主义进行真正的批评，就需要我们钻进去对它进行深入透彻的研究，以便从另一头钻出来，带出一种全然不同的、在理论上更令人满意的哲学视角。"

4. "某种共时方法竟能对思维赖以观察随时间而发生的变化和事件的形式提出如此丰富和如此富有启发性的见解。"这是引起詹明信研究形式主义的问题。讨论"问题意识"在文学研究中的重要性。

阅 读 书 目

Adorno, Theodor. *Aesthetic Theory*. Trans. C. Lenhardt. London & Boston: Routledge & Kegan Paul, 1984

Ahmad, Aijaz. "Jameson's Rhetoric of Otherness and the National Allegory." In *In Theory, Classes, Nations, Literatures*. London & NY: Verso, 1992

Bakhtin, M.M. "Laughter and Freedom." In Latimer 1989

—— "Discourse in the Novel." In Adams, Hazard & Leroy Searle eds. *Critical Theory Since 1965*, 1992

Benjamin, Walter (1934). "The Author as Producer." In K. M. Newton 1988

Eagleton, Terry. *Marxism and Literary Criticism*. Berkeley & Los Angeles: U of California P, 1976

Eagleton, Terry & Drew Milne eds. *Marxist Literary Theory, A Reader*. Oxford: Blackwell Publishers Ltd., 1996

Gramsci, Antonio. *Selections from the Prison Notebooks of Antonio Gramsci*. Eds. & trans. Quintin Hoare & Geoffrey Nowell Smith. London: Lawrence and Wishart, 1971

Jameson, Fredric. *The Prison-House of Language, A Critical Account of Structuralism and Russian Formalism*. Princeton & London: Princeton UP, 1972.

—— *Marxism and Form, Twenties Century Dialectical Theories of Literature*. Princeton: Princeton UP, 1977

— The Political Unconscious: Narrative As A Social Symbolic. Cornell UP, 1981
— "Postmodernism, or the Cultural Logic of Late Capitalism." New Left Review. No. 146. July-Aug, 1984
— The Ideologies of Theory. London: Routledge, 1988
— Postmodernism, or the Cultural Logic of Late Capitalism. London: Duke UP, 1991
Lukács, George (1954). "Art and Objective Truth." In Adams, Hazard & Leroy Searle eds. Critical Theory Since 1965,
— "Art and Objective Truth." In Adams & Searle
Macherey, Pierre. A Theory of Literary Production. Trans. Geoffrey Wall. London, Henley and Boston: Routledge & Kegan Paul, 1978
Mostafa, Rejai. Political Idologies, A Comparative Approach. New York: M. E. Sharpe, Inc., 1991
Rejai, Mostafa. Political Ideolgies, A Comparative Approach. New York: M. E. Sharpe, Inc., 1991
Taylor, Ronald ed. Aesthetics and Politics, Debates between E. Bloch, G. Lukacs, B. Brecht, W. Benjamin, T. Adorno. London: NLB, 1977
Worthington, Marjorie. "Done with Mirrors: Restoring the Authority Lost in John Barth's Funhouse," Twentieth Century Literature. Spring 2001
Wellek, René & Austin Warren. The Attack on Literature. Chapel Hill: U of North Carolina P, 1982
Williams, Raymond. Marxism and Literature. Oxford: Oxford UP, 1978
程爱民:《后现代社会中的新马克思主义批评》,《外国语》2001/6
胡亚敏:《不同语境下的后现代——与詹姆逊的对话》,《中国比较文学》2001/3
李衍柱:《世纪之交的马克思主义文艺学》,《文史哲》1996/1
李英明:《晚期马克思主义》,台湾:扬智文化事业股份有限公司,1993
马驰:《在与当代思潮的对话中发展马克思主义——论詹姆逊的美学思想》,《学术月刊》2002/12
钱佼汝等译:《马克思主义与形式语言的牢笼》,百花洲文艺出版社,1995
孙盛涛:《詹姆逊与李泽厚,理论策略与美学启示——中、西方马克思主义理论个案比较片谈》,《青岛大学师范学院学报》2002/12
王逢振:《詹姆逊近年来的学术思想》,《文学评论》1997/6
王宁:《当代英美马克思主义文化批评》,《外国文学研究》2002/1
王元骧:《论文艺的意识形态性》,《求实杂志》2005/15
汪正龙:《谈文学与文化研究中的意识形态批评》,《文艺理论研究》2003/5
曾耀农:《詹姆逊电影理论及在中国的传播》,《东莞理工学院学报》2004/3
朱刚:《詹明信》,台湾:生智出版社,1995
——《詹姆逊及其马克思主义文学批评》,《当代外国文学》1997/1

第四单元　精神分析批评

精神分析（psychoanalysis），顾名思义就是"对精神进行分析"。这里的"精神"是一种特指，和通常意义上的精神不大一样；因此有必要界定一下。首先必须区分"brain"、"mind"和"psyche"这三个看似相似却意义的外延和内涵都不尽相同的概念。brain 指生理意义上位于人体顶部的大脑，医学上广泛使用这个术语，指该部位的生理结构、功能、作用。虽然当代精神分析理论的一个分支已经把文学分析和生理学意义上的"大脑"有机地结合在一起[1]，但一般情况下"大脑"和文学理论并没有直接的联系。"mind"倒被文学评论家谈了几千年。

法国精神分析学家和哲学家
德勒兹和加塔里

公元一世纪罗马演说家朗吉纳斯（Longinus）在《论崇高》（*On the Sublime*）中讲述的就是如何有效地利用修辞方法来煽动听众的情绪，打动听众的心扉，启迪听众的心智。到了十八世纪欧洲浪漫主义时期，作家更是不遗余力地追求抒情效果，诉诸读者的主观感受。这里频繁出现的"mind"一词虽然常常也被译为"精神"，但和精神分析学所谓的"精神"大相径庭，因为浪漫主义的"精神"一般泛指人们的主观感受，而这种感受常常流于空泛，很难进行科学归纳，更无法进行理论分析。与俄苏形式主义和英美新批评一样，精神分析作为当代"科学"的一个分支，不可能把这样含混的概念作为研究的对象；和结构主义一样，精神分析学旨在探求人的精神的深层结构，这个精神就是"psyche"。

和俄苏形式主义、英美新批评派的理论家一样，现代心理分析学者从一开始便要对自己的研究对象加以界定，以便形成特定的、便于操作的研究目

---

[1] 如霍兰德（Norman N. Holland）上世纪七八十年代专门研究人的大脑构造与文学心理反应的关系，并据此发展出一套精神分析学文本阅读理论。参阅本书第六单元《读者批评理论》。

标,并在此基础上建构起理论框架,最终形成一套自圆其说的理论体系。需要指出的是,文学心理分析学发展到今天,已经是流派纷呈。在理论研究方面,精神分析学和其他主要的批评理论(如存在主义、马克思主义、女性主义、结构-后结构主义、读者批评等)相互结合,派生出各种新的批评话语。在文学批评实践上,不同的批评家从不同的角度阐释、使用精神分析理论,发展出各种新的批评方法,如荣格(Carl Jung)、霍兰德、拉康(Jacque Lacan)、德勒兹和加塔里(Pierre Félix Guattari)等人的精神分析理论[①]。所有这些理论现在都被统称为"新"心理分析理论,但是它们都是从"传统"的心理分析理论发展而来,所以本单元将重点分析"经典"(classical)心理分析理论,即由奥地利心理学家弗洛伊德(Sigmund Freud)在二十世纪前后所提出的心理分析学说。

弗洛伊德1873年进入维也纳大学攻读医学,三年级时便开始在大学生理实验室进行神经系统的研究,并为此耽搁了其他功课,比其他学生多读了三年大学。毕业之后,他做了三年临床实习医生,继续精神、神经方面的研究。1885年他任维也纳大学神经病理学讲师,并赴巴黎师从著名神经病学家让·夏尔科(Jean Charcot),开始对癔病(也称歇斯底里)和精神病理学产生了极大的兴趣。回维也纳后,他开办了自己的私人诊所,专治神经疾病。弗洛伊德十九世纪九十年代开始发表文章,阐述自己的理论主张,尽管当时维也纳医学界对此不

1932年弗洛伊德在寓所,旁边是进行讲述疗法用的躺椅

---

① 德勒兹(Gilles Deleuze),1925—1995,法国哲学家,"差异"哲学的倡导者,其(博士论文为《差异与重复》,(Difference and Repitition, 1968),并对文学多有涉及,如《普鲁斯特和符号》(Marcel Proust and Signs, 1964),而《受虐症》(Masochism, 1967)则认为,受虐不是通常所说的施虐的颠倒,而是一种新的逻辑,以逃避主体的俄狄浦斯情结,这一点表明他与弗洛伊德和拉康的不同。1969年他结识加塔里,此后两人合作三本书,最知名的是《反俄狄浦斯》(Anti Oedipus: Capitalism and Schizophrenia, 1972)和《千座高原》(A Thousand Plateaus: Capitalism and Schizophrenia, 1980),对传统心理分析和马克思主义做出了重新阐释。1980年之后他改变了研究风格,研究绘画、影视,写作专题论文。

加塔里(Pierre Félix Guattari),1930—1992,法国心理学家,和德律兹同是1968年学潮的积极参与者。他攻读哲学和药学,从事过临床心理分析,五六十年代参加过拉康的心理分析讲习班,写出《心理分析和超越性》(Psychoanalysis and Transversality, 1972)。他还积极投身社会政治,曾加入过法国共产党,后来转而进行政治研究。与德律兹相比,精神分析领域的贡献无疑大多来自加塔里,尤其是对资本主义体制和体系所作的心理分析,但在哲学层面上则德律兹的贡献更多。两人对文学研究和阅读并没有太多的涉猎,但是对文艺理论的影响则十分巨大。

屑一顾。但弗洛伊德很快便从对神经的生理研究转到对精神的心理研究,并在1896年创造并使用"心理分析"(psychoanalysis)一词。

但当时弗洛伊德所谓的"精神分析"还只处于初始阶段,主要指临床的治疗方法,如以讲述疗法(talking cure)为主的心理疏导等,尚没有上升到自成体系的理论。但很快弗洛伊德便指出,传统神经病学过于注重形而下的大脑(mind),对形而上的"精神"(psyche)多有疏忽,而后者才是精神疾病的主要根源。接着他便着手对"精神"进行界定,产生出著名的精神结构说,至此精神分析遂成为一门独立的学科。

1923年之前弗洛伊德关注的重点是如何界定"意识",因为意识人人皆知,但对它的了解只限于"观念、情感、心智活动过程及意愿"。这种对意识的理解不仅流于肤浅空泛,而且阻碍心理科学对"精神"的进一步认识,因此弗洛伊德决定重点探究一下"伴随心理活动的生理过程,从中发现心理的真正本质,并对意识过程进行一番新的评价"(Freud, 1949: 34)。其结果便是"意识体验的三层结构":意识,前意识,无意识。意识(conscious)是这个结构的最外层,指人对外界的直接感知,也是文学传统中常常谈起的东西;尽管这种感知有时难以表述和归纳,但总的说来意识可以由语言来驾驭。一切思维活动都力图进入意识范围,但大部分思维活动都在途中遭到"过滤"而不可能最终达到意识层,这个中间的阻碍机制就是"前意识"(preconscious)。前意识指的是"可以进入意识层面的无意识";即前意识本质上是无意识的组成部分,虽然一切思维活动都有可能短暂地进入前意识,但只有很少一部分思维活动有可能通过前意识(如集中注意力或在别人有意识地引导下)直接被感知到,即进入意识层。大部分的思维活动都无法直接通过前意识的警戒线,只好借助特殊的办法(如借助各种伪装)以间接的形式在意识中得以体现,弗洛伊德把这部分思维活动内容称为无意识(unconscious)。它虽然不会被人们直接意识到,但由于其容量巨大①,并且蕴含着巨大的能量,所以对人的行为产生重大影响。需要指出,弗洛伊德所说的心理三个部分并不是界限分明,而是相互重叠,你中有我,我中有你;而且三个部分还可以相互转化,如无意识可以通过人的有意识努力变成意识,意识在一定的条件下也可以深深地埋入无意识中。

1923年弗洛伊德进一步修改了以上的精神理论,提出了"人格的三重结构"说。在这里心理过程是三种力量冲突的结果:本我、自我、超我。本我

---

① 弗洛伊德曾有过比喻:人的整个思维活动犹如大海里的冰山,意识代表冰山露出海面的一小部分,前意识代表冰山紧靠海平面以下的部分,随海水起伏而不时露出海面,无意识则代表冰山终日淹没于水下的硕大主体。

(id)是"一团混沌,云集了各种沸腾的兴奋"(Freud,1961: 94)。本我受本能的驱使,遵循"享乐原则",尽最大努力使原始欲望和冲动获得满足。这些欲望和冲动是本我运作的原动力,不受时间空间的约束,长期积淀在自我之中。自我(ego)处于本我和感官意识(perceptual-conscious)之间,用理性和审慎来"保护"本我,使其既接受本能的冲动,又因为时时担心(anxiety)而把这种冲动限制在理性所允许的范畴之内,使之遵循"现实原则",以换取本我的安全和成功。超我(superego)则是外部世界在人内心的反映,表现为人人都必须遵循社会道德准则这样一种意识,也就是俗称的"良心"。超我是本我的压制者,依靠的是"求善原则"。在弗洛伊德的这个精神结构里,自我的处境最为艰难:它既要承受本我的欲望冲击,满足本我的欲望冲动,又要使这种冲动符合超我所要求的行为准则,所以身受三重力量(本我,超我,外部世界的规范)的压迫和钳制,举步维艰。和前一个结构一样,弗洛伊德也一再强调本我、自我、超我三者相互渗透,相互转化,不应当截然区分。

  弗洛伊德没有明示以上两个精神/心理结构间的相互关系,但他曾绘了右图,想更加直观地反映两者的存在方式。从图中可见,无意识和本我十分吻合,前意识和自我也基本重叠,只是自我和本我在位置上更低于其对应的无意识和前意识,或许弗洛伊德想说明本我和自我包含的内容更多,隐蔽得更深入。超我和意识虽然十分接近,但严格说来似乎并不在相同的层面上,或许因为感官意识包含的内容比超我更大。两个心理结构的另一个不同之处在于,前一个结构的重点在于揭示"无意识"的存在及其重要作用,所以被称为"id psychology"(本我心理学),而后一个结构则重点揭示自我的处境,所以被称为"ego psychology"(自我心理学)。需要指出,弗洛伊德一再表示这两个结构只是一种"比喻"或者形容,是"不可为而为之"的不得已做法,并不见得十分可靠,读者切忌机械地、绝对地理解它们。此外,既然第二个心理结构的重点是自我,就不要轻易地指责弗洛伊德无限扩大本我的能力和作用,因为弗氏认为揭示本我的目的是为了加强自我,以更好的控制本我:"哪里有本我,哪里就有(钳制它的)自我"。

  为本我的运作提供能量的是"本能"(instincts),这些原始的冲动驱使本我不断地向自我冲击,以实现欲望的满足。在无数本能中弗洛伊德确定了两个最基本的本能:爱和死。死的本能最能体现本能的一般属性:回复到原生状态,因为人的原生状态便是生命尚待开始的状态,即生命开始前的状态(Freud,1949: 19)。也就是说,死的本能实际上表示生的初始,是生命周而复始这个循环链上至关重要的一个环节,因此,"一切生命的目标就是死亡"。需要注意的是,弗氏的"死亡"和"生命"是相互连接的,"死亡"是"生命"的开始,而不是它的结束。此外,弗氏揭示人的死亡本能,同时也是对人性本质的揭示,说明人有着潜在的危险性,这种危险性如果疏导不当,就会给他人或自己乃至人类文明造成危害。尽管死亡本能的表现随处可见(大到人类战争,小到儿童的毁坏欲甚至排便反应),但弗洛伊德把它作为心理学一个最重要的原则加以提出,无疑和二十世纪上半叶人类文明面临史无前例的威胁有密切联系。

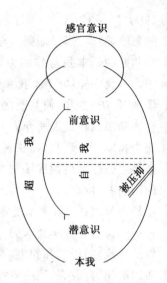

和死亡本能相反,爱的本能则是保存物种,延续生命,弗洛伊德称之为"力比多"(libido)。这里的"爱"(love)是广义的爱,包含对自己,对他人,乃至对种族、人类的爱,但弗氏承认,在所有爱的形式中,两性间的爱是最基本最强烈最重要,所以有人把"libido"译成"性力",尽管这种称谓并没有包含弗氏使用该词的主要用意。也由于这种译法,有人把性力作为人的第一驱动力,把性力—本能—享乐原则联系在一起,批评弗洛伊德理论为"泛性论"(pan-sexualism)。需要指出,弗氏的确非常重视"性"(sex)在人的心理发展中的作用,并且从一开始就不忌讳谈论性,而且他诸多假设都离不开"性"。但给弗氏理论贴上"泛性论"的标签倒有可能导致误解,因为弗洛伊德谈论的"性"或者是一种隐喻,或者是一种心理学意义上的性,不论在内涵和外延上都和我们通常所说的生理意义上的"性"有很大差别①;弗氏对性的态度是纯科学的,不可等同于一般意义上的"泛性论";而且性本能或本我虽然强大,弗氏却设置有遏制机制。因此,说弗洛伊德拔高人的生物本能,视性本能为人一切行为的动机,忽视形成人格的社会条件,把社会的人降为动物的人,这些常见的指责都可能是出自对弗氏的误解。

弗洛伊德还阐述了力比多的发展阶段:口唇(oral)期,肛门(anal)期,生殖器崇拜(phallic)期。这个时期(从出生到五岁前后)孩童的性兴趣对象是他自己的身体,弗氏称为"自我性爱"(self-eroticism)或"前俄狄浦斯"(pre-Oedipal)期。随着力比多的进一步发展,孩童的性对象转移到他者(父母)身上,意识到以父亲形象为代表的外部权威的存在,从而进入俄狄浦斯期:男

---

① 这里让我们想到批评理论里经常出现的一些其他概念,如:"作者死了"中的"作者","隐含的读者"中的"读者","镜子阶段"中的"镜子"等等,都和弗洛伊德的"性"一样,只能看作是一种比喻(metaphor),而不能作为现实中的指涉,否则理解上就容易出现误差。

孩产生恋母情结(Oedipus complex),女孩产生恋父情结(Electra complex)。虽然弗洛伊德本人对俄狄浦斯期的阐释差强人意(恋父情结甚至难以自圆其说),但人类心理的这个发展阶段对弗氏来说却至关重要:它说明了"自我"和"超我"的存在,亦即一个人开始具备独立人格,成为自在的个体;它说明个体已经跨出了封闭的小家(nature),向社会和群体(culture)迈出了第一步;此外,外在权威意识的产生伴随着道德感的建立,这个道德感将伴随并影响个人一生的发展(Eagleton,1985:156)。因此,有人批评弗洛伊德只谈个人不论社会,只探内心不问现实,这种批评并不见得准确,至少不代表弗氏的本意,而且,这里仍然需要在比喻的层面上理解弗洛伊德。

奥列斯特和姐姐厄勒克特拉在阿伽门农的坟墓旁立志杀母为父亲报仇

弗洛伊德的学说首先是作为心理学理论提出的,在神经、精神病的临床诊断、治疗上多有实践。他认为,本我中的种种本能欲望必须通过各种途径(如梦)得到宣泄,否则就会出现神经症状(neurosis),如部分肢体的麻木甚至瘫痪;严重时自我完全被本我所控制,出现精神症状(psychosis),如完全把幻觉当作现实就是精神分裂症(schizophrenia)。弗氏采取的常见治疗方法是"谈话疗法"(talking cure),患者通过自由联想,把进入思维中的一切讲述(transfer)出来,医生从中发现病人的心理冲突所在,使这种病人平时意识不到的冲突进入他的意识,最终消除致病原委。好莱坞二十世纪五十年代"奥斯卡"经典片《爱德华大夫》("Spellbound")讲述的就是这么一个故事:某精神病院新来的院长爱德华表现出种种心理症状,令同事们感到困惑,警方证实他冒名顶替,怀疑他是杀害真院长的凶手。女精神病医生彼德森通过弗洛伊德式的精神疗法,最终使冒名顶替的爱德华解开了意识障碍:由于误以为在幼年时害死了自己的弟弟,他一直受到犯罪情节的控制,并一直想逃避这种控制。彼德森通过分析爱德华自由联想中出现的各种象征,最终找到了杀害院长的真凶——刚刚卸任的原院长勃特森。

但是上例只是弗洛伊德心理分析的理想案例,弗氏本人在临床治疗中想象成分往往会大于实证分析。他的一位女性病人年方十八,端庄貌美,思维正常,出身有教养的中产阶级家庭,却迷恋一个比她年长十岁的放荡妇人,受到父亲的呵斥。一次其父见她又和该妇人在一起,便白了她一眼,女孩即刻冲向铁路要卧轨自杀,令其父不解,因为现场并没有出现火车,所以携女儿至弗氏诊所求医。弗氏追踪了女孩的性心理发展史,尤其是幼年性心理经历,认为该女恋父情结强烈,其同性恋行为完全是为了报复父亲对自己的"不忠",而卧轨自杀实则是一种心理补偿:卧轨之举和"堕落"(fall)是同一词,乱伦行为当然属于堕落,所以该女孩在扑向铁轨(fall)的瞬间实现了自己儿时想和父亲亲近的本能欲望(Freud,1920:203—219)。如果说弗氏关于女孩恋父情结的叙述尚可信,关于"堕落"的分析则十分牵强,因为女孩本人由于受教育程度不高,可能根本就不知道"fall"有如此的文化意蕴,而且在非基督教文化背景下这种意蕴更不可能产生,所以弗氏"诊断"的普适性便十分可疑。

英国演员劳伦斯·奥利弗在电影《哈姆雷特》中扮演哈姆雷特

弗洛伊德精神分析法在本世纪上半叶确实风靡一时,进行弗氏心理治疗在欧美也一度成为时尚,是一种身份的表示,因为请得起心理医生是有产的标志。但就精神病治疗而言,单靠"谈话疗法"得到治愈的案例非常之少。到了五十年代初,精神病的治疗有了突破。医生们发现通过药物可以控制精神症状,使病人从"本我"的状态下回到"自我",而弗洛伊德对精神病的药物治疗则语焉不详。此后,科学家进一步发现精神病的发生和大脑的生理创伤有直接的关系,这对弗洛伊德又是一个打击,因为弗氏的创新就在于把心理学研究从生理(brain)转到心理(mind)。虽然弗氏理论在神经精神病领域里已经显得陈旧(尽管谈话疗法仍然不失为一种治疗手段),但在其他领域(如人文领域)其影响依然经久不衰,尤其在文学研究中[①]。因为文学是"人学",探讨的一个主要领域就是人的心理。弗氏理论虽然属于自然科学,但在内容上和文学创作颇有相通,如心理/思维障碍和语言的关系十分密切。此外,弗洛伊德虽然依赖实验室观察和实证,但其理论的很大部分是想象推断的结果,如"心理的三个部分"或"人格的三重结构"便蕴含丰富的想象成分,"比喻"的成分多于实证,三个部分/结构间复杂多变的相互关系为文学阐释开辟了极大的空间,所以一直受到文学评论家的青睐。

弗洛伊德在阐述自己的心理学原理时,常常诉诸于文学艺术,如恋母情结就直接借自古希腊神话俄狄浦斯王的传说,他对梦境的阐释也借助于现

[①] 有的评论家就认为,弗氏理论的经久不衰,主要应当归功于文学家而不是科学家(Lodge 1972:35)。

代语言学术语,他本人也偶尔涉猎文学艺术。弗氏的一段名言就是《梦的解析》中对莎士比亚戏剧人物哈姆雷特的论述。他认为,莎氏的这出名剧之所以能打动历代的读者,是由于该剧内容的独特性①:既然杀父娶母是所有人儿时的梦想,哈姆雷特的命运就是全人类的命运。该剧中有一个莎学专家争论已久的问题:哈姆雷特为什么一再延宕替父报仇?弗氏指出,哈姆雷特绝非优柔寡断之人,在剧中数次表现得极为果断;他之所以对篡权的叔父犹豫不决,是因为其叔父杀了哈父娶了哈母,做了哈姆雷特童年欲望里想做却无法做的事情,因此哈姆雷特发现自己其实并不比其叔父高尚多少,使得他没有勇气以"正义"自居。有趣的是,弗氏发现莎士比亚写《哈》剧时刚丧父不久——莎士比亚本人可能也有类似的心理经历!

八年后弗氏在《作家创作和白日梦》里对艺术和艺术创作做了更加详细的论述。他似乎承认关于艺术的一般见解,即艺术的终极是艺术性,但和形式主义不同,他接着继续追问:艺术性的源头在哪里(Freud, 1908: 36)?弗洛伊德的提问很聪明:他不仅绕开了自己所不擅长的艺术形式问题,而且把讨论的对象自然地引导到艺术之外他所熟悉的领域。他认为,艺术创作和孩童玩耍(这种玩耍会以其他形式伴随人的一生)的共同之处就是完全倚重想象,只是两者的表现形式略有不同:孩童的想象公开、认真;成人的想象则隐蔽且并不期望梦想成真。弗氏把成人的"想象"称为"幻想"(fantasy)或"白日梦",源自孩童时未获满足的(性)欲望,这个欲望激发了艺术家的创作灵感,使他用艺术伪装的方式再次表现这个欲望,从中获得满足感,读者也可以从中汲取各自的快感。

英国文学批评家特里林
(1905—1975)

对弗洛伊德来说,"诗艺的根本就在于防止我们(读者)产生厌恶感的技巧"(同上,42),即艺术手法的价值就是更好地伪装不道德的欲望,使自我在接受时不会产生排斥,从而强化接受时的快感。

当然弗洛伊德不是文学家,他讨论的主要对象不是文学作品,他对心理分析方法在文学阐释中的适用性也把握不准,对文学涉及的心理因素之外的领域更不敢妄加评论,弗氏本人对此一再提及,希望文学界对他不要误解。为了突出心理分析方法的重要性,弗氏至多称之为"比艺术形式的层次

---

① 这使我们想起俄苏形式主义、英美新批评、甚至文学结构主义的努力:寻找文学的独特性。弗洛伊德不会说俄狄浦斯情结代表的就是"文学性",实际上他最怕的就是谈论文学性,因为他多次坦陈自己不懂文学形式,因而把俄狄浦斯情结说成是文学性的"源泉",而非文学性本身。

更深",语气中也透出一种因不熟悉艺术形式而产生的无奈。他意识到心理分析的局限,不主张以医学代文学(Trilling,1941:954),倒是时常有些文学评论家非要把弗氏看作文学理论家,然后再评论一番弗氏对文学艺术的所谓"无知",其实却是在冤枉弗洛伊德。但也确有见解深刻、真正了解弗氏的批评家,特里林(Lionel Trilling)便是其中之一。

在《弗洛伊德与文学》里,特里林首先追溯了弗洛伊德精神分析的理论渊源:十八、十九世纪浪漫主义对人物心理给予了前所未有的关注。卢梭(Jean-Jacques Rousseau)和布莱克(William Blake)擅长揭示文明人内心的黑暗面以及农人、儿童甚至野蛮人无拘无束的心理活动;此时兴起的自传体小说专门描述人的过去经历;乔治·桑(George Sand)、雪莱及叔本华(Arthur Schopenhauer)对"本我"的关注;陀斯托耶夫斯基(Fyodor Dostoevski)与诺瓦利斯(Novalis)写死亡欲望和乖戾心理;普鲁斯特(Marcel Proust)和艾略特常写梦境等,只是他们都没有弗洛伊德理论那么专业化,那么高度概括。特里林认为,弗氏的贡献在于揭示了文学创作的深层心理因素和文学作品的深层意蕴,但他却把很难证实的理论过于简单地等同于现实,这是他的失误。在《艺术与神经病》中,特里林认为在十九世纪资本主义工业畸形发展、拜金主义盛行的背景下,整个社会都处于精神亢奋的异常状态,这种状态不仅可以产生奇迹,也会

霍桑的小说《年轻人布朗》

造成破坏。但是,作家不是精神病人,文学作品也不是麻醉剂。梦与诗的最大区别是:诗人可以控制自己的白日梦,精神病患者则控制不了自己的幻觉。幻觉人人皆有,但要高超地表达幻觉只能靠把握、运用精神状态的能力,这种能力是艺术家的天赋,而艺术天赋决不会来自精神病。艺术家的幻想是清醒的,而疯子的幻想则是病态的(Trilling,1941:952;1945:960—964)。

传统的文学精神分析主要把弗洛伊德的理论(如人格理论,性心理理论)应用于文本分析。试举两例。《年轻人布朗》是十九世纪美国浪漫主义小说家霍桑(Nathaniel Hawthorne)之作。"年轻人"(young)的字面含义是心地纯洁,不谙人间罪恶,布朗正是这样一个公认的好人。然而这只是他多重人格的一部分,另一部分则是狂乱的情欲。布朗妻子菲思的粉红色丝带是这种双重性的一个很好的象征:粉红色是白与红的混合色,白色是冷色,代表女性的纯洁和柔情;暖色的红色则代表男性情欲的冲动;而丝带的飘扬象征布朗内心的本我挣脱束缚满足冲动的渴望。在魔鬼的诱使下,布朗于日落前一步步离开象征道德习俗的村庄(超我)迈向黑森林(本我)的深处去参

加魔鬼集会。魔鬼的蛇形手杖也是象征物："蛇"不仅是圣经中隐喻暗示的堕落，而且还是男性性象征，魔鬼用手杖指引布朗则是在唤醒他被压抑的情欲。虽然布朗最后幡然醒悟回到了村庄，但抑郁寡欢，仿佛变了一个人。实际上这是人格异常的表现：获得解脱的"本我"如果再次被"超我"强行压制，便会产生精神症状。霍桑生活的新英格兰清教盛行，小说揭示的也是加尔文教的"原罪"说：人生来有罪，只有终生忏悔才有可能获救，而弗洛伊德理论可以使这个主题更加突现。《太阳照样升起》是上世纪二十年代美国作家海明威（Ernest Hemingway）的小说，其中著名的斗牛描写也可供心理分析。斗牛的描写十分精彩，场面十分壮观，但斗牛士和牛的对峙、周旋，双方有节奏的交互往来，直至斗牛士把剑插入牛体，达到兴奋的高潮，所有这些无不包含性的意蕴。斗牛爱好者大都是怀有强烈激情的男人，观看斗牛是本我（死亡欲、施虐欲、征服欲）的极好宣泄，性力（libido）在此过程中得到了充分的张扬。五十年

电影《蝇王》剧照

代英国作家戈尔丁（William Golding）的名著《蝇王》中有一幕描写流落在孤岛的文明儿童追杀野猪，与以上斗牛场面异曲同工。以上两部小说分别作于两次世界大战结束不久，传统的价值观、伦理道德观受到冲击，本我失去有效遏制，人们的心灵受到伤害，怀疑、失望、绝望的情绪蔓延，人格失调而无法正常运作，这就是弗洛伊德分析方法对两部小说的揭示。

以上对文本的精神分析自然有牵强之感，尤其是如果落入人格结构或俄狄浦斯情结的俗套，便难免有千篇一律之嫌。但不可否认，使用心理分析确实可以读出新意，有助于加深对文学作品的理解。从以上分析中还可以发现，弗洛伊德心理分析法来自于弗氏数十年的实验室观察和实证，已经形成一门"系统的知识"。科学、理性是弗氏建立心理分析理论的基石。弗氏和俄苏形式主义者一样在追求"story"（本事）背后的"plot"（情节）[①]；和形式主义者追求"形式的科学"、结构主义家追求"符号的科学"一样，弗洛伊德追求的是"心理的科学"（Eagleton，1985: 151; Trilling，1941: 949, 951; Jefferson & Robey，1986: 150）。弗洛伊德研究心理学的方式比较特殊，所以科学性在他身上的体现也较为特殊，但他也许并不是有些人所称的"非理性主义者"——他生活在一个思维混乱、狂人当道的年代，遏制非理性正是他追求

[①] 弗氏放弃前人对"意识"的研究，因为这种研究多集中于意识的外在表现形式，即附属于意识的躯体行为过程，而表层结构的躯体行为因人而异，无法深入下去，因此他转而探求"心理"的深层次表现形式。

的目标。

弗洛伊德对人类文明和文化进步贡献巨大。弗洛伊德认为人类文明的发展并不说明人类本性中存在有"自我完善"的本能,相反,人和动物的心理机制没有本质的差别。如果说少数人确有自我完善的冲动,并做出过骄人的业绩,这也是对本能冲动的压制所致,而不是本能的产物(Freud,1955:42)。如果说哥白尼十六世纪初打破了地心说,达尔文十九世纪中叶指出人类和其他动物在物种起源上并无二致,半个世纪后弗洛伊德则把人的"心理"等同于动物的心理,对人的妄自尊大进行了更加无情的剖视(debunk)。

达尔文对人类起源的描述

正因为如此,弗洛伊德说过:"我们的文明乃是建基于对本能的压制上的"。但是,弗洛伊德绝不是要人们张扬"动物性",绝不是要否定人们向善的努力。尽管弗氏生活的世界并不太平,他却不是悲观主义者。弗氏反对的不是文明(超我)本身,而是现代文明产生的方式:对本我不恰当地压制,导致各种文明病的出现(《性爱与文明》,265—279)。他一直弘扬的是"自我",相信自我有足够的协调能力,使人格健康发展,主张恰当地操纵"非分"的欲望,促使其升华以推动文明的发展①。

尽管弗洛伊德的用心良苦,现代人仍然对他的学说持有保留。一方面当代精神病学已经发现弗氏理论多有失误,另一方面弗氏去世之后的社会现实告诉人们要慎重对待精神分析。精神分析是现代文明的产物,直接用于精神病的诊断、治疗。但冷酷的现实却使人们对这种治疗手段保持高度的戒心:不论是希特勒法西斯,还是当代西方社会,精神病的诊治有时变成一种权力工具和政治迫害手段。因此有些后现代主义主张精神病的诊断须格外谨慎,是否患有精神病必须由非精神病医生组成的社区"陪诊团"来做出,这么做的理论依据是:精神病的甄别标准并非是某个人"发现"的客观先

---

① 从这个意义上说,弗洛伊德的俄狄浦斯情结说明的就是人必须像古希腊哲人所要求的那样,全面地了解自己,包括自身的优点和缺点,这样才能使自己(也就是弗洛伊德的"自我")最完全地得到发展,这也是柏拉图"理念"说的含义。俄狄浦斯去神庙索求自己的身世,听了神谕逃离柯林斯,却忘了仔细思考神庙上的著名碑文"认识你自己";斯芬克斯出的谜,其谜底也不仅仅是一般的"人"——谜中三次出现的"脚"也会喻指俄狄浦斯本人(他被生父 Laius 捆起双脚丢弃在荒野,养父 Polybus 称其为"肿起的双脚",他此后在行走上也遇到问题)(Bettelheim,1984:23, 27)。对弗洛伊德来说,全面认识自己,也许就是医治二十世纪初世界混乱的良方。

在物（by Nature），而是人为阐释的结果（by Culture），如果滥用则无异于精神压制（Eagleton，1985: 161）①。

弗洛伊德去世前一年（1938），为躲避对犹太人的迫害，携家来到伦敦，图为他接受 BBC 录音采访

二十世纪中叶以后，传统精神分析理论很快被"嫁接"到纷纷涌现的新批评理论上，形成了五花八门的"新"精神分析理论；操持传统精神分析的文学批评家虽然不乏其人，传统精神分析理论虽然仍然主导着大学文学批评课堂，但毋庸置疑，新精神分析理论的影响远远大于传统的弗洛伊德理论。霍兰德和拉康的精神分析理论虽然算是"新潮理论"，但它们的理论地位已经得到确立，成为经典精神分析理论的一部分。

霍兰德（Norman N. Holland）或许是当代美国最有影响的精神分析批评家。他介于传统精神分析法和后结构主义精神分析理论之间：他一方面吸收弗洛伊德的人格学说（ego psychology），发展出文学互动阅读理论（transactive reading），其强烈的主观色彩和后结构主义阅读理论十分接近；但同时他对解构主义等后学理论怀有戒心，不赞成过分夸大文本性和语言的作用。如果说弗洛伊德关心的是人类的普遍心理，霍兰德关注的则是读者阅读时的心理状态，即读者对文学文本的情感反应是如何产生的②。和弗洛伊德的另一个不同是，霍兰德对心理思维（mind）关注的同时，对生理大脑（brain）同样也进行了深入的研究，他六十年代曾在波士顿精神分析学院接受过精神分析的专业训练，七十年代创办纽约州立大学布法罗分校"艺术心理研究院"，在《罗伯特·弗罗斯特的大脑》一书的第一章，他从大脑生理学，认知心理学，人工智能，控制论等现代前沿科学出发，对大脑的生理结构进行了非常专业的探讨。

最能代表霍兰德心理分析理论的，或许是他根据弗洛伊德"自我心理学"而发展出的一套读者心理反应理论，即"防卫-期待-幻想-改造"（defence-expectation-fantasy-transformation，简称 DEFT 机制）。霍兰德认为，每个人都有一个终生不变的"性格"，他称之为"永恒的性格核心"（unchanging core of personality）或"特征主调"（identity theme），其运作的基本原则就是"特征不断

---

① 这种做法使人想起法庭上的陪审团制度，也和费希七八十年代说所的"阐释群体"对意义界定的决定性作用有关系。见本书第六单元"读者批评理论"。
② 霍兰德把研究范围牢牢地限定在读者对文学作品的心理反应之上，所以通常被认为是美国读者反应批评的主要理论家之一。参阅本书第六单元"读者批评理论"。

重复自身"。也就是说,一个人的经历、行为、思想可以不断变化,但万变不离其"宗",它们都是此人"特征主调"的投射①。作为其中的一个部分,文学阅读行为的特点是读者-文本的互动过程,其"特征主调"的复制遵循的是一套特殊的心理学模式,即"DEFT":每一位读者在阅读前都带有自己独特的期待(欲望、幻想、恐惧等),阅读时会下意识地力图在文本中发现与之对应的相似期待,发现之后便会用各自的心理防御机制对这些期待进行抵御、改造,从而可以"合法"地使恐惧消除,欲望得到满足,把由幻想引发的不安、内疚、负罪感转化成"完整的、具有社会意义的审美体验,道德情操和心智经验",获得愉悦的感受(Holland,1975:30;1984:123—127)。这里,弗洛伊德人格理论的痕迹非常明显,而且毋庸置疑,霍兰德成功地把超我、自我和本我"移植"到文学阅读行为上,为文本阐释提供了一个心理学模型。

作为当代精神分析理论家,霍兰德在美国的地位固然无人可比,但他却是位生不逢时的人,因为法国精神分析学家拉康的影响委实太大。霍兰德和弗洛伊德一样,把研究的重心放在"自我"上;弗洛伊德在研究生涯的初期曾提出过"本我心理学"(关注"无意识"),但不久就转向了"自我心理学"(关注自我"ego")。但在三十年代后期弗洛伊德去世前后,拉康却重新关注起无意识,并且在上世纪中叶形成巨大影响。

拉康(1901—1981)

拉康把索绪尔、雅各布森和弗洛伊德结合在一起。索绪尔认为思维先于语言,语言介入对混沌的思维进行梳理,然后和思维一一对应;弗洛伊德也认为无意识先在于语言,是本能的集合体。拉康则认为无意识和语言同时出现,是语言对欲望进行结构化的结果。弗洛伊德曾用"凝缩/置换(condensation/displacement)"这样的语言学词汇来表述梦幻的运作和精神病患者的思维方式,拉康则借用雅各布森的"转喻/隐喻",分别表示欲望这个能指和欲望实现这个所指的运作方式(即延续性"continuity"和相似性"similarity")。转喻中因存在"或缺"(lack)而导致能指沿所指不断延伸,隐喻中则以表层意义(所指)指代深层遭压抑的意义(能指)来显示欲望,逐渐接近无意识。所以拉康说无意识的结构犹如语言(Jefferson &

---

① 拉康有一句名言:"无意识的结构犹如语言",即不是人的身份和欲望产生出语言,恰恰相反,是语言形成了人的一切。也就是说,不同的人是由不同的语言构成的。看来霍兰德受到了拉康的影响:人的所作所为是"永恒的性格核心"或"特征主调"的不断重复或投射,再往前走一步(这个"核心"和"主调"是语言)就是十足的拉康了。

Robey, 1986: 122)。

弗洛伊德认为,欲望是由性力驱动的心理现象,健康人通过欲望与欲望满足保持心理上的平衡。但拉康认为欲望代表心理、生理的和谐统一,但由于俄狄浦斯阶段以及"镜子阶段"(mirror stage)使人产生心理断裂,所以人永远无法满足欲望,无法达到心理生理的和谐统一。拉康和弗洛伊德一样,认为儿童经过俄狄浦斯三阶段(seduction/primal/castration)之后进入社会:诱惑阶段(受到欲望物母亲的性吸引);醒悟阶段(看见母亲和父亲性交);阉割阶段(父亲代表的"法"禁止儿童性亲近母亲)。拉康把俄狄浦斯的三阶段对应于心理的三个"域"(need/demand/desire),形成了拉康式的心理发展三阶段(Real/Imaginary/Symbolic)。儿童把欲望压进无意识,移往"他物"(即主体无意识里的纯粹能指),而由于这个他物/所指永远不可能获得,因此欲望的无法满足造成心理断裂。由此可见,弗洛伊德在心理层面上处理俄狄浦斯情结,拉康则在语言层面上理解它。

拉康的这个观点在《镜子阶段》中表达得很清楚。此文写于1936年,1949年修改后重新发表。镜子(亦称前俄狄浦斯)阶段的儿童(十八个月前)物我(母/我)不分。儿童带有自恋性地欣赏镜中自己的身体,表明自我开始出现并发展。但儿童的认识其实是误识,其欲望的投射也是误投。父亲出现时,儿童的两极世界变成三极世界,此时儿童开始获得语言,通过话语来界定自己。语言有转喻作用,词语(能指)代物(所指),但不相等于所代之物。儿童在不断延宕的转喻链中追寻不断逃脱的欲望物。儿童的能指符号中,男性生殖器(phallus)是"共相"(universal)超验能指;它指的不是性器官,而是"转喻存在",表明或缺与不在场,即欲望的永不可达[①]。从隐喻的角度看,镜前的儿童近似于能指,镜像则类似所指,此时的能/所指如索绪尔所言一一对应,也如隐喻一般相互没有排斥。语言出现后差异随之而来,意义由差异决定,儿童在家中的身份也由他和父母的差异而定。这就是拉康所谓的象征期:儿童必须承担先定的社会、性别角色。这个时候,隐喻的镜像变成转喻的语言。能指在所指链的不断滑动等于由或缺引起的欲望活动,而终极所指则永远遭到压抑。

拉康本人对文艺批评的贡献十分有限,但由于他对语言的创造性理解,所以他的理论意义非同寻常。在拉康看来,文本首先是欲望话语,因此批评家关注的不是占有作者之意,而是自己搜寻到的意义。"现实主义"作家关

---

① 拉康的其他术语如"父亲"(Father)和"父亲的名义"(name of the Father)也是这种意义上的比喻。

注的只是内容本身,故事情节是自足的①。这里文学文本类似法律文件或科学报告,不显示其中的事实是怎么得来的,其中排除了什么,为什么要排除,选取的内容为什么要如此排列等等。所以,现实主义恰如拉康的自我:靠强行掩盖自身生成过程而生存(Eagleton,1985:170)。"现代主义"则把文本的书写过程作为内容,"展示技法"以便读者对文本建构现实的方式进行批判。这里所指(意义)是能指(技法)的产物,而不是先于能指存在。

拉康式文艺批评关注的对象是文本中由能指链决定的欲望结构。拉康个人对文学艺术的兴趣和喜好比弗洛伊德更大,但是两人都对小说本身并不感兴趣,而是在利用某一文本来对一切文本的本质予以说明,用结构精神分析来描绘所有文本的运作机制。他对美国十九世纪小说家爱德加·艾伦坡(Edgar Allan Poe)的《窃信案》所作的文本分析就旨在说明:小说有自己的一套规则,和使意识产生秩序的象征域的运作方式一样。

爱德加·艾伦·坡的小说《窃信案》

坡说的是一封信双重被窃的故事。此信(或许是封情书)最早寄给王后,王后在阅信时国王和大臣突然进门,为了掩饰她若无其事地把信反过来放在桌上,不料被大臣识破,于是找个机会当面拿走此信,用另一封无关紧要的信取而代之。王后遂求助于巴黎警察局长。局长仔细搜查了大臣的寓所和大臣本人,但一无所获,只好求助于著名的私人侦探杜邦。杜邦推算大臣和王后一样会把信放在某个最显眼的地方,以此欺骗"现实主义者",后来果然在壁炉边看似随意放置的一个纸板夹里发现了它。他设法取走信交给王后,并在原处放了另一封信取而代之。

拉康感兴趣的是坡故事中的重复结构:两次"窃"信(大臣和杜邦)、三种目光(视而不见、自以为是、洞察一切)、三种人物(分别代表纯客观性、纯主观性、深谙能指规律)和三个"交"信的时刻(王后、大臣二杜邦)。如两次窃信里人物角色的变换:第一次窃信时国王蒙在鼓里,王后自以为得计,大臣一则从中识破一切。第二次窃信时,警察局长一无所知(类似于国王),大臣二犯了和王后相同的错误(自以为得计),杜邦则如大臣一那样洞察一切。这里国王和警察局长代表纯客观性(自以为明了一切),王后和大臣二象征纯主观性(自以为知晓内情),只有大臣一和杜邦知道信(能指)的阐释有多

---

① 拉康所说的是后结构主义心理学意义上的"现实主义",即天真地相信能指所指的对应,相信意义的自明。下面的"现代主义"则是后结构主义,显示的是能指的不断游戏,终极所指的消失。

种。因此双关词"letter"(信或文字)是小说的真正主题。信在故事中的遭遇犹如能指在现实中的遭遇:王后、警察局长、大臣二等人的结构位置相当于现实中相信能指所指直接对应的人们;能指里蕴含他们的欲望,而他们本人尚没有意识到;这和精神病人一样,症状被多次置换,病人却不会意识到。杜邦相当于精神病医生,帮助病人(王后)去除心病。从更广的意义上说,文学阅读也一样:文本相当于信,无所不知的作者相当于国王和警察局长,自信的读者相当于王后和大臣二,而后结构主义批评家则是杜邦,只有他才可以解读蕴含着我们的欲望、存在于不断的修辞置换中的那封"信"(Jefferson & Robey 1986: 128)。

和《窃信案》相似的一部中国作品就是电影《天下无贼》。"信"在这里成了包裹有六万元人民币的"钱包",钱包一直被超级"现实主义者"傻根紧紧抱在怀里(能指被牢牢地固定),自以为万无一失("俺就不信邪"),殊不知在他不知不觉中已经四处滑动(sliding),兜了一个大圈子(circulating),经历了四次易手。"贼"王薄曾经讥讽他:"我看你这双眼,长着也没用了,趁早把它抠出来吧!"但是和《窃信案》不一样,电影里却没有杜邦式的全知全能的人物:精明老道的贼首胡黎和王薄不时失手(相信了固定的所指),"自信"的王丽更显得"天真",即使基本上掌控局势的警察也有"失窃"和"搞不明白"之时。"钱包"在这里成了蕴含欲望的文本,存在于不断的修辞置换之中。如果说,"窃信"有"政治"后果(掌控王后),"天下无贼"的后果就更加严重:天下无贼的现实只能存在于傻根的睡梦里,而且要付出王薄的生命。降魔杵在固定了钱包/能指的同时,也带来了死亡。

拉康的阅读方法值得一提。他指出:坡的"purloined"乃英语"pur"(拉丁 pro)和古法语"loigner/longé/loing"的叠加,意为

"大姐,你要是贼,俺把眼珠子抠出来。"
(《天下无贼》剧照)

"并列"/"放在边上"/"误放",喻送信的路途被拉长、信件遭到延误(prolonged,purloined 的辞源);法语中"lettre en souffrance"含有邮寄中路径搞错的邮件、被搁置的信件,还有"souffrance"(受难)之意。而"longe"原意"to put far off or away",故引申出"偷窃"。所以"purloined"至少集下列意义于一身:并列放置(偷梁换柱)、长久搁置(旅途遥远)、误放(有意为之)、失去(寻找)、

难受。这种阅读方法似曾相识：德里达和米勒使用的解构主义阅读方法几乎和拉康如出一辙①。拉康的写作方式很特别，是因为他把追求连贯意义的传统语言称为前弗洛伊德幻想，而自己则完全模仿无意识语言：语言游戏，双关语，逻辑断裂等，旨在显示梦境和无意识不断变换的结构，表明语言和思维的内在相关性和等同性，因此他的著述非常艰涩。有评论家认为，拉康用结构主义、后结构主义话语重写了弗洛伊德。其实，拉康的话语出现在后学之前，所以情况正好相反，应当是后结构主义用拉康的话语塑造了自己。如果说弗洛伊德用人格理论对人及人类文明进行了剖视，拉康则把解剖更深入一步：语言这个人类文明最重要的工具造成了人的思维障碍，导致人的心理分裂。弗洛伊德还是寄希望于人的理性，"本我过去的地方，就是自我将来的领地"（"Wo Es war, soll Ich werden"），用"自我"来统治无意识的"本我"；但是拉康却"解构"了弗洛伊德：独立自在的"自我"根本不存在，它只是语言的表象，尽管拉康的类似于无意识的语言和弗洛伊德的无意识/本我从根本上说不是一回事。笛卡儿（René Descartes）曾经用"笛卡儿式怀疑"确定了人的绝对存在（"我思故我在"），现在拉康则用"拉康心理学"对毋庸置疑的人提出了质疑，因为人在思维时决不会完全存在，从某个角度说，也许是"我在不思处，我思我不在"（I am not where I think, and I think where I am not）（Eagleton 1985: 170）。

意识的结构（弗洛伊德）

弗洛伊德（1856—1939）是现代心理分析理论的创立者，其影响远远超出了他自己的研究领域；他提出人类大脑的思维结构及其运作方式，创立了一整套描述性术语，在人文科学和社会科学的几乎所有分支得到应用。以下几篇短文选自弗洛伊德二十世纪三十年代的作品，清晰地描述了他对意识结构的独特理解，题目由编者所加。请注意两个心理结构之间的相互关系和它们背后的基本理论，同时请记住产生弗洛伊德心理学的社会背景。

意识，无意识，前意识

这一研究的出发点来自于一个前所未有的事实，至今尚无法解释或描述它，这个事实就是意识。可是，如果有人说起意识，我们根据自己最隐秘

---

① 参阅第八单元"解构主义文学批评"。

的个人经验会立刻明白他说的是什么。许多人,不论是心理学界的学者还是界外人,都满足于这样一种认识:只有意识才是心理活动,心理学要做的就是在意识这个现象中区分出认知、感觉、智力过程和意志。但是,人们通常也承认,这些意识过程不能形成各自完整而又相互联结的序列,所以也没有办法来提出这种假定:伴随心理过程的还有身体或躯体活动过程,而且这种过程公认要比心理过程更完整,因为有些躯体活动伴有与心理过程相似的意识活动,另外一些则没有。所以把心理学的重点放到这些躯体过程上,从躯体活动中观察心理活动的实质,并力图对意识活动过程做出一些新的评价,似乎就是理所当然的了。然而,大多数哲学家以及另外一些人不同意这种观点,他们宣称:把心理活动看作是无意识的,这个说法自相矛盾。

  但是,心理分析必须肯定的恰好就是这一点,它是心理分析的第二个基本假设。这一假设把前人当作躯体附属过程解释为本质上是心理的,并且暂时忽略意识的属性。

弗洛伊德:《自我和本我》

  在这个无意识方面,我们马上就会做出一个重要的区分。有些过程很容易变成有意识的,后来可能不再有意识了,但是可以毫不费力地再次成为有意识的:正像人们所说的那样,这些过程可以再现或回忆起来。这提醒我们,总的说来意识是种非常让人捉摸不定的状态。有意识的东西只是暂时有意识。如果我们的知觉对此不能加以肯定,那么出现矛盾就是显而易见的了。可以用这样的事实来加以解释:知觉的刺激能持续一定时间,所以在此过程中,对刺激的知觉可以一再出现。整个观点可以很容易地从我们对于智力活动有意识的知觉上看出来。智力过程的确可以持续,但是也很容易瞬息即逝。因此任何以这种方式活动的、可以轻易地从无意识状态转换为有意识状态的无意识,都可以更好地描述为"能进入意识的",或是前意识的。经验告诉我们,几乎任何心理过程,哪怕是最复杂的心理过程,都能在某些情况下一直保持前意识状态,尽管这些心理过程一般总要像我们所说的,向前挤入意识中。有些其他的心理过程或心理材料并不会这样易于进入意识之中,但是这些也必须照前面说过的方式推论、揭示、解释近意识形式。正是为这种材料,我们才保留了无意识这一名称。

  这样我们赋予心理过程以三种品质:它们或是有意识的,或是前意识的,或是无意识的。把这种材料划分成具有这些品质的三大类,这种划分既不是绝对的也不是永久的。我们已经看到,不需要我们的介入,前意识的材料会变成意识的材料;无意识的东西,经过我们的努力,会变成有意识,虽然在转变过程中我们会有这种印象:要不断克服常常是很强的抗拒力。我们试图在别人身上这么做时不应忘记,我们有意识地填充他的知觉间隔——我们提供给他一套结构——并不意味着我们已经把提到的那种无意识材料变为他身上意识的材料。到目前为止,实际情况是:那些材料以两种样式呈现在他心中,第一种样式存在于他刚刚接受的那种有意识的再建构中,第二种存在于原来无意识的状态。

本我,自我,超我

（本我）是一种混沌状态,一锅沸腾的激情。我们设想,本我与躯体过程直接接触,从躯体过程中接受种种本能需求,并使这些需求在心理上表现出来,但是我们说不出这种接触发生在哪一个次层次上。这些本能给本我注入精力,但是本我既没有组织,也没有统一的意志,只有一种使本能需求按照快乐原则得到满足的冲动。逻辑律,尤其是矛盾律,在本我的过程中无效。相互矛盾的冲动并列并存,并不彼此中和或相互排斥,至多就是在强大的效益压力之下,以调和的形式结合在一起,释放出各自的能量。在本我中没有类似于否定的东西,哲学家曾断言,时间与空间是我们的心理行为必须具备的形式,但我们却惊奇地发现,这个说法并不适用于本我。本我中没有对应于时间观念的东西,没有对时间流逝的承认,而且时间的流逝不会造成心理过程的改变(这件事情很特别,有待于哲学家给予适当的考虑),有些意向冲动从未超过本我,有些印象被压抑到本我之中,这些冲动甚至印象实际上都是长存不灭的,可以保存整整几十年,只是看上去好像新近才产生的一样。通过分析它们上升到意识层面,这时也只能认出它们属于过去,丧失了原有的意义,无法释放能量,分析疗法的大部分疗效揭示的就是这个事实。

弗洛伊德和父亲(1864)

被压抑的东西不因时间的流逝而改变,我常想,这一事实毋庸置疑,但是相关的理论却远远没有很好地加以利用。这个理论好像使我们得以探讨某些确实非常深奥的道理。但是我本人在这方面的研究也仅到此为止。

当然,本我完全不懂什么有价值,什么是善什么是恶,什么叫道德。与快乐原则紧密相连的效益因素,你也可以叫它数量因素,支配着本我的一切活动。本能积蓄寻求发泄,在我们看来,这就是本我的全部内容。这些本能冲动的能量的确似乎和心理其他区域里所见到的能量处于不同的状态。这些能量必定更富有流动性、更易于释放，否则我们就不会有那些转移作用和压缩作用，这些是本我所特有的，而且与发泄物的属性完全无关。

至于自我的特性，因为它既不同于本我，也有别于超我，所以如果我们把注意力集中于自我和心理器官最表层部分的关系，我们称之为知觉-意识系统，自我的特性就更容易讲清楚。知觉-意识系统指向外部世界，在外部世界的种种知觉之间起中介作用，并且在系统发生作用的时候在系统中产生意识现象。它是整个接受器官的感觉器，不但感受来自外界的刺激，而且也感受出自心理内部的刺激。这样理解自我几乎不会出差错：自我是本我的一个部分，其由于靠近外部世界，外部世界对它施加影响，因而受到改变，这个部分的作用也是接受刺激，保护机体免受刺激影响，犹如围在活性物质粒子四周的那层皮质层一样。对自我说来，它与外部世界的这种关系有决定性意义。对本我说来，自我承担

弗洛伊德的诊所

了代表外部世界并因此保护本我的任务，因为本我只顾盲目地满足自己的本能，完全不顾外部的压倒性力量，如果没有自我的保护，就难免毁灭的命运。自我在执行这项任务的时候，必须细心观察外部世界，在自己知觉留下的记忆痕迹中保存外部世界的真实图像，此外，自我还要借助现实检测，把由内在刺激的影响而造成的因素从外部世界的图像中予以剔除。自我代表本我，控制通向能动性之路，但是它又在欲望和行动之间插入了思考这个拖延因素，在思考过程中，自我利用记忆中储存的剩余经验。以这种方式，自我推翻了在本我的活动中主宰一切的快乐原则，并且代之以现实原则，后者可以提供更大的安全和更大的成功。

有句谚语说，一仆不能同侍二主。可怜的自我碰到的事情更难办，它要服侍三个严厉的主人，而且还要尽力调和这三位主人的吩咐和要求。这些要求总是各不相同，而且常常像是水火不相容；无怪自我常因无法应付而让步，这三个暴虐的主人是外部世界、超我和本我。当我们看到自我尽力满足全部三位主人，或者更恰当地说，同时服从全部三位主人的时候，我们就不能惋惜把自我人格化，并使它成为一个单独的个体。它感到自己受到三方面的包围，遭到三重危险的威胁。受到的压力过大时，自我的反应就是增加焦虑感。自我产生于知觉系统的经验，本来要代表外部世界的要求；但是自我也希望为本我忠实服务，与本我维持好关系，使自己给本我留下好印象，

把本我的力比多吸引到自己身上来。在调解本我和现实的过程中,自我常常被迫用自己前意识中的理由来遮掩本我无意识的指令,以便掩饰本我与现实之间的冲突。即使本我顽固坚持不肯调和,自我也要用圆滑的手腕对现实表现出一些虚情假意。另一方面,自我的每个举止都受到严厉的超我的监视,超我手中握有行为准则,不考虑外部世界和本我有没有任何困难。如果这些准则没有被遵守,超我就要惩罚自我,手段是让自我产生紧张感,表现为自卑感和愧疚感。在本我的驱使下,超我的包围中,现实的拒绝里,在这种种压力之下,自我奋力应付自己的经济学任务,削减里里外外交施加在自己身上的各种力量和影响,使之达成某种协调。所以我们完全可以理解,我们为什么会常常情不自禁地感叹:"生活真是不容易呀!"当自我被迫承认自己的弱点时,它会突然爆发出焦虑:面临外部世界时表现为现实焦虑,面临超我时表现为规范焦虑,面临本我激情的力量时则表现为精神焦虑。

弗洛伊德出生的房子(捷克共和国)

我向你们解释心理人格的内部结构关系时,曾用一个简单的图形加以描述,现在我重新绘出这一图形①。

你们可以看到,超我是怎样往下进入到本我之内。作为恋母情结的继承者,超我毕竟和本我有密切联系。它比自我离开知觉系统更远。本我通过自我这个中介才能应付外部世界,至少如本图形所示。要说这个图形有多正确,现在当然还为时过早。我自己知道,这个图形有一方面不正确。无意识和本我所占的空间和自我或前意识所占的空间相比,理应要大得多。如果愿意的话,你可以在你的想象中纠正这一点。

这篇叙述肯定让人精疲力竭,或许讲述得也不够生动,不过,在结束之前,我还是要给大家提个醒。想到把人格分为自我、超我和本我的时候,切忌把这种划分想象为政治地理上那种人为划出的泾渭分明的界线。构图或原始绘画中见到的那样的线条轮廓,是不能恰当地描绘心理特征的;我们需要的是每个色彩区域逐渐相互伸展相互融合,就像现代绘画中表现的那样。划分开来之后,一定要允许划分开来的区域能重新汇拢到一起。第一次尝试描绘人类心理这种如此难以捉摸的东西,不要过于挑剔。这些区分的程度很可能因人而异,甚至各个区域的功能本身可能也有变化,有时还可能还

---

① 该图形见本单元理论综述部分。

会出现衰退情况。对于那些最不稳定的区分,从系统发生学的观点看就是最近的区分,即自我和超我之间的区分,情况似乎更是如此。精神病也能造成同样的情况,这也是无可争辩的。另外也不难想象,施用某些神秘术,也会使心理不同区域间的正常关系受到扰乱,导致例如知觉系统能够触及到自我的深层及本我中的关系,这些关系本来是知觉系统无法接近的。这一研究方法是否能使人掌握最终真相,并从中大获益处,这一点很值得怀疑。同样,我们必须承认,用心理分折进行疾病治疗,采用的仍然是极为相似的处理方法。因为治疗的目的是要加强自我,使它更能摆脱超我的影响,扩大它的视野,扩大它的组织,以便从本我那里夺取新的地盘。本我过去的地方,就是自我将来的领地。

力 比 多

力比多是来自于情感理论的一个术语,借以称呼那些和"爱"所能包括的东西有关系的本能能量,在此视作一个巨大的量,虽然目前无法进行实际衡量。我们所说的爱其核心自然包括以两性结合为目的的性爱,并且这是通常人们所指的爱,也是诗人所讴歌的爱。这个词泛指任何情况下都拥有"爱"这个名字的内涵;但是我们并没有从这个词得出爱,而是对父母和孩子的爱、友谊和对整个人类的爱,还有对具体物体和抽象思想的热爱。我们的理由在于这一事实,即精神分析研究显示,所有这些倾向都是同一种本能冲动的表达;在两性关系中,这些冲动强制性地导向两性结合,但是在其他情况下,它们从这个方向转移开或者被阻止实现这一目标,虽然总是保存了足够的原质以使它们的身份可以被识别,如渴望亲近或自我牺牲这样的特征。

于是精神分析学根据它们的来源将这些爱的本能称作性本能。大多数"有教养的"人将这一术语视作一种侮辱,并出于报复,把精神分析学斥之为"泛性论"。把性当作有损或有辱人的本性的人完全可以使用更为文雅的称谓"厄洛斯"和"情爱"。我自己本来一开始也可以这么做,并因而会免除许多人的反对。但是我不想这么做,因为我不想向怯懦屈服。谁都分辨不出这条路通到哪里为止,先是语言让步,然后逐渐地一步步做出实质性屈服。我以为以性为耻没有任何可取之处。希腊词"厄洛斯"虽可削弱侮慢,翻译成德语最终还是 Liebe(爱);最后,知道如何等待的人不必做出让步。

本能的保存属性

讨论到这里,我们无法避开一点怀疑,即我们或许已经发现了某种痕迹，某种本能的或许还有一般有机生命的一个普遍特征的痕迹。到目前为止这一痕迹还没有被清楚地加以认识或至少没有明确地强调过。那么，本能似乎就是一种内在于有机生命的激励恢复到早先状态的动力，生命体在外界干扰力量的压力下已被迫放弃这种早先的状态；就是说这是一种有机灵活性，或换句话说，是有机生命的一种内在惯性的表达。

这种本能观让我们觉得奇怪，因为我们已习惯于把它看作一种推动变化与发展的因素，现在却被要求在它们身上去发现一种恰恰相反的东西——表述的是生命体的保存属性。另一方面，我们很快想到了动物的例子，这些例子似乎证明了本能是由历史决定的这个观点。比如，某些鱼在产卵季节要进行艰难的迁徙，为了将卵产于远离它们习惯栖息地的特殊水域。在许多生物学家看来，这些鱼所做的只是在寻找它们的类属以前居住过的地方，但随时间的推移后来另择他处了。人们相信，同样的解释也适用于鸟类的迁徙飞行，但是很快我们就没有必要进一步寻找例证了。我们想到，要证明存在一种有机的重复冲动，给人印象最深的证据就在于遗传现象和胚胎学事实。我们看到，一个生命体的胚芽在其发展过程中被迫重复产生出它的所有形式结构，即使只是短暂的、简化了的重复，而不是以最简洁的路径发展到最终形态。这种行为只是在非常小的程度上源于机械的原因，因此也不可忽略从历史的角度去解释。同样，一个器官丧失后，再重新长出一个完全相似的器官，这种力量也一直延伸到动物王国……一切本能都倾向于将事物恢复到早期的状态。

……如果生命的目标是事物从未达到的一种状态，那么这与本能的保存性本质相矛盾。相反，那肯定是事物的一种旧状态，一种初始状态，生命体在某个时刻离开了这种状态，而后又沿着它的发展所遵循的蜿蜒道路，努力返回这种状态。每一个生命体因为内在的原因而死亡，因而再次变成无机体。如果我们把这一点视作一条毫无例外的道路，那么我们会被迫说"所有生命的目的就是死亡"；回顾历史，我们会被迫说"无生命事物的存在先于有生命事物"。

对我们中的许多人来说，人类身上有一种倾向完美的本能在起作用，放弃这样一种想法也许很难。这种本能使人类发展到现在这样高的思想成就和道德水平，并有可能使人类继续发展成为超人。然而我并不相信存在这种内在的本能，我也看不出这种仁慈的幻想以后如何保持下去。在我看来，人类目前的发展所需要的解释与动物的没有什么不同。在少数人身上表现出来的对完美的孜孜追求，可以很容易地理解为本能压抑的结果，人类文明中最宝贵的东西都是以此为基础的。被压抑的本能永远不会停止追求完全的满足,包括在对一种原始满足感的重复。没有任何代替物或反应物,没有任何升华,可以消除受压抑的本能持续的紧张状态。所要求的满足快感和实际获得的满足快感之间量的差别,形成了驱动因素,不容许停滞在已经达到的位置,而是,用诗人的话说,"ungebändigt immer vorwärts dringt"。① 通向完全满足的向后之路总是被保持压抑的抵制力量所阻碍。因此,没有别的选择,只有朝着依然能自由生长的方向发展,虽然没有结束这一过程或能够达到既定目标的希望。

(张金良 译)

关 键 词

意识/无意识/前意识(conscious/unconscious/preconscious)
本我/自我/超我(id/ego/superego)
快乐原则(pleasure-principle)
现实原则(reality-principle)
力比多(libido)
泛性论(pan-sexualism)
本能(instinct)

关 键 引 文

1. 这一研究方法是否能使人掌握最终真相,并从中大获益处,这一点很值得怀疑。同样,我们必须承认,用心理分折进行疾病治疗,采用的仍然是极为相似的处理方法。因为治疗的目的是要加强自我,使它更能摆脱超我的影响,扩大它的视野,扩大它的组织,以便从本我那里夺取新的地盘。本我过去的地方,就是自我将来的领地。

2. 于是精神分析学根据它们的来源将这些爱的本能称作性本能。大多数"有教养的"人将这一术语视作一种侮辱,并出于报复,把精神分析学斥之为"泛性论"。把性当作有损或有辱人的本性的人完全可以使用更为文雅的称谓"厄洛斯"和"情爱"。我自己本来一开始也可以这么做,并因而会免除许多人的反对。但是我不想这么做,因为我不想向怯懦屈服。谁都分辨不

---

① 歌德《浮士德》第一部第四幕靡菲斯特穿上浮士德的长袍后说的话:"这精神不断向前猛进"。

出这条路通到哪里为止,先是语言让步,然后逐渐地一步步做出实质性屈服。我以为以性为耻没有任何可取之处。

3. 本能似乎就是一种内在于有机生命的激励恢复到早先状态的动力,生命体在外界干扰力量的压力下已被迫放弃这种早先的状态;就是说这是一种有机灵活性,或换句话说,是有机生命的一种内在惯性的表达。

4. 对我们中的许多人来说,人类身上有一种倾向完美的本能在起作用,放弃这样一种想法也许很难。这种本能使人类发展到现在这样高的思想成就和道德水平,并有可能使人类继续发展成为超人。然而我并不相信存在这种内在的本能,我也看不出这种仁慈的幻想以后如何保持下去。

5. 在我看来,人类目前的发展所需要的解释与动物的没有什么不同。在少数人身上表现出来的对完美的孜孜追求,可以很容易地理解为本能压抑的结果,人类文明中最宝贵的东西都是以此为基础的。

讨 论 题

1. 意识、前意识、无意识三者的区别和关系是什么?
2. 弗洛伊德的第二个心理结构(本我、自我、超我)与第一个心理结构有多少重合与差异?仔细研究弗洛伊德的插图,看一下与他的描绘是否吻合。
3. 讨论这两个心理结构(尤其是第二个结构)对文本阐释会产生什么意义。
4. 你认为弗洛伊德在宣扬"泛性论"吗?为什么?
5. 为什么弗洛伊德似乎对人类文明的看法并不十分正面?你认为文明的进步是压抑本性造成的吗?

俄狄浦斯情结(弗洛伊德)

俄狄浦斯情结这一概念是在《梦的解析》(1899年)中提出的,指的是两个希腊神话故事:忒拜英雄俄狄浦斯在不知情的情况下杀了父亲娶了母亲;与之相似的是,伊莱克特拉帮助弟弟杀死了淫乱的母亲。弗洛伊德认为,如果孩子不能顺利度过这一精神阶段,便会发生一种"婴儿期精神病",成为孩子成年之后患精神疾病的一个重要原委。超我也产生于克服俄狄浦斯情节的过程。弗洛伊德认为,克服俄狄浦斯情结是人的精神取得的最重要的社会成就。

弗洛伊德和母亲于维也纳(1926)

我们强调性冲动精神的一面,而忽略或希望暂时忘记基本的肉体或"感官"要求的时候,我们便提到"爱"。大约在母亲成为爱的对象的时候,精神压抑已经在孩子身上开始了,并使他认识不到自己性目标的某些部分。与选择母亲作为爱的对象相联系的,就是包含在"俄狄浦斯情结"这个称谓下的所有东西,在用精神分析解释精神病中具有重要的作用,同时它也是精神分析招致反对的一个同样重要的原因……

精神病患者经常受到负罪感的折磨,而这种负罪感的最重要来源之一便是俄狄浦斯情结,这是不容置疑的。……那么关于俄狄浦斯情结,对处于性潜伏期之前、性对象选择阶段的孩子进行直接观察会让我们发现什么呢?噢,我们会很容易看到这个小男子汉想独自拥有他的母亲。他发现父亲挡了他的路。当父亲竟敢抚爱他的母亲的时候,他变得躁动不安;父亲离开或不在的时候,他流露出满足之情。他经常直接用言语表达自己的情感,向母亲许诺要娶她;这与俄狄浦斯的行为似无多少可比之处,但事实上已经足够了;二者的核心是相同的。也在这个时期同一个孩子在其他情况下会对父亲表示出很深的情感,这种观察经常使我们感到困惑。但是这种相反的——或者,用个更好的说法,矛盾的——感情状态,在成年人身上会产生冲突,而在孩子身上则可以得到容忍并长期共存,再以后它们则在无意识中永远共同存在。有人或许会极力反对,认为小孩子的行为是出于自我中心的动机,并不能说明是一种情欲情结;母亲照顾孩子的所有需要,因此她不应再为别人操心,这是孩子所关心的。这种看法也十分正确;但人们很快就清楚了:正如在相似的、从属的情况下一样,在这种情况下,自私的兴趣只是提供了爱的冲动发挥作用的场合。如果孩子最强烈地公开对母亲表示出性好奇心,晚上想和她一起睡觉,她穿衣时坚持和她一起呆在房间里,甚至身体尝试做出引诱行为,正如母亲经常观察到、经常笑着讲述的那样,这种对她的依恋之爱的本质就变得毋庸置疑了。另外,不应忘记,母亲以同样的方式满足女儿所有的需要,却不会产生这种结果;并且父亲经常急切地和她竞争男孩子,却不会成功,无法赢得母亲在他心中那样的重要性。简言之,这种情况下任何批评都不应忽视性的偏爱这一因素。从孩子自私的角度来看,如果只能容忍一个人而不是两个人为他服务,那简直就太愚蠢了。

正如你所看到的,我只描述了男孩与父亲和母亲的关系;在小女孩身上,情况是相同的,只是有一些必然的相反之处。她执著地爱着父亲,想要

索福克勒斯(前496—前406)的《俄狄浦斯王》是古希腊最著名的悲剧之一

摆脱多余的母亲并取代她的地位,她过早地表现出撒娇献媚和成年女性的技巧,这一切在一个小女孩身上构成了一幅特别可爱的画面,可以使我们忘记其严肃性和以后可能导致的严重后果。我们必须再说一点,多数情况下,在有一个以上孩子的家庭里,父母们自己遵循性吸引的原则,在唤醒孩子身上的俄狄浦斯情结方面发挥了决定性的作用。父亲通过一些温柔的表示,明显地显示出对小女儿的偏爱,母亲则对儿子也是如此。但即使这种因素也不能足够地怀疑幼儿俄狄浦斯情结的自发性本质。其他孩子出生后,俄狄浦斯情结扩大而成为家庭情结。由于自我利益而导致的伤害使俄狄浦斯情结再次受到强化,使儿童对新出生的弟妹产生反感,产生再次清除他们的坚定愿望。儿童表达对弟妹的憎恨情感通常比表达与父母情结相关的情感要直率得多。如果这种愿望获得了满足,并且没过多长时间死亡结束了家里的那个多余的孩子的生命,后面的分析会说明这个死亡对儿童而言是一件多么重要的事情,虽然它不见得留存他的记忆中。由于另外一个孩子的诞生,原来的孩子被迫退至第二位,从而第一次几乎彻底与母亲分离,他发现很难原谅母亲对他的冷落;我们称之为成年人心中的那种深深的痛苦在他的心中被激起,并经常成为产生一种永久的疏离感的基础。上文已提到过,性好奇及其产生的所有后果通常都与这些经历有关。随着新的弟弟妹妹的长大,这个孩子对他们的态度经历了最重要的转化。他的妹妹可能代替不忠的母亲而成为他的性爱对象;如果有几个兄弟竞争一个小妹妹的欢心,便会出现恶意竞争,这种竞争在幼儿园里就已经存在,它对以后的人生很重要。小女孩则会将哥哥视作代替父亲的人,因为父亲不再用小时候那样的温柔来对待她;或者她将小妹妹视作她的孩子,以此来实现她为父亲生孩子这个不可能实现的愿望。

对孩子进行直接观察,并考虑到对童年清晰的记忆,不受任何分析的影响,会发现这些甚或更多类似的情况。其中,你还会由此推测,孩子在兄弟姐妹中的排行对他以后的人生道路非常重要,每一部传记都要考虑这一因素。然而,更重要的是,面对这些给人以启示的、如此容易得到的想法,你不会不想到科学理论对禁止乱伦的解释,而且想到时禁不住会暗自发笑。为了这一目的,人们提出过多少说法!我们被告知,因为从童年起就生活在一个家庭里,性吸引就被从异性家庭成员身上引开;或者,反对近亲繁殖的生物倾向在头脑中有着与乱伦相同的恐惧!因此人们完全忽略了,如果存在一些可靠的反对乱伦诱惑的自然障碍,那么就不需要严格的法律和习俗的禁止了。但情况恰好相反。人类第一个性对象的选择通常是乱伦性的,指向男人们的母亲和姐妹,因此需要有最严厉的措施来禁止这种幼儿一直怀有的倾向成为现实。……神话会告诉你，男人们虽然表面上对乱伦深恶痛绝，他们却毫不犹豫地允许他们的神这么做；你或许知道自古以来与姐妹乱伦的婚姻被规定为国王的神圣责任（如埃及的法老和秘鲁的印加人）；因此它带有特权的性质，普通人是不被允许的。

有四千年历史的著名希腊人面狮身像

与母亲乱伦是俄狄浦斯所犯罪行之一，另一个是杀父。顺便说一句，这是图腾崇拜——人类社会第一个社会宗教制度所谴责的两个大罪。现在让我们从对孩子的直接观察转向对已患神经疾病的成年人进行分析研究；进一步分析还会对俄狄浦斯情结得出什么认识？大家很快就知道了。这种情结正如神话叙述的那样展现出来；人们会看到，这些精神病患者中的每个人自己就是俄狄浦斯，或换句话说，在对这种情结的反应上成了哈姆雷特。确切地说，对俄狄浦斯情结的分析描述是一个放大了的、着重强调的幼儿期素描版；对父亲的仇恨和希望他死的愿望不再是模糊的想法，对母亲的爱表现为把她当作女人去占有她。我们是否真的应将这种不道德行为和深深的感情归因于年幼的童年，还是这种分析引入了另外的因素从而欺骗了我们？找到一个答案并不难。任何人，即便是历史学家，每次描述过去的事情时，我们必须考虑到他无意中将现在和中间时代的观念赋予了过去的时代，因而歪曲了事实。对精神病患者来说，这种回顾是否完全是无意的甚至都让人怀疑；我们会在下面说到，这么做是有动机的，我们必须对返回遥远的过去的"逆向幻想"的整个主题进行研究。我们很快也发现，对父亲的仇恨被后来出现的许多动机和生活中的其他关系加强了，针对母亲的性欲表现形式似与孩子的本性

弗洛伊德在自己的夏宅（1932），旁边是治疗床。

格格不入。但如果努力通过"逆向幻想"和在后来的生活中产生的动机来解释整个俄狄浦斯情结，这种努力是徒劳的。这种婴儿期的核心，虽有或多或少的增加，但保持完好无损，对孩子进行直接观察已经证明了这一点。

通过分析，俄狄浦斯情结的存在已被确立，但我们所面对的俄狄浦斯情结背后的临床事实现在在实际中变得非常重要。我们知道在青春期，性本能第一次表现了它的旺盛需求，那个古老的熟悉的乱伦话题又一次被提起，

又一次受到力比多的激励。婴儿期的性对象选择只不过像是游戏中一次无力的冒险,但它却为青春期的性对象选择确立了方向。这一次一股非常强烈的情感之流开始出现,流向俄狄浦斯情结或对俄狄浦斯情结做出反应;然而,因为这些情感在心理上的前兆已经令人无法接受,所以大部分的这些情感必须处于意识之外。从青春期开始,人必须致力于摆脱父母的束缚这项巨大的任务;只有当他完成了这一分离,他才不再是个孩子,才因而成为社会的一员。对儿子来说,这项工作包括把对母亲的力比多欲望转移开,以便利用这些欲望在现实中寻找一个外在的爱的对象;如果他对父亲存有敌意,这项工作还包括使自己与父亲和解,或者,如果婴儿期的反叛最终导致向父亲屈服,那么现在需要摆脱父亲的控制。每一个男人都要完成这些工作;但值得注意的是,在多数情况下这些工作完成得并不理想,也就是说,这些问题的解决在心理上和在社会上很少令人满意。对精神病人来说,与父母的分离根本没有完成;儿子整个一生都屈从于父亲,无法将他的力比多转移至新的性对象。对女孩来说,女儿的命运可能是相同的。在此意义上,俄狄浦斯情结完全有理由被视为精神病的核心。

还有一件事我不能忽略。俄狄浦斯的母亲兼妻子不会使我们白白地想到梦。你们还记得我们释梦的结果吗?有多少次形成梦的愿望在本质上是性变态的和乱伦性的,或显露出对亲密的和深爱的亲人出乎意外的敌意?然后,我们并没有解释这些邪恶的情感企图的来源。现在你们可以自己回答这个问题了。它们是力比多的性情,是力比多对性对象的投射,它们属于幼儿早期,在意识生活中早就被放弃了,但是在晚上它们依然存在,在某种意义上来说,依然有活动能力。但是,因为不仅精神病患者,而是所有人都做过这种变态的、乱伦性的和谋杀性的梦,因此我们可以推断那些今天正常的人也经历过俄狄浦斯情结的性变态和性对象投射;这是正常的心理发展;只不过,精神病人以一种夸大的和夸张的形式展示了正常人梦中也能找到的东西。

(张金良 译)

关 键 词

俄狄浦斯/恋母情结(Oedipus complex)
厄勒克特拉/恋父情结(Electra complex)
精神病(neurosis)

负罪感(sense of guilt)
家庭情结(family complex)
性好奇(sexual curiosity)
禁止乱伦(prohibition of incest)
图腾崇拜(totemism)
精神病患者(neurotics)
青春期(puberty)

关 键 引 文

1. 与选择母亲作为爱的对象相联系的,就是包含在"俄狄浦斯情结"这个称谓下的所有东西,在用精神分析解释精神病中具有重要的作用,同时它也是精神分析招致反对的一个同样重要的原因。

2. 由于自我利益而导致的伤害使俄狄浦斯情结再次受到强化,使儿童对新出生的弟妹产生反感,产生再次清除他们的坚定愿望。儿童表达对弟妹的憎恨情感通常比表达与父母情结相关的情感要直率得多。

3. 对精神病人来说,与父母的分离根本没有完成;儿子整个一生都屈从于父亲,无法将他的力比多转移至新的性对象。对女孩来说,女儿的命运可能是相同的。在此意义上,俄狄浦斯情结完全有理由被视为精神病的核心。

4. 与母亲乱伦是俄狄浦斯所犯罪行之一,另一个是杀父。顺便说一句,这是图腾崇拜——人类社会第一个社会宗教制度所谴责的两个大罪。现在让我们从对孩子的直接观察转向对已患神经疾病的成年人进行分析研究;进一步分析还会对俄狄浦斯情结得出什么认识?大家很快就知道了。这种情结正如神话叙述的那样展现出来;人们会看到,这些精神病患者中的每个人自己就是俄狄浦斯,或换句话说,在对这种情结的反应上成了哈姆雷特。

5. 但是,因为不仅精神病患者,而是所有人都做过这种变态的、乱伦性的和谋杀性的梦,因此我们可以推断那些今天正常的人也经历过俄狄浦斯情结的性变态和性对象投射;这是正常的心理发展;只不过,精神病人以一种夸大的和夸张的形式展示了正常人梦中也能找到的东西。

讨 论 题

1. 古希腊神话为什么对弗洛伊德有特别的意义?神话是隐喻,根据神话引申出来的阐释也只能是隐喻,我们应当这么看待俄狄浦斯情结吗?

2. 根据弗洛伊德,俄狄浦斯情结会如何影响人的心理发育?

3. 你对弗洛伊德用俄狄浦斯情结来解释家庭关系以及人与社会的关系有什么看法?

4. 很多人说弗洛伊德满口胡言,他的学说更像"故事"而不像科学,你同意吗?为什么?

梦的解析(弗洛伊德)

对弗洛伊德而言,梦就是经过伪装的愿望获得满足的表达形式。正如精神病症状一样,梦是欲望与禁律在精神上妥协的产物:欲望已经变了样,禁律也予以放行。换句话说,梦的显在内容(那些记得住讲得出的梦的内容)掩盖了潜在的意义。《梦的解析》为揭开梦的伪装提供了阐释方法。弗洛伊德不断地提醒我们他不是个文学批评家,但他不断地引用艺术作品来解释和支持他的精神分析理论。弗洛伊德主义能对文学批评和文学理论有如此巨大的影响主要是由于下面的这些描述。

如果《俄狄浦斯王》在现代读者和戏迷的心中引起的震动不亚于当时的希腊人,那么唯一可能的解释就是:希腊悲剧的效果并不在于命运和人的意志间的冲突,而在于用来展示这个冲突的材料的特殊性。我们的心中必定存在一种声音,要去承认《俄狄浦斯王》中的命运威力;尽管同时我们还会谴责说,现在的《女祖先》或其他命运悲剧中呈现的情境是任意的虚构。而在《俄狄浦斯王》的故事中确实存在一个主题,它解释了这种内心声音的威严宣告。俄狄浦斯的命运感动我们之处,就在于它可能就是我们自己的命运,因为还在我们降生之前,神明便把给他的那种诅咒也施加给了我们。我们可能都注定把我们的母亲作为第一次性冲动的对象,并把父亲作为第一次暴力和憎恨冲动的对象。我们的梦使我们确信了这一点。俄狄浦斯王杀父拉依俄斯娶母依俄卡斯达,不过是一种愿望的满足——我们童年愿望的满足。但是我们比他幸运,没有患上精神神经症,因为自童年起,我们已经成功地收起对母亲的冲动,并逐渐忘掉对父亲的忌妒。我们从童年起满足欲望的对象身上撤回了这些原始欲望,竭力加以抑制,从孩童起我们的心理就在压抑这些欲望。当诗人通过自己的探究揭示了俄狄浦斯的罪恶时,他就迫使我们注意我们自己的内在自我,那里同样的冲动仍然存在,只是受到压抑。

索福克勒斯的这部悲剧明白无误地涉及到这一事实:俄狄浦斯的传说源自远古时代人们的梦,它的内容是儿童首次性冲动在与父母关系上引发的痛苦和紊乱。伊俄卡斯达安慰当时为神谕所困却又不知底细的俄狄浦斯,她认为她经常看到的那个梦其实并没有实际意义:

> 因为许多年轻人在梦中梦到
> 是自己母亲的配偶,但对此不介意的人
> 仍过着安定的生活。

许多人做过与母亲性交的梦,古今一样常见,而这些人谈起此事感到义愤和惊讶。可以想象,这正是悲剧的关键,也是对父亲死亡之梦的说明。俄狄浦斯的传说就是对这两种典型的梦的幻想性反应,正是这样的梦,出现在成人睡眠中,便会让人产生厌恶感,因此传说的内容必定要包含恐怖和自我惩罚。此梦最后呈现出的形式,是这一素材在二次加工后留下的难以辨认的面目,它力图使这一素材服务于神学目的。用这个素材来调和神的无上权力与人类的责任心,和使用其他类似素材一样,以失败告终。

另一个伟大的文学悲剧莎士比亚的《哈姆雷特》也根植在与《俄狄浦斯王》同样的土壤中。但是,两个相距遥远的文明时代的所有差异都体现在精神生活上,人类感情生活受到的压抑随时间的发展,体现在对同一素材的不同处理上。在《俄狄浦斯王》中,儿童的基本幻想都像梦中一样暴露无遗并完全实现,而在《哈姆雷特》中,它仍旧压抑着,我们需要像从神经病人中发现事实一样,只有通过之前的抑制效应才能获知它的存在。在更近代的这部戏剧中,主人公性格一直令人完全不可捉摸,这一点是悲剧惊人效果的不

《哈姆雷特》故事的发源地,丹麦的克隆博格城堡,建于 1574—1585

可或缺的因素。这部剧着力于描写哈姆雷特在完成复仇使命时的犹豫不决,原剧本并未道明这种犹疑的原因或动机,解释它的种种尝试也一直不成功。由歌德首先提出而且目前仍然十分流行的一种观点认为,哈姆雷特代表了这样一类人,他们的行动能力由于过度的智力活动而瘫痪:"带着苍白的思考面孔的病人。"另一种理论认为,诗人力图刻画一种病态的、优柔寡断的、濒临精神衰弱边缘的性格。然而,剧作的情节表明,哈姆雷特绝非蓄意被表现为完全没有行动能力的人物。在两个不同的场合,我们看见了他的决断:一次在盛怒之下,他刺死了躲在挂毯后面的偷听者;另一次,他蓄意地甚至狡猾地把两位别有企图的廷臣打发到了阴曹地府,展现了文艺复兴王

子的全部尊权①。那么,是什么在禁锢着他使他无法完成父王鬼魂赋予他的使命呢?这里的解释是,那便是这项任务的特殊性质。哈姆雷特能够做出一切,就是不能对这个男人施以复仇,因为这个男人杀其父王并占据了父亲的位置,从而向其表明实现了哈姆雷特本人童年时被压抑的欲望。因而,驱使他施予报复的仇恨被自我责备和良心疑虑所取代,良心告诉他,他与要去惩罚的谋杀者相差无几。这里,我已道出了潜藏于主人公心灵潜意识中的思想。如果有人打算称哈姆雷特为歇斯底里病人,那么我只能承认这就是从我的解释中做出的推论……正如各种神经症状像梦本身一样可以给出多种解释,甚至只有经过多种解释才能变得明白易懂,因此每部真正的文学作品必定产生于诗人心灵中的多个动机和多个冲动,并且必须容许有多种解释。这里我试图解释的只是诗人心灵中最深层的动机。

(张金良 译)

关 键 词

愿望满足(wish-fulfillment)

冲动(impulse)

神谕(oracle)

犹豫不决(hesitation)

希腊悲剧(Greek tragedy)

梦的解释(interpretation of dream)

哈姆雷特(hamlet)

关 键 引 文

1. 如果《俄狄浦斯王》在现代读者和戏迷的心中引起的震动不亚于当时的希腊人,那么唯一可能的解释就是:希腊悲剧的效果并不在于命运和人的意志间的冲突,而在于用来展示这个冲突的材料的特殊性。

2. 俄狄浦斯的命运感动我们之处,就在于它可能就是我们自己的命运,

---

① 前一次指的是哈姆雷特一剑刺死了躲在帷幕后面偷听的波洛涅斯(他以为是拉依俄斯,结果却是奥菲利娅的父亲),另一次是他毫不犹豫地处死了阴谋害他的罗森格兰兹和吉尔登斯吞("我的脑筋不等我定下心来,就开始活动起来了")。弗洛伊德认为,这种快刀斩乱麻的风格和优柔寡断很不一样。

因为还在我们降生之前,神明便把给他的那种诅咒也施加给了我们。我们可能都注定把我们的母亲作为第一次性冲动的对象,并把父亲作为第一次暴力和憎恨冲动的对象。我们的梦使我们确信了这一点。

3. 那么,是什么在禁锢着他使他无法完成父王鬼魂赋予他的使命呢?这里的解释是,那便是这项任务的特殊性质。哈姆雷特能够做出一切,就是不能对这个男人施以复仇,因为这个男人杀其父王并占据了父亲的位置,从而向其表明实现了哈姆雷特本人童年时被压抑的欲望。

4. 正如各种神经症状像梦本身一样可以给出多种解释,甚至只有经过多种解释才能变得明白易懂,因此每部真正的文学作品必定产生于诗人心灵中的多个动机和多个冲动,并且必须容许有多种解释。这里我试图解释的只是诗人心灵中最深层的动机。

讨 论 题

1. 弗洛伊德对梦的阐释和他关于心理结构的论述有什么关联?
2. 有人批评弗洛伊德把戏剧《哈姆雷特》的意义归结为俄狄浦斯情结,认为过于牵强,你同意吗?
3. 弗洛伊德发现的《哈姆雷特》中的"特殊性质"有普适性吗?你认为弗洛伊德这一套文本阐释方法可以用到其他文本研读中吗?
4. 如果其他的作品经过弗洛伊德的阐释,都成了一个个的《哈姆雷特》或者俄狄浦斯情结,你觉得是不是太单调了一点?

作家与白日梦(弗洛伊德)

这是弗洛伊德在从精神分析的角度谈论艺术与文学的著名文章。弗洛伊德并不擅长艺术,更不懂得如何探讨艺术性,于是他扬长避短,选择了艺术的源头。弗洛伊德当然不是第一个讨论这个问题。比如,柏拉图就认为文学想象来自神所引发的灵感。在弗洛伊德看来,文学想象则来自幻想或白日梦,用来满足遭到压抑而无法实现的愿望。艺术白日梦不同于"天真的"白日梦,区别在于艺术形式,在于"诗学用以克服嫌恶感的基本技巧"。因为"对富有想象力的作品的欣赏来自于我们头脑中紧张感的释放"。

我们这些外行人总是十分好奇地想知道,正像主教向阿里奥斯托①提出的一个类似的问题:作家这个怪人究竟从什么地方获得素材?又如何设法利用这些素材给我们留下如此的深刻印象,并且在我们心中激发起那些或许我们甚至都没有想到自己会产生的感情。如果我们问作家本人,他也不能向我们提供解释,即使做出解释也并不令人满意,因此我们的兴趣只会变得更浓厚。即使我们十分清楚地洞察到作家选择素材的决定性因素,洞察到创造文艺形式这门艺术的本质,即使我们知道这一切,我们也不会成为作家,但这丝毫不会减弱我们的兴趣。

弗洛伊德(约 1895)

如果我们至少能在自己身上,或者像我们这样的人的身上发现某种类似写作的活动,那该有多好!对这一活动进行一番考察,将使我们有望开始对作家的创作进行解释。而且确实,我们对其可能性是抱有一些希望的。毕竟,作家们喜欢缩小他们与普通人之间的距离;他们常常要我们相信,每一个人在其内心都是诗人,要到最后一个人死去,诗人才会消亡。

难道我们不应当追溯到童年时代去寻找这种想象性活动的最初踪迹吗?孩子最喜爱、最为之着迷的是玩耍或游戏。每一个玩耍中的孩子都创造一个他自己的世界,或精确地说,按照他喜欢的新的方式重新安排他世界里的事物。难道我们不可以说,这个玩耍的孩子就像一个作家吗?如果认为他没有认真对待那个世界,那就错了;相反,他对待他的游戏非常认真,并且在那上面倾注了大量的感情。游戏的对立面不是"认真",而是"真"。尽管孩子对自己的游戏世界倾注了那么多的感情,但他可以很好地将其与现实区别开来;而且他总是喜欢将想象出来的物体和情形与现实世界中的可视实物相联系。这种联系恰是孩子的"游戏"和"幻想"的区别之所在。

弗洛伊德和女儿安娜(1938)

作家所作的正像玩耍中的孩子。他创造了一个受到他认真对待的幻想世界,也就是说,他对此倾注了大量的情感,同时又严格地把这个世界同现实世界分割开来。语言保持了孩子的游戏与诗人的创作之间的这种关系。它将那些富有想象力的

---

① 埃斯塔的红衣主教伊波立曾询问创作出《狂暴的奥兰多》(1516)的意大利文艺复兴诗人阿里奥斯托:"你在哪里找到这么多故事?"

写作形式命名为 Spiel("游戏"),这些写作形式要求联系到具体可触事物,并且能够得到再现。语言中还讲到了 Lustpiel 或 Trauerspiel("喜剧"或"悲剧"),并把那些再现这种形式的人描绘为 Schauspieler("做游戏的人"或"演员")。然而,作家那个充满想象的世界的非现实性对他的艺术技巧却有十分重要的价值;因为许多东西如果是真的,就无乐趣可言了;而在幻想的游戏中,则能给人以快感;许多令人激动的事情本身实际上是令人悲痛的,但是在作家的作品上演时,就可以成为听众和观众快乐的源泉。

还有一种考虑需要我们在现实和游戏的对比上面再逗留一会儿。当这个孩子长大了不再玩耍的时候,在他以一种适当的认真态度努力对生活现实想象了几十年之后,某一天他或许会发现自己头脑中重新拆除了现实与游戏的对比。作为一个成年人,他可以回想一下童年时代玩游戏时的那种认真样子,并且通过将今天表面上严肃的工作等同于童年的游戏,他可以抛掉生活强加给他的太重的负担,收获由幽默带来的快感。

随着人们长大,他们停止了玩耍,并且他们似乎放弃了那种在玩耍中获得快乐的享受。但是任何了解人类心理的人都知道,对于一个人来说再没有比放弃他曾经历过的快感更难的事了。事实上,我们从来都不会放弃任何事情:我们只是用另一件事情来替代它。表面看上去是放弃了,实际是用了一种替代物。同理,成长中的孩子不再玩耍时,放弃的只是与实际物体的联系;他现在不是玩耍而是幻想。他建造空中楼阁,做起所谓的白日梦。我相信大多数人都有时在生活中构造幻想。这个事实长久地被人们忽视,它的重要性没有被充分地认识到。

与孩子的玩耍相比,人们的幻想更不容易被观察到。诚然,孩子自己玩耍或为了游戏的缘故而与其他的孩子组成一个封闭的心理圈子;但是即使他不在大人们面前玩游戏,他也不会故意背着他们玩。相反,成年人却为自己的幻想而羞愧,并把它们在别人面前隐藏起来。他将幻想作为最隐秘的财产而珍视,并且通常宁愿坦白自己的罪过,也不愿把他的幻想告诉别人。结果是,因为这个原因他相信自己是唯一发明这种幻想的人,却不知道这种创造在其他人当中也很普遍。玩耍的人和幻想的人,其行为的不同可由这两种行为的不同动机来加以说明,而这两种动机事实上是互补的。

孩子的玩耍决定于他的希望:事实上决定于仅仅一个希望——一个有助于他成长的希望,那就是希望长大成人。他总是假装"成年人",并且在游戏中模仿他所了解的成年人的生活。他没有理由掩藏这一希望。成年人的情况就不同了。一方面,他知道人们并不期望他继续玩耍或幻想,而是要生活在现实世界中;另一方面,一些使他产生幻想的希望本质上是必须要隐藏的。因此,他为自己的幻想的幼稚和不被允许而感到羞愧。

但是,你会问,既然人们如此为他们的幻想保守秘密,那么关于幻想我们怎么知道得那么多呀?噢,有一位女神,事实上,不是男性神灵,即必要女神,分配给这类人一项任务,即讲述什么使他们遭受痛苦,什么给他们带来幸福。这些人是神经病患者,除了别的东西外,还被迫向医生讲述他们的幻想,他们希望医生用心理疗法治愈他们的疾病。这是我们的知识最好的来源,从那时起我们就发现很有理由认为,我们的病人告诉我们的东西,也是我们可以从健康人那里听到的。

让我们来了解一下幻想的几个特征。我们可以认为一个幸福的人从来不幻想,只有不满足的人才幻想。幻想的动力是无法满足的愿望,每一个幻想都是一个愿望的满足,对令人不满的一种现实的纠正。这些激发幻想的欲望根据幻想者的性别、性格和所处的情况而不同;但是它们自然地分为两种主要类型:或者是野心勃勃的抱负,有助于提高主体的人格;或者是爱欲。在年轻女性身上,爱欲几乎占有独一无二的地位,因为她们的抱负通常都被她们的爱欲所吞并。在年轻男性身上,以自我为中心的、雄心勃勃的抱负和爱欲同样明显。但是,我们不会强调这两种倾向的相互对立,而是宁愿强调它们经常结合为一体这一事实。正如在许多圣坛装饰画上,捐赠者的画像要在绘画的角落里才能看到一样,在大多数雄心勃勃的幻想中,我们只有在某个角落里才能发现那位女士,幻想者做出的所有英雄业绩都是为了她,他所得到的战利品都放置在她的脚下。正如你所看到的,这里

弗洛伊德和安娜在意大利度假(1913)

有足够强大的动机来隐藏幻想:受过良好教育的年轻女性只被允许有最低限度的爱欲,而年轻男性不得不学会压抑他们从童年时被宠爱的日子里带来的对个人的过多关注,以便能在一个充满了具有同样强烈要求的个人的社会里找到自己的位置。

我不能不谈幻想与梦的关系。我们晚间做的梦就是这样的一些幻想,我们可以从梦的阐释中加以证明。语言以其无与伦比的智慧在很早以前就把制造不确实的幻想命名为白日梦,进而解决了什么是梦的实质性质这个问题。虽然如此,如果我们做的梦的意义对我们而言通常却朦胧晦涩,那是因为夜间我们心中产生一些我们为之感到羞愧的欲望,必须在我们面前隐藏起这些欲望,因此它们受到压抑,被推进无意识中。这样一些被压抑的欲望只有以非常扭曲的方式才被允许获得表达。当科学研究成功地阐明了梦

的扭曲这一因素的时候,便不再难以理解晚间的梦和白日梦一样都是愿望的满足,我们都如此了解的幻想。

关于幻想就谈这么多了。现在谈一下作家。我们是否可以真的将作家与"光天化日下的做梦者"相比较,将他的创作与白日梦相比较呢?这里我们必须首先谈谈这二者的最初区别。我们必须区别两类作家:一类作家,像古代史诗和悲剧作家一样,创作素材取自现成的材料;另一类作家则似乎创造自己的素材。我们要讨论的是后一类作家,并且为了比较起见,我们将撇开那些被批评家推崇备至的作家,而去讨论那些不太自负的小说家、传奇作家和短篇小说家。这类作家虽然得不到批评界的青睐,却有着范围最广、热情最高的男女读者群。关于这些小说家的创作,有一个特点尤其给我们以深刻的印象:他们的每一部作品都有一个引起我们兴趣的主人公,为了赢得我们对这位主人公的同情作家们运用每一种可能的手段,并似乎至他于某位特殊神明的护佑之下。如果在故事的某一章的结尾处,主人公失去知觉,身受重伤流血不止的话,那么在下一章开头部分肯定会发现他正得到精心护理,并正在康复中;如果第一卷的结尾他所乘坐的船在海上遇到风暴正在沉没,那么第二卷开头肯定就会有他奇迹般获救——如果没有这一获救,故事就无法发展下去。我带着一种安全感随着主人公历经重重险境,这种安全感就像现实生活中一位英雄纵身跳入水中营救溺水者,或为了猛攻敌人的炮兵连而不惜冒着炮火前进时所表现出来的那种情感一样。这是一种真正的英雄气概,我们的一位最优秀的作家用一句无可比拟的话对这种气概进行了表述,"我不会出事的!"然而,在我看来,这种不会受到伤害的特征很有启迪性,透过它我仿佛能够迅速地认出那位威严的自我陛下,那位在每一个白日梦和每一个故事中都出现的英雄。

(张金良 译)

关 键 词

作家(creative writer)
童年时代(childhood)
游戏/幻想(play/fantasy)
抱负/爱欲(ambitious/erotic wishes)
梦的扭曲(dream distortion)
白日梦(daydream)
抱负/爱欲(ambitious wish/erotic wish)

关键引文

1. 我们这些外行人总是十分好奇地想知道……作家这个怪人究竟从什么地方获得素材,又如何设法利用这些素材给我们留下如此的深刻印象,并且在我们心中激发起那些或许我们甚至都没有想到自己会产生的感情。如果我们问作家本人,他也不能向我们提供解释,即使做出解释也并不令人满意,因此我们的兴趣只会变得更浓厚。

2. 作家所作的正像玩耍中的孩子。他创造了一个受到他认真对待的幻想世界,也就是说,他对此倾注了大量的情感,同时又严格地把这个世界同现实世界分割开来。

3. 事实上,我们从来都不会放弃任何事情:我们只是用另一件事情来替代它。表面看上去是放弃了,实际是用了一种替代物。同理,成长中的孩子不再玩耍时,放弃的只是与实际物体的联系;他现在不是玩耍而是幻想。他建造空中楼阁,做起所谓的白日梦。我相信大多数人都有时在生活中构造幻想。这个事实长久地被人们忽视,它的重要性没有被充分地认识到。

4. ……我们的病人告诉我们的东西,也是我们可以从健康人那里听到的。

5. 幻想的动力是无法满足的愿望,每一个幻想都是一个愿望的满足,对令人不满的一种现实的纠正。这些激发幻想的欲望根据幻想者的性别、性格和所处的情况而不同;但是它们自然地分为两种主要类型:或者是野心勃勃的抱负,有助于提高主体的人格;或者是爱欲。在年轻女性身上,爱欲几乎占有独一无二的地位,因为她们的抱负通常都被她们的爱欲所吞并。在年轻男性身上,以自我为中心的、雄心勃勃的抱负和爱欲同样明显。

讨 论 题

1. 弗洛伊德如何用幻想或者游戏来证明文学的独特性?和现实主义者有什么异同?
2. 艺术家和精神病患者的白日梦有什么根本的区别?
3. 你认为"实现未满足的(弗洛伊德式的)欲望"适用于所有文学创作吗?
4. 下页右上图是电影《爱德华大夫》中的一个镜头:一扇扇越来越深的门被打开,象征精神病人心中的"死结"被一个个解开,最后一缕阳光投射进黑暗的房间,象征病人回归"自然"。你认为情况是这样的吗?

弗洛伊德与文学(特里林)

莱昂耐尔·特里林(1905—1975)是哥伦比亚大学教授和文学批评家,文字老道,见解深刻,语言却十分流畅、优美,且深入浅出,深得大众的喜爱。他说:"'文字批评'来源于希腊词汇,意为判断。批评家所做的不仅仅是评判文学作品,他的评判作用包含在他所做的一切事情中"。特里林的文学批评以深入的理解能力和非凡的分析能力见长。如他对弗洛伊德主义的批评既富有远见又说理透彻。《弗洛伊德与文学》(1941)阐明了一些最为重要的弗洛伊德概念,指出对弗洛伊德的一些常见的误解,批评了弗洛伊德主义的一些缺点。这篇文章既是从学术角度进行的理论讨论,又有小品文似的亲密、轻松、深邃,透露出特里林文学批评的魅力。

特里林(1905—1975)

然而,我们可以说弗洛伊德关于精神有两个观点。一个观点(不论其对与错)认为精神总是通过选择和评估帮助创造现实。这是典型的弗洛伊德观点。依据这一观点,现实是可塑的,是受人创造的;它不是静止的,而是一系列按实际情况去应对的境况。但是与此并存的另一个观点来自于弗洛伊德临床实践的各种假设;这种观点认为精神应对的现实是相当固定和静止的,完全是"给定的",而不是(借用杜威的话)"认定的"。弗洛伊德在认识论方面的言论中坚持这第二种观点,但我们很难看出他为什么要这样做。因为他希望精神病病人去接受的现实毕竟是"认定的"而不是"给定的"。这是社会生活和价值的现实,是由人的精神和意志构想并维持的。爱情、道德、荣誉、尊敬——这些都构成了被创造的现实。如果我们称艺术为幻象,那么我们就必须把自我的大多数活动和满足都称为幻象;而弗洛伊德本人自然没有这么做的意思。

弗洛伊德和两个儿子(1916)

一方面是梦和精神病,另一方面是艺术,它们究竟有什么不同呢?显然,它们是有某些共同点的;没有一个诗人或批评家会否认无意识过程在两方面都起了作用。它们也都具有幻想的成分,只是程度不同而已。但是它们之间有一个重大区别,当查尔斯·兰姆在为真正的天才精神必定健全这一论点辩护时,曾清楚地看到了这一点:"……诗人是醒着做梦的。他能控制自己的主题,而不是为其所左右"①。

这是整个区别之所在:诗人把握自己的幻想,而被幻想所左右恰恰是精神病的标志。兰姆还阐述了进一步的区别。论及诗人与现实(他称其为自然)的关系时,他说:"诗人情意缱绻地忠实于那位女王,即使当他在表面上看来大有背叛她的样子的时候":艺术的幻想意在达到与现实的关系更亲近、更真实的目的。雅克·巴赞讨论弗洛伊德时既善意又一针见血,②他说得好:"艺术与做梦之间的美妙的类比导致他做出艺术与睡眠这样错误的类比。不过,艺术作品与梦的区别恰恰就在于:艺术作品把外界现实考虑在内,从而将我们带回到外界现实之中去"。弗洛伊德认为艺术的本质和目的几乎完全是享乐主义的,他的这一看法使他无法看出上面这一点。

弗洛伊德当然也知道必须将艺术家与精神病人区别开来。他告诉我们艺术家与精神病人是不同的,因为艺术家知道如何从想象世界中找到回去的路,"并重新在现实中获得一个稳稳的立足点"。不过,照他的意思看来似乎艺术家只有在中止艺术活动时才去应对现实。至少有一次,当他在讨论艺术应对现实时,他真的是指成功的艺术家所能获得的酬劳。他并不否认艺术的功能和用途:它在减轻精神紧张方面具有疗效;为了使人们接受他们为了文化而做出的牺牲,它可以充当"替代性满足"从而服务于文化目的;它有助于让社会成员共享宝贵的感情经验并使人们时刻记住自己的文化理想。我们中有些人会认为艺术的功效还不止于此,但即便是这些作用对于一种"麻醉剂"而言已是很了不起的了。

我一开头就说弗洛伊德的学说能为我们提供一些关于艺术的见解,但我一直所做的只是努力说明弗洛伊德的艺术观是不恰当的。那么,它的启发意义是否或许就在于将那种分析方法应用于特定的艺术作品或艺术家本人?我看不是这样,而且说句公道话,弗洛伊德本人确实曾经意识到精神分析运用于艺术方面的限度及局限,尽管他在实践中并非始终服从前者或承认后者。

例如,弗洛伊德无意侵犯艺术家的主权。他并不希望我们读了他的关于达·芬奇的专题论文之后说"岩石中的玛利亚"是同性恋、自恋绘画的出色代表作。他既主张在研究工作中"精神病学家不应迁就作者",他也主张

---

① 查尔斯·兰姆(Charles Lamb 1775—1834),英国批评家。
② 巴赞(Jacques Martin Barzun),1907— ,美国历史学家,教育家,生于巴黎,1933年入美国籍,长期担任哥伦比亚大学的行政领导,著述有《艺术的使用与误用》(1974)等。

"作家不要迁就精神病学家",他警告后者不要"把一切庸俗化",不要用临床上的"基本上没有用处的、笨拙的专门术语"来解释人类的一切行为。即使在声称美感或许来源于性欲的同时,他也承认精神分析"对美的发言权相对其他方面要少"。他坦言在理论上对艺术形式谈不出所以然,所以只限于讨论艺术的内容。他不考虑语气、感情、风格以部分之间的相互修饰限定。他说:

美国批评家特里林

> 外行人可能对于(精神)分析寄予了过高的期望……因为必须承认,分析根本没有说清外行人或许最感兴趣的两个问题:它既不能阐明艺术天赋的本质,又不能解释艺术家的工作方法——艺术技巧。

那么,这种分析方法能做些什么呢?两件事:一是解释艺术作品的"内在意义",二是解释艺术家作为人的气质。

那么,如果我们既不接受弗洛伊德关于艺术在生活中的地位的观点,又不接受他使用自己的分析方法,那么他对我们理解艺术和实践艺术又有些什么贡献呢?我认为,他的贡献大大超过他的错误;贡献是最主要的。这种贡献并不在于他关于艺术的某些具体言论,而是蕴涵在他关于精神的整个观念中。

因为在所有研究精神的体系中,弗洛伊德心理学是唯一主张诗歌是精神构成所固有的。事实上,在弗洛伊德看来,就其大多数倾向而言,精神恰恰就是诗歌创作的器官。这确实有些言过其实,因为它似乎把无意识精神的运转等同于诗歌本身了,忘记了在无意识精神与完成的诗歌之间还有社会意向和精神对形式的有意识控制。然而这种说法至少可以与那个被普遍表述或暗示的观点相抗衡,即认为事实恰恰相反,诗歌是对精神的正确轨道的一种有益的偏离。

弗洛伊德不仅还诗歌以自然面目,还发现诗歌就像一个拓荒定居者,他把诗歌看作一种思想方法。他多次力图证明作为一种思想方法,诗歌在征服现实方面是不可靠的和无效的。但是在建造他本人的学说时,他又不得不使用它。在讨论精神的构造结构时,他带有几分挑战的意味道歉说,他使用的关于空间关系的隐喻实在是非常不确切的,因为精神绝不是个空间的东西。然而除了隐喻又无从理解这一困难的概念。早在十八世纪维柯就谈到过文化早期阶段语言的隐喻性和形象性;在科学时代,我们怎么会仍旧使用比喻形式来感觉和思想,怎么会创立精神分析这样一种转义、隐喻及其变异形式——提喻和换喻的学说,这一切只有靠弗洛伊德去发现了。

　　弗洛伊德还说明了精神某部分的作用可以如何不受逻辑制约,不过还是受着目的的指引和意向的控制。而我们或许可以认为逻辑正是产生于这种指引和控制的。因为无意识精神可以离开句法联词而起作用,而句法联词恰恰就是逻辑的根本。无意识精神不承认什么"因为"、"所以"、"但是"。诸如相似、一致、共同之类的概念是通过压缩各成分成为统一整体而在梦中形象地加以表现的。无意识精神在与意识的斗争中总是从一般转向具体,总是发现可触知的细枝末节比高度的抽象来得称心些。弗洛伊德在精神的组织中找到了艺术得以造成其效果的机制,如意义的压缩、重点的转移等等。

(张金良　译)

关　键　词

给定的/认定的现实(given/taken reality)
替代性满足(substitute gratification)
限度及局限性(limits and limitations)
精神的体系(mental systems)
隐喻(metaphor)

关　键　引　文

　　1. 一方面是梦和精神病,另一方面是艺术,它们究竟有什么不同呢?显然,它们是有某些共同点的;没有一个诗人或批评家会否认无意识过程在两方面都起了作用。它们也都具有幻想的成分,只是程度不同而已。但是它们之间有一个重大区别,当查尔斯·兰姆在为真正的天才精神必定健全这一论点辩护时,曾清楚地看到了这一点:"……诗人是醒着做梦的。他能控制自己的主题,而不是为其所左右"。

　　2. 外行人可能对于(精神)分析寄予了过高的期望……因为必须承认,分析根本没有说清外行人或许最感兴趣的两个问题:它既不能阐明艺术天赋的本质,又不能解释艺术家的工作方法——艺术技巧。

　　那么,这种分析方法能做些什么呢?两件事:一是解释艺术作品的"内在意义",二是解释艺术家作为人的气质。

3. 我认为,他的贡献大大超过他的错误;贡献是最主要的。这种贡献并不在于他关于艺术的某些具体言论,而是蕴涵在他关于精神的整个观念中。

4. 因为在所有研究精神的体系中,弗洛伊德心理学是唯一主张诗歌是精神构成所固有的。

讨 论 题

1. 按特里林的说法,当代评论家对弗洛伊德产生过哪些误读和误解?
2. 弗洛伊德心理学的理论长处和局限性是什么?你同意特里林的看法吗?
3. 讨论特里林的批评方法:有哪些值得我们学习?
4. 评论下面这段引文:"……诗人是醒着做梦的。他能控制自己的主题,而不是为其所左右"。

镜子阶段(拉康)

雅克·拉康(1901—1981)开始学习心理学时,弗洛伊德的观点已经得到公认。他在二十世纪三十年代推动弗洛伊德进入法国,自己则大部分时间在巴黎做执业精神病医生和精神分析学家。1953年他定期在巴黎大学主持精神分析学研讨会,之后

逐渐建立起自己的知名度。和二十世纪现代语言学、哲学、诗学研究一样,拉康强调了语言的作用,把它作为无意识心理的一面镜子,努力将语言研究的成果引入精神分析理论。他的主要成就是从结构主义语言学的角度对弗洛伊德的观点进行再阐述。人类心理的发展被拉康分作三个阶段:镜子阶段,想象阶段和象征阶段,三个阶段都以语言为前提。下文选自《精神分析经验中显示出来的镜子阶段对我的功能形成的影响》(1949,初稿写于1936年),探讨孩子(主体)如何在镜子(客体)中发现自己的形象,并在这二者的关系中发展成为现代心理人。

镜子阶段的概念是我十三年前在上届学会上提出的,现在在法国会员们的实践中已经或多或少得到了承认。但是我觉得很值得在这儿,尤其是在今天,重新引起大家对它的关注,因为,正如我们在精神分析中所经历的,这个概念能令人明察我的形成。这种经历使我们对抗那些由我思(Cogito

直接产生的任何哲学①。

在座诸位中大概有人记得，这个概念起源于比较心理学所阐明的人类行为的一个特点。在某个年龄段一个短短的时期内，儿童虽然在操作性智慧上还比不上黑猩猩，但已能在镜子中辨认自己的映像。对"啊哈，真奇妙"的启发性模仿颇能说明此辨认的存在。科勒将其视作对情境认识的表述，是智力行为的关键一步②。

对一只猴子来说，一旦明了了镜子映像是虚的，这个行为也就到头了。而它却会在孩子身上立即引发一连串的姿势反应，在这些姿势中他体验到镜中映像的种种动作与所反映的环境的关系，以及这种虚的复合体与它重现的现实——他的身体、他周围的人与物的关系。

自鲍德温以来我们已知道③，这样的事在孩子六个月大以后就会发生。它的重复发生常常引起我对婴儿在镜子前那种令人吃惊的现象进行沉思。这时的婴儿尚不能行走，甚或站不稳，靠人扶持或用学步车支撑，却会在一阵欣快的动作中力图摆脱支撑他的羁绊，并保持一种稍微前倾的姿态，以便感受镜中形象瞬间留下的印象④。

据我观察，一直到十八个月，婴儿的这种行为都含有我所赋予它的那种意义。它表现了一种迄今还有争议的力比多活力论，也体现了一种人类世界的意义本体论结构，这种本体论结构与我们对妄想症认识的思考是一致的。

我们只需将镜子阶段理解成一种完全意义上的身份认同过程（这一术语的完全意义来自于分析），即主体在认定一个镜像之后自身所起的变化——在分析理论中使用的一个古老术语"无意识意象"⑤足以表明他注定要受到这种阶段-效果的影响。

一个尚不能行走、倚母待哺的婴儿⑥，高兴地认定了镜中自己的形象，这

---

① 这里喻指德国十七世纪哲学家笛卡儿（"我思故我在"）以来的哲学。
② 科勒（W. Köhler 1887—1967），美国心理学家，格式塔心理学代表人物之一，其猩猩试验证明动物和人一样，靠对整个情境结构进行突然知觉来获取知识，而不是依赖反复的感官印入。
③ 鲍德温（J. M. Baldwin），1816—1934，美国心理学家、哲学家，在心理学中引入进化原理，认为一个动作的经常重复是因为该动作对其自身重复的刺激所然，即"循环反射"。
④ 这个行为指孩子在镜子中认出自己的形象。
⑤ 即拉丁词"imago"，精神分析术语，指儿童对父母等形成的理想形象。
⑥ 这里的"婴儿"用的是拉丁词"infans"，原义是"不会说话的"，即在语言行为发生之前。

在我们看来是在一种典型的情境中表现出来的象征性模式,在这个模式中,我这个概念以一种原始的形式突然产生。此后,在与他者相认同的相互关系中,我才被客观化;并且也是在此以后,语言才给我恢复了在普遍意义上的主体功能。

如果我们想要把这个形式归入已知的类别,则可将它称之为"理念之我",在这个意义上它代表的也是所有次要认同过程的根源。这个术语里包含了力比多正常化的诸功用。但是,重要的是这个形式在自我被社会决定之前就将其作用放置在了一条虚构的导向中,这条导向对个人而言总是必不可少的,或者确切地说,无论他多么成功地运用辨证综合法解决了我与现实的不协调,这条途径只是渐近地结合到主体的生成中。

事实是,主体获得的身体的完整形式仅仅是一种格式塔,主体靠这种身体的完整形式在幻想中期待自己力量的成熟,也就是说,是一种外延形式,当然更具构成性而非被构成,但是在主体看来这种形式首先拥有确定它大小的对比性和使之颠覆的对称性,这些与主体感觉到的使他产生活力的剧烈活动形成对比。因此,这种格式塔格式塔的通过它出现的两个方面,既象征我在精神上的永恒性,同时也预构了它对目的的疏远;它依然包含一些联系,连接我和人自我投射的形象,连接我和支配我的幻象,或连接我和这种幻想自发的运动,在这里在一种似是而非的关系中,他自己制造的世界趋向于获得完满。其孕育性应该被认为和物种联系在一起,虽然它的原动方式依然几乎无法辨识。

确实,对于无意识意象来说——我们有幸在日常经验中和在符号效用的阴影中看到这些意象被掩藏的轮廓——镜像似乎就是可见世界的门槛,如果我们从自身躯体的意象在幻觉或梦境中表现的镜面形态出发的话,不管这关系到自己的特征甚至缺陷或者其客观-投射,还是假如我们注意到镜子在主体相似物的出现中的作用,而在这样的出现中异质的心理现实被呈现出来。

我自己也指出过,在将人的认识以妄想方式组织起来的社会辨证关系中,为什么人关于欲望力量范围的知识比动物的更独立自足,还指出过为什么人的知识是在这"点滴的事实"中被决定的,不满的超现实主义者们将此视作它的局限性。这些思考使我在镜子阶段(甚至先于社会辨证关系)表现出的攫取空间的企图中看到人在自然现实中的机体不足对人的影响——就所能赋予"自然"一词以任何意义而言。

因此，我将镜子阶段的功能视作意象功能的一个特殊例。这个功能表现在建立起机体与外界之间的关系，或者，如人们所说的，建立内在世界（Innerwelt）与周围世界（Umwelt）之间的关系。

但在人身上，这种与自然的关系由于机体内在的某种断裂而被改变了，这种断裂是新生儿最初几个月内的不适和行动不协调的症状表露出来的原生不和。金字塔形体系在构造上的不完全以及残存的某些母体体液，这两种客观观念肯定了我提出的一个观点，即人身上存在一种真正的特别的早产性①。

顺便指出，值得一提的是，胚胎学家们认识到了这一事实，并称之为产后胎期症状，它确定了中枢神经的所谓高等器官的普遍存在，尤其是皮层高等器官的普遍存在，心理外科手术使我们将这种普遍存在视为肌体内部器官的镜子。

这个发展被体验为时间的辨证过程，它将个体的形成决定性地投射到历史中。镜像阶段是一出戏剧，其内在冲突从不足迅速发展为期待状态，对于受空间身份确认诱惑的主体来说，它制造了从支离破碎的身体形象到我称之为矫形形式的身体完整形式等一系列幻想——最后，发展到建立起异化身份的纹章这个假设，这个假设以其确定的结构展示出主体的全部精神发展。由此，打破了内在世界的圆周而进入到周围世界，导致自我确认的无穷化解。

我已把"支离破碎的躯体"这个术语引入到我们的理论参考系统里去了。当分析活动遭遇到了个人身上某种程度的咄咄逼人的分解力量时，这种支离破碎的躯体就经常会出现在梦中。那时它是以断裂的肢体或外观形态学中那些器官的形式出现的，它们在内部倾轧中长出翅膀生出胳膊，在富于幻想的杰洛姆·鲍希②的画笔下，这些形象已经固定下来，从十五世纪到现代人想象的巅峰完全一样。然而，这个支离破碎的躯体形式还在机体层面显现出来，出现的形式是那些"脆弱"的线条，表现在精神分裂、痉挛和歇斯底里症状上。

与此相关，在梦中我的形成是以营垒或竞技场来象征的——里面的竞技场和边墙，四面围着沼泽和碎石地，把竞技场划分成争斗的两个阵营，主

---

① 即和其他生物相比，人在生理上处于不成熟状态（"早产"）的时间更长，所以镜子阶段对人的成长就具有重要的意义。

② 杰洛姆·鲍希（1462？—1516），佛兰芒画家。

体陷在争夺遥远而高耸的内心城堡的斗争中,这内心城堡的形式(有时也出现在同样的场景中)以惊人的方式象征了原始本能。同样,在精神方面我们在这儿看到加固了的建造结构得到了实现。这些结构的隐喻意义自然而然地产生出来,就像是来自症状本身,目的是为了指明倒错、孤立、重复、删除和移位等强迫性精神症的机制。

但是,如果我们只倚仗这些主观假设,无论我们在多小的程度上使它们摆脱经验条件的限制(这种条件使我们把它们看作带有语言技术的性质),那么我们的理论尝试就会被指责为陷入难以理解的绝对主体中。这就是为什么我在现有假设中,依客观证据为基础,努力寻找象征性还原法的指导性纲要。

这个纲要在自我防御中建立起一套遗传学秩序,这符合安娜·弗洛伊德小姐在她大作的第一部分中表达的愿望①。与经常能听到的偏见不同,这个秩序将歇斯底里的压抑及其回复置于比固念倒错及其隔绝过程更远古的阶段。而后者又作为妄想疏离的开端,开始于自映的我逐渐进入社会的我。

通过与相似者的意象和原生嫉妒的发生相认同,镜子阶段开始了一个辨证过程,……把我与社会各种复杂情景联系在一起,镜子阶段也就最终结束了。

就是这个时刻,人类所有知识通过他者的欲望决定性地被归并,通过与他人的合作在抽象对等关系中构造它的对象物,并使"我"成为这样一个机构,对它来说所有的本能冲动都是种危险,即使这冲动符合自然的成熟过程——人身上的这种成熟,其正常化从此取决于文化的帮助,就像俄狄浦斯情结在性欲对象中的情况那样。

(张金良译)

关 键 词

无意识意象(imago)

镜中形象(mirror-image)

模仿(mimicry)

格式塔(Gestalt)

内在世界/外在世界(Innenwelt/Umwelt)

---

① 安娜·弗洛伊德(Anna Freud),1895—1982,是弗洛伊德的小女儿,儿童精神分析理论的创始人之一,这里指她的《自我与防御机制》(1936)一书,系统总结了弗洛伊德提出的各种防御机制。

早产性（prematurity of birth）
精神症（neurosis）
象征性还原（symbolic reduction）

关 键 引 文

1. 据我观察，一直到 18 个月，婴儿的这种行为都含有我所赋予它的那种意义。它表现了一种迄今还有争议的力比多活力论，也体现了一种人类世界的意义本体论结构。这种本体论结构与我们对妄想症认识的思考是一致的。

2. 一个尚不能行走、倚母待哺的婴儿，高兴地认定了镜中自己的形象，这在我们看来是在一种典型的情境中表现出来的象征性模式，在这个模式中，我这个概念以一种原始的形式突然产生。此后，在与他者相认同的相互关系中，我才被客观化；并且也是在此以后，语言才给我恢复了在普遍意义上的主体功能。

3. 因此，这种格式塔——通过它出现的两个方面，既象征我在精神上的永恒性，同时也预构了它对目的的疏远；它依然包含一些联系，连接我和人自我投射的形象，连接我和支配我的幻象，或连接我和这种幻想自发的运动，在这里在一种似是而非的关系中，他自己制造的世界趋向于获得完满。格式塔的孕育性应该被认为和物种联系在一起，虽然它的原动方式依然几乎无法辨识。

4. 镜像阶段是一出戏剧，其内在冲突从不足迅速发展为期待状态——对于受空间身份确认诱惑的主体来说，它制造了从支离破碎的身体形象到我称之为矫形形式的身体完整形式等一系列幻想——最后，发展到建立起异化身份的纹章这个假设，这个假设以其确定的结构展示出主体的全部精神发展。由此，打破了内在世界的圆周而进入到周围世界，导致自我确认的无穷化解。

5. 通过与相似者的意象和原生嫉妒的发生相认同，镜子阶段开始了一个辨证过程，……把我与在社会何种复杂情景联系在一起，镜子阶段也就最终结束了。

讨 论 题

1. 拉康和弗洛伊德有什么主要的不同？

2. 在拉康看来,镜像阶段在人的心理发展中起什么作用？为什么？

3. 从上文中能否看出,拉康心理分析对文学研究有什么意义？镜像和文艺批评有什么联系？

4. 女性主义者一般比较认同拉康的心理分析,而批评弗洛伊德。为什么？

阅 读 书 目

Bettelheim, Bruno. Freud and Man's Soul. New York: Vintage Books, 1984

Black, Stephen A. "On Reading Psychoanalytically." College English. Vol. 39, No.3, Nov. 1977

Freud, Sigmund（1908）. Creative Writers and Day-Dreaming. In David Lodge

——"Beyond the Pleasure Principle". In The Standard Edition of the Complete Psychological Works of Sigmund Freud. Vol. XVIII, 1920

——An Outline of Psychoanalysis. Ed. James Strachey. London & New York: W. W. Norton & Co., Inc., 1949

——Introductory Lectures on Psychoanalysis. Ed. James Strachey. London & New York: W. W. Norton & Co., Inc., 1961

Fromm, Erich. Psychoanalyse und Ethik. Stuttgart: Diana Verlag, 1954

Holland, Norman N. 5 Readers Reading. New Haven & London: Yale UP, 1975

——"Unity, Identity, Text, Self", in Jane P. Tompkins ed. Reader Response Criticism —— from Formalism to Post-Structuralism. Baltimore and London: The Johns Hopkins UP, 1984

——The Brain of Robert Frost, New York & London: Routledge, 1988

Masters, William H. etc. Human Sexuality. Harper Collins Publisher, 1992

Trilling, Lionel. "Art and Neurosis." In Hazard Adams ed. Critical Theory Since Plato

Wright, Elizabeth. Psychoanalytical Criticism: Theory in Practice. London & New York: Methuen, 1984

刘艳:《中国的"俄狄浦斯情结"——周萍新论》,《广西师范大学学报》1996/2

倪海:《论弗洛伊德人格理论及其贡献》,《学术论坛》2002/10

时晓丽:《弗洛伊德的泛性论与中国新时期的文学》,《西北大学学报》1998/3

周小仪:《拉康的早期思想及其"镜像理论"》,《国外文学》1996/3

张翔:《能指的游戏——拉康语言/精神分析学中的"意义"》,《四川外语学院学报》2002/5

张一兵:《拉康镜像理论的哲学本相》,《福建论坛》2004/10

第五单元　神话原型批评

　　弗洛伊德在《作家和白日梦》中曾说过,神话是一个民族"幻想"的残留物,只是形式上经过了变化(Freud, 1908: 41)。但是关于神话和心理学的联系,弗洛伊德语焉不详,有待于他的学生、瑞士心理学家荣格(Carl Gustav Jung)以及由他所发展起来的神话原型批评进行更加深入的阐发。在讨论这个理论之前,有必要把"神话"和"原型"这两个概念解释一下。

　　"神话"这个概念由来已久,一般泛指关于神或其他超自然的故事,有时也包括被神化了的人。一个文化/民族流传下来的神话故事从一个侧面讲述了该民族的历史,如犹太神话中关于创世、出埃及迁徙、人物传记的记载在很大程度上可以看成是犹太民族的形成史,也是犹太文化的产生史;因为后人仍然在不断地阅读这些神话,受着神话的影响,所以民族神话是一个民族的精神特征,是她永远追寻的自我意义。对文学家来说,神话首先是文学创作取之不尽的源泉,世界名作大都从本民族神话里汲取素材;神话还可以是引人入胜的故事(希腊语"mythos"就是叙事、情节的意思),这也是它源远流长生生不息的重要原因;对结构主义诗学来说,神话也蕴含了叙事结构,是文学叙事的根本;神话原型批评则把神话作为仪式和梦幻的文字表达方式,使仪式获得意义,梦幻具备形式,所以神话是文学作品的结构原则。神话曾被认为非理性、虚假,所以长期以来受到轻视和嘲笑,地位一直不高。十八世纪浪漫主义兴起之后,尤其是维柯(Giovanni Battista Vico)出版《新科学》后,神话思维被确认为人类思维

维柯的《新科学》

发展的必经阶段，是"诗的智慧"的源泉，和理性同样重要。十九世纪神话学进一步发展，甚至有人主张神话就是科学复归于诗，比抽象理性更适于培养人的认知能力。

据荣格考证，"原型"（希腊语"arché"，喻初始、根源；"typos"指形式、模式）一词在古希腊哲人的著述中已经频繁出现，只是其指涉因人因事不同而略有差别（Jung, 1965: 642—643）。近代原型概念出现在十九世纪下半叶，一般指作品中自古以来反复出现的比较典型的文学现象（如主题、意象、叙事方式等）。原型的概念首先被文化人类学家弗雷泽所采用，借以解释多种文化里存在的神话传说和宗教典仪，通过对这些仪式的形式进行分析，解读出其中包含的结构规律。神话原型批评由于关注于"原型"，所以得以跨越传统的文本阐释形式（如发生学、历史学阐释），更加得心应手地研究诸如文学传统、文学类型等问题。此外，由于原型具有共通性，所以通过研究原型可以贯通不同地域不同时期的文学作品，建构文学发展的宏观结构。对原型的重要研究始于弗雷泽，至本世纪五十年代由加拿大学者弗莱（Northrop Frye）发展成熟。由于原型研究实际上包含了神话的内容（仪式、传说、图腾、禁忌等），所以常以"原型批评"指代神话原型批评。

神话原型批评起始于本世纪初，心理学家荣格作了开创性工作。荣格1900年获得医学博士学位，在苏黎世一家医院做精神科医生，曾进行过词语联想试验来寻找人格的基本构成，在研究病人情感联想时提出过母亲情结和父亲情结等[①]，曾因此和弗洛伊德进行过讨论与合作研究，并由于弗氏的举荐于1910—1914年担任国际心理学会的首任主席。但随着荣格对梦和幻想的研究进一步深入，他越来越相信神话因素在其中的巨大作用，也因此和弗洛伊德的分歧越来越大。他难以接受弗洛伊德把俄狄浦斯情结作为一切精神疾病的根源，认为弗氏的性力说（libido）并不全面；对如何理解精神分析中的移情作用，如何解释梦里的象征，如何理解诱奸幻觉等问题，他的回答也和弗氏不尽相同。这些分歧最终导致俩人于1913年分道扬镳。

严格地说，荣格的专业研究领域既不是神话也不是原型，而是心理学，但在经典神话原型批评中他占有奇特的位置。英国人类学家弗雷泽（James G. Frazer）在十九世纪末成功地揭示出不同文化的神话传说和宗教典仪里经

---

① 荣格的母亲情结/父亲情结和弗洛伊德的恋母情结/恋父情结不大一样：他不同意把性力作为无意识最原始的驱动力。

常出现相似甚至相同的意象或主题①;二十世纪五十年代弗莱把弗雷泽所说的"原型"在文化和文学中进一步深入阐释,发展出一套更加系统完整的原型理论。在时间上荣格处于弗雷泽和弗莱之间,但由于他在心理学层面上把神话和原型结合在一起,因此可以认为荣格是神话原型批评的创始人。但是,"神话原型"的概念并不是荣格首创,而且荣格在提出自己的神话原型批评理论时无疑受到前人的影响,其中弗雷泽的影响不可忽视。

英国人类学家弗雷泽
(1854—1941)

弗雷泽大学时代研读古典文学,打下了良好的学术研究基础②。五年后进剑桥研习法律,逐渐从古典文学转到人类学,从十九世纪八十年代开始发表著述,五十年中达著述几十部,成为最多产、影响最深远的进化派人类学家。其代表作《金枝》历时二十五年,洋洋洒洒十二卷(后出一卷精缩本)。此书如副标题(《巫术与宗教研究》)所示,研究范围是世界各文化中以巫术为特征的原始宗教仪式、民间神话和民间习俗,力图勾勒"人类意识从原始到文明的演进轨迹"。

《金枝》手稿

对神话原型批评来说,《金枝》的主要理论建树是提出"交感巫术原理"和"禁忌"观。在原始人看来,人与自然间存在某种交感互应关系,所以人们通过象征性活动(巫术仪式)把自己的愿望、感情赋予自然,以控制实际上自己尚无法把握的自然。随着文明的演进。由人为中心的巫术渐被以神为中心的宗教所取代,并最终让位给以科学为中心的现代文明。虽然巫术—宗教—科学之间差别巨大,但三者有一个共同之处:都相信自然具有秩序和规律,而且弗雷泽相信利用科学可以更好地解释远古的神秘仪式、奇异风俗和怪诞神话。

弗雷泽的研究客体之一,就是他所谓的"金枝王国":他观察到,古代居住在内米湖畔的意大利人有一个仪式:王位继承人在王位交接时要从圣树

---

① 弗雷泽,英国人类学家,历史学家。就读于格拉斯哥大学和剑桥大学,采用的研究方法是跨领域收集和使用资料(这一点有些近似后来的新历史主义,见第十单元),使用比较的方法,研究文化现象并最终得出其终极解释。如从《金枝》的王位继承传说中解读当代人类的思维,因为两者都是进化的产物,有相通之处。

② 有关弗雷泽的部分内容参阅叶舒宪《探索非理性的世界》,pp.88—100,pp.22—41。

上折下一根树枝,在搏杀中把老国王杀死,然后继承王位(Frazer 1954: 228—253)。弗雷泽进一步考察到,这种仪式和不同文化中常有的一种共通的巫术相同,即在植物开始生长的春季举行象征生命繁殖的仪式,以表演动物的交媾来祈祷植物的丰产①。如古巴比伦每年春分举行新年庆典,部落男女交合于野,一是保证人类社会的生殖绵延,二是庆祝大地回春万物复苏,三是代表庆典者死而复活的成年入社礼。在古人神祇故事中也有大量类似的传说,如古埃及和西亚人每年要表演生命的兴衰,以阿都尼斯神的名义演示生命的循环。阿都尼斯的形象还出现在区域的传说里,如古希腊的美少年阿都尼斯,犹太教里死而复生的阿都奈即耶和华。在巴比伦传说中他是大母神易士塔的情人,影响万物的繁衍;到了小亚细亚沿海地区,他成了爱神阿弗洛狄特的情人,每年死而复生,大自然也因此草木枯荣;在古罗马诗人奥维德的《变形记》里,也有维纳斯和阿都尼斯的爱情故事。华夏文化的"社稷"观也可以认为根始于这样一种原始宗教。"社"乃是土地崇拜,即地母的生殖力崇拜;而"稷"则是谷物神崇拜,犹如对曾当过谷物神的阿都尼斯的崇拜。同时,祭祀社稷的方式"春祈秋报"也含有此意。春祈的对象是华夏女祖先的化身,秋报的对象可以理解为周人的祖先后稷即谷神;而秋报行为则是弗雷泽所说的"赎罪祭",表示在收割碾打之前祈求谷神的原谅,以调节平衡人和自然的施受关系。

奥维德《变形记》插图

对荣格来说,弗雷泽的文化人类学具有重要的意义:"神话首先是展示灵魂本质的心理现象",因为原始人的意识思维尚不发达,靠无意识和神话体验现实(同上,645)。此外,以上关于神话和原型的叙述不再局限于远古历史,而是和现代人息息相关,其中的连接就是他提出的"集体无意识"。荣格产生这个观念的经过饶有趣味。在一次海上航行时荣格和弗洛伊德相互分析对方的梦,荣格做过这样一个梦:他身处一座两层房子的顶层,房间内摆设古色古香;他下到一层,发现那里更加古老、幽暗,如中世纪的古堡;他无意中打开一扇厚重的门,下到地下室的圆顶房内,经仔细辨认发现周围的一切属于古罗马时代;他掀起地上的一块石板,沿石阶再往下走,进入一低矮

---

① 如中华典籍《周礼·媒宫》中载:"仲春之月,令会男女,于是时也,奔者不禁。"

的石洞,地上尘灰积淀,散落着一些破碎陶器及两个人头骨①。荣格经过反复思考,给出了如下的解释:房子的顶层供人居住,所以代表意识;顶层以下代表无意识,越往下越黑暗怪异,表示无意识的层次越深,直至洞穴即无意识的最深层,代表原始文化的遗迹(Jung,1965: 158—161)。也就是说,每个个人的心理底层积淀着整个人类自史前时代以来的所有内容。

古老幽暗的地下室

"集体无意识"概念提出之后,受到种种误解,因此荣格于1936年写了《集体无意识的概念》一文,以正视听。首先,它是集体性的而非个人性的,和当时已经非常普及的弗洛伊德概念不同:"集体无意识是人类心理的一部分,可以根据和个人无意识的以下不同而加以区别:它不像个人无意识那样依赖于个人经验而存在,因此也不是个人的东西。个人无意识主要由曾经意识到的内容所组成,这些内容后来由于被遗忘或压抑而从意识中消失;而集体无意识的内容从未在意识里显现过,因此也从不会为个体所获,而是完全依赖于遗传。个体无意识主要由各种情结构成,而集体无意识则主要由各种原型构成"(Jung,1968: 504)。也就是说,集体无意识是种普遍的、非主体或超主体性(suprapersonal)的人类心理体系,主要由遗传产生,这是它和个人无意识的主要区别②。其次,荣格把集体无意识等同于本能冲动,一是为了说明自己并不是有意标新立异,二是为了纠正对本能的错误认识。他并不否认人类心理的能量来自弗洛伊德所称的"本能冲动",但坚持认为本能不是如弗洛伊德所说的那样模糊混沌无法定义,而是轮廓清晰,目标明确,可以加以界定。"它们和原型非常相似,以至于完全有理由相信原型就是本能冲动的无意识形象;也就是说原型是本能行为的模式。"

另外,荣格和弗洛伊德一样,竭力维护集体无意识观的"科学性",认为它绝非毫无根据的凭空想象,而是实证研究的结果,可以在实际中加以验证,并且为寻找原型提供了一些方法。首先梦是发现原型最理想的地方,因为梦受意识的干扰较少,是无意识心理最直接最自然的流露,做法是直接向

---

① 弗洛伊德对这两个头骨感兴趣,解释为荣格的潜在欲望:希望两个女性死去。荣格对这个解释不以为然,但为了不扫兴,只得说是他的妻子和另一位亲戚。弗洛伊德对此很满意,但荣格却因此对弗氏理论的科学性产生怀疑。

② 荣格并不想否认个人无意识。在另一篇文章中他认为无意识可以分为个人无意识和集体无意识,前者属于无意识的浅层,后者属深层(Jung,1965: 642)。

做梦者了解梦中出现的主题(motifs),尤其要注意那些做梦者意识不到、甚至分析者也不熟悉的新的原型意象。发现原型的另一个办法是通过"主动想象",即集中精力对意识中的某一片断进行持续幻想,直至无意识中的相关景象开始出现并得以从中发现原型。虽然荣格不愿意把这种做法等同于弗洛伊德的自由联想法,但两者几乎是相同的。此外,原型的另一个来源是妄想症病人的幻觉,或恍惚状态下出现的幻想,或三至五岁幼儿的梦,把其中出现的象征和神话象征进行比较,找出两者功能意义间的对应。尽管有以上的方法,但由于原型属于无意识内容,"一旦上升进意识里可以被观察到,则已经起了变化"(Jung, 1965: 643),所以荣格承认在实际操作中原型的发现非常不容易,需要做出大量复杂的辨析求证梳理工作。

荣格曾以达·芬奇(Leonardo da Vinci)的名画《圣安妮与圣母子》为例来说明原型的寻找和求证。画中出现两个女性:圣安妮和圣马利亚。弗洛伊德断定这表明达·芬奇的恋母情结,但荣格却觉得这个推论十分勉强:圣安妮是达·芬奇的祖母而非母亲,而且两个女性带一个孩童的图画并不罕见,但记忆里有两个母亲的画家委实不多。他认为其实这是一个非个人的、普遍存在的原型主题:"双重母亲"以及与此相关的"双

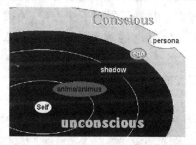

荣格的心理结构要比弗洛伊德的复杂一些

重出生"主题。如希腊战神赫拉克勒斯曾过继给宙斯之后赫拉以求永生;埃及的法老要举行第二次出生仪式以象征具有神性;基督教中耶稣经过约旦河洗礼获得精神上的再生,早期基督教的一个教派曾相信《圣经》里鸽子象征耶稣的母亲,基督教洗礼仪式也给予洗礼孩童教父和教母;甚至很多孩童确实有过"双重母亲"的幻想,认为他们只是领养的孩子,他们的父母也不是亲生父母(同上,505—506)。因此达·芬奇的画只是表现了一个全人类的本能欲望,一种人类共同的心理需要。

荣格和弗洛伊德一样是心理医生,对他来说作为本能欲望表现形式的"集体无意识"同时也可以表现为精神症状。如果确有人相信他有两个母亲并为此而引发精神症状,那么以上提及的"双重母亲"可能会外现为一种母亲情结。但是荣格的解释是,这种精神症状并不是弗洛伊德所谓的恋母情结所引发,而是病人自身潜伏的双重母亲原型被激活的缘故,因为现实生活里一个人有两位母亲的情况毕竟不多见。既然原型是一种集体无意识,它所激活的本能冲动不仅会引发个人的精神症状,而且还能导致社会的精神

症状:"归根到底,伟大民族的命运只不过是个人心理变化的总合。"如果一个民族使用某个远古的象征(如纳粹标志)或古罗马的束棒(如意大利法西斯党标志),复活中世纪对犹太民族的迫害,重新勾起人们对古罗马大军的恐惧,这些只能说明原型能量的巨大,说明其影响力的深远,因为它控制的"不仅只是几个头脑失去平衡的个人,而且是成百上千万的人民"(同上,507)①。

荣格说过,"生活里有多少典型环境,就有多少原型";但他也说过:"它们(具体原型的内容)到底指的是什么归根到底无法事先决定"(Jung, 1965: 646)。这里涉及到原型的两个方面:内容和形式。原型的形式仅存在于无意识中,所以无法把握("原型就其本身来说是空的,是纯粹的形式"),但只要赋予一定的内容它就可以在意识中出现。原型的形式靠遗传,原型的内容则依时空不同而千变万化,而确定原型的形式和内容之间的联系则非常不易何可见的物质形态②。如"双重母亲"是原型的内容,要确定它是否原型,表现了哪些本能冲动,则要依据艰苦的史料收集和心理学分析。

尽管如此,荣格还是描述了几个具有重要普遍意义的原型。"阴影"(shadow)是人格中原始低下、无法节制的感情,代表"挑战整个自我人格的道德问题",它的浮现需要人们意识到"人格的黑暗面不仅的确存在而且就在眼前"。阴影一旦出现在意识里便是低劣的不道德的欲望,因此承认自我的阴影需要足够的道德勇气来克服意识的阻力。为了避免道德阻力所引起的羞愧、焦虑、负罪感,意识更乐于把自我人格中的阴暗可怕的一面

歌德《浮士德》里的魔鬼

"投射"到他人身上,正如我们可以心安理得地观看莎士比亚《麦克白》里残暴凶恶的麦克白、《奥赛罗》里阴险狡猾的伊阿古一样,这也可以解释为什么我们会无意识地同情甚至认同某些不道德的人物(如弥尔顿《失乐园》里的撒旦,歌德《浮士德》里的魔鬼):因为我们身上也有同样的"阴影"。投射者在投射阴影时选择的对象总是同性别的,异性投射则指另一类原型:阴性灵

---

① 可见荣格和弗洛伊德对人内心黑暗面的揭示,对致人疯狂的"本我"和"阴影"的描写,和当时欧洲的政治氛围有很大的关系。
② 荣格曾有过一个比喻:原型的形式犹如水晶中的中轴系统(axial system),它预先决定了母液里的结晶形成,本身却不具备任(Jung, 1965: 647)。这个比喻使人想起艾略特的催化剂比喻:诗人创作时他的思想犹如氧气和二氧化硫发生反应时的催化剂白金,既是创作的源泉又不在作品中露出蛛丝马迹(参阅本书第二单元)。

魂相(anima)和阳性灵魂相(animus),前者指男性无意识中的女性人格化(Eros,代表保护,忠诚,连接等),后者指女性无意识中的男性人格化(Logos,代表理性,明辨,知识等)。实际生活中每个人都有两类灵魂相,只是与自己同性的灵魂相更强;但有时异性灵魂相增强,则异性灵魂相的投射增强,可以表现为诸如对武侠小说趋之若鹜,或对歌星影星狂热崇拜等(指的当然都是异性)①。不过灵魂相在心理学上的表现要复杂得多,因为虽然阴影较容易被意识到,灵魂相则几乎无法进入意识,而且灵魂相过强会导致心理障碍。如某位男士的阴性灵魂相太强,则在心理上会过分依赖母亲②,表现为胆怯内向,心理上祈求母亲的呵护,期望回到童年,逃避冷漠残酷的现实。如果母亲也把阳性灵魂相的对象指向儿子,则会对已经成年的他表现出过分的关爱,对儿子的心理生理的成长造成障碍(Jung, 1959: 8—14)。英国当代小说家劳伦斯(D. H. Lawrence)的名作《儿子和情人》描述的就是这样的案例。

现在以美国小说家赛珍珠(Pearl S. Buck)的小说《大地》里的人物阿兰为例来说明原型批评的一种可能的应用。赛珍珠十九世纪末生于美国,三个月即被传教士父母带到中国,虽然在美国受教育,但前半生大部分时间在中国度过,对中国社会,尤其是她生活过的安徽淮北地区非常熟悉。《大地》写于三十年代,并因此获得诺贝尔文学奖。

赛珍珠(1892—1973)

原型批评家纽曼曾根据荣格的叙述把原型解释成三个层次:原型,原型意象,原型具象。原型指无意识深层由遗传造成的原始积淀;原型意象则指荣格所谓的"初始意象",是原型在意识中高度浓缩的表现,与遗传无关,但不同民族不同文化可以有相似的表现;原型具象是原型意象在特定人群的特定展现,可以因时空的不同而千变万化(Neumann, 1963: 5—10)。"伟大母亲"(Great Mother)是一个原型意象,代表人们对某类"母亲象征"(如土地,森林,大海)的忠诚与崇拜,其表现之一是"地母"(Mother Earth),象征多产、关爱、温暖和生命,西方常见的表现有圣母、十字架等。

大地描写的是上个世纪之交中国淮北地区农民黄龙一家的故事,通过他们和他们所耕种的土地之间关系的变迁,来勾勒时代变化给中国农民的

---

① 这里会引出一个很有意思的问题:如果阴性灵魂相和阳性灵魂相透射的对象成了同性,结果如何呢? 很有可能就会出现同性恋倾向(参阅本书第十二单元),因为同性恋本身就根植于人的无意识中,具有很强的集体性,而且也属于一种"精神症状"。但是荣格没有对此进行任何说明。
② 阴性灵魂相中的"母亲"指的不仅是通常意义上的母亲,而是具有母亲功能的一切象征。

生活带来的影响。故事的主角是黄龙,虽然"黄"和"龙"带有明显的原型意象或原型具象,但是更有原型意蕴的倒是他的第一任妻子阿兰。首先阿兰的姓名"O-lan"就隐喻了地母的存在(Oh, Land):小说的开头黄龙和阿兰初春的婚礼预示着"大地将要出产果实";秋天阿兰生第一子时黄龙的土地给了他"从来没有过的好收成",阿兰第二次生产时"大地又是一次丰收";阿兰的第三个孩子智力低下,她前两次充足的奶水此时也枯竭了,其时天也大旱,黄龙一家颗粒无收;但当她再次产下双胞胎时,大地又是一次丰收;多年后当阿兰在寒冬里去世后,一场"从未见过"的大水吞噬了他们全部的土地。

除了以上的象征意义之外,阿兰还具有原型的文化意义。在中国文化中,土地的形状为"方","天圆地方"的概念也频繁出现在中华典籍中,而方(squareness)正是阿兰的外形特征:黄龙对阿兰的第一印象就是"宽阔坚实(square)身材高挑"。阿兰的另一个体貌特征是"普通"(homeliness):和西方地母原型不同,中国地母一直缺乏体态描述,可以视为外貌的"普通",如女娲的形象出现在许多典籍里,但没有任何典籍对她进行过外形描写。当今考古发现的最古老的中国地母是东北地区一座祠庙里一个六千年前的塑像。其脸庞"方正",鼻梁扁平,鼻孔略上翘,嘴巴"大而宽",阿兰则"短而宽的鼻子,鼻孔又黑又大",嘴巴"宽大得犹如脸上开了条沟"①。

阿兰不仅形似地母,而且"神似"地母,即她的性格品质和传统地母的品性相通。《易经》里地母的形象由"坤"代表,其品性归纳为"静,厚,简"。阿兰的"静"(stillness)表现为宁静,稳重和镇静:黄龙对阿兰的印象是"习惯沉默寡言,好像想说也说不出来";黄龙一个个纳妾,阿兰对此处之泰然;但在几次紧要关头,阿兰"平淡、沉缓、不动声色"的语调却远远胜于男人的威严。阿兰的"厚"表露得最彻底:她辛勤劳作一辈子,却不期待任何回报,始终以宽厚的心胸和坚实的肩膀支撑着全家。阿兰的"简"则表现在头脑冷静,处事干练果断,在很多场合与自诩一家之主却事到临头显出慌乱的黄

赛珍珠的小说《大地》

---

① 对这些相似,荣格的原型理论通常会解释为作者无意识中的原型所为,但在此个案里却很难解释赛珍珠这个西方人怎么可能会产生中国地母的原型意象。其实这也是神话原型理论的一个盲点:不同文化背景下的原型到底有没有共通性?某一文化背景下的原型可不可以为其他文化所理解甚至产生出?如果可以(赛珍珠就是一例),为什么?追问下去,弗莱用四季变化解释文学现象,有些地区四季变化很小,其文学该如何解释?问得再远一些,弗洛伊德的心理分析放到非基督教文化之下,是否也会遇到麻烦?

龙形成鲜明对比。

荣格和弗莱都认为,原型除了有肯定意义之外还有否定意义,如地母原型除了象征生命,宽爱,仁慈,还可以象征死亡,危险,吞噬。但是原型的象征意义和特定文化息息相关。中华文化长期以来是农业文化,地母原型和土地结合之后,其蕴义也带上中华文化的特征:死亡对于以土地为生的中国农民来说,无异于回归母亲,回归自然,西方语境中地母原型的负面含义已经变成了正面意义,正如《大地》中多处描写的那样,土地是黄龙一家的根本,死亡(回归土地)也是他们所能期盼的最大安慰。

原型批评在文学文本分析里作用很大,所以荣格在心理学阐述中触及到文学,因为集体无意识—原型—文学之间显然存在着某种内在联系,正像弗洛伊德心理学的本我/无意识-俄狄浦斯情结-文学一样。俩人之间的一个不同,也许就是荣格本人很少把集体无意识/原型理论应用于实际文本分析中,原因可能如荣格所言:他本人对文学知之不多。但是心理学和文学本来就有千丝万缕的联系,荣格在1922年对文学界的一次演说(《论分析心理学和文学的关系》)中特意表明了这一点。或许接受了弗洛伊德的教训,荣格特意说明心理学和文学的学科差异,因此不可以把文学作品当作精神病例(尽管从心理学的职业角度讲两者并没有很大差别),文学分析不同于精神治疗,心理学至多只能对文学创作过程进行阐释,对诸如文学深层的形式问题、审美问题则不应说三道四。但是,荣格仍然强调心理学和文学的相通之处:文学和人类的其他活动一样都源自心理动机,所以自然是心理学研究的目标。更主要的是,文学是人际间的(supropersonal)科学,文学形象归根到底是神话形象,是人类共有的最原始的遗产(Jung 1959: 65—81)。尽管如此,荣格仍然停留在文学的外围,神话原型批评提出的"整个文学到底做了什么"这个命题的深入研究要等到五十年代加拿大文学家弗莱的出现才开始。

加拿大处在欧美夹缝中,学术界能够引以为荣的世界级人文学者屈指可数,最有影响的是两位当代文化批评家,一位是曾提出"地球村"概念的麦克卢恩(Marshall McLuhan),另一位是把原型批评和结构主义相结合的弗莱(Northrop Frye)[①]。弗莱的声誉起于二十世纪五十年代后期,至七十年代中期达到顶峰;后结构主义和后现代主义出现以后弗莱退到了后台,但其实他的许多重要著作都发表在七十年代以后,而且他在世界其它地方的影响和在加拿大、美国的影响相比有个时间差,世界许多地方仍然视弗莱为学术研

[①] 本节部分内容取自作者1998年6月9日在多伦多大学"诺思洛普·弗莱中心"对《诺思洛普·弗莱选集》的主编阿尔文·李(Alvin Lee)博士和副主编琼·奥格蕾迪(Jean O'Grady)博士的采访。

究的重点。但是不论在什么地方,《批评的解剖》一直是文学研究的必读经典,是研读文学的基础。

对早期弗莱产生重要影响的人中包括大量使用"自然"意象的当代英国诗人艾略特和大量出现季节和时间意象的莎士比亚戏剧,他们使弗莱第一次意识到在艾略特和莎士比亚的背后也许隐藏有一整套西方传奇和仪式的传统。弗莱的主要文学思考集中在1957年出版的《批评的解剖》,但四十年代时他曾考虑过把有关内容写进《威严的对称》;其理论形成还可继续上溯到三十年代:他读大学时就对弗雷泽很感兴趣,后者有关生殖仪式和季节神话的论述对他当时的几篇论原始主义和浪漫主义的作业影响非常明显,对他后来提出情节理论起过重要作用。

弗莱(1912—1991)

弗莱和弗雷泽、弗洛伊德、荣格最大的不同就是在讨论文化时紧紧地贴住文学,而不像后者那样集中于人类学或心理学。弗莱的直接理由是文学涉及的是人类集体,而不是自我个体(排除弗洛伊德),而纯粹神话或心理学意义上的集体无意识和文学并没有直接的关系(排除荣格)(Frye 1957: 112—113)。实际上弗莱和本世纪初的俄苏形式主义和英美新批评的做法一样,试图给予文学批评以独立的地位,不愿意它和其他学科搅在一起而面目难辨,甚至沦为工具而丧失自己的独特身份。弗莱认为,文学批评不等于文学创作,因为后者主观随意性太大,尚无公认的规律可循;而文学批评则言文学所不能言,是文学规律的表现,是有关文学的科学(同上 4—12)。

弗莱对当时文学理论的现状颇有微辞。评论家多认为他不满意新批评的文学细读法,而主张到文本之外去寻求文学的普遍规律,此话有理。但是当时(五十年代)新批评已经式微,而且使新批评致命的远不止神话原型批评一家①。其实弗莱对新批评的许多观点颇为赞同(如坚持文学性,反对所谓的"外围研究"),他的批评对象是他之前所有的批评理论,其理由是:第一,这些批评理论都没有独立的地位,他称之为"寄生性",如依附于社会学、哲学、心理学、历史学等;第二,它们都缺乏一套宏观

---

① 参阅本书第六单元《读者批评理论》、第七单元《结构主义文学批评》和第八单元《解构主义文学批评》。

的观念框架;第三,它们都没有系统科学的理论支持。因此弗莱提出:文学批评的客体必须是文学艺术,文学批评理论要有界定清晰的研究对象;文学批评必须是一门独立的学科,标志就是要有自己的观念框架(conceptual framework)。和其他学科一样,文学研究必须要讲究科学性,而文学研究的科学性就是文学性加理论性。弗莱认为当时的文学批评类似普及讲座,依赖感官印象,侈谈价值高低,使批评流于肤浅。他倡导逻辑性强的深层次客观分析,主张研究的观念框架须有普适性。从某种意义上说,这是种精英理论;但确实对文学批评理论的发展起到推动作用。

弗莱在理论实践中依靠一套文学研究方法论,即"归纳法"。其理由是:自然科学研究遵循的也是归纳法,而"演绎法"只适用于发散式的感官印象式批评(同上 7)。更重要的是,弗莱的结构主义批评理论的基础是"原型",而原型的获得靠的就是归纳。弗莱认为文学的源泉是原型,即

> 一种典型的再现意象,连接诗与诗的象征,使我们的文学体验得以完整。由于原型是一种交际象征,所以原型批评主要把文学当作一个社会事实,一种交际类型。通过研究规则和体裁,它力图使单首诗歌溶入诗的整体(同上 99)。

显而易见,弗莱的原型已经不同于弗雷泽或荣格意义上的原型:它不再取决于民俗和宗教,不再是遗传给予的无意识内容(尽管弗莱没有完全否认这些),而是文学的普遍存在状态,是种接近于意识的浅层次形式。在这个意义上弗莱认为文学和神话相通,其最基本相似之处就是结构原则的一致,即"循环性":双方本质上表现的都是自然的循环(Frye 1970: 584—586)。但是文学中并没有与神话相对的术语,所以和神话不同,文学的循环性是隐在的,弗莱的任务就是揭示文学对应于神话的内在结构。

这个结构在《批评的解剖》中得到详细的描述。对应于主人公的行动能力,作品可以具有五种基本模式:神话、浪漫、高级模仿、低级模仿、讽刺;象征意义可以有五个层次:字面、形容、形式、神话、圣经;原型结构可以存在四种基本叙述程式(mythoi):传奇、喜剧、悲剧、反讽或嘲弄,分别对应于自然界四季的春夏秋冬;文学样式在形式和节律上可以有四类:戏剧、史诗、叙事、诗歌。以上的各个模式/程式/层次/样式,又可以进一步分解出各自对应的一套变化规律。如四种基本叙述程式里包含五种意象世界:启示世界、魔幻世界、天真类比世界、自然与理性类比世界、经验类比世界;启示世界又包含五类原型意象:神明、人类、动物、植物、矿物。

批评界通常把荣格称为"心理结构主义者",因为他围绕无意识冲动和梦幻建构起一套人类的心理初始结构,并以此派生出其他的心理结构。但荣格和欧洲大陆的结构主义不同:传统结构主义注重逻辑关系(logocentric),各成分间的相互关系,符号意义,语言的共时关系;荣格则关注神话内容(mythocentric),关注事物的"终极",象征,及语言的历时关系。因此荣格称他的理论对结构主义语言学有意识排除的内容加以研究,所以是对结构主义的"补充"。而弗莱则注重神话各成分间的相互关系,并把它和神话的终极内容相联系,提出一套结构主义文学人类学。尽管有评论家认为弗莱的总体批评模式并不一定能够解释所有的文学创作,也不一定能涵盖人们主要的文学体验①,但毋庸置疑弗莱精心建构的这套体系给几千年的西方文学勾勒出一条新的、清晰的发展脉络,对比较文学的研究也多有益处。

弗莱不仅是单纯的文艺理论家,因为他所从事的很大一部分工作是一种泛文化批评。实际上弗莱是位重要的文化哲学家,他的研究领域是人的想象,而正是这种想象才产生出文化,产生出弗莱称之为"大封皮"(envelope)的东西。面对包围着我们的外部自然,人类依靠自己的想象力创造出与之相对的另一种环境,即文化自然。"原型批评家把单篇诗歌作为诗的整体的一部分,把诗的全部作为人类模仿自然的一部分,这个模仿我们称之为人类文明"(Frye 1957: 105)。这不仅是单纯模仿,而且是从自然中建构出人类的形态过程,其驱动力就是"欲望"。但这又不是弗洛伊德或荣格式的欲望,而是人类各种实际寻求的总和及人类要求进步的愿望——它属于社会层次而不是心理层次。从这个意义上说,弗莱的神话原型批评理论完成了从文化人类学到心理学到文学再到人类文明这样一个循环。

主要原型(荣格)

卡尔·古斯塔夫·荣格(1875—1961)是弗洛伊德的学生,并受其提携,却在力比多等重要问题上与他的老师意见相左,并于1913年发展出自己的分析精神学。荣格认为,力比多主要存在于以原型显现的集体无意识中,如果不能认识并接受这些原型就会导致神经症或者经神症状。荣格的心理学从原始神话和仪式发展而来,在很大程度上和文学同源,因而也更适合直接应用于文学。下文(1951)讨论了心理的一些主要原型,这些原型在文学讨论中是经常出现的话题。

从经验角度而言,最典型的原型就是那些最频繁地对自我产生的影响

---

① 如非洲人没有类似的四季变化概念,很难体会"落叶悲秋"和"死而复生"等概念,尽管从根本上说弗莱谈的不是外界的自然,而是人类想象对自然的投射。

力的原型,这种影响力也最令我不安。这些原型是阴影、阿尼玛(阴性灵魂)和阿尼玛斯(阳性灵魂)。其中最容易理解、最容易体验的是阴影,因为从个人无意识的内容中可以很大限度地推断出它的性质。唯一例外的是那些相当少见的情况,即性格的积极成分被压制,结果使自我产生主要是消极或不利的影响。

阴影是挑战整个自我性格的道德问题,因为要意识到阴影的存在,必须借助相当的道德力量。要意识到阴影,就得承认性格黑暗面实实在在地存在。这是任何认识自我认知的最根本条件。由此,这种认知通常碰到相当大的阻力。实际上,作为精神治疗,自我认知常常需要付出大量痛苦的努力,持续的时间也相当长。

进一步审视这些黑暗特征,即组成阴影的低层次部分,就会发现这些特征具有情感性,一种自由意志,因而具有一种着迷性,或更确切地说,具有占有性的特征。此外,情感不是一种个人的活动,而是发生在他身上的东西。一个人适应力最弱的时候情感便出现了,同时这情感还揭示出适应力软弱

的原因,即某种程度的谦卑心理,显示出的较低层次。在这种较低的层次上,情感不受控制或几乎得不到控制,人便或多或少表现得像个原始人,他不仅是其情感的被动牺牲品,也很少能做出道德判断。

如果具有洞察力并带着良好的愿望,阴影就能在一定程度上被同化进性格的意识层次,尽管如此,经验表明总有一些特征对道德控制进行最顽固的抵抗,而且证明不可能受道德的影响。这些抵抗通常和投射密切相连,但却意识不到这一点,一旦意识到了,这便是一种超乎寻常的道德成就。同时阴影特有的一些特征可以很容易被辨认出是个性品质,但在这种情况下洞察力和良好愿望毫无用处,因为毫无疑问情感发生的原因在他人那里。对中立的观察者来说这是一个投射问题,但是不管这有多么明显,主体自身几乎不可能觉察到这一点。在他愿意从对象物上收回自己带有情感基调的投射之前,得费力使他相信他投掷了一个长长的阴影。

这样的投射要消解即使不是不可能,至少也很困难,有人可能会因此而假设,这些投射属于阴影范畴,即性格的消极方面。但是这种假设在某种程度上会站不住脚,因为接着出现的象征不再指向同性而是指向异性,在男人来说就是指向女人,女人则指向男人。投射的来源不再是阴影而是异性人物,因为阴影总是以同性为主体的。这里我们涉及到女性的阿尼玛斯和男

性的阿尼玛，这是两个相对的原型，它们的自主性和无意识性解释了它们投射的顽固性。尽管在神话学上阴影是和阿尼玛、阿尼玛斯一样有名的母题，但它首先代表的是个人无意识，因此它的内容可以毫不费劲地被意识到。在这方面它与阿尼玛和阿尼玛斯不同，阴影可以相当轻易地被看穿和识别，而阿尼玛和阿尼玛斯则远离意识，在正常情况下几乎不能被识别。阴影在本质上是个人的，就这点而言，我们只要稍稍带点自我批评意识就可以看穿它。但当它作为原型显现时我们就会碰到像遭遇阿尼玛和阿尼玛斯那样的困难。换句话说，人要意识到他的相对邪恶的本质还是有相当大的可能性，但是要窥视完全的邪恶却很少见，而且会令人神经崩溃。

那么，什么是制造这个投射的因素？东方人称之为"旋转女人"——玛雅，她靠跳舞来制造幻觉。假使我们不是早就从梦的象征中知道它，这个来自东方的暗示就会把我们引向正确的理解：这种包藏性的、接受性的、吞噬性的因素明白无误地指向母亲，即指向儿子与真正的母亲（母亲的意象）的关系，指向变成他母亲的某个女人。他的爱欲像小孩那样是被动的；他希望被捕捉、被吸入、被包围、被吞噬。他似乎寻找着母亲那保护性的、抚育性、迷人的光环，这是来自精心呵护中的婴孩的境况，外部世界在他面前屈服，甚至把幸福加诸于他身上。现实世界从视线中消失也就不足为奇！

荣格（1875—1961）

如果这种情况被戏剧化，如同无意识通常对其进行戏剧化一样，那么在心理的舞台上呈现出来的是一个倒退着生活的人，寻找着他的童年和他的母亲，从一个他无法理解的冰冷残酷的世界逃开。母亲常出现在他旁边，她显然丝毫不关心她的儿子应该长大成人，而是做出她不倦的、自我奉献式的努力，设置一切障碍，阻碍他长大、结婚。你注视着母亲和儿子之间的这种合谋，注视着他们是怎么互相帮忙背叛生活的。

罪过在哪里？是在母亲身上还是在儿子身上？可能两者都有。儿子对生活和世界的渴望和不满应当被予以重视。在他心里有一种欲望去触及真实，去拥抱大地，让土地富饶。但是他仅仅不耐烦地开了一个个的头就停止了，因为世界和幸福应当是来自母亲的礼物，这个隐秘的记忆粉碎了他的主动性和持久力。当整个自我置于社会阶层中时，它要求男人显示出男性化、男性的热情，更重要的是要求他具有勇气和决心。由于这一点，他需要一个背信弃义的厄洛斯(情爱欲)①,一个能忘记母亲、能以抛弃他生命中最首要的爱来伤害他的爱诺斯。而母亲早已预见到这种危险,对其谆谆教导,告诫他要守诚信、讲奉献、守忠贞,这些美德可以保护他,而生活的每一次冒险都可能招致道德瓦解。他学得太好了,一直对母亲忠贞不渝,甚至可能引起她深深的担忧,比如当因为她的原因,他变成了一个同性恋;但同时又给了她一种神话性质上的无意识满足,因为在主导他俩的关系中,一种久远而极其神圣的母子婚姻原型取得了圆满。

　　神话的这一层次很可能比其他任何一个层次都更好地表现出集体无意识的性质。在这一层次上,母亲既年迈又年轻,既是得墨忒耳又是珀耳塞福涅②,儿子则集配偶和睡眠中的婴儿两种身份为一体。现实生活中有种种缺陷,需要费力地去加以适应,还要承受种种失望,这些当然无法和那样一种无法形容的满足状态相比。

　　产生投射的因素是阿妮玛,或更确切地说是由阿妮玛所表现的无意识。每当她出现在梦中、想象和幻想中时,她具备拟人的形式,由此表现出她拥有非常明显的女性特性。她不是意识的创造物,而是无意识的自发性产物。她也不是母亲的替代品。相反,完全有可能说使母亲这一意象如此危险而又如此强大的神秘性,就来自阿妮玛这一集体原型,这种原型以不同的方式体现在每一个男孩子身上。

　　既然阿妮玛是体现在男人身上的原型,那么女人身上也理所应当有一个相应的原型;因为正如男人身上有女性气质作为平衡,那么女人身上也有男性气质作为平衡……正如在儿子眼里,母亲似乎是第一个产生投射因素的人,那么在女儿眼里,父亲也一样……女人身上有男性气质作为平衡,因此,她的意识也可以说烙上了男性的印记。这导致了男人和女人在心理上相当大的差异。因此,我把女人身上产生的投射因素称为阿妮玛斯,它指的是理性或精神。阿妮玛斯对应父系的逻各斯,而阿妮玛对应母系的爱洛斯。但我不打算给这两个直觉性概念下很具体的定义。我只是把爱洛斯和逻各斯作为一种概念性的辅助手段来描述这一事实:女人的意识更多地具有爱洛斯式的关联特性,而不是与逻各斯相关的辨识和认识特性。在男人身上,爱洛斯即联系功能通常没有逻各斯那么发达,而在女人身上,爱洛斯是她们真正本性的表

---

① 厄洛斯,希腊神话中的爱神,等同于罗马神话中的丘比特,常护卫在母亲爱神阿佛洛狄特身旁,长着双翼,蒙着双眼,身背银弓。
② 墨忒耳是希腊神话中的谷物女神,珀耳塞福涅是得墨忒耳的女儿、冥后。

现,而逻各斯通常只是偶尔出现,即使出现也令人遗憾。

就像阿妮玛一样,阿妮玛斯也有积极的一面。通过父亲这一形象,它不但表达了传统观念,而且还同样表达了我们称之为"精神"的东西,尤其是哲学或宗教观念,或确切地说,由它们导致的态度。由此阿妮玛斯是一个心灵大汇聚,是意识和无意识的调节器,并且是后者的化身。正如阿妮玛通过合并成为可以意识到的爱洛斯一样,阿妮玛斯通过合并成为可以意识到的逻各斯。正如阿妮玛使男人的意识有了联系和关联的观念,阿妮玛斯也用同样的方式使女人的意识有了思考、研究和自我认识的能力。

就像其他原型一样,母亲原型表现出的形象形形色色,几乎无穷无尽。我在这里仅仅列举几个特别典型的。最具有重要性的是个人的母亲和祖母,继母和岳母;然后是与我们有关系的女性,如保姆或家庭女教师或也许一个女性远祖。接下来就是也许可以称作比喻意义上的母亲。这一类型包括女神,特别是神的母亲,圣母和智慧女神索菲亚①。神话提供了母亲原型的许多不同形象,比如在得墨忒耳和科拉的神话中作为少女再次出现的母亲形象,或者,在库柏勒-阿提斯神话②中出现的既是母亲又是情人的形象。这种比喻意义上的母亲象征还代表了我们渴望获得拯救的愿望,比如天堂、神的国度、天堂般的耶路撒冷。许多能唤起献身或敬畏情感的东西,比如教堂、大学、城市或乡

荣格晚年

村、天堂、大地、森林、大海或任何静止的水面、平坦的物体、地下世界和月亮,都可以成为母亲的象征。这一原型常常和代表富饶和丰硕的东西或地方相联系:山羊角、耕耘过的土地、花园。它可以把下面这些东西相联系:岩石、山洞、树、泉水、深井,或不同容器如圣水盆,或容器状的花朵如玫瑰或莲花。因为母亲的保护本能,这一原型也可以是魔圈或曼荼罗③。中空的物体如炉灶和锅碗瓢盆也和母亲原型有关。当然,还有子宫、约尼④以及任何形状类似的东西。在这一单子上还可以加进许多动物如奶牛、野兔和一般对人有益的其他动物。

所有这些象征可以有积极、有益的意义,也可以有消极、邪恶的意义。

---

① 索菲亚是公元二三世纪流行的诺斯替教的一位女神,因非分之欲而产生出邪恶。
② 科拉是以少女形象出现的珀耳塞福涅,库柏勒是希腊神话中诸神之母、亚洲丰产女神,阿提斯神是自然界的主宰。
③ 或"坛场":佛教中供奉菩萨像的地方。
④ 印度教崇拜的女性生殖器像。

命运三女神(Moira,Graeae,Norns)就具有这种含糊的意义。邪恶的象征是女巫、龙(或任何吞食和缠绕的动物,如巨大的鱼或蟒蛇等)、坟墓、石棺、深水、死亡、噩梦和怪物等等①。当然,这单子并不完整,它只列出了母亲原型最重要的特征。

与此相连的品质是母性关怀和怜悯,是女性神奇的权威,是超越理性的智慧和精神升华,是任何有益的本能或冲动,是所有宁静的事物,所有具有呵护、维护作用的事物以及所有有助于成长和繁衍的事物。有奇迹般转形和再生的地方,地下世界那里的万物,都由母亲统辖。在消极方面,母亲原型可能蕴涵一切秘密的、暗藏的、黑暗的事物;深渊,死者之地,任何会吞噬、诱惑、毒害的东西,像命运一样恐怖和无法逃避的事物。

(胡蕾 译)

关 键 词

自我(ego)
阴影(shadow)
阿尼玛斯/阿尼玛(animus/anima)
性格(personality)
投射(projection)
母题(motif)
爱洛斯(Eros)
母亲原型(mother archetype)

关 键 引 文

1. 从经验角度而言,最典型的原型就是那些最频繁地对自我产生影响力的原型。这种影响力也最令我不安。

2. 同时阴影特有的一些特征可以很容易被辨认出是个性品质,但在这种情况下洞察力和良好愿望毫无用处,因为毫无疑问情感发生的原因在他

---

① Empusa 是希腊神话中冥界女神海克提(Hecate)的女儿,恐吓并吞食过路的行人,常常变成美女引诱男青年,吸食其血液。Lilith 是犹太教传说中的女妖,专门吞食刚出生的婴儿。同时她还是上帝造人时为亚当造的妻子,但这位妻子并不服从亚当,也拒绝屈服于天使的威胁,二十世纪成了女性主义宠爱的原型。

人那里。

3. 尽管在神话学上阴影是和阿尼玛、阿尼玛斯一样有名的母题,但它首先代表的是个人无意识,因此它的内容可以毫不费劲地被意识到。在这方面它与阿尼玛和阿尼玛斯不同,阴影可以相当轻易地被看穿和识别,而阿尼玛和阿尼玛斯则远离意识,在正常情况下几乎不能被识别。

4. 如果这种情况被戏剧化,如同无意识通常对其进行戏剧化一样,那么在心理的舞台上呈现出来的是一个倒退着生活的人,寻找着他的童年和他的母亲,从一个他无法理解的冰冷残酷的世界逃开。母亲常出现在他旁边,她显然丝毫不关心她的儿子应该长大成人,而是做出她不倦的、自我奉献式的努力,设置一切阻碍,阻碍他长大、结婚。

5. 神话的这一层次很可能比其他任何一个层次都更好地表现出集体无意识的性质。

讨 论 题

1. 弗洛伊德的心理学中阴影和自我、本我有何相同点及区别?
2. 阴影和阿尼玛、阿尼玛斯有什么联系?
3. 荣格对母亲/儿子的表述在哪方面有别于弗洛伊德的观点?这种区别的意义是什么?
4. 你认为女性主义者对荣格有关母亲原型的说法会有什么反应?

集体无意识概念(荣格)

荣格认为,主要的原型意象来自集体无意识,即种族对其原始根源的记忆。下文(1959年译)用非常清晰的语言解释了这个复杂的概念。

大概我的任何经验性概念都没有集体无意识这个概念招致的误解多。在下文中我将试图:一,给出这个概念的定义;二,描述其在心理学上的意义;三,解释其证明方法。

定 义

集体无意识是心理的一部分,它不像个人无意识依靠个人经验而存在,因而也不是靠个体去获得,由此它与个人无意识不同。个人无意识构成的基本内容,曾经被意识到过,但由于忘记或压抑,已经从意识中消失了;集体无意识的内容从来不在意识中存在过,所以从来不为个体所获得,只是由于遗传的缘故而存在。个人无意识大部分由情结组成,而集体无意识主要由原型组成。

原型概念是集体无意识概念不可或缺的对应物,它暗示着各种在心灵中似乎处处显现的某种具有确切形式的东西。神话学研究称其为"母题";在原始心理学中,"母题"与列维-布鲁尔的"集体表征"概念相对应,在比较宗教领域它们被休伯特和莫斯定义为"想象诸范畴"。很早以前阿道夫·巴斯丁称其为"初期的"或"原生的思想"①。以上的参照清楚地说明,我所指的原型概念,字面上指的是存在的前形式,并非独一无二,在其他知识领域也得到承认且有其称谓。

由此我提出如下论点:我们的直接意识具有完全个体的性质,我们相信它是唯一的经验性心理(即使我们把个人无意识也算上),除了个人无意识之外还存在第二种心理系统,属于集体的、普遍的、非个性的、在所有个体中都一致的。这种集体无意识不是由个体发展而来而是经由遗传得来。它由先在形式——原型组成,这些原型仅能间接地被意识到,赋予某些心理内容以确切的形式。

集体无意识的心理学意义

医学心理学由专业实践发展而来,强调心理的个体性质。在这里我是指弗洛伊德和阿德勒的观点②。它是个体的心理学,它的病因学或病原要素

几乎完全是个体性质的。然而即使这种心理学也是建立在某些生物因素的基础上(比如在性本能或自我肯定的冲动的基础之上),这些要素绝不仅仅具有个体的特征。它不得不这样做,因为它声称是解释性科学。个体心理学的这些观点即不否认对人和动物都很普遍的先在本能的存在,也不否认这些先在本能对个人的心理会产生重要影响。但本能是非个体的、普遍分布的,具有动态、驱动特征的遗传要素。这些本能几乎不

---

① 列维-布鲁尔(Lucien Lévy-Bruhl),1857—1939,法国哲学家,人类学家;休伯特和莫斯(Marcel Mauss),1872—1950,法国人类学家;巴斯丁(Adolf Bastian),1826—1905,德国人种学家。
② 阿德勒(Alfred Adler),1870—1937,奥地利精神病学家,心理学家,曾是弗洛伊德的密友,1911年因意见不同另立新派,强调自卑感而非性力是最基本的驱动力量。二十年代后期在美国任教,后全家移居美国。

能完全进入意识域中,结果,现代精神疗法面临的任务就是帮助患者意识到这些本能。而且,本能在性质上并非模糊和不确定,它总是体现为特定形式的驱动力。不管早在意识产生之前,也不管后来意识达到了什么程度,本能都在追寻遗传下来的目标。因此,本能和原型十分相似。事实上,它们相似得足以可以假定原型就是本能自身的无意识意象,也就是说,是本能行为的模式。

因此,集体无意识的设想并不比本能的假设大胆多少。人们乐于承认,人类的活动在很大程度上受到本能的影响,与意识心理的理性动机无关。所以,如果我们认为我们的想象力、知觉、思维也像这样受到先天的、普遍存在的形式要素影响的话,那么在我看来,所有具有正常智力功能的人,在这种观点中发现的神秘因素不会比本能理论多多少或少多少。尽管"神秘主义"这种责难常常指向我的理论,但我必须再一次强调集体无意识概念既不是思辨式的也不是哲学式的概念,而是实证性的概念。问题很简单:究竟有没有这种类型的无意识或普遍形式?如果有,那么便有一块心理领域可以称之为集体无意识。的确,判别集体无意识并非易事。光指出无意识产物的明显原型特征还不够,因为这些无意识产物也可以通过语言和教育而获得。记忆意象也应当被排除,因为在某些情况下它几乎不可能发生。尽管存在这些困难,仍有足够的个案可以表明神话母题自显式的复活,从而使原型存在问题不受任何理性质疑。但如果这种无意识真的存在,心理阐释必须要解释它,让某些已确定的个体病因接受更仔细的审视。

我的意思最好可以用一个具体的例证来加以阐释。你们可能都读过弗洛伊德对里奥纳多·达·芬奇的那幅画的讨论:《圣安妮与圣母子》。弗洛伊德以里奥纳多自己有两个母亲这一事实来解释这幅名画。这种因果关系是个体的。我们不需要指出这幅画并非独一无二,也不需要指出圣安娜是耶稣的祖母而不是母亲这一并不是很主要的缺陷(但这一缺陷却是弗洛伊德阐释所无法避免的),而只需要指出,和表面上的个体心理解释交织在一起的,还有非个体化的母题,这一母题在其他领域为我们所熟知。这就是双重母亲这一母题,它是一种在神话学和比较宗教学的许多变体中都能找到的原型,构成过无数的"集体表现"的基础。比如我可以举出双重亲缘母题,即血缘既源于人又源于神的双亲,就像赫拉克勒斯一样,他在无意中被赫拉收养得以长生不死①。这个古希腊神话到了埃及反映的实际上是宗教典仪:法老生来是人但本质上是神。这种观点构成了全部轮回再生神秘主义的基

---

① 罗马神话中称为赫尔克里士(Hercules),父亲是神(宙斯),母亲是人,以大力士著称。

达·芬奇的《圣安妮与圣母子》(1510)

础,包括基督教在内。基督本人就是"两次诞生":通过约旦河的洗礼,他在水中和灵魂中更新再生。所以,在罗马的祈祷仪式中,圣水钵被标志为"教会子宫"。而且正如大家在罗马弥撒教义中可以看到的,甚至在今天,复活节前圣礼拜六的"圣水祝福"仪式中,它也被这样称呼。

再生观念,无处不显,无时不在。在原始医学中,它指一种魔术般治病的手段;在许多宗教那里,它是核心的神秘体验;它是中世纪的神秘哲学的主要观念;最后但并非不重要的是,它是发生在无数大大小小孩子中的一种幼稚的幻想,即他们相信,他们的父母不是真正的父母,仅仅是将他们收养过来的养父养母。正像本惟努托·西利尼在其自传中所讲的那样,他也有这种想法①。

现在,说所有相信双重亲缘的人在现实中都有两个母亲,这是绝对不可能的;相反也不可能,即那些和里奥纳多同样命运的少数人以他们的情结影响着所有的其他人。更确切地说,人们不能回避这样的假定,即双生母题的普遍存在和两个母亲的幻觉在共同满足这些母题中反映出来的一种普遍的人类需要。如果里奥纳多·达芬奇事实上的确以圣安妮和马利亚来描绘他的两个母亲——这一点我很怀疑——那么他仍然是仅仅表达着在他前前后后无数人相信的某种东西。秃鹫象征(弗洛伊德也就此在上述论著中做了讨论)更使这种观点看上去合理。为了替自己辩解,他引证了赫拉波罗的《象形文字》②,认为它是这种象征的出处,这本书在里奥纳多时代很流行。在这本书中,你可以读到,秃鹫仅仅是雌性而且象征母亲。它们借助风(气息)而受孕。主要受到基督教的影响,气息一词吸取了"圣灵"的意思。甚至在解释圣灵五旬节降临的奇迹时,"气息"仍然具有"风"和"圣灵"的双重含义。据我看,这一事实无疑是指向马利亚的,她本为处女,就像秃鹫那样,因圣灵感孕;而且,按照赫拉波罗的说法,秃鹫也象征着雅典娜,她直接自宙斯的头中蹦

---

① 西利尼(Benvenuto Cellini) 1500—1571,意大利文艺复兴时期著名雕刻家,尤以首饰制作闻名。
② 赫拉波罗(Horapollo),公元五世纪古希腊学者,曾描述过一种古希腊象形文字。

出,是个童贞女,仅仅知道精神上的母亲。所有这些都在暗指马利亚和重生母题。说里奥纳多通过他的画来意指其他事情是没有任何根据的。即使假定他将自己和圣子认同是正确的,那么,他也完全有可能是在表述神话学上的双重母亲的母题,而不是表述他自己的个人出生前的历史。那么,画这同一题材的其他艺术家又怎样解释呢?他们未必全部都有两个母亲吧?

让我们现在把里奥纳多的问题转换到神经症方面来讨论一下。假如有一位带有恋母情结的患者正陷入一种妄想,认为他的神经症的病因就在于他确实有两个母亲。从个体的角度来解释一定会承认他是对的,然而这是十分错误的解释。实际上,他的神经症的病因在于双重母亲原型被激发,而不在于他有一个母亲还是两个母亲。因为正如我们看到的,这种原型发生作用时历史境况和具体表现都不一样,不会涉及一个人有两位母亲这种极少出现的情况。

束棒——意大利法西斯的象征,来自于古罗马人的原型

在这种情况下下,做出如此简单和个体的原因推测,当然是十分诱人的,但是这种推测不仅含混不清,而且是完全错误的。要理解双重母亲这个母题何以有如此巨大的决定性力量,甚至能产生一种内心创伤的效应是十分困难的,仅受过医学训练的外科医生对此一无所知。这一点可以得到公认。但是如果我们考虑到这种巨大的力量深藏在人的神话和宗教领域中,那么,原型的病因学上的重要意义的显现就不再具有幻想色彩了。在大量神经症个案中,症结事实上恰恰在于患者的心理生活和这些动力之间缺乏协调。但是,纯粹的个体心理学通过将各种情况归于个体原因,试图竭力否认原型主题的存在,甚至试图以个体的分析来摧毁这些原型。我认为这是极其危险的作法,医学上也不会证明其正当性。今天你会比二十年前更好地判别涉及到的诸多动力的本质。难道我们没有注意到,一个民族的整体正在怎样复活一种原始的象征,是的,甚至是原始的宗教形式吗?难道我们没注意到,这种群体情绪正在以灾难的方式影响和改变着个人的生活吗?今天,面对战争,古代人在意想不到的程度上在我们身上复活了。最后,我们不禁要问,许多民族命运的结局是什么?难道仅仅是个体心理变化之和吗?

只要神经症的确仅仅是一桩私事,它的根源完全可以归结为个体的原因,那么原型也就完全不起任何作用。但是如果是一种普遍的不适应症状,或是某种有害的情况使为数众多的个体产生的神经症,那么我们必须设定

德国纳粹的标记卍也源于古日耳曼的原型

群集原型的存在。既然在众多个案中神经症不仅仅是个人事情,而是社会现象,我们就必须认定原型也群集在这些个案中。对应于确定情境的原型被激活,其结果是,隐藏在原型中的那些一触即发的危险力量发生作用,结果经常无法预料。在原型的控制下,没有人不会不受精神错乱的折磨。如果三十年前就有人敢于大胆预言,说我们的心理学的发展将趋向于复活中世纪对犹太人的残害,说欧洲将再次面对罗马束棒,接受罗马军团铁蹄的震颤,说人们将如两千年前那样再次向罗马屈膝,而且,替代基督十字架的将是一种古代的铁十字,它督促着千百万士兵准备走向死亡,那么,为什么还要将那位预言者当作不可理解的蠢货而予以斥责?并且是在今天?看起来这很惊人,然而所有这些荒谬却都是可怕的现实。个人的生活,个人的病因以及个人的神经症,在今天的世界上几乎成了虚构的不可能的事情。生活在远古"集体表征"世界的古人再一次跃入清晰可见的、痛苦的现实生活中,这种情况不仅存在于几个神经紊乱的人那里,而且存在于千百万人当中。

生活中有多少典型的情境就有多少原型。无尽的重复已经将这些经验刻入我们的心理结构中,不是以带有内容的意象形式,而是在开始时,以无内容的形式,仅仅代表着某一类知觉和行为的可能性。当和特定的原型相对应的情境出现时,这个原型被激活,并强制性地显现出来,就像一种本能的驱动力一样,推开一切理性和意志以获得自身的通畅,否则它就产生一种病理学意义上的内在冲突,也就是出现神经症。

(胡蕾 译)

关 键 词

集体无意识/个人无意识(collective unconscious/personal unconscious)
情结/原型(complex/archetype)
遗传(inheritance)
母题(motif)
双重母亲(dual mother)
再生(second birth)
双重亲缘(dual descent)

神经症(neuroses)
普遍的不适应症状(general incompatibility)
群集原型(constellated archetypes)
集体表征(représentaions collectives)

关 键 引 文

1. 集体无意识是心理的一部分,它不像个人无意识依靠个人经验而存在,因而也不是靠个体去获得,由此它与个人无意识不同。

2. 而且,本能在性质上并非模糊和不确定,它总是体现为特定形式的驱动力。不管早在意识产生之前,也不管后来意识达到了什么程度,本能都在追寻遗传下来的目标。因此,本能和原型十分相似。事实上,它们相似得足以可以假定原型就是本能自身的无意识意象,也就是说,是本能行为的模式。

3. 除了个人无意识之外还存在第二种心理系统,属于集体的、普遍的、非个性的、在所有个体中都一致的。这种集体无意识不是由个体发展而来而是经由遗传得来。它由先在形式——原型组成,这些原型仅能间接地被意识到,赋予某些心理内容以确切的形式。

4. 难道我们没有注意到,一个民族的整体正在怎样复活一种原始的象征,是的,甚至是原始的宗教形式吗？难道我们没注意到,这种群体情绪正在以灾难的方式影响和改变着个人的生活吗？

5. 生活中有多少典型的情境就有多少原型。无尽的重复已经将这些经验刻入我们的心理结构中,不是以带有内容的意象形式,而是在开始时,以无内容的形式,仅仅代表着某一类知觉和行为的可能性。当和特定的原型相对应的情境出现时,这个原型被激活,并强制性地显现出来,就像一种本能的驱动力一样,推开一切理性和意志以获得自身的通畅,否则它就产生一种病理学意义上的内在冲突,也就是出现神经症。

讨 论 题

1. 个人无意识和集体无意识的区别是什么？集体无意识的特点是什么？原型到哪里寻找？

2. 比较弗洛伊德和荣格对神经症原因的表述。讨论其异同。

3. 荣格说:"我必须再一次强调集体无意识概念既不是思辨式的也不是

哲学式的概念,而是实证性的概念"。为什么他急于要和"实证"靠拢?

4. 荣格文章的最后部分显然有所指。他指的是什么?把人类二十世纪经历的几场劫难归之于某种"原型"在起作用,你同意吗?

文学原型(弗莱)

诺思洛普·弗莱(1912—1991)是加拿大多伦多大学神学家和文学批评家,以《批评的剖析》一书而闻名,本文即选自该书。此书阐明了他的观点,即文学批评应该具有方法论原则和自然科学的连贯性,这些观点也是新批评和文学心理分析学派所倡导的,也是其后的批评流派所认同的。在弗莱看来,连贯性体现在文学原型的复现,他竭力要创建的原则就是他心目中的文学图式结构。

《批评的剖析》封面

一些艺术品在时间中流动,比如音乐;其他的在空间中呈现,比如绘画。不论是音乐还是绘画,复现是其基本原则,随时间移动的复现被称作节奏,在空间展开的复现被叫做布局。因此我们谈的就是音乐的节奏和绘画的布局。但是,要表现得更复杂一些,我们也可以谈论绘画的节奏和音乐的布局。换句话说,所有的艺术品都可以既从时间又从空间上来把握。音乐作品的五线谱可以作为整体加以研究;一幅画也可以根据眼睛复杂舞动的轨迹来加以研究。文学似乎是介于音乐和绘画中间:它的词语可以形成节奏,在一端接近声音的音乐序列;词语又可以形成布局,在另一端接近象形的或图画的意象。尽可能地接近这两端的尝试便构成我们所说的实验性写作的主体。我们可以把文学节奏叫作叙述,把布局即词语结构在心灵的同时领悟,叫作意义。我们听一个叙述,但当我们抓住作家的整个布局时,我们就"看见"了他想要表达的东西。

文学批评比绘画批评更容易受表现性谬误的阻碍。这也就是我们为什么易于把叙述当作事件在外部"生活"中的连续表现,把意义当作一些外部"理念"的反映。用正确的批评术语说,作家的叙述是他的线形运动;他的意义是他全部形式的整合。同样,意象不仅是外部物体的词语复制品,而是词语的结构单位,是整个布局或节奏的一部分。甚至作家拼写单词的字母也组成他的意象的一部分,尽管只是在特殊情况下(比如头韵)这些字母才引起评论家的注意。由此,借用音乐术语,叙述变成了意象的旋律关联域,意义则是意象的和声关联域。

节奏,或者说复现运动,深深地根植于自然循环之中。自然界中所有我们认为可以和艺术作品相类比的东西,比如花或鸟鸣,都产生于有机体和其自然环境的节奏之间在深层次上的同步,特别是与太阳的年周期同步。动物的某种同步表现,像鸟求偶时的舞蹈,几乎可以被叫做仪式。但是在人类生活中仪式似乎是自发行为(由此里面有一些奇异的因素),以重新获得已失落的与自然循环的一致性。农夫必须在一年的某个时候收割庄稼,但是因为这是非自愿行为,所以收割本身确切地说并不是一种仪式。我们所称的仪式,指的是在产生出收割歌谣、收割祭祀和收割民俗的那个时刻,故意表达出的使人类能量和自然能量同步的意愿。我们在仪式中发现了叙述的源头,仪式是行为的时间序列,其中暗含潜在的有意识意义:它可以被旁观者看见,但对参与者来说大部分意义是掩藏起来的。仪式的拉力指向纯叙述(如果有这样的纯叙述的话),它会是自动的、无意识的重复。我们还应该注意到仪式无所不包的规律性趋向。自然界中所有重要的复现,一天的复现,月的变相,一年的季节和节气,从生到死的循环,都有相应的仪式相连,大多数高级宗教都配有一整套仪式,来暗示(如果可以这样叫的话)人类生活中潜在的整个重要行为。

在另一方面来说,意象的模式或者说意义的碎片起源于神谕,产生于顿悟瞬间,瞬间理解的闪现,没有直接的时间指向,其重要性在卡西尔的《神话和语言》一书中提到过①。到我们以谚语、谜语、诫命和追根嘲源的民间故事的形式得到这些模式时,其中已经包含了相当的叙述因素。它们也是百科全书式的,从随意的、经验性的碎片建立起意义或学说的全部结构。正如纯叙述是无意识行为一样,纯意义也是意识的无法传达的状态,因为表达是以构建叙述而开始的。

神话是一种中心启示力量,给予仪式以原型意义,给予神谕以原型叙述。其实神话就是原型,尽管当只指向叙述时我们用神话、当说到意义时用原型更方便。在每一天的太阳循环中,在每一年的季节循环中,在生命的有机循环中,都存在着意义的唯一模式,从这个模式中神话围绕某个人物构建出中心叙述,这个人物部分是太阳,部分是植物的多产,部分是神或有原型意义的人。荣格和弗雷泽已特别强调神话在文学批评中的重要意义,但现有的几本书在方法上还未成系统,所以我提供了以下列表,表示神话的不同阶段。

1. 黎明、春天和生的阶段。英雄出生、再生、创造或战胜黑暗(因为四个

---

① 卡西尔(Ernst Cassirer),1874—1945,德国哲学家,后流亡美国,在耶鲁和哥伦比亚大学任教。

阶段是一个循环)、冬天和死亡的神话。从属人物：父亲和母亲。传奇故事和狂想叙事诗的原型。

2. 顶点、夏天、婚姻或凯旋阶段。封神、神圣婚姻、进入天堂的神话。从属人物：随从和新娘。喜剧、田园诗和牧歌的原型。

3. 日落、秋天和死亡阶段。堕落、神之将死、暴死和牺牲、英雄的孤独等神话。从属人物：叛徒和海妖。悲剧和挽歌的原型。

4. 黑暗、冬天和毁灭阶段。这些力量胜利的神话；洪水、混乱回归、英雄失败的神话，"诸神的黄昏"神话。从属人物：食人魔和女巫。讽刺的原型（比如《群愚史诗》的结尾①）。

英雄的追寻也会包含神谕和任意的词语结构，如同我们观察地方传说的混乱所看到的那样，这种混乱是从整合进各部分神祇叙述神话的预言性顿悟而来的。在大多数高级宗教中这又反过来成了从仪式而来的中心追寻神话，就像弥塞亚神话变成了犹太教神谕的叙述结构一样。某地的一场洪水可能偶然产生一个民间故事，但是比较一下洪水故事会很快显示这些故事

怎么变成了毁灭神话的故事。最后，所有这些仪式和顿悟在构成神话的主体内实现了无所不包的转变，而这神话又组成了宗教的神圣经文。结果这些神圣经文成了文学批评家不得不加以研究的第一手文献，以便对研究对象有全面的了解。批评家理解了经文的结构后就可以从原型转向体裁，发现戏剧是怎么从神话的仪式方面转化而来，抒情诗是怎么从神话的顿悟或者说片面方位转化而来，而史诗却是由中心百科全书式结构演化而来的。

文学批评在这些领域站稳脚跟之前有必要做出一些提醒和鼓励。揭示所有的文学体裁是怎么从追寻神话演化而来，这是批评家的一部分任务，但这种追根溯源是在批评科学的逻辑范畴之内进行的：神话追寻应是以后所有批评指南的第一章，而这一章应建立在足够的组织良好的批评知识之上，才可以被称为"导论"或"提纲"，也才能不辜负他们的称号。只有当我们试图按年代顺序展示这种起源时，我们才会发现自己正在写准史前小说和神话契约理论……

批评与宗教涉及的是同样的文献，但它们的关系更加复杂。在批评中，就像在历史中一样，神通常被看作半人化的。对批评家来说，不管是《失乐

---

① 《群愚史诗》(The Dunciad)是英国诗人蒲柏(Alexander Pope, 1688—1744)1728年写的讽刺诗，后来扩编为四卷本，最后一卷1743年完成。

园》还是圣经中的上帝都是人类故事中的一个角色；对批评家来说，所有的顿悟不是从控制一切的上帝或魔鬼之谜这一角度来解释的，而是用在起源上与梦密切相连的精神现象来解释的。这种说法一旦成立，就有必要说明，在批评或艺术中没有什么促使批评家采用普通的清醒意识来对待梦或上帝。艺术不涉及真实而涉及可想象之物；尽管最终必须得出一些想象理论，但批评从来没有理由去试图构建任何真实性理论，更不用说去设想它。在讲下面一点也是最后一点之前有必要弄清这一点。

我们已经把文学叙述方面的中心神话确认为追寻神话。既然我们希望把这个中心神话也看作意义模式，我们就得从得出顿悟的下意识的运作开始，或者说从梦开始。清醒与梦幻的人类循环与光和黑暗的自然循环紧密相连，可能就是在这种对应中所有想象便开始具有了生命。这种对应在很大程度上是一种悖论：在日光下人才真正处于黑暗力量的掌控之下，陷于焦虑和脆弱中；在自然的黑暗中"力比多"或者征服英雄的自我才苏醒了。于是艺术——柏拉图称其为清醒的头脑做的梦——把这种悖论的解决：太阳与英雄的混合，内心欲望与外在环境相统一的世界的实现，当作其最终目标。当然仪式中尝试结合人与自然的力量也以此为目的。所以，艺术的社会功能是与展示人类工作的目的紧密联系的。从意义上来说，艺术的中心神话必须是展现社会努力的最终结果，那一切愿望都实现了的纯真世界，那自由的人类社会。理解了这一点，在阐释艺术家的远见并使之系统化时，就更容易明白批评较之其他社会科学的不可或缺的地位。在这一点上我们可以看到，从宗教角度来理解人类实现最终目标的种种努力，与其他概念一样和批评相关。

神话中的神或英雄的重要性在于，这些长相与人类相似但又凌驾于自然之上的人物，逐渐构建起一个万能的、超越了冷漠自然的个人世界的幻境。正是在这个世界中英雄通常进入他的神化过程。这个神化的世界开始远离旋转循环追寻，在这个追寻中一切胜利都是暂时的。因此如果我们把追寻神话看作一个意象模式，我们首先以圆满完成来看待英雄的追寻。这就给我们提供了原型意象的中心模式，从人类的完全可理解性来看世界这个纯真的图景。它与未堕落的世界或宗教中的天堂相似，也通常存在于这种形式中。我们可以把它叫做生活的喜剧，与悲剧相对，悲剧只是以命定的循环形式理解追寻。

让我们以第二个列表来进行总结，在其中我们试图建立喜剧和悲剧的中心模式。原型批评的一个主要原则是意象的个体形式和普遍形式是一致的，但现在对我们来说原因太复杂了。根据"二十个问题"（如果愿意我们也可以叫做"伟大的存在之链")这一游戏的一般规则①,我们开始进行归纳。

1. 在喜剧中人类世界是一个体系,或一个代表读者愿望实现的英雄。讨论、交流、秩序、友谊和爱这些意象构成其原型。在悲剧中人类世界是独裁和专政、个体或孤立的人,脱离追随者的领袖,传奇故事中恃强凌弱的巨人,被遗弃或遭背叛的英雄。婚姻或一些类似的圆满属于喜剧;妓女、女巫以及荣格的"恐怖母亲"的其他变体都属于悲剧;所有神圣的,英雄的,天使的和其他超人的群体都跟随人类模式。

2. 在喜剧中动物世界是家畜的群体,通常是一群羊,或者羊羔,或者性情更温和的鸟类,通常是鸽子。田园意象是其原型。在悲剧中动物世界以野兽、掠食鸟、狼、秃鹰、蛇、龙等形式出现。

3. 在喜剧中,绿色世界表现为花园、树林或公园,或一棵生命树,或一枝玫瑰、一朵莲花。出现的是阿卡狄亚形象的原型②,麦尔维尔的绿色世界或莎士比亚的森林喜剧中的形象。在悲剧中,它是阴暗凶险的森林,如《科马斯》或《地狱》的开头③,它也表现为一片荒野,一棵死树。

4. 在喜剧中,矿物世界表现为城市、建筑或教堂,或石块,通常是闪闪发光的宝石,实际上,整个喜剧形象,尤其是树木,都可以被描绘成闪闪发光的或熊熊燃烧的。几何形象的原型即"星光闪烁的苍穹"也属此类。在悲剧中,矿物世界的形象是荒漠、岩石和废墟,或是阴暗的几何图形如十字架。

5. 在喜剧世界中,不成形世界表现为河流,通常四层,文艺复兴时期以四种体液表现人的性情的意象即受此影响。在悲剧中,这个世界就变成了大海,正如讲述世界末日的叙述神话常常就是一个关于带来毁灭的洪水的神话。把大海和野兽结合起来,我们就看到了巨大的海怪和类似的海怪形象。

显然,按照这个列表,我们会发现有许许多多不同的诗歌意象和形象都符合这些分类。随意举个喜剧中的著名例子,叶芝的《驶向拜占庭》利用

---

① "二十个问题"是一种游戏方式,一方想一个物体,另一方以"是"或"不是"提问,直至猜出这个物体。

② 阿卡狄亚是希腊南部的一个半岛,希腊神话中指古希腊卫城中的一个圣殿,自然与牧羊之神潘帮助希腊人打败了波斯人,希腊人把它赠与潘,后来作为诗歌想象和田园美景的代称。

③ 《科马斯》是英国十七世纪诗人弥尔顿(John Milton, 1608—1674)写的宫廷假面舞剧;《地狱》是十四世纪意大利诗人但丁(Dante Alighieri, 1265—1321)所写的史诗《神曲》的第一部。

了城市、树木、鸟类、鼠尾草丛、几何形怪兽和对循环世界的超然。当然,广泛的喜剧或悲剧背景决定着对象征进行解读。对于岛屿这样相对中性的原型来说也是如此,岛屿既可以是普洛斯彼罗的也可以是水妖塞尔西的①。

当然我们的列表不仅是初步的而且还相当简单,就像我们对原型的归纳性理解只是抛砖引玉一样。关键不在于这两种程序本身的不足,而在于这样一个事实:这两者在某个地方以某种方式显然会汇合。如果两者确实汇合,则批评的系统性、综合性发展的基石便得以确立。

(胡蕾 译)

关 键 词

复现(recurrence)
布局(pattern)
表现性谬误(representational fallacy)
下意识(subconscious)
中心模式(central pattern)

关 键 引 文

1. 文学批评比绘画批评更容易受表现性谬误的阻碍。这也就是我们为什么易于把叙述当作事件在外部"生活"中的连续表现,把意义当作一些外部"理念"的反映。用正确的批评术语说,作家的叙述是他的线形运动;他的意义是他全部形式的整合。

2. 我们在仪式中发现了叙述的源头,仪式是行为的时间序列,其中暗含潜在的有意识意义:它可以被旁观者看见,但对参与者来说大部分意义是掩藏起来的。……我们还应该注意到仪式无所不包的规律性趋向。自然界中

---

① 普洛斯彼罗是莎士比亚戏剧《暴风雨》中的人物,占有一个海岛;塞尔西是希腊神话中的女巫,居住在靠近意大利西海岸的艾伊岛,奥德赛返乡途中曾与她在岛上相遇。

所有重要的复现,一天的复现,月的变相,一年的季节和节气,从生到死的循环,都有相应的仪式相连,大多数高级宗教都配有一整套仪式,来暗示(如果可以这样叫的话)人类生活中潜在的整个重要行为。

3. 神话是一种中心启示力量,给予仪式以原型意义,给予神谕以原型叙述。其实神话就是原型,尽管当只指向叙述时我们用神话、当说到意义时用原型更方便。

4. 最后,所有这些仪式和顿悟在构成神话的主体内实现了无所不包的转变,而这神话又组成了宗教的神圣经文。结果这些神圣经文成了文学批评家不得不加以研究的第一手文献,以便对研究对象有全面的了解。批评家理解了经文的结构后就可以从原型转向体裁,发现戏剧是怎么从神话的仪式方面转化而来,抒情诗是怎么从神话的顿悟或者说片面方位转化而来,而史诗却是由中心百科全书式结构演化而来的。

5. 从意义上来说,艺术的中心神话必须是展现社会努力的最终结果,那一切愿望都实现了的纯真世界,那自由的人类社会。理解了这一点,在阐释艺术家的远见并使之系统化时,就更容易明白批评较之其他社会科学的不可或缺的地位。

讨 论 题

1. 弗莱的原型和荣格的原型有何显著的不同?

2. 弗莱的理论在某种程度上强调了文学的演化。试评论所有循环(即文学的演化)形式并讨论它们对文学解读的适用性。

3. 弗莱以何种方式证明他的观点,即:"艺术不涉及真实而涉及可想象之物;尽管最终必须得出一些想象理论,但批评从来没有理由去试图构建任何真实性理论,更不用说去设想它"?

4. 在什么程度上,可以说弗莱是一个结构主义者?他又和六十年代的结构主义有什么区别?

阅 读 书 目

Frazer, James G. *The Golden Bough: A Study in Magic and Religion*. London: Macmillan and Co. Ltd., 1954

Freud, Sigmund. *Creative Writers and Day Dreaming*. 1908, in David Lodge
Frye, Northrop. *Anatomy of Criticism*. Princeton, New Jersey: Princeton UP, 1957
—— "Myth, Fiction, and Displacement." In Lionel Trilling ed. *Literary Criticism An Introductory Reader*. New York: Holt, Rinehart and Winston, Inc., 1970
Jung, Carl Gustav. "On the Relation of Analytical Psychology to Poetry". In *The Collected Works of C. G. Jung*. Vol. XX. Trans. R. F. C. Hull. New York: Routledge & Kegan Paul, 1959
—— *Memories, Dreams, Reflections*. New York: Vintage Books, 1965
—— "The Concept of the Collective Unconscious." In Walter K. Gordon ed. *Literature in Critical Perspectives: An Anthology*. New York: Meredith Corporation, 1968
Pratt, Annis etc. *Archetypal Patterns in Women's Fiction*. Bloomington: Indiana UP, 1981
Lee, Alvin A. & Robert D. Denham eds. *The Legacy of Northrop Frye*. Toronto: U of Toronto P, 1992
Philipson, Morris. *Outline of a Jungian Aesthetics*. Northwestern UP, 1963
Strelka, Joseph P. Ed. *Literary Criticism and Myth*. The Pennsylvania State UP, 1980
Wright, Elizabeth. *Psychoanalytical Criticism: Theory in Practice*. London & NY: Metheun, 1984
冯川:《荣格对当代思想的影响》,《社会科学研究》,1999.1
何平:《中国文学"还乡"母题原型研究》,《民族艺术研究》,2004.3
蒋济永:《评叶舒宪〈文学与人类学〉》,《文学评论》2004/4
刘雪岚 朱刚:《诺思洛普·弗莱的文化遗产——访加拿大"弗莱研究中心"》,《外国文学动态》1999/2
杨丽娟:《"原型"概念新释》,《外国文学研究》2003/6
杨瑞:《解读〈聊斋志异〉故事中的影子原型》,《北京大学学报》1996/5
叶舒宪:《探索非理性的世界——原型批评的理论与方法》,成都:四川人民出版社,1988
——《神话—原型批评在中国的传播》,《社会科学研究》1999/1
张建宏:《〈凤凰涅槃〉的"原型"解读》,《江汉论坛》2000/10
张强:《论弗洛伊德对神话原型批评的贡献》,《江苏社会科学》1995/4
朱刚 刘雪岚:《琳达·哈钦访谈录》,《外国文学评论》1999/1

第六单元　读者批评理论

如果说形式主义,马克思主义,心理分析或者神话原型批评都忽视读者(这是一种常见的说法),这个论断过于笼统,有些似是而非,因为在这些批评理论中都可以清晰地见到读者的影子。但是,影子毕竟不是实体,发挥重要作用、作为阅读主体的读者的确还没有登场。二十世纪常常被称为"自省"的世纪,物理学、数学、哲学、文学、人类学都把研究视角越来越多地转到主体的身上,但是在文学批评领域,占据主导地位的仍然是由语言学转向所引发的形式主义,研究范围比较狭窄,氛围比较沉闷。与之相对应的,是政治上的保守和僵化:西方二战以后的冷战思维,五十年代初开始的麦卡锡主义,都要求循规蹈矩,要知识界遵循意识形态上的"政治正确",直到六十年代中叶,大规模的文化革命爆发之后,批评理论才从语言学转向逐渐向人文转向过渡,而读者批评可以被看作是这种过渡的一个标志。

和五十年代相比,由于特殊的历史境况(资本主义世界经济萧条,阶级矛盾突显,第二次世界大战等),三四十年代是一个左倾的时代,马克思主义在欧美获得了比较大的发展,尽管很多人只是口头上宣称信仰马克思主义。随着二战的结束,冷战的开始,马克思主义的影响在西方急剧下降①,这种状况直到六十年代中叶起才开始发生变化,并且迅速蔓延为全球性的左翼思潮。但是六十年代马克思主义在欧美的再度出现却和三四十年代有明显的区别:左翼运动的主体从工人阶级转向青年学生,依靠的思想武器不是传统马克思主义而是西方马克思主义,而且在思想渊源与具体实践中和三四十年代的左翼运动几乎没有联系,令西方理论界感到困惑。一

艾布拉姆斯的批评史图解

---

① 有人把它归之于左翼分子对资本主义国家机器实行的白色恐怖的惧怕和对苏联斯大林主义的幻想破灭,参阅 Leitch 1988: 4—5。

一个可能的解释是，六十年代的知识界不再那么热衷于轰轰烈烈的群众运动，而是愿意进行深层次的"理论"实践；虽然仍然以改造社会为己任，但途径不是通过激进的公开对抗（虽然走上大街者不乏其人），而是通过深入的理性思辨，思辨的对象之一就是当代资本主义境况下的人及其相互关系。

从关注世界关注他人转到关注自我及自我与他人的关系，是二十世纪的一个变化，这个变化在六十年代中叶尤为明显，表现在文艺文化理论上，就是"读者批评理论"的出现。读者批评理论（reader-oriented criticism）是一个涵盖面非常广的概念，指在六七十年代出现的、以读者为主要关怀对象的批评理论。美国批评家艾布拉姆斯（M.H. Abrams）曾根据批评视角的变化给西方批评理论做了一个极其简单却很有概括性的图解：关注作品和世界的批评方法他称之为"模仿式批评"，注重作品和艺术家关系的是"表现式批评"，只对作品本身感兴趣的叫"客观性批评"，把重点放在读者身上的就是"实用式批评"（Abrams, 1953: 1—19）。当代批评史家爱用这个图式来解释当代理论批评视角的变化，如二十世纪以前的文艺批评多注重作品对世界的表现（模仿式批评）或作品表露作家的个人情感（表现式批评），形式主义批评理论则关注作品本身（客观性批评），读者批评理论就是"实用式批评"。这样描述当然方便，但需要说明的是，艾布拉姆斯的图式展示的是西方两千年文艺批评的历史，并不局限于现当代批评理论，如"客观性批评"还包括亚里斯多德的《诗艺》和十九世纪的"为艺术而艺术"。更重要的是，这个图式提出于1953年，当时形式主义文论虽然已近走到尽头，但是读者批评理论尚未开始。这里的"实用式批评"指的其实是教诲式煽情式的作品，和当代读者批评大相径庭。

这里还要纠正另一个误解：既然读者批评是当代批评理论的一个分支，所以有人也许以为以往的批评实践不谈读者。实际上读者是文学流通领域里不可或缺的成分，在西方批评理论中随处可见。读者批评理论的兴起主要针对形式主义文论的文本自足论，代表的是一个批评思维范式的转变，而不仅仅只是批评视角的转移，所以关注读者并不是当代批评理论所独有。以形式主义的代表英美新批评为例。新批评的先驱瑞恰慈追求文学的显在特征即"文学性"，但他在批评实践中把这个特征和读者的阅读体验及他的价值观念联系起来，做法是先使读者对作品进行体验，描述自己的

英国批评家瑞恰慈（1893—1979）

文学反应,然后由评论家对这些反应进行分析①。由于瑞恰慈把注意力放在了读者的主观体验上,所以对文本中的文学形式并不十分在意,导致后来的新批评家对他多有微词,尤其不喜欢他的心理主义印象式批评。瑞恰慈的学生、另一位新批评家燕卜逊的《含混七型》与其说是突出文本倒不如说是由含混而引出读者的存在②。从这一点来说,新批评倒可以说在本世纪开读者批评之先河。其实,读者在西方语境中的处境并不算差。纵观东西方文化发展史可以发现,西方文化和东方文化的显著区别就是关注的重心从情境(context)转到个体③,在这种文化氛围下,文学批评中的功利因素比中国传统文学批评要少,如西方批评史上很少出现过像程颐、朱熹那种鼓吹"作文害道"的极端功利主义者。在这样一种批评传统里,评判作品价值便不必那么依赖某种外在的功利标准,反映在意义阐释中,读者也被赋予更大的自由。从这个意义上说,新批评对文学语言/非文学语言的区别是对文学的社会功利作用的进一步淡化,也是对读者作用的进一步突出,尽管这是新批评不愿意承认的。

但是,批评家一直在谈论读者并不因此说明他们谈论的是同样的读者,同样的阅读过程,同样的审美体验。他们和读者批评理论的区别至少表现在三个方面。第一,读者观不同。读者批评理论讨论的读者通常是具有特定意义和特定功能的读者,即使泛指一般的读者,这个读者也是特定场景中担负一定责任的读者;而传统的读者却概念模糊,如柏拉图的"共和国的公民",十八世纪新古典主义的"阅读大众",或新批评眼中不加界定的"阅读者"。第二,阅读观不同。读者批评家的研究触角伸进阅读行为内部,探讨读者的阅读规律以及阅读行为的本质,如卡勒(Jona-

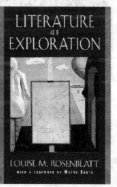

罗森布拉特《作为探索的文学》(1938)是早期读者批评的重要论著

---

① 这种做法和罗森布拉特、费希、霍兰德等读者批评家很相似。
② 参阅第二单元《英美新批评》。
③ 古希腊人虽然也重视国家、群体的作用,但孜孜以求的不是群体赖以生存的基础,而是使个体生命得以永恒的东西,如毕达哥拉斯的"数"和亚里士多德的"神"(高旭东 1989:33—34)。柏拉图确实鼓吹过功利文艺观,但他的"理念"非儒家伦理纲常那样的立国立家之本,而是一种个体素质,一种"引导个体达到其最终顶点"的东西,而且理念观对西方批评理论起到的约束力,远没有"文以载道"那么强大。

than Dwight Culler)论及的读者阅读能力①,霍兰德揭示的读者心理模型,费希(Stanley Fish)描述的阅读体验等;而传统批评理论则只泛泛论及读者(和现实的关系或阅读心态等)。第三,阅读过程不同。读者批评家十分注重研究读者的实际阅读过程,如布莱希(David Bleich)、伊瑟尔、伽达默尔,而传统理论仅涉及读者的"情感"、"反应"或"心情"。美国批评家罗森布拉特(Louise M. Rosenblatt)曾经形象地比喻过这位被忽视的读者:读者和作者立于昏暗的舞台上,中间放着文学作品,舞台灯光只聚焦于三者之一,其他两者被完全淹没。几千年来,只有作者和作品轮流受到映照,读者偶尔在余光里闪现片刻,但基本上被淹没在黑暗中,在舞台上没有做过主角(Rosenblatt 1978: 1)。

古希腊神话中的"阐释者"
赫尔墨斯

本章所阐述的读者批评理论,指以读者为中心,以当代批评理论为基础的文艺学研究方法。由于过分专注于读者,所以它的存在时间有限(时间跨度从二十世纪六十至八十年代),但由于和各种批评理论相结合,所以涵盖的内容又非常杂非常多。本章将讨论读者批评的几个主要分支:阐释学批评,现象学批评,接受美学以及读者反应批评。需要指出,接受美学和读者反应批评主要是特定地域的批评理论,它们依据的哲学基础包括阐释学和现象学,所以在批评原则上和阐释学现象学文论非常相似。

当代读者批评的渊源至少可以追溯到两百年前浪漫主义时期的阐释学。阐释学(Hermeneutics)是有关解释的科学,古希腊神话中赫尔墨斯(Hermes)是掌管商业和道路的神,兼作"阐释者",把众神的神谕传达并解释给凡人。此后阐释行为②主要指对《圣经》的诠释,涉及的范围仅仅是文字学和文献学(philology)。在宗教改革中,罗马教廷和新教争夺《圣经》的阐释权,后者坚持每个信徒都有权解释圣经(因信称义)。在这种背景下,近代阐释学渐具雏形,其理论奠基人是德国新教牧师施莱尔马赫(Friedrich Schleierma-

---

① 卡勒(1944—)美国知名批评理论家,哈佛大学获得学士学位,牛津大学博士学位,1977年后一直在康奈尔大学英语系任教。卡勒有独创性的理论并不多,而以简洁明了的综合归纳见长,正由于如此,理论热兴起之后,他在我国学者中的知名度甚高,其多部著述被译成汉语,如《结构主义诗学》(Structuralist Poetics: Structuralism, Linguistics, and the Study of Literature,1975)、《追寻符号》(The Pursuit of Signs,1981)、《论解构》(On Deconstruction,1982)、《巴尔特》(Barthes,1983)、《费狄南德·德·索绪尔》(Ferdinand de Saussure,1986),以及《文学理论入门》(Literary Theory: A Very Short Introduction,1997)。

② 这里"Hermeneutics"仅仅是"解释行为",因为阐释成为一门科学是近代的事情。

cher)①。施氏提出了著名的"阐释学循环"
(hermeneutic circle)以表现理解行为的特征：部分须在整体上才能理解，整体也须靠部分才能获得。正因为如此，后人的解释肯定要优于前人甚至优于作者本人，因为后人面对的整体更大。施氏虽然仍然关注圣经阐释，但他的阐释已经跨出圣经范畴，使阐释研究成为一门独立的科学门类。他认为阐释学是"理解的艺术"，所以不应当属于逻辑学、文字学而应当属于哲学。理解既要注重语言文字的释义，又要注重说话时的历史时刻，所以语法和心理对阐释同样重要。成功的阐释依赖于阐释者的语言能力和对

提出"阐释学循环"的施莱尔马赫（1768—1834）

狄尔泰（1833—1911）

人的理解，即施氏所谓的"语法阐释"（grammatical）和"技法阐释"（technical）。施氏对"技法"（即作者的"风格"）更加关注，因为风格不仅取决于语言，还受更大的文化因素所影响（Schleiermacher，1986：73—95）。十九世纪后期另一位德国人狄尔泰（Wilhelm Dilthey）进一步发展了施氏开创的阐释理论，把阐释目标从文字文本扩展为文化文本。狄尔泰认为阐释学属于人文科学，不能简单套用自然科学的实证方法，因为阐释的对象是人的经验，而经验是"思维现实"而非"物理现实"。狄尔泰把阐释对象称为"客观思维"（objective mind），意思是被阐释体展现的是一定时空下为公众所共有的价值情感体系，因此阐释者可以使用"移情"的方法进入阐释对象的生活体验里（Dilthey，1986：149—159）。后人对狄尔泰多有批评，认为他的见解心理主义色彩太浓，但狄氏对作者之意的重视一直是经典阐释学的关注对象（如当代阐释学家 E. D. 赫希一直坚持这一点），更重要的是狄氏的浪漫主义传统影响了另一位更加重要的当代阐释学家海德格尔。

尽管施莱尔马赫和狄尔泰主张成功的阐释取决于"阐释者必须在主观上和客观上把自己放在作者的位置"（同上，83），而这个阐释者就是"读者"，但他们与当代读者批评的关系并不明显。阐释学和读者的显在联系是由德国哲学家海德格尔（Martin Heidegger）的"现象学阐释学"建立的。现象学的

---

① 施氏的浪漫主义阐释学成型于十九世纪初，当时他在柏林大学等地任教作，他死后由他的学生根据听课笔记及施氏本人的备课笔记整理出版（《阐释学和批评》），施氏手稿直到 1958 年才由伽达默尔的一位学生编辑出版。

德国哲学家海德格尔
（1889—1976）

一个重要概念是"意向性"（intentionality），即人的意向（心理活动）有指向性，由于意识的指向才使意识对象具有特定的意义。海德格尔是现象学创始人胡塞尔（Edmund Husserl）的学生，把现象学原理用于阐释学，产生了有别于以上"方法论阐释学"的"本体论阐释学"。海德格尔发展了胡塞尔的"纯粹自我意识"，认为"此在"或"自我存在"（Dasein）是先于一切的真正存在，因为人的思维是不容置疑的，世间万物都是人的思维的衍生物。但是和狄尔泰一样，他认为阐释思维有别于科学思维：科学方法只能认识现象和外观，不适于本体阐释，"与一切科学有别，思就是存在的思"。

> 如果说在存在状态下"此在"就是存在的"在场"，也就是说世界此在于"此"，它的"存在于此"就是存在于"其中"。后者同样也"在场"，正如此在也为此"在场"一样。在这个"此在"里，"在世之在"被如此展示，这个展示我们称之为"理解"。在理解"此在"时，基于其中的意义也同时得到揭示。对理解的揭示，正如同时对"因此"和意义的揭示一样，属于"在世之在"的一部分。世界如此展示自己，在这个基础上产生出意义（Heidegger 1927: 215—220）。

也就是说，此在的最大特征是在场性（there）、时间性、历时性、历史性，因此人的理解深深地镶嵌在历史和语言之中，任何阐释行为都必须显示这个"此在"中阐释者的位置（即前理解）和阐释者的"在世之在"（being-in-the-world）。他否认了狄尔泰阐释学里的浪漫主义色彩，主张作品不是某个个人意图或私人感情的表达，而是对世界的展示。只有诗的思维达到这种境界，最接近"此在"的存在状态，因为诗歌语言的实质是"对话性"和历史性，而"此在"就表现在延绵不断的对话之中。从这个意义上说，诗就是阐释最完美的表现，对话性也是阐释本质最根本的特征（Heidegger, 1951: 758—765）。

德国哲学家伽达默尔
（1900—2002）

海德格尔关于阐释的论述散见于他的存在主义哲学著作中，且多见于对诗歌语言的讨论，所以诗性大于理性，理论的系统性完整性不明显。当代阐释学的集大成者是海德格尔的学生德国哲学家伽达默尔（Hans-Georg Gadamer）。伽达默尔集中在文本阐释，尽管他的关注包括文化的其他方面。他接过施莱尔马赫和海德格尔的"阐释循环"论，并且和后者一样，认为这个循环并不是阐释的困境,而是阐释的必要条件:没有整体和部分的这种关系也就没有阐释行为的必要。这个"循环"表明,一切阐释行为都牢牢地根植于历史之中,表现为阐释者和被阐释物进行"对话":"理解在根本上并不等于理性地进入过去,而在于在阐释中使现在卷入进去"。伽达默尔认为,正因为阐释是历史行为,阐释循环中存在矛盾,阐释对话里存在差异,所以阐释者在进入阐释行为时肯定带有"先见"(prejudice)①,也即海德格尔所称的"先在知识"(fore-knowledge),构成伽达默尔所谓的"理解视野"(horizon of understanding);在阐释行为中,阐释者和被阐释物间的不同理解视野交会融合,产生一个个新的理解视野,使阐释行为不断延续下去。

伽尔默尔《真理与方法》中译本

海德格尔描述的阐释过程是:对前投射的每一次修正都能够产生出一个新的意义投射,互不相容的投射同时存在,直到综合意义逐渐显现,先见(fore-conceptions)不断被更恰当的见解所取代,阐释也开始进行。这个不断的新投射过程就是理解和阐释的运动(Gadamer,1960:841—851)。

德国哲学家胡塞尔
(1859—1938)

海德格尔和伽达默尔所称的"理解视野"在六十年代被另一位德国理论家姚斯(Hans Robert Jauss)改造为"期待视野"(horizon of expectations),并以此发展出一套文学史理论,引起过轰动。几乎与此同时,姚斯的同事伊瑟尔(Wolfgang Iser)也提出了一套以胡塞尔和英伽顿(Roman Ingarden)现象学理论为基础的文学批评理论,加上他们另外几位康斯坦茨大学的同事,形成读者批评的一个重要分支"康斯坦茨学派",即轰动一时的"接受美学"②。此时在美国也渐渐形成一批读者批评家,被理论界称为"读者反应批评"。双方尽管名称相

---

① 这里"prejudice"不等于常见的"偏见",而是"先人之见"(pre-judgment),即阐释者在阐释行为(judgment)开始之前所持有的与之有关的一切理解,伽达默尔还称之为"前投射"(fore-project):"历史思维总要在他人之见和本人之见间建立联系。想要消除阐释中自我的观念不仅不可能而且显然荒谬"。

② 伊瑟尔本人并不喜欢"接受"(reception)一词,认为这个词更适合姚斯,他本人愿意用"effect"(作用、效果)来概括自己的理论(Iser 1990:5),因为"接受"含有被动之意,"作用"则互动的意味更明显。这也是阐释学和现象学的一个主要区别。

似,但几乎没有理论上的承袭或学术上的来往。但由于接受美学影响之大,加上伊瑟尔是英文教授,七十年代之后在美国著名学府任教讲学,所以读者反应批评家开始对他们的德国同行说三道四,引发一场读者批评理论的"内讧",反映出读者批评家之间不尽相同甚至截然相对的理论主张,并预示读者批评理论不可避免的消亡。下面将以伊瑟尔的阅读理论为框架,以文本和读者为主题,在与其他各家读者批评理论的对比中来进一步揭示读者批评的理论优势和视角局限。

读者批评的兴起是六十年代西方社会发展的结果,接受美学的出现也是对联邦德国社会现实的反应。经济上,从1948年开始的经济增长"奇迹"到六十年代已经趋缓,1967年终于出现经济萧条。政治上,德国卷入"帝国主义"越战引起知识界的不满,右翼的"民族民主党"迅速崛起也使人们对新纳粹日渐担心。这些现实使人们对自己的生存环境日渐关注起来,也要求敏感的文学能对此有所反映。但是当时主导德国文坛的是自二战以来的形式主义文评,学者们喜好所谓科学客观的"内部"研究,而对积极介

比利时鲁汶大学胡塞尔文库现在是胡塞尔研究的中心

入社会批评、具有颠覆性的现代主义文学颇不以为然。在这种情况下,人们对象牙塔里的自娱自乐和阅读欣赏式的"说教"越来越不耐烦,开始谈论"文学批评的停滞"甚至"文学的死亡"(Iser, 1990: 5)。此时康斯坦茨大学的几位年轻教师和学生"揭竿而起",明确主张文学批评的客体应该从文本转向读者及阅读过程①。姚斯1967年的教授任职演说成为康斯坦茨学派的成立宣言,伊瑟尔的就职演说同样也引起理论界的轰动②。在联邦德国国内,姚斯的影响大于伊瑟尔,或许因为德国人偏爱他们的阐释学传统;但在国外,尤其在美国,伊瑟尔的现象学阅读理论却时髦得多,或许伊瑟尔更关注具体

---

① 这使人想起俄苏形式主义起始时的1913年12月,彼得堡大学语文系一年级学生什克洛夫斯基引起轰动的报告,见第一单元。

② 姚斯的演说是《什么是文学史?为什么要学文学史?》(What Is and for What Purpose Does One Study Literary History?)。正式发表时题为《文学史作为文学研究的挑战》(Literary History As A Provocation to Literary Scholarship)。此文标题有意模仿德国诗人席勒(Friedrich Schiller)在任耶拿大学历史学教授时的就职演讲"What Is and for What Purpose Does One Study Universal History?"席勒的演讲做于1789年法国大革命前夕,引起轰动,可见姚斯之用心:他在有意引出听众的那个"期待视野"。伊瑟尔的演说于1970年以《不定性与读者反应》(Indeterminacy and the Reader's Response)为题发表。

的文本阐释，理论的思辨性少一些。

伊瑟尔的阅读理论开始于文本观念。姚斯曾用 T.S.库恩的范式论说明读者批评与旧理论相比有"质的飞跃，关系的断绝及全新的出发点"(Holub，1984: 1)。毋庸置疑，读者批评确把读者提到了前所未有的高度，但这不等于一定得淡化文本的作用。伊瑟尔就在批判文本自足论的同时把文本作为阅读理论的基石：

> 文学作品有两极，不妨称作艺术极和审美极：艺术极指的是作家创作的文本，审美极指的是读者对前者的实现。依据这种两极观，文学作品本身明显地既不可以等同于文本也不可以等同于它的实现，而是居于两者之间。它必定以虚在为特征，因为它既不能化约成文本现实，也不能等同于读者的主观活动，正是这种虚在性才使文本具备了能动性(Iser，1987: 21)。

这里"艺术极"指的是传统意义上具备形式特征的文本，这个文本自亚里士多德开始，到俄苏形式主义达到顶点。伊瑟尔对"审美极"语焉不详，把它描述为读者对文本的反应，实现，或读者的主观性，心理活动。对伊瑟尔来说以上两极都不足取，因为作为艺术极的文本是作家创作的结果，作为审美极的文本是读者阅读的结果，两者都是终极产品，不足以显示文学阅读的持续性、能动性，也说明不了文本的开放性和读者的不可或缺性。作为纠正，伊瑟尔把他的文本放在以上两极之间，称之为"文学作品"，代表的是文本意义产生的过程。这里读者与文本已不再是独立的个体，而是合而为一，构成了一个互动的整体，使"虚在"的"文学作品"成为现实。

伊瑟尔两极理论的背后隐含的是他的现象学文学研究方法论。胡塞尔把笛卡尔哲学中的"我—我思—我思物"(ego-cogito-cogitatum)进行了重新解释：意向性活动不仅说明意向主体(the intending subject)和意向客体(the intended object)的存在，而且通过双方的意向性互动，意向主体最终可以揭示意向客体的本质(Stewart & Mickunas，1974: 37)。由于文学阅读是典型的主客体间的意向性活动，而现象学所要把握的又是意向性客体的规律、本质，所以胡塞尔之后不少评论家把这种哲学方法应用于文学批评，如英伽登、海德格尔、萨特(Jean-Paul Sartre)、杜夫海纳、布莱(Georges Poulet)、梅洛-庞蒂(Maurice Merleau-Ponty)及日内瓦批评学派等。伊瑟尔对文本和文学阅读进行现象学观照之后提出一个较为具体的现象学文本结构，用以说明文本的现象学特征。

文本的现象学特征就是它的开放性，为了表明这一点，伊瑟尔对文本进行了现象学透视，从中发现了一个文本的"召唤结构"(appellstruktur)。这个结构由两部分构成：文本的"保留内容"(repertoire)和文本"策略"。保留内容指文本取自于现实的社会文化现象,尤指在社会中占主导地位的思想体系、道德标准、行为规范,文本对它们的合法性提出质疑,"召唤"读者对此予以否定。而文本策略则是作品对其保留内容进行艺术加工,即安排文本视角,以便更好地吸引读者。此可见,伊瑟尔的文本之所以是一个现象学文本,因为其中不仅有文本结构,还包含有读者的存在,所以它表现的是文本基于阅读交流基础之上的本体性存在①。

有评论家认为伊瑟尔的这个文本有形式主义之嫌。但伊瑟尔毕竟和形式主义有明显区别,他的文本和同样基于现象学原理之上的英伽登文本的区别可以说明这一点。英伽登不满足于采用真实/想象这种传统二元思维方式来解释文本的存在,而是把它作为纯粹意向性客体用现象学来描述其存在方式,进而得出一个由不同层次构成的文本结构。和伊瑟尔一样,英伽登在文本中给读者留下了位置,主要表现在该文本的第三、第四层,其中带有不定点的被表现客体及其图式化结构显然预示着读者的存在,因为它们有待读者去"具体化"。英伽登没有说明具体化的确切含义,它有时指读者填补不定点的阅读行为,有时也指不定点经过填补后的文本。但值得注意的倒是他对具体化的态度:阅读行为"侵犯"、"改变"着文本,经过阅读后的文本"太多变太复杂",因此真正重要的倒是"在具体化过程中表现出的那个文学艺术作品"(Ingarden,1973:336—343,372)。

如果说被英伽登所嫌弃的具体化兼含伊瑟尔文本模型中的"文学作品"和"审美极",他所注重的图式化文本却正是伊瑟尔模型中文本的"艺术极"。英伽顿之所以钟爱图式化文本,是因为这个文本的各个层次有不同的构成材料、特征、功能、作用,且各层次间相互关联、相互依赖、相互影响,构成一个"和谐的复调整体"。实际上复调整体观是个传统观念:亚里士多德的悲剧六成分论,高乃依的戏剧三一论、黑格尔把纯粹理念喻为和谐的整枝花朵,浪漫主义的"有机整体论",直至新批评的文本自足论。由此可见,虽然英伽登反对孤立地看待文本,他的现象学文本观仍然具有浓厚的形式主义色彩。他把读者的具体化活动加入到文本之中,从而使胡塞尔现象学中的超验客体回到了现实,这是他对现象学及文本理论的贡献。但这种具体化本身毕竟主观、凌乱、多变,与"和谐稳定"的文本图式化结构相比自然处于次要地位。由此引出的问题是:虽然采用的同是现象学方法,为什么读者在

---

① 这里所说的本体存在指的是现象学意义上对应于"表象存在"的"本质存在"。胡塞尔曾对此有过解释:"一件独立存在的物体不是简单的或宽泛的独立物,不是一个独一无二的'某处某物'般的东西;而是有它自己恰当的存在方式,有它自己的本质属性,这种属性在很大程度上决定了它,因为它正是如此这般被'自我建构'的(这就是'事物自身的存在')"(Husserl,1974:53)。

英伽登的文本里遭到排除而在伊瑟尔的文本中则成了不可分割的组成部分呢？根据胡塞尔现象学原理，意向性主体在对意向性客体进行观照时，应当用括号法把一切与意向性客体本质无关的东西"存而不论"(bracketing)，这样在意向性活动时意向性主体才不会扭曲被观照物的本质(Husserl, 1973: 5—12)。那么为什么读者被英伽登作为文本的异质而排除，却被伊瑟尔当成文本的本质予以保留？答案显然是双方对文本的本质有不同的理解，而这种不同只能源于双方观照的意向性客体不同。英伽登的意向性客体是文本本身，因此读者虽然存

波兰现象学批评家英伽登(1893—1970)

在却非意向性客体的主要成分，因此被"存而不论"；伊瑟尔的意向性客体是阅读过程的全部环节，通过这个意向性客体再来审视文本，由此读者及读者-文本互动便成了伊瑟尔现象学文本结构不可或缺的组成部分。

　　主张读者—文本双向互动者远非伊瑟尔一人，但这种主张常常因人而异，得出的结论也不尽相同。罗森布拉特对自己的"互动阅读"有个比喻：文本犹如未封边的挂毯，由读者牵动其四周的织线来改变它的形状；霍兰德也对自己的互动理论有过比喻：文本好比先锋派音乐家手里的乐谱，由他在舞台上任意发挥。伊瑟尔显然不会赞同上面的这些比喻，因为在这种双向活动中读者的自由度太大，文本的作用太小，在霍兰德的比喻里双向互动几乎成了单向操纵。意大利评论家埃柯(Umberto Eco)做的另一个比喻对他也许更为恰当：音乐家既不像古典时代那样对曲谱忠实重复，也非像先锋派那样完全抛开曲谱，而是像现代派那样"沿着音乐符号的分布对音乐形式进行多样化处理"(Rosenblatt, 1978: 12, Holland, 1988: 162, Eco, 1984: 48—49)。

意大利批评家埃柯(1932—)

　　但是伊瑟尔把文本中的"不定性"规定为它的召唤性，很容易使人想起形式主义力图界定文学本质的做法(如俄苏形式主义把"陌生化"、新批评把"张力""含混"等作为文学的"文学性")。他把文本召唤结构的强弱作为文本艺术性高低的判断依据，以不定点数量的多少来衡量作品的艺术价值。但是一部作品中不定点的数量会因读者的不同而不同，而且不定点填补活动的减少并不意味作品审美效果一定会减弱，审美效果本身也不能等同于文学价值。此外，文本的不定性专指对占社会统治地位的意识形态进行质疑，因此伊瑟尔轻视消遣性、通俗性、说教性文学，因为这些文学形式对社会传统、道德规范多采取顺从

的态度,从而削弱文本结构的召唤强度。但是,对此类文学形式的界定并不像伊瑟尔想象的那么简单。弥尔顿写作《失乐园》的目的是要"证明上帝对人类的公正",说教性质显而易见,但没有人会把他的史诗归入"轻松文学";班杨的《天路历程》虽然在肯定、宣扬基督教精神,但否定、质疑随处可见;中国禅诗要表达佛教教义,说教性也不言而喻,但禅理诗说教的背后也不会没有对时政的针砭。此外,很大一部分文学作品(如古典作品,儿童文学,宗教文学)并不靠由否定性构成的召唤结构来吸引读者的兴趣。

埃柯:《读者的作用》

伊瑟尔在文本的召唤结构中突出文学对社会意识形态的否定自然有历史原委:为了冲破形式主义文本中心论的藩篱,挽救在德国已濒于"死亡"的文学研究,伊瑟尔必须呼应法兰克福学派的社会批判理论,尽可能使自己的研究和当时西方激进的文化运动保持一致。但是把文本中空白的数量和文本社会批判功能的强弱作为一切文本召唤结构的基础,并以此作为文学作品价值评判的依据,则无疑有些矫枉过正,给伊瑟尔的现象学阅读理论留下缺陷;经过伊瑟尔现象学本质还原之后得到的文本"召唤结构",也由一切文学文本的普遍结构变成特定情境下特定文本的特定结构,这显然违背了伊瑟尔的初衷。

"隐含的读者"是伊瑟尔的另一个重要概念,它一经提出便受到理论界的注意,二十年里对它的争论一直不断。尽管如此,伊瑟尔本人并没有对它作多少解释;他的一部重要著作的书名就是《隐含的读者》,但书中对此根本没有细谈。比较完整的一段描述大概是《阅读行为》里的下面这段话:

> 如果我们要文学作品产生效果及引起反应,就必须允许读者的存在,同时又不以任何方式事先决定他的性格和历史境况。由于缺少恰当的词汇,我们不妨把他称作"隐含的读者"。他预含使文学作品产生效果所必须的一切情感,这些情感不是由外部客观现实所造成,而是由文本所设置。因此隐含的读者观深深根植于文本结构之中,它表明一种构造,不可等同于实际读者(Iser, 1987: 34)。

由此可见,隐含的读者是伊瑟尔用现象学方法对读者进行现象学透视的结果,表达的是一个现象学读者模型,一种理论构造,说明的是一套现象学阅读理论,不可把它混同于实际读者。但是在建构这个读者模型的过程中实际读者是伊瑟尔的意向客体,该模型揭示的也是真实读者所具有的现象学意义,所以它和真实读者关系密切。隐含的读者说明的又不仅仅只是读者,因为伊瑟尔最终的意向客体是文学阅读本身,即读者—文本的互动过程,所以该"读者"必然要隐含文本的存在,这也是它的现象学特征,这个特征体现在隐含的读者独特的构成上。

隐含的读者由两个部分组成:作为文本结构的读者作用和作为结构化行为的读者作用。前者是一个现象学文本结构,包括由各种文本视角交织而成的视角网、这些视角相互作用后形成的视角汇合点(即通常所说的文本意义)以及外在于文本、供读者透视文本视角的"立足点"。从现象学角度看,文本的视角汇合点与读者的立足点都是虚在的,要靠读者的"结构化行为"即阅读行为来加以实质化。由此可见,通过隐含的读者伊瑟尔至少想说明两点:文本的存在对任何阅读行为都是必不可少的;离开了文本,脱离文本-读者的相互作用,就不足以揭示读者的本质。

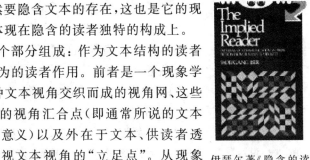

伊瑟尔著《隐含的读者》(1974)

美国批评家卡勒(1944—)

伊瑟尔的隐含的读者是一个现象学读者模型。伊瑟尔读者模型的独特之处在于它超出了普通读者的界限,不仅依靠现象学在读者模型中设置了读者反应的"投射机制"(即读者的结构化行为),而且还在其中设置了引起读者反应的"召唤结构",使召唤—投射互为依托,构成一个有机的整体。由此可见,隐含的读者说明的是伊瑟尔的整个现象学阅读理论以及读者在这个理论中的位置与作用,正如伊瑟尔曾以同样的方式建构了他的现象学文本,即由艺术极与审美极融合而成的"文学作品"以及由不同的读者-文本交流模型构成的现象学文学交流理论。因此不妨把"隐含的读者"作为真实读者的一种现象学表现,说明的是一般读者在现象学意义上的一种本体存在方式。八十年代读者批评的特征之一便是纷纷建构各种读者模型,用来说明各家的阅读理论,较为著名的有姚斯的"历史读者",卡勒的"理想读者",M.瑞法代尔的"超级读者",G.普林斯的"零度听众",C.布鲁克-罗斯的"代码读者",霍兰德的"互动读者"及布斯(Wayne Booth)后于伊瑟尔使用但含义完全不同的"隐含的读者"等。

读者模型的较早版本是W.吉布森五十年代初提出的"模拟读者"。他认为真正的作者"既费解又神秘",重要的倒是文本中"虚拟的叙述者"。吉布森的主张有些近似于新批评的"意图谬误"论,不同的是他同时为这个虚拟的叙述者安排了一个听众,这位"模拟读者""主动采纳文本语言要求他采纳的那一套态度,具备文本语言要求他具备的品质",因此可以积极介入文本,

布斯：《小说修辞学》
（1961）

和虚拟的叙述者形成对话（Gibson，1984：1—2）。"模拟读者"明确提出了读者的作用，这在新批评仍然占统治地位的年代的确难能可贵，但更重要的是真实作者/虚拟叙述者之分启发了布斯，导致他在十年后提出真实作者/隐含的作者之分，后者通过文本中表露的信念与价值观得到表现，而且布斯还根据隐含的作者提出了一个与之对应的读者："简言之，作者（在作品中）创造了一个自己的形象与一个读者的形象，在塑造第二个自我的同时塑造了自己的读者，所谓最成功的阅读就是作者、读者这两个被创造出的自我完全达到一致"（Booth，1987：138）。此时布斯并未给这个由作者创造的读者冠以什么称谓，但伊瑟尔在提出"隐含的读者"时显然受到布斯的影响[1]，同时却没有考虑到这两类读者会如此风马牛不相及。更糟糕的是，布斯在《小说修辞学》1982 年修订版中明确地把这个读者称为"隐含"的读者，即文本或作者要求真实读者必须成为的那类读者[2]，给后来的评论家造成理解上的混乱。造成这种混乱的另一个原因是当代评论家对这个术语的滥用，正如后人滥用"期待视野"这个术语一样，随意赋予它各种含义，使它离姚斯初次使用时的本意越来越远（Holub，1984：69）。

伊瑟尔在总结前人的读者模型的基础之上并结合自己的阅读理论提出了"隐含的读者"，使这个读者模型具备了某些独特的理论长处。首先它不再直接对实际读者本身进行理论概括，而把关注点放在读者所具有的交流"潜势"上，因此既摆脱了因实际读者具有异质性而极难概括这个理论困境，也避免了因此而对读者进行理想化处理，使隐含的读者可以用来阐释一切读者及其阅读行为。其次，它以现象学为理论基础，在建构读者模型时从文学阅读的整体出发，使读者成为阅读过程中不可或缺

美国批评家布斯
（1921— ）

的一个因素，同时也使交流过程成为读者必不可少的组成部分。此外，由于它的这种独特构造，使得读者的地位得到空前的突出，因此对形式主义的评判也显得尤为有力。

有意思的是，尽管伊瑟尔竭力要把社会历史拉进他的现象学读者，但这

---

[1] 伊瑟尔在谈论读者时，借用了布斯的两类读者观（真实读者与被创造的读者），说明读者与非读者的区别，以引出自己的隐含的读者观。

[2] 布斯本人承认不懂伊瑟尔的"隐含的读者"到底为何物，在八十年代和伊瑟尔的通信中仍然把它作为作者"在文本中预设的那位轻信的读者"（Iser 1989：59）。

却和现象学本身的要求不符,因为意向性主体在对意向性客体进行现象学观照时,应当用括号法把一切个人情感、他人先见、社会规约"存而不论",这样在意向性活动时才不会扭曲被观照物的"实质"。因此在建构"隐含的读者"时,伊瑟尔一方面以"保留内容"等方式使它具有社会性,一方面"又不以任何方式事先决定他的性格和历史境况"。伊格尔顿曾指出:"伊瑟尔的确意识到阅读的社会维面,但却有意主要集中于'审美层次'",因此他的读者并没有立足于历史。苏莱曼也认为伊瑟尔的读者"不是具体历史境况下的个体,而是一个超越历史的思考者,他的思维活动……不论何地都千篇一律"。她承认伊瑟尔想把历史拉入现象学模型之中,但结果隐含的读者仍然只是"隐含"的,而非具体环境里的实际读者(Eagleton,1985:83;Suleiman & Crosman,1980:25—26)。应当承认,这些批评是中肯的。伊瑟尔阅读模型中反映的社会现实至多只是现象学意义上的现实,并不反映真实的历史境况;隐含的读者虽然具有一定的历史维面,但并不能表现现实中千变万化的读者对文本的不同反应。在一次采访中曾有人问伊瑟尔:"你认不认为自己太过于专注美学,而不顾政治或政治性不够?"伊瑟尔辩解到,关注审美本身便是一种政治投入,因为"我一向把(审美)当成暴露缺失、颠覆僵化、揭露掩饰的利益的一种方式"。实际上伊瑟尔在这里并没有直接回答对他的提问,因为他的现象学方法论使他很难关注文学接受中的具体社会政治因素以及读者在这种接受中的具体社会存在。

  本世纪西方批评理论的一个明显走向就是向阅读主体偏转,从前五十年的形式主义转到后五十年的"主观主义"批评,而处于本世纪中叶的读者批评正好是这个转变的过渡。如果说当今的批评时代是"读者的时代",则读者批评理论功不可没,因为"从马克思主义到传统批评,从古典和中世纪学者到现代主义专家,几乎每一种方法视角、每一个文学研究领域都对接受理论提出的挑战给予回应"(Holub 1984:7)。

阅读行为(伊瑟尔)

  沃尔夫冈·伊瑟尔(1926—)就读于海德堡大学,从 1967 年和 1978 年起分别在德国的康斯坦茨大学和美国的加州大学厄湾分校执教。他是德国康斯坦茨学派接受美学两个最著名的代表之一,尤其是他的早期论文《文本的召唤结构》。伊瑟尔采用的是现象学阅读方法,强调文本和读者起着相同的重要作用。他提出的一个主要概念是"隐含的读者",在《隐含的读者》(1972)一书中对此有一定的探讨。本节选自 1976 年出版的《阅读行为》,阐述了伊瑟尔的这一重要但常引起误解的概念。作为一种读者模式,或甚至一种理论模式,这一概念奠定了伊瑟尔关于文学本质的所有理论思考的基础。

让我们更仔细地探讨一下这两大类读者范畴以及他们在文学批评中的位置。真正的读者主要用于对反应史的研究,即关注具体的读者受众是如何接受某部文学作品的。不管对作品做出什么样的判断,这些判断也同时体现出这一受众不同的态度和标准,如此一来,文学可以说反映了影响这些判断的文化准则。哪怕这些读者属于不同的历史时代,上面的论断也是正确的,因为不管读者属于哪个时代,他们对该文学作品的判断总是体现出他们自己的标准,因而为我们了解他们那个社会的标准和品味提供了一条可靠的线索。重构这一真实的读者自然要依靠当时的文献资料,可时间越往前推移,回溯到十八世纪以前,文献资料变得越发贫乏。结果,这一重构工作常常不得不完全依靠文学作品本身提供的资料。问题在于,通过这种方式重构出来的读者是否与当时的读者形象相吻合,或者不过是作者希望当时的读者所承担的角色[①]。如此说来,就有了三种"当时的"读者——一种是真实的、历史的读者,来自现存的史料,另两种则是假设的读者:其一是由我们对当时的社会和历史知识推断出来的,其二则由文本确定的读者角色推测出来。

和"当时的读者"几乎完全对立的是人们常提起的"理想的读者"。虽然有人认为它是语文学家或批评家大脑里杜撰出来的东西,而且这种说法蛮有道理,但仍难准确指出其出处。虽然通过研究许多文本,批评家的判断可能会变得更细腻、周全一些,但这个读者仍是个不折不扣的文化读者,因为就文学交流而言,在文本结构上构建一个理想的读者是不可能的。理想的读者必须和作者拥有完全相同的代码。然而,作者一般要将当时占主导地位的价值观在文本中重新编码,那么理想的读者也必须分享潜在于这一过程中的作者意图。如果这种可能性存在的话,那么交流便是多余的,因为只有信息发送者和接收者没有分享的东西才需要交流。

伊瑟尔著《阅读行为》(1978)

另一种观点说,作者本人可能就是自己的理想的读者。这一观点常因作者对自己作品发表的评论而站不住脚。作为读者,这些作者一般几乎不谈他们的作品对他们自己产生什么样的影响,而喜欢

---

① 这里伊瑟尔在隐晦地批评姚斯的"历史的读者"观,即重构历史上不同读者的"期待视野"。

拐弯抹角地谈论他们的创作意图、手法和结构,迎合他们试图引导的大众的种种口味。不管这种情况发生在什么时候,即不管作者在什么时候把自己变成自己作品的读者,他必须将创作时的重新编码再恢复原状。换言之,虽然从理论上说,作者是唯一可能的理想读者,因为他体验过自己的写作,但实际上他没有必要把自己同时复制成作者和理想的读者,所以,就作者而言,假设一个理想读者是多余的。

  对理想读者的质疑还来自另一个问题。此问题基于这样一个事实:这位读者必须有能力领会虚构文本中所有潜在的意义。文学反应史很清楚地表明,挖掘文本潜在意义的方法有多种多样,既然如此,一个人怎么可能在一次阅读中就穷尽所有这些潜在的意义呢?对于同一个文本,不同时期可以有不同的读解,而且,甚至同一个文本第二次读和第一次读的感受也会不尽相同。这样一来,这位理想读者不仅必须超越自己的时空限制,读出文本的潜在意义,而且还能够做到包揽无遗,其结果就是一口吞下文本,这种一次性的彻底消费对文学而言无疑是灾难性的。不过有些文本可以进行这样的"消费",成批量源源不断复制出来的通俗文学显然就是一例。问题是,通俗文学的读者是否就是"理想读者"这一术语所指的那种读者,因为理想读者通常是针对难以理解的文本而言,我们希望他能帮助我们揭开文本中的谜团。如果不存在这些谜团,我们也就不需要他了。实际上,这才是这一特殊概念的实质所在。和当时的读者不同,理想读者完全是虚构出来的,在现实中并不存在,正是这一点,他才大有用处。作为一种虚构的存在,他可以随时愈合任何文学阅读效果和反应之间出现的裂痕,他拥有多种不同的品质,可以应付任何问题。

  以上关于理想读者和当时读者这两个概念的泛泛而谈揭示了某些假设,而这些假设常常影响我们对虚构文本的反应做出评估。这些概念主要关注的,是产生的结果而非造成影响的结构,这种结构导致和产生出这些结果。现在该换个视角,离开产生的结果而集中于文本的潜在意义,这种潜在意义引发读者进行再创造的辨证对话。

  显然,研究文学文本的任何理论不探讨读者是不会有什么结果的。每当人们研究文本潜在的句法意义和语用意义时,读者这一角色似乎就会被当作新的参照系。问题是,什么样的读者?我们已经看到,真实的读者和假设的读者这些概念虽然不同,但各有其局限性,这难免会影响与之相关的理论的实用程度。如果我们试图去理解文学作品引发的效果和所激起的反应,那么我们必须允许读者出现,而且不以任何方式事先决定其个性和历史环境。对于这样的读者还缺乏一个更好的称呼,我们就暂且叫他"隐含的读者"罢。他包含了一部文学作品想取得预期效果而需要的所有特性——这些特性并非来自外部的现实世界,而是由文本本身所决定。因此,作为一个概念,隐念的读者牢牢扎根于文本结构中;他是一种建构,在某一方面可以认同于任何一个读者。

一般都认为,文学文本只有在被阅读时才成为一种现实,反过来,这意味着文本必须已经包含某些变为现实的条件,供接受者在反应时把其意义组合起来。因此,隐含的读者这一概念是一种文本结构,不界定一个接受者,但预示着他的出现:这个概念为每个接受者预先构筑了角色,哪怕文本看上去似乎有意忽视可能的接受者或竭力排除接受者,这个预先构筑的角色仍然存在。所以,隐含的读者这一概念指的就是一张反应激发结构网络,它推动读者去把握文本。

不管真正的读者是什么人,做什么工作,他总被赋予一个特定的角色,而正是这个角色构成了隐含的读者这个概念。这个概念包含了两个相互关联的基本方面:作为文本结构的读者的角色,和作为结构化行为的读者的角色。让我们从文本结构开始。我们假定,从某个角度来说,任何一部文学作品都代表了作者对世界的一种看法(虽然作者的看法不一定典型),这样一来,作品就不仅仅是对已知世界的复制而已,它是利用可得到的材料构筑出一个自己的世界。正是构筑这个世界的方式引出了作者想要表达的视角。既然对于其潜在的读者来说,这个文本的世界肯定多少有些陌生(如果作品想要表达什么新意的话),那么必须向读者提供一个位置,使他们能够实现这一新视野。不过,这个位置不能在文本之内,因为它是透视这个文本世界的一个位置,所以不能是被观察对象的一部分。因此,文本必须引出一个视角,使读者通过这个视角能够看到按照自己平常的习惯永远读不出来的东西。不但如此,这个视角还必须适用于各种各样的读者。那么,这个视角是如何从文本中生发出来的呢?

刚才已经指出,文学作品提供了一个观察世界的视角(即作者的视角)。就它本身而言,文本由不同的视角组成,这些视角除了大致勾勒出作者的世界观之外,还提供读者设想这个文本世界的途径。小说就是一个极好的例子。小说是一个视角系统,用于传达作者独特的世界观。一般说来它主要有四种视角:叙述者的视角、人物的视角、情节的视角和虚构读者的视角。它们有的重要,有的次要,但它们本身没有一个完全等同于文本的意义。它们的作用是提供源于不同起点(叙述者,人物,等等)的线索,这种线索不断地相互重叠,并按照某一设计模式全都汇聚于某一处,我们管这个汇聚点叫文本的意义,只有从某个角度点来观察,这一意义才能看得清楚。所以,角度点和文本视角的汇聚密切相关,虽然文本本身并没有实实在在地把它们表现出来,更不可能直接诉诸于文字。这两者是在阅读过程中浮现出来的,在这个过程中,读者的角色是占据不断变动的观察位置,这些位置适应于事先结构化了的活动,把分散的视角嵌入一个不断发展的模式。这使得读者能够把握文本视角的不同起点及其最终的汇聚,而不断变化的视角和逐渐显现出来的汇聚相互作用,引导读者达到这一把握。

如此,有三种基本成分预定了读者的角色:文本中表现的不同视角,帮助读者把这些视角合拢起来的有利位置,以及这些视角汇聚的地方。

这一模式同时表明,读者的角色不等同于文本中体现出来的虚构的读者。后者只是读者角色的一个组成部分。为了让读者不断修正其观察位置,作者虚构出一个假想读者的特性,以便利用他来和其他视角产生互动。

至此,我们已勾勒出作为文本结构的读者角色,不过,只有当这个文本结构引发出读者的结构化行为时,这个角色才算得到完全实施。原因在于,虽然文本视角已经给出,但它们逐步的汇聚和最后的汇合并没有用语言清晰地阐述出来,而需要读者发挥想象力。也正是在此读者角色的文本结构开始对读者产生影响。文本的暗示刺激大脑的想象,激活了语言所暗示但没有明说出来的东西。在阅读过程中,读者肯定能在脑海里产生一系列图像,新的暗示必须不断被落实,结果不但是已经形成的图像遭到替换,而且观察位置也在不断变化,使得读者在想象过程中的态度产生变化。因此,在意向化活动中,读者的观察位置和视角的汇合处产生了联系,这就不可避免地把读者拽入文本世界中。

文本结构和结构化行为的关系非常类似意图和意图实现的关系,不过,在隐含的读者这一概念中,二者是在我们以上描绘的动态过程中合而为一的。就这一点而言,隐含的读者这一概念有别于一种最新的假设,即对文本的已被设计好的接受就是"*Rezeptionsvorgabe*"(结构化的预设)。这一说法仅仅指可辨认的文本结构,而完全忽略了引发对这些结构做出反应的动态行为[①]。

综上所述,隐含的读者这一概念是一种超验模式,使我们得以据此描述文学文本的结构化效应。它指的是可以通过文本结构和结构化行为来定义读者的角色。通过为读者提供一个立足点,文本结构遵循人类观察事物的一条基本规律,因为我们对世界的看法总

---

① 这里伊瑟尔可能指的是类似英伽登那样的现象学文本观,即只是早文本中预留了读者的位置,却并没有揭示出文本—读者能动的相互作用。见本单元综述部分。

是基于某个视角。"进行观察的主体和被观察的客体互相间存在着一种特别的关系;这一主-客体关系汇聚成再现客观世界的视角,也汇聚成观察者的观察方式。因为正如艺术家根据某个观察者的立足点来决定自己的表达方式,观察者发现自己被导向一个特定的视角,因为这一特定的表现技巧,这一视角迫使他去寻找与此视角吻合的那个唯一的立足点"。

凭借这一立足点,读者处于这样一个位置:在文本多个视角的引导下,他能够找到文本的意义。不过,这个意义既不是给定的外部现实,也不是预设的读者那个世界的复制,它必须由读者在自己大脑中意向出来。一个无法独立存在的现实只能通过意向性活动构思出来,这样文本的结构便激发出一连串的思维图像,文本通过这些思维图像自我解码并融入读者的思想意识中。读者已有的经验对这些思维图像的实际内容进行修饰,作为阅读的参考背景,这些经验可以帮助读者接受和处理陌生的内容。隐含的读者这一概念有助于我们描绘文本结构如何通过意向性活动转变成个人经验这一过程。

(刘玉红 译)

关 键 词

真实的读者(real reader)
历史的读者(historical reader)
当时的读者(contemporary reader)
理想的读者(ideal reader)
隐含的读者(implied reader)
文本结构(textual structure)
结构化行为(structured act)
反应激发结构(response-inviting structures)
视角(perspective)
观察位置(vantage point)
虚构的读者(fictitious reader)
意向化活动(ideational activity)

关 键 引 文

1. 如果我们试图去理解文学作品引发的效果和所激起的反应,那么我们必须允许读者出现,而且不以任何方式事先决定其个性和历史环境。对于这样的读者还缺乏一个更好的称呼,我们就暂且叫他"隐含的读者"罢。他包含了一部文学作品想取得预期效果而需要的所有特性——这些特性并非来自外部的现实世界,而是由文本本身所决定。因此,作为一个概念,隐念的读者牢牢扎根于文本结构中;他是一种建构,在某一方面可以认同于任何一个读者。

2. 因此,隐含的读者这一概念是一种文本结构,不界定一个接受者,但预示着他的出现:这个概念为每个接受者预先构筑了角色,哪怕文本看上去似乎有意忽视可能的接受者或竭力排除接受者,这个预先构筑的角色仍然存在。所以,隐含的读者这一概念指的就是一张反应激发结构网络,它推动读者去把握文本。

3. 既然对于其潜在的读者来说,这个文本的世界肯定多少有些陌生(如果作品想要表达什么新意的话),那么必须向读者提供一个位置,使他们能够实现这一新视野。不过,这个位置不能在文本之内,因为它是透视这个文本世界的一个位置,所以不能是被观察对象的一部分。因此,文本必须引出一个视角,使读者通过这个视角能够看到按照自己平常的习惯永远读不出来的东西。

4. 这两者是在阅读过程中浮现出来的,在这个过程中,读者的角色是占据不断变动的观察位置,这些位置适应于事先结构化了的活动,把分散的视角嵌入一个不断发展的模式。这使得读者能够把握文本视角的不同起点及其最终的汇聚,而不断变化的视角和逐渐显现出来的汇聚相互作用,引导读者达到这一把握。

5. 综上所述,隐含的读者这一概念是一种超验模式,使我们得以据此描述文学文本的结构化效应。它指的是可以通过文本结构和结构化行为来定义读者的角色。

讨 论 题

1. "隐含的读者"是什么?描述这个"读者"的成分。
2. 隐含的读者在何种意义上是一种现象学结构而不是通常意义上的读者?
3. 在这一结构中,文本基本上只是用以突出实际读者的一种召唤结构,但它为什么如此重要?
4. 分析一下"隐含的读者"提出的时代背景,探讨其理论上的优缺点。

5. "关键引文"3 和 4 比较典型地显示了伊瑟尔的现象学方法。讨论。

文学史作为对文学理论的挑战(姚斯)

汉斯·罗伯特·姚斯(1921—1997)在海德堡大学求学,1966 年起在新成立的康斯坦茨大学执教。他是接受美学康斯坦茨学派两位代表人物之一,受到老师伽达默尔的影响,从阐释学角度研究文学和文学史。他和伊瑟尔的区别不仅在于他的理论具有浓厚的阐释学色彩,也在于他更强调对文本意义的读解,而不是对读者性质的界定。《文学史作为对文学理论的挑战》是他在 1967 年发表的就职演说,发表后立刻得到欧洲和美国批评界的积极评价。对他来说,文本的意义要通过过去与现在的关系来把握,文本的读解在很大程度上是一个重构读者"期待视野"的过程。

在我们这个时代,文学史的名声江河日下,这并非空穴来风。在过去一百五十年里,这一值得尊敬的学科的历史在一步步走向衰落。它最辉煌的时候只在十九世纪。在杰维努斯和舒勒、德桑蒂斯和兰森那个时代①,书写一部民族文学史被视为一个语文学家毕生事业的顶峰。这一学科的先辈们在文学史中竭力描绘出民族个性的成长史,视之为著述文学史的最高目标。这一高峰如今已成为遥远的记忆。公认的文学史模式如今在学术界中难以生存,它的存在只为应付国家考试机构的考试要求,而这一考试系统本身已濒临解体。作为高中的一门必修课,文学史在德国近乎消失。除此以外,如果我们还能找到文学史的话,那也只能在受过教育的中产阶级的书架上,他们大都因为在解答文学测验题时找不到一本更合适的文学字典才来读文学史的。

在大学的课程表上,文学史肯定是越来越难找了。和我同时代的语文家们已经放弃了按阶段或整体讲授民族文学这一传统做法,用探讨某一问题的历史或其他系统的方法来取而代之,并为此感到自豪,这早已不是什么秘密。与此相对应的学术研究成果却是另一番景象:以手册、百科全书以及(作为所谓的"出版商综合工程"的一个最新分支)以系列评论集形式出现的集体研究项目已经排除了文学史,视之为不够严谨,狂妄自大。

---

① 杰维努斯(Georg Gottfried Gervinus),1805—1871,德国文学史家;舒勒(Wilhelm Scherer 1841—1886),德国语文学家和文学史家;德桑蒂斯(Francesco De Sanctis),1817—1883,意大利批评家,以《意大利文学史》(1870)最著名;兰森(Gustave Lanson),1857—1934,法国文学批评家。

重要的是,这些准历史的集子很少是学者们主动所为,大部分是出于某些四处活动的出版商的奇思怪想。另一方面,严肃的学术研究突然沦为学术刊物的专题探讨,使用的是风格、修辞、文本词汇、语义、诗学、词法、历史语文学、主题及体裁等文学批评方法,遵循所谓更加严格的批评标准。当然,今天的文字研究刊物有很多仍刊登用文学史方法进行研究的文章,但这些文章的作者面临两方面的批评:在相关学科看来,他们提出的问题在公开场合或私下里都被认为是伪问题,他们的研究成果被当作老化的知识抛弃到一边。文学理论的批评也没有把问题揭示清楚,它挑古典文学史的毛病,认为后者自认为是书写历史的一种形式,但实际上却偏离到了历史之外,所以缺乏审美判断的基础,而文学史作为一门艺术的文学,其目的则要求进行这样一种审美判断。

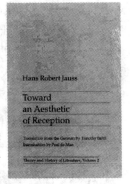

姚斯:《建立一门接受美学》(1982)

我们先要弄清楚这种批评的来龙去脉。编写文学史最便捷的方式是努力避免这样一种进退两难的境地,即按照编年史的样子来罗列材料,避免的办法就是按大的发展趋势、体裁等等安排材料,以便在这些材料中按时间顺序讨论其中的每一部单部作品。在这里,作家的生平和对他们创作的评价会像题外话一样突然出现,看上去就像时不时冒出来的离题唠叨。或者,这类文学史不是线性地安排材料,而是根据大作家的创作时间,根据"生平加作品"这一模式来评价他们。在这里,次要的作家遭到忽视(他们只被用来填补空隙),而体裁的嬗变也不可避免地遭到肢解。对于古典作家的经典作品来说,第二种形式更为合适。现代文学必须克服一个已经出现并在不断增大的困难,即在一份几乎无法鉴定的作家作品名单中做出选择,因此第一种形式更多地出现在现代文学中。

不过,如杰维努斯已经说过的,遵从已成定论的经典书写文学史,仅仅按时间顺序一一列出作家的生平和作品,这"不是历史;甚至连历史的骨架子都难说是不是"。同样地,按体裁来描绘文学史,遵循抒情诗、戏剧和小说等形式发展的独特规律来记下作品之间的嬗变,仅仅通过对当时的时代精神和政治状况的一般看法(大都借用历史研究成果)来笼统地描述文学发展的特点,历史学家也不会把这看成是历史。然而另一方面,如果说文学史家应该对过去时代的作品的质量做出自己的判断,那不但罕见,而且几乎是不允许的。文学史家更愿意抱住编史工作应持客观态度这一理想,只去描述"真实的情况"。他不作审美评判是大有理由的。因为一部作品的质量和地位不由它面世时作者的生平和当时的历史状况所决定,也不单由它在相关体裁的发展进程中所处的地位来决定,而是由其影响、获得的接受和作者死后的名声来决定,而这些标准更难把握。如果一个文学史家囿于客观性这一理想,只限于描绘一个封闭的过去,而让负责任的批评家来评判他所属的这个尚未完结的时代的文学,他自己只是去讨论那些公认的"杰作",那么在文学发展中,这位文学史家常常会落后一到两代人。充其量他只是以一个被动读者的身份部分地承担起描述当今文学现象的任务,由此在形成自己判断的过程中,他便寄生在一种他所暗暗不齿的"非学术性"批评上。既然文学的历史研究,借用弗雷德里奇·席勒①对历史研究的经典定义,对"爱思考的读者"没能提供什么指导,对"头脑活跃者"根本没有提供可供模仿的模式,对"哲学家"则提供不出什么重要的信息,向读者提供不出"最高贵的快乐之源泉",那么,今天的文学史研究应该是什么样子的呢?

观点1 重建文学史需要消除历史客观主义的偏见,把传统的创作和表现美学基于接受和影响美学之上。文学的历史研究不在于对已形成的经典进行"文学事实"的组合,而在于前辈读者对文学作品持续不断的体验。

姚斯的前辈伽达默尔

R.G.科林伍德在其对历史研究应持客观态度的流行观点进行批评时提出②:"历史只不过就是历史学家在其思想中重演过去的思想",这一假设对文学史更为有效,因为把历史看作是对发生在一个孤立的过去中的一系列事件进行"客观的"描绘这一实证主义观念忽视了文学的艺术特性及其具体的历史特点。文学作品并不是孤独地站在那里,向每个时代的每个读者展示同样的面孔,它不是一座独自喃喃诉说自己不朽本质的丰碑,它更像一曲管弦乐,永远在读者心中激起新的回响,它把文本从言词材料中解脱出来,赋予它以现实的存在:"言词在向人诉说的同时,也必须创造一个能够理解它们的对话者"。文学作品的这种对话性决定了语言研究必须不断地面向文本,而不能简化成对事实的了解。语言研究总是与解读相联系,而这种解读所设定的目标除了了解研究对象,还包括思考、描述这种知识是如何获得的,它的获得之时即是一种新的理解之开端。

文学史是一个审美接受和审美生产的过程,这一过程发生于善于接受

---

① 席勒(Friedrich von Schiller),1759—1805,德国十八世纪诗人,剧作家,史学家,著名作品有剧本《强盗》《阴谋与爱情》以及批评文集如《论人的审美教育书简》(1795)。

② 科林伍德(R. G. Collingwood),1889—1943,英国美学家,著有《艺术原理》。

的读者、善于思考的批评家和不断进行创造的作者对文学文本的实现之中。在这一过程中,传统文学历史中不断堆积起来的文学"事实"被搁置到一边,它们不过是被搜集起来并进行过分类的过去,所以根本不是历史,只是伪历史。任何人如果认为这一系列文学事实是文学历史中的一段,那么他就是把艺术充满变化的特征和历史事实不容改变这一特征混淆了。克瑞汀·德·特洛伊斯的《佩尔赛瓦》作为一个文学事件①,不同于大约在同一时期发生的第三次十字军东征那样的历史事件。作为一种"事实",我们不能把它解释为由一系列具体的先决条件和动机,由一个可以重新构建的历史行为的意图,以及由这一行为必然产生和附带产生的后果所决定的。文学作品产生的历史背景并不是与观察者无关的、独立存在的一系列事实。《佩尔赛瓦》成为一个文学事件,只是对它的读者而言,这个读者是带着对克瑞汀先前作品的记忆来读他的这部最后的作品的,在比较这部作品和他知道的这些早期作品及其他作品后,他才意识到这部作品的独特之处,从而获得某种新标准来评价将来读到的作品。一个政治事件会造成不可避免的后果,连它的后代也无法逃脱,文学事件不是这样,只有当后来者仍在或再度对它做出反应,即如果有读者再次占有这部过去的作品或有作者想要模仿它、超越它或反驳它时,这个文学事件才会不断产生效果。作为一种事件的文学其连贯性首先是在当时以及后来的读者、批评家和作家的文学经验的"期待视野"中产生的。我们是否能够理解和展现文学史独特的历史性取决于这种期待视野能否可以客观化。

(刘玉红 译)

关 键 词

文学史(literary history)
审美判断(aesthetic judgment)
时代精神(Zeitgeist)

---

① 德·特洛伊斯(Chrétien de Troyes)是法国十二世纪末期诗人,诗歌题材为亚瑟王等中世纪传说。十字军东征指的是西欧的基督教徒为了夺回被伊斯兰教徒占领的耶路撒冷(同为基督教和伊斯兰教圣地)而发动的战争,进行过数次大的战役,从1096年开始,到十三世纪末结束,军事上没有取得成功。

历史客观主义(historical objectivism)
接受和影响美学(aesthetics of reception and influence)
实证主义观念(positivistic view)
文学作品对话性(dialogical character of the literary work)
伪历史(pseudo-history)
期待视野(horizon of expectations)

关 键 引 文

1. 在我们这个时代,文学史的名声江河日下,这并非空穴来风。在过去一百五十年里,这一值得尊敬的学科的历史在一步步走向衰落。它最辉煌的时候只在十九世纪……书写一部民族文学史被视为一个语文学家毕生事业的顶峰。这一学科的先辈们在文学史中竭力描绘出民族个性的成长史,视之为著述文学史的最高目标。这一高峰如今已成为遥远的记忆。

2. 如果一个文学史家囿于客观性这一理想,只限于描绘一个封闭的过去,而让负责任的批评家来评判他所属的这个尚未完结的时代的文学,他自己只是去讨论那些公认的"杰作",那么在文学发展中,这位文学史家常常会落后一到两代人。

3. 重建文学史需要消除历史客观主义的偏见,把传统的创作和表现美学基于接受和影响美学之上。文学的历史研究不在于对已形成的经典进行"文学事实"的组合,而在于前辈读者对文学作品持续不断的体验。

4. 文学作品并不是孤独地站在那里,向每个时代的每个读者展示同样的面孔,它不是一座独自喃喃诉说自己不朽本质的丰碑,它更像一曲管弦乐,永远在读者心中激起新的回响,它把文本从言词材料中解脱出来,赋予它以现实的存在。

5. 只有当后来者仍在或再度对它做出反应,即如果有读者再次占有这部过去的作品或有作者想要模仿它、超越它或反驳它时,这个文学事件才会不断产生效果。作为一种事件的文学其连贯性首先是在当时以及后来的读者、批评家和作家的文学经验的"期待视野"中产生的。我们是否能够理解和展现文学史独特的历史性取决于这种期待视野能否可以客观化。

讨 论 题

1. 姚斯在这里含沙射影批评的是什么观点?他在文章中是如何突出

"读者"的?

2. 你是否认为文学的"演化"在本质上就是其接受的演化?

3. 在何种程度上或者我们能够忠实地重构读者的期待视野?伊瑟尔认为此法不可取,因为当时读者的阅读反应已经无法印证了。你同意吗?

4. 和伊瑟尔一样,是否打破"期待视野"也成了价值评判标准,因此一大批作品被排除在"好"作品之外,甚至有的经典作品也打破不了"期待视野",这是姚斯理论的缺点吗?

为什么无人害怕沃尔夫冈·伊瑟尔?(费希)

斯坦利·费希(1938—)在宾夕法尼亚大学获学士学位,在耶鲁获硕士和博士学位,曾在加州大学、约翰斯·霍普金斯大学、杜克大学和伊利诺伊大学执教。他的研究方向是文艺复兴时期的英国文学,但逐渐转向批评理论,之后又将批评理论研究扩展到法学理论研究,活跃于当代美国文学界和政坛,经常在媒体抛头露面,是文学界少见的人物。费希最早成名是在上个世纪七十年代,是当时美国读者反应批评的重要实践者,以其情感文体学而著名:文本的意义不在于形式特点,而在于读者的体验。以下这篇论文(1970)表明,他把阅读视为一种辨证的反复体验,讥讽客观意义的存在,并因此而不惜同室操戈,对德国"战友"伊瑟尔口

诛笔伐,这些都使他进一步疏远读者-文本二分法而更接近后结构主义阅读理论。

伊瑟尔认为自己理论的优点在于,避免把审美对象等同于文本的形式自足和客观自足,也不等同于单个读者难以捉摸的阅读体验。文学作品"不能等同于文本也不能等同于具体化,而必须介于两者之间。既然文学作品不能简化为文本事实,也不能简化为读者的主观感受,那它的特点就不可避免地是虚在的"(第21页)。阐释的权威来自何方,文本还是读者?对这个大部分当代文学理论都谈及的问题,伊瑟尔的回答是:"两者都是。"不过,他并不把二者的关系看成是叠加的,一方拿出一部分,加在另一方之上;因为在他的理论中,二者都没有他所说的那种意义(意义不是一个被内含的对象),意义是在文本和读者双方互动的过程中产生、建立或汇聚起来的;在这一过程中,二者的作用截然不同,但又互相依赖。文本的作用是"为所指的产生提供指令",在文学中,这个所指就是审美对象。读者的作用是按照这些指令去生产它。前一句中的这个"它"并不代表某个东西,而代表一个事件,一种发生的情况。这一模式最终所强调的是时间性而非空间性(虽然我们将

会看到,它包含有空间因素)。文学作品不能等同于这一"双重互动"中的任何一点而是等同于整个过程。"我们永远不能把文本当作一个整体来把握,而只能视之为一系列不断变化的视点,每个视点为它自身所限制,也因此需用进一步的视角。读者就是在这一过程中'理解'整个情形。"

然而到最后,这一模式分崩离析。之所以这样,是因为它最终所要依赖的那一区别——确定性和不确定性的区别站不住脚。这一区别至关重要,因为它使得伊瑟尔的诸种构想具有稳定性和灵活性。一旦这一区别不再存在,他就无法宣称读者的活动受到不是由其构筑出来的某些东西所限制,他也不能通过确立文本所包含的一套指导准则来做到既尊重历史又绕过历史,他也无法给审美对象下定义,既将其与事实世界相对立,又把它的生产稳稳地和那个世界联系在一起。对于这个论点他也提不出依据(独立于阐释之外的依据),由于十八世纪以来,文学的空隙愈来愈多,他已无法既把文本从外指意义的束缚中解放出来,同时又能说无数读者对文本的解释是文本潜在意义的一部分。

了解确定性与不确定性的区别对于伊瑟尔来说是多么的"不容置疑"很重要。在他最接近现象学的时候,文本的本质特征有时似乎是在与读者活动的一种相互关系中生成的;不过在更像他自己的时候,伊瑟尔坚持文本作为绝对事实这一地位,至少在它引导汇合"虚在对象"时是如此。因而他会在某个地方宣布,"在文学文本里,星星是固定的,而连接它们的线条是变幻莫测的";而在另一个地方,他又说"文本的结构便激发出一连串的思维图像,文本通过这些思维图像自我解码并融入读者的思想意识中";在另一处,他则说,"文本……提供'图式部分',通过它可以得到作品真实的主题"。这里的每一个说法(还有无数其他的)都以不同的形式表明了"一个即将获得的意义和一个已经获得的意义"之间的根本区别,换句话说,就是已经给予的和必须通过阐释活动得到的二者之间的根本区别。伊瑟尔在 Diacritics 杂志(1980年6月)对他进行访谈时对此再次作了明确的肯定。

伊瑟尔之所以坚持这一立场,是因为他把文本看作这个世界的一部分(虽然它激发起的那个过程不是),是因为他把这个世界,或者说外部现实,本身看作是确定的,是现成的而不是后来提供的。解释精神活动的文学性和非文学性的正是这个世界的客观地位。在日常经验中,"被给定的经验对象"限制了我们对它所作的任何描述;而在文学体验中,对象是由我们头脑里形成的图像造就的,这些图像使"非特定的东西……显现出来"。对于日常生活中所说的话,我们要看它是否忠实于经验事实。不过,"在文学文本中,不存在这样的'事实';相反,我们有的是一系列图式,其功能是刺激读者自己建立起'事实'"。这里的关键是,这些"图式"本身是确定的那类事实,因而在本体上(而不仅仅是时间上)先于它们所引导产生的(文学)事实。

关于这一过程,伊瑟尔阐述得最为详细的例子是菲尔丁的《弃婴汤姆·琼斯的故事》中奥尔沃西这一人物的表现[①]。

> 走入我们视线的奥尔沃西是一个完美的人,但他很快要面对一个虚伪的人即布利菲尔船长,而且完全被后者假装的虔诚欺骗了。显然,这些能指并不单单用来表明一个人的完美,相反,它们要引导读者建立一种所指,它并不表现完美的品质,而是表现一种严重的缺陷,即奥尔沃西缺乏判断力。

用伊瑟尔的话说,这个例子说明了"变化的视角",它们按一定方式并置在一起,以刺激读者去寻求文本的连贯性。由此,两个"人物视角",即作为完美人物的奥尔沃西和作为假圣人的布利菲尔"迎面相撞",这样读者就会顺此线索摈弃对完美的简单定义,纠正自己对奥尔沃西性格的理解。这个例子完美地说明了文学文本和非文学文本的区别。在非文学文本中,这些联系全都(由经验现实的结构)给出,结果读者再没有什么可做的;而在文学文本中,"文本片断"之间的联系没有明显的说明,结果是,这些"空隙"显现出来,留给读者去合拢和填充。

直到我们开始研究那些构成"给定的"这类文本片断时,一切才显得不那么清楚明了了。思考一下作为完美形象或很值得敬重的人的奥尔沃西吧[②]。为了让伊瑟尔能自圆其说,一个完美的人一定(至少首先)不能被一个虚伪者欺骗。只有这样,"奥尔沃西视角"和"布利菲尔视角"才会被视为断裂的两个视角。可是我们很容易就能想到会有这样一个读者,对他来说,只有像奥尔沃西这样容易上当受骗,人才是完美的。对于这样的读者,对奥尔沃西最初的描绘和他后来的行为是连贯的,不存在断裂。也就是说,文本表现了"很好的连贯性"(伊瑟尔认为这是非文学文本的一个特征),至少在这一点上不存在空隙或空白让读者来填充。我并不急于用这种解读来反驳伊瑟尔的观点,只是指出,这种解读是可能的,而这种可能性无可复回地模糊了他的理论设下的那道清晰的分界线:因为既然"文本符号"没有清楚地显

---

① 菲尔丁(Henry Fielding),1707—1754,英国小说家,剧作家,《弃婴汤姆·琼斯的故事》(1749)是他的一部长篇小说。
② 奥尔沃西(Allworthy)依"all-worthy"(值得敬重的)而来。

现自己的面目,而是依照不同读者的不同期待和假设而形态各异,既然空隙不是被作者植入文本中,而是作为特定的读解策略的一种结果出现(或不出现),那么,文本给定了什么和读者补充了什么便不再有区别;读者补充一切;文学文本中闪烁的繁星并非固定不变,它们和连接它们的线条一样,同样是摇曳不定的。

让我澄清一下我说的不是什么。我并没有说不可能按照文本已经给定的和读者受到文本空隙的驱使而补充的二者的区别来读解《弃婴汤姆·琼斯的故事》,我只是说,这种区别本身是一种假设。当这种假设体现在文学描绘行为中时,它就会产生出它意在描述的那种现象。也就是说,这一叙述中的每一个成分——确定因素或说文本片段,非确定因素或者说空隙,以及读者"游移视点"的历险,这一切都是按照某种解读策略的要求产生出来的,因而这些成分全都无法构成独立存在的"给定物",不能作为解读过程之基石。

(刘玉红 译)

关 键 词

阐释的权威(interpretive authority)
双重互动(dyadic interaction)
确定性/不确定性(determinacy/indeterminacy)
现成的/提供的(given/supplied)
文学文本/非文学文本(literary/nonliterary text)
空隙(gap)
解读策略(interpretative strategy)

关 键 引 文

1. 这一区别至关重要,因为它使得伊瑟尔的诸种构想具有稳定性和灵活性。一旦这一区别不再存在,他就无法宣称读者的活动受到不是由其构筑出来的某些东西所限制,他也不能通过确立文本所包含的一套指导准则来做到既尊重历史又绕过历史,他也无法给审美对象下定义,既将其与事实世界相对立,又把它的生产稳稳地和那个世界联系在一起。

2. 因而他(伊瑟尔)会在某个地方宣布,"在文学文本里,星星是固定的,而连接它们的线条是变幻莫测的"……文学文本中闪烁的繁星并非固定不变,它们和连接它们的线条一样,同样是摇曳不定的。

3. 因为既然"文本符号"没有清楚地显现自己的面目,而是依照不同读者的不同期待和假设而形态各异,既然空隙不是被作者植入文本中,而是作为特定的读解策略的一种结果出现(或不出现),那么,文本给定了什么和读者补充了什么便不再有区别;读者补充一切。

4. 我只是说,这种区别本身是一种假设。当这种假设体现在文学描绘行为中时,它就会产生出它意在描述的那种现象。

5. 也就是说,这一叙述中的每一个成分——确定因素或说文本片段,非确定因素或者说空隙,以及读者"游移视点"的历险,这一切都是按照某种解读策略的要求产生出来的,因而这些成分全都无法构成独立存在的"给定物",不能作为解读过程之基石。

讨 论 题

1. 伊瑟尔和费希的根本分歧在哪里?你认为谁的说法更有说服力?

2. 在双方的论战中,伊瑟尔明显处于下风,他所代表的早期读者批评显然不是费希的后结构主义理论的对手。你能站在伊瑟尔的立场批判费希的观点吗?

3. 评论关键引文 4。你同意费希"一切都是假设"这种怀疑主义"假设"吗?

4. 比较并讨论:"在文学文本里,星星是固定的,而连接它们的线条是变幻莫测的"(伊瑟尔)和"文学文本中闪烁的繁星并非固定不变,它们和连接它们的线条是同样的摇曳不定"(费希)。

5. 费希在这里解构了形式主义的"文学文本/非文学文本"二元论。重读第一、第二单元形式主义关于日常语言/文学语言的论述,对比一下双方的立场,找出争论的焦点。

阅读和身份:一场精神分析的革命(霍兰德)

诺曼·N.霍兰德(1927—)是纽约-布法罗州立大学人文科学精神分析研究中心主任。他的读者反应批评论著包括《文学反应动力学》(1968),《个人阅读中的诗歌》(1973)和《五位读者的阅读》(1975)。他一直所研究和关注的都是这一基本问题:读者对文学作品的情感反应是什么?这种反应是如何发生的?从二十世纪七十年代中期起,他利用弗洛伊德的"自我心理学"来探索人的主体性并提出了这样的观点：文学阅读从本质上说是读者建构自己身份的活动。这种身份的建构是由一位"互动的读者"对文本所作的"互动式阅读"来完成的。

这场革命是以探索读者的阅读方式开始的，是对精神分析关于人们感知和了解事物的方式所进行的再思考，从基础梳理起。

我们文学理论家曾以为，一个故事或一首诗会激发某种"正确的"反应，或至少普遍接受的反应。然而当我开始（在布法罗的人文科学精神分析研究中心）检验这一观点时，我相当懊悔地发现这种反应过程要微妙、复杂得多。每个人对一个故事、一首诗或甚至一个单词都会有不同的解读，这些差异显然来自人的个性，但具体情况如何呢？

关键的概念是身份，如海因兹·利希顿斯坦所阐述的①，我认为它构成了精神分析学发展过程中形成的四种性格学中的最新一种。这四种性格学中的第一种是临床诊断型，如歇斯底里、狂躁、或精神分裂等类型。第二类为弗洛伊德及其追随者所补充进来的利比多型：肛门、生殖器、口腔、阴茎和尿道等类型。虽然这些观念可以使我们对某人行为的更大部分进行有意义的概括，但它们指向的只是童年，因而不可避免地把成年人的成就孩童化了。第三类是自我-心理型，性格的定义来自芬尼克②："是自我的惯用模式，使外部世界的要求与内在世界的个人冲动和需求和谐相处。"

利希顿斯坦提出一种方式将芬尼克的核心术语"惯用的"概念化。我们每个人一直在做新的事情，但正如我们早先的行为一样，我们在每件新事情上都烙下相同的个人风格。个体因此包含了一种同中有异、异中有同的辩证关系。通过观察千变万化的生活中恒常不变的东西，我们找到了相同之处；通过在相同背景下发生的变化，我们看出差异。

要理解这种异同相容的辩证关系，最容易的方法是利希顿斯坦关于把身份看作主题和变异的观点，就像音乐的主旋律和变调一样。把相同处看作一种主旋律，一种"身份主题"，把相异看作是在这种身份主题基础上出现的变化。通过发现一个人生活中反复出现的行为模式，我可以找到这个人的身份主题，正如我可以利用类似方法找到一首曲子的主旋律一样。要表达这一身份主题，我不从别处借用术语（不用医学词汇如"歇斯底里"，或结构词汇如"自我"），而是尽可能用描绘性词语来写照个人行为。

比如，我是这样描写一个我称为桑德拉的对象的个性主题的："她试图避免消耗精力的活动，努力发现她可以与之交换和融合的营养和力量之源

---

① 利希顿斯坦（Heinz Lichtenstein），当代心理学家，研究心理认同与身份认同。
② 芬尼克（Otto Fenichel），1897—1946，美国心理学家。

泉。"同样:"索尔希望从这个世界获得平衡和高雅的交换,在这种交换中他不会被打败。""塞巴斯蒂安想获得控制的力量,给予它某种言词或智慧的东西,希望把这些力量变成性的力量。"如此,桑德拉希望在婚姻中拥有平等权利就是她个性主题的一个变奏,塞巴斯蒂安希望讨一位贵族的欢心,索尔提防和他谈话的我,这些都是他们个性主题的变异,他们不同的阅读感想也属于这种变异。

例如,福克纳的短篇小说《献给爱米莉的玫瑰》中有这么一句描写沙托里斯上校的话:"是他提出了这样的法令:黑人妇女不戴围裙不许上街。"桑德拉认为这段话正好体现了她可以与之认同的那种强大的力量……塞巴斯蒂安发现的是一种贵族的、性别化了的主人—奴仆关系……不过索尔必须贬低这种原始力量的强度和残酷性……

我们本可以给索尔、桑德拉和塞巴斯蒂安贴上歇斯底里或妄想狂(用的是临床诊断型),或口腔型、肛门型或阴茎型(属性格学中的利比多阶段),或认同者、逆反者或否定者(属于防御/调节性格学)的标签。可是这些分类会把这些阅读者对故事的反应细节搅和在一起,模糊彼此的界线,而这种细节正是阅读所涉及的——对细节的反应。我们刚才研究的索尔、桑德拉和塞巴斯蒂安,以及许多其他的读者和作者把我们引向一个基本原则:我们与文学进行积极的互动以重现我们的身份。

《个人阅读中的诗歌》(1973)

我们还可以进一步完善这一原则。我认为桑德拉对这句话的理解既表现了她对任何其他(这句话要关爱或保护的)人的一般期待,也表现了她对福克纳或美国南方或短篇小说的具体期待。在阅读时,她还怀着我称之为具有她个性模式的防御和调节策略(简称为"防御")去阅读这个文本,以便把文本重塑成一个背景。这种重塑要达到她所需要的那种确定程度,直到她可以满足自己的欲望,消除对亲近和距离的恐惧感:"伟大的轻轻一抚"。桑德拉还把我认为是她的个性幻想赋予了文本,也就是她一贯希望有个强人出现,来平衡亲近、关爱和力量,在这里就是"故事里的声音",来削弱这个固执己见的人的想法。最后,作为一个生活在社会中的、有道德意识的、有头脑的人,她把文本看作是连贯的和有意义的,来肯定她对这句话的完整理解。她是从道德角度来读解的。

防御、期待、幻想和转化(即 Defend, Expect, Fancy, Tromsform,简称 DEFT)这四个术语不仅仅与临床经验有关。我们可以把期待理解为一个人对文学作品自始至终的欲望链,而转化则赋予作品一种超越时间的意义。同样地,我认为防御是把个人从外部世界吸收的东西整理成形,而幻想则是个人投射到外部世界中的那些他自己的东西。如此,这四个术语就让我把一个人的防御—期待—幻想—转化机制放置到人类经验的轴心之交汇处,即置于时间与永恒之间、内在现实与外在现实之间。

我们对读者的解读所获得的意义还不止这些。我们可以把对文本的理解扩展到其他种类的理解。如果桑德拉利用福克纳的话语去重现自己的身份,难道她不会同样利用《纽约时报》或其他的话语重现自己的身份吗?如果她利用 DEFT 机制去对付小说中的叙述者或沙托里斯上校,或小说中的其他人物,难道她在实际生活中不也会如法炮制吗?

弗洛伊德似乎相信"洁净的知觉"。他认为,我们的耳朵和眼睛忠实地把外部世界传达到我们的心灵中,后来,由于潜意识或不正常精神的需要,这些原初的正常知觉有可能被扭曲。对于这一点,二十世纪研究知觉的学者极少有赞同的。他们无数的实验表明,知觉是一种创造性行为……

研究感受、知晓或记忆的心理学家早就认识到能感受、知晓或记忆的人的重要性。他们要求建立一种"由高到低动机理论",它能够把这整个的人考虑在内,也就是说,一个人的需求、动机和个性,在塑造感受、认知和记忆的哪怕细枝末节方面也在起作用。可我们怎么表达这种关系呢?

我相信,身份理论就提供了这一必需的由高到低理论。也就是,我们可以使感受、知晓或记忆概念化——实际上是把作为一个整体的人类心灵(正如威廉 T·鲍尔斯已经做了的①)看作一个有层次的反馈网络,每一层次通过环圈和它的上一个参照层相连。在最低一层,外部世界刺激视网膜细胞或耳蜗细胞发出信号,这些信号如果按照上一层次的参照标准足够强烈的话,它们就会刺激眼球或耳道产生运动来改变或检测这些信号。上一级环圈应付的是紧张度、感觉、构形、物体、位置、跟踪、推断、改变结果,看上去更像是在利用 DEFT。最高参照层由身份环决定:我们通过所有这些具体的互动来与整个世界产生互动,从而重现我们的个体身份。

身份理论让我们把精神分析和至少一些实验心理学和心理语言学结合起来。基于这一原因,我们在中心开始采用新方法来教授精神分析理论。我们认为,身份理论无疑把精神分析推向了第三阶段……

我们相信,身份概念丰富了关于动机的精神分析理论。弗洛伊德的理论始于双层次理论:快乐原则(实际上是避免不快乐)在人类行为中占主导

---

① 鲍尔斯(William T. Powers),美国当代心理学家,社会学家,以研究感觉控制理论(PCT)而知名。

地位,但当现实原则(我们学会延迟快乐以获得更多的快乐)对它做出调整时,现实原则便占据了主导地位。后来,他提出了更为深刻的第三个层次。它"超越"了快乐原则,这就是死亡本能,或者也许是一种冲动,它指向一种恒定的或零水准的兴奋。许多精神分析学家对这一观点提出了质疑,利希顿斯坦建议用身份原则来取代它,生物最基本的动机是维持其身份。实际上,我们甚至愿以生命来捍卫我们认为对我们的存在来说是最根本的东西。身份是如此强大、如此根深蒂固,它对其他原则的快乐性和现实性起着界定的作用。

……自我、本我、超我、现实和重复的冲动全都是身份的功能,因此,我们与其把它们理解为结构,还不如把它们理解为关于拥有身份的自我进行整体互动的问题。我们可以问,在这个互动中,什么看起来像归并、综合的活动?什么看上去像一个被合并后的主音符?这些问题将使我们能够描述人类的整体行为,而不是那五个"功能"。

同样地,在讲授我们熟悉的口腔、肛门、阴茎等几个阶段的发展时,我们不说孩子完全由冲动、父母、环境或社会所控制,而是说一个身份不断发展、主动性强的孩子会大步穿过由他自己的生理

霍兰德:《德尔斐讨论课上的死亡》(1995)

现象、他父母及其所体现的社会及环境结构所提出的问题,这些问题构成一片"成长的风景区"。事实上,我们可以认为,对这些问题有什么样的答案,就会有什么样的个体发展(因为这些答案重现他的身份),这些问题源于他自己的身体或家庭,这些问题也可能是他和其他和他拥有同样生理现象和文化背景的孩子共同面对的。当然,对这些问题的回答成为他身份的一部分,带着这个身份他又去回答未来的问题……

发现身份重现这一原则改变了我们的教学方法和教学内容。我们越来越多地利用德尔斐("了解你自己")讨论课来帮助学生发现他们每个人是怎样带着一种个人风格(身份)来进行阅读、写作、学习和教书的[①]。学生和教师阅读虚构文本,甚至理论文本,把自己的自由联想写下来,在课前互相交流。讨论课上对文本和联想都进行讨论,但最终都完全转向联想,把联想当作文本来做出反应。学生掌握题材以重现自己的身份。最重要的是,每个学生对自己研究文本和他人的典型方法有了更深的了解——这就是为什么

---

① 德尔斐(Delphi),古希腊城市,因其阿波罗神殿写有"了解你自己"而著名。

我们觉得这种方法对于教授精神分析学、精神病学和心理学这些学科特别有价值。

在德尔斐讨论课上,我们面对身份理论的终极含义。如果阅读一个故事或一个人或心理理论是阅读者的身份在起作用,那么我解读你的身份肯定是我自己的身份在起作用。身份因此不是一种结论而是一种关系:潜在的、过渡的、介于其中的空间,在这个空间里,我视某人为主题和变异的组合。正如大多数精神分析对人类发展的看法那样,孩子的存在构成母亲的存在,母亲的存在构成孩子的存在,在身份理论中,所有的自我和对象互为构成成分。主客体鲜明的分界线因此而模糊、消失。我们没有进行简单的二元划分,而是详细地探寻 DEFT 反馈的潜在空间,在这一空间里,自我及其对象互相构筑对方。

这个探寻是科学的一部分,因此问精神分析是否"科学",也就是科学家的个性是否独立于其科研工作这个问题不再有什么意义。精神分析是这样一门科学,它告诉我们如何去探讨这一问题:一个人是怎样通过科学研究来重建身份的?

这一问题最有针对性的是人文科学。要理解人类的新发事件,心理学家采用的传统方法是对可数的类型进行不带感情色彩的逻辑归纳。不过因此得出的宏观归纳结论少而又少。如果我们把科学定义为获得理解,那么就我们迄今所知的心理学而言,它就不带科学性。

身份理论则提供了一种更有前途的方法:对于新发事件,我们不该去归纳,而应该去询问,问题由这样的科学家来提出,他承认并积极运用他与他的科学研究之间存在的互动关系。这就是:我现在明白并且开始研究阅读时我做的是什么。这一方法也被所有的精神分析心理学家所运用,不管他们做的是临床治疗,还是理论研究。

(刘玉红 译)

关 键 词

精神分析(psychoanalysis)
个性(personality)
身份(identity)
性格学(characterology)
个人风格(personal style)
主题/变异(theme/variation)

身份主题（identity theme）
互动（transact）
个性模式（characteristic pattern）
防御-期待-幻想-转化（DEFT）
概念化（conceptualize）
身份重现（identity re-creation）
联想（association）

关　键　引　文

1. 我们每个人一直在做新的事情，但正如我们早先的行为一样，我们在每件新事情上都烙下相同的个人风格。个体因此包含了一种同中有异、异中有同的辩证关系。通过观察千变万化的生活中恒常不变的东西，我们找到了相同之处；通过在相同背景下发生的变化，我们看出差异。

2. 要理解这种异同相容的辩证关系，最容易的方法是利希顿斯坦关于把身份看作主题和变异的观点——就像音乐的主旋律和变调一样。把相同处看作一种主旋律，一种"身份主题"，把相异看作是在这种身份主题基础上出现的变化。通过发现一个人生活中反复出现的行为模式，我可以找到这个人的身份主题，正如我可以利用类似方法找到一首曲子的主旋律一样。

3. 我们可以把期待理解为一个人对文学作品自始至终的欲望链，而转化则赋予作品一种超越时间的意义。同样地，我认为防御是把个人从外部世界吸收的东西整理成形，而幻想则是个人投射到外部世界中的那些他自己的东西。如此，这四个术语就让我把一个人的防御-期待-幻想-转化机制放置到人类经验的轴心之交汇处，即置于时间与永恒之间、内在现实与外在现实之间。

4. 实际上，我们甚至愿以生命来捍卫我们认为对我们的存在来说是最根本的东西。身份是如此强大、如此根深蒂固，它对其他原则的快乐性和现实性起着界定的作用。

5. 身份因此不是一种结论而是一种关系：潜在的、过渡的、介于其中的空间，在这个空间里，我视某人为主题和变异的组合。正如大多数精神分析对人类发展的看法那样，孩子的存在构成母亲的存在，母亲的存在构成孩子的存在，在身份理论中，所有的自我和对象互为构成成分。主客体鲜明的分界线因此而模糊、消失。

讨 论 题

1. "身份主题"是什么？它和文学阅读的关系如何？
2. DEFT是如何从心理分析的角度突出文学阅读的本质的？
3. 比较身份主题和弗洛伊德的幻想理论以及荣格的原型理论。
4. 文章的最后霍兰德说："在德尔斐讨论课上，我们面对身份理论的终极含义"。这个终极含义是什么？尤其对读者批评理论来说有什么意义？霍兰德认为有真正的"纯"客观科学研究吗？这个说法和后结构主义遥相呼应，讨论。
5. 霍兰德在文章的结尾总结了自己的方法（他认为是一种更有前途的方法）："对于新发事件，我们不该去归纳，而应该去询问"。比较詹明信的"元评论"方法：不应该寻求问题的答案，而应该探求问题背后隐含的更基本的问题，即从这个问题引出更多问题（见第三单元"马克思主义文学批评"）。

批评阐释的主体特色（布莱希）

戴维·布莱希（1940— ）在麻省理工学院获人文学科和物理学的学士学位，在纽约大学获文学硕士和博士学位，在印第安纳大学和罗彻斯特大学英语系教授写作、女性研究、犹太研究、科学研究等课程。他师从诺曼·霍兰德，对读者的作用很感兴趣，一直研究他所称的"主观批评"，对文学阅读中的主体作用强调有加，比他的导师费希和霍兰德有过之而无不及。"主体特色"（1975）一文对读者心理进行了阐述，基于他对心理学的研究和他在精神分析疗法方面的实践（1962—1966），是对文本意义"多元化"的早期解读之一。在以读者为中心的早期批评理论家中，布莱希也许名气最小，但他对新批评"客观性"的攻击最直接最彻底。他强调的是读者意识，而不是德里达式的文本细读。这种主观主义也呼应了剧烈动荡年代教育理念的变化：学生学习的目的不再是为将来进入一个客观世界做准备，而是为了通过群体互动来建立自己的世界。

新批评的初始力量部分来自它对不成系统的"印象主义"的反动，其目的在于展开美学讨论，以便提供更多的思想信息，更不易被抛掷一边。早期新批评理论家想证明，关于文学的知识是真正的知识，而不仅仅是对转瞬即逝的个人观感的记录。从某个角度来说，我们不得不承认这一目的，因为我们对文学的任何了解都是知识。不过就起因和结果而言，解释性知识和物理学那样的公式化知识是不同的。

解释性知识并不由一种被控制的经验中演绎或推断而来，相反，它由解释者不受控制的经验建构而成，任何观察解释者的人只是模模糊糊地了解这一建构的规则。解释的结果并不由一套有限的可能事件组成，这些事件必须经由阐释推理出来。从人们对布拉德利对莎士比亚的读解的批评反应可以很容易看出①，由阐释知识引发出来的事件原则上是无穷无尽的，只有对布拉德利做出反应的人群的类型和数量才能决定它。不过，虽然阐释知识不同于其他知识，然而要说它不是知识，那是愚蠢的……

在名义上，批评家和他们的读者把解读性知识看作是和公式性知识一样的客观。客观性这一设想几乎可以说是批评家们玩的一个游戏，一种必需的仪式，它帮助我们维持这样一个信念：如果批评和精确的科学采用同样的表达方式，那么它便具有同样的权威。如果你定要刨根问底，大多数批评家会承认这一仪式有误，他们会指出，他们相信批评的多元化，即同样一部作品可以同时有许多种解释。因此，我们对解读性知识真正所持的态度表明，它是主观的，它并不是表达某种一成不变的"客观"真理的公式，而是个人心灵受到激发后所进行的一种创造。虽然解读性知识仍是知识，但它并不在逻辑上限定对其做出的反应范围，它也无法预见未来的事件。

布莱希：《了解与讲述》（1984）

我试图表明，我们对解读性知识主观性的了解来自一个通过精神分析得到的认识论上的发现，对于这个发现，弗洛伊德直到他事业的后期才明显地表示赞同……

弗洛伊德对心理功能的发现是清晰的、毫无疑问的，但他的认识论却经历着变化，到最后才和他的发现具有同样的创新意义。正统的精神分析理论保留着弗洛伊德原本的认识：牛顿式的客观主义立场。我自己对治疗过程的理解遵循的是一种更为隐晦的后期弗洛伊德认识论……精神分析在认识论上最重要的贡献正是这个了不起的证明：理性本身是一种主观现象……

本世纪人文科学和自然科学中所表现出来的更为全面的科学态度表明了这样一个原则，即从此以后，观察者总是被观察者的一部分。之前根据对

---

① 布拉德利（Andrew Cecil Bradley），1851—1935，英国文学批评家，在牛津大学任教多年，他的《莎士比亚悲剧论》（1904）最为著名。

客观性的通行设想而获得的知识,即被观察者独立于观察者,没有因此而变得一文不值。它的局限性现在已由更新的知识界定出来。正如不考虑对准原子物质的观察效果,便不可能对物质获得更详细的了解,没有考虑观察者本身的心灵思想,对心灵思想的了解同样也不再可能……

对弗洛伊德的解读方法和态度进行讨论,目的在于为批评的主体性原则的原始本体性作一个辩护。我的观点可以简单地概括如下:要求依靠读者才能成为现实的真理不同于不必依靠读者也能成为现实的真理。牛顿对圣经的解读其真实性需要读者对此深信不疑,而关于重力加速度的真理则不需要。关于文学的真理离开了关于读者的真理就没有了意义,本篇论文的真实性要由阅读它的读者群来决定……

这并不是说,文本不是一个客体;它的文字可以计数和分类,它的定义可以追寻。但这种活动不能算是文学体验,也不能算是"批评"。它只是对感觉数据进行排列;它属于计数,和命名不同。在文学研究的历史中,主要的活动是进行命名,也就是发现价值和评判价值。意义判断是价值判断的一种特殊形式,因为它依赖的是评判者的选择洞察力,这种洞察力又由控制他生活的一套价值观来决定。这套价值观作为一种力量,其表现由个性发挥功能的规律和社会存在的限制所规定。一句话,它是主观的。如果文学文本要超越"感性数据"的话,那么它必须是由主体来控制,这种主体要么是个体性的主体,要么是某一群体的集体性主体。一部文学作品能够产生重大意义的唯一途径是成为读者心灵的一种功能……

当然,文学作品也是一种客体。但它不同于大多数客体,因为它是一种象征性物体。它不像一张桌子或一辆汽车,它的物质性存在毫无作用。它看上去像是一件物体,但其实它不是。不管有没有人看见苹果,也不管有没有人去吃它,苹果都是存在的,但是书必须有人写它或读它,它才存在。象征性物体要完全依赖观察者才能存在。一件物体只有在被一位观察者认为它是一种象征时,它才是象征。新批评的谬误就在于它认为一件象征物是一种"客观存在的"物体……

对解读过程的这一观点进行修正,便要求我们改变对文学研究中两个主要领域的理解。它使我们用另一种眼光看待文学专家们的作用和权威,对于文学创作以及文学在个体的社会及心理上发挥的作用,提出了一个更为重要的理解方式。

在刚才提到的第一个领域里,这一新观点要求我们放弃诺斯罗普·弗莱的批评观,他认为他的任务是把科学家的权威授予文学批评……

弗莱也许想把科学真理的传统评判标准运用于文学批评。事实上,按照他自己的逻辑,这些评判标准在二十世纪不再适用,是因为二十世纪是社会科学的世纪,判断真理的标准已经改变了。当观察者成为观察对象的一部分的时候,真理便不再是客观的了。……研究语言的运作必须把观察者考虑在内,这已成为一个原则,因为超然的观察者这类东西已经不复存在,尤其是在对语言、文学和艺术的研究中。

文学中的真理标准只能移交给学生群体,检验批评性读解的真理标准是它的社会生存力。被认为是"真实的"而得到接受的解读之所以能获得这种地位,是因为它们反映了共同的主观价值这一领域。如果某种或某一流派的解读方法能流行,并不因为它更接近艺术的客观真理,而是因为它以一种为大家所接受的方式表达了当时对艺术的某一共同的主观感受……

简·汤普金,《读者反应批评》(1984)的作者

……对作者来说,文学作品是对他的生活体验的一种回应。对读者来说,解读是对他的阅读体验的一种回应。这样来理解文学中的作者-读者互动就为我们对文学和文学体验进行严肃研究创造出一套新的价值观。在文学互动中涉及到的个性是最重要的;艺术作品的特性是必要的,但其本身不足以决定一切,它们是次重要的……最后,我接受弗莱的观点,即批评是一门"科学",这是指它对审美体验进行系统性研究,并产生出新的知识。但这门科学产生的时候,几乎就是客观性这一假设已被证明不再恰当的时候。对审美体验进行详细研究后表明,这一假设实际上无助于我们去了解这一审美体验。相反,如果我们认识到批评解读的主观特性,我们则会获得令人满意的新的理解。

这一认识表明,对文学和艺术进行研究不能离开对其涉及到的人的研究。我们要研究的要么是观察者与作品的关系,要么是艺术家和作品的关系。不管我们的愿望有多么强烈,以为我们可以避开主观反应和主观动机的想法都是徒劳无用的。我们的心灵构造决定了了解我们自己不仅是可能的、吸引人的,而且是必需的。我们的心灵是我们进行文学体验的根基所在。研究艺术和研究我们自己归根到底是一回事。

(刘玉红 译)

关 键 词

解释性知识/公式性知识(interpretive knowledge/formulaic knowledge)

客观性（objectivity）
象征性物体（symbolic object）
计数/命名（count/name）
象征性物体（symbolic object）
解读过程（interpretive process）
观察者/被观察者（observer/observed）
互动（transaction）

关 键 引 文

1. 因此，我们对解读性知识真正所持的态度表明，它是主观的，它并不是表达某种一成不变的"客观"真理的公式，而是个人心灵受到激发后所进行的一种创造。虽然解读性知识仍是知识，但它并不在逻辑上限定对其做出的反应范围，它也无法预见未来的事件。

2. 正统的精神分析理论保留着弗洛伊德原本的认识：牛顿式的客观主义立场。我自己对治疗过程的理解遵循的是一种更为隐隐晦的后期弗洛伊德认识论……精神分析在认识论上最重要的贡献正是这个了不起的证明：理性本身是一种主观现象……

3. 本世纪人文科学和自然科学中所表现出来的更为全面的科学态度表明了这样一个原则，即从此以后，观察者总是被观察者的一部分。

4. 我的观点可以简单地概括如下：要求依靠读者才能成为现实的真理不同于不必依靠读者也能成为现实的真理。牛顿对圣经的解读其真实性需要读者对此深信不疑，而关于重力加速度的真理则不需要。关于文学的真理离开了关于读者的真理就没有了意义，本篇论文的真实性要由阅读它的读者群来决定……

5. 二十世纪是社会科学的世纪，判断真理的标准已经改变了。当观察者成为观察对象的一部分的时候，真理便不再是客观的了。……研究语言的运作必须把观察者考虑在内，这已成为一个原则，因为超然的观察者这类东西已经不复存在，尤其是在对语言、文学和艺术的研究中。

美国科学哲学家托马斯·库恩（1922—1996）在《科学革命的结构》（1962）中提出：科学家在一定的范式下展开工作

讨 论 题

1. 文学批评在何种意义上是"主观的"？这种主观性批评因何在文本读解中是有效的？

2. 注意布莱希仍然相信存在着"不（依赖读者）的真理"，这一立场介于形式主义和后结构主义之间。他为什么需要用这个"客观的"真理来为一种主观性批评服务？布莱希竭力要证明有主客观两种真理："牛顿对圣经的解读其真实性需要读者对此深信不疑，而关于重力加速度的真理则不需要"。但是，如果从布莱希本人的主观主义立场出发，尤其是考虑到费希对伊瑟尔的批评，这种二元论也显得自相矛盾而站不住脚了。试评论。

3. 二十世纪是一个科学的时代，如何解释在二十世纪会出现"主观范式"？

4. 布莱希提出了一些别的批评家也使用的概念，如："互动"（霍兰德）、"阐释群体"（费希）等，通过比较进行讨论。

5. 从俄苏形式主义、英美新批评、神话原型批评、直至文学结构主义以来，批评家们一直追求文学客观性："如果批评和精确的科学采用同样的表达方式，那么它便具有同样的权威"。但是布莱希却毫不客气地指出，这是一种幻想。请加以评论。

阅 读 书 目

Abrams, M. H. The Mirror and the Lamp: romantic theory and the critical tradition. New York: Oxford UP, 1953

Booth, Wayne C. The Rhetoric of Fiction. Penguin Books, 1987

Culler, Jonathan Structuralist Poetics, Structuralism, Linguistics, and the Study of Literature. New York: Cornell UP, 1975

Dilthey, Wilhelm. "Awareness, Reality: Time." In Kurt Mueller-Vollmer ed. The Hermeneutics Reader. Oxford: Basil Blackwell, 1986

Eco, Umberto. The Role of the Reader. Bloomington: Indiana UP, 1984

Fish, Stanley. Is There a Text in This Class? Cambridge: Harvard UP, 1982

Gadamer, Hans-Georg. "Truth and Method" (1960). In Adams & Searle eds. Critical Theory Since 1965

Gibson, Walker. "Authors, Speakers, Readers, and Mock Readers." In Tompkins, J.P. ed. Reader Response Criticism. 1984

Heidegger, Martin (1927). "Being and Time." In Mueller-Vollmer ed. The Hermeneutics Reader,

1927

—— (1951). "Höerlin and the Essence of Poetry." In Adams & Searle eds. *Critical Theory Since 1965*

Hirsch, E. D. Jr. "Objective Interpretation." In Adams & Searle eds. *Critical Theory Since 1965*

Holland, Norman N. *The Dynamics of Literary Response*. New York, London: W.W. Norton & Company, 1975

—— "Unity, Identity, Text, Self." In Tompkins, 1984

—— *The Brain of Robert Frost*. New York & London: Routledge, 1988

Holub, Robert C. *Reception Theory: A Critical Introduction*. London and New York: Methuen, Inc., Methuen, 1984

Husserl, Edmund. *The Idea of Phenomenology*. Trans. W.P. Alston & G. Nakhnikian. The Hague: Martinus Nijhoff, 1973

—— *Ideas: General Introduction to Pure Phenomenology*. Trans. W.R. Boyce. New York: The Macmillan Company, 1974

Ingarden, Roman. *The Literary Work of Art*. Trans. George G. Grabowicz. Evanston: Northwestern UP, 1973

Iser, Wolfgang. *The Implied Reader, Patterns of Communication in Prose Fiction from Bunyan to Beckett*. Baltimore and London: The Johns Hopkins UP, 1978

—— *The Act of Reading: A Theory of Aesthetic Response*. Baltimore and London: The Johns Hopkins UP, 1987

—— *Prospecting: from Reader Response to Literary Anthropology*. Baltimore and London: The Johns Hopkins UP, 1989

—— Reader Response Criticism in Perspective." In *Changes and Challenges: The Role of the Future University*. Seoul: Hanyang University Press, 1990

Jauss, Hans Robert. *Toward an Aesthetic of Reception*, Trans. Timothy Bahti. Minneapolis: U of Minnesota P, 1989

Murray, Michael. *Modern Critical Theory: A Phenomenological Introduction*. The Hague: Martinus Nijhoff, 1975

Ray, William. *Literary Meaning, From Phenomenology to Deconstruction*. Oxford: Basil Blackwell, 1984

Ricoeur, Paul. *Interpretation Theory: Discourse and the Surplus of Meaning*. Fort worth: The Texas Christian UP, 1976

Rosenblatt, Louise M. *The Reader the Text the Poem — the Transactive Theory of the Literary Work*. Southern Illinois UP, 1978

Schleiermacher, Friedrich D. "General Hermeneutics." In Kurt Mueller-Vollmer. 1986

Stewart, D. & A. Mickunas *Exploring Phenomenology — A Guide to the Field and its Literature*. Chicago: American Library Association, 1974

Suleiman, Susan R. & Inge Crosman eds. *The Reader in the Text — Essays on Audience and*

Interpretation. Princeton, New Jersey: Princeton UP, 1980

Tompkins, Jane P. ed. Reader-Response Criticism — From Formalism to Post-Structuralism. Baltimore and London: The Johns Hopkins UP, 1984

Zhu Gang. Text, Reader, and the Nature of Literary Reading—A Critical Survey of Wolfgang Iser's Theory of Reading. Beijing: Peking UP, 1998

高旭东:《孔子精神与基督精神》,河北人民出版社,1989

杜宁:《感觉、阐释、历史三位一体的阅读策略——论姚斯〈阅读视野嬗变中的诗歌本文〉》,《漳州师范学院学报》2001/4

金惠敏:《在虚构与想象中越界——沃尔夫冈·伊瑟尔访谈录》,《文学评论》2002/4

刘进:《历史的审美经验论——对姚斯的另一种解读》,《四川师范学院学报》2000/1

倪梁康:《现象学精神:为何?何为?》,《读书》1995/10

王丽丽:《文学史:一个尚未完成的课题——姚斯的文学史哲学重估》,《北京大学学报》1994/1

朱刚:《论伊瑟尔的"隐含的读者"》,《当代外国文学》1998/3

——《不定性与文学阅读的能动性》,《外国文学评论》1998/3

——《从文本到文学作品——评W.伊瑟尔的现象学文本观》,《国外文学》1999/2

朱立元:《接受美学》,上海:上海人民出版社,1989

第七单元 结构主义文学批评

　　二十世纪六十年代和读者批评几乎同时崭露头角的是结构主义文学批评理论。如果说读者批评的出现表现得似乎比较突兀,结构主义的历史则源远流长。读者批评一般仅限于文学领域,对其他人文、社会科学影响甚少,而结构/解构主义则形成哲学思潮,涉及整个人文社会科学领域,影响极广。此外,读者批评的历史比较短暂,到二十世纪八十年代已经退出理论舞台,而结构主义则仍然比较活跃,而且延伸出的解构主义思潮到八十年代大行其道,至九十年代依然势力犹存;而受解构主义影响的一代后结构主义批评理论至今仍然主导着西方批评理论的走向。

　　英文"结构"(structure)一词来自拉丁文"struere"的过去分词"structum",意思是"归纳在一起"或"使有序",加入希腊文后缀"-ism"把它提升为一种抽象概念。

> 结构主义是一个哲学概念,指人文或者社会科学研究客体的现实呈关系性而非数量性。由此产生出一种批评方法,研究并显示构成这些客体或这些客体所具备的各组关系(或结构),辨别、分析这些客体的集合体,其成员间在结构上可以相互转换。这些集合体共同组成相关学科的研究领域(Caws 1990: 1)[①]。

　　从以上哲学定义出发,可以说作为一种思维方式结构主义的萌芽早就存在。两千多年前亚里斯多德的《诗艺》就可以认为是对文学作品结构的阐释,霍克斯也以十八世纪意大利思想家维科(《新科学》)为近代结构主义的代表作。当代说到结构主义则主要指以列维-施特劳斯(Lévi-Strauss)、热耐特(Gérard Genette)、阿尔图塞、拉康、皮亚杰(Jean Piaget)、巴尔特(Roland Barthes)、戈雷马斯(Algirdas J. Greimas)等理论家为代表的法国结构主义,但

---

① 霍克斯(Terence Hawkes)在给出有关结构的定义(完整、转换、自我调节)之后,也指出:"结构主义根本上是对世界的一种思维方式,主要关注结构概念及对此加以描述"(Hawkes 1977: 15—17)。

是结构主义理论的代表至少还应当包括俄国的雅各布森、巴赫金,以及美国人皮尔斯(C. S. Peirce)、萨皮尔(Edward Sapir)、乔姆斯基(Noam Chomsky)。本世纪前,语言研究的对象是语言文字,关注的是五花八门("复数")的语言,讨论的是不同语言的历史演变,相互异同,特别是它们的实际使用,因此只能算文字学(philology),而不是语言学(linguistics),更谈不上是门独立的学科。这种语言文字研究比较简单,透明,封闭,最看重实地语言资料的积累,把语言看作思维的附属物,反过来作为语言学家思考的自足对象。本世纪人们对语言的认识发生了质的变化:语言问题归根到底是哲学问题,探讨的是意义的本质;语言不再是思维的产物,而是思维的前提,在很大程度上控制甚至决定着人们如何思维。造成这个语言观巨变的当数被尊为结构主义理论之父的瑞士语言学家索绪尔。

维科:《新科学》

索绪尔学的是印欧语言,专攻梵文及与梵文相关的语言,十五岁即通法、德、英、拉丁、希腊等语言,写过《论语言》一文,试图从他所熟悉的几种语言的语音样式里提取某些语言的共性,但是被老师斥之为"不知天高地厚"。二十一岁时,他发表论文《论印欧语系词根元音体系》,关注的是"一切元音系统",颇受好评,这里的结构主义倾向更加明显。此后索绪尔虽极少发表看法,但他的研究却不断深入。晚年,他在日内瓦大学开设"普通语言学"讲座,结构主义思想和方法日趋完善。1916年他去世三年之后,他的两位学生以他的名义发表论著《普通语言学教程》。这部著作很快被一些理论家接受,首部英译本出现于1959年,对当代结构主义的兴起起到极大作用。它由编者收集曾聆听过索绪尔讲座的一些学生的课堂笔记,整理成书;虽然此书非索绪尔亲笔,导致其中观念的权威性受到怀疑,但是学者们一般相信它是"结构主义基本原则的最佳入门"(Sturrock 1986: 4)。

当代语言学之父、瑞士语言学家索绪尔(1857—1913)

《普通语言学教程》的核心是三大观念:语言的任意性,关系性,系统性。索绪尔之前的语言观,一般把语言作为"指称过程"(naming process),认为语言和现实具有一一对应的联系,前者是对后者的忠实表述。也就是说,语言现象是物质世界的机械反映,语言变化取决于客观现实的变化。索绪尔首先在理论上切断语言符号和物质世界的联系。他把语言符号称为"能指"(signifier),把与此相对应的东西称为"所指"(signified),把客观世界中的对应物称为"指涉"(reference)。这里的关键是,"能指"对应于"所指",却和传统语言观重视的"指涉"无关。"所指"指的是"能指"在大脑中所唤起的概念,和"指涉"没有必然的联系。这一点不难理解:同一个指涉(如"电视机")对不同的人群会产生出不尽相同的观念(所指),在不同语言里更有不同的表达方式(能指),所以索绪尔提出"语言符号具有任意性"。既然语言符号和外界的联系因地域、文化、族群的不同而变化,则研究语言本身的性质就必须排除含有太多异质成分的"指涉"而专注于语言的能指/所指。

但是,语言符号的任意性并不意味着人们可以随心所欲地选择能指,而是要遵从语言内部的一套"游戏规则"。这里索绪尔提出"语言(langue)/言语(parole)"的区别。言语指社会成员对语言的个别使用,而语言则是言语活动的社会部分,是社会集团为个人行使言语机能而采用的规约,得到社会成员的一致认可:"它是由每一个社会成员通过积极的言语使用而积累起来的储藏室,是每一个大脑,或者更确切地说,每一群人的大脑里潜在的语法系统。任何个人语言都不完整,集体语言方才完满"①。虽然在这里语言/言语互为前提且联系密切,但索绪尔认为并不是所有的语言现象都是语言学研究的对象。他把后者严格地限定在语言范围,理由是语言有稳固的结构性质,可以通过语言要素的相互关系认识语言现象的整体。由此可见,索绪尔不自主地使用了现象学方法,通过"括号法"先后把物质世界和语言的个体使用"存而不论",剩下的就是意向性行为指向的客体本身了。

既然语言的意义和语言外部环境没有关系,它只能产生于语言内部,索绪尔的解释是语言意义产生于语言单位的相互作用,即它们各自在语言系统里的特殊位置,这些位置各不相同,语言意义便产生于这些"差异"的相互制约之中。索绪尔十分重视语言差异的作用。他认为语言先于思维,没有语言思维只能呈混沌状态,经语言的梳理方变得清晰有序,梳理的方式便是产生和安排差异:"在语言中,或在任何符号系统中,一个符号与其他符号的区别构

瑞士结构主义理论家皮亚杰(Jean Piaget 1896—1980)

---

① 索绪尔喜欢的一个比喻是"下棋"。他说:"(单个棋子的)价值首先决定于不变的规则,这些走棋的规律在下棋之前已经存在,下完每一着棋后还继续存在。语言也有这种一经承认就永远存在的规则,这些原则是符号学永恒的原则"。

成这个符号本身"①,从这个意义上说,"语言里只有差异存在"。索绪尔的差异论是其结构主义思想的基石。它把语言学的研究重心拉回到语言符号本身,从差异出发建立起二元对立,在这个基础上产生出结构观②,更加重要的是,结构主义的最新发展(解构主义)就是从索绪尔的差异论伸展开的③。

索绪尔的一组重要的二元对立概念是"历时态/共时态"(diachrony/ synchrony),即俗称的"时间/空间"轴:

> 共时语言学关注的是逻辑和心理关系,这些关系将现时存在的要素连接在一起,在说话者的集体意识里形成系统。相反,历时语言学研究的是依顺序发生的要素间的关系,这些关系没有出现在集体意识中,相互替代却形成不了系统。

传统语言研究遵循的是历时轴,探讨语言现象在历史发展过程中的演变及一系列改变语言的事件,积累下庞杂的语言资料,却很难形成关于语言的整体理论。索绪尔提倡共时研究方法,即抛开孤立的语言现象,研究历史瞬间各种语言所共有的运作规律。尽管索绪尔并不排除历时语言学的意义,但是共时态才真正符合结构主义认识论,因为任何结构都需要一个相对稳定的系统,其各要素必须同时存在才能共同架构起系统的框架(de Saussure, 1966: 13—14, 65—71, 88, 98—99, 120—121),解构主义也正是从结构要素的"缺损"入手破结构主义神话的。

《普通语言学教程》出版后引起语言学界一定的关注,但是具有显征的欧洲结构主义十二年之后方开始兴起(Sturrock, 1986: 26),这要归功于布拉格学派,尤其是雅各布森。雅各布森是二十世纪这个"语言学转向的世纪"里"伟大的结构主义先驱者"(Gadgt, 1986: 145):他 1915 年至 1920 年担任莫斯科语言学小组的负责人,1927 年至 1938 年任布拉格语言学会的副主席,四十年代在美国避难时和后来的结构主义人类学家列维-施特劳斯共事并引导后者走上结构主义之路,并从那时起至七十年代在美国各大名校讲学任教,因此他"比任何个人都更加能体现二十世纪结构主义的历史"(Leitch, 1988: 243)。雅各布

雅各布森(1896—1982)

---

① 这里"象棋"的比喻仍然可以说明问题:"棋子的各自价值由它们在棋盘上的位置决定,同样,在语言里,每项语言要素都由于它同其他各项要素对立才具有它的价值"。
② "语言的整个机制……就建立在这种对立之上。虽然索绪尔一直用的是"对立"(opposition),没有提及"结构"(structure)一词,但是后期结构主义的二元对立观显然建立在对立概念之上。
③ 解构主义的差异论与索绪尔的不同,见第八单元"解构主义批评理论"。

森对结构主义的贡献是多方面的,其中之一就是应用结构思维继续早年对文学语言的界定。汲取索绪尔共时/历时观及语言要素间两大联系方式(线性组合/联想组合[syntagmatic/associative],de Saussure,1966: 122—127)的观点,雅各布森在1956年《暗喻极与转喻极》一文中提出,纷杂的文学乃至文化现象后面有一个简单的抽象形式规则,可以用以解释人类的行为,这就是人类思维的"暗喻极"和"转喻极"。暗喻极指说话者从不在场的语言代码中选择(select)相关的语言替代符号(雅各布森称之为"相似/相同"[similarity/equivalence]);转喻极指对已经选择的符号进行组合(combine),形成语言序列(即"延续"[continuity])。根据这个规则,雅各布森认为可以解释文学文化现象:浪漫主义、象征主义是暗喻极占主导,而现实主义则是转喻极占主导;诗歌重暗喻极,散文偏转喻极;绘画

列维-斯特劳斯
(1908—)

中超现实主义暗喻成分多,立体主义转喻成分多;甚至医学上的失语症也是由于处理这两极的能力受到损害所致(Latimer,1989: 22—27)。基于此,雅各布森重新提出如何界定文学语言这个老话题:"什么使一段文字表述成为文学作品?"他的结论便是以下这句名言:"诗歌作用把相同原则从选择轴投射到组合轴"(Innes,1985: 147—155)。也就是说,文学语言把选择/暗喻的原则应用于组合/转喻上,体现出"为语言而语言"的特点。

尽管早期的结构主义讨论集中于语言学、文学方面,索绪尔的抱负却远大得多:以语言作为"一切符号学分支的母型",把结构主义应用于所有的人文、社会科学领域。雅各布森等人虽然对文化有所涉猎,真正树立影响的当数法国结构主义人类学之父列维-施特劳斯。

列维-斯特劳斯采纳结构主义有偶然性,即他受到雅各布森的直接影响。

但是人类学和结构主义也有密切的内在联系:任何原始部落的基本习俗和信念,不论和一般人类社会相似或相异,都具有和其他社会组织的可比性;社会是一个历时系统,同时可供共时态研究,和索绪尔论述的语言很相似;人类学的共时研究具有历时研究无法替代的作用,人类学家除了要收集大量实地资料之外,更要对这些资料进行加工分析,归纳出一个基本结构,得出某个结论。"任何人类学事实只有经过记录后才是事实:它是观察者经过观察之后,用该社会以外的语言表达出的'解释'(Sturrock,1986: 39—40)。"而任何阐释必然具

备结构性。

列维-斯特劳斯的结构主义人类学和当时英美人类学的经验主义传统有冲突。后者只注重用实地考察资料揭示不同社会形态间的千差万别,对列维-施特劳斯追求的所有文化间的"共性"十分怀疑。但是人类学家一致认为,人类学追求的不应当是千差万别的社会个人,而是"个体具以联系在一起的社会结构"。如当时的一个人类学理论"功能学派"就和列维-施特劳斯有异曲同工之处,采用共时研究方法探讨具体社会实践后面的整体社会功能。

列维-斯特劳斯结构主义人类学建立在整体性、系统性之上,类型模式能够产生可以预测的转换系列。类型模式的基本运作方式是二元对立,将文化现象进行分解,按二元对立结构框架重新组合,现其本质意义和价值,即文化现象的深层结构。如他将神话分解为神话要素,即神话的最小意义情节或片断,然后按历时(故事的叙述顺序)和共时(神话要素的组合)进行排列,力图通过神话表面展示"故事后面的故事"。列维-施特劳斯的结构主义思维充分表现在他对音素的理解上。

早期结构主义语言学家(如雅各布森)对语音的辨析单位音素(phoneme)十分重视,因为它是语言的基本要素,在此基础上方构成词素、单词、句子、段落及话语。列维-施特劳斯对音素也十分着迷,因为音素不仅"基本",而且是自然(声音)与文化(表意)的统一。

普洛普:《民间故事形态学》(1928)

> 和音素一样,亲属关系也是意义因素;和音素相似,亲属关系建立起系统之后才具有意义。"亲属系统"和"音素系统"一样,建立于思维的无意识层面。最后,世界上诸多社会相距遥远且基本上完全不同,却具有相似的亲属形式,婚姻规则,及存在于某些亲属间的约定态度,这些让我们相信,亲属关系和语言学一样,观察得到的现象来自于那些普遍的观察不到的规律的作用(同上,44—46)。

所以列维-斯特劳斯执意要寻找一切人类社会结构的基本单位,这就是"乱伦禁忌",而他对古希腊俄狄底浦斯(Oedipus)神话的著名分析典型再现了他的结构主义分析方法。俄狄浦斯神话包括三个在时序上相互关联的故事:第一,菲尼基国王子卡德摩斯捕杀巨龙,建立忒拜城;第二,忒拜城王子俄狄浦斯在不知情中弑父娶母;第三,俄狄浦斯的两子一女在王位争夺中的悲剧。列维-斯特劳斯从三个故事的表面情节中选择出十一个神话要素,将其组合成四个纵列(结构要素),构成两个二元对立项。经过对这个最后结构如此一番分析之后,列维-斯特劳斯的结论是:俄狄浦斯神话反映了人类对自己起源的思考(Rivkin & Ryan 1998: 108)。尽管评论家们相信列维-斯特劳斯的这种分析"揭示了人在神话创造中的思维过程",但由于这种结构主义意义分析放弃了对历史现实的探究而完全转到文本结构之中,所以人们也有理由怀疑,列维-斯特劳斯最终发现的这个"深层结构"究竟和俄狄浦斯神话有多大必然联系,更加刻薄的质疑是:列维-斯特劳斯找到的到底是古人的思维还是他自己的思维(Scholes,1974: 69—75)。

列维-斯特劳斯对俄狄底浦斯神话所作的分析,虽然过于简单,但条理清晰,能说明问题,已经成为结构主义文本分析的经典。按照这个程式,可以对其他的文学作品做出类似的分析。以《大话西游》为例。这是一部内地和香港影星联手出演、刘镇伟导演、1994年开始推出的系列电影。电影虽然改编自中国古典名著《西游记》,但经过改编之后剧情已是面目全非,由一个以宗教神话为主题的文学经典变成一个武打传奇的娱乐片,原著中的深刻内涵已经印迹难觅,因为"大话"追求的就是视觉效果和表层意义,即使有什么寓意,轻易也不易发觉。我们可以根据列维-施特劳斯的结构主义方法,在《大话西游》中找出如下的神话要素,把它们作为结构要素组合成四个纵列,构成两个二元对立项。

1. 至尊宝利用宝盒回到过去			2. 紫霞出现,制服至尊宝
		3. 紫霞示爱,遭至尊宝拒绝	4. 牛魔王出现,众人遭擒
	5. 谎言:"爱你一万年"	6. 牛魔王背着铁扇公主纳妾	
7. 众人出逃,紫霞拿到宝盒		8. 紫霞(八戒)示爱,遭拒	9. 牛魔王抢到宝盒抓住众人
10. 至尊宝落崖获救	11. 见到白晶晶,准备婚礼	12. 白晶晶在婚礼前离去	13. 至尊宝被杀
14. 至尊宝转世变回孙悟空		15. 紫霞示爱,遭拒	16. 紫霞被牛魔王所杀

经过一番的结构分类之后,《大话西游》背后隐含的"意义"显露了出来:我们可以说,第一个纵列表达的是"对自由的肯定",第二个纵列是"对爱情的肯定",第三个纵列是"对爱情的否定",第四个纵列是"对自由的否定"。因此《大话西游》可以说反映了人类对"自由"和"感情"这两个古老问题的思

考。问题是,这样的解读虽然有一定的意义,但是如果陷入俗套,则不免乏味①。卡勒对此曾经批评道:这里对神话要素、纵横排列、二元对立项等的提取和安排有很大的任意性和主观性,无助于我们对神话和作品本身的了解(卡勒 1991: 77)。列维-斯特劳斯的回答是:这种方法并不可以用来对任意一部作品进行分析(但他没有说明哪些作品不适用此法),而且得出的结论本来就没有期待得到"专家"的认同(列维-斯特劳斯 1989: 49)。这里的"专家"包括文学研究专家,因为这样的阅读没有触及文学技法问题,自然很难得到文学专家的认可,这也是此类结构主义批评的一个盲点。

当代结构主义文学研究可以追溯到俄国形式主义对文学内部规律的探求,只不过他们并不是严格意义上的结构主义者。但是,当时的俄国理论家普洛普(Vladimir Propp)虽然并不是 Opoyaz 的正式成员,却首先尝试对神话故事进行结构分析。他 1928 年发表《民间故事的结构形态》一文②,对一百个具有明显传奇色彩的俄国童话故事进行分析。他把对故事情节发展有意义、具有相似性的故事行为称为"功能",通过对童话故事叙事功能的结构分析,他得出结论:第一,人物功能是故事中不变的成分;第

俄国批评家普洛普
(1895—1970)

二,一个故事中人物可以千变万化,但其已知功能数量有限;第三,功能的排列顺序和后果往往一样;第四,所有童话故事一共展现三十一种功能,由七种人物角色承担:反面人物,为主人公提供物品者,助手,公主/被追求者及其父亲,派主人公历险的人,主人公,以及假主人公。不管如何曲折离奇,千姿百态,其基本形态一致(同上 62—67)。这里普洛普虽然并没有像后世结构主义者那样提炼出童话故事的一套结构,但是他毕竟把文学研究从单个作品扩大到文学体裁,力图总结出其基本形态结构。此书 1958 英译,结构主义者纷纷步其后尘。

但是文学结构主义的核心并不在于对具体作品进行文本(索绪尔意义上的"言语")分析,而是要通过文本分析归纳出一套"结构主义诗学",即有关文学的"结构主义总体科学"(即索绪尔的"语言")。诗学这个古老的概念指的是关于文学艺术一般规律的科学(亚里士多德称之为"文学的具体特

---

① 正如果使用弗洛伊德精神分析法去分析文学作品,得出的结论都与俄狄浦斯情结有关,则不免让人觉得单调。
② "形态学一词表明对形式进行研究。在植物学里,形态学包括研究植物的组成部分及其相互之间或整体的关系,也就是研究植物的结构"(Sturrock 1986: 116)。可见,这里形式主义和结构主义已经互为一体。

指"),不言而喻,"结构主义诗学"就是要从结构主义理论出发探询这个规律:卡勒的一本早期名著(获 1975 年全美当代语言学会"洛厄尔研究奖")书名就是《结构主义诗学》,托多洛夫也是如此(《小说诗学》,1971;《诗学导论》,1973)。托多洛夫在"诗学定义"一文中认为"诗学"目的是解释文学的"文学性",是一门探讨文本内在的一般规律和抽象结构的科学(Newton 1988:134—135)。

法国结构主义诗学的一个重要方面就是托多洛夫所称的"叙事学"(narratology,即对叙事作品主要是小说进行结构分析),被称为"结构主义诗学本质的最佳表露"。托多洛夫曾在《十日谈的语法》一书里展示了自己的叙事学模式:正如语法是语言的抽象结构一样,小说(以名著《十日谈》为例)内部也存在这么一个叙事结构。他把叙事按语言学话语分解成三部分:语义(内容),词语(语言),句法(情节关系),并且继续以语言学概念进一步逐项细分。他主要关注叙事的"句法":其基本单位是"短语",由"主语"和"谓语"构成,再伸展出附属的"专有名词","形容词"和"动词",以上的语言学范畴继续上升到句子、段落(五种句子连接模式:静止、外力干扰、不平衡、相反方向外力作用、恢复平衡)及全文(段落构成方式:连贯、交替、插入)各个层次,均对应于小说里具体的人物情节。类似托多洛夫那样把语言学模式近乎原封不动地应用在文本分析中的结构主义者并不多,而且评论家对这种机械

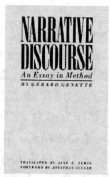

法国批评家热奈特的《叙事话语》(1980)

套用也颇有疑问,但是托多洛夫的叙事学不失为法国结构主义的一个典型代表(Jefferson & Robey 1986: 98—100)。

和托多洛夫一样,巴尔特也认为语言学和文本分析有深刻的内在联系("叙事犹如一个长句,正像陈述句犹如短篇叙事一样"),他的早期研究就体现在这个结构主义文本观上。1964 年结构主义刚刚兴起,巴尔特便发表"结构主义行为"一文,其独特之处就是把形式主义和结构主义(甚至后结构主义)因素柔和在一起。他把结构主义等同为技法,"结构主义使旧词换新貌"。和俄苏形式主义不同的是,结构或者技法是"分割"和"连接"行为,即把客体分为有意义的单位,再在其间建立起关系。这个活动表明,结构是人们后天创造的,形式是阐释活动所赋予的,并没有所谓先在的意义(Adams 1992: 1128—1130)。身处六十年代,巴尔特多少表现出读者批评的倾向,四年之后发表的文章"作者之死"也宣称要"以作者之死迎接读者的再生"。但是这里巴尔特显然已经超出读者批评的范围,强调作品的本体表现就是语

言符号,象征的不是"神学意义"(这里巴尔特反对把作者比为上帝,喻指尼采的"上帝之死"),而是文本套文本的多维空间,引语相接,永无止境。巴尔特虽然在突出结构的中心地位,但同时这种结构性反而突显语言的模仿性,游戏性,无源性,明显含有"结构主义之死"的意蕴。结构主义是对现实主义的反拨,巴尔特的佳作《S/Z》就是对被尊为"现实主义大师"的巴尔扎克的小说《萨拉辛》的分析。他提出五大"代码";阐释代码(创造并解开谜团),意义代码(主题),象征代码(矛盾集合体),行为代码,指涉代码(文化背景);然后把《萨拉辛》分解为一段段"阅读单位",最后把代码和阅读单位相连。这里复杂的是,阅读单位有长有短,甚至可以跳跃、重合,可以同时包含数个代码;而代码也可以同时指涉数个阅读单位,形成一个极其复杂的文本结构(巴尔特称之为"写作式[writerly]文本"),印证了巴尔特所谓"一切皆能指",揭示出结构的变化、生产要远远大于其静态的反映功能。

巴尔扎克的小说《萨拉辛》

结构主义思维对二十世纪人文思潮有极大的推动,其影响面之大,影响力之强,很少有其他哲学思想可以与之相比。从根本上说,结构主义是哲学观,本体论,而不是单纯的分析方法(Caws, 1990: xv)。伊格尔顿从马克思主义角度指出,结构主义和现象学一样,是二十世纪初期西方经济政治信仰危机的产物,也是新科学带来的认知危机的产物,力图在思维混乱的时代寻找一个可靠、稳定、安全的"确定物"作为思维的依托[①]。因此,说结构主义害怕社会变化,有意规避社会现实,一头扎进语言的牢房,以超历史、超政治、超稳固的抽象结构代替活生生的人与生活(Eagleton, 1985: 108—115),此话也不无道理。二战之后,尤其是冷战时代,保守主义甚嚣尘上,结构主义求稳怕乱的思维形式和对超稳固状态的追求自然得到文人的青睐。但是随着六十年代文化革命的兴起,随着"破旧立新"要求的日益高涨,结构主义保守反动的一面暴露出来,受其影响的文学批评愈加显得机械呆板,由于循规蹈矩,涉猎面太窄,被新一代激进的批评家称为"最有争议最不得人心"的方法(Sturrock, 1986: 103)。六十年代中期是结构主义文学批评发展的高潮,但也是解构主义思维崭露头角的时候,并且一经出现即以摧枯拉朽的势头横

[①] 有人指出,结构主义发生的前提是生活动荡,使得结构差异无法实现,所以需要结构进行约束,重新建立秩序,消除动乱(Caws, 1990: 52)。此话有一定道理:本世纪初期和中叶都是生活动荡思维混乱的时代,结构主义在此时出现显露出它的稳定功能和保守倾向。推得再远一点,俄苏形式主义和古典心理分析何尝不是如此。

过来,结构主义很快寿终正寝。随着二十世纪后半叶文化运动的开展,以结构主义为代表的语言学转向逐步让位于更加讲究人文关怀的理论流派(如文化研究,新历史主义,后殖民主义等)。但是和形式主义一样,结构主义所代表的"精神"却已经深入人心,成为人们不得不遵循的思维模式,即使是"解构",在方法和逻辑上也可以说是结构主义的延续而不是其终结。二十世纪后半叶的各种新潮批评理论,虽然都意在消解、建立在对二元对立的批判上,但具有讽刺意味的是,除了这个结构主义的核心思想之外,这些新潮理论竟然找不出一个可以完全代替它的方法。"多元"和"复调"虽然中听,毕竟还是理想,随着二十世纪末的西方社会现实又一次右转,说不定还会再一次回到结构主义,当然肯定和五十年前的结构主义会很不一样。

语言符号的性质(索绪尔)

费尔迪南·德·索绪尔(1857—1913)是瑞士语言学家,现代语言学和结构主义的奠基人。索绪尔早年在日内瓦大学学习物理学,后到柏林大学学习语言学,在莱比锡大学获得博士学位。1907至1911年间他在日内瓦大学讲授普通语言学课程,在授课中提出了自己的基本理论:语言由一系列符号组成,存在于一个具体、自足的系统中,起支配作用的是符号间的相互关系。这一套独特的说法构成了今天广为人知的结构主义语言学的基础,具体体现在《普通语言学教程》(1913)一书里。下文选自该书,包含了一些索绪尔最具有启发性的思想,如语言的性质、语言研究的性质以及语言符号的系统。

1. 符号,能指,所指

有人把语言归结为一种指称过程,从这个原则出发,语言的因素不过是一系列词的集合,每个词与它所指称的事物一一对应。例如:

这种观念可以从几个方面加以批驳。它假定有现成的概念先于词而存在;它没有告诉我们名称在本质上存在于声音范畴还是心理范畴(例如,"树"从两方面看都可以)。最后,它会使人设想,将名称和事物相联系,操作起来非常简单,其实绝非如此。但是这种相当天真的看法却可以使我们更接近真实情况,因为它表明,语言单位是由两个要素联系起来构成的双重的东西。

我们在谈论言语循环时业已发现,语言符号所包括的两个要素都是心

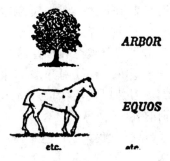

理的,而且由一个联想性的纽带在我们的脑子里结合到一起。这一点必须加以强调。

语言符号结合起来的,不是事物和名称,而是概念和声音形象——后者不是实际的声音,不是纯粹物理学所说的声音,而是声音的心理印记,是声音在我们的感觉上留下的印象①。声音印记是感觉到的,如果下面我偶然称之为"物质"的,则只是在前者的意义上这么说,是把它与另一个联想要素(一般也是更抽象的要素)——概念相比照而言的。

观察一下我们自己说话,声音印记的心理性质就明显了。我们可以不用动嘴动舌,在心里和自己对话或者默念一首诗。由于把词看作声音的印记,我们必须避免提到构成词的"音素",因为"音素"这一术语表示的是发声行为,所以只适用于口头说出的词,适用于内在印象在现实中的实现。只要我们记住名称指的是声音印记,我们就可以说某个词的声音和音节,以避免上述误会。

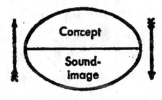

这样,语言符号就成了一个心理存在物,它包含两个方面,如下图所示:

两个要素密切结合,彼此呼应。很明显,不管是要找出拉丁语 arbor 这个词的意义,还是要找出拉丁语用来表示"树"这个概念的词,我们都会觉得只有该语言所认定的联系才符合外界的实际,而其他的任何想象都可以不予考虑。

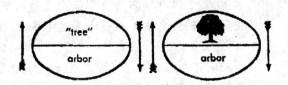

这样一来,定义语言符号就引出了一个重要的术语问题。我把概念和声音形象的结合叫做符号,但是在平常使用中,这个术语一般只指声音形象,例如指词(arbor 等)。人们容易忘记,arbor 之所以称为符号,是因为它带有"树"的概念,结果导致感觉部分的观念代替了整体观念。

---

① "声音形象"(sound image)指的是发音和发音动作的结合,是语言实际使用之前的存在状态。

如果我们用互相联系又互相对照的三个词来表示上述三个概念,那么模糊就可以消除。我建议保留符号(sign [signe])这个词来表示整体,用所指(signified [signifié])和能指(signifier [signifiant])分别代替概念和声音形象。后两个术语的好处是可以表明彼此对照关系——既将二者区别开来,又将自身与所从属的整体区别开来。至于符号一词,姑且暂时使用,因为一时还找不出更好的词可以代替它,日常用语里没有别的替代词。

根据上述定义,语言符号有两个最为重要的特征。我说明的这些特征也可以用作同类研究的基本原则。

2. 原则一:符号的约定俗成性质

能指和所指之间的联系是约定俗成的。既然我所说的符号是能指和所指相结合所构成的整体,我们就可以简单地说:语言符号是约定俗成的。

例如,在法语里,"姊妹"的意思与用作其能指的 s-ö-r 这串声音没有一点内在关系,它也可以用其他任何连续的声音来表示,不同语言之间的区别以及有不同的语言存在就已经证明了这一点:"牛"这个所指的能指在边界的一端是 b-ö-f,在另一端却是 o-k-s。

符号在本质上是约定俗成的,这一原则没有人反对。但是给真理作恰当的定位往往比发现真理更难。原则一支配着一切语言研究,它引出的结果难以胜数。诚然,这些结果并非一眼都能看得清楚,得费一些周折才能发现它们,发现之后也就明白了上述原则的重要性。

顺便指出,当符号学作为一门科学建立起来时,会出现如下问题:它有没有包括那些完全以自然符号为基础的表达方式,譬如手势。假如新的科学欢迎它们,那么它关注的主要对象,仍然是以符号的约定俗成性质为基础的整个系统。事实上,社会上使用的任何表达手段,原则上都是以集体行为为基础的,或者换一种说法,可以说是以习俗为基础的。例如那些礼节程式,虽然常常带有某些自然的表意能力(像中国人觐见皇帝时要三跪九叩首一样),也是依照一定的规矩而来的。正是这个规矩,而不是姿势内在的价值,使他们使用那些礼节程式。与其他符号相比,完全约定俗成的符号更能够理想地实现符号过程。这就是为什么语言既是所有表意系统中最复杂最普遍的一个,又是最有约定俗成特点的一个。从这个意义上说,尽管语言只是符号系统之一,语言学却可以成为符号学所有分支的规则典范。

有人曾用"象征"一词指语言符号，或者说得更准确点，用来指这里所说的能指。原则一恰恰显示出使用这个术语的不足。象征的一个特征就是它从来就不完全依赖约定俗成；它不是空白的，因为它身上存留有能指和所指间自然联系的痕迹。象征公正的天平就不能用其他的什么东西（例如一辆马车）来代替。

"约定俗成"这个词也需要做点解释。这个术语没有隐含下述意思，即能指的选择完全取决于说话人（下面我们会看到，一旦某个符号在一个语言群体中确定下来，个人就无法以任何方式改变这个符号）；我的意思是，它没有促动因素，也就是说，说它"约定俗成"是指它与所指没有任何自然的联系。

3. 原则二：能指的线性特征

能指有听觉性质，只在时间层面上展开，因而具有如下特征：第一，它体现了一个空间；第二，这个空间可以从一个维度上对其进行测定，它是一条线。

原则二虽然显而易见，但是语言学研究者偏偏总是忽略这一点，原因肯定是他们觉得这一点太简单了。但是，这个原则至关重要，其结果难以限量。它的重要性与第一条原则并驾齐驱；语言的整个机制就取决于此。与那些可以在几个维度上同时进行聚合的视觉能指（如航标）相反，可以控制听觉能指的只有时间这一个维度。它们的各个元素依次出现，构成链性。当能指以书写形式表现出来时，书写的痕迹形成的空间线条代替了时间上的延续，上述特征就可以一眼看出来。

有时候，能指的线性性质不太明显。例如，当我重读某个音节时，似乎我把不止一个重要的元素集中在一个点上。但这只是个错觉，音节和重读只构成一个发音行为，该行为不具有二元性，有的只是前后行为之间不同的比照关系。

（胡保平　译）

关　键　词

指称过程（naming-process）
语言符号（linguistic sign）

心理印记(psychological imprint)
心理存在物(psychological entity)
概念/声音形象(concept/sound image)
所指/能指(signified/signifier)
约定俗成性(arbitrary nature)
习俗(convention)
线性特征(linear nature)
空间/时间(space/time)

关 键 引 文

1. 我建议保留符号(sign〔signe〕)这个词来表示整体,用所指(signified〔signifié〕)和能指(signifier〔signifiant〕)分别代替概念和声音形象。

2. 能指和所指之间的联系是约定俗成的。既然我所说的符号是能指和所指相结合所构成的整体,我们就可以简单地说:语言符号是约定俗成的。

3. 事实上,社会上使用的任何表达手段,原则上都是以集体行为为基础的,或者换一种说法,可以说是以习俗为基础的。……与其他符号相比,完全约定俗成的符号更能够理想地实现符号过程。这就是为什么语言既是所有表意系统中最复杂最普遍的一个,又是最有约定俗成特点的一个。从这个意义上说,尽管语言只是符号系统之一,语言学却可以成为符号学所有分支的规则典范。

4. 能指有听觉性质,只在时间层面上展开,因而具有如下特征:第一,它体现了一个空间;第二,这个空间可以从一个维度上对其进行测定,它是一条线。

5. 原则二虽然显而易见,但是语言学研究者偏偏总是忽略这一点,原因肯定是他们觉得这一点太简单了。但是,这个原则至关重要,其结果难以限量。它的重要性与第一条原则并驾齐驱;语言的整个机制就取决于此。

讨 论 题

1. 索绪尔把语言符号分成能指、所指、指涉的用意是什么?它们三者之间的关系如何?

2. 索绪尔认为,语言是一个封闭的符号系统,在这个系统中符号只相互指涉。你同意这个说法吗?他是在什么情况下这么理解语言的?

3. 原则二(能指的线性特征)有什么意义？为什么索绪尔如此强调这一点？

4. 在什么意义上我们可以说，现当代西方批评理论源自索绪尔语言学？

5. 荀子说过："名无固宜，约之以命，约定俗成谓之宜。"

冯友兰解释道："名若是还在创立过程中，为什么这个实非要用这个名而不用别的名，这并无道理可讲。比方说，这种已经叫做'狗'的动物，如果当初不叫它'狗'，而叫它'猫'，也一样地行。"

比较以上荀子、冯友兰的话和索绪尔的"约定俗成"说，讨论。

神话的结构研究（列维-斯特劳斯）

克劳德·列维-斯特劳斯（1908—　）是比利时裔法国人类学家。他早年研习哲学和法律，但都不甚感兴趣；后来研习人类学，移居美国期间（1941—1945）曾与罗曼·雅各布森共事。1947年他回到法国，在巴黎大学获博士学位，很快成为结构主义语言学的重要实践者，并在多个领域都有建树。和索绪尔一样，他致力于揭示社会现象的普遍结构，这些现象之间的内在联系，背后起作用的系统，以及支配该系统运作的一般规律。"把焦点从有意识思维转向无意识思维，强调意义产生于相互关系，使得列维-斯特劳斯的著作跻身于结构主义领域"。下文（1955年）是文学研究者最熟悉的结构主义文本分析案例，斯特劳斯使用结构主义人类学的方法对文学素材进行了整理和归类，展示了结构思维最富有启迪意义的一面。

神话使学生面对一个乍一看似乎矛盾的情形。一方面，在神话中似乎什么事情都可能发生，没有逻辑也没有连续性，可以把任何特征赋予任何一个对象，所有可以设想的关系都能找出来。对神话来说，一切都是可能的。但在另一方面，在不同地区收集到的神话中有很多地方惊人地相似，这种相似又和上面所说的明显的任意性相违背。因此出现了一个问题：如果说神话内容带有偶然因素，那么世界各地的神话如此相似，我们又该如何解释这个事实呢？

正因为我们认识到神话在本质上有着矛盾的地方，从而为解决上述问题提供了方便。早年研究语言学问题的哲学家们，也曾为了一个矛盾的地方大伤脑筋，我们所面临的矛盾和他们的非常相似。只有在克服了这个矛盾后，语言学才作为一门科学开始发展起来。古代的哲学家们用我们今天思考神话的方式去思考语言。一方面，他们确实注意到，在某个语言里，有些语音序列与一定的意义相关联,于是他们急切地想发现语音和意义之间关系之所以存在的原因。然而他们刚开始努力就碰壁了,因为事实摆在面前——同样的语音也存在于其他语言里,但是表达的意思却完全不同。后来发现,重要的是语音组合而不是语音本身。因为这一发现,语言学面临的矛盾才得以解决。

另外,不难看出,新近出现的一些关于神话思想的解释源于错误的观念,而早先的语言学家们也是在这些错误观念的指引下进行研究的。我们不妨来看看荣格的观点:一定的神话模式即所谓的原型,都具有一定的意义。这个观点与长期以来人们所赞同的一个错误看法颇为相似,即语音与意义之间有一定的联系,例如 liquid 的半元音与水之间,开元音与大的体积、大的面积、响亮的或沉重的东西之间有某些关系,这一理论至今仍然有支持者。索绪尔等人坚持说语言符号是约定俗成的,不论当初提出的这个原则需要什么样的修正,有一点人人都会同意——要让语言学上升为一门科学,这就是先决条件。

至此,我们对上述讨论作一概括,我们业已提出下面几点:第一,如果神话有意义的话,该意义不可能存在于那些构成神话的孤立的元素中,而只能存在于这些元素的组合方式中。第二,虽然神话和语言属于同一范畴,实际上神话只是语言的一部分,但是神话中的语言显示出独特的性质。第三,这些性质只能在比一般的语言学层次高的地方去寻找,也就是说,相比于其他的语言表达中所能发现的特征,这些性质显示出的特点更为复杂。

如果把上面三点至少作为工作前提的话,则可以推出两个结果:第一,神话同语言的其他成分一样,是由一些构成单位组成的。第二,当在其他层次上分析这些构成单位时,它们已经预设了在语言中起作用的那些构成单位,即音素、词素和义素;但是神话中的构成单位不同于语言中的构成单位,就像语言中的构成单位之间互不相同一样——神话中的构成单位更高级、更复杂。因此,我们把它们叫做大构成单位。

我们怎样才能识别并分离出这些大构成单位或者说神话素呢?我们知道,不可能从音素、词素和义素里找到它们,而只能到更高的层次去寻找,否则神话就会和其他任何一种言语混淆起来。因此,我们应该在句子这个层次上寻找这些单位。现阶段我们所能提出的唯一办法是:在尝试和错误中摸索前进,用那些能够用作任何结构分析的原则来作为检验标准。这些原则包括:解释简约,答案一致,能够以零星片断重建整体,能够从前面诸阶段预测后来诸阶段。

本书作者迄今所采用的方法是:对每个神话单独加以分析,把神话故事分解成尽可能短的句子,把每个句子都写在一张标有数字的卡片上,卡片上的数字要与故事展开的过程相对应。

这样,每张卡片都会表明:在某一时候,一定的功能会与某个特定的主题有联系。或者换句话说,每个大构成单位都由一个关系构成。

现在举一个具体的例子,以说明我使用的这种方法。我们拿人人皆知的俄狄浦斯神话为例。我很清楚,我们看到的俄狄浦斯神话已经是它的后期形式,且已经经过加工。这些加工更注重审美和道德因素,而不是宗教或者仪式的因素,不管这些因素有哪些。但是我们不准备从字面意义上解释俄狄浦斯神话,更不想提供一个专家们能接受的解释。我们只是要阐明一个方法,而不打算得出相关结论。由于上面提到的因素不无问题,我们把该方法用在这个特定的例子里也许并不合理。因此,下面的"演示",不是按照科学家们所指的那个意思进行的,它充其量只是按照街头小贩们所指的那个意思进行,因为小贩的目的不是为了得出具体的结果,而是尽量简要地向围观者说明他大力兜售的那个机械玩具是怎么玩转的。

法国画家 Jean-Auguste-Dominique Ingres 的《俄狄浦斯》(1808),现存罗浮宫

就像我们无意中把管弦乐乐谱当作一个非线性系列来分析一样,我们也以同样的方式分析神话。我们的任务是:重新确立其正确的排列形式。比如说,我们面前摆着下面这样一串数字:1、2、4、7、8、2、3、4、6、8、1、4、5、7、8、1、2、5、7、3、4、5、6、8……我们要做的事情是把所有的 1 放到一起,把所有的 2. 所有的 3 等放到一起,结果得出这样一个图:

我们将试着用同样的方法处理俄狄浦斯神话,尝试几种方式来排列神话素,直到找到一个与上面解释的原则相吻合的方式。为了方便论述,我们假设下图为最佳排列(尽管如果有希腊神话学家的帮助,本图肯定可以改进得更好)。

	2	3	4		6		8
1			4	5		7	8
1	2			5		7	
		3	4	5	6		8

卡德摩斯寻找被宙斯
劫持的妹妹欧罗巴

      卡德摩斯屠龙

龙种武士们自
相残杀

          拉布达科斯(拉伊俄
         之父)=瘸子(?)

俄狄浦斯杀死   拉伊俄斯(俄狄浦斯之

	父亲拉伊俄斯		父)=左腿有病(?)
		俄狄浦斯杀死	
		斯芬克斯	
			俄狄浦斯=脚肿的(?)
俄狄浦斯娶其母			
伊俄卡斯忒为妻			
		埃特奥克勒斯杀	
		其弟波吕涅克斯	
安提戈涅不顾禁令安			
葬其兄波吕克涅斯			

这样，摆在我们面前的有四个纵列，其中每一个纵列都包含几种属于同一集合的关系。如果我们要讲述这个神话，我们就会撇开这些纵列，按照从左到右然后从上到下的顺序一行一行地往下读。但是如果我们想要理解这个神话，我们必须撇开历时性范畴的一半(从上到下)，从左到右一列一列地去读，把每一列都看作一个单元。

属于同一列的所有关系都表现出一个共同的特点，我们的任务就是要发现这个特点。例如，归在左边第一列里的所有事件都与血缘关系有关，血亲关系被过分加以强调，也就是说，比正常情况更为亲密。我们不妨这样说，第一列有个共同特点，即过于突出血亲关系。很明显，第二列表现了相同的东西，不过性质正相反，即过于贬低血亲关系。第三列与杀死怪兽有关。第四列需要略加说明。人们常常都注意到俄狄浦斯父系姓氏的特殊涵义。然而，语言学家们通常都不管这一点，因为在他们看来，要确定某个术语的意义，唯一的办法是研究该术语出现于其中的全部语境，而人名恰恰因为它被作为人的名字，所以没有任何语境与之相联。采用我们提出的方法，就不会有这样的问题，因为神话本身就为自己提供了语境。重要的地方不再是每个名字最终的意义，而在于所有的名字都有个共同的特点：所有的假设意义(它可能一直是假设的)都涉及直立和直行两方面的困难。

那么右面两列之间的关系如何呢？第三列与怪物有关。龙是地狱之神，只有把它杀死，人类才能从大地中诞生；斯芬克斯是个不愿意让人类生

存下去的怪物①。最后一个单元是第一个单元的翻版,人类由土地而生与此相关。现在怪物被人打败,因此第三列的共同特点可以说是对于人由土地而生的否定。

这对我们理解第四列的意义有直接的帮助。在神话里,所有由土地而生的人都有个普遍特点:当他们从大地里出现的时候,要么不会走路,要么步履蹒跚。普埃布洛神话里的地狱之神就是这样②:带头冒出地面的穆因乌和地狱之神舒梅科利都是瘸子("脚流血"、"脚痛")。克瓦基乌特神话里的科斯基摩们在被地狱怪物奇亚基希吞食以后也是这样:当他们回到地面上时,"不是一瘸一拐地往前走,就是跌跌撞撞、东倒西歪"。因此第四列的共同特点是:坚持人是由大地而生的看法。这样一来,第四列与第三列之间的关系类似于第一列与第二列之间的关系。相互矛盾的关系又是同一的,因为两者都是一样地自我矛盾,这一论断解决了(或者更应该说是取代了)无法将两种关系相联系的问题。虽然这种对神话思想结构的解释还是暂时的,就目前而言,它已经足够了。

再回到俄狄浦斯神话上来,我们现在可以看出它的意义了。对于相信人类是由土地而生这个说法的文化来说,要在该理论与人由男女婚配而生这一认识之间找到让人满意的过渡,是不可能的事情,俄狄浦斯神话涉及的就是这种不可能性。虽然这个问题显然无法解决,俄狄浦斯神话还是提供了一个逻辑工具,该工具把原来的问题(人是由一体所生还是由双体所生)和由它派生出来的问题(人是来自异源还是同源)联系起来。

(胡保平　译)

关　键　词

神话(myth)
关系(relation)
大构成单位/神话素(gross constituent unit/ mytheme)
俄狄浦斯神话(Oedipus myth)

---

① 斯芬克斯是希腊神话中的怪物,长着女人的头和胸,狮身鸟翼,卧于古城底比斯入口处,回答不出谜语(何物早晨四条腿行走,中午两条腿行走,晚上三条腿行走)的路人便被杀死,俄狄浦斯给出正确答案(人),斯芬克斯遂自杀。在古埃及,斯芬克斯常常被表现为狮身人面,人面近似于国王,最著名的狮身人面像立于金字塔附近,有二千五百年的历史。
② 普埃布洛(西班牙语"村落"之意)是北美原住民的一个分支,有自己的语言。

正确的排列形式（correct arrangement）
讲述/理解（tell/understand）
单元（unit）
逻辑工具（logical tool）

关键引文

1. 神话使学生面对一个乍一看似乎矛盾的情形。一方面，在神话中似乎什么事情都可能发生，没有逻辑也没有连续性，可以把任何特征赋予任何一个对象，所有可以设想的关系都能找出来。对神话来说，一切都是可能的。但在另一方面，在不同地区收集到的神话中有很多地方惊人地相似，这种相似又和上面所说的明显的任意性相违背。因此出现了一个问题：如果说神话内容带有偶然因素，那么世界各地的神话如此相似，我们又该如何解释这个事实呢？

2. 如果神话有意义的话，该意义不可能存在于那些构成神话的孤立的元素中，而只能存在于这些元素的组合方式中。

3. 现阶段我们所能提出的唯一办法是：在尝试和错误中摸索前进，用那些能够用作任何结构分析的原则来作为检验标准。这些原则包括：解释简约、答案一致、能够以零星片断重建整体、能够从前面诸阶段预测后来诸阶段。

4. 本书作者迄今所采用的方法是：对每个神话单独加以分析，把神话故事分解成尽可能短的句子，把每个句子都写在一张标有数字的卡片上，卡片上的数字要与故事展开的过程相对应。这样，每张卡片都会表明：在某一时候，一定的功能会与某个特定的主题有联系。或者换句话说，每个大构成单位都由一个关系构成。

5. 这样，摆在我们面前的有四个纵列，其中每一个纵列都包含几种属于同一集合的关系。如果我们要讲述这个神话，我们就会撇开这些纵列，按照从左到右然后从上到下的顺序一行一行地往下读。但是如果我们想要理解这个神话，我们必须撇开历时性范畴的一半（从上到下），从左到右一列一列地去读，把每一列都看作一个单元。

讨 论 题

1. 对列维-斯特劳斯来说，神话和文学的相似之处是什么？

2. 为什么要用语言学的方法来研究神话或者文学？怎么样才能这么做？

3. 列维-斯特劳斯对俄底浦斯神话所做的研究有什么独特之处？这种研究最终获得的"意义"是什么？

4. 列维-斯特劳斯说："但是我们不准备从字面意义上解释俄狄浦斯神话，更不想提供一个专家们能接受的解释。我们只是要阐明一个方法，而不打算得出相关结论。"这段话的意思是什么？有什么意义？

结构主义活动（巴尔特）

罗兰·巴尔特（1915—1980）是法国符号学家、文学批评家。他批评兴趣广泛，态度多变，思想复杂。巴尔特是最早把结构主义运用到文学研究中的批评家之一，后来关注起读者对文本的主观反应，因此很快转到后结构主义行列。巴尔特的一个特点就是不愿意把自己纳入任何一个批评学派。早期的巴尔特倾向于结构主义，不过如下文（1968年）所示，它完全是巴尔特式的独特的结构主义。

结构主义是什么？不是一个学派，甚至也不是一个思潮（至少现在还不是），因为平常被贴上这个标签的作者们，他们绝大多数都没有感到有什么共同的教义或者一致的立场将他们统一起来。结构主义也不是一个词汇。"结构"已经是一个老词了（出自解剖学和语法学的范畴），如今已经用滥了——所有社会科学都大量使用这个词，用这个词已经不能显示任何人，除非是就这个词被赋予的内容进行争论。"功能"、"形式"、"符号"、"意义"等词也无关宏旨。这些词现在用得很普遍，人们不论需要什么都到这些词里去找（并且总能找的到），尤其是把它们当作昔日决定论者因果图式的幌子。毫无疑问，我们必须回到诸如"能指/所指"，"共时/历时"这样的成对术语，从而弄清是什么把结构主义与其他思维方式区别开来。回到第一对术语，是因为它涉及索绪尔首创的语言学模式，还因为在今天，语言学和经济学才是真正的关于结构的科学；而回到第二对更加重要，是因为它似乎隐含着对历史观的某种修正——共时的观念（尽管它在索绪尔的理论里是最适于操作性的概念）认可了某种静滞的时间观，历时的观念则倾向于把历史过程表现为纯粹的形式在延续更替。第二对术语尤为与众不同，因为目前针对结构主义的主要的反对意见，似乎都源自马克思主义，且争论的焦点是历史观（而不是结构）。不管怎样，也许是他们如此认真地使用意义生成这个术语（而不是这个词本身，它本身反倒根本没有什么突出的地方），使得我们最终必须把它当作结构主义的口头标志:看看谁使用"能指"和"所指"、"共时"和"历时"这些术语,就知道结构主义式的想象是否形成。

这对思维的元语言是合适的,因为该元语言明确地使用了方法论概念。但是既然结构主义即不是学派也不是思潮,我们就没有理由先验地(甚至颇有争议地)把它归结为哲学家的活动。更好的做法是,尽量在不同的、高于反思性语言的层面上,找到对结构主义最广义的描述(即使不是定义)。我们确实可以先假定有这样一些作家、画家和音乐家,在他们的眼里,一定的结构实践(而不仅是其思想)代表着一种独特的经验;同时,假定分析者和创作者都必须集合到不妨称作结构人这个共同的标记下。区别"结构人"不是看他的思想或者语言,而是看他的想象,换句话说,就是看他在思维里体验结构的方式。

因此,这里要说的第一件事是,对所有使用这个词的人来说,结构主义在本质上是一种活动,也就是说,它是一定数量的受到控制的思维活动过程。我们曾经说过超现实主义活动,我们同样也可以说结构主义活动(而且,超现实主义活动很可能催生了最早的结构主义文学,这种可能性总有一天会得到研究)。不过在考察这些活动之前,我们必须说说它们的目标。

一切结构主义活动,反思式的也好,诗性的也好,目标都是要对一个客体进行重建,从而揭示该客体运作的规律("功能")。因此,结构其实是对客体进行的模仿,但它是个有目的、有倾向的模仿,因为模仿得出的客体会使原客体中的某种东西显现出来,这个东西在原来的客体中是看不到的,也可以说是不可理解的。结构人把真的东西拿出来,先予以分解,然后重新进行组合。这么做似乎微不足道(以至于让有的人觉得结构主义的研究"没有意义"、"没有兴味"、"没有用处"等等)。不过,从另一个角度来看,这个"微不足道"的东西却有决定性意义,因为在结构主义活动的两个客体之间,或者说两个时态之间,出现了新的东西,且这个新的东西绝不亚于那些可以理解的东西——模仿物是智慧加到客体上面的结果。这里的添加具有人类学方面的价值,因为自然赋予人的思维的,正是他自己、他的历史、他的处境、他的自由和他所受的阻力。

于是我们知道,为什么必须说是结构主义活动。创作或者思考在这里不是表现对世界的原始"印象",而是真实地塑造一个与原来的世界相似的世界——不是去复制它,而是让它能被人们理解。因而人们也许可以说,结构主义实质上是个模仿活动;下面这个问题也可以解释,即:为什么在作为

列维-斯特劳斯和结构形式

思想活动的结构主义和一般的艺术(具体来说是文学)之间,严格说来并没有技术上的差别——因为两者都由模仿而成,模仿的基础也不是内容方面的类似(譬如所谓的现实主义艺术那样),而是功能上的类似(列维-斯特劳斯称之为"同源关系")。当杜别依兹科依把语音客体重构为变量系统时,当杜梅日尔精心创立功能神话学时,当普洛普根据所有他事先分解过的斯拉夫故事的结构来编织民间故事时,当列维-斯特劳斯发现图腾想象有同源类似的功能时,当格朗戈发现经济思想的形式规律时,当加尔丹发现史前时期青铜器的相关特征时,当瑞恰慈把马拉美的一首诗分解为独特的震动节奏时,他们的所作所为,与蒙德里安、布莱或者布托等人在表现某个客体时的所作所为,没有一点不同①。蒙德里安等人的表达,准确地说是组合,是通过有选择地显示客体的某些组成单元,以及把这些单元联系起来。可供模仿的原客体由世界提供出来,不管它是以组合的形式(如在对一个已经形成的语言、社会或作品进行结构分析的情况下)还是以分散的形式(如在进行结构"组合"的情况下)提供出来,而且不管这个原客体是取自社会现实还是想象的现实,都无关紧要。界定是不是艺术,并不在于模仿物的性质(尽管这是一切现实主义都带有的顽固偏见),而在于人在重建它的时候有所添加:技巧才是一切创造的根本。因此,正是结构主义活动的目的与某个技巧之间联系得至为紧密,结构主义才得以存在,与分析或者创造的各种方式之间有着独特的区别:我们重新组合一个客体,是为了让它的某些功能显现出来;可以说,是方法构成了作品。这就是为什么我们必须说结构主义活动,而不说结构主义作品。

结构主义活动包括两个典型做法:分割和组合。把原客体(即模仿活动的对象)予以分割,是要从它里面找到某些能动的碎片,这些碎片所在的会产生差异的情境会产生一定的意义;碎片本身没有意义,但是它身上任何细微的变动都会引起整体的变化。蒙德里安的"方块"、波塞的"交替"、布托《机动车》中的"短诗"②、列维-斯特劳斯的"神话素"、语音学家著作里的音

---

① 杜别依兹科依(Nikolay Sergeyevich Troubetzkoy),1890—1938,布拉格结构主义主要人物;杜梅日尔(Georges Dumezil),1898—1986,法国语文学家,历史学家,尤以印欧神话研究著名;普洛普(Vladimir Iakovlevich Propp),1895—1970,俄国文学批评家;加尔丹(Jean-Claude Gardin),1917—2002,马拉美(Stéphane Mallarmé),1842—1898,法国诗人;法国历史学家;蒙德里安(Piet Mondrian),1872—1944,荷兰抽象派画家,布莱(Pierre Boulez),1925—   ,法国音乐家,指挥家;布托(Michel Marie François Butor),1926—   ,法国作家。
② 波塞(Henri Pousseur),1929—   ,比利时作曲家,早期以交替手法创作。

素、某些文学批评中的"主题",凡此种种,不管它们的内在结构如何,不管它们的程度在不同情况下会有什么不同,要是没有分界线,它们存在的意义不大——有的分界线把它们与其他话语的实际组成单元区别开来(不过这是个表达的问题),还有的分界线把它们与别的虚在的单元区别开来(分界线和虚拟的单元构成某个类别,语言学家称之为语言项)。很明显,只要我们想理解结构主义的观点,上述语言项观念至关重要。语言项是一些客体(或者说单元)的集合(集合越小越好),从这些集合里,人们用引用的方式提取他们想赋予实际意义的客体或单元。语言项客体的特征是:它与同处一类中的其他客体的关系有近似的地方,也有不同的地方——同一个语言项里的两个单元必须有所相同,从而使二者的区别之处明确地露出来:"s"和"z"必须有共同的特征(齿音)和不同的特征(一个发音响亮,一个不响亮),这样在法语里,我们就不会使"poisson"与"poison"有相同的意义;蒙德里安的方块必须在形状上相似,因为都是方块,但必须在大小和颜色上有所不同;我们必须永远用同样的方式来看待美国的汽车(如布托《机动车》里所写的),然而每次它们的样式和颜色又是不同的;(列维-斯特劳斯所分析的)俄狄浦斯神话中的情节必须既相同又相异,这样,所有的语言和所有的作品都容易理解了。因此,分割过程起先使模拟物

巴尔特的《恋人絮语》中译本,这部著作已经使明显跨出了结构主义

呈现出一派分散的状态,但结构中的各组成单元绝对不是一盘散沙:在它们被分割开,然后再组合拼接起来之前,各单元和它所属的虚在集合一起构成了一个智力有机体,该有机体受最小差别原则的制约——这是制约它的最高原则。

各组成单元一旦定位,结构人必须从这些单元中发现或者确立某些联系规律,它是紧接着提取活动后的表现活动。大家知道,艺术和话语的句法有着天壤之别。但是,通过每一个结构主义研究的作品,我们都发现它们服从于一定的常规。这些常规对形式的要求,说得过分点,远远没有稳定性那么重要。原因在于,模拟活动的第二阶段中出现的是某种反偶然性的斗争。这就是为什么限制着各单元重复出现的常规几乎有着开天辟地的意义:正是由于各单元以及各单元间的联合有规律的回归,一部作品才显出其构建的样子,也就是说,被赋予了意义。语言学把这些组合规则称为形式,不过"形式"这个词用得太多了,因此保留这个词的严格的意义大有好处:有人说

过,由于形式的存在,各单元的互相接近才不至于像是纯粹偶然的结果——艺术作品是人们好不容易从偶然中争取来的。这也许能让我们懂得,一方面,为什么所谓非抽象的作品却成了最高水平的艺术作品,因为人的思想的基础,不在于被模仿物和模仿物之间的相似,而在于组合物身上的规律性;另一方面,为什么那些相同的作品,在那些不能察觉其形式的人看来恰恰是偶然的,所以也是无用的。在一幅抽象画前面,赫鲁晓夫只看到骡子尾巴扫过画布的痕迹,这当然就不对了①。不过他至少以他的方式明白了艺术是对偶然性的某种征服(他只是忘记了:在运用抑或阐释某个规律之前,我们必须先掌握它。)

这样建立起来的模仿物不是按照它所见到的样子来表现世界,结构主义的重要性就在这里。首先,它体现了客体身上一个新的范畴,既不是真实的范畴,也不是理性的范畴,而是功能的范畴,这样一来,围绕信息理论和研究所发展起来的整个复杂的科学得以综合起来。然后的一点尤其重要,它突出强调了人赋予事物以意义这个严格的人为过程。这是什么新鲜的东西吗?一定程度上说,是。当然,世界从未停止过对意义的追寻——它得到的东西有什么意义,它产生的东西有什么意义。新就新在它的思维方式(或者说一种"诗学"),它不是要把它已经发现的意义完整地加到客体身上,而是要弄清意义是如何产生的,要付出什么样的代价,要借助什么样的手段。最终,我们可以说结构主义的目标不是让人被赋予意义,而是让人去制造意义。就好像详尽地解决了人类语义学目标的,不可能是意义的内容,而只是使意义(包括历史意义和偶然情况下的变数)得以产生的行为。制造意义的人——这就是从事结构主义研究的新人。

(胡保平 译)

关 键 词

活动(activity)
结构人(structural man)
模仿物(simulacrum)
分割/表现(dissection/articulation)

---

① 据说有一次赫鲁晓夫参观抽象派画展,按捺不住竟破口大骂:"这叫什么画,驴子用它的尾巴也可以画得更好"。他又把负责展览的恩斯特叫来臭训一顿。没想到恩斯特却对他说:"您不是艺术批评家,也不懂美学,您对美术作品一窍不通"。两人一番争执,但是赫鲁晓夫并没有生气,据说按照他生前的遗愿,由恩斯特为他刻写了墓碑。

会产生差异的情境(differential situation)
语言项(paradigm)
最小差别原则(principle of the smallest difference)
提取活动/表现活动(summoning activity/ articulation activity)
形式(form)

关 键 引 文

1. 区别"结构人"不是看他的思想或者语言,而是看他的想象,换句话说,就是看他在思维里体验结构的方式。结构人把真的东西拿出来,先予以分解,然后重新进行组合。这么做似乎微不足道……不过,从另一个角度来看,这个"微不足道"的东西却有决定性意义,因为在结构主义活动的两个客体之间,或者说两个时态之间,出现了新的东西,且这个新的东西绝不亚于那些可以理解的东西——模仿物是智慧加到客体上面的结果。

2. 界定是不是艺术,并不在于模仿物的性质(尽管这是一切现实主义都带有的顽固偏见),而在于人在重建它的时候有所添加:技巧才是一切创造的根本。因此,正是结构主义活动的目的与某个技巧之间联系得至为紧密,结构主义才得以存在,与分析或者创造的各种方式之间有着独特的区别:我们重新组合一个客体,是为了让它的某些功能显现出来;可以说,是方法构成了作品。这就是为什么我们必须说结构主义活动,而不说结构主义作品。

3. 语言学把这些组合规则称为形式,不过"形式"这个词用得太多了,因此保留这个词的严格的意义大有好处:有人说过,由于形式的存在,各单元的互相接近才不至于像是纯粹偶然的结果——艺术作品是人们好不容易从偶然中争取来的。

4. 最终,我们可以说结构主义的目标不是让人被赋予意义,而是让人去制造意义。就好像详尽地解决了人类语言学目标的,不可能是意义的内容,而只是使意义(包括历史意义和偶然情况下的变数)得以产生的行为。制造意义的人——这就是从事结构主义研究的新人。

讨 论 题

1. 巴尔特对结构主义的定义是什么?为什么对巴尔特来说,结构主义是一种"活动",而不是一种"理论"?

2. 在哪些方面巴尔特力图超越索绪尔和列维-斯特劳斯那种刻板的结构

主义？为什么他要这么做？

3. 讨论两种"典型的结构主义活动"：分割和表现。

4. 巴尔特笔下的"形式"是什么？结构主义的"形式"和形式主义的"形式"有何不同？"结构人"是谁？为什么巴尔特一再强调这个"新人"？"界定是不是艺术，并不在于模仿物的性质……而在于人在重建它的时候有所添加：技巧才是一切创造的根本。"这句出自巴尔特的话和俄苏形式主义有什么区别？

5. 本文发表于1968年，这一年是巴黎学生运动爆发的一年，也是解构主义开始崭露头角的一年。在本文中你能找出巴尔特反叛或者解构主义倾向吗？例如："我们可以说结构主义的目标不是让人被赋予意义，而是让人去制造意义。"

诗学的定义（托多洛夫）

茨威坦·托多洛夫（1939— ）是保加利亚裔法国批评家，法国结构主义的代表人物之一。托多洛夫曾在索菲亚大学研习斯拉夫语言文学（1961），并在罗兰·巴尔特的指导下完成了博士论文（1970）。他的著作基本上以普洛普、巴赫金、列维-斯特劳斯以及后来的巴尔特、德里达等人的诗学为基础。但是，托多洛夫坚持认为：诗学的真正主题不是"阐释"作品的意义，而是文学话语中内在的诸结构。"也就是说，诗学关注的是说明文学性的本质，而不是文学文本的意义。"在下面这篇早年发表的文章（1973）中，他表达了上述的结构主义/形式主义立场：真正的诗学研究的是由语言创造出来的内在系统——一套复杂的符号系统。

要理解什么是诗学，我们必须先从总体上弄清楚文学研究的状况——所以必然显得有点简单化。不过也没有必要去描述实际的派别和倾向，只要说明它们就几个基本问题持什么样的观点就够了。

首先需要区分两种态度：一种认为，把文学文本本身当作认识对象就已足够了，另一种认为，每一个文学文本都是某个抽象结构的表现。（这里我忽略了传记研究和新闻作品，因为前者不属文学而后者不是"研究"）我们会发现，这两种选择并不矛盾；甚至可以说，它们构成必要的互相补充。然而，由于侧重点可此可彼，因而可以清楚地将两种倾向区分开来。

我们首先谈谈第一种态度，它把文学作品当作唯一的、最终的对象，以下我们把这种方法称为阐释。我们这里所指的阐释，有时候也叫注释、评注、文本说明、细读、分析，或者干脆就叫批评（把这些术语列到一起，并不是说它们之间不能区分开来,或者甚至没有对立的地方),按我们这里所赋予它的意义,其目的是说明所研究的文本的意义。这一目的决定了第一种态度所追求的理想——它的理想是让文本自身说话,或者说,要忠实于客体,忠实于他者,因此要抹杀主体,还要忠实于由客体引出的一切效果,这种效果产生的结果,就是永远不能得出作品的终极意义,只能发现作品的某个意义,而该意义受到历史和个人心理状况的制约。上述的理想和效果,在评论的历史延续中会有所调整,与人类的历史一起向前延伸。

实际上,要阐释一个作品,不管它是文学作品也好,不是也好,都需要把它暂时放开,需要把它投射到自身之外的某个地方,否则阐释就无法进行。或者确切点说,阐释任务可以完成,但是作品描述势必只是逐词重复作品本身。这样的描述因为与作品的形式非常切近,结果二者如出一辙。从某种意义上可以说,每一部作品的最佳描述就是作品本身……

法国批评家托多洛夫(1939—)

如果用阐释一词来概括第一种文学文本的分析方式的话,前面提到的第二种态度可以放到科学这一总体框架里看。用这样一个"普通的文学人士"不喜欢的词,我们不是指这类活动的精确度(这里的精确度必然是相对的),而是指分析者所采取的基本角度:他的目标不再是描述一个具体的作品,确定作品的意义,而是要确立具体文本生成的一般规律。

在第二种方法里面,我们还可以区分出几个不同的形式,它们乍一看似乎彼此各不相同。确实,这里既有心理学或者说心理分析角度研究,有社会学和人类学角度的研究,还有从哲学或者思想史角度所做的研究。所有这些研究都否定了文学作品的自足性质,把文学作品当成与心理或者社会甚至是"人类思维"等外在规律的表现。这些研究的宗旨是把作品移到被认为是最基本的领域,研究成了解码和翻译;既然文学作品是表现"什么东西"的,研究的目的就是通过诗的密码去找到这个"东西"。根据所求目标的不同性质——有哲学的、心理学的、社会学的,或者其他什么的,研究就放到这些话语中的一个(这些"学科"中的一个)里面,而其中每一个下面当然又有许多分支。这样的研究活动因为对象不再是具体的现象,而是现象所说明的(心理的、社会的等等)规律,所以是与科学相关的。

诗学要打破在文学研究领域中已然形成的阐释与科学的对立。诗学不同于阐释具体作品,因为它不去揭示意义,而是要认识制约作品产生的一般规律;但是又不同于心理学、社会学等等科学,它在文学内部寻求规律。因此,诗学是一种既"抽象"同时又"内在"的文学研究方法。

诗学的对象不是文学作品本身,它追问的是文学话语这种特殊话语的特征。所以,每一部作品被当作只不过是某个抽象、一般结构的表现形式,是该结构诸多可能的实现形式之一。因此,这一科学关注的不再是实际存在的文学,而是可能的文学;换句话说,它关注的是使文学现象得以与众不同的抽象特性——文学性。这一研究的目标不再是用简单的语言来解释意义,不是对具体文本做描述概括,而是要提出一套关于文学话语的结构和功能实现的理论。该理论能提供一系列可能的文学样式,从而现有的文学作品看起来就是一个个业已实现的具体例证。这样,就像心理批评和社会学批评所做的那样,作品要被投射到作品之外的某个东西上面,但是"作品之外的某个东西"不再是某种不同性质的结构,而就是文学话语自身的结构。具体文本只是个案,使我们可以描述文学的特性……

其实,本文原先是打算作为结构主义系列研究。这样就有了一个新的问题:结构主义与诗学之间是什么关系?这个问题很难回答——"结构主义"一词的意义有多复杂,回答该问题的难度就有多大。

从广义上看"结构主义"这个词,所有的诗学,而不仅仅是诗学的某一种形式,都具有结构性,因为诗学的对象不是经验现象(文学作品)的集合,而是某个抽象的结构(文学)。但是这样说来,在任何领域里采用科学的视角,就已经具有、也永远具有结构主义性质。

如果从另一个方面看,"结构主义"这个词表示的是若干前提的有限集合,且这个集合受历史制约,语言因此沦为用于交流的系统,又或者社会现象沦为符号的产物,如此说来,则诗学与结构主义没有什么特别的关系。我们甚至还可以说,文学现象乃至以之为对象的话语(诗学),其存在本身就与结构主义理论发展之初所提出的一些工具主义的语言观念相矛盾。

因此就有必要明确诗学和语言学之间的关系……文学,从这个词最强的意义上来说,是语言的产物。(马拉美说过:"书是字母的完全扩展……")因为这个原因,任何关于语言的知识对诗学研究者都是有益的。但是如果这样规定的话,诗学和语言学的结合就不如文学和语言的结合那样紧密,最终诗学和所有关于各种语言的科学的结合都不紧密。如今,恰如诗学不是唯一把文学作为研究对象的科学,语言学也不是唯一研究语言的科学(至少现在的情形是这样)。语言学研究的对象是一定类型的语言结构(如音位、语法和语意结构),那些由人类学、心理学或者"语言哲学"研究的结构则不包括在内。因此,诗学可以从所有这些科学中得到一些帮助,因为语言也是构成这些科学所研究的对象的一部分。与诗学关系最近的是另外一些研究话语的学科,即构成修辞学(从最宽泛的意义上理解,它是关于话语的一般科学)的诸学科。

  正是在这里,诗学加入到广泛的符号学研究,后者囊括了各种以符号为出发点的研究。

(胡保平　译)

关　键　词

诗学(poetics)

阐释(interpretation)

一般规律(general laws)

阐释/科学(interpretation/ science)

解码(decipherment)

实际存在的文学/可能的文学(actual literature/possible literature)

文学性(literariness)

工具主义(instrumentalism)

关　键　引　文

  1. 诗学要打破在文学研究领域中已然形成的阐释与科学的对立。诗学不同于阐释具体作品,因为它不去揭示意义,而是要认识制约作品产生的一般规律;但是又不同于心理学、社会学等等科学,它在文学内部寻求规律。因此,诗学是一种既"抽象"同时又"内在"的文学研究方法。

  2. 诗学的对象不是文学作品本身,它追问的是文学话语这种特殊话语的特征。所以,每一部作品被当作只不过是某个抽象、一般结构的表现形式,是该结构诸多可能的实现形式之一。因此,这一科学关注的不再是实际存在的文学,而是可能的文学;换句话说,它关注的是使文学现象得以与众不同的抽象特性——文学性。

  3. 但是这样说来,在任何领域里采用科学的视角,就已经具有、也永远具有结构主义性质。

  4. 文学现象乃至以之为对象的话语(诗学),其存在本身就与结构主义理论发展之初所提出的一些工具主义的语言观念相矛盾。

5. 但是如果这样规定的话，诗学和语言学的结合就不如文学和语言的结合那样紧密，最终诗学和所有关于各种语言的科学的结合都不紧密。

讨 论 题

1. 托多洛夫认为，真正的诗学应当接近于"科学"。他所谓的"科学"和俄苏形式主义、英美新批评、心理分析、神话原型批评所主张的"科学"有什么不同？

2. 托多洛夫的很多提法和形式主义很接近，但是又有所不同，如："实际上，要阐释一个作品，不管它是文学作品也好，不是也好，都需要把它暂时放开，需要把它投射到自身之外的某个地方，否则阐释就无法进行。"试评论。

3. 托多洛夫所谓的"意义"和"规则"指的是什么？他所说的"文学性"和俄苏形式主义的"文学性"一样吗？

4. 托多洛夫通过"诗学"观，一再说明它不等于封闭的语言学，试讨论。

阅 读 书 目

Barthes, R. "The Structuralist Activity," & "The Death of the Author." In Adams 1971

Berman, Art. From the New Criticism to Deconstruction, the Reception of Structuralism and Post-Structuralism. Urbana & Chicago: U of Illinois P, 1988

Caws, Peter. Structuralism, A Philosophy for the Human Sciences. New Jersey: Humanities P, 1990

de Saussure, F. Course in General Linguistics. Eds. Charles Bally etc. New York: McGraw-Hill book Company, 1966

Duffy, Jean. Structuralism: Theory and Practice. Glasgow: U of Glasgow French and German Publications, 1992

Gadgt, Francoise. Saussure and Contemporary Culture. Trans. Gregory Elliott. London: Hutchinson Radius, 1986

Hawkes, Terence. Structuralism and Semiotics. Berkeley & Los Angles: U of California P, 1977

Innes, Robert E. ed. Semiotics: An Introductory Anthology. Bloomington: Indiana UP, 1985

Jakobson, Roman. "The Metaphoric and Metonymic Poles." In Latimier, 1989

Lane, Michael ed. Structuralism, A Reader. London: Jonathan Cape Ltd., 1970

Lévi-Strauss, C. "The Structural Study of Myth." In Adams & Searle, 1992

Pettit, Philip. The Concept of Structuralism: A Critical Analysis. Gill and Macmillan, 1975

Robey, David ed. Structuralism: An Introduction. Oxford: Clarendon P, 1973

Scholes, Robert. Structuralism in Literature — An Introduction. New Haven & London: Yale UP,

1974

Sturrock, John. *Structuralism*. London: Paladin Grafton Books, 1986

Todorov, T. "Definition of Poetics." In Newton, 1988.

陈太胜:《结构主义批评在中国》,《社会科学研究》1999/4

段映虹:《作为文学批评家的托多罗夫——从结构主义到对话批评》,《外国文学评论》1997/4

高一虹:《沃尔夫假说的"言外行为"与"言后行为"》,《外语教学与研究》2000/5

克劳德·列维-施特劳斯:《结构人类学》,陆晓禾、黄锡光 等译。北京:文化艺术出版社,1989

李卫华:《试析索绪尔语言学对结构主义文论的影响》,《河北师范大学学报》2000/4

乔纳森·卡勒:《结构主义诗学》,盛宁译。北京:中国社会科学出版社,1991

热拉尔· 热奈特:《叙事话语 新叙事话语》,王文融译,北京:中国社会科学出版社,1990

王丽亚:《分歧与对话——后结构主义批评下的叙事学研究》,《外国文学评论》1999/4

尤文虎 王敏:《索绪尔的语符观对文学理论的影响》,《解放军外国语学院学报》2001/2

约翰·斯特罗克:《结构主义以来》,渠东等译。沈阳:辽宁教育出版社,1998

张秉文 黄晋凯:《结构主义文学批评论》,辽宁大学出版社,1987

第八单元 解构主义文学批评

通常认为,结构就是稳定,解构就是消解结构,就是颠覆,因此解构与结构水火不相容,相悖相克。这种看法既简单又天真。结构主义的确对结构持"空间"观,认为结构先于文本,其在场性毋庸置疑(Sturrock, 1986: 141)。但是结构主义内部对于结构的看法也不尽相同。有人指出,早期结构主义持"现实主义"态度,相信任何客体内部都客观地存在一个先在的对应结构,后期结构主义则采取"实用主义"态度:把结构看作为了说明和解释客观事实而建立的观念,避免讨论这个"结构"是否真的客观存在(Ehrmann 1970: 1)。其实后一种态度里已经孕育当代结构主义的第三种"态度"——解构主义,即把结构看作

清代任熊绘的老庄像,表现的就是无拘无束的精神和遨游仙境的脱俗风采

"虚拟"的存在。很难确定这第三种态度起于何时。列维-斯特劳斯在《神话的结构研究》中就把结构主义方法和科学"结论"相区别,而宁愿把它等同于"街头小贩"兜售的玩具的玩法。这里结构的客观性已经大打折扣。而巴特在谈论结构主义时念念不忘的是"突出强调人赋予事物以意义这个严格的人为过程",坚信"最终,我们可以说结构主义的目标不是让人被赋予意义,而是让人去制造意义"[①]。结构主义的客观性在这里已经变得十分主观了。对主观作用的突出其实在中西方哲学传统中早已存在。人类的解构思维源

[①] 列维-斯特劳斯和巴特的引文出处见本书第七单元。其实,现当代西方批评理论中的许多看似矛盾的观点内部已经存在相互融合,如新批评派的燕卜逊在《含混七型》中谈论各种"含混",与其说是突出文本,倒不如说是由含混引出读者的存在。参阅本书第二、六单元。

海德格尔的《存在与时间》

远流长,从古希腊哲人对时空的辩证表述里便可见一斑①,甚至中国古代的老庄、禅宗也如此。近代西方学人维科曾断言:"做人就意味着做结构主义者"②,意思是人类社会不存在任何先在的模式,完全是人类思维投射的结果,因为人类有强烈的认知欲望和非凡的建立结构的能力(Hawkes,1977: 15);但是维科在提出结构观念的同时也清楚地表明这个结构的主观性、人造性。即使在索绪尔那里,语言符号的任意性,产生意义的差异性,以及结构因素的关系性,这些都为结构本身的消解留下了可能。

海德格尔(Martin Heidegger)在二十世纪二十年代就对西方哲学里的某些传统观念进行了"解构"。西方形而上传统认为语言表达的主要形式是陈述性修辞,只有陈述(如科学语言)才能传达真理。受此影响,诗学传统也认为文学语言和科学语言的区别就是陈述的真伪,如俄苏形式主义认为诗歌语言的特征就是自指性(self-referentiality)③,英美新批评家瑞恰慈把构成诗歌的语言称为"准陈述",其文学性的强弱可以靠与日常语言交际功能的偏离程度来衡量。但是海德格尔认为,真理的源泉不在语言的陈述性,而在语言所要陈述的事物本身,因为在语言开始陈述之前,事物本身就已经被假设为先在。使用语言进行陈述只是揭示事物的手段之一,对形而上的事物,另一些话语手段比陈述还要有效,如行为、沉默以及文学描写。陈述性语言叙述业已存在的事物,而文学作品则创造想象的事物,所以它的揭示更加初始、直接,不能用一般的陈述标准来衡量(Heidegger,1951: 758—765)。

六十年代是法国思想界空前活跃的时代。此时西方的生活现实不能够再容忍结构主义的保守倾向,结构主义理论里隐含的自我颠覆性便得到突显,最终导致解构主义批评理论的滥觞。此时福柯、德律兹、巴特等都是人们熟悉的理论家,他们的学说里"解构"思维表露的非常明确,尽管他们并没有使用这个词。如巴特的阅读愉悦说、阅读式/写作式文本、互文性理论(intertextuality),都和当时欧美文论界的读者批评理论有相通之处,只是巴特

---

① 柏拉图时代,所谓的"诡辩家"很有影响,这些人对一切都持怀疑态度。如赫拉克利特(Heraclitus,公元前540—前470)认为一切都处于不断的流动之中,稳定只是幻觉。针对他的著名论断"人不能两次踏进同一条河流",他的学生Kratylos(据说是柏拉图的第一位老师)甚至说"人不能一次踏进同一条河流"。普罗泰戈拉(Protagoras,公元前490—前420)也提出著名命题"人是万物的尺度",宣扬人的主观能动作用。

② 《新科学》(1725)乃是维科意欲补充牛顿、伽利略,建立"人的物理学"并同时使人文研究科学化的努力。

③ 参阅本书第一单元《俄苏形式主义》。

所突出的"读者"是他的五大阅读代码的化身,其游戏性、不定性、随意性更大,解构意味也更浓,《S/Z》也是结构主义和解构主义的混合体(Duffy 1992: 63—64)。"解构主义"一词来自解构主义批评理论的创始人德里达,解构主义思想也主要出自德里达六十年代末七十年代初在法国出版的几部著作(1967年发表的《论书写》(Of Grammatology)、《语言与现象》(Speech and Phenomena)、《写作和差异》(Writing and Difference),以及1972年发表的《立场》(Positions)及《播撒》(Dissemination)等)。其实,德里达在

德里达的《论书写》

法国学界的名声没有福柯响,解构主义的影响也十分有限,主要归功于七十年代之后德里达主要著作在美国的英译①,使得美国学术界得以直接接触他的思想,解构主义也在美国风靡一时。

德里达1967年发表的三部著作奠定了解构主义的基础。他从质疑索绪尔结构主义理论的一些主要概念入手,层层剖析,逐渐进入对人们习以为常并且赖以安身立命的一些观念(如真理,上帝,权威,伦理道德等)进行解析,最后导致对整个西方两千多年形而上哲学传统的批判。德里达抓住索绪尔语言学的"差异"说,用解构主义哲学加以重新诠释,认为不仅语言符号与客观事物之间存在差异,而且语言符号本身的能指和所指也非索绪尔所说的相互对应关系。一个能指(如"cat")之所以能引出相关的概念,并不因为有一个和它固定对应的先在所指,而是因为它以发出一系列和它相连又相异的其他能指("cat"的意义在于它不同于"rat","rat"又不同于"mat"……)。换言之,一个能指所涵盖的(即所指)其实是无数与它有差异的其他能指,这些差异组成一个个意义的"痕迹"(traces),积淀在这个能指之中,使它具有无数潜在的歧义,造成意义的不断延宕变化②。既然语言符号所对应的所指实际上已经荡然无存,文本的明确意义实际上呈现漫无边际的"播撒"状态,结构主义赖以产生意义的深层结构也就不复存在了(Derrida, 1968: 385—390)。

---

① 《语言与现象》译于1973年,《写作和差异》译于1978年,《立场》《播撒》译于1981年,尤其是斯皮瓦克(Gayatri Spivak)1976年翻译的《论书写》及译者前言对美国理论界影响巨大(Leitch 1988: 267—268)。
② 德里达造出一个词汇"différance"。它来自于法文"difference",意思是"差别"(differ)加"延宕"(defer),德里达"以此表明新词具有更加主动的意味"(Caws, 1990: 161)。

郑敏先生论解构主义的著作

德里达要消解的当然不仅仅是结构主义,而是结构主义所代表的西方文化传统。他认为,这个传统的思维方式是预设一个"终极能指",由此出发设定一系列二元对立范畴(正确—谬误,精神—物质,主体—客体等等),其中的前一项对后一项占统治地位,形成西方文化特有的"逻各斯中心论"(logocentrism),作为意义自明的纯粹工具来维护思想的一致和纯洁。因此,结构主义才把能指归于感觉的、物质的、历时的,而把所指归于精神的、共时的。因此,以索绪尔为代表的结构主义思维和西方形而上逻辑观一样,都是巩固西方思想传统的工具,本身并不包含任何先在超验的意义(Derrida,1976:10—18)。德里达1966年在美国约翰斯-霍普金斯大学召开的一次结构主义学术研讨会("批评的语言与人的科学")上作了题为《结构、符号及人文话语中的游戏》的发言,对解构主义原理做了深入浅出的解释,被喻为解构大潮第一次"冲击美国海岸"(Howard,2005)。他指出,结构概念和西方哲学、科学、认知一样古老,其基本形式就是结构总需要一个中心的"在场"(presence),以限制结构内部由索绪尔所说的差异活动造成的不稳定(德里达称之为"自由游戏"),保证结构的平稳延续;但是这个"中心"虽然属于结构,却必须凌驾于结构内一切其他因素之上,不受结构运转规则的限制,否则就无法"统领"所有其他的结构因素。既然结构中心同时处于结构的内部和外部,其本身就不稳定,很快会因脱离结构因素而枯竭,造成结构的瓦解。

有人对结构主义和解构主义的宇宙观做了如下的比较①。

解构主义	结构主义
无绝对权威或中心	崇尚神或者逻各斯
无预定设计,不停变化	永恒不变,皆神与理性的预定设计
无序,轨迹运动	有序,真善美的运转
宇宙不可全知,无绝对真理	神全能全知,赐理性,人可用来掌握世界
歧异丛生,相互补充相互转换	二元对立
无等级的多元世界	一元主导下的等级多元世界

(郑敏 1997:61)

---

① 这样的总结自然很好,让人对双方的差异一目了然,唯一不足的就是用差异掩盖了双方内部深处的相通之处。

解构主义这套说法虽然力图打破西方传统中的"天"的结构（破先验玄学里的"永在"主题）和"人"的结构（破人的自我核心，"核心"只是人把自我感觉理性化而已①），但是必须指出，德里达并不是"彻底地反传统"，和当时的激进主义和无政府主义在本质上有很大区别。

> 所以结构唯有在其中心不断更新，使结构随之有自我改变的弹性时，才能在更新换代中延续下去。所谓无中心是指无那种以绝对权威自居的中心；所谓承认'结构性'功能是说一切事物总是在新结构不断诞生中进行生命的延长；所谓解构是说事物总是由于其盲从一个中心的权威，失去更新的弹性而自我解构。凡是结构必有中心，但其中心应当遵守结构的运动规律，不断发生更新的转变，所以'中心'实则应当是一系列的替补运动。（同上 56）

也就是说，德里达批判形而上传统，并不愿意以"一元消灭另一元"，重新陷入二元对立模式。他所主张的其实是一种多元主义，使结构成为一切因素的游戏场所，矛盾因素互补而非对抗。正是在这个意义上有人主张德里达不是"解构主义"（消解结构），而是"后结构主义"（补足改良结构）："作为思想家德里达把结构主义的洞见推到极至，把索绪尔《教程》中缺乏的东西予以补齐，即使德里达不得不先揭露这种缺乏"（Sturrock，1986: 163）②。

德里达的这个思想在《书写与歧异》中讨论"ellipsis"时可见一斑。"ellipsis"是拉丁文，法文为"ellipse"，是英文"ellipsis"（不完整）和"ellipse"（不完整的圆）的词根。德里达以此表示创新和传统的关系：任何新观念皆突破传统，又不断返回传统；经过"省略"的传统之圆不断被突破，已经不是初始状态的传统。它有如新旧圆的重叠，虽然是"圆的重复"，却相似而不相等："旧圆在时间的流动中逐渐失去前圆的完整，而成为不完整的圆的轨迹（ellipse）。因此在回归中新圆也不可能找到昔日的旧圆，更无法与之成为同心圆。这里德里达采取尼采的超人/悲剧精神，主张去除人们长期形成的心理感情惯势，破除对并不存在的中心所具有的幻觉，在多变的生存中保持快乐、无

---

① 这样的"揭露"（debunking）至少在十九世纪就已经开始：达尔文对人的进化的揭示，马克思对资本主义"文明"的剖析，以及弗洛伊德对人内心黑暗面的探究，都把文艺复兴到浪漫主义对人的崇拜颠倒了过来。

② 这里，很容易使人想起俄苏形式主义关于新旧形式/艺术手法的替换规律，因此倒是显露出以颠覆自居的解构主义和保守的形式主义的内在关联。参阅第一单元。

羁绊的精神状态"(郑敏,1997:58—61)。

德里达的解构思维无疑受到东方智慧的启发,当代评论家多次指出中国古代哲人也具备类似的"解构"思维①。也有人认为解构思维对当代"摇摆在迷信与砸烂传统之间"的国人也不无借鉴之处:当"'大国'的亢奋与东方的自卑交替出现在我们本世纪的民族心灵史上"时,解构主义或许能够帮助我们走出困境,达到某种"平衡的心态"(郑敏,1979:59)。

解构主义得以兴起,主要得力于美国学界对它的着迷。随着德里达著作英译本的陆续出现,以约翰斯-霍普金斯和耶鲁大学为中心,一批美国解构主义学者崭露头角,成为批评理论界的"明星"。随着米勒和德·曼(Paul de Man)七十年代初入盟耶鲁大学,其英文系一下云集了数位解构主义大家(另两位是布鲁姆[Harold Bloom]和哈特曼[Geoffrey Hartman]),人称耶鲁"四人帮",他们的弟子后来也青出于蓝而胜于蓝,包括现任教于哈佛大学英文系、德里达《播撒》一书的译者约翰逊(Barbara Johnson),使耶鲁大学英文系重现昔日新批评时代大家云集的辉煌。

耶鲁解构批评家保罗·德·曼(1919—1983)

美国解构批评希利斯·米勒

米勒五六十年代曾是美国日内瓦学派现象学批评理论的主将,七八十年代以解构主义闻名,至今仍然活跃在批评理论界(尽管他的兴趣早已经移往他处)。米勒主要对德里达的"差异论"感兴趣,尤其注重差异在语言中的表现;他吸收德·曼的"修辞"理论,把语言符号作为修辞手法(如隐喻),使之"语义变形而产生出让人眼花缭乱的效果"(Leitch,1988:275)。以《作为宿主的批评家》一文为例。有人批评解构主义文本阅读是"寄生式阅读",不仅强取豪夺,而且忘恩负义,最终折杀主人,犯下"弑君"之罪。密勒很欣赏这个比喻,因为它非常贴切和形象地说明了解构主义的根本。但是通过细致的"修辞学"分析,密勒进一步彻底颠覆了寄生/寄主这个二元对立项。他从印欧语系、法文、拉丁、中古英语、斯拉夫语等语言里"寄生"一词的"痕迹"追寻起,得出结论:两词词根均含近/远,同/异,内/外,主/仆,食客/食物之意于一身,相互包容相互依赖,实在无法确定到底

---

① 如台湾学者陈松全先生就讨论过庄子的语言观,认为庄子同样指出语言的指涉虚幻,阐释的不可穷尽,语言的词不达义,令古人对此多少有些无奈;同时需要提醒,庄子的语言观和德里达的有很多不同(1998:157—159)。

谁在"款待"谁,谁"食用"了谁,把"寄生"这个贴切的比喻所含的意义瓦解了①。当然,这种分析最终意在说明解构式文本阅读的合理性:

耶鲁解构批评家哈罗德·布鲁姆(1930—)

> 显而易见,任何诗歌依赖于它之前的诗歌或将之前的诗歌作为寄生物包容在身,所以具有寄生性,是另一种形式的宿主宿客永恒的颠倒往复。诗正如其他文本一样"不可阅读",如果"可以阅读"指的是有唯一确定不变阐释的阅读。实际上不论是"显然的"阅读还是"解构"式阅读都不是单义的。每种阅读的内部都含有自己的敌手,本身既是主也是客,解构式阅读含有显然的阅读,反之亦然(Mille,r 1977: 441—447)。

耶鲁解构批评家档弗里·哈特曼(1929—)

美国批评理论和法国理论的区别之一,就是注重实际文本分析,解构主义之所以会风靡美国大学,一个重要原因就是有助于和实际文本阅读相结合②。《新批评和解构主义:两种诗歌教学观》便是一例。作者认为,新批评和解构主义的区别是观念,而不是手法或方法:新批评认为文本中心,意义静态地汇集,各种矛盾最终得到消解;而解构主义则认为,文本中无数结构并存,相互颠覆,所以文本意义不断展示,没有最终结果(Debicki, 1985: 169—175)。文章以诗人萨利纳斯的一首无名短诗为例。新批评方法注重沙堆的拟人描写及这种描述中的暗喻形式,它使诗产生"张力",待张力消解之后诗歌便进入暗喻层。前半阕沙的流动性唤起一朝三暮四、见异思迁之女郎形象,读者渐忘沙堆而集中于此女子,被拉进"我"对爱情的悲哀中。因此此诗的"意义"就是时光瞬息万变,人生飘忽不定。如此解释虽然可行,但是却无法面对其他的一些诗歌成分,如沙子的比喻十分离奇,"我"对现实的感受过于异常,"我"一方面过于严肃,近乎浪漫情人般的悲天悯人,但与之相对应的原型意象(大海)却显得做作,使"我"的可信度大为降低,等等。这时新批评便很为难:真诚的悲哀实在无法和游戏人生相提并论,由此产生的张力也很难化解。那么这首诗的"意义"到底是什么呢?解构式阅读的起点正是这些可能的不和谐之处,但它并不会像新批评那样产生出新的"意义"来取代形式主

---

① 拉康对《窃信案》的分析和米勒的解构主义解读有异曲同工之处,见第四单元"精神分析批评"的综述部分。
② 这和新批评当年受欢迎的原因一样,也有批评家因此而指责文学解构主义是另一种形式的新批评,不仅阅读策略相似,也含有相同的形式主义倾向(文本中心)。

义早先的那个意义,留下的是意义的悬而未决,说明的是由这种意义"颠覆"所引出的"阅读的愉悦"。

把解构主义和形式主义挂起钩来,把消解意义的目的当成自娱自乐,这并非德里达的本意。他在六十年代提出解构主义的初衷倒不是为了阐释文学文本,而是要以此积极干预社会政治①。美国解构主义确实热衷于"积极干预",但是只限于文本的层面而已,因此批评家纷纷责备解构主义"虚伪",因为它旨在揭露各种唯心主义,自己却是鼓吹文本自足论的最大的唯心主义:"德里达所称的逻各斯中心论的最大讽刺在于,它的阐释(即解构主义)和逻各斯中心论一样张扬显赫,单调乏味,不自觉地参与编织系统。"理论如此,实践上也同样。福柯指责德里达"完全陷入文本之中"(使人想起詹明信批评形式主义陷入"语言的牢房"):"作为批评家,他(德里达)带着我们进入文本,却使我们难以从文本里走出来。超越文本轴标的主题与关怀,尤其是有关社会现实问题,社会结构,权力的主题与关怀,在这个曲高和寡的超级语言学框架里完全看不到"(Wolin, 1992: 200—203)。尽管如何使文本批判和文化现实有机地结合到一起一直是当代西方批评理论的头号难题,但是左派理论家们力主"世界、文本、批评家"要三位一体,"任何文字,如果不能和严肃的需求与使用哲学相结合,都是徒有虚名,玩世不恭"(Said 1981: 207),在这方面,德里达和解构主义的确有些心有余而力不足。

对解构主义最为猛烈的批判来自较为传统的批评理论,批评家怀特(Heyden White)撰文《当代批评理论的荒诞时刻》,批评矛头直指几乎所有后结构主义流派。"荒诞派"在这里指福柯,巴特,当然也包括德里达和哈特曼。怀特十分正确地指出,德里达以为自己的哲学是对结构主义的超越,殊不知却是对结构主义的彻底崇拜,成了它的俘虏:结构主义把文本看成文化的产物,而解构主义则把文化当作语言的产物。怀特对解构主义方法颇有疑虑,认为其"批评的整体轮廓模糊不清",关注范围缺乏界定,在研究课题或研究方法上都无视学科界限。"文学批评想怎么做就怎么做。本是循规蹈矩的科学根本无规可循,甚至都不能说它有自己的研究对象。"最使怀特耿耿于怀的,就是解构主义这种"奇谈怪论"对源远流长的西方批评传统造成的破坏②。德里达"攻击整个文学批评事业",编出令人眼花缭乱的符号游

---

① 德里达一直强调解构主义者必须持有并站稳立场,因为"解构……不中立,而是干预"(Derrida 1981: 93),尽管九十年代时过境迁之后,他对政治干预说又羞于承认。

② 同是耶鲁解构大家的哈罗德·布鲁姆在九十年代写出《西方正典》(*Western Canon*)一书,对二十世纪后半叶以解构思潮为代表的后学理论进行了激烈的批评,主张回归文学名著和文学传统,赛义德也对后学造成的"破坏"做出了同样的批评,考虑到九十年代的欧美社会,这样的"反思"就不足为奇了。

戏,使理解无法进行。阅读原本面对大众,属于大众行为;但是现在文本被符号化,语言被神秘化,阅读成为少数人的智力游戏和炒作的资本(White,1977:85—108)。

在解构主义时代,像怀特那样仍然坚持现代主义,坚持正统文学性的批评家其实并不多,因为西方后现代社会已经把产生这种批评理论的基础消解了①,怀特只是坚持到最后的少数人之一。对解构主义的批判最为有力的倒是马克思主义批评理论。伊格尔顿分析认为,后结构主义(包括解构主义)是1968年学潮的结果,是欣快加幻灭、释放加消散、狂欢加灾难的奇怪混合体。学者们无力打破现存社会权力结构,便转而怀疑、颠覆语言的结构,使用一种"局部的、扩展的、策略性的"斗争方式,因为这么做最安全。解构主义者们反对把他们的局部反抗联系成对垄断资本主义运作方式的总体理解,表面上是因为一旦如此,后结构主义也会变成压迫性的完整体系。实际上这是逃遁主义,不愿正视现实斗争,一谈真理就斥之为形而上,至多只是采用怀疑策略,实质是无力反抗当代资本主义这个最大的整体结构(Eagleton,1985:142—148)。

批评家海登·怀特
(1929—   )

以上对解构主义或德里达的批评有些不无道理,有些则出于误解。不容否认的是,解构思维对二十世纪下半叶西方人文思潮的发展起到极大的推动作用。德里达说过:"解构不是一种批评方法,批评方法是它的批判目标"。意思是解构主义所要颠覆的是一切大大小小的权威所做出的决定(批评方法)(Leitch,1983:261),这和自六十年代起西方社会的破神话潮流(debunking)完全一致。这也是解构主义"垂而不死"的原因②。今日的确已经没有多少人会继续热衷于谈论德里达,但是他们都清楚,他们所热衷的更加新潮的理论中,不可避免地带有德里达学说的痕迹,因为解构思维已经深入当代人文思潮之中,成为时下各种批评理论的一部分。

结构,符号,人文科学话语中的嬉戏(德里达)

雅克·德里达(1930—2004)是法国哲学家,其始创的解构主义批评理论二十世纪六十年代至八十年代对西方人文社会科学产生过极大的冲击,其影响至今仍然不

---

① 参阅第三单元詹明信对后现代社会的分析。
② 约翰逊承认有些人的说法,即解构主义早已"日薄西山",但奇怪的是,它不仅垂而不死,而且生气勃勃;原因就是解构主义是关于"死亡"的学说,包括它自己的死亡,而坦承随时会死亡的理论反而比那些总自称永远正确的理论更持久(Johnson,1994:17—19)。

衰。德里达早年就读并任教于巴黎高等师范学校,七十年代中期之后在美国耶鲁、康奈尔、加州等大学访学任教。他继承从尼采到海德格尔对西方形而上传统进行反思的传统,汲取弗洛伊德的心理分析学说,否定了意识的"在场性",并且借用索绪尔语言学批判唯心主义语言观。因此,他不仅"在文学批评和课堂教学中掀起了一场革命",而且在诸多方面对整个后结构主义思潮产生重大影响。下文是他1966年在约翰斯·霍普金斯大学召开的结构主义学术研讨会上的著名发言,在会议上引起轩然大波,对解构主义在美国乃至西方学术界的地位奠定了基础。

如果"事件"(event)这个蕴涵丰富的词不导向那种恰恰是结构思想、或结构主义思想所要消解或质疑的意义的话,那么也许可以说,在结构概念的历史发展中已经出现了某种可以称之为"事件"的事情。不过,还是权且先让我使用"事件"这一术语,虽然是小心翼翼地、加引号地使用。在这个意义上,这个所谓的"事件"外在看来是既断裂又重合的。

显而易见的是,结构的概念,甚至"结构"这个词与认知本身一样源远流长,也就是说,它与西方科学、西方哲学同样历史悠久,深深地根置于普通语言的土壤中。认知渗透到语言的最深处,又把西方科学、西方哲学归并到一起,用隐喻替换的方式使其成为自身的一部分。但是,直至我拟勾画并界定的事件发生之前,结构,更确切地说,结构的结构性,虽然早已有之,但一向被中性化或者说被归约化,而这一点乃是因为人们赋予了它一个中心,让它指向此在的一点,一个固定的起源。中心不仅是要引导、平衡和组织结构——事实上谁也无法想象一个无组织的结构,最重要的是,它要保证结构的组织原则对所谓的结构的自由嬉戏加以限制。毫无疑问,结构的中心通过引导和组织该结构的内在一致,使得结构成分在其总体形式内部得以自由嬉戏。即使在今天,没有中心的结构这一想法仍然是不可思议的。

但是,中心又将它自己开启、并使之成为可能的自由嬉戏闭合起来。作为中心,在这里一切内容、构成成分或者条件项的替换都不再可能。在中心点上,构成成分(当然也可能是结构中的结构)的置换或转化是被禁止的。至少这种置换一向是被阻断的(我有意用"阻断"这个词)。因此人们一向认为,按定义应该是独一无二的中心,便是在结构中既主宰结构而又逃避结构性的那种东西。关于结构的传统思想之所以认为中心既在结构之内、又在结构之外,就是这个道理。这一点貌似荒谬,实则有理。中心居于总体的中心,却不属于总体(不是总体的一部分),所以总体的中心还在别处。中心又不是中心。有中心的结构这一概念代表的是内在一致性,这是认知成为哲学或科学的先决条件,但这种内在一致只是包含矛盾的一致。而且,矛盾中的一致向来只表示人们强烈的愿望。所以,结构有中心这一概念,其实是建立在一个根本基础之上的自由嬉戏的概念,一种基于根本的静止和宽慰的肯定基础之上的自由嬉戏,其本身已经超越了自由嬉戏的范畴。有了这种肯定,人们就能克服焦虑,因为人们一卷入游戏,就会产生焦虑,担心陷入其中难以抽身,也就是一开始游戏就感到岌岌可危。从我们因此而称之为中心的基础出发(而且,因为中心既可在内又可在外,因而既可被称作起点,又可被称作终点;既可被称作元始,又可被称作终结),各种重复、替换、转化、以及置换总是从意义的历史——一段历史、一个阶段中引出,其起点总会以此在的形式显现,其终点总能从此在的形式中预觅。这也就是为什么人们会说,任何考古学的运动与任何末世学的运动一样,都参与了对结构的结构性的归约,因为他们总是试图从一个完整此在的基础上去构想结构,而这个完整此在却并不参与结构的自由嬉戏。

这样一来,结构概念的全部历史,在我所说的断裂发生之前,就必须被理解为一系列中心对中心的替换,是对中心环环相扣的逐次确定。在各个时代中心有规律地表现为不同的形式,取得不同的称谓。形而上学的历史,与整个西方史一样,也是这些隐喻和换喻生成的历史。其基本出发点,诸位原谅,为尽快进入主题我只好略去许多说明和解释等等,就是把存在确定为全部意义的此在。我们完全可以说明的是,所有与根本、原则、或与中心有关的称谓都标示着一种恒常的此在——理念、元始、终结、势能、实在(本质、存在、实质、主体)、真实、先验性、知觉,抑或良知、上帝、人类,凡此等等。

德国存在主义哲学家海德格尔(1889—1976)

在人们不得不开始思考或者说重复结构的结构性的时候,就发生了我称之为断裂的事件,亦即本文开篇就涉及的瓦解,而这也就是我之所以说这种瓦解在全部意义上就是重复的缘故。此后,在结构的构成和在确定对中心此在法则的取代和置换的意义过程中,人们必须思考这个似乎主宰着人们追寻中心的愿望的法则。不过,这种中心此在永远不可能是真正意义上的中心此在,后者总是早已通过替身被转移出局了。这个替身并不代替存在于它之前的任何东西。自此以后,人们或许有必要认为根本就没有中心,即不能认为中心以此在的形式存在,中心从来就没有自然的所在,它不是一个固定的所在,而只是一种功能,一种非所在,那里聚集了无数的替换符号,它们之间的相互置换有无穷的可能。在这一刻,语言开始向普式原则发难;在这一刻,由于中心或本原的缺失,一切都变成了话语——如果我们对这个词的含义有共同认识的话,也就是说,这一刻一切都变成了系统,其中心所指,即本原的或先验的所指,是永远不会绝对地出现于这个由差异构成的系统之外的。先验所指的缺失将含义的场域和游戏推向无限。

这种去中心化,这种关于结构的结构性的观念是从哪里又是如何产生的呢?把它的产生归因于某个事件、某派学说、或某位作者难免失之天真。这一进程是我们这个时代总体的一部分,但它的产生又先于我们时代,它的影响之前就已经开始。但如果让我指名道姓,追溯在话语中近乎明确提出这个激进观念的前辈作者,我将认为以下几位功不可没:尼采对形而上学、对存在与真理概念的批判,他用游戏、阐释和符号(无在场真理的符号)取代了这些概念;弗洛伊德对自我存在的批判,即他对意识、主体、自我认同,自我接近,自我控制的批判;更激进的是海德格尔对形而上学,对本体论神学,对把存在确定为此在的毁灭性批判。然而这些瓦解性的话语及类似批判都是在某种循环中进行的。这是一个独一无二的循环。它体现的是形而上学的历史与形而上学历史的瓦解之间的关系。撇开形而上学的概念去批判形而上学是没有意义的。没有任何语言,任何句法和词汇是存在于这种历史之外的;我们的每一个瓦解性命题,都会无一例外地滑入它寻求批判的形式、逻辑及暗含前提。这样的例子俯拾即来:批判在场的形而上学借助的就是符号的概念。但如前所示,有人会以为既然认定了先验所指或特别所指不存在,含义的场域和嬉戏无止境,就应该同样拒绝符号的概念甚至符号这个词本身,而这恰恰是不可能做到的。

(段方 译)

关 键 词

事件(event)

认知(épistème)

结构性(structurality)

中心(centre)

自由游戏(freeplay)

断裂(rupture)

形而上学(metaphysics)

存在（being）
此在（presence）
重复（repetition）
非所在（non-locus）
先验所指（transcendental signified）

关 键 引 文

1. 显而易见的是，结构的概念，甚至"结构"这个词与认知本身一样源远流长，也就是说，它与西方科学、西方哲学同样历史悠久，深深地根置于普通语言的土壤中。认知渗透到语言的最深处，又把西方科学、西方哲学归并到一起，用隐喻替换的方式使其成为自身的一部分。

2. 中心不仅是要引导、平衡、和组织结构——事实上谁也无法想象一个无组织的结构，最重要的是，它要保证结构的组织原则对所谓的结构的自由嬉戏加以限制。

3. 中心居于总体的中心，却不属于总体（不是总体的一部分），所以总体的中心还在别处。中心又不是中心。有中心的结构这一概念代表的是内在一致性，这是认知成为哲学或科学的先决条件，但这种内在一致只是包含矛盾的一致。而且，矛盾中的一致向来只表示人们强烈的愿望。所以，结构有中心这一概念，其实是建立在一个根本基础之上的自由嬉戏的概念，一种基于根本的静止和宽慰的肯定基础之上的自由嬉戏，其本身已经超越了自由嬉戏的范畴。有了这种肯定，人们就能克服焦虑，因为人们一卷入游戏，就会产生焦虑，担心陷入其中难以抽身，也就是一开始游戏就感到岌岌可危。

4. 形而上学的历史，与整个西方史一样，也是这些隐喻和换喻生成的历史。其基本出发点……就是把存在确定为全部意义的此在。我们完全可以说明的是，所有与根本、原则、或与中心有关的称谓都标示着一种恒常的此在——理念、元始、终结、势能、实在（本质、存在、实质、主体）、真实、先验性、知觉，抑或良知、上帝、人类，凡此等等。

5. 在这一刻，语言开始向普式原则发难；在这一刻，由于中心或本原的缺失，一切都变成了话语——如果我们对这个词的含义有共同认识的话，也就是说，这一刻一切都变成了系统，其中心所指，即本原的或先验的所指，是永远不会绝对地出现于这个由差异构成的系统之外的。先验所指的缺失将含义的场域和游戏推向无限。

讨 论 题

  1. 德里达在这里是如何消解结构主义语言观的？
  2. 结构中心的"消失"最终危及到"人类科学话语"的中心地位。这会引起什么样的后果？
  3. 德里达说："中心居于总体的中心，却不属于总体（不是总体的一部分），所以总体的中心还在别处"。所以，德里达并不是说没有中心，而是说有中心，只是这个中心在"整体"之外的某个地方，可见不可及。这样的中心还有"控制"整体的能力吗？
  4. 德里达所处的困境是什么？如果"撇开形而上学的概念去批判形而上学是没有意义的"，我们该怎样解决这个问题？

延异论（德里达）

  本文原来是雅克·德里达1968年所作的一篇演讲。也许正是因为"延异"这一术语才使德里达名声鹊起。延异的拉丁文是"differre"，而法语动词"différer"保留了原来差异和延迟的意义，但是名词"difference"却没有延缓（deferral）和延期（deferment）的意思。所以德里达创造了一个新词"différance"来集"时间和空间的差异"与一身。但是这一新词却不只是文字机巧。它引起了关于"在场"的哲学讨论，使西方形而上学的根源受到延异的挑战。

  为了谈论"différance"中的"a"我该做些什么？很显然的是这难以展示清楚。人们只能展示在某一个具体的时间能够在场的、明显的、可以显示的，把在场的表现出来，其真实性中包含的在场存在，是在场的真理或者在场的表现。现在如果"différance"是（我同时又划掉了"是"）使正在在场有可能得以展现，那么正在在场就永远不能这样被表现。它永远不会展现给此在，或者展现给任何人。它保留自己，不展示自己，它以惯常的方式在某一个精确的点上超越了真实性的秩序，但并不掩饰自己的存在，一种神秘的存在，存在于一种非知识的遮蔽处，或者是边界不确定的洞穴里（例如，在阉割的拓扑域里）。每一次展示它都会作为不出现而被展示为正在消失。它会使出现受到危险：即"不"出现。

  因此我经常不得不采取的迂回、词语和句法会跟否定神学很相似，甚至有时候达到了跟否定式神学难以区分的程度。我们已经不得不说延异不是，不存在，不是任何（有关）形式的在场的存在；我们会不得不解释那不是事物的万物；并说明它是既没有存在也没有本质。它不是来自于存在的任何类别,不管是在场或不在场。延异的这些如此这般被言说的方面,不是神学上的,甚至不在否定神学的最否定的序列上,后者总是致力于脱离超本质,超出本质和存在的确定的类别,也就是超出在场的类别,总是匆忙地说明上帝的存在不可能被断言,目的仅仅是承认他高高在上、难以想象、无法明言的存在方式。这样的进展此处不讨论,后面会逐步验证。"延异"不仅仅不能够简化为任何本体的或神学的——本体神学的重塑,而是一个空间的开放,其中本体神学——哲学会产生自己的体系和自己的历史,它包括本体神学,书写本体神学并超越之,永不回头。

首先,我会说,"延异"既不是一个词语也不是一个概念,它即使不是用来把握我们这个"时代"最不能简化的东西的最合适的策略,也是思考这个东西的最合适的策略,这里所说的思想指的是与把握结构局限处在一定必然关系中的东西。所以从策略上说,我从"我们"所在的位置和时间开始,尽管我的开端在哪里最终是无法论证的,因为只有在"延异"和其"历史"的基础上,我们才能声称"我们"是谁,在什么位置,也才知道一个"时代"的局限是什么。

尽管"延异"不是一个词语也不是一个概念,我们还是要尝试一种简单的大概的语义分析,这可能让我们得以窥见关键之所在。

我们知道动词 différer(拉丁语动词 differre)有两个看来很明显的意义①;举例来说,对于 Littré 它们是两个不同冠词的宾语。在这个意义上,拉丁语 differre 不仅仅是希腊语 diapherein 的翻译。把我们的话语和一个具体的语言联系起来,这种语言和另一种语言相比②,似乎不是很有哲学性,从根本上不如另一种语言具有哲学性,这一点对我们很重要。因为希腊语 diapherein 的意义分布并没有反映出拉丁语 differre 的两个主要意义中的一个,即行为的延迟,对某一行为的时间和力量的考虑,暗示一种精打细算,一种绕弯,一种延误,一种接替,一种保留,一种再现。这些概念我会用一个词语加以概括,这个词语我从没用过,但可以书写到这一个意义链中:拖延性。Différer 在这个意义上意味着时间上的延续,是有意无意地借助于一种绕弯子的方式,在时间上和空间上进行思考,停滞了"愿望"或"意愿"的实现或达到,它取消或调和本身效果的方式同样也引起这样的停滞。后面我们会了解,这种拖延性如何也是时间性和空间性,是

---

① 英语中,拉丁语 differre 的两个意义成为两个不同的词语:延迟 (defer) 和差异 (differ)。
② 两种语言指的是拉丁语和希腊语。

空间的时间性和时间的空间性,是时间和空间的"最初的构成",正如形而上学或者超验现象学所说的,而后者的语言正是在此遭到批评和替换的。

Différer 的另一个意义更常见,更容易辨认:即不同的、他者的、可以区别辨认的等等。在处理 differen(ts)(ds) 一词时,这个词的结尾可以是 ts 或 ds,不管这个他者是不同的他者还是排斥的或论争的他者,它是间隔,是距离,是空间,都必须在他者的因素中产生,必须在不断坚持重复中产生①。

现在 différence(有一个 e)不能指 différer(延续性)或 différends(争论)②。所以用 différance 来补充意义的损失,即经济学意义上的补充,因为 différance 可以同时表示包含的所有意义。这是个多义词,意义即在且不可简化,对我在这里的话语很有意义。当然这个词的多义性,像任何意义一样,必须遵从它所处的话语和它的语境;但是它又以某种方式延迟自己,或至少比其他的词更容易延迟,"a"直接来源于现在分词(différant),所以使我们接近动词 différer 所表示的动作。在此之前,它甚至还产生出异样事物的效果,或产生出 différence(有一个"e")③。按照经典的准则所形成的概念来说,"延异"指的是构成性的、生产性的和原始的因果关系,一种断裂和分割的过程,会产生或构成不同的事物或差异。但它使我们接近了 différer 具有的不确定性和主动性的核心,différance(有一个"a")中和了不定式带有的一般主动性,恰如法语中 mouvance 不仅只限于移动、移动自身或被移动一样。"共鸣"指的不仅仅只是共鸣的产生行为。我们必须考虑使用法语时,词尾处在主动和被动之间,并不确定。我们会了解那个被称为 différance 的词语所指的既非主动也非被动,而是宣称像一种或使我们想起一种中间语态,是说一种不是行为的行为,该行为不能被看作被动的或是某主体对客体的行为,或者以主动者和被动者的分类为基础,它既不基于也不接近于这些术语。至于中间语态,或是一种既非及物性又非不及物性,也许是哲学最初瓜分给主动语态和被动语态的,就这样以压制的方式构成了自身。

延异是拖延性,延异又是空间性,这两者如何结合起来呢?

---

① 德里达在此指出法语中两个发音相同的词 (differents, differends),意义都是 differre,意味着空间和他者,英语中常见的意义是"差异"。Les differents 指不同的事物;les différends 指意见的分歧、争议的起因,因此使用 allergy 一词(来自希腊语 allos,即他者)和"争论"一词。

② 但是 différence 不表示主动推迟的意思,不表示延迟(作为常见的用法,différance 在法语中就是这个意思),也不表示主动的意见分歧,或主动地不同于某人或某物。(但是"主动地"在此还不十分准确,德里达后面还要解释其原因。)问题是法语中没有一个词既是名词又是动词,没有表示这两个意义的动名词。

③ 这样的动名词通常是由动词的现在分词 different 构成。那么有意思的是,其名词 différance 就悬置在 different 的两个意义之间:延迟和差异。我们可以说它的内部或它本身既使差异延迟,又和延迟有差异。

既然我们已经说到了这一步,让我们就从符号和书写的问题开始。符号通常是代替事物自身和在场的事物,"事物"同样指意义或所指。符号在事物不在场的时候再现其在场。它代替在场的事物。当我们不能把握、不能表示一个事物的时候,不能陈述在场的和此在在场的事物的时候,当在场的事物不能被表现的时候,我们就利用符号,

德里达在南京大学讲学(2002)

我们就采取符号的绕弯方式来予以表现。我们采取或给出符号。我们用符号表示。在这个意义上,符号就是延迟的在场。不管我们关心的是口头或书面符号,是货币符号,是选举代表还是政治代表,符号之使用都会延迟我们面对事物本身、使之无法即时地成为我们的事物,延迟对它的消耗或使用、触摸、看见、直觉感应它的存在。我在描述并要说明的是传统意义上的符号结构,具有一切平凡的特点——意义作为拖延性之延异。这种结构预示了,使在场延迟的符号只有以它所要延迟的在场为基础才有可能存在,并向它要重现的被延迟了的在场靠近。根据这种传统符号学,符号代替事物本身是次要和暂时的:之所以次要是因为有原初的和消失了的在场,那是符号的本源;之所以暂时是因为符号在此意义上只是一种中介行动,指向最终的和迷失的在场。

为了了解替代品具有暂时次要性的这些特点,我们会把某种事物看作原初的延异。但原初如 archi-,telos,eskhaton 等的价值通常都指在场——ousa,parousia,我们就不再在这个意义上称其为原初的或最终的。因此为了考虑到符号的次要和暂时性这些特点,并与"原初"的延异形成对照,可能会有两种结果。

第一,我们就不能把延异包含到符号的概念中,符号通常指对在场的再现,而且处在一个(思想和语言的)体系中,该体系由在场掌握并且向在场靠拢。

第二,由此我们考虑到在场的权威性,或考虑到其简单的反面对称:不在场或缺失。所以我们质疑总是约束我们的局限性,它仍然约束着我们来形成存在的一般意义,因为我们处在语言或思想体系之内,即在场或不在场,分化为存在者或此在性(ousia)。我们可以说,我们重新面对的问题好像是海德格尔式的,"延异"好像也回到实体-本体论差异。请允许我就此打住。拖延性-时序性不能够从在场的视域内予以考察,而海德格尔在《存在与时间》中所说的时序性是存在问题的超验视域,必须从在场和现在的传统和形而上学支配下解放出来。我会仅仅指出,在上述的拖延性-时

序性和海德格尔的时序性之间,有一种谨慎的交流,尽管这种交流不是彻底的和很有必要的。

(吴文安　译)

关 键 词

延异(différance)
本体神学(ontotheology)
拖延性(temporization)
时序性(temporalization)
中间语态(middle voice)
既非及物又非不及物性(nontransitivity)
此在在场(being-present)
不在场/缺失(absence/lack)

关 键 引 文

1. 现在如果"différance"是(我同时又划掉了"是")使正在在场有可能得以展现,那么正在在场就永远不能这样被表现。它永远不会展现给此在,或者展现给任何人。它保留自己,不展示自己,它以惯常的方式在某一个精确的点上超越了真实性的秩序,但并不掩饰自己的存在,一种神秘的存在,存在于一种非知识的遮蔽处,或者是边界不确定的洞穴里(例如,在阉割的拓扑域里)。每一次展示它都会作为不出现而被展示为正在消失。它会使出现受到危险:即"不"出现。

2. 我们已经不得不说延异不是,不存在,不是任何(有关)形式的在场的存在;我们会不得不解释那不是事物的万物;并说明它是既没有存在也没有本质。它不是来自于存在的任何类别,不管是在场或不在场。……"延异"不仅仅不能够简化为任何本体的或神学的——本体神学的重塑,而是一个空间的开放,其中本体神学——哲学会产生自己的体系和自己的历史,它包括本体神学,书写本体神学并超越之,永不回头。

3. Différer 在这个意义上意味着时间上的延续,是有意无意地借助于一种绕弯子的方式,在时间上和空间上进行思考,停滞了"愿望"或"意愿"的实现或达到,它取消或调和本身效果的方式同样也引起这样的停滞。后面我们会了解,这种拖延性如何也是时间性和空间性,是空间的时间性和时间的空间性,是时间和空间的"最初的构成",正如形而上学或者超验现象学所说的,而后者的语言正是在此遭到批评和替换的。

4. 根据这种传统符号学,符号代替事物本身是次要和暂时的:之所以次要是因为有原初的和消失了的在场,那是符号的本源;之所以暂时是因为符号在此意义上只是一种中介行动,指向最终的和迷失的在场。

讨 论 题

1. 德里达是如何接受索绪尔语言差异说,并且把它推向极至的?
2. "延异"是怎么产生的?它对当代语言研究和文学批评的影响是什么?结合德里达上文中提出的一些观点,讨论"延异"说。
3. 德里达强调,"延异"观揭示的不仅是现存差异系统的状态,而且还揭示"延异"主动参与制造差异。这一点有什么意义?
4. 德里达已经感觉到延异说有其不可克服的内在矛盾。这个矛盾是什么?他是如何自圆其说的?他说的有道理吗?

作为寄主的批评家(米勒)

J·希利斯·米勒(1928—)就读于哈佛大学,任教于耶鲁、约翰斯·霍普金斯、加州等大学,是所谓的"耶鲁解构学派"的主要成员,以向美国学术界译介欧陆(主要是法国)哲学及他自己独特的解构主义研究而闻名。米勒认为,"文学批评中最重要的是引文以及批评家对这些引文的见解"。《作为寄主的批评家》(1977)就是这种思想的典型实践,揭示出一切文本无法避免的实质:"暗暗地依赖于矛盾修辞,对没有名称的事物进行比喻性指称"。文本对矛盾修辞的依赖消解了其自身基于理性想达到的和谐,因为一切比喻手法把互不相关的范畴强行联系到一起,因此"瓦解了理性思维赖以起作用的矛盾原则和与其相连的二元对立体系"。

在《文化史中的推理与想象》一文里,M.H.阿布拉姆斯引证了韦恩·布思的断言[①]:对于某一部作品作"解构主义"的解读,"说白了就是要寄生"于"明

---

① 阿布拉姆斯(Meyer Howard Abrams),1912—,美国文学理论家,以研究英国浪漫主义文学著名;布思(Wayne Booth),1921— ,美国文学理论家,代表作有《小说修辞学》(*The Rhetoric of Fictioin*,1961)。

显的或单义性解读"之上。这后半句话是阿布拉姆斯说的,前半句是布思说的。我对引文的引证可用来说明我在本文中将要探讨的话题。一篇批评文章对某个"段落"加以摘引说明什么问题?这与诗歌中的引述、摹写、典故又有什么不同?引文在主文本里是异己的寄生者,还是恰恰相反,阐释性文本本身就是寄生者,它包围并扼杀作为寄主的引文?寄主滋养寄生者,使它得以生存,但同时又为其所害,正如常言所谓批评扼杀文学。抑或寄主和寄生者能够和平共处于同一文本的住宅之内并相依为命?

阿布拉姆斯于是又接着上面的引证给了一个"更加激进的回答":如果真要把"解构主义原则"当回事的话,那"任何依赖书写文本的历史都将成为不可能"。他这种说法,就让我们姑妄信之吧,虽然算不上是什么论证。关于历史或文学史的某种看法,犹如某种相信文本有确定解读的看法一样,也许的确会变为不可能;可如果事实果真如此的话,那知道这一点更好,用不着再自欺欺人或被别人欺骗。抑或如此,或不如此。但是,阐释领域内存在某种可证明的不可能之事,并不妨碍人们仍然从事阐释,大量的各种各样的历史、文学史以及阐释读解的存在便是明证。另一方面,我却又同意"解读的不可能性无论如何认真对待都不为过",因为不仅人类的个体生命,而且人类整个文化生命组织里都刻录并吸纳了解读,所以解读的危机具有生死攸关的重大影响。

康奈尔英语系同事们在为阿布拉姆庆贺九十岁寿辰(2002)

"寄生性"一词很值得玩味。它让人把"明显或单义性的解读"想象为一棵挺拔壮硕的橡树或梣木,扎根于坚实的泥土,却因心怀叵测的常春藤(英语抑或毒药)包围缠绕而危在旦夕。这种常春藤似乎是阴性的、从属的、缺失的、或者说是依附性的。它是一种攀附其他植物的藤类,赖以生存的唯一方式是汲取其寄主的养分,遮蔽其阳光和空气。由此我联想到萨克雷《名利场》的结尾:"愿上帝保佑您,诚实的威廉——再见吧,亲爱的爱米丽亚——温柔的小寄生草,紧绕着您攀附的那棵斑斑老树,再度焕发出你的青春吧!"哈代的《常春藤夫人》大意也是如此。下面是结尾的两个诗节:

> 带着新的热情我攀上一株梣木
> 对我的爱情他毫不怀疑
> 攀缘中我用温柔的绿色指爪
> 扼住他,缚住他

这就是我的爱情,哈哈!

有了他的力量和挺拔
却没有他来争霸
得意中我不知身后的潦倒
被缠绕的他枝残叶破,心力交瘁
随着他的倒下我也轰然倒下。

  这些以家庭生活为主题的伤心故事却把寄生者,异己者,怪异者引进了封闭的家庭组织,把"Unheimlich"引入"Heimlich"①,无疑能够恰如其分地道出某些人对于"解构主义"阐释与"明显或单义性解读"之间关系的感受。寄生物总是葬送寄主,这个异己闯入家门,也许是要杀害这家的主人,其行为看起来不像弑父,事实上却是如此。那么,"明显的"解读就真的那么"明显",或者说就真的是"单义"的吗?难道它就不可能是因与寄主关系密切而不被视为外人的那个不可揣度的异己?难道它就一定是热情好客、乐善好施的主人,而不会是鸠占鹊巢的敌人?明显的解读难道就不可能是多义的而只是单义的吗?其多义性正是因为它使自己看上去如此熟悉,所以有资本让人理所当然地把它看作是"明显的"、单义的?

  "寄生者"是一个很容易让人联想到其对立面的词。没有对应词它本身也就没有意义。没有寄主便没有寄生。与此同时,这个词及其对应词都进一步分化,各自的存在表明它们本身业已经过内部的分裂,和 Unheimlich,unheimlich 一样是典型的双重对偶词。带 para 的词和带 "ana" 的词一样,都具有这种内在属性、能力或倾向。在英语中 "para"(有时作 par)作为前缀表示沿着、在附近、在旁侧、一边、远于、不正确、有害于、不利于、在其中。带 para 的词是印欧语系中带 per 词根的一部分词汇,这部分词汇扑朔迷离犹如迷宫。per 作为"前置词和前动词的词根,基本意思是'向前'或'经过',引申意义有'在……前面'、'在……之前'、'早的'、'初次的'、'首要的'、'朝着'、'与……相反'、'靠近'、'在'、'在…周围'"。

  上面我说带"para"的词是带"per"的词汇迷宫中的一部分,其实带"para"的词本身也是一个小型迷宫。"para"是一个神秘的双重性对立前缀,同时包含近和远、同和异、内和外的意思。它可指某种既属于家庭组织内部同时又超越家庭

---

① 德文 Unheimlich 和 Heimlich 的词根是 "Heim"(家),意思是把他人带入家里,使圈外进入圈内,使公开渗入秘密。

范围之外的事物,某种既在界内又在界外的事物,也可指既平等又从属或依附、驯服的关系,如宾主之间、主仆之间的关系等。而且,以"para"表示的事物不仅同时居于界线的内外两侧,它本身就是界线,亦即一种联系内外的可渗透的薄膜状的屏障。它使内外彼此混淆,让在外的得以入内,让在内的得以出外,既分为二又因其过渡的含混性而合二为一。虽然由"para"构成的某个特定的词看来只能选取上述可能的多项词义中的一项单义,但其他各种含义却总如点点星火闪烁在这个词里,使它不肯老老实实地呆在句子中间。句里所有单词都如家中老友和睦相处,而它却是不甚合群的外客。由"para"构成的词包括:"parachute"(降落伞)、"paradigm"(范例)、"parasol"(阳伞)、法语词"paravent"(挡风玻璃)和"parapluie"(雨伞)、"paragon"(完美之物)、"paradox"(悖论)、"parapet"(胸墙)、"parataxis"(不用连词的排比)、"parapraxis"(动作倒错)、"parabasis"(古希腊喜剧合唱队领唱的独白)、"paraphrase"(释意)、"paragraph"(段落)、"paraph"(签名后的花笔)、"paralysis"(瘫痪)、"paranoia"(偏执狂)、"paraphernalia"(设备)、"parallel"(平行的)、"parallax"(视差)、"parameter"(参数)、"parable"(寓言)、"paresthesia"(感觉异常)、"paramnesia"(记忆错误)、"paregoric"(止痛剂)、"parergon"(副业)、"paramorph"(同质异晶体)、"paramecium"(草履虫)、"paraclete"(圣灵)、"paramedical"(护理人员的)、"paralegal"(近乎合法的)——以及"parasite"(寄生物)。

"Parasite"一词来自希腊语"parasitos",从词源来讲意思是"在粮食的旁边":para(此处作"在……旁边"解)加上sitos(谷物,食品)。"Sitology"(饮食学)是关于食品、营养和膳食的科学。起初"Parasite"是个正面人物,是一位亲密来客,同你坐在一起共同分享旁边的食物。后来"parasite"逐渐有了职业食客的含义,指专吃白食却从不回请的人。由此衍变出它在现代英语中的两种主要含义,即生物学和社会学方面的含义。一是"依赖于或是栖居于不同有机体之内生长,汲取营养,取得庇护而与此同时对其寄主生存没有任何裨益的有机物";二是"一个精于利用他人的慷慨大方而从不作任何有益回报的人"。不管从上面哪一层意思来讲,把一种批评称为"寄生性的",措辞都是够严厉的。

"寄生物"这个词中隐含着一个奇异的思想体系,语言体系或者说是社会组织体系(其实是三者兼有)。没有寄主就不存在寄生者。寄主和有点不怀好意或者说颠覆性的寄生者都是食物旁共桌而食的食客。另一方面,寄主本身也是食物,因为他的东西被无偿地耗尽,正是常言所谓的"他把我吃得倾家荡产"。这样一来,寄主就可能变成从词源方面讲毫无联系的另外一种意义上的主人。不消说,"Host"(圣体)一词也是供圣餐时食用的面包或圣饼的名称,由中古英语"oste"、古法语"oiste"、拉丁语"hostia"演变而来,意为祭品、牺牲品。

如果说寄主既是食客又是食品的话,那么他自身也包含着主客两方的双重对立关系:作为客人,他有友好存在和异己入侵的两重意义。"主"(host)和"客"(guest)二词实际上也可追溯到同一词根:"ghost ti",意即陌生人、客人、主人,严格地说就是"人们与之负有友好往来义务的人"。现代英语"host"的这种转义来自中古英语的"(h)oste",来自古法语中表示主人和客人的词,还有拉丁语中的"hospes"(词干是 hospit),意即客人、主人、陌生人。拉丁语中的"pes"和"pit",还有现代英语中的"hospital"或"hospitality"源出另一个词根"pot",意即"主人"。"ghos-pot"这个复合或双枝词根原意为"客人的主人",一个"象征友好往来关系"的人。斯拉夫语的

"gospodic"一词指的就是"大人"、"长官"、"老爷"。另一方面,"guest"(客人)出自中世纪英语的"gest",古挪威语的"gestr"和"ghos-ti",它们与"host"(主人)的词根是一样的。主人是主人。"host"(主人)这个词的自身就包含了款待客人的主人与接受款待的客人之间的关系,也就是寄主与寄生者之间在同桌共食这个意义上的关系。此外,具有客人含义的主人既是家中的友好访客,又是把这个家变作饭店,变作一个不具感情色彩的地方的异己存在。也许可以说他是一大群来犯敌军的探子(拉丁词根"hostis"有"陌生人"、"敌人"的含义),前脚踏进门槛,后脚就招来一群不怀好意的陌生人,而竟然还受到我们自己的主人的迎接,好像他是万众之主的基督教的神一般。这种奇特的对立关系不独存在于寄主和寄生者、主人和客人这两对词所代表的系统里,同样也存在于每个词自身之内。在分辨出对立项后它又在对立的两极里重新组合自身,颠覆或说瓦解看起来很明确的两极关系,而后者正是适用于系统思维的概念性程式。每一个词自身都被"para"的奇特逻辑所分裂,后者是一种薄膜,既分隔内外,又结合内外,或者说它能形成渗透性混合,使生人为友,变远为近,变异为同,使"Unheimlich"成为"heimlich",使家常事物变作舒适之物,同时却依旧陌生、遥远、相异,尽管保留着如此多的相近乃至相似。

这一切与诗歌以及诗歌解读又有什么关系呢?我想以此为例来说明解构主义的阐释方法。当然,这里涉及的不是诗歌文本,而是某篇批评文章被引述的片断,其中包含引自他人的一段引文,就像寄主身上的寄生者一样。这里采用的"例证"只是一个"碎片",就像用分析化学手段来测试试管中某

米勒(后)与詹明信(前)在郑州访问(2004)

种物质的少量取样一样：从只言片语出发，洞微烛幽，尽量发挥延伸出去，扩展到一个又一个的语境，进而把整个印欧语系中各语种，其文学和思想观念，以及与我们家庭结构、礼节往来有关的社会各方面的变革，统统作为这些片言只语的必要背景包括进来——这一切隐含的都是我争论的要旨，为了论证一个问题，那就是看似明显而单义的语言其实既丰富多义又复杂。文学语言如此，文学批评的语言也是如此。本文关于"寄生物"的讨论还有一层含义，即复杂和丰富多义在一定程度上寓于如下事实：即概念性表述一定含有比喻；概念与比喻之间的纠结一定含有故事、叙事或神话，这里指家中来了异己来客这种说法。解构要探讨的就是比喻、概念和叙述的纠葛和渗透背后的含义。所以说解构是一门修辞学。

此外，我还打算用这个关于解构方法的小例子来说明(虽然不足以说明)解构过程中最关键的是要让语言尽量发展，或者说要随着文本一起走到极至，这当然有些夸张，有些言过其实，却是解构主要的一个做法。我们可以拿华莱士·斯蒂文森的诗句来做解构的格言①，他认为文字的樊笼虽然封闭，内里充满痛楚和失落，却可以滋生欢乐，孕育发展："天生穷困的人们，饱尝厄运的孩子／语言的欢乐是我们的救星"。最后，我这个小例子表达的还是一种示范。它典型地说明了批评家与批评家之间的关系，说明了批评家本人语言的内在矛盾，说明了批评文本与诗歌文本的不对等关系，说明了单个文学文本的内在矛盾，还说明了单个诗歌作品与文学史上早期作品半遮半掩的联系。

说对诗歌"解构性"的阅读是"寄生"于"明显的或单义性解读"，这是不自觉地进入寄生的奇异逻辑，甚至不由自主地把单义变成了多义，因为寄生的法则就是：语言不是人手中的工具，不是一个驯服的思维手段。如果人放手的话，语言将思考人及人的世界，包括思考诗歌。正如马丁·海德格尔在《建造思想的家园》一文中所言："只要我们尊重语言的本性，它就会告诉我们事物的本性。"

(段方　译)

---

① 斯蒂文森(Wallace Stevens 1879—1955)，美国诗人。

关　键　词

寄主/寄生者（host/parasite）
确定解读（determinable reading）
单义性解读（univocal reading）
多义性解读（equivocal reading）
双重对偶词（double antithetical word）
内/外（interiority/exteriority）
界线（boundary）
渗透性混合（osmotic mixing）
概念性表述（conceptual expression）
修辞学（rhetorical discipline）

关　键　引　文

1. 关于历史或文学史的某种看法，犹如某种相信文本有确定解读的看法一样，也许的确会变为不可能；可如果事实果真如此的话，那知道这一点更好，用不着再自欺欺人或被别人欺骗。

2. 寄生物总是葬送寄主，这个异己闯入家门，也许是要杀害这家的主人，其行为看起来不像弑父，事实上却是如此。那么，"明显的"解读就真的那么"明显"，或者说就真的是"单义"的吗？难道它就不可能是因与寄主关系密切而不被视为外人的那个不可揣度的异己？难道它就一定是热情好客、乐善好施的主人，而不会是鸠占鹊巢的敌人？明显的解读难道就不可能是多义的而只是单义的吗？其多义性正是因为它使自己看上去如此熟悉，所以有资本让人理所当然地把它看作是"明显的"、单义的？

3. 主人是主人。"host"（主人）这个词的自身就包含了款待客人的主人与接受款待的客人之间的关系，也就是寄主与寄生者之间在同桌共食这个意义上的关系。此外，具有客人含义的主人既是家中的友好访客，又是把这个家变作饭店，变作一个不具感情色彩的地方的异己存在。也许可以说他是一大群来犯敌军的探子（拉丁词根"hostis"有"陌生人"、"敌人"的含义），前脚踏进门槛，后脚就招来一群不怀好意的陌生人，而竟然还受到我们自己的主人的迎接，好像他是万众之主的基督教的神一般。

4. 这里采用的"例证"只是一个"碎片"，就像用分析化学手段来测试试管中某种物质的少量取样一样:从只言片语出发,洞微烛幽,尽量发挥延伸出去,扩展到一个又一个的语境,进而把整个印欧语系中各语种,其文学和思想观念,以及与我们家庭结构、礼节往来有关的社会各方面的变革,统统作为这些片言只语的必要背景包括进来——这一切隐含的都是我争论的要旨……

5. 概念性表述一定含有比喻;概念与比喻之间的纠结一定含有故事、叙事或神话——这里指家中来了异己来客这种说法。解构要探讨的就是比喻、概念和叙述的纠葛和渗透背后的含义。所以说解构是一门修辞学。

6. 说对诗歌"解构性"的阅读是"寄生"于"明显的或单义性解读",这是不自觉地进入寄生的奇异逻辑,甚至不由自主地把单义变成了多义,因为寄生的法则就是:语言不是人手中的工具,不是一个驯服的思维手段。

讨 论 题

1. 米勒是如何使用自相矛盾法进行解构活动的?他使用的是什么解构主义原理?

2. 米勒在什么意义上"在逻各斯中心论最活跃的地方检测其起作用的限度,并使其转向自己的对立面,以此来消解它"?

3. 解构主义一种典型的文本阅读策略就是:在文本中发现明显的"边缘"空间,这些空间常常体现在某个关键词语或一组同源词语中,然后把这些词语孤立起来,放入形而上传统中,突出其语义的模糊性和矛盾性,揭示传统阐释中的"压制"行为,从而颠覆文本的连贯性和达意性。米勒使用的方法也是如此吗?讨论。

4. 米勒和德·曼都是修辞学好手,讲究修辞性也是耶鲁结构学派的一个标志,这和德里达的解构主义有什么异同?

新批评与解构:诗歌教学中的两种态度(德比基)

安德鲁·P.德比基(1934—2005)是堪萨斯大学西班牙葡萄牙语讲座教授,研究二十世纪拉美诗歌,曾任研究生院院长和副校长,1999年获现代语言学会颁发的优秀教师奖。解构主义批评理论(尤其是德里达的早期著作)比较难读,但是和英美新批评一样,解构理论在美国大学课堂上却很受欢迎,一个主要原因就是它采用细读文本的方法,很和美国人的口味。下文是解构理论用于文本阐释的实例,说明解构主义理论与文学阅读和文本理解的关系。当然,大部分解构主义批评实践要复杂得多。

新批评评论家和解构评论家观念有差异,因此会在批评实践中提出不同的问题,寻求不同的目标。解构评论家不相信有可能获得确定的意义,因而总是小心翼翼地探求各种可能的解读;他们倾向于把文本当作可以颠覆的开放的符号体系,阅读时总是发掘新的解读,关注文本的各部分是如何彼此修正乃至相互消解。他们不急于发现意义,不急于下结论,而是认为每一种解释都有可能走向其自身的反面。如格里弗利·哈特曼所言①,解构评论家认为文本本来就是不断展开的。

让我们看看新批评评论家和解构评论家是如何具体评论下面这首诗的,这样我上面的论述对于文本分析,尤其是教学的意义便会一目了然。佩德罗·塞里纳斯这首无名诗②,多年以前我曾经分析过,近期又对受解构思想影响的学生再次讲授过:

西班牙诗人塞里纳斯

流沙:今日海滩安卧
明日大海亲昵
今日是阳光的宠儿,明日是海水的至爱
手儿轻轻一伸
你便委身
求欢的风儿一出现
你便追随
无邪又无行的流沙
你富于变幻,遭人爱怜
我多么希望能拥有你
把你紧紧地靠在胸膛,贴在灵魂
可你总是逃逸,随浪,随风,随阳光
而我失去所爱,只有茕茕孑立
面对那夺走了她的风
怅望那掠去了她的远方的海
那碧蓝的海水,青涩的爱恋。

我对该诗最初的评论基本上是按新批评的路子写的,主要是探讨流沙/恋人这一新颖的比拟及其玄学意义。诗歌前半部分具体描写流沙是如何地难以把握(手抓不住,总是随风而逝,由海滩没入大海),让人想起卖弄风情

---

① 哈特曼(Geoffrey H. Hartman),1929— ,耶鲁大学教授,耶鲁解构学派代表之一,著述有《形式主义之后:文学论文 1958—1970》(*Beyond Formalism: Literary Essays*, 1970)、《心理分析与文本问题》(*Psychoanalysis and the Question of the Text*, 1978)、《往事记忆录》(*Shapes of Memory*, 1992)。
② 塞里纳斯(Pedro Salinas),1891—1951,西班牙著名现代诗人,诗歌团体"1927 一代"的重要成员,以用词讲究、意象新颖、风格清新著称,尤以爱情诗为佳。

的女人,今天这个,明天那个的。她有时追随拟人化的风,对爱人也总是若即若离。面对这些意象,读者在阅读过程中往往会忘记这首诗是在玄学意义上描写流沙,而更多地注意其字面之意:这分明就是一个水性杨花的女人。后半部分里吟咏者哀叹他的失落,读者对此也深有同感,毕竟他朝三暮四的情人抛弃了他。

按这种传统的分析进行下去,我们得出下面这个结论:该诗新颖的拟人/暗喻让我们超越字面理解而进入更开阔的视野。它真正的主题既不是流沙,也不是什么三心二意的情人。而两者的比较让我们感受到双方共同的特点:反复无常以及吟咏者对此的认识。诗歌结尾处他落得一个人悲伤地琢磨到底什么叫无常。诗歌用中心意象表现了一种更普遍的无常以及这种无常对人的影响。

我这番分析是典型的新批评做法。它细读文本,研究其中心意象,描述文本内部的张力结构,探讨如何消除张力,超越文本文字以达到更深刻的意义。从传统的分析批评的原则出发,我们发现文本传达的意义比其本身情节和字面意思更加丰富。尽管新批评家总是很注意不把诗歌简化为单一概念,或者说归结为散文化的要旨,但实践中他们还是企图让文本所有成分服务于某个单一的解释,以期让所有读者都满意。因此可以说新批评非常以逻各斯为中心:它认为文本文字结构涵盖了诗歌所有的意义,而只要我们有条有理地分析,就能穷尽所有意义并将其糅合成一种唯一的启示。

但是,在寻求糅合并化解该诗内部各张力的过程中,我发现诗中有新批评角度无法自圆其说的漏洞,很难解释。如果把它看作一敏锐的吟咏者对于无常主题的发现,我们就得首先忽略这种比拟的荒诞不经,还有诗歌体现的对现实异想天开的态度,以及诗歌结尾处很难等闲视之的过于沉痛的哀叹:吟咏者似乎在用浪漫情人特有的饱满激情在哀悼流沙的逝去。诗歌最末几行描绘了吟咏者在大海这古老的原型王国里呼唤流沙和爱人,有些做作和无病呻吟。一旦注意到这一点,我们就会意识到这种过激反应不自然,由此对吟咏者的可靠性产生了怀疑。他煞费苦心地要将失去的爱等同于逝去的流沙,这似乎浪漫得有些过了头。他陈词滥调似的宣言不合时宜而让人无法认同。认识到吟咏者本身的局限,我们便改变了对该诗的看法:诗歌的"意义"不在于对无常主题的表现,而在于刻画了这位吟咏者用流沙来表现无常主题的近似夸张的努力。

西班牙诗人洛尔迦

这可给传统的新批评出了道难题。如果把诗歌看作是对无常主题郑重其是的刻画,则吟咏者本身的不可靠正好与之相抵消。对于不同阅读之间的矛盾,我们可以解释说那是因为该诗运用了反讽,或者说它体现了一种张力:一边是无常这个主题,一边是吟咏者过分沉溺于其子虚乌有的爱人(因而他会对诗中提出的更大的问题视而不见)。但即便如此,有关该诗终极意义和启示的问题仍然没有得到解答。在课堂讨论中,有的学生认为此诗意在探讨无常,有的则指出吟歌人的荒唐,双方莫衷一是,最终一致认为该诗确属"问题诗",而无法解释和糅合诗中的诸多意义或双重启示。这与部分评论家对塞里纳斯作品的看法不谋而合。他们认为他早期的诗歌难以解释,指责他在玩智力游戏,因此断言他的诗歌不如吉连及洛尔迦的诗歌①。这种看法充分说明了新批评一个很重要的主张:评判诗歌一个最明确的标准就是看它能否产生出唯一确定的、有条理的解释。

解构批评家却不会为诗歌缺乏确定意义而烦恼。而是往往以各种意见相左的解释为突破口进行更加深入的研究。正因为解构批评家注意到,吟咏者的不可靠性消解了基于诗歌中心意象的无常主题,所以他们会进而探讨这种消解所引发的意义的游戏性。他们既质疑用无常来完满解释诗歌的主张,又质疑吟咏者无病呻吟的解读,因此解构批评家认为,该诗创造性地将各种不可调和的观点对峙起来。诗中被形象化为流沙的女子与诗中吟咏者的形象两者间形成一个缝隙,产生一个不确定空间,导向进一步深入的阅读。这让我们将吟咏者看成一个多情诗人,他想用新颖的比喻来叙写无常,却不由自主地掉进了失恋主题的老套,最终心有余而力不足;这让我们感到语言的苍白无力,联想到爱情的比喻和关于爱情的老调两者的相互矛盾。

采用解构主义的视点,我们就会在文本中发现进一步阅读的细节。吟咏者的那句话:他想把她"紧紧地靠在胸膛,贴在灵魂"暴露了他本人的视点有问题。句子的字面意思(往身上揉搓沙子)和隐喻层面的意思(伸手想拥爱人入怀)并列却又无法融合——"灵魂"跟搓沙子的字面意思放在一起简直是滑稽。读者发现这里的荒唐后,便会留意到语言本身的局限。一言以蔽之,本诗通过阐发不同语言层次和不同视点的矛盾,让我们感受到任何一种阅读都是不完全的,即每一种阅读都是误读(不是错误的阅读,而是不完全的阅读);它还创造性地使诗歌不具有闭合性。正因为不闭合,这首诗才更加让人着迷:它对比喻、语言、视角的可能性和局限性的探讨比起任何对

---

① 吉连(Jorge Guillen),1893—1984,西班牙诗人,"1927一代"重要成员;洛尔迦(Federico Garcia Lorca),1898—1936,西班牙"当代最伟大的诗人"、戏剧家,"1927一代"的最重要成员。

无常主题的静态描摹更具有价值。

（段方 译）

关 键 词

玄学意义（metaphysical pattern）
张力（tension）
唯一的启示（single cohesive vision）
漏洞（loose ends）
不可靠（unreliability）
不确定空间（indeterminacy）
唯一确定的、有条理的解释（single orderly resolution）
不可调和的观点（irresoluble visions）
语言的苍白无力（inadequacy of language）
误读（misreading）
静态描摹（static portrayal）

关 键 引 文

1. 解构评论家不相信有可能获得确定的意义，因而总是小心翼翼地探求各种可能的解读；他们倾向于把文本当作可以颠覆的开放的符号体系，阅读时总是发掘新的解读，关注文本的各部分是如何彼此修正乃至相互消解。他们不急于发现意义，不急于下结论，而是认为每一种解释都有可能走向其自身的反面。如格里弗利·哈特曼所言，解构评论家认为文本本来就是不断展开的。

2. 从传统的分析批评的原则出发，我们发现文本传达的意义比其本身情节和字面意思更加丰富。尽管新批评家总是很注意不把诗歌简化为单一概念，或者说归结为散文化的要旨，但实践中他们还是企图让文本所有成分服务于某个单一的解释，以期让所有读者都满意。因此可以说新批评非常以逻各斯为中心：它认为文本文字结构涵盖了诗歌所有的意义，而只要我们有条有理地分析，就能穷尽所有意义并将其糅合成一种唯一的启示。

3. 解构批评家却不会为诗歌缺乏确定意义而烦恼。而是往往以各种意见相左的解释为突破口进行更加深入的研究。

4. 本诗通过阐发不同语言层次和不同视点的矛盾,让我们感受到任何一种阅读都是不完全的,即每一种阅读都是误读(不是错误的阅读,而是不完全的阅读);它还创造性地使诗歌不具有闭合性。正因为不闭合,这首诗才更加让人着迷:它对比喻、语言、视角的可能性和局限性的探讨比起任何对无常主题的静态描摹更具有价值。

讨 论 题

1. 本文揭示出英美新批评和解构主义批评一些明显的差异。这种差异是什么?试归纳。

2. 如本文所示,解构主义可以有效地用于文本分析和课堂讨论。本文如何显示文本意义的延宕以及由此导致的文本阐释的多义性?

3. 你认为新批评家或者解构主义批评家会赞同本文作者对新批评或解构主义理论的理解和使用吗?讨论。

解构的天使(阿布拉姆斯)

迈耶·H.阿布拉姆斯(1912—)是哲学家、批评家、文化史研究者。他本科、硕士、博士均就读于哈佛大学,1945年起一直在康奈尔大学任教,主要著作包括《诺尔顿英国文学史》,文学评论专著《镜与灯》(1953),以及学习文学的学生必备的参考书《文学术语辞典》(1971)。阿布拉姆斯知识面广,文学基础厚实,在下文(1971)中有充分的体现。对一段时期以来美国批评界的一种倾向,即"对观念独霸趋之若鹜,贬低东西方传统文化知识(即所谓的"文学经典")的有用性,置疑多元人文精神的价值",他通过此文给予了猛烈的抨击。

人们通常认为德里达及其追随者重视语言研究胜过其他一切研究。这是事实,但还不尽然,因为这种说法并未把德里达的著作与理查得·罗蒂所概括的过去半个世纪现代英美哲学及相当一大部分文学批评的"语言学转向"区分开来①。德里达的特点首先在于他同其他法国结构主义者一样把对语言的研究转向对书写(écriture)的研究;其次他是以相当封闭的态度来看待文本。

德里达最初也最关键的策略是取消传统语言观认可的口语相对于书写

---

① 罗蒂(Richard Rorty),1931— ,美国哲学家。

的比较优势。我这里所谓的比较优势,是说人们总是把口语当概念的模板,从中抽取书面语言及普遍语言语义性的和其他方面的特性。德里达把出发点转移到书写文本,"一个已经书写过的文本,白纸黑字",他认为书写文本包含了我们需要研究的一切。在令人眼花瞭乱的阐述中,他使用的杀手锏就是把这些白纸上的黑记号看作阅读中唯一真实的存在,因此再也没有了什么主观性的结构,什么幻想和心像。他拿纸上的记号大做文章,赋予其各种扑朔迷离的比喻含义,然后在意义即将凸现之时又使其回复到原先的位置。这样在文本中我们看到的显然只是被空白分割又重组的"记号"。我们在比较记号或记号群的时候也能发现空间、边缘、重复和差异。通过浮夸矫饰的修辞卖弄德里达诱使我们接受他的假想,然后一步一步将我们套住。他要求我们走出他所谓传统或古典语言观所依赖的逻各斯中心模式,进入我认为是他的书写中心模式,其中唯一的存在就是那些空白上的记号(他认为传统语言观的基础建立在柏拉图式的或基督教的先验存在/在场这个幻想之上,而且这个幻想又被人们看成了意义的本原和保证)。

  游戏还未开始,规范我们用日常语言表达意义、交流看法的规律与法则的源头就被德里达请出了局。由于唯一已知的就是业已存在的书写记号,"已经书写过的",所以再也没有言说和书写的主体,即我思我在的意识主体,发出意义的载体。所有的这些载体都被降到了语言所生产的虚构物的地位,轻而易举就被解构分析消解了。这样一来,我们再也无从说明自己是如何学会讲话的,如何理解并阅读文字的,并通过与语言能力强于自己或者自身语言意识的增强,如何来认识并纠正自己在说话和理解方面的错误的。作者被德里达转义为众多符号中的一个,要么置于首页要么置于末页(当他不是凭一时之兴在谈论传统虚构作品的时候),而文本呢,则被指称为一类生产物,由"签名产生的专有名词"加以识别。句法本来是把单词组织成有意义句子的法则,可这里它在决定组成单词意义方面已不起作用了。因为照书写中心模式看来,我们在页面上看到的不是组织,而是"一连串"的记号群,或者说一系列的单个符号。

  正是"符号"这个概念才使德里达把自己的假设加以有限的延伸。在他对文本的解释里,页面上的记号并不是随随便便的标记,而是符号,它包含能指和所指双重特性;它既是信号,又是概念,也就是说符号是有意义的记号。但这些意义我们却无法在页面上看到,因为它们既不具体存在,又无抽象存在。德里达借用了索绪尔繁复的专业概念来解释含义:声音的特征和符号的含义并不在于其肯定属性,而在其否定或者说关联属性,也就是说在于它与特定语言学体系内其他声音、其他符号之间的差异或差异性。差异的概念对德里达来说是俯拾即来的,因为只要翻开书页一看,就知道有些记号或记号群彼此重复,而另外一些相互则有差异。德里达的"差异论"不是不同事物之间的差异,而是"差异"本身,它为文本的静态成分补充了一个关键性的操作术语,而且因此创造了奇迹(有点像黑格尔辩证法里"否定性"这一术语),因为差异使得书页上看来静止不同的记号动起来,使含义不断游戏。

为了解释符号含义的特殊性,德里达提出了"踪迹"这个概念。他说踪迹并不是在场,尽管在作用上它类似于所指在场的"镜像"。差异过去在能指中激活的任何含义,在现在、在将来都会作为一种踪迹起着作用;能指里聚积的踪迹的"积淀"致使它当前含义产生游戏,导致歧义。踪迹构成了文本难以把握的特点:文本本身并不难以把握,但操作起来又似乎难以把握;踪迹并不"在场",却在现场起着作用,它既"显现"又"消失","既展现自身又消解自身"。若想要界定或阐释符号或符号链的意义,阐释者能做的只有用其他符号或符号链进行替换,也就是"符号替代";在一次又一次的替换中,符号的踪迹自我消解,把我们求而不得的确定而在场的意义水平地推延下去。踪迹似乎允诺了一个在场,使得符号的游戏能有皈依,以指向确定的事物,但这事实上又是不可能实现的。相反,这个在场只能被无限地推迟延缓。德里达造了一个法语的缩合词"延异"(涵盖了差异和延迟两个意思),表示所产生的含义不断地游戏,其现实指涉被无限地推延。结论呢,按德里达的话说就是:"中心所指,也就是本原性所指或先验所指""在差异体系之外绝对不会在场";而这种"终极所指的缺失使得含义的场域和游戏无限地延伸"。

德里达的结论不外乎是说没有任何符号或符号群具有确定的意义。不过在我看来德里达之所以能得出这个结论,靠的还是一种有其自身本原、立场和目的的逻辑推理。他这种做法的"目的性"之明确,丝毫不亚于他结论中想要解构的那极其严密的形而上学。他的本原和立场就是书写中心论,那是一个封闭的文本暗室。他邀

法国哲学家德里达

请我们进去,但首先要我们放弃言说自己,听取他人,阅读并理解语言这些日常体验的空间。从德里达这里出发,我们将得到一个预料之中的必然结局,因为他的文本小屋是一个密闭的回音室,在里面意义变成了鬼魅般不在场的符号,发出空洞的回响,四面八方的交混回响,但这回声却没有来源,没有意义,不指涉任何事物,只是虚空里的嗡嗡声。

传统阐释幻想能确定作者的意图,德里达取而代之的主张是,要我们积

极参与文本符号所开启的无休止的意义游戏。他邀请我们凝神关注语言和文化事业被摧毁的凄凉前景,其态度不像卢梭,后者因失去我们从未真正拥有的意义而惆怅不已;恰恰相反,德里达"像尼采一样兴高采烈地确定了世界的游戏性,确定了成长的无辜,确定了一个符号的世界,里面没有对错,没有真理,没有本原,需要的只是积极的阐释……世界在游戏,没把握地游戏……在绝对的偶然中,肯定让位于发生学上的不确定性,让位于踪迹意义深远的偶然性"。书写中心论的假设最终成了明确无误的形而上学,也就是"延异"自由而无休止的游戏,这是一种我们不知该怎么称呼的世界观(这种世界观取代的是与在场有关的整个形而上学,语言与之有密不可分的关系,因此只有摆脱语言我们才能瞥见这种世界观)。照德里达本人的话来说,他眼界里是一个"无法言明的物事,一个无有之有,无形之形,一个无声的、幼稚又恐怖的怪物。除此之外它无法界定自己。"

(段方 译)

关　键　词

书写(écriture)

口语/书写(speech/writing)

逻各斯中心(logocentrism)

书写中心(graphocentrism)

否定/关联属性(negative/relational attribute)

差异性(differentiability)

踪迹(trace)

镜像(simulacrum)

积淀(sedimentation)

符号替代(sign-substitution)

书写中心论(graphocentric)

关　键　引　文

1. 德里达的特点首先在于他同其他法国结构主义者一样把对语言的研究转向对书写(écriture)的研究;其次他是以相当封闭的态度来看待文本。

2. 通过浮夸矫饰的修辞卖弄德里达诱使我们接受他的假想，然后一步一步将我们套住。他要求我们走出他所谓传统或古典语言观所依赖的逻各斯中心模式，进入我认为是他的书写中心模式，其中唯一的存在就是那些空白上的记号。

3. 德里达的结论不外乎是说没有任何符号或符号群具有确定的意义。不过在我看来德里达之所以能得出这个结论，靠的还是一种有其自身本原、立场和目的的逻辑推理。他这种做法的"目的性"之明确，丝毫不亚于他结论中想要解构的那极其严密的形而上学。

4. 他的本原和立场就是书写中心论，那是一个封闭的文本暗室。他邀请我们进去，但首先要我们放弃言说自己，听取他人，阅读并理解语言这些日常体验的空间。从德里达这里出发，我们将得到一个预料之中的必然结局，因为他的文本小屋是一个密闭的回音室，在里面意义变成了鬼魅般不在场的符号，发出空洞的回响，四面八方的交混回响，但这回声却没有来源，没有意义，不指涉任何事物，只是虚空里的嗡嗡声。

讨 论 题

1. 本文是美国传统批评界早期对德里达的批评，其中不乏误读误解，尽管也不时闪现出一些敏锐的看法和批评的亮点。讨论阿布拉姆斯的立场和观点。

2. 阿布拉姆斯认为，德里达"对我们怎么会相互沟通、相互理解、阅读文本语焉不详"。他指的是什么？

3. 在七十年代初社会动荡的岁月里，德里达主张的是"不破不立"，而本文作者竭力要维护的却是传统文学批评和道德哲学原则。你同情谁？讨论。

4. 阿布拉姆斯指出："书写中心论的假设最终成了明确无误的形而上学。"他的意思是什么？德里达提出"书写中心论"目的就是要消解形而上学，为什么反而成了另一种形式的形而上学？

阅 读 书 目

Abrams, M. H. "The Deconstructive Angel." *Critical Inquiry.* No. 3, Spring 1977

Caws, Peter. *Structuralism, A Philosophy for the human Sciences.* New Jersey: Humanities P, 1990

Culler, Jonathan. *On Deconstruction*. London: Routledge & Kegan Paul, 1983

Debicki, A. P. "New Criticism and Deconstruction, Two Attitudes in Teaching Poetry." In G. D. Atkins & M. L. Johnson eds., *Writing And Reading Differently - Deconstruction and the Teaching of Composition and Literature*. U of Kansas P, 1985

de Man, Paul. *Blindness and Insight*. Minneapolis: U of Minnesota P, 1983

Derrida, Jacques. "Structure, Sign, and Play in the Discourse of the Human Sciences" (1968), "Of Grammatology" (1978). In Adams & Searle

— *Positions*. Trans. Alan Bass. Chicago: The U of Chicago P, 1972

— *Writing and Diffeence*. London: Routledge & Kegan Paul, 1981

— *Acts of Literature*. Ed. Derek Attridge. New York & London: Routledge, 1992

Ehrmann, Jacques ed. *Structuralism*. New York: Doubleday & Company, Inc., 1970

Felperin, Howard. *Beyond Deconstruction — the Uses and Abuses of Literary Theory*. New York: Oxford UP, 1985

Fisher, Michael. *Does Deconstruction Make Any Difference? Poststructuralism and the Defense of Poetry in Modern Criticism*. Bloomington: Indiana UP, 1985

Haverkamp, Anselm ed. *Deconstruction Is/In America, A New Sense of the Political*. New York & London: New York UP, 1995

Hawkes, Terence *Structuralism and Semiotics*. Berkeley & Los Angles: U of California P, 1977

Heidegger, Martin. "Höderlin and the Essence of Poetry" (1951). In Adams & Searle eds. *Critical Theory Since 1965*

Howard, Jennifer. "The Fragmentation of Literary Theory," *The Chronicle of Higher Education*. Dec. 16, 2005

Jameson, Fredric. *The Prison-House of Language, A Critical Account of Structuralism and Russian Formalism*. Princeton & London: Princeton UP, 1972

Kamuf, Peggy ed. *A Derrida Reader Between the Blinds*. New York: Columbia UP, 1991

Miller, J. Hillis. "The Critic as Host" in *Critical Inquiry*, Spring. 1977

Leitch, B. Vincent. *Deconstructive Criticism, An Advanced Introduction*. New York: Columbia UP, 1983

Norris, Christopher. *Deconstruction: Theory and Practice*. London & New York: Methuen, 1982

Said, Edward. *The World, the Text, and the Critic*. Cambridge: Harvard UP, 1981

Sturrock, John. *Structuralism*. London: Paladin Grafton Books, 1986

Trotsky, Leon. "Literature and Revolution", in Adams, Hazard ed., *Critical Theory Since Plato*, 1971

White, Hayden. "The Absurdist Moment in Contemporary Literary Theory." In Murray Krieger & L. S. Dembo eds. *Directions for Criticism, Structuralism and Its Alternatives*. The U of Wisconsin P, 1977

Wolin, Richard *The Terms of Cultural Criticism*. New York: Columbia UP, 1992

昂智慧:《保尔·德曼、"耶鲁学派"与"解构主义"》,《外国文学》2003/6

陈松全:《庄子消解主义与西方解构主义——两种对语言的看法》,《中外文化与文论》1998/5

陈永国:《文学批评中的结构、解构与话语》,《清华大学学报》2002/增1

——《互文性》,《外国文学》2003/1

蓝国桥:《从后现代的角度看柏拉图的艺术观》,《学术研究》2004/5

肖锦龙:《试论德里达对结构叙事学理论根基的拆解重构》,《北京师范大学学报》2004/6

萧莎:《解构主义之后语言观与文学批评》,《外国文学》2003/6

余虹:《解构批评与新历史主义——中国文学理论的后现代性》,《海南师范学院学报》2000/4

郑敏:《解构主义与文学》,《外国文学评论》1990/2

——《解构思维与文化传统》,《文学评论》,1997/2

——《诗歌与哲学是近邻——结构-解构诗论》,北京大学出版社,1998

朱刚:《文字与本原——德里达"文字学"对形而上学"本原"问题的解构》,《哲学动态》2004/4

第九单元　女性主义文学批评

二十世纪六十年代的政治运动促进了左倾学术思潮在欧美的蓬勃发展,除了马克思主义批评理论、读者批评理论、解构主义理论之外,女性主义也是一个主要的文艺文化批评理论。和形式主义、结构主义文学批评不同,女性主义文评是一个凸现文学外部研究的批评流派。它对马克思主义、解构主义等"批判"理论有借鉴有学习,但是也有自己鲜明的理论特色。学术界一度把"feminism"翻译为"女权主义",这个译法值得商榷。欧美学术界通常用"feminism"泛指一切争取、维护女性权益的活动,其历史跨度延绵数百年,内容非常庞杂,极难准确定义。而中文"女权"的含义则比较明确,指历史上女性为了获得自身"权益"而进行的努力,其目标明确,颇有声势,涌现过不少知名的女权活动家和积极分子。确切地说,女权主义真正兴起于19世纪的欧美,也称"妇女解放运动",二十世纪初随着女性权益的逐渐落实,女权运动也基本完成了使命。从二十世纪六十年代开始的"feminism"要求的已经不是传统的女性权益,其涵盖面更广,意义更深,影响也更大。本文的"feminism"主要指当代西方学术界对与女性有关的论题进行的理论思考,故称之为"女性主义",以示和二十世纪初之前的feminism(女权主义)有所区别。

要了解二十世纪西方女性主义批评理论的发展,有必要对当代女性主义的先驱女权主义做个回顾,因为女性对男权中心主义进行了数百年的抗争,其事例不仅为当代女性主义津津乐道,而且为后者的发展作了必不可少的理论铺垫。

由于文字记载所限,很难确定女权主义的源头。现代女性主义的"考古"显示,女权在世界各地均有迹可循。评论家在公元五世纪的雅典文学中发现有与男性社会相抗争的女主角,在与之对应的中国唐代的诗文中也有类似的女性人物①。欧洲女权主义至少可以追溯到十四、十五世纪之交,当时法国女诗人克里斯廷·德·彼桑做长诗②,批评男性没有按照宫廷礼仪和基督教精神来对待女性,并且分析了敌视女性(misogynist)传统中的种种谬见。十六世纪女权主义的一位代表要算著名的荷兰学者埃拉斯谟③。他认为女性在一些方面和男性具有同样的才能,主张不应当在教育、道德上设立性别双重标准,这些在当时都是非常前卫的观点。当然用现代标准衡量,这些女权先驱的争辩无足轻重,如德·彼桑不可能公开质疑男权中心,埃拉斯谟也只是在规劝男性给生来缺少道德的女性多一些教育和宽容。十七世纪的法国社会蔑视女性成为风气,剧作家莫里哀(Molière 1622—1673)的戏剧一再讥讽轻薄肤浅故作男人态的女性人物。但在其他非英语国家,女权主义在继续发展。如墨西哥女诗人克鲁斯批评当时的教育体制扼杀女子的聪明才智④;西班牙首位女作家玛利亚·德·萨雅斯·伊·索托玛约尔写《情爱示范集》,要求男性进行社会改革,指导女性更好地生存⑤;同期西班牙戏剧的一个重要主题是"mujer esquiva"⑥,即女主角拒绝爱情和婚姻,为的是保持自己的性别身份,尽管此类作品结尾时女主角常常最终向世

德·彼桑据说是第一位靠写作为生的女性,《女人城》描写的城市只容纳女性,包括女政治家、女武士、女科学家。

《诺尔顿女性文学选集》

---

① 实际上女权主义是西方传统的产物,放到其他文化传统中进行类比须十分小心。如中国唐代之前的文献中也不乏对女性的褒扬,甚至中国传说里造人的神祇也是女性(女娲),但这些现象都有复杂的历史文化背景,其含义也许和女权主义的实质相差很远。
② 德·彼桑(Christine de Pisan),1364—1430,其《赞美婚姻》(In Praise of Marriage)大胆描述了婚姻生活。
③ 埃拉斯谟(Desiderius Erasmus),1466—1536,人文主义者,著作包括《愚人颂》(In Praise of Folly 1511)和《对话集》(1518)。
④ 克鲁斯(Sor Juana Inés de la Cruz),1651—1695,墨西哥女诗人,除了诗歌戏剧之外,最著名的当数散文《答菲洛特亚·德·拉·克鲁修女士》(1691),回击教会对她从事文学创作的非难。
⑤ 索托玛约尔(Maria de Zayas y Sotomayor),1590—1661/9,出身马德里显贵家庭,仿照《十日谈》的风格写出两部短篇小说集(1637,1647),书中人物都是女性,讲述的也都是现实中和女性相关的故事,激烈批评了社会上男性的歧视和压迫。
⑥ 西班牙语,意为"落落寡欢、不愿和他人亲近的女子"。

俗的压力屈服。

相比之下,女权主义的发展更加集中在英语国家。美国当代女性批评家吉尔波特和姑芭二十世纪八十年代编辑出版了《诺尔顿女性文学选集》,收集有十四世纪以来英语世界(主要是英美)女性作家的作品,并对女性主义六百年的发展做了历史回顾①。从最早的古英语史诗《贝尔沃夫》到中世纪大诗人乔叟的《坎特伯雷故事集》,其间五百余年女性文献尚无迹可查;从中世纪到十五世纪文艺复兴,女性作者依然寥寥无几,吉尔波特和姑芭所收集的女性作者无论在显露的才华和形成的影响上都远远不能和同时代的男性作家相比。这是因为封建社会充满暴力和战争,男权的统治比其他人类社会形态更严重;女性纯粹是男性或男性家族的财产和工具,俗法教规都对女性严加管束,不可能给她们自由表达的机会。随着文艺复兴思想的深入,越来越多的男性开始接受人文学家莫尔的说法②:男女"同样适合学习知识,以培养理解"。其时越来越多的贵族女性开始和父兄一样受到良好教育,很多中产阶级女性涉足商业、管理,尽管还要在她们父兄的监管之下。

十七、十八世纪英国的资本主义获得巨大发展,封建势力不断遭到削弱。1649年英格兰银行成立,1694年世界首家股票交易所开张,英国从小农经济迅速走向工业化和大农业。1769年瓦特发明蒸汽机,矿业、金属加工业获得发展,城市不断崛起、扩张。十八世纪初现代传媒初露端倪,仅伦敦便有上百家出版商。此时写作不再依赖宫廷的资助而更多地诉诸商业上的成功,读者对象也从少数达官贵人转向平民大众。中产阶级女性数量增多,她们受到良好的教育,写作便成为女性崭露头角的领域。当时美国的清教社会虽然还是男权为主导,但是在清教教义中男女在信仰上却是平等的,并且允许女牧师布道。尽管如此,女性的社会地位没有明显的改善。当时的法律明显偏袒男性,女性被剥夺了几乎所有的权力。此时虽然女性在婚姻上有了较多的话语权,但婚后仍然是丈夫的财产;而且由于大工业的影响,女性的传统

英国小说家简·奥斯丁
(1775—1818)

---

① 吉尔波特和姑芭的这部作品被很多女性主义批评家认为是当代西方女性主义发展最有影响的两部作品之一(另一部是密莱[Kate Millett]的《性别政治》,见 Leitch, 1988: 307)。它不仅挖掘出一批遭到埋没的女性作家,而且把六百年的女性创作进行了归类梳理,建立起女性文学发展的脉络,并依赖"诺尔顿选集"在学术界的地位来扩大其影响。

② 莫尔(Sir Thomas More),1478—1535,英国政治家,曾担任众议院议长和大法官,后被亨利八世以叛逆罪绞死。著有著名的《乌托邦》(1516)。

就业范围受到挤压,就业面反而更窄。文学作品中的女性或是轻浮做作甚至下流放荡,或是多愁善感、俯首听命、恪守妇德,被男性作家肆意误征。但是十八世纪后期的两次大革命(美国独立战争和法国大革命)却动摇了男权中心的根基,使女性看到了希望;在"自由"、"平等"、"博爱"的鼓舞之下,女性决心以反抗来摆脱"束缚我们发表言论的法律"。

十九世纪是西方女性解放运动自觉兴起的世纪,也是女权主义真正开始之时。这个时期两大革命的影响逐步深入女性的思维,旧秩序正在无可挽回地没落,新观念将取代旧思维,已经逐步成为欧美社会的普遍共识,争取"做女人的权利"①成为女性追求自身解放的理论基础。十九世纪上半叶欧美宣布中止奴隶买卖,但私下的贩奴仍然猖獗,继而导致大规模的废奴运动,这也极大地促进了女权运动的发展。社会科学的进展也给女权主义提供了契机:达尔文的《物种起源》(1859)打破了人(主要是男人)②自以为是的中心地位;马克思的资本理论揭示了以男性为代表的资本主义血腥的一面;尼采动摇了男性上帝一千多年的统治地位。女权主义的活动主要包括:首次提出"妇女解放";争取选举权、财产权、子女抚养权;争取获得更多的高等教育,更多地进入传统男性的职业(医生、律师、记者等);争取成立工会,保障女性劳工权益。十九世纪中叶"争取女性权力大会"和"全国争取女性选举权协会"在美国成立,"已婚女性财产法案"在美国多个州获得通过,1882年经过长期斗争英国国会也终于通过"已婚妇女财产法",四年后废除了对女性具有极大歧视的"传染性疾病法案"。1833年美国奥伯林学院首先招收男女同校生,其后一批女子大学纷纷建立,包括哈佛大学的拉德克利夫女子学院(Radcliffe 1879),课程设置和男校一样;十九世纪七八十年代,英国牛津和剑桥大学也设立了多所女子学院。十九世纪还是英美女性文学的

美国十九世纪女诗人狄金森(1830—1886)

黄金时代,涌现出一批杰出的女作家,如奥斯丁(Jane Austen 1775—1817),勃朗特姐妹(Charlotte and Emily Brontë 1816—1855, 1818—1848),爱略特(George Eliot 1819—1880),狄金森(Emily Dickinson)等。但是,女权运动尽管轰轰烈烈,女性的地位并没有多少实质性改善。中上阶层女性仍然听从于

---

① 这里指美、法思想家所提倡的"the Rights of Man",即做人的基本尊严和基本生存权利,它是当代西方社会"人权"概念的雏形,女权主义则将"Man"引申为"Woman"。

② 达尔文最终由遮遮掩掩的物种起源坦率地说到人的起源(《人类的由来和性选择》The Descent of Man, and Selection in Relation to Sex, 1871),直言人属于哺乳动物。这里的"人"当然也指"男人"。

男性的主导,知识女性的社会地位低下,简·爱那样的家庭教师和女仆并没有多大区别,劳动阶级女性的待遇更加悲惨,许多人沦为娼妓:"妓女不仅被认为有病,而且被当成疾病的根源;更有甚者,每一个劳动妇女都被当成潜在的娼妓"。

维特根斯坦的语言游戏观导致意义对游戏规则和语境的依赖

正因为女性"一无所有",进入二十世纪时便无所畏惧;相比之下,倒是男性真正感到了威胁。男性的"焦虑"主要来自现代社会科技和人文思潮的发展。爱因斯坦(Albert Einstein)的相对论对人们(确切地说对男人们)长期以为绝对不变的时间和空间概念提出了挑战,弗洛伊德对人的内心(尤其是内心的黑暗面)进行了剖视,人类学、考古学的研究表明父系社会并不是人类固有的社会形态结构,象征父权的大英帝国在世界各地受到了前所未有的挑战。此外,第一次世界大战的残酷现实还使人们对同样象征父权的科学技术产生疑问。在这种浓厚的怀疑主义氛围下,人文学者们(如伯格森,胡塞尔,海德格尔,维特根斯坦①)力图重新界定传统知识,结果常常事与愿违,反而进一步削弱了人类认知体系的稳定性和可靠性。在主导观念日渐淡薄的情势下,极端主义随之泛滥,如法西斯主义、美国的三K党等。正是在男性日衰的情况下,女权主义得到了进一步发展。1903年"全美女性工会联盟"成立以维护女雇员的经济权益,1910年代英美两国女性采取了一系列激烈行为(游行示威,绝食,破坏建筑物等)表达对男权的不满。一战期间,大量女性加入到就业行列大显身手,为战争的胜利做出了巨大贡献,令包括英国首相在内的保守人士刮目相看,同时也使女性更加意识到自己的能力。英美在1918、1920年分别批准了女性选举法案,经过七十五年的奋斗女性终于获得了一场重大的胜利。生育科学的进展使女性更容易走向社会,更多的女性接受大学教育,进入职业女性的行列,因此也更加摆脱对男性的依赖。此时女性的思想进一步解放,自由恋爱甚至性解放成为时尚。新潮女性的服饰"其重量只有维多利亚时代女性服饰的十分之一",这当然不仅仅只是身体上的"松绑"。

与此同时,女权主义也受到传统势力的顽强抵抗。首先,女性仍然受到外部世界的挤压。战后许多女性找不到工作,就业前景更加黯淡;工作的女性从事的也是传统的"女性"职业如教师或护士,但在晋升上却非常困难,女

---

① 维特根斯坦(Ludwig Josef Johann Wittgenstein),1889—1951,奥地利裔英国哲学家,被誉为二十世纪最著名的语言哲学家和分析哲学家之一,把哲学—语言—认知联系到一起。

教授寥寥无几,医学院女学生的人数甚至在减少。其次,传统思想以新的形式继续对女性施加影响。化妆品、美容院的泛滥"可以把最开放的新女性变相地变为她的维多利亚祖母所期望的那种洋娃娃",电影女明星的粉脂气也抵消了女权主义的战斗精神。同样令女性活动家沮丧的是,大多数女性选民对千辛万苦赢得的选举权并不珍视,选举时或由丈夫、父亲做主,或干脆就不登记。令女权主义者更加失望的是,时至今日"反女权主义在知识界竟然成了唯一正确的态度"。

让人欣慰的是,当代女性主义同时也进入了新的发展时期。经历了三十年代的经济萧条和残酷的第二次世界大战以后,女性主义对男权世界的认识更加客观。冷战,越战,军备竞赛;和平,裁军,学生运动,女性主义从一次次的社会动荡里汲取养分和经验,执著地追求着既定的目标。二战后,西方女性的法律地位得到了极大提高,这是女权主义多年奋斗取得的最大成绩:男女在离婚法案中享有真正平等的对待,法庭在子女归属上也不得偏袒丈夫;英美在六七十年代分别通过堕胎法,将身体所有权交还给女性;同一时期,大部分英语国家采纳了同工同酬、相等机会法,力图纠正工作待遇上的性别歧视,美国1964年的《人权法案》宣布性别、种族歧视为非法,1972年的《教育修正法案》敦促大学切实保证男女机会均等,同年最高法院裁决取消各州有关禁止堕胎的立法。同时,各种女性主义组织不断

1820年8月18日通过的美国宪法修正案给予女性选举权

出现,在美国重要的女性组织包括"全美妇女组织"(1966)和"全美黑人女性主义组织"(1973)。进入八十年代,女性主义研究或女性研究在美国主要的高等学府中已经成为常设的重要课程或研究项目。但是,女性同样面临困难和问题。二战后女性就业人数成倍增长,但是绝大多数从事的仍然是收入低社会地位低的所谓"女性职业"(如店员、秘书、女佣等)。女大学生人数接近甚至超过男生,但是商业、法律、医生等行业女性很难涉足。职业女性的家庭负担丝毫没有减轻,因此必须承受家庭和社会的双重压力。尽管女性权益似乎人人皆知,但是强奸、殴妻、虐子事件仍然随处可见。性解放性自由的最大受益者不是女性而是男性,使女性活动家意识到"性解放并不等于女性解放",激进的举动并不一定会给女性带来好处。近年来,女性活动家十分注重女性草根组织的普及,发挥它们的作用,在各处成立中心,为女性提供儿童护理,医疗保健以及伤害庇护等服务。但是,令女性主义运动难办的是,女性本身常常并不一致,如有些女性并不赞成男女平等,因为担心

女性传统上享有的照顾和保护会因此减少,所以美国国会 1972 年通过的《平等权利修正法案》在 1982 年的限期内没有获得三十八个州的认可,最终功亏一篑(Gilbert & Gubar 1985: 9—13; 39—58; 162—183; 1215—1238; 1654—1676)。

和女权运动一样,女性主义批评理论也是在争论、矛盾中展开的。理论界通常把当代西方女性主义批评理论分成两部分:英美理论与法国理论①。美国批评家莱奇把美国的女性主义批评理论的发展分为三个阶段 1. 批评阶段,揭露男性作品(androtexts)中隐含的歧视扭曲女性的意识形态程式(male sexism);2. 发掘阶段,重新梳理评价(spade work)文学史,思想史,发现历史上遭到埋没的女作家女思想家(gynotexts);3. 话语分析,把女性主义批评实践上升为理论话语,为女性主义塑造理论身份(Leitch 1988: 307)②。这里的"阶段"(phase)可能会产生误解,把它机械地当成时间顺序。其实莱奇谈的是美国女性主义批评理论的三个层次,它们同时存在,同时发展,虽然凸显的时间不同,但相互关联,构成一个有机整体。

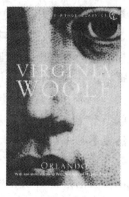

《奥兰多》

二十世纪英国小说家
沃尔夫(1882—1941)

说到当代英美女性主义理论,不能不提及英国作家沃尔夫(Virginia Woolf),因为她被尊为西方当代女性主义的"母亲"。沃尔夫是一位走在时代前面的女性:学习当时女性很少触及的希腊文,任教于伦敦的一所成人女子学院,投身于争取女性选举权运动,替著名的《泰晤士文学增刊》撰稿。在她的文学圈子里,她无所不谈,包括为保守的维多利亚社会所不容的同性恋现象;而且她的确也和一位作家保持有同性恋关系,其名著《奥兰多》和《自己的一间房子》都与此有联系。《自己的一间房子》被评论家认为是当代英语国家里第一部重要的女性主义文献。沃尔夫在文中假设莎士比亚有一位同样才华横溢的妹妹,但是这位女莎士比亚的命运肯定无法和她的哥哥相比:

---

① 其实当代女性主义批评理论百花齐放,很难进行归类:"对那些想寻找单一政治立场或一致的女性主义操作方法,甚至于只想把女性主义讲清楚的人来说,这种多样化确实让他们头痛"。以上的分析主要为了便于讨论,但缺点是:英美/法国这种区分把丰富的女性理论简单化,如法国的女性批评家并不都属于所谓的"法国女性理论",少数裔和同性恋女性理论也显然被排斥在外(Eagleton 1992: 2—4)。

② 当代英国女性主义批评理论同样也具有这些特征,只是更加多样化,因此也更难归纳。

第九单元　女性主义文学批评

密莱的《性别政治》

她不会被鼓励接受教育,十几岁便会被要求出嫁,尽管她不顾父亲的软硬兼施,逃到伦敦的某个剧院,但男性根本不会允许她施展才能,结果被剧院经理诱奸,怀孕后自尽,埋尸郊外。沃尔夫借此指出,女性在心智上和男性完全平等,但是在男权的压迫下,无法培养自己的才能,即使具备才能也没有用武之处。在以《女性的职业》为题的演说里,她把男性眼里的女性称之为"屋子里的天使":"要有同情心,要温柔妩媚,会作假,善于使用女性的各种小手段。不要让其他人看出你有思想,最要紧的是,要表现得纯洁。"沃尔夫奋起"自卫",杀死了这位象征男权的"天使"。但是同时她不得不承认,在现实中这个"天使"其实很难杀死,她的阴影将长期笼罩在职业女性的心头,因此沃尔夫宣称"杀死'屋子里的天使'是每一位女作家职业的一个部分"。在演说里,沃尔夫还提及另一个女性主义理论感兴趣的话题:女性的特殊体验。她指出,女性的思维、感受、激情等等和男性不同,但是男性却不允许女性表达自己的体验,而且这种禁令已经成为一张无形的绳索紧紧地束缚着女性,女性尚没有有效的办法挣脱它(Woolf in Gilbert & Susan,1985:1376—1387)[①]。

对于二十世纪上半叶的人来说,沃尔夫的言行举止可谓大胆,但九十年代的女性主义认为,她的反抗仍然属于"十九世纪闺房争斗",直到六十年代女性主义才进入"初级游击战"阶段,打响第一枪的人中就有密莱。密莱1970年发表《性别政治》,此书被誉为当代美国女性主义批评理论两部标志性著作之一,密莱也被称为"美国女性主义批评最著名的母亲"(Leitch,1988:309;Todd 1988:21)。密莱的著作是她的博士论文,现在看来,她的行文并不十分严

密,处处显露出稚嫩的痕迹,也有批评家认为此文根本就不属于学术论著。但是这是向男权社会发起的正面攻击,在当时实属难得,而且措辞之激烈,评判之不留情面,都是前所未有。其次,密莱的评判涉及面广,从文学到社会思潮直至西方文化的方方面面,明确地把性别问题和政治斗争联系起来,突破了当时的形式主义批评范式。此外,密莱的批评矛头直指当时得到男权主流公认的文学大家(D.H.劳伦斯,亨利·密勒,诺曼·迈勒,约翰·吉耐

[①] 由于女性作品表达的是这种"女性特殊体验",而这种女性特有的体验男性很难体验,由此引出男性批评家是否有资格评论女性作品的争论。同样,同性恋文本也涉及到这方面的争论,即异性恋批评家是否有资格解读同性恋文本。见本书第十二单元。

特),从其貌似的伟大中揭示其中隐含的种种触目惊心的误征,把所谓现代主义高峰期(high modernism)的黄金时代称为"反动时期"。她还对所谓的男性理论权威(如弗洛伊德心理学)提出挑战,对他们的"主导叙事"(master narrative)不屑一顾。最后,密莱反对改良主义,直言女性必须发动一场"史无前例的社会革命",为其后的女性主义(尤其是激进女性主义)批评开了先河。以她对劳伦斯的批评为例。她指出,虽然劳伦斯通过男女自然的情爱来批判工业文明对人性的摧残,但与此同时,却把所谓的男女自然之情建立在男权主导之下,使女性实际上受到物欲社会和男权伦理的双重压迫。在《查太莱夫人的情人》里查太莱夫人完全在情人梅勒斯的主导之下,是阳具权威的附属物;在《儿子与情人》中,劳伦斯通过保罗和他身旁的女性的关系,勾勒出弗洛伊德所描绘的图景:女性都是阳具羡慕者,她们的身份依赖于男性,一切活动服务于男性,本体存在取决于男性(Millett,1977:238—257)。密莱令人信服地说明,生理性别(sex)不等于社会性别(gender),人们习以为常的女性性别角色不是天生的,而是男权社会共谋的结果。

当代美国女性批评理论另一部标志性著作就是前文提及的吉尔波特和姑芭1985年编辑出版的《诺尔顿女性文学选集》。有感于当时尚无一本女性文学选集,她们选择了十四世纪以来英语国家一百七十多位女性作家的五百余篇诗文,工程浩大。其中既有早已功成名就的大家如勃朗特、狄金森,也有一些鲜为人知的"善本"作品,甚至打破传统文学史的评判标准,"发掘"出一批为男性传统所不屑的女性作家。其次,编者对所有的入选作家都做了评价,新作家的评价当属首次,经典作家的评价不乏新意,所有评价都出自女性主义的角度。另外,这部著作首次勾勒出一个清晰的、独立存在的女性文学文化传统,这是《选集》最大的功绩。当然此书也有不足之处。如全书采用时间顺序进行编排,以冲破男性文学史的编排方式,但是纯粹的时间顺序并不说明女性特征。此外,《选集》最有分量的部分是十九世纪,其他部分尚嫌匆忙、肤浅,而十九世纪女性文学也是男性传统中的女性文学主体,反映出女性文学的研究仍然过于依赖男性传统,尚待继续深入。

莎士比亚笔下的疯女人

如果说密莱对男权的攻击尚嫌简单,萧瓦尔特(Elaine Showalter)无疑是美国女性主义从游击战转为正规战最重要的批评家。她提出了女性批评一些的策略和方法,为美国女性主义批评所承认,如在《建立女性诗学》(1979)中提出的"女性批评"观(gynocriticism),即把女性作家之作品和女性经验相联系,由此探索适合于女性研究的理论和方法;

《荒野里的女性主义批评》(1981)也再次要求建立女性研究理论。批评家一般认为,美国女性主义批评一直注重实践性,反对法国女性主义过于重视理论而忽视女性的现实处境。但是法国女性批评毕竟影响太大,萧瓦尔特的"理论转向"或许可以说明美国学者态度的变化,而《展现奥菲丽亚:女人、疯狂及女权主义批评的责任》一文则显示出后期美国女性主义注重理论与实际的结合。奥菲丽亚是莎士比亚悲剧《哈姆雷特》里一个不起眼的女性人物,曾和哈姆雷特王子订婚,由于王子为了复仇而装疯,故意疏远她,导致她精神崩溃溺水身亡。法国女性主义的阐释是,从外在思想、语言、生理构造上奥菲丽亚都表现为"零":疯癫、不连贯、沉默、流动、表现负面、否定、空缺、不在场;这是男性话语对女性的典型表现。萧瓦尔特并不满足于这种抽象

J.E.Milais 十九世纪中叶创作的《奥菲丽亚》

归纳。她指出,虽然奥菲丽亚很少为批评家关注,却是一个最引人注目的莎剧人物,她的原型长期以来在英国文学、绘画、通俗文化中得到最为广泛的表现。如伊丽莎白时代疯女人在舞台上的典型展现是:穿白衣,戴奇花,披头散发,口唱小曲。白色既表示处女的纯洁,也和男性庄重的黑色服饰形成对照。野花则是天真烂漫和下流淫荡的结合,披头散发象征发疯或被奸淫,都有违于主流社会的道德规范。甚至投河自尽也非女性莫属,女性的"流动性"(乳汁、泪水、例假等)都和水、死亡有逻辑关系。从十七世纪开始舞台上就把女人疯癫视为女性天性的一部分,但到十八世纪此举被认为有伤风化,因此依照男性的新标准删节篡改了奥菲丽亚的语句。十九世纪浪漫主义时期疯女人又受青睐,当时英法等国对疯癫和女性性特征的关系极感兴趣,甚至当时疯人院也研究奥菲丽亚,以此获得对疯女人的认识。此时奥菲丽亚从疯女人的典型归纳上升为疯女人的一般表现,成为男性社会衡量女性精神病的标准,如约翰-马丁·夏尔戈首先使用摄像机研究女精神病人,他提供的疯女人照片就是奥菲丽亚的翻版。由此萧瓦尔特进一步提问:"奥菲丽亚是不是代表全体女人,她的疯癫是不是代表这个悲剧乃至整个社会对女人的压迫?她是不是疯女人或女人疯的文本原型?女性主义应当怎样在自己的话语里去表现奥菲丽亚?对于作为戏剧人物或女人的奥菲丽亚,我们的责任是什么?"(Showalter in Newton,1992:195—209)

以萧瓦尔特为代表的美国女性主义把理论、文本、实际三者结合得比较紧密,在批评实践上最为实用。以莎士比亚的另一剧《泰特斯·安德洛尼克斯》为例。这是莎氏的早期悲剧(1592),剧中大量渲染凶杀、强奸、残身、焚

尸,在所有莎剧里血腥味最浓。剧中的两位女性主角形象可怖:拉维尼亚遭遇之惨,塔摩拉心肠之毒,皆令人发指。前者是美丽善良逆来顺受的女性典型,具备男性所要求女性具备的一切"优秀"品德:当父亲不顾婚约将她送给国王时,当国王故意当面和别的女人调情时,甚至当她遭到野兽般的强奸时,她都默默地忍受。但是强暴者仍然割去她的舌头,使她永远失去开口的可能,因为丧失说话能力的女人更接近父权社会的理想女性。和拉维尼亚相反,塔摩拉则是男性传统中妖妇的化身。她工于心计,野心膨胀;她是寡妇,自然就淫荡多欲;为了私欲,她可以借最残忍的手段摧残拉维尼亚。但是这样的人不能作为女性,所以莎氏把她写成"两性人",可以不需要依赖男性而存在。她的自给自足打乱了男性生活结构的秩序,对父权制度构成挑战,引起男性的恐慌。结果可想而知,男性收回王位,回复了罗马原来的秩序,塔摩拉最终也难逃拉维尼亚的下场,成为男权的牺牲品。

和英美女性主义相比,法国女性主义传统思辨性更强,双方的区别可以用她们对"妇女"一词的理解来加以说明。英美女性批评注重的是一个个活生生的女性:她的困难、痛苦、实际经历;而法国女性批评研究的不是社会上的女人(women),而是这个女人在"写作效果"里的反映(woman),即写作中反映出的女性观①。法国女性批评受到后结构主义批评理论的影响,关注于如何颠覆、打破男权话语,认为英美传统过于肤浅,难逃男权主义的罗网。需要指出,女性主义对"理论"始终持有戒心,因为"理论"是男性色彩非常浓厚的词语,长期以来被男权所垄断,借以显示女性的低下。因此英美女性主义批评不大情愿和具有男性话语特征的各种当代批评理论靠得太近。法国女性批评家充分意识到这一点,但采取的策略完全不同。她们我行我素,似乎不屑和法国之外的同行进行交流。英美女性传统对法国学派的做法颇有微辞,但是法

法国批评家伊瑞盖莱(1934—)

国女性主义的影响毕竟太大,很多美国女性批评家对法国理论趋之若鹜,所以法国理论在英美女性批评理论中十分重要。

七十年代较有影响的法国女性主义批评家是伊瑞盖莱(Lucy Irigaray)。她是心理学家,获哲学、语言学博士学位,曾师从法国著名心理学家拉康,德里达的解构主义哲学对她也很有影响,但她只是汲取其中的某些见解,同时对这些男性学说颇有保留。伊瑞盖莱关注的中心是西方形而上传统如何建

---

① "法国理论强调的不是文本里的性别,而是性别中的文本。法国人谈论女性写作(l'écriture féminine)时,她们谈的不是沃尔夫和萧瓦尔特力图揭示的女性写作传统,而是某种写作程式,这种程式会消解固定意义"(同上,10)。

构"女人"。她认为,西方的主导话语对女性的态度十分虚伪:一方面把女性当成负面因素,作为自己的反面;一方面又竭力抹去女性和男性的差异,以男性来代表女性,使之完全失去自己的身份。为了揭示被男性权势所掩盖的女性特征,伊瑞盖莱十分注重"女性语言"(parler femme),即由女性身体所传达出的女性特征,她 1977 年的著作《这个性别不止一个》便是一例。西方哲学传统里,总是赞美以阳具为代表的男性,女性则依其性特征被定义成"缺乏"、"不存在",她的肉体存在只是为了显示男性的在场。伊瑞盖莱指出,为了证明女性的存在,就必须使用完全不同的话语来定义女性特征。她认为,和男性专注于一点不同,女性的特征就是"发散":不仅她在性生理上如此,在思维上也是发散式,说出的话充满差异,意义的表达更加微妙,因此男性认为女性逻辑混乱,词不达意,把这些看成是女性的弱点,殊不知女性的天性就是多元性、复

法国批评家克里斯蒂娃(1941—)

数性,反对二元对立,喜欢处在边缘地带,是男性主宰欲的天然对立面,难怪要遭到男性的挤压(Irigaray in Gunew, 1991: 204—211)。伊瑞盖莱的评判既犀利又俏皮,但是显而易见她使用的仍然是德里达式的男性理论话语,这是不是反证了"女性依赖男性"的论题? 另外,伊瑞盖莱竭力要建立女性特征,这也是在重复着男性的二元对立说。或如一位批评家所言,她"质疑心理分析的性别歧视语言,却没有检讨一下自己的语言,不是也深深地根植于同样的心理分析"(Todd,1988: 60)?

八十年代法国女性主义论坛的主将非克里斯蒂娃(Julie Kristeva)莫属。克里斯蒂娃是语言学家和心理学家,关注写作主体的政治含义,批评所谓连贯不变的语言系统,力图打破象征父权的"象征秩序",手法就是依赖她所谓的"符号域"(semiotic domain)。这个观点在《关于中国女性》一书里得到很好的表述。克里斯蒂娃 1974 年访问中国大陆,回国后写成此书于当年出版。这不是典型的法国女权理论著作,而是访问观感;但在浮光掠影的印象之间,透露出作者对女性主义的理论思考。克氏首先把中国看作一个"他者",西方社会对这个异己视而不见,甚至采取压制的手段,以保持自己的主导地位,而中国的崛起正是要显示"他者"的存在,向压迫者提出挑战。克氏显然把中国女性主义化,以突出女性主义的政治含义。她进一步比较了中西语言的差异。中文是象形文字,和西文相比更加直观,蕴含的历史积淀更多,

触及的心理层次更深①。中文是辨音文字，幼童对声音最敏感，因此中国儿童进入意义/社会层面更早；此时的幼童（半岁）对母亲的依赖仍然十分强烈，所以母亲对儿童的生理心理影响更大，母亲在社会的角色和作用也更大。据此克氏猜测中文也许具有某种前俄狄浦斯、前象征的"语域"（register），这正是法国女性批评家超越弗洛伊德男权主义的做法。克氏另一个有意思的表述是对半坡遗址的观后感。半坡位于西安郊区，是八千年前的文化遗址，七十年代开始展出。克氏对当时的母系社会尤感兴趣，称之为人类的"黄金时代"，不厌其烦地列举女性在当时的中心地位，津津乐道于房中术、女同性恋等现象。这里克氏也许犯了"时代错误"（anachronism）：当代人的感受未必符合原始社会的实际。中国的男权思维由来已久，母系社会的现实岂能代替？而用八千年前的社会来解释当代中国，就更容易出现谬误。克氏造访时中国国内正是文化革命的一个特殊时期：江青出于政治目的宣扬女性至上（半坡遗址当时也服务于这个目的），这和西方的女性主义十分不同。据此推断中国女性已经摆脱了传统的束缚②，尽情享受着"性愉悦"（jouissance）③，则相距实在太远（Kristeva, 1977: 12—15, 55—65）。

法国女性主义的另一位活跃人物是希苏（Hélène Cixous）。她的主要著述写作于六七十年代，八十年代被介绍给美国学术界，影响至今不衰。希苏受到法国后结构主义的影响，但是和伊瑞盖莱和克里斯蒂娃一样，她对德里达、巴特和拉康只是利用而非赞同。在三位法国女性批评家里，希苏的本质论（essentialism）倾向也许最重，即专注于寻找女性独有的性特征，以此区别于男性。《美杜莎的笑》是她的名著④。希苏承认追求女性的本质会陷入男性形而上传统的二元对立，但申辩道当今女性有必要知道自己的特征，并且利用这个特征反击男权的压迫。为了和二元论有所区别，她用德里达的差异论重新界定了女性的"性区别"：这个差别不是女性主义通常所说的男性

---

① 德里达出于相似的目的也认为，中文这样的象形文字要优于西方的拼音文字。见第八单元。
② 中国封建社会历史漫长，对女性的摧残也严重，如缠足历时一千余年，民间有各种形式的"赛脚会"，其对女性生理心理禁锢的程度实属罕见。清人入关后朝廷曾明令禁止，但终是"唯一无效的圣旨"。可见此传统的顽固性。
③ 这是法国女性批评家爱用的心理学词汇，含义很多，除了感官上的性愉悦外，还指政治经济社会地位等象征层面上自发产生的愉悦。英语没有与之对应的词。
④ 希腊神话中美杜莎是海神福尔库斯之女，因得罪智慧女神雅典娜被变成怪物，蛇发铜爪，凡人见到皆化为石块，后被英雄柏修斯割下头颅。基督教传统中美杜莎代表恶魔，是极端反面的象征。人类学家认为她表现人类从母系社会到父系社会转折时期的心态：男性对女性感到既新奇又恐惧，把她视为神秘莫测的大海或威力无比的自然。弗洛伊德曾写《美杜莎之首》（1922），把她视为对男孩进行阉割惩罚的女性。此外，美杜莎常戴着面具，所以无法进行表征，是被掩盖的"存在"（Cf. Brunel 1992: 779—787）。

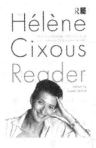对女性的谬见(对立面、否定、缺乏),也不是某些激进女性主义主张的和阳性格格不入的纯粹阴性的外部表现,而是一种本体意义上的差异,即解构意义上的"延异的女性"(feminine as difféance)。这里,女性被定义为男性传统的"他者"(Other),身处几千年男性所精心构制的思维结构的边缘,其象征就是多元、复数、发散,随时从事着颠覆男性中心的活动。她从女性的生理结构、思维特点、表达方式为例,说明女性性快感的他者性、包容性、政治性。也就是说,希苏的女性不是简单的否定男性,而是男性他者的扩展,延伸,其作用是打开男性的封闭结构,从内部消解男权主义(Cixous in Adams & Searle,1992:309—320)。尽管希苏有意识地使用"女性写作"方式进行表述,她的理论仍然过于夸张,鼓动宣泄大于理性思考;也有学者指出并不是所有女性都喜欢"性愉悦",而且这种愉悦和现实女性权益也没有明显的直接关联(Eagleton 1986:205—206)。但是希苏的"女性身体写作"和克里斯蒂娃的"符号写作"一样,确实有助于揭示女性作品的独特表现。

显然,以上三位法国女性主义理论家的主张有很大的一致性,但她们之间的差异也十分明显。其实法国女性主义内部充满争论,如有些人指责以上三人的理论过于晦涩而且很难实证;美国批评家更是评判法国理论故弄玄虚,游离于社会历史之外。进入八十年代后,西方女性主义批评家一直试图综合这两种女性主义批评理论,使评判男权话语和具体女性体验相结合。

以上对女权主义发展历史的回顾表明,女性的地位、身份问题有着深刻的文化背景,而且由于各种文化间的巨大差异,要使女性整体现状得到改变需

二战宣传有了女性主义新版本

要漫长复杂的过程。此外,女性权益的获得也不是线性发展,不是随着时间的推移、科学的进步、认识的提高就必定不断改善。毋庸置疑,女权运动的确取得了明显成绩,女性地位是在逐渐提高,女性意识确实不断深入,其影响渗入到其他的人文研究领域[①];与此同时,对女性的歧视、排挤也总是以新

---

① 在1999年9月27日哈佛燕京学社的一次儒学讨论会上,杜维明先生提到,近二十年东亚文化价值观的地位在西方上升,和女性主义有密切联系,因为同情、群体、情理这些东亚文化特征和女性主义者揭示的女性特征非常接近,和代表男性强权的基督教文化传统(理性、个人、法律)不同。因此六十年代兴起的女性主义思潮是当代泛文化研究的重要资源。

的形式出现,有时甚至比旧势力有过之而无不及①,如以往很少介入政治的宗教六十年代起一改惯常做法,以政治组织的形式(如美国极端保守的"道德大多数"和反对堕胎的"生命第一"等宗教组织)参与大选,影响极大,有些人甚至不惜采取暴力恐怖手段(如暗杀实施堕胎的医生,爆炸其诊所),导致有些女性批评家对女性主义的前景非常悲观。因此,我们至多可以说尽管女性主义在艰难地向前迈进,它的发展是一条螺旋型的轨迹,充满迂回和曲折。但是毋庸置疑,随着时代的进步女性主义的发展更加平稳、成熟。女性不再会为一时的胜利沾沾自喜,也不会为不断碰到的障碍垂头丧气。八十年代西方社会争取妇女权益的大规模运动今日已经罕见,女性主义也因此失去了基础,缺乏促动力(Collier & Geyer-Ryan, 1990:199);和其他西方批评理论一样,关注女性问题的主角由社会活动家转到大学教授,大学成了女性主义得以施展的唯一领域。但是和其他后结构主义批评理论略有不同的是,当代女性批评理论不仅仅只是"纸上谈兵"。接受过女性主义批评理论熏陶的一代大学生(尤其是女大学生),其女性觉悟空前提高,进入社会后自觉或不自觉地成为女性主义的实践者。她/他们坚忍不拔,执著追求,推动着西方社会女性意识的一步步深入,实实在在地造福着广大女性。这是女性主义批评理论最大的功绩和收获。

性/文本政治(莫伊)

陶丽·莫伊(1953—)先后在杜克大学和波根大学教授心理学和文学,对女性主义批评理论情有独钟(《性/文本政治:女性主义文艺理论》,1985),尤其擅长法国女性主义批评理论(《克里斯蒂娃选读》,1986;《法国女性主义思潮:选读》,1987;《女性主义文艺理论与西蒙·德波瓦》,1990)。她以"女性主义批评实践中喜争好斗的风格"而闻名,既偏重理论,喜爱政治批评,也注重联系具体的生活实际。《性/文本政治》研究的是英美当代女性主义批评理论中出现的主要倾向,既批评美国评论家们不

---

① 美国有影响的女性主义组织"Feminist Majority Foundation"主席埃莉诺·斯米尔1999年10月在哈佛大学的演讲中承认,反女性主义"回潮"(backlash)在今日达到登峰造极的地步,令美国女性主义组织不得不花费巨大的资源来重新实施女性主义几十年前的做法:保护女性的人身安全。这里当然有"反攻倒算"的意味,但是也与女性主义的某些"激进"的做法有关联。一些道德底线被突破后,便会引起社会的不满和反弹。美国基督教社团发起的"真爱要等待"(Truth Love Waits)运动,要求青少年和大学生签署婚前自律誓言,把性与爱情、家庭、责任联系在一起,十几年来已经募集了数百万签名者,国内媒体也把它作为正面材料加以肯定和宣传,殊不知这本身就是对女性主义的一个"反动"。

够重视女性主义理论本身,也同时批评法国女性主义不会激励人们的同情心,没有采取实际行动。

对萧瓦尔特来说,女性主义批评家阅读这本书①的唯一正确方法就是"与它的叙事策略保持距离"(萧瓦尔特:《她们自己的文学》第285页)。如果她的确做到这一点,她就会发现《房子》根本就不是一个特别具有解放性的文本:"如果将《自己的一间房子》看作文学史上女性美学的文献,并与它的叙事策略保持距离,双性同体和一间自己的房子这两个概念就不会像乍看上去那样有解放性意义或者特别突出了。他们都有一个阴暗面,一个属于流放者和宦官的阴暗面"。在萧瓦尔特看来,沃尔夫的作品总在逃避批评家的观点,始终拒绝坚持一种前后一致的立场。她将这种含糊解释为沃尔夫对真正的女性主义思维,也就是对那些"愤怒的异化思想"的否定,也是沃尔夫实现布鲁姆伯利小组"政治艺术分离"理想的努力②。萧瓦尔特认为,沃尔夫"避免描写自己的经验"这个事实就是这种分离的证明。既然这种逃避让沃尔夫不可能真正写出女性主义的作品,萧瓦尔特自然得出结论说《三个基尼》和《自己的一间房子》都不能算是女性主义作品。

……这种方法(指隐晦的卢卡契式的方法)最大的不足无疑表现在它无法让本世纪英国最伟大的女作家的作品为女性主义而用,尽管沃尔夫不仅是相当有天赋的作家,她自己也宣称是一名女性主义者,并致力于解读其他

沃尔夫和父亲斯蒂芬,1902

女作家的作品。如果说女性主义批评家不能对沃尔夫的作品在政治上文学上做出积极的评价,责任就在于他们自己的批评方法有问题,而不是沃尔夫的作品有问题,这种说法当然值得商榷。但是是否除了这种对沃尔夫的否定性阅读外女性主义批评家就没有其他选择呢?让我们来看看是否可以用一个不同的理论方法将弗吉尼亚·沃尔夫留在女性主义政治里。

萧瓦尔特想要文学文本为读者提供一个判断世界的牢靠方法或稳定的视角。而沃尔夫正相反,恰恰好像在用一种我们可以称为"解构主义"的形式写作,致力于表达并揭示话语的含混性。沃尔夫在她的写作中旨在揭示

---

① 指弗吉尼亚·沃尔夫的《自己的一间房子》(1929)。
② 布鲁姆伯利小组(Bloomsbury Group),二十世纪初期英国文人小团体,成员包括沃尔夫一家以及小说家福斯特和经济学家凯恩斯等,其成员有同性恋倾向,见第十二单元。

语言拒绝指向任何隐含的本质含义。用法国哲学家雅克·德里达的话来说,语言就是建立在一个无穷无尽的对含义的延异上,任何寻求本质的、完全确定的含义都被看作是种形而上学。没有什么终极要素,也没有什么最根本的单位,没有什么自身意义自明的超验所指,可以逃避语言延异和差异无止境的互相作用。能指的自由游戏永远也不会产生一种可以用来解释其他一切的终极意义。就是在这样一种文本与语言理论的光照下,我们才可以阅读沃尔夫的小说和《自己的一间房子》中游戏的变化和视角的转变,而不会把它们当作让严肃的女性主义批评家大伤脑筋的东西。沃尔夫通过有意识地利用语言的游戏与感性本质,抵制了隐含在父权意识形态中的形而上学本质论,后者将上帝、父亲或者菲勒斯奉为超验所指①。

但沃尔夫做的还不仅是进行这种非本质主义的写作。她也表达了对男性人文主义者关于基本人性概念的深刻怀疑。如果意义是差异永无止境的游戏,如果在场和不在场都是意义的基础,那么这种不言自明的身份能是什么呢?精神分析理论对人文主义身份观也提出了质疑,沃尔夫对此无疑也了解。她和她丈夫列纳德·沃尔夫②共同创办的霍加斯出版社出版了弗洛伊德主要著作的首批英译本。弗洛伊德 1939 年到伦敦时,沃尔夫去拜访了他。似乎开玩笑一样,我们得知弗洛伊德送了她一枝水仙花。

正如弗洛伊德认为的那样,沃尔夫也认为无意识的冲动和欲望总给有意识的思想和行动施加压力。精神分析认为作为主体的人是一个复杂的整体,而意识只是其中很小的一部分。然而,只要谁接受了这种主体论,就不可能认为有意识的愿望和情感来自于一个统一的自我,因为我们根本无法得知可能是无限制的无意识过程,它造就了我们的有意识思维。那么,有意

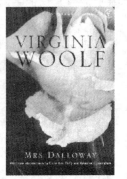

沃尔夫:《达洛卫夫人》

识的思维就应该看作是一种多重结构的"由多种因素决定的"表现。这多重结构交互在一起产生出那种不稳定的集合体,自由人文主义者称之为"自我"。这些结构不仅包含无意识的性欲、担心和恐惧,还包含大量相互矛盾的物质的、社会的、政治的、意识形态的因素,这些因素同样是我们意识不到的。反人文主义者坚持说,就是这个高度复杂的矛盾的结构体导致了主体

---

① 菲勒斯(the phallus),即男性生殖器,古时曾是世界许多地区崇拜的图腾,被现当代西方批评理论(精神分析、神话原型,尤其是诸多后结构主义理论)用来代表权威,中心。

② 沃尔夫(Leonard Sidney Woolf),1880—1969,英国作家,在布鲁姆伯利小组中结识妻子沃尔夫,并长期支持妻子的写作,1917年两人曾共同创立霍加斯出版社。

及其经验的产生,而不是反过来。这种看法当然没有使个体经验有任何不真实或者失去价值。但它的确意味着只有通过研究它们多重的决定因素才能理解它——有意识的思维只是其中一个,而且还有潜在的背叛性。如果同样的方法用之于文学文本,就可以说追求文学作品中统一的个体自我,或者性别身份,或者哪怕是"文本身份",都是一种相当简单化的行为。

正是从这个意义上说,萧瓦尔特建议与文本叙事策略保持距离的举措就无异于压根不读文本了。因为只有通过细察文本不同层次上的详细的叙事策略我们才可以揭示一些互相冲突的矛盾因素,正是这些因素才构成了这个文本,构成了具有这些词语和这些结构的文本。人文主义者对整体认识或整体思想的欲望(或者像霍利说的,"对没有矛盾的世界观的追求")实际上是要求对文学阅读进行大大地简单化,这种阅读根本不可能抓住由先锋的文本产生模式所提出的核心问题,对于像沃尔夫这样的实验作家更加不可能。马克思主义理论家贝尔托·布莱希特批评卢卡契[①],在他看来,这种"没有矛盾的世界观"就是一种反动的世界观。

法国女性主义哲学家朱莉亚·克里斯蒂娃认为罗特雷亚蒙、马拉梅等现代派诗人的诗歌构成了一种"反动的"写作方式[②]。现代派诗歌中的突转、省略、断裂和明显的缺乏逻辑是一种写作,利用身体和无意识的节奏冲破常规社会意义苛刻的理性屏障。既然克里斯蒂娃将这种常规意义看作是维系整个象征秩序,也就是一切人类社会和文化组织的一种整体性结构,现代派诗歌中象征语言的支离破碎对她而言就无异于并预示着一场完全的社会革命。也就是说,克里斯蒂娃认为存在着一种明确的自身是"革命性的"写作,可与性别改造和政治改造相类比。正是这种写作的存在证明了有可能从内部改造传统社会的象征秩序。在这个意义上,我们也许可以说沃尔夫在她的散文中不受小说技巧的约束,拒绝服从一种理性的或者合乎逻辑的写作

克里斯蒂娃在讲课

形式,这显示了一种类似的同象征语言相脱离,她在小说中采用的很多技巧当然也表明了同样的道理。

克里斯蒂娃还认为,很多女性与前俄狄浦斯阶段母亲形象联系密切,所

---

① 布莱希特(Bertolt Brecht),1898—1956,二十世纪最具影响的德国剧作家、戏剧理论家,在反映现实的过程中接受了马克思主义,著名作品有《大胆妈妈和她的孩子们》(Mother Courage and Her Children 1939)和《伽利略传》(Galileo 1947)。

② 罗特雷亚蒙(Lautréamont),1846—1870,法国诗人,二十世纪超现实主义诗歌的先驱;马拉梅(Stéphane Mallarmé),1842—1898,法国诗人,讲究诗歌创作手法。

以可以让一种她称之为无意识的"痉挛发作"来破坏她们的语言。但是,如果这些无意识冲动全部控制主体时,主体就会回到前俄狄浦斯时期或者陷入想象混乱中,从而得上某种精神疾病。换言之,让这些发作在语言中破坏象征域,主体变疯的危险也更大。在这个语境下来看,沃尔夫周期性的精神病发作与她的文本策略和她的女性主义都是分不开的。因为象征秩序是由父权法则统治的秩序,任何试图破坏这种秩序,让无意识力量突破象征压迫,就将他/她自己置身于反抗这种统治的位置。沃尔夫自己从精神病机构那里受够了父权压迫。《达洛卫夫人》不仅极妙地讽刺了精神病治疗这个职业(其代表就是威廉·布拉肖爵士),而且也通过塞普缇莫斯·史密斯这个人物非常有悟性地再现了一个死于"想象"混乱的人。事实上塞普缇莫斯可以看成是克莱丽莎·达洛卫的负面翻版。后者以压抑自己的感情和欲望为代价才避开了危险的疯狂的深渊,成了一名父权社会高度赞赏的冷漠而出色的女性。沃尔夫就这样揭露了无意识冲动侵犯的危险,以及主体得以保持精神正常所要付出的代价,如此要在对所谓"女性"疯狂做过高的估计和断然拒绝象征秩序之间要取得一种平衡才显得如此艰难。

很明显,克里斯蒂娃认为决定一个人革命潜能大小的不是个体的生理性别,而是他/她采取的主体立场。她对女性主义政治的态度反映出她对生理主义和本质主义的抗拒。她认为女性主义斗争必须从历史和政治的眼光出发分三个阶段来看,简要概括起来就是:

(1) 女性要求平等地进入象征秩序。自由女性主义。平等。

(2) 女性以差异的名义拒绝男性象征秩序。激进女性主义。赞美女性气质。

(3) (克里斯蒂娃自己的立场)女性拒绝形而上学的男女两分法。

第三种立场解构了男性气质和女性气质之间的对立,所以也就必须向身份这个概念提出挑战。克里斯蒂娃写道:

> 在第三种立场上,我强烈提倡的是——是我想象的?——男人/女人作为两种对立体的两分法可以理解为具有形而上学性质。在身份这个概念本身都受到挑战的新理论和科学领域,"身份"甚至"性别身份"还有什么意义呢?("妇女的时间",第33—34页)

第二种和第三种立场的关系还需要做一些评价。如果要捍卫第三种立场就意味着要完全抛弃第二个阶段(我不认为如此)的话,那将是一个令人惋惜的政治错误。因为通过捍卫女性特质来反抗鄙视女性特质的父权压迫仍然是女性主义者的基本政治立场。但是"没有经过解构"的女性主义第二阶段没有意识到性别身份形而上学的本质,也可能成为颠倒性别的性别主

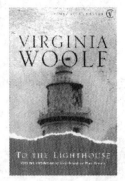

沃尔夫:《去灯塔》

义。因为他们的做法就是不加批判地接受父权秩序中的形而上学范畴,来把妇女维系在她们应当呆的位置上,尽管她们也试图将新的女性主义价值观赋予这些旧范畴。于是,在某种意义上,克里斯蒂娃"解构的"女性主义使一切依然照旧——我们在政治斗争中的立场没有改变,但在另一种意义上又使我们对这场政治斗争本质的认识发生了巨变。

在此,我觉得克里斯蒂娃的女性主义和六十年前弗吉尼亚·沃尔夫采取的立场是遥相呼应的。在这个意义上,《去灯塔》展示了以拉姆塞先生与太太为代表的形而上学顽固的刻板不变的性别身份毁灭性的本质,而丽莉·布里斯科(艺术家)则代表了解构这种对立的主体,看出这种对立的恶劣影响,在依然严格的父权秩序里尽可能地活出女性自我,不理会社会要求她屈从的残缺不全的性别身份。我们应该在这样一个语境下来把握沃尔夫至关重要的双性同体概念。它不是像萧瓦尔特说的那样是一种逃离刻板性别身份的表现,而是对它们形而上学曲解本质的一种揭示。沃尔夫绝不是因为害怕而逃避这种性别身份,她反对它们,因为她看穿了它们的本质。她懂得女性主义斗争的目标必须就是解构这种僵死的男女两性的二元对立。

(凌建娥 译)

关 键 词

女性主义政治(feminist politics)
话语的含混性(duplicitous nature of discourse)
含义的延异(deferral of meaning)
超验所指(transcendental signified)
语言的游戏与感性本质(sportive and sensual nature of language)
非本质主义的写作(non-essentialist form of writing)
父权意识形态(patriarchal ideology)
形而上学本质论(metaphysical essentialism)
前俄狄浦斯阶段母亲形象(pre-Oedipal mother-figure)
痉挛发作(spasmodic force)
性别主义(sexism)
本质主义(essentialism)

双性同体（androgyny）

关 键 引 文

1. 就是在这样一种文本与语言理论的观照下，我们才可以阅读沃尔夫的小说和《自己的一间房子》中游戏的变化和视角的转变，而不会把它们当作让严肃的女性主义批评家大伤脑筋的东西。沃尔夫通过有意识地利用语言的游戏与感性本质，抵制了隐含在父权意识形态中的形而上学本质论，后者将上帝、父亲或者菲勒斯奉为超验所指。

2. 既然克里斯蒂娃将这种常规意义看作是维系整个象征秩序，也就是一切人类社会和文化组织的一种整体性结构，现代派诗歌中象征语言的支离破碎对她而言就无异于并预示着一场完全的社会革命。也就是说，克里斯蒂娃认为存在着一种明确的自身是"革命性的"写作，可与性别改造和政治改造相类比。正是这种写作的存在证明了有可能从内部改造传统社会的象征秩序。

3. 克里斯蒂娃还认为，很多女性与前俄狄浦斯阶段母亲形象联系密切，所以可以让一种她称之为无意识的"痉挛发作"来破坏她们的语言。但是，如果这些无意识冲动全部控制主体时，主体就会回到前俄狄浦斯时期或者陷入想象混乱中，从而得上某种精神疾病。换而言之，让这些发作破坏语言，主体变疯的危险也更大。

4. 但是"没有经过解构"的女性主义第二阶段没有意识到性别身份形而上学的本质，也可能成为颠倒性别的性别主义。因为他们的做法就是不加批判地接受父权秩序中的形而上学范畴，来把妇女维系在她们应当呆的位置上，尽管她们也试图将新的女性主义价值观赋予这些旧范畴。

5. 我们应该在这样一个语境下来把握沃尔夫至关重要的双性同体概念。它不是像萧瓦尔特说的那样是一种逃离刻板性别身份的表现，而是对它们形而上学曲解本质的一种揭示。沃尔夫绝不是因为害怕而逃避这种性别身份，她反对它们，因为她看穿了它们的本质。她懂得女性主义斗争的目标必须就是解构这种僵死的男女两性的二元对立。

讨 论 题

1. 莫伊在伊莱恩·萧瓦尔特对沃尔夫的批评中发现了什么问题？为什么这些问题对莫伊来说至关重要？

2. 评论下面的两段话。其中有相互矛盾之处吗？

如果意义是差异永无止境的游戏，如果在场和不在场都是意义的基础，那么这种不言自明的身份能是什么呢？

因为通过捍卫女性特质来反抗鄙视女性特质的父权压迫仍然是女性主义者的基本政治立场。

3. 一些女性主义批评家对解构主义理论怀有戒心，因为它带有明显的男性中心的痕迹，而莫伊则欣然接受解构主义。讨论。

她们自己的文学（萧瓦尔特）

伊莱恩·萧瓦尔特（1941— ）是普林斯顿大学教授，文艺批评家。她力图恢复女性文学和文化历史，追溯女性文学批评的发展轨迹，呼吁从女性的角度进行课程和教学改革。她的相关著述包括：《她们自己的文学：从勃朗特到莱辛的英国女性小说家》（1977），《妇女疾患：妇女、疯癫及英国文化，1830—1980》（1985），《新女性主义批评、女性；文学、理论论集》（1985）。她的论述在很大程度上可以代表美国女性主义文学批评的风格，较之心理分析倾向浓重的法国女性主义批评理论，她更加注重实践和社会现实，"理论"的味道也淡一些，但她同时并没有忽视分析、综合女性主义的各家理论，力图兼容并蓄，各采所长。

近年来，女性主义批评家们越来越重视弗吉尼亚·沃尔夫的力量和高贵，颂扬她达到了新的文学敏感高度——不是女性敏感性，而是双性同体的敏感性。卡罗琳·海布伦①将布鲁姆伯利小组成员视作双性同体生活方式的首批榜样。她要求我们承认，这些成员都极具爱的能力，爱欲在他们的世界里是一种愉悦的情感，他们的生活中几乎没有嫉妒和谁统治谁的问题。要我们去试图理解的是，弗吉尼亚·沃尔夫就是在这样的环境下自由发展着她的本性，男性和女性两方面的本性，并创作出一种适合表达她双性同体思想的小说形式。

真正的双性同体即女性和男性气质在感情上得到完全的平衡与支配的概念是诱人的，尽管我怀疑它像所有乌托邦式的理想一样缺乏热情和活力。然而不管双性同体的抽象价值会是怎样，在弗吉尼亚·沃尔夫生活的社会里妇女最不可能完全表达自身的双性特征，即同时表达抚育和侵略。尽管

---

① 海布伦（Caroline Heilbrun），1926—   ，笔名 Amanda Cross，哥伦比亚大学英语系教授，曾任全美现代语言学会（MLA）主席。

弗吉尼亚·沃尔夫有巨大的天赋,她也只能像她自己在《自己的一间房子》中描绘的妇女那样遭受阻碍和分裂。双性同体只是一个她用来逃避自己痛苦的女性经验的神话,令她抑制自己的愤怒和抱负。沃尔夫继承了一种百年的女性传统;再没有其他女作家像她这样和这种传统有如此深的联系,甚至被它迷惑住。但到了她生命的晚期她又转回到起点,转回到她曾经研究过并同情的两位女士身边,即忧郁的、充满内疚的、有自杀倾向的温彻尔西夫人和纽卡所公爵夫人。除了她个人生活的悲剧以外,她还背叛了自己的文学才能,她采纳了一种女性美学,却最终证明完全不适合自己的目的,其结果只是阻碍了她的发展。

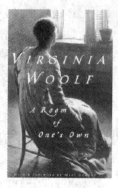

沃尔夫的《自己的一间房子》

弗吉尼亚·沃尔夫对女性经验如何导致女性的弱势最为敏感。但是她对女性经验如何使女性强大起来仿佛就完全没那么敏感了。在1918年的评论中,她无可挑剔地写到几位前辈女作家的问题:她们的家庭责任,她们狭小的生活圈子,她们的困惑和愤怒等。"我们感到了其中恐惧的力量",她这样描写夏洛蒂·勃朗特笔下的罗彻斯特形象,"就像我们被压迫的时候会感觉到酸痛,我们觉察到她的激情下面淤积着的深深的痛苦,一种对那些尽管不错的书的积怨,使之带有痛苦的痉挛"。所有这些充满激情的反应她都哀叹,因为她认为它们歪曲了艺术家的正直。她以同情和轻蔑的手法描写当时的女作家如何处于劣势,如何被侵犯——这是一个重要而得到广泛认可的发现。在希望妇女能够从这些日常家务和痛苦中脱离出来,"稍微离开公共起居室,看看人与社会的关系而不只是人与人的关系"的时候,她在提倡一种策略性的退让,而不是夺取胜利;一种对感情的否定,而不是对感情的把握。

我们可以轻易地从这本书最后一章所讲的双性同体理论中看出这种退让,那是从心理上和理论上对私房中暗含的物质改革的延伸。沃尔夫是以一种相当低调的方式谈起双性同体的,仿佛它只是一种事后的想法。但它其实不仅是她这本书的核心,也是她小说的核心。用沃尔夫的话来说,双性同体的思想是对女性作家两难处境的回应。她们所遭遇的感受太棘手了,要处理好的话就得冒险失去家人,失去听众,失去阶级。比起带打字机的办公室来,自己的一间房屋是解决她们问题的第一步。它象征心理上的退却,

《她们自己的文学》

是对他人要求的一种逃避。玛丽·贝顿或者玛丽·卡姆凯尔都不会在进入那间房间后从对闲言碎语的恐惧中解放出来①,也不会因此就有了一道防线可以表达她们的愤怒或者痛苦。相反,她们会受到鼓励来忘却自己和姐妹们的痛苦,来寻求一种隐藏的或者超脱的意义。沃尔夫相信,双性同体的思想会以女性特有的词语表达它自己,但会是纯粹的,无意识的,因为女性的实质用新的顺从的语言和开放的结构提炼出"那种性别无意识状态下才有的奇特的性别特征",使之成为一种普遍而无害的思维方式。没有了愤怒,女性特质就会覆盖小说,成为一种光滑的富有吸收力的表面物质。

在描写双性同体的时候,沃尔夫进一步想象,人类这种高度发达富有创造的大脑是不需要什么身体隐私来超越性意识负担的。她在优雅地逐步讲到这个思想的那一段话里就明确无误地宣布女性意识是一种痛苦的意识:

> 如果一个人是女人,她就常会被一种突然的意识所震惊,比如说在白厅散步的时候,意识到自己作为文明的自然继承人,却又恰恰游离在那种文明之外,对文明产生陌生和批评感。很明显,人的思想关注的目标总在改变,将世界带入不同的视角。但有一些思想,即使是那些临时产生的,也会显得没有其他的一些思想那么让人舒服。为了让自己始终保持这些思想,人就会不由自主地压抑某些东西,而这种抑制久而久之就变成了一种刻意的行为。不过也许有的思想是不需要人刻意努力就可以保持下来的,因为没有什么需要抑制的。

尽管这里用了一些不确定的代词,但我还是认为沃尔夫所讲的那些令人不太舒服的思想就是那些愤怒的异化的思想,女性主义思想,而她希望能拥有一种更平静更舒服的思想。

在弗吉尼亚·沃尔夫的病历中,焦躁不安是精神崩溃的第一个症状,而她对去除压抑保持镇定的需要已经非常接近于这些刻意抽象句子的表面意思。她的医生在1925年说:"镇定,让自己镇定。"但如果一个人是女人,她如何在不公正的现实面前镇定得起来?有一种奇怪的暗示就是,弗吉尼亚·沃尔夫提出的双性同体的解决办法中潜藏着相当于心理学上的前脑叶白质切除术的危险。然而当她真的写到双性同体时,沃尔夫还是用了一个意象直接描述意识大脑中男性与女性权力的交媾:

> 如果这个人是一个男性,他大脑中的女性部分也会发挥作用。而一个女性也会

---

① 贝顿(Mary Beton)和卡姆凯尔(Mary Carmichael)是《自己的一间房子》中两个人物的名字。

和她大脑中的男性进行交媾。当柯尔律治说了不起的大脑都是双性同体的时候,他说的可能就是这个意思。惟这种互相交媾方使大脑得到滋养而发挥其全部的才干。也许一个纯粹是男性的大脑和一个纯粹是女性的大脑一样不能创造。

这种与生理学上的性行为进行详尽的弗洛伊德式的类比,尤其在最后一句话中,几页以后又被谈起,那一段几乎是性爱狂欢。

> 有些异性婚姻是不得不完成的。如果我们认识到作家是用他全部的经验在交流,那么整个大脑就必须躺下伸展开。要有自由,要安静……应该拉下窗帘。我想一旦作家的经验交流完了,他必须仰面躺着,让他的脑子在黑暗中庆祝它的婚礼。他不应该去看或者怀疑所做的一切。

很明显沃尔夫没有看一下或者怀疑她在这一段话里所干的一切:让作家是男性的。在这样一个代词尤其受到控制的书中,这可不是什么小事情。我认为这表明,她下意识里如何感觉到"屋里的安琪儿"那温柔而没有感觉的手落在她肩上,甚至要审查这段无辜的隐喻性的幻想,将它移交给一个男性窥淫癖的大脑。哪个如此压抑下的女作家还可以假装是双性同体,还漠然而专一呢?在某种意义上,沃尔夫自己知道双性同体是一种压制,至少也是一种自我约束。要说她力荐双性同体,还不如说是她对女性主义事业的警告:"任何作家在写作时想到自己的性别都是致命的。做一个完全简单的男人或者女人都是致命的。人必须要是有男性气的女人或者带女子气的男人。女人要是重视自己的哪怕一丁点的痛苦也是致命的,即使是公正地恳求什么也是致命的,有意识地像一个女人说话也是致命的。而这里说的致命可不是比喻的说法。带着这种有意识的偏见写的东西注定是没前途的。它得不到受孕"。在很大意义上,沃尔夫都在表达一种带阶级倾向和布鲁姆伯利集团倾向的理想就是将政治与艺术分离,追求双性倾向。应该指出,她发现了男作家由于过分夸张或张扬男子气而导致毁灭。但也应该看到她的警告包含的不只是一点担心。她在先前的女作家们的生活中注意到这些警告性的故事。她看到社会对因不遵守文明规范而作乱的女性是如何进行惩罚的。这样一来,沃尔夫会开创一种让愤怒和反抗成为艺术缺陷的文学理论,让自己的担心看上去合理。

最后,双性同体的大脑也是理想的艺术家们乌托邦式的寄托:冷静、沉稳、不受性意识的阻碍。沃尔夫想让它成为一种给人带来光明的有成效的思想。但是,就像其他乌托邦式的寄托一样,她的思想是不符合人性的。无论人们如何看待双性同体,它总是代表着一种逃避,不愿直接面对男性或者女性。她理想的艺术家要么神秘地超越了性别,要么没有性别。但是,人们可以想象看待双性同体的另一种方式,那就是完全沉浸于受到性别、愤怒和混乱限制的个人经验。完全理解做一个女人的含义势必让艺术家去理解做一个男人的含义。这种认识不会以任何神秘莫测的方式得以实现,而只能通过直面和表达个人经验中的独特之处,即使这种体验不愉快,或者是禁忌,或者是毁灭性的,所以它会直接道出所有人的秘密内心。

我以为,在一个不同的语境下可以更清楚地看到这个问题。沃尔夫不喜欢小说的党派偏见,她反感过分的民族身份感,并将它和女人的性别身份来比较。

> 女作家们不得不同样面对困惑美国人的很多问题。她们也意识到自己独特的性别;容易怀疑傲慢,急于报复痛苦,急于塑造自己的艺术风格。在以上两种情形下,与艺术没有关系的所有意识——自我意识、种族意识、性别意识、文明意识等,都横跨在她们和稿纸之间,结果导致至少表面看来是不幸的结果。
>
> 比方说,安德森先生如果能忘记他自己具有美国人的身份,显然可以成为一个更完美的艺术家①。如果他能公正地使用新旧词汇,英国英语词汇和美国英语词汇,或者规范词汇和俚语等,他肯定可以写出更好的作品。
>
> 然而,当我们把目光从他的自传转向他的小说时,我们不得不承认(像一些女作家让我们承认的那样),要对世界有新的认识,要从新的角度去观察事物是如此了不起的成就,以至于为了这一点,我们可以原谅他的作品中不可避免的苦涩、自我意识和生硬。

我怀疑没有哪个读者会同意,说美国文学的巨大不足就是它的民族意识,就是那种坚持探索美国文化本土性和独特性的精神,或者坚持使用地域文化产生出的美国英语。能忘记自己身份的所谓完美的艺术家是一个更多地让人同情而不是钦佩的人。同样,要女作家超越任何笨拙的非正统的欲望来描写做女人的感受,这种看法来自于胆怯而不是勇敢。

(凌建娥 译)

关　键　词

双性同体(androgyny)
策略性的退让(strategic retreat)
乌托邦式的理想(utopian ideal)
事后的想法(afterthought)

---

① 安德森(Sherwood Anderson),1876—1941,美国小说家。

异化的思想（alienated mind）
前脑叶白质切除术（lobotomy）
压制（repression）
有男性气的女人/带女子气的男人（woman-manly/man-womanly）
双性（bisexuality）
乌托邦式的寄托（Utopian projection）

关 键 引 文

1. 然而不管双性同体的抽象价值会是怎样，在弗吉尼亚·沃尔夫生活的社会里妇女最不可能完全表达自身的双性特征，同时表达抚育和侵略。尽管弗吉尼亚·沃尔夫有巨大的天赋，她也只能像她自己在《自己的一间房子》中描绘的妇女那样遭受阻碍和分裂。双性同体只是一个她用来逃避自己痛苦的女性经验的神话，令她抑制自己的愤怒和抱负。……除了她个人生活的悲剧以外，她还背叛了自己的文学才能，她采纳了一种女性美学，却最终证明完全不适合自己的目的，其结果只是阻碍了她的发展。

2. 用沃尔夫的话来说，双性同体的思想是对女性作家两难处境的回应。她们所遭遇的感受太棘手了，要处理好的话就得冒险失去家人，失去听众，失去阶级。比起带打字机的办公室来，自己的一间房屋是解决她们问题的第一步。它象征心理上的退却，是对他人要求的一种逃避。……沃尔夫相信，双性同体的思想会以女性特有的词语表达它自己，但会是纯粹的，无意识的，因为女性的实质用新的顺从的语言和开放的结构提炼出"那种性别无意识状态下才有的奇特的性别特征"，使之成为一种普遍而无害的思维方式。没有了愤怒，女性特质就会覆盖小说，成为一种光滑的富有吸收力的表面物质。

3. 在很大意义上，沃尔夫都在表达一种带阶级倾向和布鲁姆伯利集团倾向的理想就是将政治与艺术分离，追求双性倾向。应该指出，她发现了男作家由于过分夸张或张扬男子气而导致毁灭。但也应该看到她的警告包含的不只是一点担心。她在先前的女作家们的生活中注意到这些警告性的故事。她看到社会对因不遵守文明规范而作乱的女性是如何进行惩罚的。这样一来，沃尔夫会开创一种让愤怒和反抗成为艺术缺陷的文学理论，让自己的担心看上去合理。

4. 完全理解做一个女人的含义势必让艺术家去理解做一个男人的含义。这种认识不会以任何神秘莫测的方式得以实现，而只能通过直面和表达个人经验中的独特之处，即使这种体验不愉快，或者是禁忌，或者是毁灭性的,所以它会直接道出所有人的秘密内心。

讨 论 题

1. 沃尔夫文章中什么使萧瓦尔特如此恼火?为什么?
2. "能忘记自己身份的所谓完美的艺术家是一个更多地让人同情而不是钦佩的人。同样,要女作家超越任何笨拙的非正统的欲望来描写做女人的感受,这种看法来自于胆怯而不是勇敢"。讨论。
3. 什么是"双性同体"?这个概念对沃尔夫和萧瓦尔特各意味着什么?
4. 结合上文,讨论萧瓦尔特和莫伊的分歧所在。

再现奥菲丽亚:女人、疯狂以及女性主义批评的责任(萧瓦尔特)

本文写于1985年,是篇典型的美国女性主义批评文章:有理论反思,也有文本阐释,再加上女性独特的生活经历。萧瓦尔特似乎在暗示,由法国理论所代表的后结构主义批评理论虽然有力地批判了当代资本主义,却和女性的实际联系很少,因为后现代理论并不涉及女性独特具体的性别经历,也不关注女性的生存状况.而后者正是美国女性主义文学批评的整体特征,即"女性主义批评家对奥菲丽亚作为一个文学人物和一个妇女负有怎样的责任?"

尽管奥菲丽亚在批评界遭到忽视,可她还是莎士比亚所有女主人公中被描绘和引用最多的女性。她作为文学、大众文化和绘画中的主题,其高显示度和她在莎剧批评中的销声匿迹截然相反,从雷登笔下的溺水美人到鲍勃·迪伦的歌曲"荒凉街区"中的她,到加仑米勒斯公司以奥菲丽亚命名的一款带花纹的床单,都是很好的例证①。为什么奥菲丽亚一直以来成为我们文化神话中的一个如此有力而无所不在的形象呢?就因为哈姆雷特用一个有关女性气质的意识形态观来代替对女性个人的看法,把她命名为"女人"、"脆弱",她就真的代表了所有妇女吗?她的疯狂是不是即代表了社会又代表了该剧对女性的压迫?此外,

---

① 雷登(Odilon Redon),1840—1916,法国画家,象征主义绘画的杰出代表;鲍勃·迪伦(Bob Dylan),1941— ,原名罗伯特·艾伦·齐默尔曼(Robert Allan Zinnernan),美国摇滚歌手。

因为雷欧提斯称奥菲丽亚是"一个疯狂的档案"①,她是否就代表了文本中女人即疯狂或者疯狂即女人的原型？最后的一个问题是,女性主义批评家该如何以自己的话语再现奥菲丽亚？我们女性主义批评家对奥菲丽亚作为一个文学人物和一个妇女负有怎样的责任？

对上述问题女性主义批评家众说纷纭。一些人认为我们应该像一个律师代表其客户一样为奥菲丽亚代言,认为我们应该是她的霍拉旭②,在这个残酷的世界将她和她的事业如实地报告给那些心怀怨气的人。例如,卡罗•尼利主张替奥菲丽亚说话是我们该扮演的正确角色:"作为女性主义批评家",她这样写道:"我必须'讲出'奥菲丽亚的故事"。但是奥菲丽亚故事的含义究竟包括什么？她的生平故事？她被父亲、兄弟、情人、法庭、社会背叛的故事？她被莎剧男性批评家拒绝和边缘化的故事？莎剧中几乎没留下什么线索让我们可以设想奥菲丽亚的过去。全剧二十幕她只在其中的五幕出现;她和哈姆雷特的爱情故事也是由几个

Frank Williams 1855 创作的《奥菲丽亚》

含糊的倒叙带出的。她的悲剧服从于全剧。她不像哈姆雷特一样要在不同的道德选择中做抉择。所以另一位女性主义批评家李•德沃茨得出结论:要从《哈姆雷特》剧本中重构奥菲丽亚的生平是不可能的:"没有奥菲丽亚我们照样可以设想哈姆雷特的故事,但没有哈姆雷特要设想奥菲丽亚的故事根本不可能"。

Paul Albert 1895 创作的《奥菲丽亚》

如果我们从美国女性主义批评转向法国女性主义批评,奥菲丽亚可能证实父权话语下女性除非是疯狂、语无伦次、易变和沉默之外,不可能有其他的表达。在法国父权理论话语和象征体系中,它同否定、缺失、空白为伍。同哈姆雷特比较起来,奥菲丽亚当然是一个空白的人。"我没想什么,殿下。"她在圈套那一场中这样告诉他③,而他却残酷地扭曲她的话:

哈姆雷特:睡在姑娘的大腿中间,想起来倒是很有趣的。
奥菲丽亚:什么？殿下
哈姆雷特:没什么。
(第三幕,第二场,117—119)

---

① 雷欧提斯:奥菲丽亚的哥哥。
② 霍拉旭:哈姆雷特之友。
③ 即"城堡中的厅堂"一场。

伊丽莎白时代,"没什么"是女性生殖器的隐晦语,像《皆大欢喜》里一样。对于哈姆雷特而言,"没什么"就是姑娘大腿之间的东西,因为在男性关于表达和欲望的视觉系统中,女性性器官,用法国心理学家露丝·伊瑞盖莱的话来说,"代表了没什么可见的恐惧"。奥菲丽亚疯了时,葛尔特鲁德说"她的话没说什么",只是"乱说一气"。于是,就法庭认可的措辞而言,奥菲丽亚的话代表着没什么可说的恐惧。没有了思想、性征和语言,奥菲丽亚的故事就变成了"O"的故事——零,一个虚空的圆圈,或者女性差异的秘密,要用女性主义批评来解读的女性性征的密码。

第三种方法就是将奥菲丽亚的故事解读为这个悲剧的女性亚文本,受到压抑的哈姆雷特的故事。在这种解读下,奥菲丽亚代表了伊丽莎白时代和弗洛伊德时代的人对女子气和非男子气的强烈情绪。当雷欧提斯为妹妹的死哭泣时,他形容自己的眼泪"当它们干了以后/我们的妇人之心也会随着消灭",也就是说,他本性中令他羞愧的女性部分就会被排斥掉。在《〈哈姆雷特〉中的女人》这篇重要论文中,大卫·列夫雷茨指出,哈姆雷特对自己本性中的女子被动气质及其厌恶,将其转化为一种对女性的强烈憎恨,转化为他对奥菲丽亚的粗暴行为。他进而认为奥菲丽亚的自杀成为"男性社会驱除女性的缩影,因为女性代表了理性的男性所缺乏的一切"。

要解放奥菲丽亚,或者要令她成为悲剧的中心,就是要按我们的要求重新评价她;要将她分解为女性缺失的代表就是认可我们自己的边缘化。要让她成为哈姆雷特的阿尼玛①,就是将她还原为一个男性经验的隐喻。而我认为奥菲丽亚的确有自己的故事可讲。这个故事既不是她的生平故事,也不是她的爱情故事,也不是拉康的故事②,而是她被再现的历史。本论文力图用美国历史和批评研究的实证精神融和法国女性主义批评关于女性思考的一些范畴,将美国女性主义批评和法国女性主义批评结合起来。

Paul Albert 1895 创作的《奥菲丽亚》

在追溯英国和法国绘画、摄影、精神病学和文学中奥菲丽亚的形象及其舞台再现时,我将首先展示女性疯狂和女性性征之间的关系是如何表达的。其次,我想展示精神病学理论和文化再现中双方的互动关系。正如一位医学史家观察的那样,我们可以通过奥菲丽亚被再现的历史显示出一部关于女性疯狂的手册,

---

① 阿尼玛(anima),拉丁文,"生命"或"灵魂"的意思,荣格用作其原型批评理论术语,常音译。参阅本书第五单元《神话原型批评》。
② 这里萧瓦尔特在含蓄地批评法国后结构主义批评空谈理论忽视实际。

这是因为奥菲丽亚的例子在有关女性疯狂的理论建构中起到非常重要的作用。最后，我想说女性主义对奥菲丽亚的修正既来自于批评家的解读，也来自于女演员的自由表演。当莎剧中的女性角色不再由男孩子而由女性来扮演时，女性的身体和声音赋予了这些角色新的涵义和颠覆的张力，对奥菲丽亚这个角色尤为如此。观照奥菲丽亚在舞台内外的历史过程，我将指出男女演员扮演奥菲丽亚的差异，长期的批评压迫，以及女性主义的重新阐释，当代女性主义批评只是其最新发展。通过从文化历史而不是文学理论的格局着手，我希望自己的结论具有更宽广的女性主义批评责任，对奥菲丽亚的看法有新的视角。

布里吉特·利昂斯说过，"在《哈姆雷特》所有人物当中，奥菲丽亚被赋予了最坚定的象征意义。"她的行为，她的外貌，她的举首投足，她的着装以及她的道具都具有象征意义。多少世纪以来，莎剧批评家在评论时都认为她在剧中的角色主要起形象上的作用。此外，她的象征意义明显与女性有关。哈姆雷特的疯狂是形而上的，与文化有关，而奥菲丽亚的疯狂则是女性身体和女性本质造成的，这个女性本质也许是最纯洁的。在伊丽莎白时代的舞台上，表现女性疯狂是有明确惯例的。在据说是"不好"的四开本版舞台提示中，奥菲丽亚身着白色衣裙，头戴"怪诞的由野花编成的花环"，"头发下垂"，"神情恍惚"，边弹鲁特琴边唱歌。她的台词充满大量的隐喻，自由联想和"大量的与性有关的意象"。她唱着充满欲望和卖弄的歌曲，溺水而亡。

所有这些惯例都带有关于女性气质和女性性征的特别意义。奥菲丽亚空灵的处女般的白裙与哈姆雷特学者装那"庄重的黑衣服"形成鲜明的对比。她头戴的野花暗示着女性性征的双重形象：一方面是处女纯洁的绽放，一方面是妓女般的玷污；她是田园剧中"穿绿衣服的女孩"，纯洁的"五月玫瑰"，又是性方面不言而喻的疯女人，她抛弃花草则象征着玷污她自己。她死的时候戴的"带草的桂冠"和代表阴茎崇拜的"紫色长裙"清楚地显示出不恰当不和谐的性别特征，对此葛尔特鲁德的挽歌也无法完全掩盖。在伊丽莎白和雅各宾时期的戏剧中，舞台提示中蓬乱着头发入场的女性要么是疯子，要么是被奸污。她蓬乱的头发是对礼节的冒犯，在以上两种情形下都具有性的暗示。发疯了的奥菲丽亚那些卖弄的歌唱和胡言乱语让她有了一段与她作为乖乖女"大相径庭的经验"，也是她对自己作为一名女性自作主张的肯

亚瑟·休斯的《奥菲丽亚》

定形式。但是她的死亡接踵而至,仿佛是报应。

溺水也常与女性相关,男性的干枯对应的就是女性的液质。现象学家盖斯顿·巴赫拉在讨论所谓"奥菲丽亚情结"时,就追溯到女性、水与死亡的象征关系[①]。他认为,溺水成为在文学与生活事件中真正女性化的死亡,是一种女性肌质漂亮的沉浸和淹没。水是女性深刻的有机符号,女性是液质的,因为她的眼睛常常沉溺在泪水里,就像她的身体集结了血液、羊水和奶水。思忖这种女性自杀的男性,就像雷欧提斯一样,通过认识到自己的女性本质,通过暂时屈服于自己的液质,也就是他的眼泪真正理解这一点;当他不再流泪,他就干枯了,也就又变成男性了。

从临床医学的角度说来,奥菲丽亚的行为和面貌表现为一种典型的病兆,伊丽莎白时代称之为女性爱情忧郁症,或者爱情恐惧症。从大约1580年开始,忧郁症成为年轻男性时髦的一种疾病,特别是在伦敦。哈姆雷特自己就是忧郁症的原型。但这种与智慧、想象天才紧密相连的流行病"很奇怪地饶过了女性"。女性忧郁症被认为是生理或感情原因引起的。

舞台上,奥菲丽亚的疯狂被作为爱情恐惧症顺理成章的结果而展现出来。从1660年开始,一直到十八世纪初,女性出现在公共舞台时,演奥菲丽亚的那些名演员都是传言中遭遇过爱情失意的女性。最为成功的个案是苏珊·蒙福,她从前是林肯客栈场剧院的女演员,因为恋人的背叛而精神失常。1720年的某晚,她背着看守逃到剧院,就在当晚奥菲丽亚正要进入精神失常的那幕时,她"跳出来……目光狂野,举止狂乱"。当时有人描述道,"令观众和演员同样惊诧的是,她就是奥菲丽亚本人——本性造就了这最后一举之后,她便生气全无,不久就身故了。"这些剧院传奇更是加强了那个时代的信念,那就是女性疯狂是女性本质的一部分,不是女演员在演出,而是一个精神失常的女性在展示她的情感。

不过,展示颠覆或者狂乱的疯狂场景在十八世纪的舞台上几乎被完全取缔了。奥古斯丁后期女性爱情忧郁症变成多愁善感型,女性的性力量被最小化,女性疯狂成为激发男性理性的良好工具。1772年莱辛汉姆夫人和1881年玛丽·博顿出演的奥菲丽亚依据的就是这种彬彬有礼的风格,靠着熟悉的白裙子,松散的头发和野花来表达一种优雅的女性精神迷失,非常适合绘画,也适合让塞缪尔·约翰逊[②]将奥菲丽亚描写成一个年轻、美貌、无害而虔诚的女子。希顿夫人甚至1785年还带着庄重和古典的威严演出了奥菲

[①] 巴赫拉(Gaston Bachelard),1884—1962,法国科学史家,科学哲学家。
[②] 约翰逊(Samuel Johnson),1709—1784,英国文学批评家、诗人,十八世纪后半叶英国文坛领袖,以编撰《英文辞典》著名,曾主编《莎士比亚集》。

丽亚发疯的场景。事实上,在奥古斯丁时代相当长的时期内,奥菲丽亚言行举止的轻浮和粗俗都导致这一个角色遭到禁演。她的台词常常被删除,或者分配给歌唱家而不是女演员,让这一角色的再现变成音乐性的,而不是视觉性或者词语性的。

德拉克罗瓦 1843 年创作的《奥菲丽亚之死》,现存罗浮宫

与奥古斯丁时代否定疯狂不同,浪漫主义则拥抱疯狂。疯女人的形象充斥在从哥特式小说家到华兹华斯和司各特的浪漫主义文学作品中,如"荆棘",《米德洛西恩的监狱》等①。在后者中,疯女人代表着遭遇性侵犯、痛失亲人和激烈的感情极端。托马斯·巴克和乔治·谢泊德这样的浪漫主义艺术家就用画笔描绘了被可怜抛弃的"疯狂的凯特"和"疯狂的安斯",而亨利·福瑟里的"疯狂的凯特"几乎是魔鬼附身般,活活一个浪漫风暴的孤儿②。

莎剧中奥菲丽亚的浪漫复兴最初是在法国而不是英国。查尔斯·克姆博 1827 年在巴黎作为英国剧团的成员首次饰演哈姆雷特时,他的奥菲丽亚就是一个天真无邪的爱尔兰少女,名叫哈丽爱特·史密森。史密森用她"娴熟的模仿才能以及准确的姿势,再现了奥菲丽亚混乱的心智"。在她发疯的那一场中,她戴着长长的黑面纱出场,让人想起哥特小说中标准的女性神秘意象,头发中还有混乱的干草。她边唱歌边将面纱铺在地上,把花撒在面纱上,显出一个十字架形,仿佛在给她父亲修墓,模仿一种埋葬仪式,这段舞台设计一直流行到十九世纪末。

法国观众震惊了。大仲马回忆说,"那是我第一次在剧院看见真正的激情,它给男男女女的血肉之躯以活力和生气"。首场演出当晚坐在观众席上的二十三岁的黑克特·柏辽兹疯狂地爱上了哈丽爱特·史密森③,并最终不顾家人反对和她结了婚。她扮演的疯奥菲丽亚的形象被广泛印刷陈列在书店和印刷厂的橱窗里。她的装束也被追求时尚者模仿,一种"疯疯癫癫的"头饰,"戴黑面纱,头发中精巧地插着几束小草"的疯女人打扮被永远追求时尚的巴黎上流社会美女们争相模仿。

---

① 司各特(Sir Walter Scott),1771—1832,英国小说家、诗人,《米德洛西恩的监狱》是他最优秀的一部历史小说。

② 巴克(Thomas Barker),1769—1847,谢泊德(George Shepheard 1770? —1842),英国浪漫主义画家,福瑟里(Henry Fuseli),1741—1825,瑞士画家。

③ 柏辽兹(Hector Berlioz),1803—1869,法国作曲家,其著名的《幻想交响曲》即是以这段经历为蓝本创作的。

尽管史密森从未在英国舞台演过奥菲丽亚,她强烈的视觉表演很快影响到英国舞台。实际上,在以后的一百五十年间,浪漫的奥菲丽亚的形象——一个醒目地为激情所困的生动的年轻疯女孩,一直是国际舞台上的主导形象,从1871年波兰的海莲娜·莫杰斯卡到1948年劳伦斯·奥利弗主演的电影中十八岁的简·西蒙斯。

用柯尔律治的名言说来,浪漫的哈姆雷特是想得太多了,"思考能力失衡",智力过于活跃,而浪漫的奥菲丽亚则是一个感觉太过,在感情中溺死的女孩子。浪漫主义批评家们似乎觉得关于奥菲丽亚是说得越少越好;重要的是要看着她。例如,哈兹里特在奥菲丽亚面前就无话可说①,把她称作是"太感人之深而不能多流连"的人。奥古斯丁时代的人用音乐来表现奥菲丽亚,浪漫主义时期的人则让她变为一个艺术品,俨然就像是应了克劳狄斯的哀叹:"可怜的奥菲丽亚/也因此而伤心得失去了她的正常的理智,/不过是画上的图形"。

史密森的表演被德拉克罗瓦从1830年到1850年间用一系列的画再现出来。那些画表明浪漫主义对女性性征和疯狂两者间关系的兴趣。其中最有创意最有影响的要数德拉克罗瓦1843年的石版画《奥菲丽亚之死》,是他系列研究中的第一组。奥菲丽亚半浮在溪水中,裙子从身体上滑下,那种歇斯底里带有性感的无力让后来研究它的约翰-马丁·夏尔戈和包括雅奈和弗洛伊德在内的学生们迷恋不已②。德拉克罗瓦对溺水的奥菲丽亚的兴趣被十九世纪后期的绘画界一再渲染到极致。英国拉斐尔前派一而再再而三地画她,画她剧中描述的溺水,并且在此之前也没有什么女演员的形象干扰他们高超的想象力。

在皇家艺术院1852年的展出中,亚瑟·休斯的展品展现了一个弱小的、流浪汉型的人——有点像"白色可爱飞天小天使"奥菲丽亚③——穿着薄薄的白睡衣,依偎在溪边的树干上。整体效果是柔和的,无性别特征的,模糊的,虽然她头发中的草像是一个荆棘花冠。

《彼得·潘》里的小仙子

---

① 哈兹里特(William Hazlitt),1778—1830,著名英国散文作家。
② 约翰-马丁·夏尔戈(Jean-Martin Charcot),1825—1893,法国医生,临床神经病学之父,弗洛伊德曾就学于他;雅奈(Pierre Janet,1859—1947),法国心理学家。
③ "Tinkerbell"(小丁当)是英国小说家、剧作家詹姆斯·巴里(1860—1937)创作的幻想剧《彼得·潘》(1904)里淘气的小仙子。以彼得·潘故事为内容的连环画、纪念册、版画、邮票等风行欧美各国。《彼得·潘》被搬上银幕后,每年圣诞节,西方各国都在电视上播放这个节目,作为献给孩子们的礼物。

休斯将孩童式的女性特征与基督徒受苦形象相结合,却还是被同一画展中的约翰·爱弗列特·米莱的画笔盖过了。虽然米莱的奥菲丽亚既是性感的妖女,也是受害者,但是占据主导地位的不是艺术主体,而是艺术家。艺术家煞费苦心地追求奥菲丽亚所处的自然环境的细节,她与环境的距离将她缩小到仅成了一个视觉目标;画中刻板的表面,特别单调的视角,无可挑剔的光线,让人觉得整幅画对画中女性的死亡完全漠不关心。

(凌建娥 译)

关 键 词

疯狂(madness)

压迫(oppression)

意识形态观(ideological view)

再现(represent)

责任(responsibility)

边缘化(marginalization)

女子被动气质(feminine passivity)

实证精神(empirical energies)

女性疯狂/女性性征(female insanity/female sexuality)

美国女性主义批评/法国女性主义(French theory/Yankee knowhow)

女性液质/男性干枯(female fluidity/masculine aridity)

关 键 引 文

1. 为什么奥菲丽亚一直以来成为我们文化神话中的一个如此有力而无所不在的形象呢?就因为哈姆雷特用一个有关女性气质的意识形态观来代替对女性个人的看法,把她命名为"妇女"、"脆弱",她就真的代表了所有妇女吗?她的疯狂是不是即代表了社会又代表了该剧对女性的压迫?此外,因为雷欧提斯称奥菲丽亚是"一个疯狂的档案",她是否就代表了文本中妇女即疯狂或者疯狂即妇女的原型?最后的一个问题是,女性主义批评家该如何以自己的话语再现奥菲丽亚?我们女性主义批评家对奥菲丽亚作为一个文学人物和一个妇女负有怎样的责任?

2. 没有奥菲丽亚我们照样可以设想哈姆雷特的故事,但没有哈姆雷特要设想奥菲丽亚的故事根本不可能

3. 没有了思想、性征和语言,奥菲丽亚的故事就变成了"O"的故事——零,一个虚空的圆圈,或者女性差异的秘密,要用女性主义批评来解读的女性性征的密码。

亚瑟·休斯1852年在皇家艺术院展出的奥菲丽亚像

4. 要解放奥菲丽亚,或者要令她成为悲剧的中心,就是要按我们的要求重新评价她;要将她分解为女性缺失的代表就是认可我们自己的边缘化。要让她成为哈姆雷特的阿尼玛,就是将她还原为一个男性经验的隐喻。而我认为奥菲丽亚的确有自己的故事可讲。这个故事既不是她的生平故事,也不是她的爱情故事,也不是拉康的故事,而是她被再现的历史。

5. 虽然米莱的奥菲丽亚既是性感的妖女,也是受害者,但是占据主导地位的不是艺术主体,而是艺术家。艺术家煞费苦心地追求奥菲丽亚所处的自然环境的细节,她与环境的距离将她缩小到仅成了一个视觉目标;画中刻板的表面,特别单调的视角,无可挑剔的光线,让人觉得整幅画对画中女性的死亡完全漠不关心。

讨 论 题

1. 本文是讨论表征或误征的极好范例。讨论历史上奥菲丽亚或者广大女性是如何被"表现"的。
2. 根据萧瓦尔特的观点,这种表征中展现的权利关系是什么?
3. 你认为"女性主义文学批评应当怎样来表现奥菲丽亚?"我们对作为戏剧人物或者一般女性的奥菲丽亚负有什么历史责任?
4. 正如萧瓦尔特一样,一些西方女性主义批评家喜欢拿女性的生理特征做文章。你赞同这种做法吗?
5. 萧瓦尔特一直在谈论"女性本质"(female nature),而后结构主义并不愿意相信存在这种本质,试讨论双方的区别。

《关于中国妇女》(克里斯蒂娃)

朱莉亚·克里斯蒂娃(1941—)是巴黎第七大学语言学教授,心理分析学家,博士论文得到戈德曼和巴特两位名师的指导。但是和其他法国女性主义批评家比较,她的理论化倾向似乎并没有那么明显,而是和美国女性主义批评家更接近,常常触及到女性的具体经历和体验。她认为,语言不仅仅是抽象的表征系统,还是"支撑政治革命的物质实践"。下文是她1974年访华后不久所写,是她本人中国之行的体

验。现在读来,此文的很多看法十分幼稚,大多是主观猜测和一厢情愿。但是在当时,克里斯蒂娃是十分认真且非常真诚的,而且在这些不准确的描述中,可以读出她对具有普遍意义的女性问题所作的严肃思考。

中华世界的另一个基本特点是它的书写系统,这是一个为声调语言设计的系统。这种交流系统当然是外国人到中国来后最先被触动、被吸引的东西。语言学家知道,汉语在功能上和任何其他语言一样,能够明白无误地传达信息。现代转换生成语法理论家们正试图归纳出汉语语法规则,使之服从于普遍逻辑,并获得了一定的成功。我们甚至不必考虑古汉语和各种诗体对信息表达的干扰,它们使用太多的省略与缩写。即使在日常语言本身,即今天使用的"白话"中,人们首先注意到的就是声调在区分意义中的作用。这在所有声调语言中都会发生,并支持了某些心理语言学家的发现,即声调的变化和语音是孩子能够掌握并模仿的听觉世界的首要元素。在一个不是以声调为基础的语言环境

中,声调和语音很快就会被忘记。但是,被声调语言所包围的孩子们则会把它们保留下来,并且在很早的时候就把它们保留了下来。因此,与其他文化的孩子相比,中国的孩子在很小的年龄(五或六个月)就开始参与到语言这

西安半坡博物馆

个社会交流规范中来,因为他们那么早就能区分他们语言的特点了。并且,由于在那个年龄,孩子对母亲的身体有很强的依赖性,因此形成声调表述的正是母亲的心理和身体的影响,并进行了准确地传达,成为基本的但是积极的交流层。另一方面,语法系统是个次要的习得,它更加"社会化",因为它确保由意

义(不仅是声调的刺激)构成的信息传达给母亲以外的人。那么,汉语是否因为它的声调系统而保存了一种前俄狄浦斯、前句法、前象征(象征与句法是相伴的)语域呢?尽管声调系统很明显只有在句法中才能得到全部的体现(比如,像在法语的语音系统中那样)。

关于书写也可以问同样的问题。中文书写,在创始时是形象书写至少有一部分如此。但是它逐渐变得程式化,变得表意和抽象。不过,它还是保留了它的"方块字",即令人产生视觉的(因为它与作为概念基础的一个或多

个物体相似)和身体上的(因为对一个用汉字书写的人来说,运动记忆比意义记忆更重要)的联想。我们是否可以认为,这些视觉和身体的成分表明,存在一个比感觉和意义,更不用说逻辑抽象和句法抽象,更古老的精神层面呢?……汉字书写的逻辑(一种视觉表现,行为符号,一种对象征、逻辑和某种句法的表意安排)首先在根本上预设了一个会说会写的人,我们今天称之为前俄狄浦斯的阶段——依赖母系、社会和自然延续无间,在事物的秩序和象征的秩序之间还没有出现明显区分,无意识冲动占主要地位并且肯定对他极为重要。表意文字或象形文字利用这个时期的特点服务于国家的、政治的以及象征权利的目的,不加任何限制。这个专制政权还没有忘记母亲的恩泽,没有忘记在此之前(尽管不是很久远)母系家族的影响。假设?幻想?无论如何,这将为面对一神教的崛起和受其影响而导致的伟大的书写文化的消失补充一个解释。埃及,巴比伦和玛雅文化之后,就只有中国(以及日本和东南亚的追随者)继续"书写"了。一系列的历史和地理事件导致了这一事实,这种社会交流系统的结构也许应该列入其中。中国文字非但以其有组织结构的形象、姿势和声音保存了(集体的和个人的)史前母系记忆,它也被融和到一种逻辑-象征代码中,这种代码能够确保最直接、最"合适"立法的甚至最官僚的交流:所有西方标榜自己特有的、并归因于父亲的特征。后面我们还会回到这种封建帝王的成果。这里我们先简单地说明,"象征场合"的强迫接受,就语言而言是逻辑,就社会政治问题而言是专制,从来没有(在逻辑上)彻底清除那个早先的阶层。

但是声调和文字还不是这种阶层一直实际存在的唯一证明:对元语言、对各种形而上以及/或者哲学理论体系的保留也证实了这一点。这种保留在另一种意义上也许说明了古代和现代中国人解释问题的方式,这种方式在我们看来有些混乱。中国人不会以我们以为唯一合乎逻辑的方式来解释一件事情,在我们看来,合乎逻辑的方式就是找出原因,做出推理,明确动机、表象和本质,同时预见到事件的后果,这种做法源于合乎逻辑的形而上学因果关系。而中国人给我们的则是一个"结构主义的"或者"相对的"(矛盾的)画面。事情背后集

半坡遗址房屋模拟复原

结了大量因素,里面蕴涵着可以推翻前面因素的种子;一场善与恶的争斗;人的双面性乃至迫害、阴谋和事情耸人听闻的转折等等。……这样一种"审美的"逻辑方式无疑让我们不安,但它有一种象征层面上的有效性。通过即

刻清除"客观真理"的问题（这点在充满权利关系的政治世界不可能做到），它将人转移到一个文学或历史的象征性场合，这个历史是根据它对现在的影响来选择的。就是在这个象征性的原型的场合，那些与我们有关、我们想竭力（用我们自己的术语）弄明白的事件背后的人的感情、思想认识和政治都戏剧性地登场了，犹如心理剧一般，开始揭开一个前心理分析的"事实"，像萨德给查雷敦居民介绍的那类话剧一样①。

一种古老的，前俄狄浦斯模式的复兴？还是逻辑学和心理学最新方法的调和？无论如何，也许都可以说就是这种思维将古老的中国和现代中国联系起来，将旧的半封建社会和共产主义联系起来。也许这也是把我们同任何与我们交谈的中国男人和女人区别开来的东西……在户县大地。

我去了位于西安附近的半坡史前博物馆。从1953年开始的考古挖掘已经出土一个村落，中国考古学家们认为该村落是按早于父权制、私有制和阶级社会的母权制组织的原始社会。出土的文物于1958年被收藏于一个博物馆，该博物馆于1961年被定为国家级文物保护单位。一名长得像女学生，皮肤黝黑，年约三十左右的妇女给我们做介绍。张淑芳是两个孩子的母亲，没有在大学学过历史。她利用博物馆导游工作之余千方百计挤出时间开始自学，现在还在夜校读书，大学教授来博物馆给工作人员上课。张淑芳和半坡遗址的文

物就像是恩格斯《家庭、私有制和国家起源》的一个真正的戏剧布景。这个具有八千年历史的遗址分布在大约十六英亩范围内：博物馆的文物来自已经考古挖掘的两英亩半土地。在这个范围里有按时间和石灰特别标记的三块明显的区域，它们在我眼前营造出张女士试图在恩格斯的帮助下给我讲解的远古生活。

有两种住所：一种是在地面上的，呈圆形，另一种略低于地表，呈方形。它们是否代表两性（男性女性）分开居住？或者出于不同的用途（家庭居住？地窖？）？抑或建于不同的历史时期？种子化石——粟、菜籽、和野菜的种子显示一定程度的农业进步："采集野菜，在屋前屋后从事栽种的都是妇女，妇女发明了农业，使得她们在社会、乃至政治领域扮演主要角色"。张女士解释道。"男人打猎，捕鱼，后来养殖动物"。坐落在战河岸边的这个村庄盛产鱼。鱼是图腾，它出现在陶绘中。村子中心是一座娘娘庙，周围环绕着炉

---

① 萨德（Alphonse François Sade），1740—1814，法国作家。

膛,两种不同经济分工的男男女女(农活和狩猎)晚上就来这里聚会。村子外围是由类似护城河分隔开来的另外两个平行的区域：坟场和陶窑。那里有大小不一(从五到三十厘米不等)由赤土烧制的广口圆形器皿,有的有嘴,有的没有。其中有一些上面还刻有东西——文字的先驱,线条啊、占兆啊什么的。另外一些上面有黑色或者红棕色的精美图案：一条鱼、一对鱼、或者就是简单的正方形、圆圈和三角形。据张淑芳说,后面这些形状是更早些时候代表鱼的符号。但是也有野生鸟类、大象、长颈鹿这些似乎并没有生活在这一带的动物图案：它们是想象的结果？还是迁徙者的记忆？无论哪种陶器上都可以看到妇女的指甲痕迹。妇女不仅种植谷物,还制陶和煮饭。有些陶器是手工成形的,有些好像是固定在转盘上制作的。一只用来舀水的陶器显示当时的人们对引力原理有一些了解。有一个罐用来蒸汽煮饭。张淑芳说,所有这些都证明了半坡遗址这个原始社会的生产发展。

我们是由坟场来判断这是个母系部落的。妇女的坟墓比男性坟墓有更多的陪葬品——陶器、手镯、骨头发夹、口哨等。孩子和妇女葬在一起(婴儿的尸体不埋在坟场,它们装在骨灰瓮里,安放在离房子不远的地方)。这里有公共坟场：男人和男人葬在一起,女人和女人葬在一起。但还是在西安的这一地区,另外的考古挖掘发现也有母亲葬在中心位置,"家庭"其他成员葬在她周围(毫无疑问,下葬是分两部分进行的：首先是男女分葬在不同墓穴,然后家庭成员安葬在祖母周围。)这个时期好像没有祭祀的风俗,所以这个原始部落里找不到任何显示暴力死亡的头骨。最后,张女士说位于村子中心的娘娘庙似乎也是村子的中心会堂,这个没有父权统治和私人财产的社会的政治事物都是在这里集体决定的。近来出土的绘画证明了张女士的推论。画上有娘娘在指导猎人、陶工和农夫,她相貌年轻,更像乌克兰人而不是汉人。毛泽东自己也好像相信娘娘的存在。

> (在原始社会)还没有把妻子和丈夫同葬的习俗,但她们要服从丈夫。最初是男人服从女人的,后来颠倒过来了,女人服从男人。这个历史阶段不太清楚,尽管它已有了百万年乃至更长的时间。而阶级社会的历史才不到五千年。原始时代末期的龙山和仰韶文化就有了彩陶。一句话,一个侵吞另一个,一个推翻另一个……(毛泽东：《哲学问题的讲话》,1964 年 8 月 18 日)

某一黄金时代的幻想投影？恩格斯的理论和中国历史的意外巧合？还是对考古事实的肤浅解释？也许吧。但一个谜在持续：位于中心的母亲。

我们听说在中国封建社会时期有关房事的记叙和房事习俗中描写过部落母亲的中心角色,难道这就是那个母亲的回音？可以肯定的是,所有"房中术"手册,最早可追溯到公元一世纪,都将女子描写为房事的主导者,因为

克里斯蒂娃对特殊年代的中国妇女十分钦佩

只有她不但知道房术,而且知道它的秘密(炼丹)意义以及它对身体的好处(长寿)。此外,她也被描述为在获得性快感方面拥有不容置疑的权利。于是,三名女子用绝不是柏拉图式的对话形式教给皇帝性的神秘:在后来房事考记的"老师"们用军事词汇来包装房事指南之前,直率的素女(直率之女)、玄女(玉发之女)和采女(从民间选采之女)三人的性爱知识显然比前来向她们讨教的男子丰富得多。不管这些性爱知识是女子透露出来的,还是一个专家"老师"讲的,它主要关注的还是妇女的性愉悦。有大量关于前戏的讨论,每次提到前戏的目的,都是指女子获得性高潮,人们认为女"阴"的精华是用之不竭的。而男子是这种性快感巧妙的工匠,但被教导要抑制高潮以期健康和长寿,即使不是为了长生不老。刻意想象,这种做法有它的社会原因:一夫多妻制要求各个妻子之间有一定的秩序,要求她们至少在规定的间歇时间内得到性满足,如此,内室方得安宁。显然,这名唯一的男子是得要好好分配他的体力。无论什么原因,这种性快感的心理结果就是女子不认为她们是"卑贱的"、"低下的",不认为她们只有做到"低贱"才对男子有意义,而菲勒斯统治下的性经济学鼓吹的就是这个。另外,因为男子既不是性高潮的"老师",也不是其主动引导人,而只是性行为两方中的一方。每一方又都扮演两种角色(每一方都可以扮演男性或女性,两者的区别只是程度不同而已)。如此一来,性行为成为一种互相的交换:一方缺乏的从另一方得到。这种性行为不是一种什么"平等主义",因为它讲究差异的存在,它本质上是生殖的:那些房事考记都是给婚姻生活预备的。它们给人一种积极的印象,它们对性的态度是"正常的":追求完美的性愉悦不是什么罪过。我们认为是性倒错的行为似乎很容易就结合到这些习俗中:尤其是女性同性恋。它是"母系社会"或者一夫多妻制的残余?女性性欲和手淫不仅只是"被容忍",它们被看作是理所当然、非常"自然"的行为。那些房事考记有很多关于女同性恋和手淫技巧的描写,其中一些还非常复杂。有问题的是行骗术的女子:她试图被看作男人,行为像非常粗暴专制的男人,颠倒阴/阳二元。男性同性恋问题更大,即使在一些时期(如公元初的汉初年间,尤其是南宋 1127—1279 年间和明 1368—1644 年间)这种行为相当公开,成为

高罗佩的《中国古代房内考》

唐代(618—906)所谓"伟大文人间的友谊"的基础。因为没有被看作是"特例"、"变异"或者"性变态",同性恋似乎同施虐狂和受虐狂一样在生殖器性爱的洪流中扩散。高罗佩强调中国很少有"变态"的情形①。更准确的说法可能是他们很少被孤立地看作"变态"。所谓的"变态"行为都被融合到性爱活动中,只要是快乐的就是"正常"的,但是这种快乐必须包括性爱活动的男女双方。一个人可以从事同性恋、施虐、被虐的行为,但他不会被界定为是一名施虐狂、受虐待狂或者同性恋。

(凌建娥　译)

关 键 词

书写系统(system of writing)
声调语言(tonal language)
母亲的心理和身体的影响(psycho-corporeal imprint of the mother)
前俄狄浦斯、前句法、前象征语域(pre-Oedipal, pre-syntactic, pre-symbolic register)
汉字书写的逻辑(logic of Chinese writing)
表意文字/象形文字(ideogrammic/ideographic writing)
母系家族(matrilinear family)
史前母系记忆(matrilinear pre-history)
"审美的"逻辑方式(aesthetic mode of reasoning)
性快感(jouissance)

关 键 引 文

1. 因此,与其他文化的孩子相比,中国的孩子在很小的年龄(五或六个月)就开始参与到语言这个社会交流规范中来,因为他们那么早就能区分他们语言的特点了。并且,由于在那个年龄,孩子对母亲的身体有很强的依赖性,因此形成声调表述的正是母亲的心理和身体的影响,并进行了准确地传达,成为基本的但是积极的交流层。……那么,汉语是否因为它的声调系统

---

① 高罗佩(Robert van Gulik),1910—1967,荷兰外交官,因撰写《明代春宫彩印》和《中国古代房内考》两书而奠定了自己汉学研究的地位。

而保存了一种前俄狄普斯、前句法、前象征（象征与句法是相伴的）语域呢？尽管声调系统很明显只有在句法中才能得到全部的体现（比如，像在法语的语音系统中那样）。

2. 我们是否可以认为，这些视觉和身体的成分表明，存在一个比感觉和意义，更不用说逻辑抽象和句法抽象，更古老的精神层面呢？……汉字书写的逻辑（一种视觉表现，行为符号，一种对象征、逻辑和某种句法的表意安排）首先在根本上预设了一个会说会写的人，我们今天称之为前俄狄普斯的阶段——依赖母系、社会和自然延续无间，在事物的秩序和象征的秩序之间还没有出现明显区分，无意识冲动占主要地位并且肯定对他极为重要。

3. 无论如何，这将为面对一神教的崛起和受其影响而导致的伟大的书写文化的消失补充一个解释。埃及，巴比伦和玛雅文化之后，就只有中国（以及日本和东南亚的追随者）继续"书写"了。

4. 一种古老的，前俄狄浦斯模式的复兴？还是逻辑学和心理学最新方法的调和？无论如何，也许都可以说就是这种思维将古老的中国和现代中国联系起来，将旧的半封建社会和共产主义联系起来。也许这也是把我们同任何与我们交谈的中国男人和女人区别开来的东西……在户县大地。

讨 论 题

1. 结合 1974 年中国的社会实际，讨论克里斯蒂娃对中国和中国妇女的看法。

2. 克里斯蒂娃为什么对半坡遗址中的发现如此着迷？她为什么要如此认真地"曲解"这段历史？

3. 克里斯蒂娃在比较八千年前的中国原始社会和当代西方社会。她突出了哪些中国原始社会的"正面"因素，与此相对的当代西方社会的"负面"因素是什么？

4. 为什么克里斯蒂娃对"前俄狄普斯、前句法、前象征语域"如此着迷？

5. 你认为克里斯蒂娃对中国古代"房中术"的理解和引申正确吗？为什么？

阅 读 书 目

Collier, Peter & Helga Geyer-Ryan eds. *Literary Theory Today*. Cambridge: Polity P, 1990

Cixous, Hèlène. "Castration or Decapitation?" & "The Laugh of the Medusa." In Adams & Searle

Donovan, Josephine. *Feminist Literary Criticism, Explorations in Theory*. Lexington & Kentucky: The UP of Kentucky, 1989

Eagleton, Mary ed. *Feminist Literary Theory, A Reader*. Basil Blackwell, 1986

—— *Feminist Literary Criticism*. Longman: New York, 1991.

Felman, Shoshana. *What Does a Woman Want? Reading and Sexual Difference*. Baltimore & London: The Johns Hopkins UP, 1993

Gilbert, Sandra M. & Susan Gubar eds. *The Norton Anthology of Literature by Women, the Tradition in English*. New York: W. W. Norton & Company, 1985

Grant, Judith. *Fundamental Feminism, Contesting the Core Concepts of Feminist Theory*. New York & London: Routledge, 1993

Gunew, Sneja ed. *A Reader in Feminist Knowledge*. New York: Routledge, 1991

Jardine, Alice & Paul Smith. *Men in Feminism*. New York & London: Methuen, 1987

Kristeva, Julia. "Women's Time." In Adams & Searle

Meese, E.A. "Sexual Politics and Critical Judgment", in Newton.

Millett, Kate. *Sexual Politics*. London: Virago, 1977

Minogue, Sally. *Problems for Feminist Criticism*. London & New York: Routledge,

Moi, Toril. *Sexual/ Textual Politics: Feminist Literary Theory*. London & New York: Methuen, 1985

Richardson, Diana. & Victoria Robinson. *Introducing Women's Studies, Feminist Theory and Practice*. MACMILLAN, 1993

Showalter, Elaine. "A Literature of Their Own", in M. Eagleton

—— "Representing Ophelia: Women, Madness, and the Responsibilities of Feminist Criticism." In Newton

—— ed. *The New Feminist Criticism, Essays on Women, Literature, and Theory*. New York: Pantheon Books, 1985

Todd, Janet. *Feminist Literary History, A Defence*. New York: Routledge, 1988

Weedon, Chris. *Feminist Practice and Poststructuralist Theory*. Oxford & New York: Basil Blackwell, 1987

Wright, Elizabeth ed. *Feminism and Psychoanalysis, A Critical Dictionary*. Basil Blackwell Ltd., 1992

陈晓兰:《关于女性主义批评的反思》,《兰州大学学报》1999/2

李翔林:《性别理论与当代批评》,《民族艺术》2003/2

凌晨光:《性别与批评》,《文史哲》1999/1

申丹:《叙事形式与性别政治——女性主义叙事学评析》,《北京大学学报》2004/1
王逢振:《女权主义批评数面观》,《文学评论》1994/5
文洁华:《西方女性主义美学发展与批评》,《北京大学学报》1997/6
杨莉馨:《中国女性主义批评实践20年的回望》,《南京师范大学学报》2004/9
周曾:《女性主义文学批评在中国的传播和发展》,《华南师范大学学报》2004/3

第十单元　新历史主义批评理论

现当代西方批评理论从形式主义开始,就力图避免涉及历史和社会,一是因为流动多变的社会历史无法探查出静态的技法(即文学自身的特征),二是历时性研究归纳不出共时的模型(科学的特征)。受二十世纪中叶开始的政治运动的影响,后结构主义试图把社会现实纳入理论实践的范畴,但是这个政治现实只是话语现实,正如美国女性主义批评家萧瓦尔特指出的那样,从话语游戏中寻找颠覆的快感和消解的欣慰,对社会改良无济于事。正是在这样的大背景下,新历史主义作为一种新的批评模式崭露头角。

历史主义(historicism)是历史学研究(historiography)的一个分支,广义上指的是史学家的一种研究艺术,探讨的对象是生活在某个特定历史时空下的史学家如何"名正言顺地研究发生在另一个时空中的人类活动的历史"。

和其他现当代西方批评理论一样,新历史主义的理论渊源很难确定。也许可以说,它的"新"和二十世纪六十年代出现的"新历史"有关联,后者"有别于当时传统的历史学研究,因为它把关注的重点转移到政治和外交事件,并依赖于叙事作为讲述历史的基本手段"。这里值得注意的,一是对历史档案(historical documents)的关注,二是把历史描述看作"叙事",这两点正是新历史主义的主要特征。尽管新历史主义的来路难明,有一点可以肯定,那就是它的出现是对传统的"旧"历史主义的一个反拨。这里的"旧"历史主义主要指两个概念:一个是十九世纪和二十世纪初期德国史学家提出的,"其假设是,过去发生的事件和出现的情况是独一无二、无法再现的,因此要理解它,不能使用一般的术语,而只能使用属于当时的特定术语"(Ritter 1986: 183)。

英国社会学家斯宾塞

也就是说，历史研究必须"真实地"再现历史原貌，以客观性为唯一准则。这种观点遭到后来的史学家的质疑，如伽达默尔的主要论点就是："后来"的史学家不可能也没有必要逃避由时空差异造成的历史主体性以及由此而产生的文化上的局限性①。从这个意义上说，新历史主义可以被视为用一种"一般的"（后结构主义的）术语来重复某段历史的过去。

旧历史主义的另一个概念来自黑格尔的唯心主义和斯宾塞（Herbert Spencer）的自然进化论（evolutionary naturalism）②，即把一个国家的文学史作为那个国家不断演化的"精神"的自然表达（Selden 1989: 104）。根据这种历史观，在文学研究中意味着：（1）历史在本体论上与文学不同，只能作为文学的背景；（2）社会现实被作为文学作品中表达的"集体思维"；（3）文学作品表现的是一种普遍的、不变的人性；（4）反映了某个历史时期最重要的方面；（5）这个普遍的人性超越了"世界图景"以及文学创作的特定历史时刻（Makaryk, 1997: 127）。采用这种历史观的一个典型例子是研究中世纪文学的蒂尔亚德③，他认为（1）"伊丽莎白时代的文化是一个严密完整的意义体系，容不得非正统的或者不同的声音出现"，同时坚持（2）"异类作家像克里斯托弗·马洛从来就没有严肃地动摇过那个时代的正统观念"④。1943 年蒂尔亚德发表了"影响极大的历史叙述"《伊丽莎白世界图景》（*The Elizabethan World Picture*），对文艺复兴时代的文学艺术做了全面的分析，此书后来遭致新历史主义学者的激烈批评，成了他们"持续的攻击目标"，并成为新历史主义建立自己方法论的反面教材。格林布拉特在提出"新历史主义"的同时就指出了

德国哲学家黑格尔

---

① 既是"局限"，因为无法完全体察历史的真实，但也是一种"优势"，可以看得更清，得益于历史距离和历史高度。

　　斯宾塞（Herbert Spencer），1820—1903，英国社会学家，哲学家，《心理学原理》（Principles of Psychology 1855）认为一切有机物皆出自同一状态，由于进化才具有不同的特征。达尔文的《物种起源》（On the Origin of Species 1859）发表后，他竭力支持并用之于人类社会，创造出"适者生存"（"survival of the fittest"）这一短语，鼓吹社会达尔文主义。

② 黑格尔（Georg Wilhelm Friedrich Hegel），1770—1831，德国唯心主义哲学家，他的历史哲学以理性和自由为基础，历史进程就是人类不断走向更大的自由的理性发展过程。

③ 蒂尔亚德（Eustace Mandeville Wetenhall Tillyard），1889—1962，美国批评家，以莎士比亚批评最著名。

④ 马洛（Christopher Marlowe），1564—1593，英国剧作家，诗人，伊丽莎白时代的剧作家，文学声誉仅次于莎士比亚，曾有人怀疑部分莎剧出自他之手。他的代表作是《浮士德博士的悲剧史》（*The Tragical History of Doctor Faustus*，1588?）。

它和旧历史主义的区别:

旧日的历史主义倾向于一言堂,即它致力于发现一个唯一的政治图景,就是那个据说被整个知识界或甚至全社会所认可的图景……这个图景虽然有时被分析为两种或两种以上成分的聚合,但是通常被认为其内部连贯一致,具备某一历史事实的地位。人们不会认为这个图景是史学家阐释的结果,更不会把它作为和其他社会集团有利益冲突的某一社会集团的利益所致。因此,这个图景避开了阐释和冲突,超越了偶然性,可以作为稳定的指涉让文学解释安全地加以引用。(Greenblatt,1982:2253—2254)

而"新历史主义"动摇了批评和文学的"坚实"基 《伊丽莎白世界图景》
础,对包括它本身在内的一切"方法依据"(methodological assumptions)提出了质疑,从表面的一致中揭示出隐含的种种矛盾和冲突①。

新历史主义的出现至少和现当代批评理论的两个分支密切相关,一个是后结构主义大思潮,另一个是福科的学术思想。新历史主义和以下的后结构主义观点有明显的脉承关系:(1)历史总是"叙述"(narrated)出来的,因此对"过去历史事件"的第一手把握或者最直接的感受已经不可能;(2)没有一个统一的、前后一致的、和谐连贯的、大写的"历史"或者"文化",所谓的历史其实是"断断续续充满矛盾"的历史叙述,这个"历史"是小写的,以复数形式出现;(3)因此,不可能对历史进行任何"置身于其外"的"客观"分析,对过去的重建只能基于现存的文本,而这些文本是"我们依据我们自己的特殊的历史关怀来予以建构的";(4)一切历史文本都应当得到重视,其中包括"非文学"的历史文献:一切文本或者文献都体现出文本的特性(textuality),相互都是互文

英国文艺复兴批评家丽莎·佳丁

(intertexts)关系,对文学研究都有用(Selden,1989:105)。

---

① 实际上作为历史表述与文学写作的一个分支,二十世纪二十年代开始的"新传记"理论已经注意到历史事实的主观性,变旧传记的肖像描述为个性描写,加入心理分析和艺术表现的内容。见 Lytton Strachey. *Characters and Commentaries* (London: Chatto & Windus, 1936); John A. Garraty. "The 'New' Biography and the Modern Synthesis" in *The Nature of Biography* (New York: Vintage Books, 1957. pp.121—54); Ruth Hoberman. *Modernizing Lives: Experiments in English Biographies, 1918—1939* (Carbondal & Edwardsville: South Illinois UP, 1987. pp.6—7).

1980年加拿大批评家麦肯利（Michael McCanles）在研究文艺复兴文化的论文中首先使用"新历史主义"一词，但是这个术语后来的含义却是美国批评家格林布拉特（Stephen Greenblatt）赋予的。1982年他应学术刊物《风格》（Genre）之邀，组一批研究文艺复兴文学的稿件，在为此撰写"前言"时，苦于"从来就不善于杜撰这一类的广告词"，就用"新历史主义"来概括该组文章的共同特点（Veeser 1989: 1）。尽管后来的发展出乎他的意料，使他忙不迭地否认有什么"新历史主义"的存在[①]，但新历史主义毕竟已经具有了比较明确的理论主张，提出了一套文本阐释策略，有了固定的发表园地（《再现》杂志），以及一批颇有声望的批评家（丽莎·佳丁，刘易斯·蒙特洛斯，斯蒂芬·奥格尔等）[②]。

尽管如此，因为害怕被体制化，所以新历史主义者们并不愿意相互拉扯在一起，宁愿称各自在批评实践上"各行其是"（Montrose），认为新历史主义"根本没有现成的理论"（Greenblatt），说这个术语只是"一个词汇，没有任何指涉对象"（Veeser 1994: 1）[③]。话虽是这么说，不同的新历史主义实践者们很明显地遵从一些后结构主义的理念，形成一些比较一致的重要共识，微瑟尔"尝试性地"总结如下：（1）每一个表达行为都深嵌在物质实践的网络中；（2）每一次批判或揭露使用的方法或工具都和批判对象使用的方法或工具相同，所以有成为揭露对象帮凶的危险；（3）文学文本和非文学文本没有不同；（4）话语不可能提供达到永恒真理的途径或表现不变的人性；（5）资本主义制度下适宜于描述文化的一种批评方法或一种语言参与了其描述对象的体制活动（同上 2）。

以上新历史主义的五大批评共识基本上反映出九十年代新历史主义批评实践的一些共同特点：（1）把文学文本重新放入历史语境之下，这个历史语境被"界定为主要由性别、种族、阶级所决定的权力等级"；（2）重新界定文学研究，以一种政治活动家的方式"在意识形态上致力于颠覆权力等级这个

[①] 之前格林布拉特使用的术语是"文化诗学"（cultural poetics），意在把文学研究放入大文化研究背景之下来进行。但是"新历史主义"风靡之后，他很快就后悔了，还是回到最初在《文艺复兴的自我形塑》（1980）中使用过的"文化诗学"这个术语，并且在很多场合对学术界把"新历史主义"当成一个流派或学科建制（institution）给予激烈的批评。这一点不难理解：新的后结构理论（如后殖民主义、性别研究、文化研究等）都不愿意使用固定的术语来"绑定"自己，即使使用术语，也不愿意加以明确界定，以此来对抗"体制化"（institutionalization），保持所谓的批判性。

[②] 佳丁（Lisa Jardine）是伦敦大学文艺复兴研究教授，是著名电视制作人布罗诺维斯基（Jacob Bronowski 1908—1974）的女儿；奥格尔（Stephen Orgel），1959年获哈佛大学博士，1985年之后一直在斯坦福大学教授文艺复兴时期的文学。

[③] 这使人想起俄苏形式主义的做法：双方都因为有所顾忌而不愿意承认自己的"组织"，只是双方顾忌的原因不同。见第一单元"俄苏形式主义"。

目标"。这里福柯的影响显而易见,尤其是福柯的一些重要观念得到了新的具体阐释和发挥:"文化"具有了"文本"的特征,而语言表达(包括广义上的"诗歌")同样也是话语实践(discursive practices)或"认知"(épistème)的产物,其无法预知的"断裂"(ruptures)是任何一个历史阶段思维的主导方式。由话语产生的"权力微观物理学"(micro-physics of power)编织成一张关系网,把统治者和被统治者统统网入众多互不相关的局部冲突之中,使个人成为资本主义意识形态"惩戒"机制中的惩罚者和被惩罚者(Foucault 1984: 65—75)。

斯坦福大学教授奥格尔

格林布拉特否认"新历史主义"的提法倒有几分道理,因为这个不经意间贴出来的标签并没有揭示出什么实质性的内容。倒是加州大学的另一位教授蒙特洛斯(Louis A. Montrose)对新历史主义的理念给出了一个简明扼要的界定:"文本的历史性和历史的文本性"①。

> 我用文本的历史性指所有的书写形式,包括批评家所研究的文本和我们处身其中探究其实的文本所具有的特定历史含义和社会的、物质性的内容;因此,我也指所有阅读模式中包含的历史、社会和物质内容。历史的文本性首先是指:我们不可能获得一个完整的、真正的过去,不以我们所研究的社会这个文本中含有的踪迹为媒介,我们也不可能获得一个物质存在;而且,哪些踪迹得以保留,不能被视为仅仅是偶然形成,而应被认为至少是部分产生于选择性保存和涂抹这个微妙过程——就像产生传统人文学科课程设置的过程一样。其次,那些在物质及意识形态斗争中获胜的文本踪迹,当其转化成"档案",成为那些以人文学科为职业的人据此生产自己的描述性和解释性文本的时候,它们自身也会再次受到媒介的影响(Greenblatt & Gunn, 1992: 410)。

蒙特洛斯的这个短语成为新历史主义的代名词,是表现由文学表征中的指涉(referentiality)和历史文本中的模仿(mimesis)两者间产生的"辩证张力"(dialectical tensions)最形象的说明。中国社科院的盛宁先生解释道:"文本的历史性"指的是一切文本(包括文字文本和社会大文本)都具有特定的文化性和社会性,而"历史的文本性"则包括两层意思:第一,没有保存下来

---

① 蒙特洛斯(Louis Adrian Montrose),加州大学圣地亚哥分校英语系主任。自 80 年代以来发表的著述有《文艺复兴时期文学的研究与历史主题》(Renaissance Literary Studies and the Subject of History, 1986)和《戏剧的目的》(The Purpose of Playing: Shakespeare and the Cultural Politics of the Elizabethan Theatre 1996)。

的历史文本,就无法了解真正的、完整的过去;第二,这些文本在转变成"文献",即成为史学家撰写历史的材料时,它们本身会再次成为对其他文本进行阐释的中介(盛宁 1997)。这个解释可以再稍稍扩展一下。新历史主义的核心就是历史和文本的关系问题。文学文本生成于特定历史环境下的社会体制中,并与这个特定历史环境下的社会体制中生成的其他文学或非文学文本相联系。同样,社会被看作相互联系相互作用的各种社会机构的总和,以文本的形式表现出来。但是在这里,历史事件已经不是通常意义上的那个不以人们的主观意识为转移的客观存在了。

蒙特洛斯的著作《戏剧的目的》

历史学家海登·怀特

> 历史事件不论还可能是什么东西,它们都是实际上发生过,或者被认为实际上发生过,但都不再可能直接观察到。如此一来,为了使它们成为反映的客体,就必须对它们进行描述,并且用某种自然或专门的语言进行描述。后来对这些事件所进行的分析或解释,不论采取的是逻辑推理还是叙事描写,永远都是对先前描述出来的事件所进行的分析或解释。这种描述是语言进行凝聚、置换、象征和两度修改过程的产物,这些过程就是表示文本产生的过程。单凭这一点,人们就有理由说历史是一个文本。(Veeser 297)

海登·怀特的这个历史观可谓极具先锋性:我们通常所谓的客观历史事实,由于历史事件的无法复现,实际上只是后人的理解和猜测,或者说是一个主观建构,即使对当事人、目击者也是如此。怀特的说法其实并不新鲜,只是后结构主义思维在历史叙事中的反映。既然一切牢不可破的宏大叙事(真理,上帝,中心等等)都已经被拆散、解构了,何况历史呢。即使像詹明信这样的马克思主义者,为了和后结构主义形成对话,对这一套说法也不得不表示理解:

> 依照阿尔都塞"不在场的缘由"这种说法也好,或者拉康的"真相"说法也好,历史都不是一个文本,因为从根本上说,历史是非叙述性的、非再现的;不过,我们又可以附带一句,除了以文本的形式之外,历史是无法企及的,或换句话说,只有先把历史文本化,我们才能接触历史。(Jameson,1981: 82)

詹明信这么说的目的,是为了好打入后现代主义内部,对它进行"元评论",进而揭示其内在的运作规律①。

说到新历史主义的历史观,不得不提及的人就是美国加州大学史学理论家海登·怀特(Hayden White),②他在《元历史:十九世纪欧洲的历史想象》中提出的后结构主义历史观常被用来给新历史主义的认识论作注释。怀特喋喋不休的一个词汇就是"元历史"。"元"在英语词汇中是个前缀,说明的是"超越","在……之后/上",如"物理学"是"physics",而"metaphysics"就成了"形而上学"。后现代理论尤其喜爱这个前缀,因为后学研究的往往不再是物体本身(physics),而是一种"玄学",即对该事物本身进行抽象思维。所以,就有了"metalanguage"(元语言,即探究语言本身的语言),"metacommentary"(元评论)③,"metafiction"(元小说或用小说的

哈佛大学英语系教授格林布拉特

形式描述小说),及"metanarrative"(元叙事)等④。怀特的元历史比较庞杂,但是基本思想比较简单:逝去的历史永远不可重现和复原,不可能真正"找到";人们所能发现的,只能是关于历史的叙述、记忆、复述、阐释,即对于历史事件的主观重构(不管主观上会如何忠实于客观历史事实)。也就是说,人们最后得到的,仅仅是被重新串联起来的一系列历史事件和对这些事件的说明,是一段经过编辑或者"编织"过的"历史"。不管这样的历史如何"真实",背后总有编写者的目的,或者总具有更大的意识形态语境。怀特将历史事实、历史意识和历史阐释相互串联起来,并予以相互等同,使过去常说的"客观事实"不可避免地带上了诗意的想象和虚构成分。

比起"历史的文本性"来,"文本的历史性"倒是更有摧毁性。蒙特洛斯所说的"所有阅读模式中包含的历史、社会和物质内容",除了说明文本具有

---

① 参阅第三单元"马克思主义文学批评"。但是这里也显示出詹明信的一种无奈:既要坚持马克思主义这个宏大叙事,这个"不可逾越的地平线",又要顾及后现代主义的批评逻辑,于是提出"历史不等于文本,但是表现形式是文本"这个说法,力图让历史从文本再次走向社会,让马克思主义显现出用武之地,表现了詹明信的一片苦心。

② 怀特(Hayden White 1928—),加州大学"大学教授"兼斯坦福大学文学教授,也是知名史学家,著述包括《元历史》(Metahistory: The Historical Imagination in Nineteenth-Century Europe 1973),《形式的内容》(The Content of the Form 1987)和《形象现实主义》(Figural Realism 1997)。

③ 有关詹明信的"元评论",参阅第三单元"马克思主义文学批评"。

④ 这里的解释只是概括性的,要理解每个词的意思,必须认真探讨一番。此外,"meta-"这个前缀还有其他的用法,如在科技文章中意义又不一样,这里指的仅仅是在后结构主义语境下所产生的意义。

物质性之外，还可能意指文本参与历史的建构。既然客观的历史事实已经不复存在，要了解历史只能通过各种历史"文本"的叙述，而历史文本之间具有"互文性"，那么，如此获得的"文本知识"就真的可以等同于那段历史"事实"了。更有甚者，拥有如此"历史知识"的人直接把这种知识带入现实社会，参与到真实的历史活动中，于是便产生出一段真实的历史事件。也就是说，在一段历史叙事的影响下，一段真实的历史事件展现出来。这样的推论十分令人震惊，却又在情理之中：历史就是在各种思想的发展之中演义出来的，也就是我们常说的精神的"反作用"，而且这种反作用力往往会非常之大。

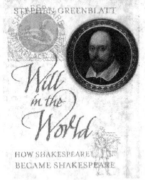

格林布拉特的著作《世界上的意志》

不同的新历史主义批评家对历史性和文本性会有不同的理解，如蒙特洛斯强调的是历史性，而格林布拉特对文献的文本性更加看重。不过，任何一个新历史主义批评家都不会只择其一，因为"历史性"与"文本性"已经相互融合到一起，成为一个硬币的两面，相依相存，缺了一方，另一方也就不复存在了。这是因为，只有当"文本中内含的审美规则"和"社会中施展的政治霸权力量"相互对应时，才能使受到文学秩序和社会秩序压制的"边缘的失声的群体"凸现出来。

和蒙特洛斯相比，格林布拉特的贡献更多的倒是在策略方面。他提出过两个重要的概念："颠覆"与"抑制"。颠覆是指对代表统治秩序的社会意识形态提出质疑，使普通大众的不满得以宣泄，而抑制则是把这种颠覆控制在许可的范围内，使之无法取得实质性效果："对我们来说，颠覆这个术语指的是文艺复兴中的某些因素，就是当抑制看上去不可能时，当时的读者所力求达到的、对我们自身关于真理和现实的感觉的一种抑制、摧毁或服从。"但是，这种"颠覆性的声音产生于对秩序的确保，并被后者有力地表达出来。但这种颠覆性的声音并不侵蚀秩序的根基"（Greenblatt，1988：39，52）。之所以如此，是因为这种颠覆是权力产生出来的，权力本身就"建立在这种颠覆性的基础之上"，通过抑制颠覆来强化统治（杨正润 1994.3：23）。

颠覆与抑制被简·汤普金斯用来分析斯托夫人在写作《汤姆叔叔的小屋》时所采用的策略。她认为，斯托夫人把"神学同政治相结合，而政治同向上帝之国迈进联系在一起"，使这个思想贯穿于小说的始终。斯托夫人采用的手法和其他情感小说不同：她力图把自己的小说变成一种工具，一种被沃尔夫冈·伊瑟尔不屑地称之为"说教"的传声筒；但是这个"教诲"却不是大多数废奴主义作品显示的对奴隶制的猛烈批评,而是深厚的"基督之爱"。但是她采用的手法却是要"展示"、"证明"这种爱,而这么做本身就是一种质疑行为,直接产生于教会、法庭、机构、制度等各种权力体制①,而斯托夫人用以"颠覆"这些代表奴隶制(男性)权力体制的,竟然是(女性)基督教"家庭",使之成为"一切有意义的活动的中心",妇女在其中承担着"最重要的任务",并且这一切都在一位女基督徒雷切尔·哈礼德的指导之下,后者通过"充满关爱的话语"、"高雅的道德"和"慈母般的爱心""坐在摇椅上治理着世界"。正因为如此,汤普金斯看出了斯托夫人的匠心所在:"这个母系社会构成了斯托小说政治颠覆性最强的一面,比发动一场战争或解放一群奴隶产生的效果更加深远,更具有摧毁性"。但是如果认为真的"共和国(美国)的真正命运掌握在她们的手中",那就大错特错了——这只是一个小说家的一厢情愿,并不会真正危及统治阶级的意识形态,更不会"侵损秩序的根基"。从另一个方面来说,正是为了抑制这种颠覆,才使得美国社会需要弥补爱的缺失,需要废除不得人心的奴隶制,这样做也才可以"强化自己的统治"。小说的确产生了巨大的精神力量,间接导致了一种制度的垮台,并且真的做到了"推动整个民族走向它所宣称的远景"。用蒙特洛斯的话说,文本真的产生出一段历史。

意大利历史学家克罗齐和女儿们

格林布拉特的另一个主要概念是"自我形塑"(self-fashioning):"自我形塑是经由某些被视为异端、陌生或可怕的东西才得以获得的。而这种带有威胁性的他者——异教徒、野蛮人、巫婆、通奸淫妇、叛徒、敌基督等必须予以发现或假造,以便对他们进行攻击并摧毁之"(Greenblatt,1980: 9)。即文学形象和文学意义的"形成"是对人物与其环境之间反复对比反复较量的过程中逐渐产生的。这种产生当然是阐释的结果,但这种阐释是一个反反复复的过程,"自我"通常是历史合力的产物,这些合力中其中不乏怀有敌意的力量。这里似乎能用到格林布拉特的"协和"(negotiation)观,其意义包括"协商、传达、调解、融合"。用之于人物的"自我形塑",也就体现出自我身份形成中涉及的各种力量之间的角逐和争斗,以及自我在此过程中采用的策略。

---

① 有意思的是,体现这种爱的,正是在传统小说中位居次要地位的一群家庭妇女,而由次要角色代表正面主张,正是一种颠覆方式,质疑这种爱在当时主导意识形态中的缺失。这是伊瑟尔阅读理论中提出的著名观点,却和新历史主义有相通之处(Iser,1987: 100)。见本书第六单元"读者批评理论"。

新历史主义的这种"自我形塑"和"协和"过程,在阿姆斯特朗和特林豪斯对简·爱的讨论中可见一斑。可以说,简存在的"外部"世界充满了"威胁性的他者"——坏亲戚、坏老师、坏的求婚者等等。这些"他者"都可以对她施加"暴力",因为他们从传统意义上都比简有优越感,不论是经济上、社会地位上、还是心理上。相比之下,简在各个方面(甚至在外貌上)都处于社会的底层,"被压制、被缄口、被羞辱,或以其他方式被压服",因此这些外力也就有充分的理由来"压制简惊人的成长和发展潜力"。简的反抗,或者说勃朗特的"协和"策略,就是一次次地让简处于和敌对势力针锋相对的境地,并且在似乎是力量对比悬殊的情况下,使简一次次地胜出。勃朗特采用的是一套"基于个人天资的另类价值系统",把价值观"引入深层次('心灵'和'头脑')",巧妙地"颠覆"了她的对立面所依赖的传统优势:"它比它的遏制者更高大,比任何社会角色更恢宏,比那些擅作主张的代言人更雄辩(尽管它非常诚实),境界更高尚。这个对象既不是家庭,也不是财富,不是美貌,不是才智,也不是成就",而是自身的能力和道德、知识修养、"深度"。值得注意的是,当简展开抗争时,或者说当她进行"自我形塑"和"协和"时,"其效果相当于火力十足的攻击性行为",尽管这种攻击并不会危及维多利亚时代的意识形态,把传统显露为"缺失",把布兰奇之类变成"非人",也不会引发道德危机。①

"自我形塑"和"协和"过程还可以在格林布拉特对奥赛罗和苔丝狄蒙娜的分析中看出。苔丝狄蒙娜和简·爱有一个共同之处,即都是受制于人的"弱者"(对苔丝狄蒙娜来说,压制来自于父权和夫权)。对此她心知肚明,并且一再表白她同时负有"两方面的义务":作孝顺的女儿和顺从的妻子。但是,苔丝狄蒙娜的"自我形塑"却在这个基础上大大地发展了,所用的策略,即"协和"的手段,就是格林布拉特所谓的"权力的即兴运作",即对"先在的政治、宗教、甚至心理结构加以蓄意的把握,使之对己有利"。对父亲,她抬出了自己的母亲,以在家从父,出嫁从夫为由,为自己的"不孝"(或在他父亲眼里无异于"私奔"或"丑闻")找到了理由。同时,她在对待夫君的态度上,也在表面"顺从"的正统模式下,实施了"吞没"的伎俩:把男性权威"情欲化"。奥赛罗的"自我形塑"也是在"怀有敌意的"外部力量的磨合中产生的。他表面上顺从基督教正统,但字里行间却透露出一种"极为古老的意识",使人隐约感到基督教正统的"权力界限",蕴含了基督教霸权"被激情瓦解的潜在可能性"。

---

① 从这个意义上说,简和宝玉黛玉一样,是社会的边缘人物,作者却让他们发出正面的声音,以此进行质疑。参见上注。

新历史主义的历史观把主观和客观、真实和虚构、事实和故事之间一直存在的界限打破了,使双方你中有我,我中有你,虽然并不是合而为一,但是其间的区别大大地模糊了。这种说法其实并不算新鲜,在中外主观唯心主义那里都可以找到类似的表达。另外,马克思主义也早就指出,任何事物都不可避免地带有时代和阶级的烙印,历史也不例外。这也就是克罗齐为什么说"一切历史都是当代史"的缘由,因为对历史的研究终究是要服务于现代:"人类真正需要的是在想象中重建过去,并从现在去重想过去,而不是使自己脱离现在,回到已死的过去"[①]。这里,研究者本人的影子已经非常清晰了。

新历史主义的创新之处在于,它为这种历史认识做出了新的解释,增加了新的印证方法和手段。历史的确定本身就是一种意识形态立场的选择,后者集中体现在史料的遴选上,而新历史主义把焦点集中在这里,把我们的注意力拉到易于为常人所忽视的"小历史"上,告诉我们:历史的真实不仅表现在那些宏大叙事上,而且也体现在那些叉枝旁骛。这些历史的"偶然"现象有可能和大写的历史并不合拍,但是却的的确确发生过,之所以被"掩盖"是因为有人不喜欢,或者说这些从大历史的根部旁逸斜出的枝杈有损大树的形象。新历史主义想要说的是:形象并不等于"真像",尽管真像

《米勒选读》(2004)

也许并不那么令人赏心悦目。格林布拉特等人就是挖掘历史枝杈的能手。他们醉心于小写的历史和复数的历史,通过丰富具体、往往又是庞杂琐碎的"野史",来让原本处于边缘地位、微弱甚至沉寂的历史小事件发出(常常是不和谐的)声音,让被历史大树遮蔽的杂草显露出来,使中心话语露出破绽,使主流意识形态显出裂缝,进而揭示出历史话语中蕴含的权力机制及其虚构性。对应于文学研究来说,这就意味着文学和历史的不可分割,而且这个文学的历史背景并不是固定不变的,即产生文学的"背景"所对应的"历史"是一个大杂烩,一切历史都可能是产生文学作品的"前景"(foreground)(Selden,1989: 162—163)。

新历史主义的文学观和怀特的"元历史"观大概可以通过格林布拉特对大英博物馆馆藏的一幅画所作的解释窥见一斑。英王亨利八世的御前画

[①] 克罗齐:《历史学的理论与实际》,商务印书馆,1982,第 220 页。克罗齐(Benedetto Croce 1866—1952),意大利哲学家,历史学家,二战前后曾任意大利教育部长,主张历史就是用现在来解释过去。著述有《十九世纪欧洲史》(History of Europe in the Nineteenth Century, 1932)等。

师小汉斯·霍尔拜因（Hans Holbein the Younger，1497/8—1543）1533年作了一幅题为《外交家》（The Ambassadors）的画，画面上是法王弗朗西斯一世派驻英国的大使和大使的一位朋友的正面像，但是在这两位人物的前右下方，有一个长条形光影。这个光影其实是一个扭曲的影像，即象征死亡的骷髅。

小汉斯·霍尔拜因的《外交家》（1533），是绘画中"形象变形"（anamorphosis）技法的佳例

想看使这个骷髅的轮廓显现出来，必须偏转头从左向右进行透视，而且要看得十分仔细。于是，这张画便犹如中世纪的许多作品一样，揭去羊皮画卷之后下面还会显示出一幅画面。不同的是小霍尔拜因把两幅画放置在同一张画面上，一主一辅，一正一反，一正常一反常，只要变换视角，就会得出一个截然不同的图像（盛宁，1997）。通过分析，格林布拉特认为，这种"背出分训"（钱钟书语）的境况说明的就是历史的真实：事实的显现离不开观察者和观察视角，这也是读者批评告诉我们的道理①。在这里，格林布拉特的"协和"论与"形塑"论和解构主义有十分密切的关联。想一下耶鲁解构主义批评家希利斯·米勒那让人眼花缭乱的修辞分析，便可以想象得出双方的互文关系，当然历史在新历史主义那里还没有到米勒笔下那种由"矛盾修辞"法和"比喻性指称"所造成的"剪不断理还乱"的程度。但是双方在精神上是相通的。再读一下米勒对"比喻性指称"所作的解释吧。

经过技术处理后《外交家》显现出的"形象变形"

从只言片语出发，洞微烛幽，尽量发挥延伸出去，扩展到一个又一个的语境，进而把整个印欧语系中各语种，其文学和思想观念，以及与我们家庭结构、礼节往来有关的社会各方面的变革，统统作为这些片言只语的必要背景包括进来……概念性表述一定含有比喻；概念与比喻之间的纠结一定含有故事、叙事或神话……解构要探讨的就是比喻、概念和叙述的纠葛和渗透背后的含义。所以说解构是一门修辞学②。

---

① 这幅画揭示的批评的多样性为当代批评家所津津乐道，如拉康（écrits: A Selection 1966）和伊瑟尔（How to do theory 2006）都专门讨论过它。
② 参阅本书第八单元"解构主义文学批评"。

毋庸置疑，新历史主义自形成气候以来一直受到理论界的批评，比较突出的指责是批评它的"形式主义"倾向。这种批评既出乎意料，又在情理之中。出乎意料，是因为新历史主义的初衷至少是反形式主义的，很难设想在形式主义声名狼藉的八十年代还会有人冒这个风险。情理之中，是因为作为后结构主义的一个分支，新历史主义逃不脱后结构主义整体上的形式化倾向。如前面的引文所示，新历史主义非常重视语言的修辞、隐喻、叙事、想象功能，使得新历史主义带有"平面化修辞"和叙事模式，和解构主义十分相似，也就难免带上后者的形式主义之嫌。无论如何，历史是立体而非平面的，历史可以进行文本分析，但是历史毕竟不是文本，单一维面的文本分析并不能代表历史本身。历史叙事的确带有很大的主观性和偶然性，但是如果据此把历史撕裂为一个个片段，甚至否认它的连续性和发展脉络，就会

兔子永远赶不上乌龟吗？

出现解构主义所犯的常识性错误：词永远不可能达意，或兔子永远赶不上乌龟。如果把双方跑动的距离分解成静态的一段段，在一定范围里兔子只能"永远"跟在乌龟的后面，这里的逻辑推理并不错；但是如果据此得出结论，说兔子永远赶不上乌龟，则遗忘了时间这个因素，也就是历时延续性这个因素[①]。就解构主义而言，说意义是语境决定的，而语境是无止境的，因此意义也就无止境。同样，这里的逻辑推理是不错的，结论的失误也在于没有考虑到历史的多维性和延续性：在一定的时间跨度内，人们能够意识到的语境毕竟是非常有限的，所以尽管语义的"延异"可以无比复杂，却对人们的实际交际并不会产生大的妨碍。但是，这里谈论的并不仅仅只是逻辑推理或者文字游戏造成的谬误——当代文化研究告诉我们，思想和观念会产生物质效果。盛宁先生曾经提到的洛杉矶审判案就是一个很好的例子。1991年3月3日洛杉矶四名白人警察以驾车超速为由殴打黑人青年罗德尼·金，殴打场面被旁观者录下，在全国电视台播放。法庭在审判时重播了当时的施暴场面，但是被告（警察）律师以审查事件的全过程为由要求将录像定格后逐一播放，于是警察施暴的连续过程就变成了一个一个互不连接的单一镜头，从

[①] 源自希腊数学家芝诺（Zeno of Elea, c488 BC-）的阿基里斯悖论。阿基里斯是希腊神话中善跑的英雄。芝诺讲：阿基里斯在赛跑中不可能追上起步稍微领先于他的乌龟，因为当他要到达乌龟出发的那一点，乌龟又向前爬动了。阿基里斯和乌龟的距离可以无限地缩小，但永远追不上乌龟。芝诺通过这种"诡辩"来说明运动和感官的不可靠，借以证明永恒和"绝对真实"。

这些静态的、单一的镜头中的确无法断定被打的金在那一刻是否真的放弃了反抗,既然无法判定,于是警察就有了"制服"金的需要。施暴被说成了自卫,施暴者1992年4月29日被判无罪释放,于是导致洛杉矶发生大火和骚乱,5月1日才平息。同时,这一黑白颠倒的审判结果还有认知意义,恰好揭示了解构主义的要害:"解构主义的阐释理论最根本的一点就是不承认语言有最终的所指,它把语言文本的意义视为一个永无止境的能指符号的置换链,而文本的即刻意义(一如那录像的定格镜头)便成了没有确定意义的一种意义的可能"(盛宁,1997)。新历史主义似乎也犯有类似的错误。历史的确充满各种偶然因素,有些偶然因素的确也曾经发挥过重大的作用①,许多偶然因素的确也被排斥在历史叙事之外。但是这些因素的存在并不会影响历史叙事的形成或者历史意义的产生。

对新历史主义的另一个质疑是它的反抗性,"颠覆"和"遏制"的语言因其"对文化政治显而易见的机械解释"而受到质疑(Sacks,1988,477—478),它对无处不在法力无边的"权力"的近乎滥用,"没有留下任何可以争取自由或反抗国家压迫的余地"。对于反抗问题,福科曾做出过一种解释:对权力的每一次行使都会有可能招致别人的反抗,因为"权力本身包含有矛盾、冲突、斗争的危险,至少权力关系有暂时被颠倒的危险"(Foucault,1975: 27)。但是,福柯所说的反抗在新历史主义那里却很难施展,因为后者拒绝提出"系统的理论见解",拒绝摆出自己"坚定的政治立场"。伊格尔顿说过:"极端历史主义把作品禁锢在作品的历史语境里,新历史主义把作品禁闭在我们自己的历史语境里,从某种意义上说,这两家永远只会提一些伪问题"(伊格尔顿,1999: 111)。伊格尔顿的下半句结论可能有些尖刻,但是上半句的批评倒是不无道理:过于主观的("我们的")阐释毕竟无法避免得出过于主观的结论。詹明信对德里达的批评也和伊格尔顿对新历史主义的批评相似:"(德里达的)哲学语言囚禁在它自己概念的牢房里,沿着牢房的墙壁摸索着,从内部描述着它,似乎这只是诸多可能的世界的其中之一,但其他的

---

① 马克思说过:"如果'偶然性'不起任何作用的话,那么世界历史就会带有非常神秘的性质"(《马克思恩格斯选集》第4卷第393页)。恩格斯也说过:"在历史的发展中,偶然性起着自己的作用"(《马克思恩格斯选集》第3卷第544页)。

世界又看不到"(Jameson 1972: 186)。

由于这种模棱两可、似是而非、甚至有投机取巧之嫌的态度,新历史主义在很多批评家(尤其是左派批评家)的眼里"只不过是一种虚张声势的捶胸顿足"而已,并认为它"一味关注于研究客体的符号力量",到头来致使自己的"社会政治效力"(socio-political efficacy)大打折扣(Spivak in Veeser 1989: 272)。另一方面,右倾保守的批评家们也指责新历史主义玷污了传统历史观和文学观的圣洁,模糊了双方的关系,搞乱了人们的认识,造成文不像文,史不像史:"使我们的教育部门无法向下一代传输西方文化经典中积累的价值,这些价值是美国政治社会制度的基石"(Thomas,1991: 5)。

新历史主义源自美国学术界的一个很窄的研究领域,即文艺复兴时期的文学研究,但是如下面的选文所示,它的方法和做法却很快被用于其他历史阶段和研究领域,在历史研究、人类学研究、艺术以及其他的学科和跨学科研究中得到越来越多的使用。但是新历史主义为自己的成功也付出了巨大的代价:"新历史主义得到越来越多的接受既表明它已经得到学术传统的认可,又破坏了它的形象,因为它最基本的姿态就是反对正统学术"。这是一种两难的处境。

麻省理工学院的语言学家乔姆斯基(Noam Chomsky 1928—)可是专揭历史疮疤的行家

2000年哈佛大学英语系一次师生见面会上,格林布拉特谈到新历史主义的"时髦":一些美国高校竟然在PMLA(《北美现代语文学会会刊》)上登出招聘"新历史主义"师资的广告。他愤怒地否认有"新历史主义"这门学科或者研究方向,更质疑竟然会出现操这个饭碗的专业人士。他这么做的目的是为了和已经体制化了的"新历史主义"拉开距离,对学术正统保持警惕,因为和其他的后结构主义者一样,他坚持标新立异的精神,一旦进入主流,不得不具有连贯性(enforced coherence),理论的批判力就会大打折扣。格林布拉特的愤怒使我们联想起一些其他的后结构主义者的做法:竭力模糊自己的理论立场,时隐时现在边缘的某个地方,出其不意地向"中心"地带出击一下,随后又变得踪迹难觅。这样的做法屡见不鲜,而且有理论支持:为了站稳自己的批评立场,保持自己的批评身份,避免被主流话语同化,成为霸权的同谋和帮凶,只有采取不合作态度,随时保持一个葛兰西、乔姆斯基、赛义德、斯皮瓦克所说的业余的、自由的、有机的"知识分子"身份。不畏权,不唯上,不随俗,永远做个"说不的人"(nay-sayer)。

真的有人能做到这一点吗？新历史主义者做到了这一点吗？

和神话原型批评、读者批评与解构主义批评一样，新历史主义批评经过二十年的风光，到了二十世纪末，"文学批评家们已经很少公开标榜自己属于新历史主义"(Leitch，2001：2251)。批评家们曾说过这样一句话：事实是不会陈旧的，但是思想却总是不断过时。新历史主义表述的就是"事实不会陈旧"或者"事实之外还有新的事实"。如果想依赖不断地翻新事实，来表示思想不过时，肯定是做不到的。但是和形式主义、结构主义一样，新历史主义的精神已经成为现当代西方批评理论的宝贵财产。

惩罚的结构（福柯）

米歇尔·福柯（1926—1984）是法国哲学家、史学家，在美国学术界影响很大。他曾经在法国、瑞士、波兰、突尼斯和德国工作，1970年成为法兰西学院思想史教授。在《疯狂与文明》(1961)、《事物的顺序》(1866)、《知识考古学》(1969)、《戒律与惩罚》(1975)等著述中，他探讨了权威和知识如何结合在一起，产生主体意识和身份认同。福科为自己的这种探讨设计了一个中介："话语"，即在特定的时候对特定的人群产生特定意义、知识、真理的体制性规约。下文(1975)就是这样的一种讨论，指出"真理"其实是权力关系的产物，具有意识形态性。

这种把人不断地区分成正常和非正常，使所有人都纳入到这种区分中，把我们带回到我们自己的时代，只是把对付麻风病人的那种非此即彼、打上标记、予以放逐的方法应用在十分不同的对象上。由于有了一整套技术和体制用以度量、监视和矫正非正常人，便使得由恐惧瘟疫而产生的戒律机制得以实施。至今仍然应用于非正常人身上的权力机制或是给人打上印记，或是改造他，都由这两种形式构成，从这两种形式间接地延伸而来。

边沁的全景式敞视式监狱

第十单元　新历史主义批评理论

边沁的全景式敞视式监狱就是用建筑来展示这种构成①。我们了解其构造的基本原理：四周是环形建筑，中间是一座瞭望塔。这座瞭望塔上开有一圈大窗户，对着环形建筑的内层。环形建筑分成许多小囚室，每个囚室都贯穿环形建筑的横切面。所有囚室都有两个窗户，一个在里面，与瞭望塔窗户相对，另一个向外，使光亮从囚室的一端透射进来照到另一端。然后，需要做的就是在中心瞭望塔安置一名监督者，和在每个囚室里关进一个疯子，或一个病人，或一个罪犯，或一个工人，一个学生。瞭望塔正对着阳光，处在暗处，在逆光的作用下，可以观察环形囚室中犯人的小身影。这些囚室犹如许多小笼子，许多小剧场，其中的每个演员都孤身一人，时刻暴露在视线下。敞视建筑机制在安排空间结构时，使其随时都一览无余，一眼就能辨出。总之，它和牢狱原则正相反，或者更准确地说，在牢狱的三个功能上——封

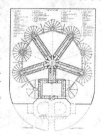

边沁的全景式敞视式监狱平面图

闭、遮光、隐藏，它只保留下第一个功能，弃置了另外两个功能。充分的光线加上监督者的目光比黑暗更易于明察秋毫，因为说到底黑暗起到的是保护作用。可视性是陷阱。

首先，这样的安排可以作为一种否定效果，来防止在拘押所这样的地方可以看到的那些拥挤不堪、鬼哭狼嚎的人群。这种情况，曾被戈雅表现在绘画上，也曾被霍华德描写过②。每个人都被牢固地关在他应该呆的囚室里，监督者可以从正面看到他。而两面的墙壁使他不能与其他犯人接触。他时刻被别人看着，但他自己却看不到别人。他是被探查的对象，决不会成为进行主动交流的主体。他的房间被做成正对中心瞭望塔，迫使他能被中心审视。但是环形建筑里那些被分割的囚室，则意味着横向之间无法相见。这种不可见性为建立秩序提供了保证。如果被囚禁者是罪犯，就不会有相互串通的危险、集体越狱的举动、策划新的犯罪以及相互间的恶习传染。如果他们生病，就不会有传染的危险。如果他们是疯子，就可以避免彼此施暴之

---

① 边沁（Jeremy Bentham），1748—1832，英国哲学家、经济学家、法学家，写作《道德原则与立法导论》（Introduction to the Principles of Morals and Legislation，1789）。他反对洛克（John Locke，1632—1704）等倡导的启蒙主义自然权利论，创立实用主义政治哲学：政治行为的正确，以最大人群的最大幸福为衡量依据，可根据愉悦的程度进行精确的量化，得出政策的正确程度。他的继承人约翰·斯徒亚特·密尔（John Stuart Mill，1806—1873）对这种极端的说法进行了修正，但边沁的理论对十九世纪英国政治、法律制度产生了极大的影响。全景式敞视式监狱（Panopticon）就是边沁依照这种思想设计的一座"实用主义"监狱。

② 戈雅（Francisco José de Goya y Lucientes），1746—1828，西班牙画家，毕加索倾慕的大师，尤以刻画痛苦和暴力闻名。

戈雅的油画《监狱一景》(1808—1812)

虑。如果他们是学生,就不会抄袭、喧闹、闲聊和浪费时间。如果他们是工人,就不会受到干扰,产生混乱、偷窃、串通,降低工作速度和质量、造成事故等现象。常见的那种嘈杂的人群、拥挤的空间,你来我往的交流,人群的聚散,以及聚众的效果,都被消除了,取而代之的,是相互间隔的一个群体。在监督者看来,取而代之的仍然是一种群体,却易于计算,便于监视。从被囚禁者看来,取而代之的是一种被隔绝和受监视的孤独状态。

由此产生了全景式敞视建筑的主要效果:在犯人身上始终产生一种有意识的持久暴露感,从而确保权力自动发挥作用。如此安排之后,监视效果具有持续性,即使监视行为断断续续;这种权力是完善的,完善到不必在真实环境下实际运用这个权利;这种建筑应该成为一种创造和维系权力关系的机器,与开动这部机器的人没有关系。总之,被囚禁者应该受制于一种权力环境,而他们本身就是这种权力环境的载体。要实现这一点,被囚禁者应该时刻受到监督者的监视不是太多就是太少。太少,是因为重要的是让他知道自己应当受到监视,再多也还嫌少;太多,是因为实际上并不需要如此监视他。有鉴于此,边沁提出了一个原则,即权力应该是可见的,却又是无法确知的。所谓"可见":被囚禁者的眼前应当不停出现中心瞭望塔的高大轮廓,知道自己时刻受到监视。所谓"无法确知":被囚禁者应该在任何时候都不知道自己是否正受到监视,

全景式敞视式监狱的效果图

但他心里应当清楚自己随时会受到监视。为了使监督者的在与不在无法确知,使被囚禁者在囚室中甚至看不到监督者的影子,边沁设想,中心监视厅的窗户不仅要装软百叶窗,而且大厅内部的分隔应采用适当的角度,各分隔区之间的穿行不是通过门,而是通过曲折的通道。这是因为任何一点响动,任何一束光线,半掩的门透出的任何光影,都会暴露监督者。全景式敞视建筑是一种机器,可以拆解观看/被观看的二元对立。在环形建筑里,人无掩无遮看得一清二楚,但看不见他人;而在中心瞭望塔,人能观察一切,但不会被别人看到。

戈雅的著名油画《1808年5月3日》(1814)展示拿破仑军队镇压西班牙起义者,边沁的手段无疑更加高明。

这是一种重要的机制,因为它使权力自动产生并凌驾于个体之上;权力的威严不是体现在某个人身上,而是集中体现在各种身体、不同表面、各色光线、各样目光上,体现在一种精心安排上。使其内在机制产生出制约个人的关系。君主借以展示其无限权力的典礼、仪式和标志都变得毫无用处。这里有一种机器来确保不对称、不平衡和差异的产生。因此,谁来行使权力便无关紧要。随便挑选出一个人几乎都能操作这个机器,不需要他的上司、他的亲属、朋友、客人甚至仆人。同样,什么动机促使他这么做也是无所谓的,可以是出于轻浮者的那种好奇心,也可以是孩子表现出的恶作剧,或是哲学家想参观人性展览馆时怀有的求知欲,或是以窥探和惩罚为乐趣的人具有的邪恶心理。这种不知名的临时观察者越多,被囚禁者越会惊恐不安,被监视感也就越强烈。全景式敞视建筑是一部神奇的机器,不管让它派何种用场,它都会产生同样的权力效果。

一种虚构的关系自动产生出一种真正的征服。因此,要想使犯人弃恶从良,疯子安静下来,工人埋头干活,学生专心学习,病人遵守规章,便无须使用暴力。全景式敞视机构竟会如此轻便,连边沁也感到惊讶:不再安装栅栏,不再戴上铁镣,不再锁上大锁;需要做的仅仅是隔离得清清楚楚,进出口安排妥当。旧式厚重的"治安所"及其堡垒状建筑,可以被形状简单经济的"明察所"所取代。权力的效用,它的强制力,在某种意义上,转向另一个方面,即它的表面应用上。受制于监视并且对之心知肚明的人自觉地接受权力的制约。他让这种制约自动在自己身上发挥作用,他把这种权力关系刻在自

勒沃设计的凡尔赛动物园(1662—1664)

己心中,自己同时扮演两个角色,成为征服自己的原则①。通过这一事实,外部权力可以丢弃其物理重量,化为非实体性的东西。而且,它越能做到这一点,它产生的效果就越稳定、越深入、越持久:这种做法避免了物理冲撞,是一个永久性的胜利,而且胜利的结局总是

---

① 即他即是被征服者,也是征服的促使者。

对峙之前就已决定了。

边沁没有提到他的设计方案是否受到勒沃设计的凡尔赛动物园的启发①。这个动物园与一般的动物园不同,它第一次不把各个展点散布在公园各处。动物园的中心是一个八角亭,八角亭的第一层只有一个房间,是国王的"沙龙"。八角亭的一面用作入口,其他各面设成大窗,正对着七个关不同动物的铁笼。到边沁的时代,这个动物园已经不复存在了。但是,我们在全景式敞视建筑规划中发现有类似的做法,即关注于对个体的观察,对事物的分门别类,以及对空间的分析组合。全景式敞视建筑就是皇家动物园,动物由人取代,单个展点的分布由特定分组所取代,国王由诡秘的权力机器所取代。除了这点区别之外,全景式敞视建筑还干着博物学家的工作。它使人们有可能进行差异区分:对于病人,既可以观察每个病人的病症,又不致产生病床拥挤和瘴气流通,也不会出现干扰临床检查的传染;对于学生,可以观察其表现(不会出现模仿和抄袭),评定其能力,分析其性格,进行严格的分类,并根据正常发展的程度,将"懒惰和固执"与"天生愚笨"区分开;对于工人,可以了解每个人的工作能力,比较完成每项工作所用的时间,如果按日计酬,可以计算每日应发放的工资。

全景式敞视式监狱的设计者英国哲学家边沁(1748—1832)

(龙江 译)

关　键　词

正常/非正常(normal/ abnormal)
度量、监视、矫正(measuring, supervising and correcting)
全景式敞视式监狱(Panopticon)
有意识的持久暴露感(conscious and permanent visibility)
被隔绝和受监视的孤独状态(sequestered and observed solitude)
权力环境(power situation)

---

① 勒沃(Louis le Vau),1612—1670,法国建筑师,凡尔赛宫的主要设计者之一,曾亲自带领艺术家和工匠建造其中的许多建筑(1669)。

可见不可知（visible and unverifiable）
内在机制（internal mechanism）
权力效果（effects of power）
虚构的关系（fictitious relation）
"明察所"（house of certainty）

关 键 引 文

1. 敞视建筑机制在安排空间结构时，使其随时都一览无余，一眼就能辨出。总之，它和牢狱原则正相反，或者更准确地说，在牢狱的三个功能上——封闭、遮光、隐藏，它只保留下第一个功能，弃置了另外两个功能。充分的光线加上监督者的目光比黑暗更易于明察秋毫，因为说到底黑暗起到的是保护作用。可视性是陷阱。

2. 他时刻被别人看着，但他自己却看不到别人。他是被探查的对象，决不会成为进行主动交流的主体。他的房间被做成正对中心瞭望塔，迫使他能被中心审视。但是环形建筑里那些被分割的囚室，则意味着横向之间无法相见。这种不可见性为建立秩序提供了保证。

3. 总之，被囚禁者应该受制于一种权力环境，而他们本身就是这种权力环境的载体。……被囚禁者应该在任何时候都不知道自己是否正受到监视，但他心里应当清楚自己随时会受到监视。

边沁的全景式敞视式监狱平面图（1791）

4. 这（全景式敞视建筑）是一种重要的机制，因为它使权力自动产生并落实到个人身上；权力原则不是体现在个人身上，而是集中体现在身体、表面、光线、目光上，体现在一种精心安排上。使其内在机制产生出制约个人的关系。君主借以展示其无限权力的典礼、仪式和标志都变得毫无用处。这里有一种机器来确保不对称、不平衡和差异的产生。

5. 权力的效用，它的强制力，在某种意义上，转向另一个方面，即它的表面应用上。受制于监视并且对之心知肚明的人自觉地接受权力的制约。他让这种制约自动在自己身上发挥作用，他把这种权力关系刻在自己心中，自己同时扮演两个角色，成为征服自己的原则。通过这一事实，外部权力可以丢弃其物理重量，化为非实体性的东西。而且，它越能做到这一点，它产生的效果就越稳定、越深入、越持久：这种做法避免了物理冲撞，是一个永久性的胜利,而且胜利的结局总是对峙之前就已决定了。

讨 论 题

1. 为什么"权力应该是可见的,却又是无法确知的"这一点很重要？这里的"可见"指的是什么？"确知"指的又是什么？它和知识的产生有什么关系？

2. 权利运作的机制是什么？谁在"操纵"和"行使"这个权利？权力是如何"自动"发挥作用的？被制约者如何"同时扮演两个角色"(征服者和被征服者)？

3. 全景式敞视式监狱的运作和后现代资本主义社会有什么联系？什么是权力的"自动"产生和运作？

4. 福科在这里谈论的"权力"与"监视",和新历史主义笔下的"权力"、"控制"有什么内在联系？新历史主义在什么意义上在借鉴和使用福科的权利理论？

权力的即兴运作①（格林布拉特）

史蒂芬·格林布拉特(1943—　)是新历史主义的主要代表人物,据说"新历史主义"一词就是由他开始而启用的。他曾任教于加州大学柏克莱分校,现在哈佛大学,不久前刚获得哈佛大学"大学教授"的殊荣。新历史主义和旧历史主义的区别就在于把文学材料和非文学材料同样当作"文本"来进行阐释,视为"权利场所,分歧之地,利益之争,正统观念和颠覆冲动的角斗"。本文(1994)显示的便是这种权利角斗的一个例证,指出"一部戏剧在戏剧样式(理解为戏剧特殊的历史表现)和社会因素(剧本来自于和社会因素的区别)之间进行协调"。在很大程度上,格林布拉特"既和解构主义的文本细读相一致,又利用马克思主义的历史观,对莎剧中的权利感提出了令人耳目一新的见解"。

此处隐含一个悖论：奥赛罗用这个如饥似渴的贪婪形象记录着苔丝狄蒙娜对他的故事的"投入",或她所称的将她的灵魂和命运奉献给"他的名誉

---

① 格林布拉特对"Improvisation"一词的解释是,"对未曾预料的事物加以利用、并把已知材料为己所用的能力"。或指对"先在的政治、宗教、甚至心理结构"加以蓄意的把握,使之对己有利"。

和武功"(1.3.253)①。他既经历又加以叙述的事情,她只能当作叙事来热忱地加以接受。

> 我讲完了故事,
> 她便报以长吁短叹;
> 她还赌咒说,这真新奇,真太新奇;
> 这真可怜,真太可怜;
> 她但愿不曾听这故事,但她又愿
> 上天给她这样的一个丈夫。(1.3.158—163)

当然,早期现代文化的一个典型特点,就是男性对叙事的投入被认为是积极的,与之伴随的是对自己故事的塑造(尽管要在主导习俗范围之内);而女性的投入则是被动的,与之伴随的是婚姻的开始。在婚姻中,用丁道尔的话来说②,"弱者"③被置于"服从其丈夫的地位,以便驾驭她的色欲和淫乱之心"。我们已经看到,丁道尔解释说,撒拉"在结婚前是亚伯拉罕的妹妹,与他是平等的;可是,她一旦结婚就处于服从地位,变得无比低贱;因为这就是婚姻的本性,是上帝的旨意"。至少对文艺复兴时期由元老们主宰的世界而言,这番话隐含初始平等之意,因而显得异想天开;大多数女人与苔丝狄蒙娜一样,一定是从父权支配下直接进入婚姻的。"我看出我现在是有两方面的义务",她在威尼斯元老院对父亲说,"我的生命教养都是由你而来的",

> 但是现在又有我的丈夫:
> 我的母亲当初之服从你,
> 胜过服从她的父亲。
> 所以我要求对于我的夫主摩尔人
> 也有同等的服从的义务。(1.3.185—189)

她并没有质疑女性的服从义务,而是仅仅援引了转换职责这个传统权利。然而尽管苔丝狄蒙娜在剧中自始至终声称对丈夫顺从——"把我托付给我的善良的夫主",她临终前喘着气说——但是那种顺从与男性梦想中的

---

① 本文中《奥赛罗》译文引自《莎士比亚全集 34 奥赛罗》,梁实秋译,北京:中国广播电视出版社,2001。

② 丁道尔(William Tyndale),c1492—1536,英国宗教改革家,自牛津获硕士学位,1515 年去剑桥大学,决心把圣经从希腊文译成英语,激发民众的宗教改革热情。在马丁·路德的支持下,他印刷英语版圣经(1525)。此举招致英国教会的激烈反对,最后被教廷关押,1536 年 10 月 6 日被绞死焚尸。但丁道尔和之前威克里夫(John Wycliffe,1330?—1384)的圣经译本最终成为钦定本圣经(1611)的基础。

③ 即女性。

女性顺从并非完全契合。布拉班修告诉我们,她是

> 一个从不放肆的女子;
> 天性是如此的端详,心头一动
> 便先自报颜。(1.3.94—96)

然而即便是这种极端的自我克制也扰乱了我们可以料想到的她父亲的期望:

莎剧《奥赛罗》剧照

> (她)对国内风流豪富男人的
> 求婚一律拒绝。(1.2.67—68)

当然,对布拉班修来说①,她的婚姻选择是令人惊诧的不听话之举,只能解释为一个中了邪或被麻醉者的梦游行为。他把她的私奔不是看作把顺从转移到另一个男人,而是偷窃或背叛或不计后果地逃离他所称的"监护"之举。他和伊阿古都提醒奥赛罗,她嫁给奥赛罗并不意味着顺从而是欺骗:

> 她当初是骗过她的父亲,嫁了你;
> 她假装做惧怕你的面貌的时候,
> 她实在是最爱你的。(3.3.210—211)

正如此处别有用心地提及奥赛罗的"面貌"所暗示的,苔丝狄蒙娜的婚姻是个丑闻,不仅因为她没有事先获得父亲的同意,也因为她丈夫的肤色是黑的。黑肤色这个令当时社会感到恐惧和危险的标记,是象征奥赛罗作为一个永远的局外人地位的无法抹去的证据,无论那个国家如何高度评价他的贡献或者他是如何真诚地拥抱这个国家的价值观。女性从父亲转向丈夫的安全通道已经遭到无法弥补的破坏,被标记为逃亡之路:"天呀,"布拉班修喊道,"她是怎样出去的?"(1.1.169)

当然,苔丝狄蒙娜对她主人奥赛罗的关系可以打消人们对她彻底顺从的任何怀疑,但这种怀疑还是出现了,不仅仅是布拉班修的反对和奥赛罗的黑肤色,即使在她做出最热烈的爱情表白时也让人产生疑问。那种爱的本身就带有某种属性,扰乱了等级分明的服从这个正统模式,使奥赛罗意识到她对他的话语表现为顺从,实乃将其吞没。我们可以从

奥赛尔和苔丝狄蒙娜父女

---

① 即苔丝狄蒙娜的父亲

这对恋人在塞浦路斯岛上重逢的美妙时刻很清楚地觉察这一属性:

奥赛罗　　　你比我先到了此地,真使我又惊又喜。
　　　　　　啊我的心头的喜悦哟!
　　　　　　如其每次风暴之后都有这样的宁静,
　　　　　　刮就刮吧,刮到把死人吹醒!
　　　　　　摇荡的船也不妨爬上
　　　　　　奥林帕斯山一般高的巨浪,然后再钻到地狱
　　　　　　那样深!纵然现在是要死的,
　　　　　　现在还是最幸福的时候,因为我恐怕
　　　　　　我的心灵是已经绝对的满足了,
　　　　　　在将来不可知的命运中不见得
　　　　　　能再有这样的慰安。
苔丝狄蒙娜　　上天不准,
　　　　　　除非是我们的情爱慰安与日俱增!
奥赛罗　　　但愿如此,亲爱的神明!
　　　　　　我的满足是不能尽述的;
　　　　　　把胸间都塞满了,实在是太快活了。

(2.1.183—197)

在不论信奉罗马天主教或新教的欧洲,正统基督教均可以从中看出丈夫与妻子间炽热的爱,这种爱在圣保罗那里表达得最为深刻,他的言论在几乎每一个关于婚姻的讨论中都被引用和评论:

　　丈夫也当照样爱妻子,如同爱自己的身子,爱妻子便是爱自己了。从来没有人恨恶自己的身子,总是保养顾惜,正像基督对教会一样,为这个缘故,人要离开父母,与妻子连合,因为我们都是他身上的肢体。"二人成为一体。"这是极大的奥秘,但我是指基督和教会说的。①

以这段话及其在《创世纪》中的出处为根据,评论家们可以像宗教改革者托马斯·贝根那样写,②说婚姻是一种"高尚、神圣和幸福的生活秩序,是由上帝而不是人规定的,而且它不属于这个罪恶的世界,而是属于天堂那个令人喜悦的乐园"。但是如同圣保罗的文本一样,所有此类关于婚姻之爱的讨论,均以认可那个规定权力与顺从的更大的秩序开始和结束,而婚姻就在

---

① 见《圣经·以弗所书》5:28—32。
② 贝根(Thomas Becon)1512—1567,英国牧师,曾就英国新教改革写过大量文章,1546年7月8日皇家法令要求作者、出版者署真名,贝根的著述被付之一炬。

此秩序中一个恰当的位置上。如威廉·高奇所说,①家庭"是一个小'教会',也是一个小'联邦'……借此可以考验哪些人在'教会'或'联邦'中适合权力位置,哪些人适合处于服从地位"②。

莎剧《奥赛罗》剧照

在奥赛罗那些心醉神迷的言语中,一个基督徒丈夫的正常情感伴随着某种别的东西:在天堂和地狱之间的剧烈彷徨,瞬间拥有灵魂的绝对满足感,一种极大地极为古老的意识,一种或许同样古老的、对"未知命运"的阴郁恐惧。这些与基督教正统没有产生任何公开的"抵触",但是每个词所透露出的强烈情欲却使人感到与正统之间的张力。这种张力与其说表明奥赛罗特有的某种返祖性的"黑色",不如说表明基督教教义在性欲问题上的殖民权力,这种权力此时恰好通过其固有的局限性显现出来。也就是说,我们在这个短暂的瞬间瞥见了基督教正统的"权力界限",其控制能力达到极度的紧张状态,以及其霸权被激情瓦解的潜在可能性。我们强调一下,这一幕描绘的并非是反叛或哪怕抱怨——苔丝狄蒙娜呼唤"上天",奥赛罗答道,"但愿如此,亲爱的神明!"但是这里使用的复数却逃避了对正统的明朗认可,虽然其程度非常轻微:他们心中的上天神明并非明白无误地指向基督上帝,而是那些保护和助长情欲之爱的无名的超验力量。为了理解其中的差别,我们可以回顾奥古斯丁在跟诺斯替教徒争辩时说的话③,他说上帝的意旨是让亚当和夏娃在天堂里生儿育女,那么他同时也相信我们的第一父母经历了性交的过程而无肉体的快感。既如此,亚当如何能够勃起?奥古斯丁这样写道,正如有些人"能够让耳朵动起来,一次动一只或者两只同时动",而另一些人"对肠道有着非凡的控制能力,可以随心所欲地连续产气,以产生歌唱的效果",那么在人类堕落

---

① 高奇(William Gouge),1575—1653,毕业于剑桥大学,1607年被任命为牧师,以著述和布道闻名,1643年经议会提名,成为重要的"威斯敏斯特大公会议"(Westminster Assembly of Divines)成员。

② 这里的"联邦"(Commonwealth)指和君主制不同的政体,后来的克伦威尔就把弑君后的英国称为"Commonwealth"(共和国)。

③ 圣奥古斯丁(Aurelius Augustinus),354—430,罗马基督教拉丁教父的主要代表,基督教教父哲学的完成者。生于北非,早年生活放荡,皈依基督教后提出一套基督教教义,成为中世纪经院哲学的基础,为阿奎那(Saint Thomas Aquinas,1224—1274)所继承,发展成庞大的神学伦理思想体系,并影响到宗教改革时期的加尔文。他的主要著述有《忏悔录》(Confessions,c400)和《上帝之城》(The City of God,413—426)。

诺斯替教派(Gnosticism,来自希腊文 gnosis,意"揭示知识"),基督教的一个教派,被定为异端,流行于约公元一至三世纪,后来常常死灰复燃。

之前,亚当对生殖器也拥有完全理性的、受意志左右的控制,因而无需性欲的激发。"丈夫躺在妻子的怀抱里,无需激情的引诱和刺激,他的心情平和,身体的完整性也未受玷污。"在这平静的结合中,精子能够到达子宫,"而女性生殖器仍能保持完好无损,好比现在,经血可以从处女的子宫里流出来,而它依然是完好无损的一样。"奥古斯丁承认,即使唯一可以做到这一点的亚当和夏娃,也未能经历这种"无激情的生育",因为他们还没来得及尝试一下就被逐出了天堂。尽管如此,这种理想的伊甸园式的宁静虽未经尝试却是上帝对人类的本意,它仍然是对一切堕落性行为的谴责及其固有暴力的揭露。

宗教改革时期撒旦的形象就是"淫荡":万恶淫为首

《奥赛罗》中这对恋人激情澎湃的重逢所蕴含的强烈而令人焦虑的悲悯因素,不仅源于我们知道奥赛罗的预感悲剧性地应验了这一事实,还源于在他对那个心醉神迷的时刻本身的体验中有一道裂痕,一种感人的矛盾心理。他所说的"宁静"可能表达的是情欲的满足,但是,正如他对死亡的反复召唤所暗示的,它同样可能表达了一种对终极解脱的渴望:渴望摆脱情欲、摆脱危险的暴力和极端的感觉,摆脱在暴风骤雨中吃力爬升和失控后下落的经历。当然,奥赛罗"欢迎"这种充满情欲快感的暴风骤雨,但其动机却是为了这一体验所带来的最终完满:"如其每次风暴之后都有这样的宁静……"男人在风暴中最惧怕面对的东西——死亡,对奥赛罗而言恰好是可以忍受风暴的原因。假如说他召唤的死亡不是象征情欲的解脱而是它的满足——因为死亡是文艺复兴时期表示性高潮的通常说法,那么这种满足是建立在自我融化的期待感与对彻底结束的渴望之间的独特平衡之上。假如奥赛罗所说的话暗示他对情欲的心醉神迷的接受,一种绝对的满足,那么这些话同时也暗示,对他来说情欲是通向渴望已久的天堂的一次险恶的旅行,是必须渡过的一种危险。奥赛罗拥抱情欲,把它视为浪漫叙事的一种最高形式,一个在终极而幸福的宁静中终于奔流而出的关于冒险与暴力的故事。

苔丝狄蒙娜的回答却有着迥然不同的调子:

> 上天不准,
> 除非是我们的情爱慰安
> 与日俱增!

这些话的本意是为了减轻奥赛罗的恐惧,但它有无可能反而增加了他的恐惧呢?因为如果说奥赛罗对其经历的特有反应是把它编造成一个故事，那么苔丝狄蒙娜的回答则否定了这种叙事控制的可能性，相反还展示了一个持续增长的幻象。奥赛罗以"但愿如此"来响应这一幻象，但它却在他的心里激起一种既充溢又不足的感觉：

> 我的满足是不能尽述的；
> 把胸间都塞满了，实在是太快活了。

苔丝狄蒙娜又一次吞没了他的话语，而且恰恰以带给他安慰与满足的方式做到这一点。她的顺从并非简单地认可男性权威，而是把它所回应的一切对象都情欲化了，从奥赛罗讲述的"悲惨的遭遇"和"惊人的变故"到他那些最简单的要求，以至于他对她的虐待：

莎剧《奥赛罗》剧照

> 我爱他如此之深，
> 虽然是他粗暴，斥责，忿怒，——
> 请你给我拔下扣针，——都似乎是美妙可爱。

(4.3.19—21)

(龙江 译)

关 键 词

即兴创作（improvisation）
投入/顺从（submission）
初始平等（original equality）
顺从/吞没（submission/devouring）
权力界限（boundary）
彷徨（oscillation）
殖民权力（colonial power）
张力（tension）
裂痕（rent）
超验力量（transcendent forces）
话语（discourse）
情欲化（eroticize）

关 键 引 文

1. 当然,苔丝狄蒙娜对她主人奥赛罗的关系可以打消人们对她彻底顺从的任何怀疑,但这种怀疑还是出现了,不仅仅是布拉班修的反对和奥赛罗的黑肤色,即使在她做出最热烈的爱情表白时也让人产生疑问。

2. 这些与基督教正统没有产生任何公开的"抵触",但是每个词所透露出的强烈情欲却使人感到与正统之间的张力。这种张力与其说表明奥赛罗特有的某种返祖性的"黑色",不如说表明基督教教义在性欲问题上的殖民权力,这种权力此时恰好通过其固有的局限性显现出来。也就是说,我们在这个短暂的瞬间瞥见了基督教正统的"权力界限",其控制能力达到极度的紧张状态,以及其霸权被激情瓦解的潜在可能性。

3. 但是这里使用的复数却逃避了对正统的明朗认可,虽然其程度非常轻微:他们心中的上天神明并非明白无误地指向基督上帝,而是那些保护和助长情欲之爱的无名的超验力量。

4. 假如奥赛罗所说的话暗示他对情欲的心醉神迷的接受,一种绝对的满足,那么这些话同时也暗示,对他来说情欲是通向渴望已久的天堂的一次险恶的旅行,是必须度过的一种危险。奥赛罗拥抱情欲,把它视为浪漫叙事的一种最高形式,一个在终极而幸福的宁静中终于奔流而出的关于冒险与暴力的故事。

5. 苔丝狄蒙娜又一次吞没了他的话语,而且恰恰以带给他安慰与满足的方式做到这一点。她的顺从并非简单地认可男性权威,而是把它所回应的一切对象都情欲化了……

讨 论 题

1. 本文的"文本细节"和"历史细节"有哪些?两者是如何结合的?文中有哪些"即兴运作"的实例?
2. 格林布拉特对《奥赛罗》的解读和"历史主义"的解读有什么不同?这种不同和后结构主义有那些相通之处?
3. 这种新历史主义的阅读在哪些方面有助于我们对戏剧《奥赛罗》的理解以及对戏剧中表现的莎士比亚时代和社会的理解?
4. 比较上文福柯对权利的阐述和本文格林布拉特对权利的描述。

情感的力量：《汤姆叔叔的小屋》和文学史的策略（汤普金斯）

简·汤普金斯 1966 年获耶鲁大学博士学位，执教于伊利诺伊大学教育学院，数十年来一直活跃于批评理论界，80 年代读者批评之后继续从事文学与教育学研究，2005 年退休。她主编的《读者反应批评——从形式主义到后结构主义》(1980) 已是读者批评两部经典之一。下文 (1985) 把斯托夫人的小说放到社会大背景之下，在政治斗争和宗教思潮中探讨女性的"情感力量"。本文从新历史主义的角度揭示出小说中包含的修辞力量和历史真实，从一个方面揭示出这部小说的持久魅力所在。

  这部小说具有特别的政治意图，这个意图在小说的称呼方式上表现得十分明显①。斯托不只是简单地把她的读者当作普通人，而是称他们为美国公民："诸位，既慷慨心灵又高尚的南方的男人女人们"(XLV, 513)，"马萨诸塞州、新罕布什尔州、佛蒙特州的农民们"，"勇敢而且慷慨的纽约的男人们"，"还有你们，美国的母亲们"(XLV, 514)。她以《旧约》中的先知对以色列人讲话的方式直接称呼她的读者，激励他们，赞扬他们，责备他们，警告他们上天的愤怒即将降临。"这是一个各个民族都在发抖、感到震动的时代，全能的力量无处不在，震撼涤荡着这个世界，如同地震发生一般。美国难道安全吗？……哦，基督的信徒们，读读这时代的症候吧"(XLV, 519)！这样的文字来自类似"愤怒的上帝手中的罪人"这种信仰复兴论者的口吻，用一位知名学者的话来说，意图在于"指引处于险境的人民去实现他们的命运，引导他们一个个地获得拯救，并且共同走向美国的上帝之城"。②

  这些话出自萨克凡·伯科维奇的《美国的哀史》这部有影响的现代学术

《汤姆叔叔的小屋》当年的销售广告

---

① "这部小说"指的是《汤姆叔叔的小屋》(1852)。爱默生说它可以沟通"普天下的人"，道格拉斯称之为"十九世纪的大手笔"，乔治·桑称斯托为圣人，托尔斯泰暗示《汤姆叔叔的小屋》要高于《安娜？卡列尼娜》(1865—1877) 和《战争与和平》(1865—1869)。但对奴隶制来说，《汤姆叔叔的小屋》动摇了南方赖以为本的基督教基础，对他们的打击是毁灭性的。南方作家气急败坏，和斯托夫人对抗，三年里出版了三十部颂扬奴隶制的小说。1853 年的《南方文学信使报》对"这个辛辛那提女教师的无稽之谈和粗俗品性"怒不可遏，指责她"使女性的思想没有了女人味，摧毁了女性的优雅和道德风范"。但是读者是喜爱斯托的："除了《圣经》外没有哪本书卖出这么多"；据说林肯曾称斯托为"引发这场伟大战争的小妇人"。

② 这里寓指罗马基督教教父圣奥古斯丁 (Aurelius Augustinus)，354—430，的代表作《上帝之城》(The City of God, 413—426)，见上注。

著作①。尽管这部著作完全忽略了斯托的小说,却同时使我们意识到《汤姆叔叔的小屋》是一部最完全、最真实意义上的哀史。按照伯科维奇的定义,哀史就是"激励公众的一种形式……目的是使社会批评和精神重振相结合,使公共认同和个人认同相结合,使不断变化的'时代征象'和某些传统的隐喻、主题和象征相结合"。斯托的这部小说是大觉醒以来最明显、最有力的哀史的例证②。但伯科维奇的书里没有提及这部作品,这就清楚地说明学术批评如何完全排斥情感小说。因为《汤姆叔叔的小屋》不在文学正典之列,所以即使它极好地印证某人的理论,也因为"缺失"而无法加以引述;结果,它自然而然地被永远排除在批评话语之外,"遗忘"得到循环的自我确认,一个缺失产生另一个缺失。尽管如此,伯科维奇对哀史的特征所作的概括对《汤姆叔叔的小屋》实际上如何发生作用还是做了极好的说明:小说通过其人物、背景、环境、象征和说教,把伯科维奇提及的不同领域里的经验——社会的和精神的、个人的和公众的、神学的和政治的——互相结合起来,建立起一系列对应关系,更加重要的是,小说通过其巨大的艺术表现力,试图推动整个民族走向它所宣称的远景。

哀史的传统有助于理解《汤姆叔叔的小屋》,因为斯托的这部小说完全像哀史一样具有政治性:双方都采用相同的话语形式,其中"神学同政治相结合,而政治同向上帝之国迈进联系在一起"。哀史旨在竭力说服听众对人类历史采取和《圣经》相同的观点,目的之一首先是保持清教神权的主导地位。哀史把政治和神学融合到一起不仅仅只是为了说教——因为它将个人救赎同整个社群的历史事业联系在一起——而且也出于实际考虑,因为它反映了清教教士们的利益,企图保

美国小说家斯托夫人
(1811—1896)

持精神和世俗的双重权威。情感小说同样也属于一种规劝行为,旨在说明社会现实;它与哀史唯一的不同之处在于,哀史反映了清教教士们的利益,而情感小说代表的则是中产阶级妇女的利益。但是二者中词语和历史的关系是一样的。不论在哀史还是在情感小说中,词语和历史读上去都不是互

---

① 伯科维奇(Sacvan Bercovitch),哈佛大学英语系教授,编有八卷本《剑桥美国文学史》(The Cambridge History of American Literature,1994—2005)。

② "大觉醒"(the Great Awakening)指的是美洲殖民地经历的一场宗教运动。十八世纪的自然神论及唯理主义使新英格兰清教徒当初的宗教热忱大减。十八世纪上半叶美洲殖民地开始了所谓的福音教派复兴运动以抵制欧洲启蒙主义和"理性基督教"的影响,神职人员爱德华兹(Jonathan Edwards,1703—1758)和怀特菲尔德(George Whitefield,1714—1770)等四处布道,宣扬"上帝的惩罚",力图唤起"强烈的救赎需要"。这场运动也激化了教派林立的北美殖民地的宗教冲突。

相对立的,似乎词语表达的是愿望的实现,而历史似乎是故意作对的事实,不愿意被词语任意宰割。词语按照其政治设计的要求来塑造现实,以此来创造历史;它创造历史,使用的手段就是要人们相信真实的世界就是它所描绘的世界。情感小说家把人间天国描写成最终由妇女实施统治的国度,企图以此获得她们的权力。如果历史没有像这些小说家所说的那样发展,并不说明她们没有政治性,而是因为她们没有足够的说服力。

不过就通常的政治意义而言,《汤姆叔叔的小屋》与情感小说传统中的其他作品不同,具有极大的说服力:它有助于说服整个民族为解放奴隶不惜一战。但就其本身对权力的认识而言,它的这个认识和其他情感小说相同——在政治上是个失败。斯托想使自己的小说为一种工具,早日实现一个由基督之爱而非暴力统治的世界。该小说煽起的最深刻的政治抱负就在其对奴隶制的猛烈批评,但只表现为第二位的;斯托词语的真正任务就是在尘世上建立天国。《汤姆叔叔的小屋》展现的是一个堕落的奴隶制世界,但如果斯托的读者接受她的道德教训,就会出现书中闪现出的那幅人间理想图景,既像乌托邦又像田园牧歌。这种场面出现在题为"贵格会教徒定居区"的一章中,基督之爱不是在战争中而是在日常生活中实现的,牺牲的原则不是通过十字架而是通过母性来显示的。斯托的理想社会显现的形式同当时的社会秩序大相径庭。人为造出的体制——教堂、法庭、立法机构、经济制度等统统不见了。家庭是一切有意义的活动的中心,妇女承担着最重要的任务,工作在一种互助合作的精神中完成。这一切都由一位女基督徒指导,她通过"充满关爱的话语"、"高雅的道德"和"慈母般的爱心"坐在摇椅上治理着世界。

> 为了什么呢? 二十多年来,从这张摇椅上发出的只有充满关爱的话语,高雅的道德和慈母般的爱心,各种各样的头疼和心疼在这儿得到治愈,宗教和世俗方面的困难在这里得到解决,一切全倚仗于这位善良、可爱的妇女。上帝保佑她!(XIII,163)

这里所谈的这位妇女就是以人的形态出现的上帝。雷切尔·哈礼德对应于千禧年的小伊娃,坐在厨房桌子的主席上[①],递送着早餐的咖啡和点心,展现一幅保留下来的最后的晚餐的景象。这是在新分配制度下将会出现的圣餐礼:掰碎的不是骨头而是面包。早餐的准备体现了在理想社会里人们

---

① 斯托在《汤姆叔叔的小屋》中以母亲的形象来对抗残酷的奴隶制,雷切尔·哈礼德是这些母亲群像中最具代表性的形象,是传统基督教宣扬的同情加力量的化身。伊娃是书中心地善良的白人小女孩,和汤姆结下深厚的感情,临死前央求父亲解放汤姆。

汤普金斯主编的《读者反应批评》(1980)是读者批评两部经典之一

的工作方式,没有竞争,没有剥削,没有强制命令。人们以自我献身的爱为动力,被这种爱的凝聚力联系到一起,自觉自愿兴高采烈地履行自己的职责;道德说服将会代替强迫命令。

在准备早餐的工作中,大家都顺从地听从雷切尔轻柔的"你最好做这个"或更柔和的"你是不是做那个"吩咐……在这个了不起的厨房里,一切工作都进行得那么融洽、那么安静、那么和谐——每一个人都似乎那么乐意手头的工作,到处都洋溢着相互信赖和相互友好的气氛。(XIII, 169—170)

伊莎贝拉·毕彻·胡克所梦想生活的那个新母系社会①,在这里的印第安纳厨房中得到了描述("在印第安纳富饶的溪谷中吃顿早餐,就如同是在天堂里攀折玫瑰、修剪灌木")。这个母系社会构成了斯托小说政治颠覆性最强的一面,比发动一场战争或解放一群奴隶产生的效果更加深远,更具有摧毁性。母系社会的理想不仅仅只是白日梦;斯托的姐姐凯瑟琳·毕彻在其《论家政》(1841)一书中提供了实现这一梦想的基本方案,此书经姐妹俩增改以《美国妇女的家庭》为名在1869年再版,献给"美国妇女们,共和国的真正命运掌握在她们的手中"②。这是一本家政手册,提供有丰富的科学知识和实际建议,以达到至福社会这个目标。对这些妇女来说,把家庭作为中心并不是批评家们所说的那种沉湎于自我欣赏的幻想之中,也不是逃离社会转向自我陶醉做起悠闲的白日梦;其实这是征服世界的先决条件——理解为通过关爱培育年轻一代来改造人类。和《汤姆叔叔的小屋》一样,《美国妇女的家庭》一书将家庭生活的琐碎细节同这些琐碎细节的救赎功能联系起来:"耶稣基督来到这个世上要建立一种家庭国度,那么家庭国度确定的目标是什么呢? 是通过聪明善良的人们所作的自我奉献,为我们的种族提供训练……未来的永生是它的主要参照"。开篇伊始作者宣称:"家庭国度是天国在尘世上最贴切的展示,还有……妇女是其主要的管理者。"在书中,两位作者向妇女提供了建

---

① 霍克(Isabella Beecher Hooker),1822—1907,美国女权主义者,斯托的妹妹。
② 毕彻(Catharine Esther Beecher),1800—1878,斯托的姐姐,撰写过《论家政》(Treatise on Domestic Economy, 1841),内战前几乎每年重印,1869再印时题目换成《美国妇女的家庭》(The American Woman's Home),里面新增了斯托撰写的有关家庭装饰的几个章节。在《居室和家庭论文》(House and Home Papers, 1865)里,斯托倡导以基督教精神建设中产阶级家庭,把中产阶级妇女在三尺小屋的地位理想化,试图把美国生活的权力中心从政府、市场转到厨房,说明女性可以通过主持家政来把握自己的命运。

立家庭和妥善持家所必须了解的一切必要知识,从家
具打造("床框离地十四英寸……厚三英寸。床头和床
脚用螺丝固定一块二英寸长、三英寸宽有凹口的木板,
如图 8 所示"[30]),到建筑计划,还有专章指导如何取
暖、通风、采光、健康饮食、食物搭配、清洁整理、裁剪缝
补衣服、照看病人、家务计划、财务管理、心理卫生、婴
儿护理、孩子调理、家庭娱乐、家具保养、庭院种植、家
畜喂养、垃圾处置、水果栽培,以及如何帮助"无家可归
的人,绝望的人,邪恶的人"①。上述每一项工作经过细
致描述之后,她们在结论中描述了家庭事业的最终目
标。建立一个"真正的基督教家庭"将有助于聚集起一
个"基督徒邻里"。她们继续写道:

二十世纪出版的儿童版
《汤姆叔叔的小屋》,封
面就是小伊娃

> 这个让人兴奋的典型将会迅速传播开来,不要多久,这些欣欣向荣的基督社区
> 就会脱颖而出成为耀眼的"世界之光",照亮所有现在仍然处于黑暗的民族。这样,
> "基督教家庭"和"基督教邻里"将会按照当初设计的那样成为大牧师团,为进入天国
> 而训练我们整个人类。

《汤姆叔叔的小屋》1852
年初版

这个知识广博、富于实践决心的生活手册后面所蕴含的建立基督帝国
这个野心勃勃的动机,与传统上对美国家庭崇拜的贬损截然不同,后者称家
庭崇拜为"顾影自怜"、"自我陶醉"、"自我欣赏"。《美
国妇女的家庭》是一个在基督徒妇女领导下以"家庭
国度"(19)的名义进行的殖民世界的行动计划。不仅
如此,斯托和凯瑟琳·毕彻等人鼓吹的并不仅仅只是
一套道德、宗教价值观。她们为家庭辩护,实际上就
是在维护一种制度——家庭制度,这套制度从一开始
就支撑着新英格兰的生活。家庭代表的并不是从极
端的工商社会的退却和逃避,而是向那个世界提供了
一种制度上的选择。同时也对随着贸易和生产的增
长而不断发展的美国社会的整体结构提出了质疑。
斯托通过雷切尔·哈礼德的厨房所表现出来的乌托
邦群体这一形象,并不只是基督教的天下大公、和谐
合作的美梦;而是反映了乡村生活中真实的集体生活实践,这些实践像斯托

---

① 这是《美国妇女的家庭》第 37 章的标题。

小说中对贵格会社团的描写那样,建立在相互合作、相互信任、互相支持的精神之上。

人们当然可以争辩说,《汤姆叔叔的小屋》尽管表现出革命热情,却仍旧是一本保守的书,因为它借着这个民族最受珍视的社会和宗教信仰的名义,鼓吹回到旧的生活方式——家庭经济。甚至强调妇女的中心地位也可以被看作向"家庭作坊时代"的倒退,那个时代基本用品是在家庭制造的,其制造是由妇女

买卖、虐待黑奴和斯托的基督精神背道而驰(十九世纪三十年代图片)

们从事和指导的。但是,正是斯托的这种保守主义——她对既成的生活模式和传统信仰的依赖,才使她的小说具有潜在的革命性。通过把这套信仰推向极端并坚持将它们推而广之,不是只应用于市民生活的某一个孤立的角落,而是普及到所有人类事务的方方面面,斯托意在促使她的社会产生一种剧烈的变革。这种做法的闪光之处在于,它通过对一种文化的主要信念进行确认,使之服务于对理想的憧憬:摧毁现有的经济和社会制度;斯托将她描述的故事完全建立在基督之爱的救赎力量之上,建立在神圣的母性和家庭之上,并据此把美国生活中的权力中心进行了重新定位,这种权力中心不在政府,不在法庭,不在工厂里和集市上,而在厨房内。这意味着新的社会不是由男人来控制,而是由妇女来主持。斯托和毕彻在关于家政学的著述中所创造的家的形象,绝不是躲避经济政治生活中的狂风暴雨的遮蔽所,也不是脱离现实躲避现实的避风港,好任凭工业资本主义机械来碾压;正相反,这个家被想象为充满活力的活动中心,不论物质活动还是精神话动,也不论经济活动还是道德活动,这个中心的影响会不断向外伸展,越来越大。对这种活动——这也是关键的创新之处——男人的作用是可有可无的。尽管对男人的优越地位毕彻姐妹俩偶尔也会恭维两句,但她们几乎全部的注意力都集中在妇女的作用上,占据了整个描写。男人提供粮食,但妇女的加工更加重要;男人提供精子,但女人生育孩子把他们培养成人。男人提供面粉,但女人烘烤面包,拿出早餐。把男人从人类生活的中心移到边缘,是这个未来千禧年规划的最激进之处,但与此同时这个规划却如此深地根植于最传统的价值——宗教、母性、家庭、亲情。在这个未来的千禧年社会中男人究竟处于什么地位,斯托在对印第安纳厨房的描述中看似无意地插入了一段细节描写,对此作了具体说明。当妇女和孩子们忙着准备早餐时,既当

父亲又做丈夫的西蒙·哈利德"未穿外衣,只穿衬衫,站在墙角的小镜子前,在做着刮胡子这种反父权制的举动"(XIII,169)。

通过这个看似无意安排的细节,斯托对男人在人类历史上的作用进行了重新思考:黑人们、孩子们、母亲们和祖母们做着世界上重要的工作,而男人们却怡然自得地在角落里修饰自己。正如批评家们注意到的,这种场景在情感小说中屡见不鲜,其格调是"亲切的",背景是"家庭式的",语气甚至常常是"闲聊式"的;但是批评家们忽视的是,它所承载的意义足以震撼世界。正如斯托的小说表明的那样,情感小说的事业绝不局限于家庭,或是仅关注纯粹个人兴趣。正相反,其使命是全球性的,其利益和整个种族的利益相一致。如果说十九世纪女性作家写的作品销量达几十万册,但在二十世纪批评家的眼里却流于肤浅和狭隘,那么这种肤浅和狭隘并不应当归在那些作品和创作它们的妇女头上,而应当属于那些批评家。

关 键 词

政治意图(political intent)
情感(Sentimentality)
话语形式(forms of discourse)
说教(doctrinal)
政治设计(political design)
母性(motherhood)
母系社会(matriarchy)
政治颠覆性(politically subversive)
实践性(practicality)

关 键 引 文

1. 斯托的这部小说是大觉醒以来最明显、最有力的哀史的例证。但伯科维奇的书里没有提及这部作品,这就清楚地说明学术批评如何完全排斥情感小说。因为《汤姆叔叔的小屋》不在文学正典之列,所以即使它极好地印证某人的理论,也因为"缺失"而无法加以引述;结果,它自然而然地被永远排除在批评话语之外,"遗忘"得到循环的自我确认,一个缺失产生另一个缺失。

2. 不论在哀史还是在情感小说中,词语和历史读上去都不是互相对立的,似乎词语表达的是愿望的实现,而历史似乎是故意作对的事实,不愿意被词语任意宰割。词语按照其政治设计的要求来塑造现实,以此来创造历史;它创造历史,使用的手段就是要人们相信真实的世界就是它所描绘的世界。

3. 这个母系社会构成了斯托小说政治颠覆性最强的一面,比发动一场战争或解放一群奴隶产生的效果更加深远,更具有摧毁性。

4. 但是,正是斯托的这种保守主义——她对既成的生活模式和传统信仰的依赖,才使她的小说具有潜在的革命性。通过把这套信仰推向极端并坚持将它们推而广之,不是只应用于市民生活的某一个孤立的角落,而是普及到所有人类事务的方方面面,斯托意在促使她的社会产生一种剧烈的变革。这种做法的闪光之处在于,它通过对一种文化的主要信念进行确认,使之服务于对理想的憧憬:摧毁现有的经济和社会制度……

5. 正如斯托的小说表明的那样,情感小说的事业决不局限于家庭,或是仅关注纯粹个人兴趣。正相反,其使命是全球性的,其利益和整个种族的利益相一致。如果说十九世纪女性作家写的作品销量达几十万册,但在二十世纪批评家的眼里却流于肤浅和狭隘,那么这种肤浅和狭隘并不应当归在那些作品和创作它们的妇女头上,而应当属于那些批评家。

讨 论 题

1. 在汤普金斯对斯托夫人的讨论中,文本和历史是如何相互构建的?其"新历史主义"性体现在哪些方面?

2. 汤普金斯把《汤姆叔叔的小屋》描述成一部激进的革命女性主义作品。你赞同吗?你如何解释这种说法和小说明显的保守倾向之间的矛盾?

3. 斯托所突出的"保守性"(对家庭价值、妇女作用、宗教信仰、人际关爱的强调)正是南方社会的价值基础,也是南方借以反对北方的托词,却被斯托的小说彻底"颠覆"了。斯托使用了哪些新历史主义所说的文本策略?

4. 汤普金斯在文中说:"正是斯托的这种保守主义——她对既成的生活模式和传统信仰的依赖——才使她的小说具有潜在的革命性。通过把这套信仰推向极端并坚持将它们推而广之,不是只应用于市民生活的某一个孤立的角落,而是普及到所有人类事务的方方面面,斯托意在促使她的社会产生一种剧烈的变革"。讨论这段话的意思。

再现暴力，或"西方是如何取胜的"（阿姆斯特朗，特林豪斯）

南希·阿姆斯特朗和伦纳德·特林豪斯两人都执教于布朗大学英语系，都是英语和比较文学教授，阿姆斯特朗任系主任。两人的研究领域都包括十七至十九世纪英美文学和后殖民文学。下文摘录自两人为合编的《表征的暴力、文学与暴力史》(The Violence of Representation, Literature and the History of Violence 1989)一书所写的"前言"。此书通过"暴力"来揭示文学与历史的关系，其新历史主义倾向不言而喻。

作为现今这个历史阶段的美国学者，我们觉得，如果把权力和暴力当作属于警察或军队的专利来谈论，看作属于其他地方的某些人且由他们来行使，是不那么诚实的。因为显然，现代文化中那些通常被纳入非政治类的较为微妙的形态，把我们大多数人圈到一起，正如它们把某些特定的"他者"确定为合适的暴力对象一样。除了少数几个显著的例外，理论界对政治权力的某些表现形式仍未给予充分的认可，这些形式在存在于个人生活、身体保健、休闲活动或文学（仅举数例）等等文化形态当中并通过它们发挥作用。所以我们感到有必要把《简·爱》当作一份文献来重新审读，因为它能提供一个较好的机会，让我们不仅得以考察文化规范的权力，而且可以考察它把诸如爱情、想象力、教养和美德的东西重新纳入"非政治"的倾向。

小说中的第一种暴力模式就是小说描述的那一种。它存在于"外部"世界，是简的言语的对立面。她遭遇的暴力表现为多种形式：坏亲戚、坏老师、坏的求婚者、以及在较宽泛意义上指那些操控她生活的坏人。这些人之所以蛮横暴虐，是因为他们的自身能力不如她，因为他们要压制简惊人的成长和发展潜力。也就是说，他们的暴力是在特定文化和特定阶级意义上的暴力。在简与她的姨妈兼继母里德太太对抗的一幕，我们见证了简的自我与"他者"之间发生的数次对抗中的第一次。

> 里德太太放下手头的活儿，抬起头来，眼神与我的目光相遇，她的手指也同时停止了飞针走线的活动。
> "出去，回到保育室去，"她命令道。我的神情或者别的什么想必使她感到讨厌，因为她说话时尽管克制着，却仍然极其恼怒。我立起身来，我走到门边，我又返身转回，我穿过房间，到了窗前，一直走到她面前。
> 我非讲不可，我被践踏得够了，我必须反抗。可是怎么反抗呢，我有什么力量来回击对手呢？我鼓足勇气，直截了当地爆发出这句话：
> "我不骗人，要是我骗人，我会说我'爱'你。但我声明，我不爱你，你是世上我最不

喜欢的人……"

我激动得难以抑制,浑身直打哆嗦,继续说了下去:

"我很庆幸你根本就不是我亲戚,今生今世我再也不会叫你舅妈了。长大了我也永远不会来看你,要是有人问起我喜欢不喜欢你,你过去怎样待我,我会说,一想起你就使我讨厌,我会说,你对我冷酷得到了可耻的地步。"

"你怎么敢说这话,简·爱?"

"我怎么敢,里德太太,我怎么敢,因为这是事实……"

我还没有回答完,内心便已开始感到舒畅和喜悦了,那是一种前所未有的奇怪的自由感和胜利感,无形的束缚似乎已被冲破,我争得了始料未及的自由。这种情感不是无故泛起的,因为里德太太看来慌了神,活儿从她的膝头滑落,她举起双手,身子前后摇晃着,甚至连脸也扭曲了,她仿佛要哭出来了。(36—37)

《简·爱》中的里德太太

尽管这是第一次对抗,但它为构成小说其余部分的对抗提供了一个样板。这部小说的魔力如此强大,它至今仍令读者很快情不自禁地与其相貌平平的女主人公产生认同。

这个女主人公是夏洛蒂在经历了痛苦的失望之后创造的。她的第一部小说《教师》被拒绝出版,而她的两个妹妹的小说——安妮的《艾格尼丝·格雷》和艾米丽的《呼啸山庄》却被竞相争购①。夏洛蒂毫不气馁,她开始潜心创作那部令她在三姐妹中声誉最高的小说,并断言(据盖斯凯尔夫人的记述)②其女主人公在没有金钱、地位、家庭、美貌、财富、甚至没有招人喜欢的性格的条件下,却能达到妹妹作品中女主人公所成就的一切,从而胜过她们。因此我们可以设想,或者说夏洛蒂本人这样对盖斯凯尔夫人说:她决心用凭空创造的手法,即用自我本身再造一个自我的手法,来超越她的妹妹们。在这样一个计划中,暴力成了基本要素。每当简被禁闭在房间里、被打入社会等级的底层、被压制、被缄口、被羞辱,或以其他方式被压服,我们就有了更多的证据,显示那被禁闭、压制、缄口或羞辱的对象早已存在,它比它的遏制者更高大,比任何社会角色更恢宏,比那些擅作主张的代言人更雄辩

---

① 勃朗特三姐妹中,夏洛蒂·勃朗特(Charlotte Brontë 1816—1855)以《简·爱》(Jane Eyre, 1847)最受欢迎,《教师》(The Professor, 1857)写得早,但出版晚。妹妹艾米丽·勃朗特(Emily Brontë, 1818—1848)是诗人,但她的《呼啸山庄》(Wuthering Heights, 1847)由于情节曲折背景诡秘,更为批评家重视。小妹安妮·勃朗特(Anne Brontë, 1820—1849)声望最小,代表作就是《艾格尼丝·格雷》(Agnes Grey, 1847)。

② 盖斯凯尔夫人(Elizabeth Cleghorn Gaskell),1810—1865,英国小说家,发表六部长篇小说,如《玛丽·巴顿》(Mary Barton, a Tale of Manchester Life, 1848),被马克思称赞为"杰出的小说家"。

(尽管它非常诚实),境界更高尚。这个对象既不是家庭,也不是财富,不是美貌,不是才智,也不是成就。因为每一次的压迫行为都在阐述那个主体——简本人的本质:"我还没有回答完,内心便已开始感到舒畅和喜悦了,那是一种前所未有的奇怪的自由感和胜利感。"

这正是福柯在《性史》第一卷中所说的"压抑假说"的暴力形式。在谈到十九世纪作家从那些看似平凡的人们心中发现的"深层"隐秘时,他这样说:

> 无疑,这也在文学中引起了某种变化:人们曾从以"考验"勇敢和圣洁的英雄叙事或圣人奇迹为中心的叙述和倾听中获得快感,现在已经转向了一种文学,这种文学无止境的任务就是从自我和字里行间的深处挖掘出一种真相,要表现这种真相,表白这种形式无异于闪烁的虚幻。由此产生了另一种哲学思考的方式:不仅在自我之中——在某个遭遗忘的知识中,或者在某一原始的踪迹中,而且在对自我的拷问中,通过许多瞬间闪现出的印象得到意识的基本可确定性,由此探寻与真理的根本关系。坦白的责任由许多站点传递到我们,与我们深深地合为一体,以致我们不再视之为约束我们的权力所为。相反,我们现在以为,真相隐含在我们最秘密的属性中,"要求"展现出来。如果它达不到这一点,那是因为有一种压抑约束了它,这种权力以暴力把它压制下去,它要最终被说出来,只能付出一种解放的代价。(59—60,着重号为我所加)

因此,福柯颠倒了压抑的逻辑,把压抑假说换成了生产性假说。如果用勃朗特的例子来解释他的观点,我们就须把简反抗压迫势力的斗争视为一种话语策略,其目的是把个体内心深处的东西,即我们所认为的简的真实自我展现出来,社会为了要存在就把这些内心深处的东西压抑了。这段话的要点在于暗示话语的涵义总是要多于它表达的表面内容,即在言语的另一边还有一个自我,它用言语的形式宣泄出来,却发现自己被篡改了、削弱了,因为它已被规范化并约束在构成"社会"总和的诸多范畴之内。

福柯暗示,要理解这样一个女主人公留下的遗产以及她对当今读者所具有的魔力,我们必须识别第二种形态的暴力。简把她前进道路上的障碍描述为绑缚在身上的重压,事实上等于针对个体的暴力行为,而读者的回应就是坚定不移地支持她的解放。我们的情感过于倾注于小说的女主人公,以至于忽略了她的描述能力本身何以变成了一种暴力模式。但实际上的确如此,因为简围绕"自我"与"他者"两极对世界进行了重新建构。例如,时髦的布兰奇·英格拉姆是与她争夺罗切斯特的情敌,在简对她的描述中,我们可以看到这种暴力模式在起作用。

> 英格拉姆小姐不值得妒忌;她太低下了,让我产生不了那种感情。请原谅这种看来似乎矛盾的评论:我是表里一致的。她好卖弄、但并不真诚。她风度很好,

而又多才多艺，但头脑浮浅，心灵天生贫瘠；在那片土地上花朵不会自动开放，没有不需外力而自然结出的果实，散发不出清新的气息。她缺乏教养，没有独创性，重复书本中的大话，从不提出见解，也从来没有自己的见解。她鼓吹高尚的情操，但从没产生过同情和怜悯，身上丝毫没有温柔和真诚。（188，着重号为我所加）

就这段评价所显示的文雅且精当的特点而论，的确无人可以匹敌勃朗特笔下的这位叙述者。她通过采用一套基于个人天资的另类价值系统（"她太低下了，让我产生不了那种感情"）巧妙地颠倒了布兰奇优于简的社会地位。这个策略把价值观引入深层次（"心灵"和"头脑"），而通过采取这样的策略，勃朗特使英格拉姆远远地处于简的下风（"头脑浮浅"以及"心灵天生贫瘠"）。虽然布兰奇·英格拉姆受过优雅的教育，外表靓丽，又"多才多艺"，但是勃朗特以简的感觉能力与之竞争，它实则等同于作人的能力。

有一点很值得我们关注：当这个不幸的孤儿将情感诉诸语言的时候，其效果相当于火力十足的攻击性行为。我们在简与其姨妈的对抗中已经领略了这种攻击性。简的情感表达能力足以迫使在其他各方面均优越于自己的对手哑口无言、甘拜下风。当她描述与其争夺罗切斯特的情敌时，那个人同样地显得缺乏简所拥有的一切。简也许不具备社会所看重的任何一种品质，但是我们感觉到她是一个真正的人。作为一个文化对象，她似乎也远不如布兰奇完美，但是后者的多才多艺却正好暴露出一种更基本的缺陷，因为它是天性的缺陷而不是文化缺陷（"在那片土地上花朵不会自动开放"）。勃朗特对天性的使用代表了福柯在上述引文中所称"意识的基本可确定性"在特定阶级和文化意义上的体现。

为了使这个自我变成现实，它首先必须在小说中各种不同模式的身份中居主导地位，正如简必须战胜某些"他者"才能成为女主角一样。为了赢得叙述者的地位，她必须战胜布兰奇、里德太太、布罗克赫斯特先生，也就是说阻挡她前进的几乎每一个人。这就是生产性假说的暴力形式：再现的暴力。诚然，每一种与简作为自我创造的自我这一身份展开竞争的身份模式都对这个自我构成了威胁，但是为了使她能够作为其他身份的掌握有知识的代言人出现，这些不同的身份必须存在并使自己显露为一种缺失，正如布兰奇不再是另一个人而变成了一个非人。创造了简的"自我"的那个过程，同时也就把"他者"置于简的自我的反面关系之下。再现的暴力就是差异实施的压制。

直到小说的末尾，简一直被排除在每一种有效的社会权力形式之外。她的生存似乎取决于拒绝各种她可能拥有的权力：教师、情妇、表姊妹、继承人或传教士夫人。她一次次地逃离这些把她引入权力场的推力，仿佛她作为一个典范人物的地位,如同她作为叙述者的权威一样,完全取决于她握有某种真理,而这种真理只能从无权的地位才能产生。通过创造这样一个不讨人喜欢的女主角并使她遭受一种接一种的折磨,勃朗特展示了话语本身的权力。实际上,她展示了当话语自由自在时才更具有威力。只有当话语看起来出自权力场之外时它才显出在替某个人说话。如果简一直是受害者,人们会倾向于认为她的力量不是别的,正是纯粹的善良和真理的力量。的确,如果我们没有注意到再现的权利——简在人生险途遭遇到各种体制时就行使这些权利,我们当中有多少人还会感受到这部小说的霸权影响?然而很明显,这部小说中的人们必须拥有深度,否则就得死亡。那些在简的故事结尾时活下来的人要么与简相似,要么她可与之结婚或是她的后代。她是一个新的性别、阶级和自我族类的先驱,与之相比,所有其他的人均有缺陷。把创作自己故事的权力授予这样一个人可谓稳操胜券。

《简·爱》作者夏洛特·勃朗特

这其中也包含了现代阐释程序的某种开端。当潜心于颅相学研究的夏洛蒂·勃朗特让简从人的身体表面推测思想深处(就布兰奇而言是缺乏深度)的时候,作者有效地把意识从身体内部的发源点分离出来。当时有一批作家、知识分子和专业人士描述过一种自我发端的意识躯体,它包含在肉体之内但又与之分离,勃朗特便是其中之一。他们在创作中重新描写人体,展示如何反过来从肉体中解读出意识的具体特征。这看起来微不足道,一个小小的位移,把自我的源头定位于肉体之内却又不属于肉体,在文化史上也许只是一个小插曲,但其意义却非同寻常!

(龙江 译)

关 键 词

权力(power)
暴力模式(mode of violence)
他者(others)
压抑假说(the repressive hypothesis)
生产性假说(productive hypothesis)
话语策略(discursive strategy)
再现的暴力(violence of representation)

意识躯体（body of consciousness）

关 键 引 文

1. 所以我们感到有必要把《简·爱》当作一份文献来重新审读，因为它能提供一个较好的机会，让我们不仅得以考察文化规范的权力，而且可以考察它把诸如爱情、想象力、教养和美德的东西重新纳入"非政治"的倾向。

2. 这些人之所以蛮横暴虐，是因为他们的自身能力不如她，因为他们要压制简惊人的成长和发展潜力。也就是说，他们的暴力是在特定文化和特定阶级意义上的暴力。

3. 简把她前进道路上的障碍描述为绑缚在身上的重压，事实上等于针对个体的暴力行为，而读者的回应就是坚定不移地支持她的解放。我们的情感过于倾注于小说的女主人公，以至于忽略了她的描述能力本身何以变成了一种暴力模式。但实际上的确如此，因为简围绕"自我"与"他者"两极对世界进行了重新建构。

4. 因此，福柯颠倒了压抑的逻辑，把压抑假说换成了生产性假说。如果用勃朗特的例子来解释他的观点，我们就须把简反抗压迫势力的斗争视为一种话语策略，其目的是把个体内心深处的东西——我们所认为的简的真实自我表现出来，社会为了要存在就把这些内心深处的东西压抑了。这段话的要点在于暗示话语的涵义总是要多于它表达的表面内容，即在言语的另一边还有一个自我，它用言语的形式宣泄出来，却发现自己被篡改了、削弱了，因为它已被规范化并约束在构成"社会"总和的诸多范畴之内。

5. 当这个不幸的孤儿将情感诉诸语言的时候，其效果相当于火力十足的攻击性行为。我们在简与其姨妈的对抗中已经领略了这种攻击性。……简也许不具备社会所看重的任何一种品质，但是我们感觉到她是一个真正的人。作为一个文化对象，她似乎也远不如布兰奇完美，但是后者的多才多艺却正好暴露出一种更基本的缺陷，因为它是天性的缺陷而不是文化缺陷（"在那片土地上花朵不会自动开放"）。

6. 创造了简的"自我"的那个过程，同时也就把"他者"置于简的自我的反面关系之下。再现的暴力就是差异实施的压制。

讨 论 题

1. 什么是文中简·爱和新历史主义所说的"暴力"？两者有什么异同？
2. 福柯所说的"压抑假说"和"生产性假说"是什么？两者有什么异同？
3. 作者和福柯在文中谈及"词语"、"话语"、"表征"的力量。这些和新历史主义有什么关联？
4. 讨论本论文的新历史主义特征。

阅 读 书 目

Armstrong, Nancy and Leonard Tennenhouse. *The Violence of Representation, Literature and the History of Violence*. London & New York: Routledge, 1989

Chomsky, Noam. *Power and Prospects, Reflections on Human Nature and the Social Order*. St. Leonards: Allen & Unwin Pty Ltd., 1996

Foucault, Michel. *The Archaeology of Knowledge and the Discourse of Language*. New York: Pantheon Books, 1972

— *The Order of Things, An Archaeology of Human Sciences*. New York: Vintage Books, 1973

— *Discipline and Punish: the Birth of the Prison*. Trans. Alan Sheridan. New York: Vintage, 1975

— *The Foucault Reader*. ed. P. Rabinow. Harmondsworth: Penguin, 1984

Greenblatt, Stephen. *Renaissance Self-Fashioning: From More to Shakespeare*. The U of Chicago P, 1980

— *Shakespearean Negotiations: The Circulation of Social Energy in Renaissance England*, Berkeley & Los Angeles: U of California P., 1988

— "Introduction to The Power of Forms in the English Renaissance" (1982). In Vincent B Leitch, 2001

— & Giles Gunn eds. *Redrawing the Boundaries, The Transformation of English and American Literary Studies*. New York: the Modern Language Association of America, 1992

Iser, Wolfgang. *The Act of Reading, A Theory of Aesthetic Response*. Baltimore & London: The Johns Hopkins UP, 1987

— *How to do theory*. Malden: Blackwell Publishing, 2006

Jameson, Fredric. *The Prison-House of Language, A Critical Account of Structuralism and Russian Formalism*. Princeton & London: Princeton UP, 1972

— *The Political Unconscious*. Cornell UP, 1981

Montrose, Louis. "New Historicisms." In Greenblatt & Gunn eds. *Redrawing the Boundaries, The Transformation of English and American Literary Studies*.

Ritter, Harry. "Historicism, Historicism." *Dictionary of Concepts in History*. New York: Greenwood, 1986.

Sacks, David Harris. "Searching for 'Culture' in the English Renaissance." Shakespeare Quarterly 39, 1988

Selden, Raman. A Reader's Guide to Contemporary Literary Theory. New York & London: Harvester Wheatsheaf, 1989

Thomas, Brook. The New Historicism, and Other Old-Fashioned Topics. Princeton: Princeton UP, 1991

Veeser, H. Adam ed. The New Historicism. New York & London: Routledge, 1989

—— The New Historicism Reader. New York & London: Routledge, 1994

White, Hayden. "New Historicism: A Comment," in H. Aram Veeser ed. The New Historicism.

方杰:《新历史主义的形式化倾向》,《当代外国文学》2002. 2

盛宁:《新历史主义·后现代主义·历史真实》,《文艺理论与批评》,1997. 10

王晓娜:《历史叙事的虚构性问题》,《文艺研究》,2005. 6

王岳川:《新历史主义的文化诗学》,《北京大学学报》,1997. 3

《海登·怀特的新历史主义理论》,《天津社会科学》,1997. 3

《新历史主义的理论盲区》,《广东社会科学》,1999.4

《文艺学和新历史主义》,社科院外文所《世界文论》编委会,北京:社会科学文献出版社,1993

杨正润:《主体的定位与协和功能——评新历史主义的理论基础》,《文艺理论与批评》,1994. 1

——《文学的"颠覆"和"抑制"——新历史主义的文学功能论和意识形态论述评》,《外国文学评论》,1994. 3

伊格尔顿:《历史中的政治、哲学、爱欲》,北京:中国社会出版社,1999

曾艳兵:《新历史主义与中国历史精神——兼及文学史的重塑》,《山东师大学报》,1999.5

赵静蓉:《颠覆和抑制——论新历史主义的方法论意义》,《文艺评论》,2002. 1

第十一单元 文化研究批评理论

"文化研究"(Cultural Studies)是一种曾经风靡西方文艺理论界的批评流派,在国内也受到文学研究者的青睐①。和读者批评、解构主义甚至新历史主义一样,作为一种批评流派,文化研究从兴到衰不到三十年(二十世纪六十年代到九十年代)。但是和形式主义、心理分析、结构主义等一样,这里的"衰"指的是"流派"或者"思潮"(movement)本身的消退,而由其代表的观念和做法,则已经体制化了,融入了批评理论的整体大潮中,成为一种文化遗产被接受下来。

和其他批评"理论"相比,文化研究没有现成的理论套路,即使所谓的"文化研究理论"大都也是舶来品,而且不成系统。但是由于它的研究客体是文化现象,而文化现象可以包含一切社会现象,所以作为批评流派的文化研究(有学者认为目前的文化研究涵盖面太广而已经不能称其为"流派")比其他流派不确定性更强,更加难以界定、归纳②。"culture"一词最早用于中世纪,意为栽培作物,养殖牲畜;之后不久,它又指培养人的精神,教育人的德操,陶冶人的思想。由于它几乎牵涉到社会的方方面面,所以似乎"文化无处不在,文化无处不是"(Baldwin, 1999: 6)。

英国文化批评家马修·阿诺德(1822—1888)

---

① 但是不得不指出的是,许多人对文化研究趋之若鹜,往往带有"投机"的成分:文学研究功力不够,底气不足,于是转向大文化或者大众文化,以示"新潮"。殊不知,批评理论中所说的"文化研究"并不是简单的文学加文化或文学转文化(文学研究从来就没有脱离过文化),而是后现代主义、后结构主义的一个分支,做起来并不见得比"纯"文学研究容易,做出的成果也不见得比"纯"文学研究"有用"。

② "文化研究与众不同,不是一个学术分支。它既没有表述严密的方法,也没有界定明确的研究领域。"(During 1994: 1)这个说法不严密,因为后现代主义批评理论的许多流派(如女性主义,性别研究,新历史主义)都具有这个特点,其原因可能是为了防止被主导意识形态所吸纳成为其同谋。但是和其他批评理论相比,文化研究的确内容更加庞杂,表现更加纷繁。

第十一单元 文化研究批评理论

实际上文化研究的初期倒是和俄国形式主义相似,具有清晰的目标,明确的对象,介入的人员有限,研究圈子也相对固定,甚至成立了专门的研究机构,这就是始于五十年代英国的文化研究。这种研究以 1964 年伯明翰大学"当代文化研究中心"(Center for Contemporary Cultural Studies at University of Birmingham,简称 CCCS)的成立为标志而达到鼎盛期。1972 年研究中心脱离英语系而独立,致力于文化研究,同时"中心"自行印刷出版的研究成果《文化研究论文集》(Stenciled Working Papers in Cultural Studies)逐渐引起欧美学术界注意,影响日增。《论文集》创始时的抱负并不大,只是为了显示该中心的学术面貌。时任中心主任的豪尔(Stuart Hall)在创刊号"前言"里表示,这本期刊不是文化研究领域的正式期刊,刊出的文章也不算完整的研究成果,只能是阶段性研究报告,连期刊本身也不是正式出版物,只供同行间交流。现在重读豪尔的前言,倒也有一些有趣的发现。首先,豪尔对"文化"进行了界定。他承认,"讨厌的是,'文化'是人类科学里最难以把握的一个概念。"但是他取威廉姆斯的文化观:"文化是人们体验和处理社会生活的方式,是人类行为中包含的种种意义和价值,间接地体现在诸如生活关系、政治生活之中。"他同时承认"文化研究"尚无定论:"'文化研究'太杂,很难界定,任何单个的小组、倾向或出版物都无法统领这个领域。"但同时他也宣称,《论文集》的目的就是要划出清晰的研究领域,发展出一套文化研究的方法(CCCS,1971: 5—7),尽管三十年之后这个目标反而越来越无法达到。

英国当代文化批评家李维斯(1895—1978)

如果说六十年代是文化革命的高潮,也是英国文化研究的开端,八十年代则是文化研究轰轰烈烈大行其道的十年①。为了更好地争取研究岗位和科研经费,该研究中心转为研究教学并重的"文化研究系",同时招收研究生和本科生。1984 年"文化研究学会"(Cultural Studies Association)在英国成立,同时文化研究开始在欧洲普及,在美国文化研究也方兴未艾。进入九十年代,文化研究似乎已经成为主流学科:鼓噪冒进少了,深思熟虑多了,看上去更加成熟了几分(Storey,1996: 55—60)。当然这种"成熟"也带有几分的无奈:八十年代保守势力急剧增强,到了九十年代

---

① 该研究中心的研究具有英国文化研究的特色,即注重研究的物质性实践性,并没有太多的理论色彩,和同时开始的后结构主义思潮少有联系。八十年代后的文化研究,整体上带有思辨的色彩,和后现代理论结合的更加紧密,但也进一步脱离了研究中心的风格。这可能也是研究中心乃至传统的文化研究走向衰落的原因。

已经形成了一个十分右倾的大文化氛围,和六十年代的"红色"天下形成鲜明的对比。今非昔比,左翼倾向浓厚的传统文化研究也渐渐失去了往日的气候。发展到顶端的事件就是中心不得不面临被强行关闭:2002年暑假结束前一周,伯明翰大学校方决定重组文化研究与社会学系,全部的十四位教师需要自己到别的系科联系"另谋高就",保留下来的岗位只有三个半①。

今日的文化研究是西方后现代资本主义商品社会的产物。但是其发展初期却是英国社会独特的文化现象。英国社会向来把文化等同于文明,所以对自己悠久的文化传统极为自豪与重视,自十九世纪以来文化人一直在积极倡导"文化与文明",如文化大家阿诺德在著名的《文化与无政府状态》中就竭力维护贵族经典,以抵制迅速蔓延的"市侩(philistine)文化"。阿诺德的文化精英主义在二十世纪上半叶得到继续。当时英国的市民阶层继续增加,影响一步步扩大,通俗小说,流行乐曲,女性杂志,商业电影充斥,精英阶层越来越担心其不好的道德影响。在这种背景下,以著名评论家李维斯伉俪(F.R. & Q.D. Leavis)为首的一批文人以《细察》(Scrutiny)杂志为阵地,主张以高雅文化的审美情趣教育熏陶社会大众,以匡正市井文化的不良影响②。这种批评居高临下,把大众文化看成"只能用来遭受谴责,用来显示这样那样的不足";一句话,这种批评是"有文化阶层对没有文化阶层的'文化'所表述的话语"。

二战以后情况发生变化。英国经济复苏,国有大企业代替了私人小作坊,劳动生产率大幅增长,白领/蓝领间的收入差距逐渐缩小,英国步入现代资本主义消费社会。实行福利制度之后,下层社会逐渐步入小康,越来越多的普通人转变为"文化人",尤其是工人接受成人教育,中下阶层家庭子女凭借奖学金进入高等学府。随着教育的普及,李维斯等人倡导的文化精英主义受到质疑,学校里通俗文化和精英传统之间的冲突越来越明显。五十年代后期电视机开始出现并很快普及,加速了通俗文化对社会的影响,表现之一就是1960年"全英教师联盟大会"。会议主题是"大众文化与个人责任",

---

① 就学科声望来说,当代文化研究中心的社会学研究方向一直在英国名列前茅,社会学和文化研究两个本科方向的录取比例最低也有1:10,但是却被校方以学科"优化组合"的名义大大缩减了规模,并且此举得到了学校教师工会的认可(http://www.boinklabs.com/pipermail/anoked-l/ 2002-July/ 000305.html)。

② "在任何历史时期,文学艺术鉴赏取决于极小部分人。他们虽然人数极少,却能量巨大,能够凭借真正的个人反应做出第一手判断。犹如纸币一样,其价值取决于占比例很少的含金量,这一点是人们的共识。语言就在他们的维护之下,高尚的生活就取决于他们不断变化的词汇,缺少它就无法区别良莠。我说的'文化'就指对这种语言的使用。"(李维斯:《大众文明与少数文化》,Williams,1958:253—254)

英国文化批评家雷蒙德·威廉姆斯

英国文化研究的代表霍格特（Richard Hoggart）和威廉姆斯（Raymond Williams）在会上做了主题发言。会议主张对大众文化进行"引导"，虽然这种说法仍然带有歧视意味，但是却表明主流文化间接承认了大众文化的积极作用。尤其重要的是，大众文化已经作为一个不容忽视的社会现象，列入主流文化的议事日程（Turner，1990：41—46）。

霍格特和威廉姆斯被视为英国文化研究的奠基人。他们出生工人家庭，属于二战后凭自己的才华进入大学的"奖学金子弟"，毕业后长期从事成人教育，对工人阶级的文化生活有比较深入的了解，这些对他们形成文化研究理论有直接的关系。霍格特虽然从事文化研究的时间不长（1968年辞去伯明翰大学教授转到联合国教科文组织任职），但他是文化研究的第一人[①]，协助创办当代文化研究中心并成为其首任主任，至今仍然被尊为"此领域的权威"（同上，51）。《有文化的作用》出自霍格特本人对工人社区的第一手观察，以及他对成人学生的了解；其中对工人生活的纪实性描述和对工人阶级文化状况的分析，都是此前的文化专著鲜为触及的内容。霍格特在反映工人社区落后一面（贫困，愚昧，甚至暴力）的同时，也大量触及大众文化（廉价杂志，街头小报，流行音乐，通俗小说，酒吧，俱乐部，体育活动）在工人生活里所起的作用。他并不简单地对这些现象加以批评，给出好坏判断；而是把它们联系在一起，揭示由它们所打造出的工人家庭关系及社区的精神面貌，并且力图说明工人文化和工人生活之间千丝万缕的复杂联系。霍格特对工人文化积极肯定，但对产生这种文化的背景却持否定态度，认为大众文化层次低，不足以提高劳动阶层的审美层次，流露出李维斯的文化精英主义痕迹，尤其表现在此书的后半部分，反映"作者对自己曾经属于的那个阶级怀着矛盾心理，及他现在所加入的那个理论传统的局限性"（Turner，1990：48—50）。尽管如此，这部著作"给战后有关文化的变化对工人阶级生活、态度造成的影响的讨论指出了新的方向"（CCCS，1971：5）。

威廉姆斯：《1780至1950间的文化与社会》

和霍格特不同，威廉姆斯一生致力于文化研究，对英国文化研究有着持久的深远影响，《1780至1950间的文化与

[①] 学界通常把霍格特1957年发表的"The Uses of Literacy"和威廉姆斯1958年发表的"Culture and Society：1780—1950"作为文化研究的起始（Turner，1990：12）。

社会》是当代文化研究的另一部开创性著作。开篇伊始,威廉姆斯在四个层次上对"文化"进行了定义①。他从十八世纪后期的英国社会开始,详细分析了近两百年英国现代史上数十位哲学家、文学家的思想,由此揭示"文化"这个概念是如何从"思想状态"、"艺术总体"过渡到当代社会的文化整体,即"物质、心智、精神的整个生活"。威廉姆斯首先强调"全部",把昔日对文化的理解从思想、艺术推广到人类生活的一切领域,期望借此来"描述和分析(这些观念的)庞大复合体,并解释其历史形成"。威廉姆斯显然在使用马克思主义的批评方法。但是和传统马克思主义不同的是,他不认为属于上层建筑的文化可以被忽略:"文化远不止是对新的生产方法或对新兴工业本身的反应。它还关注在此过程中形成的种种新的个人及社会关系。……文化显然还是对政治、社会新发展的反应"。此外,威廉姆斯关注文化的"物质性",主张研究现实社会生活里活生生的文化事件及社会成员的生活经历:"我发现自己对研究现实语言义不容辞,即研究具体个人对语言的使用并赋予体验以意义"。最重要的是,威廉姆斯对李维斯的文化精英主义公开表示怀疑。他反对把文化仅仅限于文学艺术经典,反对以文学修养的高低划分文化品味乃至社会地位的高低,主张文化体验要远远超出文学体验(Williams, 1958: xvi—ix, 252—258)。

尽管威廉姆斯对李维斯的文化精英主义提出了批评,但是《文化与社会》里的英国文化还是围绕着英国的文化名人展开的。三年后的《漫长革命》则把讨论的范围进一步扩大。威廉姆斯提到现代英国社会所经历的三场影响深远的革命:民主革命,工业革命,文化革命②。人们对前两场革命谈论得比较多,但是对文化革命的意义则认识不足。他认为这三场革命相互影响相互契合,共同形成一场"漫长的革命",积淀在我们的意识之中,影响着甚至左右着我们的一言一行。"我认为我们应当努力去全面地把握(社会变化)过程,把新的变化视为一场漫长革命,以便理解当前的理论危机,历史真实,现实状况,以及变化的实质。"他辟专章论述了六十年代的英国社会,尤其是当代媒体对文化的巨大影响(Williams, 1961: ix—xiii)。对媒体的关注继续体现在第二年出版的《六十年代的英国:沟通方式》。"communication"原意是"交通",威廉姆斯意指"观念、讯息、态度得以传播的机构和形式",近

---

① 数年后在《漫长革命》中威廉姆斯进一步把文化归纳成三个"总体范畴",其定义更加详细(Williams, 1961: 41—42),豪尔在《文化研究论文集》创刊号上对文化的定义就借自于威廉姆斯。
② 有意思的是,六十年代正是全球范围(尤其是西方和中国)文化革命起始的时代,尽管威廉姆斯所谓的"文化革命"和后来的社会动荡并不是一回事,但是双方无疑有着密切的联系。

乎等于今日的"资讯业",是"不断形成并改造社会现实的一个重要因素"①,并且再度批判把资讯降为附属成分的庸俗经济学观点(Williams 1962: 10—12)。

威廉姆斯:《漫长革命》

进入七十年代以后,以威廉姆斯为代表的早期英国文化研究逐渐为欧美理论家所重视,文化研究之风渐盛②,但是两者间的区别也日益明显,理论界曾经用"文化主义/(后)结构主义"(culturalism /[post]structuralism)以示区别。"文化主义"一般把文化看作人类全部生活的总和,采用社会学、历史学、人类学的方法进行研究,尤其重视描述普通生活中的具体事例。(后)结构主义则把文化现象看作半自足的文本,可以进行符号学分析,揭示讨论其中意识形态所起的作用。文化主义方法虽然成果显著,但是理论家一直批评它缺乏明确的方法论和认识论,只能在文化的外围转圈子,造不成大的影响。六十年代结构主义兴起,被文化研究所采用,把研究的重点从五花八门的文化表象(内容)转移到文化的深层"结构",认为文化表象皆产生于文化形式。后结构主义则质疑结构主义(如社会阶层-观念意识的机械对应),更加注重意义产生的具体境况及其复杂性;由于不同意义之间的相互混杂相互作用,社会意义的产生具有偶然性和不定性,不一定对应于(也许根本就不存在这个"对应")某个相应的社会政治经济结构。

七十年代起后结构主义对文化研究的影响越来越大,法国文化研究表现得最突出,其代表之一就是提出"文化资本"概念的社会学家布尔迪厄③。布尔迪厄认为,在现代社会仅仅靠物质资本的占有来区分社会阶层已经很困难,以此分析权力分配更显不够。他主张,和物质资本相似,文化也是重要的资本形态,可以依据对文化的拥有来划分社会阶层。特定的文化阶层有特定的文化世界,并形成特定的文化观,布尔迪厄称之为"习性"(habitus),习性的不同可以反映文化观的不同,乃至阶级观的不同(Baldwin 1999: 39—41, 355—356)。在《如何成为运动迷?》一文里,布尔迪厄把运动看成满足社会需求的"供应物",探求这种需求的产生及其生产关系。他首先区分游戏与竞技。从事前者的人为"运动者",一般是工人阶层,后者才是"运动迷",

---

① 加拿大传媒学家、文化批评家麦克鲁恩(Marshall McLuhan)也在此时提出著名的"地球村"概念,其原始意念在威廉姆斯的早期著述中均可发现。
② 通俗文化之普及与强盛是一个主要原因,如五十年代出生的"电视一代"此时正进入青年。
③ 皮埃尔·布尔迪厄(Pierre Bourdieu),1930—2002,法国社会学家,曾执教于巴黎高师,发表有 30 余本著作和近四百篇文章,其后期关注的领域包括社会苦难、性别支配、国家源起、经济政治建构、新闻媒体等。

是中产阶级的专利。体育作为中产阶级的社会需求始于十九世纪末。它脱离原来属于平民的游戏性,业余性,开始具备物质资本,象征资本,文化资本。首先,从事体育必须具备相应的物质基础,否则无法消费昂贵的体育器材和用品。一些体育项目被有意赋予象征意义,如网球,高尔夫球,帆船,马术,都是所谓的"贵族"运动,反映从事这些运动的人的社会地位。最重要的是体

法国社会学家布尔迪厄

育中的文化资本。体育已经成为中产阶级培养其接班人的工具:体育迷必须懂得遵守竞技规则,培养顽强的求胜精神,不怕失利,勇于竞争。此外,体育也是控制青少年最经济的方式,让他们宣泄多余的能量,不致对社会秩序造成大的危害。同样道理,企业也会为工人提供一定的体育便利,以疏导暴力倾向:"工人阶级或中下阶层运动者带入体育行为中的'兴趣'和价值观一定和体育职业化要求并行不悖……和从事体育运动的合理化要求相一致,这些要求通过追求最大的特定效益(以"获胜"、"称号"、"记录"来衡量)及最小的风险(显而易见这本身就和私人或国家体育娱乐业的发展相关联)来实现"(During,1994:339—350)。

但是文化主义却一直抵制(后)结构主义倾向,认为后者只注意抽象的"结构",容易陷入结构决定论,忽视现实中的人及人对结构的反作用(Baldwin 1999:30—31)。但是八十年代起文化主义/(后)结构主义之分越来越模糊,尤其是双方都对意大利马克思主义者葛兰西产生兴趣之后(Agger 1992:9—11)①。葛兰西强调文化具有"物质性",主张深入探讨"由历史所决定的全部社会关系"(Gramsci 1971:133),因此得到文化主义的欣赏。同时葛兰西又充分挖掘文化物质性的本质所在,探讨意识形态形成发展、发挥作用的机制,和(后)结构主义十分契合。葛兰西指出,历史的发展不仅仅只是受制于经济基础,统治阶级的权力不仅仅只是通过国家政权来施展。他认为,意识形态具有物质作用,可以对人施加重大影响,并且通过人来影响历史的发展。他借用意大利文艺复兴时期政治学家马基雅维利(Niccolò Machiavelli)的观点,说明权力所维护的不仅仅只是国家政权,更重要的是维

---

① 葛兰西是意大利共产党创始人之一,1928 年被墨索里尼判刑 28 年,1937 年在国际压力下获假释,同年病逝。在法庭上,法西斯公诉人对法官说:我们必须让这个人的大脑停止工作二十年。但是狱中九年恰恰是葛兰西思考最富成果的九年,留下三十二本通信集。由于狱方审查,葛兰西无法清楚、完全、自由地表露观点,很多言辞十分隐晦,尽管如此,他的著述也已经极大地发展了马克思主义理论,被誉为"二十世纪最伟大的马克思主义作家"。参阅第十二单元"后殖民主义批评理论"。

意大利马克思主义者
葛兰西

护即成观念体系,维护由权力关系所产生的社会关系;统治过程是统治阶级施加观念影响的过程,因此反抗统治阶级首先要反抗其观念生产部门,包括教育文化部门。葛兰西的一个重要概念是"hegemony"(影响力)①:"获取赞同,依靠的手段是建立领导的合法化以及发展共同观念,价值,信仰,意义即共同文化。"葛兰西关注的问题是:墨索里尼法西斯主义明显荒谬,为什么可以获得意大利的举国赞同。他的结论是,法西斯依靠的是暴力专制(即国家专政机器)加思想钳制(即法西斯意识形态灌输)。既然赞同可以获取,也就可以打破,所以葛兰西对知识分子(即当代马基雅维利式的"王子")寄予希望(同上,129),要他们引导②大众奋起反抗法西斯的思想统治(即葛兰西式的"被动革命"③)(Baldwin,1999:106)。文化研究采纳并扩大了"hegemony"观:葛兰西所指的只限于统治/被统治阶级,当代文化研究则包括更广,如性别,种族,身体,愉悦等(Storey,1996:10)。

八十年代之前,文化研究基本上以英国模式为主导,反映的也是大众/工人文化。进入八十年代之后,由于消费文化在全球的扩张,文化研究很快传入其他国家,并且因境况不同呈现的形式也不同。美国的文化研究出自英语系和传播系,八十年代"火爆",涉及广告、建筑、时装、摄影、青少年研究等众多领域,虽然在大学里尚算不上主流,但是影响之大前所未有,成了"所谓'批评理论'在各种学术组织中的最新表现"。有人认为这和里根主义保守回潮有关(在英国则是稍早的撒契尔夫人的保守主义)。之前美国学者关注多元文化和睦共存的理论框架,此时则需要反击阶级、性别、种族中日益增多的不平等现象,所以向英国的批判传统靠拢。但是美国文化研究已经脱离了英国传统,豪尔曾对此提出过批评:极端的职业化、体制化;追随后结构主义把权力文本化形式化;学究味太重,从"文化实践"(cultural politics)变为"文化理论"(politics of culture),批评家也成为资本主义社会中复制资本主义文化和社会关系的"职业管理阶层"的一部分(Storey,1996:144,291—297)。

里查德·欧曼是美国文化研究/美国学研究(American Studies)的重要代

---

① 正如福柯的"power"一样,"hegemony"的英文翻译和它的原意也有不同:它既指一般意义上的"在政治经济方面寻求领导地位"(俗称"霸权"),又含"引导"(lead)、"抵制"之意(Gramsci 1971: xiii—xiv)。
② 在意大利文里"引导"(direction)和"hegemony"是同一个词根。
③ "影响力的获取不是靠消灭对手,而是靠把相反的观念输入具有影响力的政治群属之中"(Turner 1990: 212)。

表,他探讨当代美国消费文化,尤其是揭示资本主义意识形态如何起"煽情"作用,至今仍然影响很大。《英语在美国》写于七十年代,旨在揭露资本主义文化"不露痕迹"地为资本主义意识形态服务。欧曼既承英国文化研究之传统而注重文化具体表现,又露后结构主义之端倪而探讨文化"霸权"的形成过程,把当时的社会动荡归之于"负责传播知识文化的机构",认为美国大学英语教学并不是培养人文精神,而是在培养资本主义商业文化的继承人。他以美国大学常用的十四本写作教材为例,指出写作课并不要求学生进行思考,只要求熟记硬背写作规范,绝对服从写作技法,实用功利性第一,把学生培养成国家、阶级的使用工具。课本不仅把学生作为无阶级无性别与世隔绝的学习者,而且选用的范文竟包括越战时五角大楼的文献,作为学生临摹的标准(Ohmann,1976:1,93—94,146—159)。如果说以上的分析还停留在批判的浅层次,欧曼的近作《制造销售文化》则更加深入,这里提出的问题是:"文化制造者了解我们些什么?他们如何利用这个了解来估计、塑造、产生我们的欲望,以达到让我们消费商品或消费体验的目的?"欧曼最关切的,就是消费文化如何在不知不觉中煽动起消费者的消费欲望。以广告为例,成功的广告并不是推销商品,而是让消费者自己产生消费欲望,其惯用手法是首先挑起消费者对自己消费现状的不满,然后把这种不满转换成"缺乏"或"缺憾",最后产生强烈的消费冲动。当这种欲望和冲动发展到一定阶段时,便会使消费者产生物我不分的感觉,把消费作为生命的一部分。如曾有一位老妇找到可口可乐公司,含着眼泪质问为什么四十年喝不到可口可乐。其实可口可乐一直有,只是外包装发生了变化,但是此事却表明,可口可乐已经成为老妇人生活的一部分,"失去可口可乐无异于失去她的一部分青春"(Ohmann,1996:224—234,9)。

欧曼:《制造和销售文化》

文化研究在美国的一个新发展,就是"媒介研究"(Agency Studies)。所谓"媒介",即"通过施展权力或达到目的的人或事物",在批评理论中,"媒介研究"的客体就是当代资本主义消费文化下产生"权力"的各种机构,包括批评理论。顾名思义,"批评"理论产生的权力应当和资本主义国家机器及其意识形态产生的权力相对抗,以质疑后者的合法性,揭示其非"自然性"。但是在福科的影响下,后现代理论近十几年提出的问题是:批评理论真的能做到这一点吗?一些批评家(尤其是马克思主义者)的回答是肯定的。如葛兰西就寄希望于"有机知识分子"来打破法西斯主义的"霸权",美国文化理论家赛义德也提出相似的"世俗/业余知识分子"作为反抗性的代表(Said,1985:

13—14),詹明信同样倡导"元批评/元代码"来表示独立于商品化之外的真正批评理论。但是后结构主义理论对批评的有效性持否定态度:既然资本主义意识形态无所不在,既然任何批评理论都和消费文化息息相关,那么任何批评最终都只能落入资本主义的文化逻辑,成为其"同谋"(Belok, 1990: 7; Foucault, 1972: 228—229)。批评理论因此陷入两难的境地,出现某种"危机"。有感于此,费斯特(Joel Pfister)觉得有必要对后现代批评的有效性进行探讨,尤其是批评的正面作用。如通俗文化虽然有麻痹作用,但同时也是自我表现的手段;黑人文化追求逃脱,却也是一种精神解放与反抗。最重要的是,因惧怕"同谋"而无动于衷不可能产生社会变化:"为了有效地组织起一个团体或社区群体,不仅仅只是帮助其成员瓦解敌对群体的力量,还需要有效地聚集力量,激发斗志,鼓起勇气,这么做不仅靠群体的反抗力,而且靠群体的凝聚力"。这么做的实际意义还包括,可以让学生们跨出"同谋批评"的局限,创造性地组织实际批评(Pfister, 1999: 25)[①]。

　　由于后结构主义、后现代主义理论的影响,当代文化研究的泛文化倾向越来越明显。这里文化被作为文本,文化研究成了文本阅读。任何文本阅读都涉及知识问题,福科指出,知识首先是人们在话语实践中使用的言语,展示说话者(知识拥有者)在某个领域里享有权利,能把自己的概念完整地融入已有的知识系统,供话语进行使用。福科着重论述了知识的主观、人为、片面性,表现在知识经过精心的系统化,结构化、成形化之后,被冠之为"科学",而知识的谬误越少,科学性越强,它的意识形态性可能也越强。通过分析西方历史上知识产生的过程,福柯得出结论:知识话语得力于科学的权力和真理的威严,真理也借助知识的制度化、系统化来强化自己的霸权。后殖民主义理论[②]利用福科的知识权力论对新老殖民主义霸权话语对东方文化的误解进行批判。赛义德认为,东方主义对东方文化和东方人的暴力歪曲来自西方历史悠久的所谓"正规"、"纯学术"的东方学研究机构。它借助"科学性"对东方文化和东方人进行了几百年系统、"缜密"的研究,惯用的手法是从零星观察(typycasting)上升到民族、文化的整体特征(types),然后不失时机地做出价值判断,形成西/东方高/低、优/劣的思维定式(stereotype)。

---

① Joel Pfister: "Complicity Critique"。页码系指费斯特所赠手稿,原文刊登在 2000 年《美国文学史》杂志。
② 后殖民主义可否列为文化研究的一个分支尚有争论,但由于它探讨的是"从殖民接触初始开始的整个殖民过程中的所有问题",而且独立后的前殖民地仍然"以这种那种方式受着新殖民主义公开或暗里的主宰",所以后殖民主义进而揭示一切主导/从属文化间的控制与反控制(Ashcroft et al 1995: 2)。从这个意义上说,后殖民主义批评理论自然属于文化研究范畴。另参阅本书第十二单元"后殖民主义批评理论"。

新历史主义则不承认历史可以完全客观再现,即使是纯粹的历史事实,它在历史中的实际表现、作用以及和现实政治的联系仍然有待历史学家去阐述。因此任何对过去的"真实表述"都只是建构(construction)而不是"发现"(discovery),而主观建构不可能是永恒不变的真理,背后总隐含有建构者的意识形态目的(Veeser, 1994: 14—20)。因此新历史主义学者注重对客体文本进行深入挖掘,往往从文本辉煌的表面揭示出它深层隐含的触目惊心的事实。下面以两个具体事例来说明当代文化研究的"文本"分析。

威廉·西德尼·波特(笔名欧·亨利[O'Henry])是二十世纪初美国文坛上一位显赫一时的人物,其作品销量数千万册,影响力经久不衰,被称为"美国最伟大的短篇小说家"。在波特数百篇短篇小说中,《麦琪的礼物》尤其脍炙人口,在煽情效果上居波特所有浪漫故事之首。但是它揭示的远远不止一个动人心扉的爱情故事。从文化研究的角度出发,可以发现波特最大的成功,在于把一个个看似微不足道的生活细节描写拼接成美国社会的全景图画,通过一个个小人物的个人遭遇,揭示出美国社会发展的深层机制①。《麦琪的礼物》创作、发表于本世纪初,而处于世纪之交的美国社会正经历着一场深刻的社会变革,其标志就是商业文化的蓬勃发展。这种发展正从十九世纪末的潜移默化变得轰轰烈烈,其影响渗透进美国社会的各个方面,对美国人的观念、心态、行为形成了巨大的影响②。

1909 年欧·亨利接受采访

从消费文化的角度看,《麦琪的礼物》是一个送礼的故事。但是,男女主人公为什么要送礼?给谁送礼?送的什么礼?这些问题背后隐藏着深刻的社会因素,反映了特定历史时期美国资本主义商业文化发展的一个重要方面。西方比较文化学者认为,东方文化是所谓的"高语境"文化,看重人际间的礼尚往来(Bond, 1991: 49)。这种看法值得商榷,因为西方文化并非总是轻视礼品,而且二十世纪之交时礼品馈赠本身也发生了质的变化。长期以来,礼品的流通范围在西方只限于关系密切的亲朋好友之间,其作用仅仅是加强小集体中的感情纽带。但是随着十九世纪末美国资本主义的发展和消

---

① 《麦琪的礼物》收集在 1906 年出版的小说集《四百万》中。书的扉页上对书名做了解释:常人看到的只是纽约四百个达官贵人,而波特关注的却是构成这个资本主义文化大都市的四百万市民。

② 耶鲁大学历史学家阿格纽(Jean-Christopher Agnew)认为,美国消费文化始于十九世纪八十年代,此后至二十世纪三十年代发展成都市商业文化,三十年代后则演变为大众消费文化(Brewer & Porter, 1993: 33)。而世纪交替则是这种发展的关键时期,不仅明显地表现在经济从匮乏到小康的转移,而且人们的思想观念也发生转变(Heinze, 1990: 33)。

《麦琪的礼物》

费文化的兴起,礼品很快成了商品,走进了百货公司,并且具备了商品的一般属性:礼品自身的商业价值首次超越了感情价值,流通领域逐渐扩大,并且具备了一般商品所带有的自由性、解放性,成了一件"令人兴奋的消费品":"商品的兴奋性就是选择的兴奋性,就是从单一乏味中解脱出来,品尝由生活的多汁多味带来的兴奋"(Leach,1984: 326—327)。

礼品观念的现代化使节日馈赠具有了新的意义,最明显地表现在购买行为本身被赋予了政治色彩。由于当时的美国社会贫富不均,阶级差异十分明显,对商品的占有便在很大程度上成了个人社会地位的反映。为了缩小现实中的阶级差异,消费行为被涂上了乌托邦色彩,使人产生出"商品面前人人平等"的虚幻,似乎通过购物行为可以缩小实际生活中存在于权力、地位、收入等方面的不平等,通过消费重新确立自己的存在。在本世纪初资本主义消费意识形态的影响下,个人通过消费行为建立起来的身份似乎比通过实际生产关系而建立的身份更加重要[①]。从这一点出发,可以更好地理解黛拉在和小商贩为了一分两分钱讨价还价时会为这种"过度节俭"的行为而羞愧得"面红耳赤",更好地理解黛拉时时出现的强烈的"消费"冲动。

在所有消费行为中,女性的圣诞购物在十九世纪末具有非同寻常的意义,因为此时圣诞消费已经成为"女性的专职活动"(Waits, 1993: 81, 119)。女性的消费心理也发生了变化:消费行为中理性成分所占的比重越来越小。女性消费时与其说凭理智购物,不如说凭感觉享受,因为她购买的对象除了消费品之外,还包括消费品给她带来的虚荣和消费行为里蕴含的兴奋。而且,十九世纪九十年代流水线生产的女性用品开始充斥消费市场,这些商品价格低廉,极大地满足了低收入阶层女性的虚荣心。

对女性来说,为丈夫购买的圣诞礼物举足轻重,但由此也常常引发夫妻矛盾:当时美国妇女大都是家庭主妇,圣诞节礼物(包括妻子给丈夫的礼物)都由丈夫出钱购买,这往往使妻子感到难堪,因此有些妻子便为此出去打工挣钱,而这又有失丈夫的脸面,造成家庭不和,社会舆论也不支持[②]。黛拉和

[①] "相对于人们无力控制的、范围大得多的生产制度而言,通过消费而建立的身份更加有力,更易于为个人控制"(Miller, 1995: 42)。由此可以认为,"我消费故我在"的后现代资本主义消费意识形态在波特的时代已具雏形。

[②] 这种家庭冲突的突出表现也许就是当时令很多店家头痛的所谓"太太偷窃"事件。尽管中产阶级主妇在商店行窃的动机多种多样,但心理学家认为这不乏是她们对自己经济地位低下的一种下意识流露(Abelson, 1989: 165—171)。

吉姆的送礼行为则与众不同,他们在送礼的同时承受了巨大的付出:黛拉剪掉了受人羡慕的长发,吉姆则卖掉了值得夸耀的金表。两件物品本身尽管有一定的使用价值,但从消费文化的角度看其消费价值要远远超出有限的交换价值。黛拉的长发是当时女性引以为豪的性特征,是有闲阶级女性不惜金钱精心呵护的对象;而且黛拉剪去长发之后不得不把自己打扮成一幅顽童形象就更加有违时尚①。吉姆的金表则是男性的重要标志,象征男性的稳重、智慧和自信。在本世纪初性心理身份已经进入消费市场成了重要的商品之时,黛拉和吉姆为对方牺牲的就不只是属于自己的两件孤立的物品,而是当时极受重视的"心理自我"②。

十九二十世纪之交时,美国社会的家庭理想正被消费文化重新定义,《麦琪的礼物》则可以看成波特对商业文化下家庭伦理价值观念的一种思考,从一个侧面反映了有些评论家所称的资本主义消费文化竭力要宣扬的一种理念:以消费促家庭和睦,以购物促夫妻关系。吉姆和黛拉代表的既不是十九世纪后期大工业生产文化所标榜的"品德"(无私奉献,个人牺牲,勤奋工作,做人楷模),也不是二十世纪初垄断资本主义消费文化所倡导的"个性"(追求享受、虚荣和个人成功),而是两者的结合。也许正因为吉姆和黛拉通过物质消费表现出来的依然是那份真情那份挚爱,才使《麦琪的礼物》长期以来受到美国读者的青睐。而这也正是消费文化要灌输给人们的新的观念。

以上的分析"文化主义"的色彩较重,下面以后结构主义方法对香港1997年的"回归"进行分析。国内的英文报刊一般把"回归"译成"return"。这个词在香港的语境中除了有"主权移交"、"领土返归"之外,还有重要的政治含义,即指归还被他人非法强占的财产,或被强盗夺走的器物(Oxford English Dictionary,1989年版)。这种用法在当今政治生活中屡见不鲜:一些国家要求"归还"被旧日西方列强掠走的珍贵文物,或者要求把在异国的战犯、罪犯、难民等遣返原在国接受原在国的法律处理,使用的都是"return",它表示使用者认为自己在法律上对所涉及的客体享有无可争辩的拥有权,并在许多情况下隐喻对方继续保持它属于非法或不正当。

但是西方媒体谈到香港回归时常常使用另一种译法:"revert"。这个词在很多方面和"return"相吻合,都有"返还""返回"到原来状态的意思,但作为

---

① 当时女性的时尚是慈母型女性形象,青春浪漫性感的少女形象到二十世纪二十年代以后才成为美国广告媒体的时尚(Waits 1993: 95)。

② 有学者指出,美国人对心理(尤其是性心理)身份的意识及关注始于二十世纪头十年(Pfister & Schnog,1997: 167—175)。

香港政府的"回归纪念碑简介"

法律词汇，它还指"捐赠者捐赠的财产到了捐赠者与接受者商定的法律期限后返还给财产的原捐赠人或他的财产继承人"。因此，"revert"在香港的语境中就有了如下的政治含义：英国对香港的占有是基于大英帝国和清政府"共同商定"的结果，不论是占有还是"交还"都是履行法律义务，是值得称道的遵法守法行为。这样一来，《南京条约》的缔结就成了中英双方的"志愿"行为，香港就成了中国对英国的"馈赠物"，近代西方列强对中华民族百多年殖民主义般的压迫历史就被一笔勾销。更有甚者，根据《南京条约》等不平等条约，香港、九龙属于永久"割让、放弃"给英国，九七年该归还的只是它"租借"的新界地区，所以香港的回归反倒成了不合法的要求。这也是《大不列颠百科全书》对"香港"词条解释的含义；The World Book Encyclopedia（1981年版）则把香港称为英国作为鸦片战争的战胜国根据《南京条约》从清政府手中"接受"的，九龙是它为了"进一步解决与华贸易纷争"的产物，只有新界才是"租借"的；Collier's Encyclopedia（1979年版）在"香港"词条下对鸦片战争只字不提，有的倒是这样的描述：当时的英帝国外交大臣帕默斯顿（Lord Palmerston）轻蔑地称香港为"贫瘠之地，几无一房一屋"，但二十世纪却成了"极其繁荣的商业中心"。

由此可见，对香港回归的不同"译法"已经超出了纯粹语言学意义上的词语理解和翻译技巧范畴，实际上反映了不同的文化观和意识形态立场，是当代"翻译学"（Translation Studies）的研究领域①。"revert"这个能指含有特定的意义"轨迹"。一般的词源学辞典都会告诉我们，其词根在拉丁语词源中喻指"光辉的顶点"、"荣耀的中心"，自然使人联想起老殖民主义者对殖民业绩的吹嘘②；而在日耳曼词源中它含有"交上厄运"、"走下坡路"，似乎暗示香港的未来。当代后殖民理论主要代表赛义德对新老殖民主义强势话语对第三世界弱势话语的意识形态扭曲和暴力再现做了广泛的揭露。他认为东方主义对东方文化和东方人的暴力歪曲主要来自两个方面，即历史悠久的所谓"正规"、"纯学术"的东方学研究机构和当代西方的新闻媒体，后者在

---

① 译界对"翻译学"尚无定论，甚至对它是否是一门独立的研究领域也看法不一。有学者认为它始于七十年代（Dollerup & Loddegaard, 1992: 93），有的认为是八十年代（Lefevere, 1992: xi），但可以肯定的是，它的出现和后现代理论在时间上同步，是文化研究对翻译本身的思考。

② 殖民的结果便是殖民地的"辉煌"：英国首任驻埃及总督克罗玛勋爵就被下院称赞为在任期内使埃及"从社会、经济衰败的最低谷一跃成为东方国家中经济、道德光复的绝对唯一典范"（Said, 1979: 32）。这里的逻辑是，没有殖民者的"帮助"，"愚昧"民族将不可能发展。

"新闻自由"之下对东方文化的方方面面做了大量意识形态歪曲,以服务于西方霸权的国家利益和全球战略,并从实践上强化东方学的"学术研究成果"(Said,1981: 26, 47, 142)。

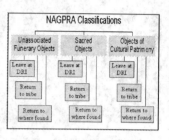

NAGPRA 中使用"return"

西方媒体当然知道"return"的道德含义。希腊要求索回英国十九世纪末掠走的"艾尔京雕像",美国制订"美洲原住民坟地保护及文物返还法案"(NAGPRA),纳粹德国掠夺的一万多件文物物归原主,直至联合国教科文组织执行局 2002 年通过的"文化财产归还原主国"决议中使用的都是"return"。对非西方,他们则实行另一种标准。列强掠夺的中国文物被作为八国联军向中国索要的"战争赔偿",至今仍然堂而皇之地陈列在西方的博物馆里;但是前苏联作为战争赔偿"没收"德国文物却是"掠夺行为"。赛义德对西方的新闻媒体有过尖刻的评论:"伴随着这种媒体宣传(coverage)的,是大量的掩饰遮盖(covering up)。"(Said,1980: xii)它是已经系统化、"科学化"了的东方主义思维定式向大众进行灌输的媒介,以便让学科优势转化为文化的普遍意识。汲取文化研究的理论,当代翻译学对文化问题十分关注。欧洲翻译学会是欧盟的政策咨询部门,关注如何在不同语言的交流中维护文化传统和本民族"身份"。小国对文化问题尤为敏感。以色列耶路撒冷希伯来大学从二十世纪八十年代起把原属于人文学科挂靠于应用语言学中心的翻译专业归入社会科学的传播系,在办学层次上从本科上升为博士。他们相信,"不论出于何种意图,一

当代翻译研究的代表人物安德鲁·莱佛维尔 (1945—1996)

切重写都反映了某种意识形态和想象杜撰,正因为如此它操纵文字材料在特定的社会以特定的方式起作用。重写就是操纵,服务于权力。……翻译的历史也是文字创新的历史,是一种文化对另一种文化的形成施加暴力的历史"(Lefevere,1992: xi—1)。

进入九十年代,文化研究的一个明显倾向就是国际化。八十年代后期在美国创刊的杂志《文化研究》编委会便由国际学者组成,其宗旨是"促进本领域在世界范围的发展,使不同国家不同学术背景的专家学者相互沟通"。文化研究的国际化是对文化全球化的反应:随着资讯科技的发展,不同文化间的交流、碰撞日益频繁。西方文化政治界对未来感到忧心忡忡者大有人在。哈佛大学教授亨廷顿(Samuel P. Huntington)曾预言,世界主要文化体系

（伊斯兰教、儒教、基督教等）难以和睦共存，即使同一国家内部的不同文化族群也很难相容，因此未来的冲突将是不同文化、文明间的冲突（Huntington，1993: 39—49; 1996: 218—245）①。也有学者（如哈佛大学教授杜维明先生）认为，亨氏夸大族群分歧，忽视了不同文化间的沟通和共享。

文化研究的兴起时间不长，尽管至今依然方兴未艾，但是由于近十年西方后现代社会的不断变化，由于与之相关的批评理论的发展，更由于文化研究自身的种种原委，今日的文化研究和早年当代文化研究中心的文化研究已经相去甚远。如日益明显的国际化令英国学者不安，担心广泛的体制化之后文化研究会脱离与现实文化政治的密切联系，陷入象牙塔之中，失去其原有的锐气（Adler & Hermand，1999: 25）。有人担心，一些人对文化研究趋之若鹜只是赶时髦，在

哈佛大学教授亨廷顿

旧内容上贴新标签，并不进行认真的学术研究②。也许我们可以说，在世纪交替之际，学者们正冷静地反思文化研究四十年的理论实践，力图使它在新世纪有更好的发展，因为大家似乎有一个共识："文化研究不是某种固定不变、可供重复使用的方法，学习以后可以应用于任何文化领域。文化研究是各种社会、文本努力的历史总和，以解决政治和文化意义中存在的种种问题"（Storey，1996: 280）。既然人类在新世纪将遇到大量新的社会问题，文化研究也希望担负起历史赋予它的责任。

有文化的作用（霍格特）

从学术研究的角度看，理查德·霍格特（1918— ）只能算作当代文化研究的过渡性人物，因为在文化研究尚未产生影响之前，他就离开了学术界，转而从事实际工作。但是他在赫尔大学做成人教育时，写了《有文化的作用，与刊物及娱乐尤为相关的工人阶级生活面面观》（1957），此书后来被尊为当代文化研究的开山之作，霍格特

---

① 二十世纪末期的一次东西方文化冲突是对《撒旦诗篇》的争执。英籍印裔小说家拉什迪（Ahmed Salman Rushdie）的这本小说1988年一出版便获西方评论界好评，说它"立于两个世界之间鼓励双方的融会；（拉什迪）想借此规劝双方人民向对方敞开胸怀"（Edmundson，1989: 66）。结果却相反：此书"在西方引起对穆斯林空前的误解与敌意"，伊斯兰国家则掀起大规模抗议浪潮，造成双方关系空前紧张。温和的穆斯林学者抱怨西方拒绝"从穆斯林的角度"理解穆斯林的感受（Ahsan & Kidwai，1991: 25—30），而西方媒体也认为穆斯林固守陈规陋习"冥顽不化"。至今这场"穆斯林和西方自由文化的冲突"仍无和解的迹象。
② "在所有从七十年代起席卷美国的人文思潮里，没有哪一种思潮像文化研究那样被研究得如此肤浅，如此投机，如此轻率，如此脱离历史"（Storey，1996: 274）。

也因此而担任当代文化研究中心的首届主任。此书"有力地介入了大众传媒和多种新兴大众文化之价值的论争","描绘了北方工人阶级的生活,其促人回忆、详尽生动的笔触令人惊讶"。霍格特的主要论点是:工人阶级生活的"原有秩序"(表现为家庭、父母和社区的约束力)正在遭受不那么健康的"新大众文化"的围困,这是社会不得不面对的事实。

在决定谁是这篇调查里所指的"工人阶级"时,我看出的问题是:我的主要论据来自大众刊物,而这些刊物的影响波及的范围远不止我个人熟知的那些工人群体;事实上,因为他们刻意成为"无阶级"刊物,所以会影响到社会的每个阶层。但是为了讨论这些刊物影响人们心态的方式,并避免谈及"普通人"时几乎总会出现的含混不清,我有必要寻找一个重点。于是,我选择了一个性质比较单一的工人阶级群体,通过描述他们所处的环境和心态,试图接近他们那种生活的氛围和品质。以此为背景,可以看出那些吸引力广泛的大众刊物是如何与人们通常的心态联系在一起的,他们如何改变那些态度,又如何面对抵触情绪。除非我犯了大错,否则这第一部分里描述的心态也是许多其他群体共有的心态,这些群体足以构成所谓的"普通人",从而使我的分析更具普遍性。尤其是,我描述为"工人阶级"具有的许多心态也可适用于通常所说的"中下层阶级"。我不知道如何才能避免这种重叠,希望读者能和我一样,认为论证的主线不会因此而削弱。

关于这些心态的背景和证据,主要来自我在北部城市生活的经验,来自二三十年代度过的童年,以及从那时起虽有变化、却几乎延续至今的联系。

我在前面承认,现在的工人阶级也许不再像前一两代人那样,强烈地感到自己属于"下层"群体。但是我想到的那些人,仍然在很大程度上保留着自己的群体归属感,而这种归属感未必隐含任何自卑或骄傲的成分;他们倒是觉得,之所以是"工人阶级",在于有相同的好恶,在于"同属"性。这样的区别不能推及过远,却十分重要;还

霍格特的著述

可以加上其他的区别,其中没有一个是决定性的,然而每一个又都有助于使所需的定义更加深入。

这里描述的"工人阶级"居住在诸如亨司雷特(利兹)、安克兹(曼彻思特)、布赖特赛和艾特克利福(舍费尔德)这样的地区,远离赫索和赫德尼斯

公路(赫尔)的地方。我感受最深的是居住在利兹的那些人,他们居住在延绵几英里、烟雾萦绕、拥挤杂乱的工人房舍里。这些人在城镇里拥有醒目的区域;他们有着醒目的住宅风格——有的背对背,有的背对坑道,几乎每个城市都是这样;他们的房屋通常不是自己的,而是租赁的。现在他们越来越多地被安排搬迁到新居,但目前对我来说,这对我关于他们心态的主要论点并没有大的影响。

在这些地区,大多数有工作的居民领工钱而不是薪水,工钱按周发放;大多数人除此之外没有其他的收入来源。有些人自己开业;他们可能经营一家小店,服务对象是自己所属的文化群体成员,或为该文化群提供某种服务,如"皮匠"、"理发匠"、"杂货店老板"、"修车匠"或"废旧衣物商"。按照收入多少把工人和其他人严格区分开来是不可能的,因为在工人阶级内部,工资的变化数不胜数;例如,大多数钢铁工人是十足的工人阶级;虽然他们中有些人收入比许多不是工人阶级的教师还要高。但我想,这里描述的大多数家庭,其主要劳动力每周收入大约有九至十英镑,按照一九五四年的状况,这是大致正常的。

他们中的大多数在现在应该称之为现代中学的地方受过教育,但是通俗的叫法仍然是"小学"。他们的职业通常是劳动工人,分技工和小工,或是手艺人,也许曾经当过学徒。这个松散的范围于是包括了那些干过去常说的"杂活"和其他户外体力活的人,商业和公共运输工人,工厂里做固定活计的男人和女孩,还有技术工匠,从管道修理工到从事更繁重工作的重工业工人。领班也包括在内,但是办公室职员和大商店的雇员,总的来说最好还是划为中产阶级下层的成员,虽然他们也许住在这些地区。

因为这篇文章关涉文化变迁,我下定义的主要依据是工人阶级生活方式中比上述人员更不显眼的特点。言谈可以说明很多问题,尤其常用的那些词。说话的方式,城市方言的运用,口音和语调,这些也许可以说明更多问题。有这样一种沙哑然而热情的声音,说话时从过于整齐的假牙间喷溅出一点飞沫,来自某些四十来岁的女人。喜剧作家常常采用这种声音;它暗示着一颗对生活无梦无悔却知情达理的心。我还常听到一种粗哑的声音,来自干粗活的女工中间,并且只在那里听到;这就是更"体面"的工人阶级称之为"粗俗"的声音。不幸的是,我的知识不足以继续对言谈方式做这种考查。

霍格特笔下的工人阶级文化

批量生产的廉价服装使阶级间一目了然的差别大大减少,但差别也不像许多人认为的那么不明显。周六晚上离开市中心电影院的人群,也许表面看来千人一面。然而任何专家,不论性别,任何一个特别在意服饰的中产阶级女人或男人,只要仔细看上那些人一眼,往往就足以将周围的大多数人"定位"。

从下文可以看到,通过日常生活中成千上万其他的事物,都可以辨别出这种熟悉的工人阶级生活,如逐月、小笔分期付清贷款的习惯;或是几乎每个工人都曾在当地医生那儿接受"健康保险治疗"的事实,诸如此类,除老人外所有人都还记得。

这样粗略地将工人阶级区别开来,并不是要忘记工人阶级内部的众多不同、细微差别和阶级区分。对其居民来说,不同街道在声望上有着细微的差别;就是在一条街道内,不同住宅之间也有着地位或曰"身份"的复杂差异;这是一个稍好的房子,因为有单独的厨房,或者居于一排房子的顶端,有一小片院子,并且租金每周贵九便士。住户之间有阶层的高低;这家生活宽裕,因为丈夫干的是技术活,厂里又有很多订单;这家妻子是好管家,勤于收拾,而对面那家的是个懒女人;这些人好几代都是"亨斯雷特家族",属于街区的世袭贵族。

在某种程度上,每个街道群都有一种按专长划分的等级制度。某个人被看作"学者",有一套装订完整的百科全书,别人有问题时他总是乐于查阅;另一个人是个好"书法家",非常愿意帮人填表格;另一个特别"手巧",善于木工活、金工活或普通的修修补补;这个女人是针线活的行家,特殊场合时可以请她帮忙。所有这些都是群体内部的服务,直到他们开始在白天以同样的工作为职业之后这种情况才改变。然而,即使在我小时候,在我所知道的大城市工人阶级聚集中心,这种专长化似乎已经在消亡中。一个朋友熟知较小的约克郡西区城市工人阶级中心(如凯雷、屏雷和亥克蒙德外),他认为在那里专长化仍然非常明显。

(朱雪峰 译)

关 键 词

大众刊物(mass publications)
工人群体(working-class groups)

环境和心态（setting and attitudes）
同属感（belonging）
文化变迁（cultural change）
细微差别（fine range of distinctions）
细微区别（subtle shades）
阶级区分（class distinctions）
专长化（specialization）

关 键 引 文

　　1. 但是为了讨论这些刊物影响人们心态的方式，并避免谈及"普通人"时几乎总会出现的含混不清，我有必要寻找一个重点。于是，我选择了一个性质比较单一的工人阶级群体，通过描述他们所处的环境和心态，试图接近他们那种生活的氛围和品质。

　　2. 这样的区别不能推及过远，却十分重要；还可以加上其他的区别，其中没有一个是决定性的，然而每一个又都有助于使所需的定义更加深入。

　　3. 因为这篇文章关涉文化变迁，我下定义的主要依据是工人阶级生活方式中比上述人员更不显眼的特点。言谈可以说明很多问题，尤其常用的那些词。

　　4. 从下文可以看到，通过日常生活中成千上万其他的事物，都可以辨别出这种熟悉的工人阶级生活，如逐月、小笔分期付清贷款的习惯；或是几乎每个工人都曾在当地医生那儿接受"健康保险治疗"的事实，诸如此类，除老人外所有人都还记得。

讨 论 题

　　1. 霍格特为什么要研究工人阶级文化？什么是他在书中讨论的"工人阶级?"现在还有这样的阶级吗？为什么？

　　2. 这样的研究和文学、批评、理论有什么内在的联系？

　　3. 在什么意义上，霍格特在文中所描述的"工人阶级生活方式中那些不大显眼的特点""在文学和人种学意义上引起对工人阶级文化细节产生新的敏感"？

　　4. 斯图阿特·豪尔这样评价《有文化的作用》："它确实从"阅读"工人阶级文化出发，以发现其模式和编排中体现的价值观念和意义；仿佛它们是某种'文本'。但用这种方式来研究现有文化,并摒弃区分雅/俗文化两极论的'文化论争'的说法,则是十足的另辟蹊径"。试讨论。

文化研究:两种范例(豪尔)

斯图阿特·豪尔(1932—)出生于牙买加,在牛津受教育,是当代文化研究发展中的关键人物。1964年他担任新建的当代文化研究中心副主任,然后担任主任,直至1979年卸任。他的主要研究领域是意识形态、身份、文化和政治之间的相互联系,影响了将成为这一领域主要作家的一代研究者。二十世纪八十年代,他率先借用葛兰西和阿尔图塞的理论,以分析和批评来对抗保守的撒切尔主义;九十年代,他则越来越关心后现代主义和种族问题。多年来他一直主张,"成熟的马克思主义适用于理解当代社会构成,也是社会变化的一股力量"。

在严肃、批评的思想研究中,没有"绝对的开始",也很少有不间断的连续。无论是正统思想史极其钟爱的那种"传统"的无尽延展,还是阿尔图塞信奉者一度中意的、将思想划分为"错"与"对"两部分的"认识分裂"绝对主义,都做不到。相反,我们发现的是一种发展不平稳,虽然起起伏伏却很典型。重要的是那些意义深刻的断裂——在那里旧思路被打断,旧格局被置换,新旧元素围绕不同的前提和主题被重组。议题的变化的确有效地改变了所提问题的性质、问题提出的形式以及回答这些问题的恰当方式。这样的视角转换不仅反映了思想内部运作的成果,也反映了真实历史发展和嬗变如何在个体思想中被挪用,并为正统思想提供了基本倾向、存在条件,而不是担保其"正确"。正因为思维和史实之间存在这种复杂的关联,并在思想的社会范畴里反映出来,以及由于"知识"和"权力"之间持续的辩证关系,这些断裂才值得记录。

作为独特的议题,文化研究出现于二十世纪五十年代中期这个历史时刻。它提出的典型问题显然不是第一次被摆上桌面。正好相反。帮助圈出新领地的两本书——霍格特《有文化的作用》和威廉姆斯《文化与社会》——在不同方式上都是(部分地)拾旧之作……《有文化的作用》大有"实用批评"的精神,它确实从"阅读"工人阶级文化出发,以发现其模式和编排中体现的价值观念和意义:仿佛它们是某种"文本"。但用这种方式来研究现有文化,并摒弃区分雅/俗文化两极论的"文化论争"的说法,则是十足的另辟蹊径。在同一次运动中,《文化与社会》既建构了一个传统(那"文化与社会"传统),定义了该传统的"同一性"(依据的不是共同的立场,而是其特有的问题关注和调查习惯),并以自身对此传统做出了突出的现代贡献,同时也写下了它的墓志铭。威廉姆斯随后发表的《漫长的革命》清楚地说明,"文化与社会"的思考模式要想得到完善和发展只能走向别处——走向一种截然不同的分析方式。《漫长的革命》企图对一种传统进行"理论归纳",归纳其思维习惯上完全靠经验和具体描述的内在思维模式,其"厚重"的概念性经验,其论证方式的归纳性倾向,这么做的一部分困难来自于该书想把文化研究向前推进的决心(威廉姆斯的全部作品,一直到最

英国历史学家汤普森

近的《政治和文字》,正是其不断发展自己理念的典范)。《漫长的革命》的"好处"和"坏处"都来自于它要把自己当作一部"断裂"的作品。E. P. 汤普森的《英国工人阶级的产生》可以说也是如此,该书也明确属于这一"时刻",虽然从时间顺序来看它出现得较晚①。它也是在某几个不同的历史传统之内"构想"出来:英国马克思主义历史学、经济及"劳动"史。但在凸显文化、意识、体验等问题并重视媒介方面,这本书也做出了决定性的断裂:与某种技术进化论决裂,与某种还原经济学和组织决定论决裂。三本书之间构成一种休止,从其中以及其他事物中产生出"文化研究"。

当然,这些都是开创、形成文化研究的文本。无论如何,它们都不是为建立某个新的学术分支而撰写的"教科书":没有比这更远离其内在动力的了。不管以历史还是当代为研究重点,这些书本身是在其写作时代和社会的紧迫压力之下被集中、组织起来,并构成对此压力的反应……在某种深层意义上,《漫长的革命》的第一卷《文化与社会》中的"清算",霍格特对工人阶级文化某些方面的极其特殊、具体的研究,还有汤普森对1790—1830年期间阶级文化和通俗传统如何形成的历史重建,所有这些文本在它们之间形成了断裂,清理出一片空间,从中开拓出一种新的研究和实践领域。如果此类事情果真可以建构,就知识态度和重点而言,这就是文化研究的"重建"时刻。而文化研究的机构化带着其特有的得与失,发生在二十世纪六十年代及以后,先是在伯明翰的研究中心,后来是各种课程及出版物,出自多个来源和地区。

"文化"是各种事物汇集的场所。但是从这大量的作品中,这一核心概念出现了哪些定义?而且,自本土或"本国"传统这条脉络形成以后,"文化"关心的问题和概念围绕着什么空间统一起来?事实是,这里找不到一个统

---

① 汤普森(Edward Palmer Thompson),1924—1993,英国史学家,二战期间加入过共产党,战后从事反战运动。

一、无可置疑的"文化"定义。文化始终是个复杂的概念,是各种利益汇聚的场所,不是一个逻辑清楚、概念明确的观念。这种"丰富"在文化研究领域造成了持续的张力和困难。因此,简述一下造就了"文化"概念现有(非)决定性状态的典型和侧重点,也许会有所帮助。(下列特征重在综合而非剖析,因而必然粗糙和过于简单)以下只对两组议题进行讨论。

雷蒙德·威廉姆斯在《漫长的革命》中对"文化"的概念提出了许多具有启发性的表述,从中可以总结出两种非常不同的解释方式。第一种方式将"文化"与社会赖以理解并反映其日常体验的全部现存描述联系起来。该定义吸收了过去对"思想"的强调,但是对它进行了彻底的改造。"文化"概念本身被民主化和社会化了。"文化"不再等同于"最佳思想与言辞"的总和,不再被认为是现有文明的巅峰,那种在过去的用法中人皆渴望的完美理想。甚至在过去的框架中被置于优先位置、作为文明最高价值试金石的"艺术",现在也被重新定义为不过是一种特殊形式,从属于社会整体发展:即意义的给予与获得,以及"普通"意义的缓慢发展——一种普通的文化:"文化"在这种特殊意义上,"是平凡的"(借用威廉姆斯最早为在大众中推广其基本立场而采用的题目之一)。如果连文学作品提供的最高雅、最精致的描述,也是"创造制度与习俗的总过程的一部分,据此分享并激活受到社区重视的各种意义",那么这一过程就无法从历史过程的其他实践中剥离、区分或分隔开来:"因为我们看待事物的方式正是我们的生活方式,沟通的过程其实就是社会形成的过程:分享共同的意义,随之分享共同的行为与目的;给予、接受和比较新的意义,从而导致成长、变化的张力与成就"。所以,我们无法将依此理解的各种描述之间的交流搁置一边、并与其他事物进行外在的比较。"如果艺术是社会的一部分,那么在它外部没有一个固定的整体,让我们可以根据提问形式承认其优先。艺术作为一种行为,和生产、贸易、政治、养育家庭没有分别。要充分了解这些关系,我们就必须主动地研究他们,把所有行为看作人类能量在当时的特殊表现形式"。

如果说这第一个侧重点借"思想"这个领域抓住并改写了"文化"这个词的内涵,第二个侧重点则有意更多地采用人类学方法,强调"文化"中与社会实践相关的方面。正是从这第二个侧重点,"文化即全部生活方式"这个有些简单化的定义被过分简洁地概括出来。威廉姆斯确实把"文化"的这一面与该词更"纪实的"(即描述性的,甚至人种学的)用法联系起来。但是前面那个定义在我看来似乎更加重要,因为它包含了"生活方式"。这种论证的要点在于，通常被相互分离的各要素或社会实践之间有着能动的、不可分割的联系。正是在这样的语境里，"文化理论"被定义为"对全部生活方式各要素之间关系的研究"。"文化"不是一种实践；它也不像某些人类学通常认为的那样，仅仅是社会"道德与习俗"的描述性总和。"文化"贯穿于所有的社会实践，并且是它们相互关系的总和。于是，研究对象的问题得以落实，研究方法也迎刃而解。"文化"是组织模式，是人类能量的典型形式，它们在"意外的一致和相似"以及"意外的间断"中，展现于所有的社会实践中，或隐藏其下。而文化分析就是"尝试发现这些复杂关系的组织特性"。这要从"发现典型模式"开始。发现典型模式的地方不是作为孤立行为的艺术、生产、贸易、政治、家庭养育之中，而是"通过特例来研究整体组织"。从分析的角度，我们必须学习"所有这些模式之间的关系"。分析的目的是了解在任何一个特别时期，这些实践与模式之间的互动如何作为一个整体被经历和体验。这就是它的"感觉结构"。

如果我们理解威廉姆斯针对的问题是什么，想要避免的失误又是什么，就更容易看出他的目标和坚持这条道路的原因是什么。因为《漫长的革命》（像威廉姆斯的许多作品一样）与其他观点进行着隐秘、几乎"无声的"对话，这种对话不像人们希望的那样总是易于识别，因此这样做就显得尤为必要。该书显然向对文化进行"唯心主义"和"文明化"的定义叫了板。后者既把"文化"等同于理念，属于唯心主义传统；又把文化比作一种理想，盛行于精英主义所谓的"文化论争"。但该书也与某些马克思主义有着更广泛的较劲，威廉姆斯的定义就有意搭建在对后者的否定上。他反对死板地执行经济基础/上层建筑这个隐喻，古典马克思主义认为该隐喻属于"上层建筑"中思想和意义的领域，而"上层建筑"本身被认为不过是"经济基础"的反映，并以一种简单的方式由"经济基础"决定；它自己则不具备社会功效。也就是说，威廉姆斯的论点建立在对庸俗唯物主义和经济决定论的否定上。相反，他提出了一种激进的互动论：其实是所有实践内部和相互之间的互动，避开了决定的问题。他克服了各种实践之间的区别，把他们全部视为 praxis 的变体，属于一种普遍的人类行为和能量。潜在于所有实践之下的典型"组织形式"，是区分特定社会、特定时代之实践总汇的潜在模式，因而也可以在每个实践中找到它的踪迹。

这一早期立场几经大幅修改：每次修改都为重新定义文化研究的内容和责任做出了很大的贡献。我们已经指出，在不断反思和修改过去的论点以及坚持不懈的思考上,威廉姆斯的工作堪称典范。虽然如此,这些创造性修改中贯穿着的显著连续性令人吃惊。在一次这样的时刻,他认可了卢西恩·葛德曼的著作①,并通过葛德曼,认可了一大批马克思主义思想家,这些思想家尤其关注上层建筑的形式,他们作品的英译本在二十世纪六十年代中期首次出现。威廉姆斯孤芳自赏的做法和他所汲取的贫瘠的马克思主义传统,与给养了葛德曼和卢卡奇等作家的另一类马克思主义传统之间形成了鲜明的对照。然而,双方却有着共同点,这些共同点既指他们共同反对的事物,也指他们共同关心的事物,这种不谋而合的方式与他早期论证的方式不无相似之处。下面是一种否定,威廉姆斯认为这种否定使他的作品和葛德曼的联系起来:"我开始相信,必须放弃我所知道的马克思主义传统,或者至少把它搁到一边:我要试图发展一种社会整体理论;把文化研究视为整个生活方式各要素之间关系的研究;找到研究结构的方式……这些方式可以用于联系和阐明具体的艺术作品和艺术形式,也可以用于更普遍的社会生活的形式和关系;取消经济基础和上层建筑的公式,代之以最能动的观念,即一个不均衡然而相互决定的力量场。"

(朱雪峰 译)

关 键 词

断裂(breaks)

议题(problematic)

文化研究(Cultural Studies)

分析方式(kind of analysis)

知识态度(intellectual bearings)

本土传统(indigenous tradition)

社会实践(social practices)

全部生活方式(whole way of life)

感觉结构(structure of feeling)

庸俗唯物主义(vulgar materialism)

经济决定论(economic determinism)

互动论(interactionism)

---

① 葛德曼(Lucien Goldmann),1913—1970,法国哲学家,马克思主义社会学家。

社会功效(social effectivity)
社会整体理论(theory of social totality)

关 键 引 文

1. 不管以历史还是当代为研究重点,这些书本身是在其写作时代和社会的紧迫压力之下被集中、组织起来,并构成对此压力的反应……在某种深层意义上,《漫长的革命》的第一卷《文化与社会》中的"清算",霍格特对工人阶级文化某些方面的极其特殊、具体的研究,还有汤普森对1790—1830期间阶级文化和通俗传统如何形成的历史重建,所有这些文本在它们之间形成了断裂,清理出一片空间,从中开拓出一种新的研究和实践领域。如果此类事情果真可以建构,就知识态度和重点而言,这就是文化研究的"重建"时刻。而文化研究的机构化带着其特有的得与失,发生在二十世纪六十年代及以后,先是在伯明瀚的研究中心,后来是各种课程及出版物,出自多个来源和地区。

2. "文化"概念本身被民主化和社会化了。"文化"不再等同于"最佳思想与言辞"的总和,不再被认为是现有文明的巅峰——那种在过去的用法中人皆渴望的完美理想。甚至在过去的框架中被置于优先位置、作为文明最高价值试金石的"艺术",现在也被重新定义为不过是一种特殊形式,从属于社会整体发展……

3. "如果艺术是社会的一部分,那么在它外部没有一个固定的整体,让我们可以根据提问形式承认其优先。艺术作为一种行为,和生产、贸易、政治、养育家庭没有分别。要充分了解这些关系,我们就必须主动地研究他们,把所有行为看作人类能量在当时的特殊表现形式"。

4. 正是在这样的语境里,"文化理论"被定义为"对全部生活方式各要素之间关系的研究"。"文化"不是一种实践;它也不像某些人类学通常认为的那样,仅仅是社会"道德与习俗"的描述性总和。"文化"贯穿于所有的社会实践,并且是它们相互关系的总和。于是,研究对象的问题得以落实,研究方法也迎刃而解。"文化"是组织模式,是人类能量的典型形式,它们在"意外的一致和相似"以及"意外的间断"中,展现于所有的社会实践中,或隐藏其下。

5. 也就是说,威廉姆斯的论点建立在对庸俗唯物主义和经济决定论的否定上。相反,他提出了一种激进的互动论:其实是所有实践内部和相互之间的互动,避开了决定的问题。他克服了各种实践之间的区别,把他们全部视为 praxis 的变体,属于一种普遍的人类行为和能量。潜在于所有实践之下的典型"组织形式",是区分特定社会、特定时代之实践总汇的潜在模式,因而也可以在每个实践中找到它的踪迹。

讨 论 题

1. 豪尔讲述的文化研究中的两种"范例"是什么?他所指的文化研究有一些什么特征?

2. 方法问题颇受文化研究者的重视。早期文化理论家为什么要重组议题和问题,他们是如何重组的?这里的"方法"和后结构主义的"理论"有什么异同?

3. 有关文化的主要早期著作被认为是"在其写作时代和社会的紧迫压力之下被集中、组织起来,并构成对此压力的反应"。讨论。

4. 豪尔是如何理解威廉姆斯的?在他看来,威廉姆斯的文化研究有什么特色?你同意吗?

文化研究的未来(威廉姆斯)

英国文化批评家雷蒙德·威廉姆斯(1921—1988)毕业于剑桥大学,被视为文化研究的奠基人之一。他的声誉主要来自两本书:《文化和社会》(1963)"把文化的形成描写为对工业发展的反应",而《漫长的革命》(1965)"指向文化的'漫长的革命'中的民主潜势"。《电视:技术和文化形式》(1974)则讨论了大众媒体的主要形式电视。"他对社会主义的终身承诺,与对文化交流和民主的渴望交织在一起,深深吸引了整整一代左翼知识分子"。

现在我要讲到有争议的地方了。就在这时,涌现了一大批理论,使得文化研究的发展在逐渐官僚化、专业化和精英化的过程中显得合理化了。也就是说,这时出现的理论,如形式主义的复现、几种简化了的(包括几种马克思主义的)结构主义等往往认为,人们在社会中的实际交往对社会总体发展的影响甚微,因为社会发展的主要内在动力深藏在它的深层结构之中,而最简单的说法是,那些操纵社会动力的人也只不过是"代理者"。这恰恰鼓动人们忽视自身的形成,忽视他们置身的这个全新、既令人振奋又问题百出的境遇;忽视这么一个事实,即这种教育正在腐蚀新的人群,然而又仍然掌控在少数机构内部,或者机构通过教学大纲和考试等施加限制性的官僚压力,把这些活生生的问题不断拉回到他们可以操纵的范围之内。我希望那依然是一个充盈着有益张力的时刻,但就在那时,人们一度毫无批评地接受了在某种意义上使该情形合理化的一整套理论,根据这套理论,文化秩序的运作方式就是如此,意识形态分配其职责和功能的方式就是如此。于是,文化研究的全部课题被这些新唯心主义理论彻底转移了。甚至连葛兰西和本雅明与众不同的作品也被纳入其中;而巴赫金、沃洛西诺夫和麦德夫德夫对现代派唯心主义发起的有力早期挑战①,则很少或从未提及。甚至(并非常常)当文化现象确实被理论化时,分析文化现象的主要得失(即关于个人自身和其他当代文化现象的研究)较少得到强调,做得更多的倒是拉开距离进行的学术讨论,这样更安全些。

  在其最普遍的意义上,这项工作一直是一种知性分析,想要改变社会的实际发展;但到了具体部门,在机构内部,那些压力始终存在,和早期阶段已大不相同:来自其他学科的,来自其他各系的,它们出于竞争,要你定义自己的学科、证明其重要性、展示其严密性;这些压力正好与文化研究原本面临的压力相反。这一时期确实有巨大的收获,任何人比较一下早期和后来的工作都能发现这一点。我写《沟通方式》时,我们在分析报纸和电视节目时,材料铺满厨房地板,我们自己则在信封背面做着累加计算,而现在我看着媒体研究系,看见他们拥有优良的工作设备。我当然承认进步是显著的。电影研究也是如此,我们以前从不知道电影胶片能否(1)送到,(2)和电影放映机匹配,(3)成人班的学生看完影片后是否头晕目眩,以至在你要求课堂讨论的时候一言不发;现在电影研究课程在专门机构开设,而且我从不怀疑这样做的好处;正如剑桥英语学院中心现在没有人会产生片刻怀疑,觉得他们做的事情远比李维斯的工作优越。我的意思是,在某些新的方式上,的确总在

变得更专业化,组织得更好,并且资源更加完备。但另一方面,依然还存在文化研究的真正课题遭到遗忘的问题。当你分隔出这些学科,说"好吧,文化研究,这是个含糊、膨胀的怪物,但是我们可以更精确地定义它,如传媒研究、社区社会学、通俗小说或流行音乐"等,于是你创造了理由充分的学科,而且其他系也有人能看出这些学科理由充分,看出这里的著述参考书目及描述都正确无误。但是文化研究到底发生了什么这个问题仍然存在。在某种意义上,最近几年的危机应该提醒我们注意到该课题

---

① 沃洛西诺夫(Voloshinov),1884/5—1936,麦德夫德夫(P.N. Medvedev),1891—1938,均为俄苏文学批评家,巴赫金的同事,巴赫金的一些著述发表时就使用了两人的姓名,如《马克思主义和语言哲学》(Marxism and the Philosophy of Language)署名是麦德夫德夫。

和机构之间延续不断的联系;假设我们正在见证某种可以称之为内在结构的展开——某种单线延续,正如文化研究史记录的那样,表示文化研究虽然总是遇到困难,但总在逐渐克服犯下的错误,并一点点前进——这种假设已经被近几年来高度有意识的反变革残酷地打破了。

现在我要谈有关未来的问题了。因为我们现在面临的局势是,在文化研究发展期间,通俗文化机构发生了巨大的变化,其重要性发生的变化,例如在广播电视和印刷之间,在五十年代没人相信这种变化可能会发生。我们有了新的问题,既有我们从事的不同研究内部的问题,关于他们之中谁真正涉及到文化研究课题,也有在这个现已今非昔比的环境中考虑我们自身建构的问题。首先我从科目本身内在进程中举几个例子,来解释文化研究在取得可喜进展的同时却趋向制度化的这一矛盾效果。以通俗文化或通俗小说为例,从二十世纪五十年代到八十年代它显然已经大幅嬗变,不仅因为社会和形态的总体变化,使得人们更乐于和通俗文化亲近,而刻意远离二三十年代的理查德和李维斯,后者只把通俗文化看成对文化修养的威胁,在理查德·霍格特的书中,有文化也许是个幸存下来的因素,虽然永远那么含糊其辞、模棱两可。但与此同时,存在于两种迥异的传统和工作之间的那种早期张力,既易于探索,也几近崩溃。对连续剧和肥皂剧进行分析很有必要,而且从道理上完全讲得通。但在有些课程上,至少教师自己,我要说还有学生,都还没有遇到过自然主义和现实主义戏剧整个发展、社会问题剧、或者十九世纪某些系列剧形式等等问题,我确实对那样的课程感到惊讶;因为当代形势正是由这些问题构成的,其内容半新半旧,其技术半新半旧,这两方面可以均衡地加以研究。如果规定一种更简单的教学大纲,这种均衡的研究很可能不会发生,因为教师可以说"好吧,要了解那个你得去学戏剧",或者文学或小说,"我们研究的是通俗小说"。但是,假如你要继续现在对侦探小说所进行的关键研究,又怎能不回溯到十九世纪的犯罪小说,了解促使那种形式产生的确切的社会和文化氛围,以在现有对侦探小说形式的解释上再补充一种新的分析维度呢?或者,在文化研究的社会学方面,涉及到以下两者关系的一个大问题:一方面是对历史来说极其必要的近在眼前的当代作品,另一方面是对历史非常复杂的多种阐释,在我看来历史不能简单地归约为劳工史或通俗史,否则就恰恰把一类事物从在某种意义上构成该事物的种种关系中孤立了出来。我举这些例子是为了说明,在努力界定更明确的科目、建立学科、在工作中确立秩序的同时所有这些都是值得称道的壮志雄心,我们却有可能遗忘了整个文化研究的真正问题,即教育课程的现有设置无法为人们释疑。而人们在有权做出选择的时候——虽然由于自然而然的压力、决定以及获得资格的合理抱负,他们通常并没有这个权利——一次又一次地拒绝把他们的疑问限制在课程圈定的范围之内。因此,作为文化研究整个要点的学科间的相互联系,存在有这种内在的问题,不然的话,一定是一个界定和设计科目的有效方法。

但现在更关键的问题是:我们的扩展先是被中止,接着又依次遭到卡拉根、撒切尔和约瑟夫的阻拦①,即使在取得已有的扩展之后,与在早期特别境况中发展此项目的任何人所面临的局势相比,目前我们面临的局势截然不同,然而又同样具有挑战性。我们现在面临的,而文化研究刚刚进入新的机构时所没有的,就是青少年工作的实际消失,当文化研究正经历某些发展时,青少年工作曾起到反教育压力的巨大作用。那时有可理解的经济和工作的压力,抵抗着继续留在那种学校、接受那种教育。我们现在拥有非同寻常的课程设置,在某种意义上这些课程有意超出了教育的范畴。我们对十六岁至十八岁年龄层的大多数人进行卓有成效的教育,尽可能让他们远离那些设想中的旧式的摧残人的教育者。我们现在遇到一个工业培训的概念,这个概念在十九世纪六十年代可能听上去很粗俗,当时出现了一种非常类似的提法。如果该提议当时确实实现了的话,我们也许会很高兴:至少它本可以解决一批问题。现在再次出现了这种说法,说人们应该在他们必须适应的经济形式之内获得工作实践,当那一类教学大纲编写出来之后,当那种工作实践活动计划制定出来之后,就没有人为我们这样的人着想了。我不是说个体不会有能动性,而是说一整套替代的教育设置在某种非常强势的物质激励下正被制造出来,其中包括就业机率。劳工运动称这样的工作实践不过是"廉价劳力"等等,这时我也要说句教育者必须得说的话。事实上,我就在这里看到了文化研究的未来。有这样一群人,如果只让他们得到所谓的"工作实践",其实是把他们引入新工业资本主义种种可预见的常规构造中去,那么他们将缺乏人类知识和社会知识以及批评能力,而这些条件一再成为我们文化研究的因素之一。我们当然必须维护处境艰难的机构,而出于政治策略,身在其中的人们竟被要求期待这一领域要有意尽量远离职业教育者,如果这种状况看来令人绝望,那我得这么说:在两三年或四年之内,毕竟还有更换政府的前景;有更新现有机构的可能性,或至少部分缓解资源和教员

---

① 卡拉根(Leonard James Callaghan,1912—),英国首相(1976—1979);撒切尔(Margaret Thatcher),英国首相(1979—1990)。

匮乏的问题。到那时,我们就应该欢呼预算危机已经过去,建制危机有所缓解了吗?如果我们这样做,那么欢呼只能是稍纵即逝的,因为如果我们允许人类发展形成期一个绝对关键的领域故意和教育者拉开隔离,而且是与文化研究的贡献尤其相关的领域,那么我们就会错过历史的机遇;正如在较早阶段里,相关机遇几乎已经错失或只是部分实现,或在很大程度上被合并、中和。我们将错过那个历史机遇,因为就在获得成功的同时,我们已经被制度化了。

我故意没有从学科知识交叉的角度来总结文化研究的整个发展,那是写文化研究史的另一种方式;那种方式是内在的、启发式的,却并不充分,除非将其总是与非常确切的组织和社会机构相联系,说明此类交叉已经或必须在其中发生。因为知识史的那套方法可能使我们难以看清,在不远的将来,新型文化研究形成的历史机缘是什么。这一新的推动的确可能遭到许多特权、政治利益集团的大力抵制,但是为此做准备的时间正是现在。因为只有向持肯定态度的地方当局或政府提交合情、合理、合时的提议,并根据它的规定整理出预备授课的方式之后,这项新工作才不会因为打断了正常授课的内容而遭到埋怨。倘若我们已经对此进行了思考并有了结论,倘若我们努力为之奋斗,那么即使失败,也已经可以无愧于将来。但我根本不认为我们必定会失败,结果也许不均衡而且分散,但这正是目前的挑战所在。从我们的知性工作中取得最佳收获,并以开放坦诚的态度去面对某些人,对他们来说文化研究不是一种生活方式,也绝不可能是工作,但却事关自己的思考兴趣,事关对自己所承受的、来自最个人到最广义政治的各种压力的理解。如果我们准备接受这种工作,并在这种允许互换的场所,尽量修改好教学大纲和学科设置,如果你接受我以上的定义,认为这就是文化研究真正的内容,那么文化研究的确有着非常了不起的未来。

(朱雪峰 译)

关 键 词

官僚化/专业精英化(bureaucratization/specialist intellectuals)
压力(pressures)
唯心主义理论(idealist theory)
自身建构(our own formation)
制度化(institutionalization)
教育(education)

物质激励(material incentives)
历史机缘(historic opportunity)
挑战(challenge)

关 键 引 文

1. 这恰恰鼓动人们忽视自身的形成,忽视他们置身的这个全新的、既令人振奋又问题百出的境遇;忽视这么一个事实,即这种教育正在腐蚀新的人群,然而又仍然掌控在少数机构内部,或者机构通过教学大纲和考试等施加限制性的官僚压力,把这些活生生的问题不断拉回到他们可以操纵的范围之内。

2. 在其最普遍的意义上,这项工作一直是一种知性分析,想要改变社会的实际发展,但到了具体部门,在机构内部,那些压力始终存在,和早期阶段已大不相同:来自其他学科的,来自其他各系的,它们出于竞争,要你定义自己的学科、证明其重要性、展示其严密性;这些压力正好与文化研究原本面临的压力相反。

3. 现在再次出现了这种说法,说人们应该在他们必须适应的经济形式之内获得工作实践,当那一类教学大纲编写出来之后,当那种工作实践活动计划制定出来之后,就没有人为我们这样的人着想了。我不是说个体不会有能动性,而是说一整套替代的教育设置在某种非常强势的物质激励下正被制造出来,其中包括就业机率。劳工运动称这样的工作实践不过是"廉价劳力"等等,这时我也要说句教育者必须得说的话——事实上,我就在这里看到了文化研究的未来。有这样一群人,如果只让他们得到所谓的"工作实践",其实是把他们引入新工业资本主义种种可预见的常规构造中去,那么他们将缺乏人类知识和社会知识以及批评能力,而这些条件一再成为我们文化研究的因素之一。

4. 我们当然必须维护处境艰难的机构,而出于政治策略,身在其中的人们竟被要求期待这一领域要有意尽量远离职业教育者……因为如果我们允许人类发展形成期一个绝对关键的领域故意和教育者拉开隔离,而且是与文化研究的贡献尤其相关的领域,那么我们就会错过历史的机遇;正如在较早阶段里,相关机遇几乎已经错失或只是部分实现,或在很大程度上被合并、中和。我们将错过那个历史机遇,因为就在获得成功的同时,我们已经被制度化了。

5. 从我们的知性工作中取得最佳收获,并以开放坦诚的态度去面对某些人，对他们来说文化研究不是一种生活方式，也绝不可能是工作，但却事关自己的思考兴趣，事关对自己所承受的、来自最个人到最广义政治的各种压力的理解，如果我们准备接受这种工作，并在这种允许互换的场所，尽量修改好教学大纲和学科设置，如果你接受我以上的定义，认为这就是文化研究真正的内容，那么文化研究的确有着非常了不起的未来。

讨 论 题

1. 根据威廉姆斯，文化研究面临的问题和困难是什么？你能回答他的这个问题吗："在不远的将来，新型文化研究形成的历史机缘是什么"？
2. 评价威廉姆斯所描述的文化研究的过去、现在与未来。
3. 解释威廉姆斯的这段话："因为如果我们允许人类发展形成期一个绝对关键的领域故意和教育者拉开隔离……那么我们就会错过历史的机遇"。
4. 威廉姆斯所描述的文化研究的尴尬，和当今我国高等教育面临的问题十分相似：就业压力和素质教育的关系问题。试讨论。

迪斯尼乐园：一个乌托邦城市空间（高迪内）

高迪内（Mark Gottdiener）是纽约州立大学布法罗分校社会学系教授，研究城市社会学，符号学，文化研究，著述包括《城市空间的社会生产》（The Social Production of Urban Space）、《霸权和大众文化》（Hegemony and Mass Culture）等。下文选自《后现代符号学：物质文化及后现代生活的多种形式》（Postmodern Semiotics, Material Culture and the Forms of Postmodern Life）。高迪内在此将迪斯尼乐园视作一种后现代文本或一个后现代符号，并按照葛兰西的权利关系理论，以话语符号学方式加以分析，可称为当代文化分析的范本。

所有来到这片乐土的人们：欢迎您。迪斯尼就是你们的家园。年长者在此重温逝去的美好年华……年幼者在此品尝未来的期许、挑战。

落成纪念碑，1955年7月17日

迪斯尼乐园作为一个特定的地点和主题公园，最近以其典型的后现代情境受到关注。例如，波德里亚认为迪斯尼乐园和它四周的洛杉矶市并无

分别①，因为美国的建筑环境就是纯粹、简单的模仿。他认为：

> 这不再是以假象虚拟现实的问题，而是要掩盖这一事实，即真实并不真实、真实不再存在……迪斯尼乐园被当作一种想象之物推出，以使我们相信除此之外皆为真实。其实，环绕着它的整个洛杉矶和美国都已真实不再，而是纳入了超现实和仿像的秩序。

其他评论者虽像波德里亚那样陷入极端的简单化，却也宣称迪斯尼具有某种后现代特性。他们知道乐园建造于二十世纪五十年代，但是他们提出，它证实了一种建立在想象之上的、"后现代"影像驱动的文化，方才如此流行。这种分析模式并不将迪斯尼乐园作为物质文化现象来处理，而是带着后现代主义意识形态的特征。也就是说，分析的主题不是迪斯尼乐园，而是后现代主义，这类分析的目的也不在于阐明乐园体验，而是意欲将后现代主义的种种特性归咎于这一建造的空间。总之，这类写作属于一种意识形态，让分析者的认知能力享有特权，而忽视该建造空间的物质内容和它在使用者的日常体验中所起的作用。后现代阐释者所忽视的，相反正是社会符号学者所要分析的。

社 会 控 制

在迪斯尼，社会控制被升华为一种艺术，利用公众自身的动力而不是迫使他们有所行动。迪乐园是这方面的典范。它是自我附庸的完美形式：人们主动挖掘自己幻想的墓穴。洛杉矶正相反，是雇佣劳动、意识形态和国家权力等强制性机制的所在。该空间还通过对人们进行隔绝和孤立来实施控制。如德波所称②，"城市化是保卫阶级权力这个持久任务的现代成就：城市生产汇集起工人群体，产生出危险的环境，它始终坚持做的就是分散这个群体。防止各种汇集的可能性成为一场经常性的斗争，这场斗争最终在城市化那里享受到它的特权"。

经 济 学

迪斯尼乐园呈现出丰饶的幻象。在一次性付出入场费之后，游客们可

---

① 波德里亚（Jean Baudrillard），1929—　，法国后现代思想家，文化理论家，著述有《仿像与模拟》（Simulacra and Simulation 1983）。
② 居伊·德波（Guy Debord），1931—1994，法国社会学家，著述有《景象的社会》（The Society of the Spectacle）。

以尽情享受大把的娱乐机遇。八十年代之前,全程游览被分割成数小段线

洛杉矶城市商业区

路,收取不同的费用,有些线路价格相对昂贵。从 1981 年 7 月起实行人均二十多元的通券付费方式,允许游客们无限制地游览任何线路——这是真正的丰饶,只要付得起入场券。

在主题公园空间里,阶级差别被降至最低程度乃至可以忽略,因为穷人已被入场券的价格过滤掉了。在这个世界里,财团控制是善意、甚至慈爱的。游览线路是被"送予"、"馈赠"和"呈献"给您的。这些附加的形容词谦逊而不张扬。他们以礼物的方式奉送,从而令人想起部落社会的传统经济。在此难以察觉的潜在含义是,这样的殷勤是互惠互利的。在洛杉矶则相反,我们有着后期资本主义越来越明显的阶级区分、不平衡发展、以盈利为目的的生产、和资本积累的周期性危机。那里还有"象征的交流"和影像驱动文化,礼物不过是意义的微小或"死去的标志"。

在洛杉矶的环境里,任何事物都标有价格,而且因为通货缩胀的缘故,价格还在不断上扬。在乐园之外没有讨价还价的余地,预算掌控着一切。在那里,财团控制是掠夺而非慈爱的。

建　筑

迪斯尼的建筑空间是令人愉悦的。每一座大厦都有其象征价值,正如古代和中世纪的城堡有着各自的象征意义一样。迪斯尼乐园作为最成功的主题公园,帮助开辟了后现代娱乐文化。它是无与伦比的游

乐之城。相反,洛杉矶的建筑空间拥有的意义有限。它是弗朗索瓦兹·萧伊所称"亚重要的",即意义萎缩且大多仅限于表现工具功能①。洛杉矶的住宅是资产和社会地位的符号载体,建造的目的在于盈利。住宅设计墨守成规,遵守分区和建造的符码规范。商务建筑按功能设计,建设成一个个中心地区,只有唯一的符号学价值(即单义性),即单调的生产和消费行为本

---

① 萧伊(Francoise Choay),1925—　,法国社会学家,建筑学家,著述有《规则和样板:论建筑和城市理论》(The Rule and the Model : On the Theory of Architecture and Urbanism)。

身的意义。

政　　治

　　迪斯尼乐园还是集体决策的习作。社会控制的目标是移动。由于人群不断地流动,个人的自主决定权变得无关紧要。而且,人们很快就从游乐中遭送出来,快得来不及思考是否应该根据自己的口味来改变游览线路。这种参与不会带来任何社会变动,就像观众和某个强大的宗教或政治领袖例如总统在一起,类似孩子们对成年人给予的所谓"优待"的理解。你有幸获得了许可参加某个特别的活动;该活动是否令你满意并不重要,因为许可本身就是它的回报。与之相符,迪斯尼乐园甚至提供这样的特别机会,让游客访问他们"最伟大"的总统亚伯拉罕·林肯,凭借水压和塑胶技术使之活动,让这个克隆的林肯形象有声机器人显得栩栩如生。

　　最后,迪斯尼乐园颠倒了家庭权威的结构。无论什么阶级,大多数家庭都听从成人的指挥,即使以子女为中心的家庭也不例外,而参观迪斯尼乐园显然是为了儿童(或游客被赋予了儿童的地位)。在这里,儿童有权指挥成年人。总是由他们来选择游览的地方、食物和日程安排。在自己后代的眼睛里,父母成为陪护者或是追求替代性刺激的人。一旦出了公园,回到洛杉矶的平凡世界中,父亲就返回到"家长"的角色,父母又承担起各自把孩子"抚养成人"的家庭职责。

　　总之,迪斯尼乐园的城市氛围创造了一个远离日常危机的世界;远离不平等的阶级社会带来的病态城市体验,如贫民窟、少数裔居住区、犯罪等。这是一个方方面面都很安全的地方,与普通市民甚至在私人住宅不得不采取安全防范措施形成鲜明对照。迪斯尼乐园把人们揽入慈爱的财团秩序之中。它提供娱乐,并且是发泄隐秘的幻想生活的渠道。游客们假设自己是徒步流浪者,加入到自编自导的娱乐节日中来。对儿童来说尤其如此,他们也许有生以来第一次品尝到这种自由的滋味。和洛杉矶相反,迪斯尼是一个游戏的、乌托邦的建筑空间,尽管它也有着自己的功利目的和控制大众以求营利的负面特征。作为一个被象征和想象占据的空间,它拥有一种"启迪的潜能",在此奇异的事情能够并且总是正在发生。

　　诸如"边疆园"、"冒险乐园"、"未来园"、"新奥尔良广场"、"大街"之类的能指可以这样与象征"资本主义面貌"的能指联系起来:
- 边疆园——掠夺性资本主义
- 冒险乐园——殖民主义/帝国主义
- 未来园——国家资本主义

- 大街——家庭和竞争性资本主义

"熊国"(现已关闭)仿佛是"那个乡村"或"荒蛮的乡村生活"的能指,而幻想园则指以神话形式出现的资本主义意识形态。

在上述联想式的解读中,迪斯尼乐园成为资本主义意识形态的幻想世界,类似资本主义家庭影集,记录了资本主义在美国不同发展阶段的不同形象,并为迪斯尼公司的幻想提供主题。迪斯尼乐园的空间就这样伴随着城市建设和房地产的发展,被这种意识形态从形式上生产出来。

然而这样的分析仍然留下了一个疑问。迪斯尼乐园一度是美国最受欢迎的地方(现已被位于佛罗里达州的迪斯尼世界所取代,面积是乐园的十倍,是世界上最受欢迎的地方),每年接纳的游客甚至超过这个国家首都的纪念碑。但是,资本主义意识形态还有很多其他展现形式,甚至还有其他同等规模的乐园为人们提供"幻想"之旅。事实上,美国最大的两家乐园——诺氏果园和魔山①,他们在规模上都超过了就座落在洛杉矶地区附近的迪斯尼。

魔山主题公园

因此我们必须质问,为什么唯独迪斯尼乐园远比其他公共游乐场所更受欢迎,虽然那些乐园同样也可以解释为资本主义意识形态的体现?我的看法是,迪斯尼乐园不仅是资本主义意象的表演场。从社会符号学的特别视角出发,我们需要将此空间与其创使人沃特·迪斯尼的个人背景和创办意图联系起来。迪斯尼乐园的一份宣传册中这样声明:

> 迪斯尼乐园的梦想早在 1955 年以前就在沃特·迪斯尼的天才头脑中诞生了。作为动画产业的先驱,沃特发挥了自己对大众娱乐的直觉了解。女儿们年幼时,沃特曾带她们参观后来称之为"非常不尽人意"的当地游乐园。他感觉应该建造一个让父母与孩子同乐的地方。他希望迪斯尼乐园能让"人们体验到一些生活的奇迹和冒险的乐趣,并因此觉得生活更加美好"。

上述观点显然属于促销语,但却构成了某种话语的一部分,其中心就是使个人确定的游乐园能指价值成为规范。本话语研究可能先从关于迪斯尼生活背景的促销文献和他眼中的该空间的产生入手,然后再考察对迪斯尼思想的更详尽的分析。这种方式避免了独立分析家们过于个人的、而且往

---

① 诺氏果园(Knott's Berry Farm)距迪斯尼乐园十分钟车程,是一个占地 150 英亩的游乐主题公园,二十世纪四十年代开始营业;魔山(Magic Mountain)是另一个主题公园。

往是完全印象主义式的乐园"阅读"。

熟悉迪斯尼的个人生活背景,有助于对产生了游乐园能指的潜在符码做出除资本主义意识形态之外的另一种解释。关于迪斯尼个人生活的文献暗示,迪斯尼乐园也可以"解读"为沃特·迪斯尼对逝去青春的幻想般的再现。迪斯尼乐园与迪斯尼所设想的朴实的、利于儿童成长的小镇氛围息息相关,这也许是乐园受到欢迎的原因之一。因此,迪斯尼乐园位于两个重叠而又稍许矛盾的语义场的交叉点,一个如上所述是资本主义多种面貌的意识形态体现,另一个是其创造者个性化的自我表达。乐园由一个公司创造,并与其他公司相连;但它同时也是一个独特天才的艺术生产,之所以可以持续给数百万人带来欢乐,正是因为它能够凭借演奏个人的主题,引起观众某种共鸣。

鉴于前面的迪斯尼乐园地图,我的论点是,它的每一游乐区域与在中西部小镇成长起来的一个小男孩的世界的某个侧面相对应。这些隐喻如下:
- 冒险乐园——童年游戏,连环漫画之超级英雄,后院玩耍
- 边疆园——夏日,童子军
- 未来园——从事科技的伟大职业
- 幻想园——梦境/寓言,睡前故事

结 论

文化分析家们对迪斯尼乐园有多种解释,有虚幻角度,意识形态角度,资本主义角度,想象角度,甚至乌托邦角度。在一些更激烈的讨论中,关于乐园诉求的小镇中产阶级价值观、美国中部地区的生活以及沃特·迪斯尼本人的道德价值体系的研究成果颇丰。我们怎样通过对迪斯尼乐园(和读者)进行神秘的符号学分析,在这些成果的基础上更进一步的呢?看来,更多的洞见源于证明这个制造出的空间是两个独立语义场的交轨,其一为个人的语义场,另一为当代资本主义社会特有的语义场,两者都在乐园的建造空间内体现出来。这一观点是"神话的"或实体化的建构,因为用资本主义加以定义的空间是借助于一个理想青年从个人角度阐释的空间加以表述的。这条连接轴线有着多层含义。即,迪斯尼乐园包含有多种意义,而且在形式上有如神话。任何一种单一的解释都难以捕捉它充满象征意味的体验。

沃特·迪斯尼 1901 年生于芝加哥

如果除了夷平那里的阶级和种族差别之外,发达的工业社会能与这块

租界毗邻而不改变它,那么迪斯尼乐园就是小镇化了的美国神话。迪斯尼乐园不仅像以前的观察家认为的那样,是资本主义意识形态的空间再现,它还是沃特·迪斯尼的幻想之作,他确实盲目迷恋资本主义体制的善意,但也同样热切渴望一个理想化的青年时代。也就是说,这一空间所在的语境既是社会的也是个人的。在更大的社会里,尤其在洛杉矶,广大的地区性城市环境是由小镇发展而来的。但在那里,宇航工业、大众传媒、全球性跨国公司以及科技已经抹除了这种小镇形式及其社会秩序。洛杉矶是为小镇美国展现出来的真正未来。面对这样的远景,我们必须驻足思考,为何迪斯尼乐园受到批评,而它周围的地区才真正体现了城市规划公认的失败。

迪斯尼乐园是其创造者的愿望,是公司能指,也反映了迪斯尼的个人化符码。在这个意义上,它是为大众制作的流行艺术娱乐方式的三维巅峰之作。它引用了小镇生活的结构,在那里要想加入善意的、道德的美国秩序,唯一的代价是失去个性,严格遵行社会同一性。这里是"地球上最快乐的地方",因为许多游客,尤其来自加州的游客,都要信奉和迪斯尼一样的价值观念,并和他来自同样的地区。这些态度更多的是被发达资本主义及其特定的城市发展模式所忽略,而不是被该体制运用于意识形态生产。乐园象征受到伤害的小镇生活,不亚于它赞美使这种伤害永远存在的那个体制。这就是迪斯尼和他所生活的那个社会的共同矛盾。

(朱雪峰 译)

关 键 词

社会控制(social control)
自我附庸(subordination)
后现代情境(postmodern environment)
模仿(simulation)
影像驱动的文化(image-driven culture)
日常体验(everyday experience)
阶级权力(class power)
社会符号学(sociosemiotics)

丰饶（cornucopia）
财团控制（corporate control）
幻想世界（fantasy world）
语义场（semantic field）
公司能指（corporate signifier）
伤害（victimization）

关 键 引 文

1. 这种分析模式并不将迪斯尼乐园作为物质文化现象来处理，而是带着后现代主义意识形态的特征。也就是说，分析的主题不是迪斯尼乐园，而是后现代主义，这类分析的目的也不在于阐明乐园体验，而是意欲将后现代主义的种种特性归咎于这一建造的空间。总之，这类写作属于一种意识形态，让分析者的认知能力享有特权，而忽视该建造空间的物质内容和它在使用者的日常体验中所起的作用。后现代阐释者所忽视的，相反正是社会符号学者所要分析的。

2. 在迪斯尼，社会控制被升华为一种艺术，利用公众自身的动力而不是迫使他们有所行动。迪乐园是这方面的典范。它是自我附庸的完美形式：人们主动挖掘自己幻想的墓穴。洛杉矶正相反，是雇佣劳动、意识形态和国家权力等强制性机制的所在。

3. 因此，迪斯尼乐园位于两个重叠而又稍许矛盾的语义场的交叉点，一个如上所述是资本主义多种面貌的意识形态体现，另一个是其创造者个性化的自我表达。乐园由一个公司创造，并与其他公司相连；但它同时也是一个独特天才的艺术生产，之所以可以持续给数百万人带来欢乐，正是因为它能够凭借演奏个人的主题，引起观众某种共鸣。

4. 迪斯尼乐园不仅像以前的观察家认为的那样，是资本主义意识形态的空间再现，它还是沃特·迪斯尼的幻想之作，他确实盲目迷恋资本主义体制的善意，但也同样热切渴望一个理想化的青年时代。也就是说，这一空间所在的语境既是社会的也是个人的。在更大的社会里，尤其在洛杉矶，广大的地区性城市环境是由小镇发展而来的。但在那里，宇航工业、大众传媒、全球性跨国公司以及科技已经抹除了这种小镇形式及其社会秩序。洛杉矶是为小镇美国展现出来的真正未来。

5. 这里是"地球上最快乐的地方"，因为许多游客，尤其来自加州的游客，都要信奉和迪斯尼一样的价值观念，并和他来自同样的地区。这些态度更多的是被发达资本主义及其特定的城市发展模式所忽略,而不是被该体制运用于意识形态生产。乐园象征受到伤害的小镇生活,不亚于它赞美使这种伤害永远存在的那个体制。这就是迪斯尼和他所生活的那个社会的共同矛盾。

讨 论 题

1. 本文以社会学文化研究的方法对迪斯尼乐园进行了个案分析。分析的主题是什么?举出支持作者论点的细节。这些细节背后隐现的理论视角是什么?

2. 作者评论,迪斯尼乐园进行"社会控制"时所采用的手段是"利用公众自身的动力而不是迫使他们有所行动"。这和福科所谈的全景式敞视式监狱的运作机制很相似:"这种制约自动在自己身上发挥作用,他把这种权力关系刻在自己心中,自己同时扮演两个角色,成为征服自己的原则"(见第十单元"新历史主义批评理论")。试评论。

3. 作者批评后现代分析的"理论化"倾向:"这种分析模式并不将迪斯尼乐园作为物质文化现象来处理,而是带着后现代主义意识形态的特征。也就是说,分析的主题不是迪斯尼乐园,而是后现代主义,这类分析的目的也不在于阐明乐园体验,而是意欲将后现代主义的种种特性归咎于这一建造的空间。总之,这类写作属于一种意识形态,让分析者的认知能力享有特权,而忽视该建造空间的物质内容和它在使用者的日常体验中所起的作用"。这和美国女性主义对"理论"的批评十分相像。试分析。

4. 讨论作者分析迪斯尼乐园的方法(两个语义场的"交轨":个人语义场加当代资本主义社会语义场)。你能用同样的文本阅读方法去分析其他当代资本主义的文化产品吗?如可口可乐,麦当劳,互联网,移动电话,山水旅游等等。

学校教科书中的种族主义(赖特)

这是文化研究的又一个案例分析。权力关系在跨文化交流中最为突出,尤其在解释通常处于弱势地位的文化他者的时候。然而戴维·赖特告诉我们,曲解或"种族主义"以"正常"的面目出现在我们面前的时候最为危险。这时文化研究也最有用武之地。

学校里的活动很难分析:每个教室都不相同,许多教室属于私人空间,外来者进入就会改变那里的氛围。然而,分析已出版的学校教材是任何人都可进行的活动,并且只要处理得当,就会产生洞见。很奇怪,这也是一个人们忽视的领域;然而这类分析对于理解当代文化很有价值。教科书的作者通常传播他们认为对学生有价值的内容,也有意无意地传播态度和价值观。这些态度和价值观反映了作者的世界观,并且也有意无意地塑造了学生的价值观。而且,在对学校资源的研究中发现这两个因素的同时,你也会发现自己的态度在学校读书时是怎样被塑造的。下面的例子提出了一些个案研究的可能方法。

出于一些原因,对地理教科书的研究可能尤为有益。首先,大量的地理课本要出版,因为几乎所有的学生到了一定阶段都要学习地理;对比之下,社会学只是学校里不那么重要的选修课。第二,地理课本的作者对偏见或阶级态度等问题,往往不如社会学课本的作者那样有清醒的自我意识。第三,地理课本探讨的话题涉及到诸如种族等内容,对于当代文化研究来说这

些内容具有重要意义。虽然这里讨论的例子对将要研究的课本持批评态度,这些评论的本意并不是要毁掉那些课本;提到的课本总的来说都是好课本,编者水平也很高。他们并不是故意表现出种族主义:课本中暴露出种族主义虽然令人吃惊,但却是偶然的。研究这些课本是为了说明,作者的态度如何造就了他们编写的课本书,以及如何因此塑造了学生的态度。

我要补充的一点是,教科书分析还在刚刚起步的阶段。虽然在德国布伦瑞克有个国际教科书研究中心,并有自己的刊物(《国际教材研究》),刊物上刊登的研究文章主要是对事实性错误的描述。在其他地方,许多对教科书的批评来自个人,这些人坚定地抱有某种特定的政治观念,从过去的或过时的教科书中选出一些句子,来"证明"教科书的错误有多大。下面的一些例子因此也可以视为一种尝试,以期让教科书分析一方面不要局限于事实准确性,另一方面摆脱意识形态观念的控制。因此,本文不是鼓励读者去阅读某位专家的"权威"发现,而是鼓励参与思考如何分析教科书对于描述和塑造当代文化态度的隐藏意义。

似乎有理由认为,关于种族的任何研究都起始于"人类基本基因的同一

性",该短语出自关于"种族关系和中学教学大纲"中的一句话,由伊令社会关系理事会发布,并由种族平等委员会散发。换言之,同一性是人类(homo sapiens)的关键特征:人类的成员在生物学上彼此相似的程度超过了——譬如——黑背鸟和画眉之间的相似。

但在这里的两本书中,这个关键概念完全消失了。在《人类及其世界》中,第一章的题目是"人类的多样性",而不是人类的同一性。在快速地浏览了人类历史之后,我们一头陷入了对人种间不同点的描述中,而不是首先考虑人类的同一性。《人类地理基础》也同样忽略了人类基因同一性这个关键概念。题为"人口分布"的那一章固执地以小标题"人类和人种"开头。该章的第一句直言道:"我们都知道世界各地的人类并不相同"。显然,作者关注的是不同点而非相同点。他继续写道:"划分人群的所有方法中,最常用的是按种族来划分"。他没有给出这个断言的依据;也没有鼓励读者提问,是否按洲别、国别、信仰、年龄、财富、职业或爱好来区分可能更常用,更不用说这么区分更有用或更重要。

诸如此类的种族结构差异图,很容易反映种族主义思维

伊令社会关系理事会的小册子上还建议,所有中学生都应该学习"人类之间微小的身体差别的性质"。这里所说的两本地理课本都着重于不同,却没有任何地方强调这些不同并不重要。因为相同点从未提及,所以关于不同宽度的头颅、鼻子、下巴、嘴唇等描述占据了整整两页,承担起对比重大差异的作用。《人类及其世界》告诉我们,"黑人的头形有凸颌(突出的下巴)的强烈倾向"。两本教科书都声称,黑人"嘴唇外翻";其中一本解释为"朝外翻出"。诸如此类貌似科学的模糊字眼果真必要吗?和黑人相比,其实也许是白人长着向内翻进(内翻)的嘴唇吧?为什么描述其他人类要与白人相比,想当然地以为白人正常而其他人古怪,而不是就人论人地描述他们?"嘴唇厚"是两本课本同时用来描述"黑人"的一句话。然而"厚"对学生来说不仅仅意味着"宽阔":"厚"还是一个暗示智力低下的形容词。

道生和托马斯写道:"头发质地粗,卷曲或呈羊毛状。"文纳-哈蒙德的说法是:"发质粗,通常卷曲或呈羊毛状。"两个作者说法相近。但是"厚"和"粗"有着很多含义——大多不很恭维或者更糟。与之对照的是"高加索人种"的"细"发。一个细巧的对照!"羊毛状的头发"可能第一眼看去不像侮辱,直到它被曲解为"像羊毛般乱糟糟的头脑",用于对智力和思维的描述。与之对照的是"高加索人种"的"直或波状"头发(两本课本都这样描述);与用于"黑人"的暗含贬义的字词相比,这些词藻有着许多肯定的内涵。

又一个贬义词是"蒙古人"群,他们长着"阔脸"(道生)或"扁平脸"(文纳-哈蒙德),"扁平鼻"(两课本同),和"粗发"(两书同)。他们还有着"内眦的眼皮"(两书同):解释为"眼皮低垂在眼睑上"。"低垂"并不是个令人愉快的词。

最后的贬义词来自道生和托马斯对"开普人"(澳洲丛林人或非洲霍屯督人)的描绘:"其女性展示出显而易见的身体特色,称作"steatopygy"(即脂肪组织在臀部过度发展)"。注意这些贬义的字眼:"显而易见的特色"和"过度发展"。

哥伦布发现新大陆之后,此类对有色人种"异类"的展示一度在白人社区十分流行

为什么这些作者认为他人因为"过度的"发展而显得有"特色"?难道我们在他们的眼中不也同样可能显得奇特?如果有个"开普人"写了本地理书的话,以上的两位作者会不会欢迎这样的评价,"大不列颠人有着显而易见的身体特色,称作"ossopygy"(即臀部脂肪组织不足)"?如果不欢迎,那又为什么用这样的词语来描写他人?如果受到鼓励的话,习惯于长时间端坐在硬板凳上的学生们可能认为,这所谓的"过度发展"倒很符合他们的需要。也许我们才是不能顺应环境的人?然而两位作者并没有鼓励学生们做出反应。

两本书对非白人的描述都非常贬义,对白人的描述则是褒义的。这也许只是种族主义的偶然流露,但它显然是种族中心思维。看来作者还没有考虑到他们在多种族社会教育中的职责。总之,在使用常用字的地方,用于白人的字眼有着褒义的内涵(纤细、顺直、白皙等),而用于非白人的词汇则有着贬义的内涵(粗糙、羊毛般、扁平、低垂、厚等)。如果使用不熟悉的词汇(内眦、外翻、凸颌、steatopygy 等),这些古怪、生僻的词语堆放到非白人头上;而白人则显得"正常"。

消失的不仅是人类(homo sapiens)的共性。两本课本都没有强调,种族内部的某些不同比种族之间的不同更为重要。中项概念不及对中项的标准偏离重要,这一点在两本书的其他部分意义重大。但是作者在探讨种族问题的时候却无视自己的智慧——为什么?

只有文纳-哈蒙德用了些许篇幅讨论种族内的差异,但是这又变成了讨论亚族群中项之间的不同:日耳曼人,地中海人和阿尔卑斯人之间进行了比

这位名叫 Ota Benga 的刚果人二十世纪初被带到美国,和猴子关在一起到处展览,以演示进化论。

较。在一处地方,他自己的族群(日耳曼人)显得相当令人满意:"金发碧眼,白皙的皮肤。"多么不同于"地中海和阿尔卑斯人"的"橄榄色皮肤"和阿尔卑斯人的"灰黄肤色"。

此类陈述的源头在哪里?我的第一个假设是,最初的材料可能来自两次世界大战期间。在 L. 杜德雷·斯坦普 1933 年全修订版《吉尔牛津和剑桥地理学》一书中①,确确实实写着同样的句子:"印欧(高加索或雅利安)人种:白皙的皮肤;丝质的头发。黑人:羊毛状黑发;扁鼻子;厚嘴唇。美洲印第安人:黑色粗发;面部特征具鲜明智慧。"然而,虽然斯坦普有着历史上最伟大的一位地理学家之声誉,他的"全修订"在这本书中显然不那么彻底。四十年前,在《吉尔帝国地理学》1893 年版中,同样的措辞一字不差就在那里。我想,这会是纯粹的达尔文主义吗?

令我吃惊的是,接着我又在 J. 高尔德史密斯教士的《地理语法》(1827)中发现了一模一样的句子②:"乌黑发亮的黑人和其他各种黑色的非洲人,有着羊毛般的卷发,厚嘴唇,扁平鼻,突出的下巴和毛茸茸的皮肤。"所以这些句子已经存在不止一百五十年了,比达尔文的《物种起源》还要早二三十年。写在基础读本里的这些句子,原本是让小学生死记硬背用的,现在却被你抄我我抄你地承袭下来,最后赫然出现在为更高智力的高年级学生而编写的新课本中,其中一本还是地理学教授所著③!事实上,在某个方面 J. 高尔德史密斯教士比不上今天的地理课本作者这么坚持种族中心论,他描写了"白色和棕色欧洲人、西亚人和非洲北

高尔德史密斯绘制的北美地图(1825)

---

① 斯坦普(Laurence Dudley Stamp),1898—1966,英国知名地理学家,曾编写过多部地理学教科书。
② 高尔德史密斯(Rev. J. Goldsmith),生平不详,十九世纪上半叶英国教士,曾编写过多部地理学著述,绘制过世界地图。
③ 这里让人想起赛义德所批评的东方学研究方法:相互摘录,一脉相承,世代相传。见本书第十二单元"后殖民主义批评理论"。

海岸人;根据我们对美的理解,这些人是人类中最漂亮、外形最完美的种族……"他在此评论的只是"我们对美的理解",从而为其他审美标准留下了余地。而吉尔的《地理学》则认为是美洲印第安人,而不是白人,有着"智慧的特征"!

(朱雪峰　译)

关　键　词

态度（attitudes）
价值观（values）
种族主义（racism）
隐藏意义（hidden significance）
多样性/同一性（diversity/unity）
正常/古怪（normal/odd）
貌似科学（pseudo-scientific）
正常（normal）
达尔文主义（Darwinism）
种族中心论（ethnocentric）

关　键　引　文

1. 教科书的作者通常传播他们认为对学生有价值的内容,也有意无意地传播态度和价值观。这些态度和价值观反映了作者的世界观,并且也有意无意地塑造了学生的价值观。

2. 下面的一些例子因此也可以视为一种尝试,以期让教科书分析一方面不要局限于事实准确性,另一方面摆脱意识形态观念的控制。因此,本文不是鼓励读者去阅读某位专家的"权威"发现,而是鼓励参与思考如何分析教科书对于描述和塑造当代文化态度的隐藏意义。

3. 诸如此类貌似科学的模糊字眼果真必要吗?和黑人相比,其实也许

是白人长着向内翻进(内翻)的嘴唇吧？为什么描述其他人类要与白人相比，想当然地以为白人正常而其他人古怪，而不是就人论人地描述他们？"嘴唇厚"是两本课本同时用来描述"黑人"的一句话。然而"厚"对学生来说不仅仅意味着"宽阔"；"厚"还是一个暗示智力低下的形容词。

4. 中项概念不及对中项的标准偏离重要，这一点在两本书的其他部分意义重大。但是作者在探讨种族问题的时候却无视自己的智慧——为什么？

讨 论 题

1. 为什么教科书是当代文化研究的合适对象？讨论本文作者分析教科书的方法。

2. 詹明信认为，一切事物都是意识形态的反映，在此也包括知识的传播甚至"科学"本身。为什么？

3. 评论以下陈述："事实上，在某个方面 J. 高尔德史密斯教士比不上今天的地理课本作者这么坚持种族中心论，他描写了'白色和棕色欧洲人、西亚人和非洲北海岸人；根据我们对美的理解，这些人是人类中最漂亮、外形最完美的种族……'他在此评论的只是'我们对美的理解'，从而为其他审美标准留下了余地。而吉尔的《地理学》则认为是美洲印第安人，而不是白人，有着'智慧的特征'！"

阅 读 书 目

Agger, Ben. *Cultural Studies as Critical Theory*. London & Washington: The Palmer P, 1992

Baldwin, Elaine etc. eds. *Introducing Cultural Studies*. London & New York: Prentice Hall Europe, 1999

Bhabha, Homi K. *The Location of Culture*. London & New York: Routledge: 1994

CCCS *Working Papers in Cultural Studies*. Spring. Nottingham: Partism P. Ltd. 1971

Easthope, Antony. *Literary into Cultural Studies*. London & New York: Routledge, 1991

Easthope, Antony & Kate McGowan eds. *A Critical and Cultural Theory Reader*. Buckingham: Open UP, 1992

During, Simon ed. *The Cultural Studies Reader*. London & New York: Routledge, 1994

Goldberg, David Theo. *Multiculturalism: A Critical Reader*. Oxford & Cambridge: Blackwell, 1994

Gramsci, Antonio *Selections form the Prison Notebooks of Antonio Gramsci*. Ed. & trans. Quintin Hoare & Geoffrey Nowell Smith. New York: International Publishers, 1971

Grossberg, Lawrence etc. eds. *Cultural Studies*. London & New York: Routledge, 1992

Hoggart, Richard. *The Uses of Literacy*. London: Penguin, 1958

Munns, Jessica & Gita Rajan. *A Cultural Studies Reader, History, Theory, Practice*. London & New York: Longman, 1995

Ohmann, Richard *English in America, A Radical View of the Profession*. New York: Oxford UP, 1976

—— ed. *Making and Selling Culture*. Hanover & London: Wesleyan UP, 1996

Punter, David ed. *Introduction to Contemporary Cultural Studies*. London & New York: Longman, 1986

Storey, John ed. *What Is Cultural Studies? A Reader*. London & New York: Arnold, 1996

Turner, Graeme. *British Cultural Studies, An Introduction*. Boston: Unwin Hyman, 1990

Williams, Raymond. *Culture and Society 1780—1950*. New York: Columbia UP, 1958

—— *The Long Revolution*. New York: Columbia UP, 1961

—— *Britain in the Sixties: Communications*. Baltimore & Maryland, Penguin Books, 1962

黄力之:《为文化研究声辩》,《文艺理论与批评》2003.1

陆杨:《文学研究和文化研究》,《人文杂志》2004.5

徐贲:《美学·艺术·大众文化——评当前大众文化批评的审美主义倾向》,《文学评论》1995.5

王宁:《文化研究在九十年代的新发展》,《教学与研究》1999.9

周小仪:《从形式回到历史——关于文学研究方法论的探讨》,《北京大学学报》2001.6

张怡:《布尔迪厄实践的文化理论与除魅》,《外国文学》2003.1

朱刚:《重读〈麦琪的礼物〉》,《外国文学评论》2001.2

第十二单元　后殖民主义批评理论[①]

后殖民主义批评理论二十世纪八十年代起风靡西方批评理论界,论著和研讨会不断,甚至一段时间以来美国的很多英语系都在招聘"后殖民研究"的教师,和女性主义、解构主义、新历史主义等批评理论有所不同,其发展势头没有明显的衰减。这是一个值得关注的现象。如果从哥伦布1492年发现美洲大陆并对那里实施殖民算起,殖民主义延续了四百五十年,伴随而来的非殖民化斗争到二十世纪中叶终于使老殖民宗主国的殖民活动寿终正寝。西方大国在经济政治军事外交方面的所谓新殖民主义行径在二十世纪七十年代也已经声名狼藉。而后殖民主义批评理论出现在这个

1492年哥伦布登上美洲海岸,做的第一件事就是殖民色彩浓厚的插旗和命名

时候,是一个值得研究的现象。无论如何,这时候出现的后殖民主义直接面对的不是前文所说的新老殖民主义,因为文学思潮毕竟不是政治运动,而且作为政治运动的非殖民化已经基本结束了。

要理解后殖民主义,首先要对这个术语进行界定,但是这个界定却很难做,因为涉及殖民、殖民主义、后殖民主义研究的范围很广,包括政治、经济、文化、人类学、文学、艺术等等。难怪有人会提出,"后殖民"是一个让学者们炫目的术语,因为它几乎无所不包(Loomba,1998: xi)。即使在文学研究领域,后殖民理论也涉及心理学、比较文化学等多个领域,很难进行全面的梳理。

[①] 本章是教育部人文社科"十五"规划课题"赛义德及其后殖民主义理论研究"的一部分。

但是要了解后殖民研究的大概发展过程，又不能不从一些基本的术语谈起。据《牛津英语词典》的解释，"colony"一词来自罗马人使用的拉丁词"colonia"，是农场或定居的意思，指罗马人在本国以外的土地上定居，仍然保持着罗马人的身份。《牛津英语词典》把英语"colony"描述为一群人到达一个新的国度，组成一个新的群体；不过该群体与其原来的国家保持联系，或者仍然臣服于母国(Loomba 1998: 1)。这一定义对所谓的新的国度里有没有原住民只字未提，反映出定义本身含有殖民色彩。殖民主义往往与帝国主义联系在一起。帝国主义指的是一个国家通过军事占领对另一个地区行使权威，包括在军事经济文化上和象征意义上行使权力；殖民主义则是帝国权力的一种扩展形式，表现为往该地区移民，侵占那里的资源，统治占领地的原住民(Boehmer, 1995: 2)。

后殖民主义关注的一个重点就是由殖民而产生的"另类"或者"他者"①。早在殖民活动之前，欧洲国家就与其他国家和地区的人们有过一些接触，形成了一些带有偏见的看法。例如，在十二、十三世纪，欧洲人就认为伊斯兰人野蛮、堕落、专制、纵欲。新大陆发现后，欧洲人总是用自己的标准去衡量"他者"，随意贴上一些通常是贬损的标签。例如，哥伦布曾经把美洲印第安人称为"Caribs"，后来这个词演变为"Cannibal"，即"食人番"。西方的科学也促成了一些偏见，如欧洲人按照肤色划分人种的等级，认为黑色象征邪恶(Loomba, 1998: 62)。现代东方主义的创始人雷纳以印欧

十九世纪初期大部分印度处于英国东印度公司的控制之下，这是英国殖民者一家和印度仆人

人种为标准说明闪米特人的低劣，必须加以改造。十九世纪三十年代一些西方学者研究所谓中国人的"圆锥性"(conic)大脑，认为这种大脑更难达到理性阶段，所以中国人和南美土著人种(Patagonians)、西南非洲土著人种(Hottentots)及美洲印第安人一样，统属"怪人"、"下等人"(homomons trosus)，以和西方文明为代表的"智人"(homo sapiens)相区别(Paul, 1990: 3—4)。原住民的低劣自然就印证了殖民地初始时的原始落后以及殖民的必要性。十九世纪的殖民主义把世界划分为两部分：荒蛮和文明。在他们的眼

---

① 对"他者"的关注是后结构主义的重中之重，不论是解构主义、女性主义、新历史主义、性别研究，都是围绕"他者"而展开的，只不过后殖民主义把他者的范围扩大到种族和文明，顺应了九十年代开始的"后后现代主义"的潮流，大概这也是它持久不衰的一个原因。

里,殖民区域是千篇一律的无人区(non-place)。这里的无人区并不表示无人居住,只是当地人愚昧无知,不能算真正的"居民"。如赛义德指出,在以色列人的眼里,十八、十九世纪的巴勒斯坦属于"无人居住区",因为那片土地上的巴勒斯坦人太"野蛮落后",其存在只能算作"空缺"(Said, 1980: 75, 9)。同样,英国首任驻埃及总督克罗玛勋爵就因为在任期内使埃及"从社会经济衰败的最底层一跃而起,现在在东方国家中……经济繁荣,道德高尚,绝对地首屈一指"而受到下院的褒奖(Said, 1979: 35)。同样,当时的英帝国外交大臣帕玛尔斯顿也把香港轻蔑地称为"贫瘠之地,几无一房一屋",但到了二十世纪却成了"极其繁荣的商业中

早期的殖民主义充满血腥

心";而台湾地区发达的教育水平也归功于日本当年在台湾的"义务教育"①。

对殖民地和帝国主义的认识应该与资本主义的发展联系起来,因为资本主义兴起之前的帝国扩张与以资本主义为基础的殖民扩张不同(Loomba, 1998: 4—6)。公元二世纪罗马帝国就开始对外征服,而在十三世纪成吉思汗也曾经占领中原和中东地区,十五世纪的奥托曼帝国也占领过小亚细亚和巴尔干地区。现代意义上的殖民起于十五世纪。随着资本主义的发展,英、法、葡、西等海上强国借宗教和经济的名义向海外大规模扩张;十九世纪下半叶德、意、俄、美、日等新兴帝国加入进来,到了二十世纪上半叶,亚非拉美百分之八十五的土地成为列强的殖民地。殖民地人民经受了政治、经济、文化等方面的压迫和奴役:秘鲁的当地居民由十六世纪初的五百万减少到十八世纪的三十万;英属哥伦比亚1835年还有七万居民,到1897年仅剩两万。欧洲的黑奴买卖长达两百年(1650—1850),使数百万非洲黑人遭受劫难(Boehmer, 1995: 20)。

一战和二战严重地削弱了新老殖民主义的力量,尤其是二战之后民族解放运动风起云涌,一大批前殖民地国家获得独立,至七十年代非殖民化运动已经基本完成。但作为一种控制掠夺形式的殖民主义并没有消失。新老帝国主义继续使用各种手段对前殖民地进行渗透和控制,经济上推广西方现代化的发展模式,把世界纳入他们的分工体系;政治上推行西方的政治体

---

① 日本外相麻生太郎言:正是日本当年在台湾的"皇民化"教育才使那里的识字率大大提高,教育水平迅速上升。《文汇报》2006年2月6日》。

制,扶持代言人;宗教、文化、意识形态等方面的宣传和渗透则更加微妙和无孔不入。通过这些操控手段,使得当代世界的主导权仍然把持在原先的新老殖民者手中,只不过控制和掠夺的方式不一样罢了。在一定意义上,后殖民主义研究是二十世纪中叶非殖民化运动的继续,只是内容从政治经济文化斗争转到了学术研究,场所从现实世界转到了教学科研机构。因此,有人主张用带连字符的"post-co-lonial"指时间上的分段(即前殖民地独立以后的阶段),用不带连字符的"postcolonial"指学术潮流①,即当代人文研究的一个分支,用做"对欧洲帝国前殖民地的文化(文学、政治、历史)及其和世界其他地区的关系进行考察的相关理论和批评策略"的总称。这样既说明双方的同源关系,也说明双方的不同之处。

詹姆士的《黑色的雅各宾》

　　总体上讲,后殖民主义研究涵盖以下四个方面:第一,宗主国文化;第二,从属国文化;第三,对帝国主义的反抗文化;第四,第一世界中心文化和第三世界边缘文化之间的关系。需要注意的是,属于后结构主义的后殖民研究已经超出了自虐式的控诉和伸冤,或者义愤填膺的谴责和批判。道理很简单:后结构主义注意的是话语分析和意识形态批判,并不介入直接的社会实践,而且西方的后殖民批评家并不愿意充当道德裁判做出是非判断,尽管由于八十年代前后赛义德的著述和他的"入世"做法,常常会有人误解,把后殖民主义理论简单化表面化,而忽视其作为学术话语的复杂性②。但是,同时不要因此就以为他们只是和实际完全脱节的理论空谈——从文化研究兴起之后,理论上的实践(praxis)常常和实际生活有密切的联系,只是不要把这种联系庸俗化。后殖民理论关注的是"殖民行径所产生的物质效果,以及世界范围里对这种效

特立尼达历史学家詹姆士

---

① 这种区分也适用于后结构(poststructural)与后现代(postmodern)。
② 后殖民主义批评理论主要还是后现代语境下出现的文学思潮,属于后结构主义的一个分支,显示出后学理论的主要特征,所以不要仅仅把它当成声讨或者诉苦似的情感发泄,如早期的赛义德常常表现出的那样。当然,和其他后结构主义理论不同的是,后殖民主义批评理论直接涉及到第三世界和前殖民地国家,那里的知识界并不把它作为另一种形式的语言游戏,而愿意更多地联系自身的实际,显示出和欧美批评家的明显不同。第三世界如何进行后殖民主义研究,这是一个有待深入探讨的课题。

果做出的反应,这种反应有时到处可见,有时却隐含很深,相差极大"。这里的"物质效果"表明,后殖民现象不仅仅只是对殖民主义进行"自动的、众口一词的、没有变化的反抗",而是常常涵盖了"范围广泛的活动,甚至包括和帝国事业有(或者似乎有)同谋关系的观念和行为"。

也就是说,殖民化进程一开始,当帝国主义感觉到异域文化以各种方式或明或暗地颠覆、侵蚀、抵消甚至"同化"殖民文化时,双方的对话就存在了;所以,"后殖民话语"早已有之:"帝国主义语言和当地人的经验混合在一起会产生问题,相互抗争,当这种混合却最终具有活力变得强大,一旦殖民地人民有理由对这种现象进行反思、表示反对,后殖民'理论'就产生了"(Ashcroft etc., 1995:1)。

虽然后殖民话语开始于殖民地人民讨论自己的命运,后殖民主义本身却是当代学术的产物。特立尼达历史学家詹姆士三十年代所著的《黑色的雅各宾》(The Black Jacobins, 1938)描述了十八世纪末期海地人民反抗法国殖民者的革命①,尤其关注海地革命者在斗争

内战期间的照片,题为"黑鬼的虚荣心",虽然作者甚至照片中的白人女主人可能并无恶意,但是隐含的殖民心态却暴露无遗。

中如何既汲取本国的文化传统又借鉴激励过法国大革命的欧洲启蒙思想,他笔下的海地人民也一反传统的殖民"受害者"形象,而成了现代意义上的政治活动家,产生出一种奇特的宗主国—殖民地文化关系。通过欧洲和加勒比地区的种族和阶级"相互界定对方",詹姆士可谓当代后殖民研究的先驱。

詹姆士的直接继承者、也有人称之为当代后殖民研究之父的就是佛朗茨·法农②。法农和赛义德、斯皮瓦克等人一样,出身于殖民地中产阶级家庭,学生时代一直以法国人自居,直到进入法国读书,接受到自由主义思想

---

① 詹姆士(Cyril Lionel Robert James, 1901—1989),生于英属特立尼达,1938年去美国,因参加过共产党被迫在1953年离开美国去英国,1969年重新回到美国任教,在体育批评、文学批评、加勒比史、泛非运动和马克思主义哲学等方面著述颇丰。

② 法农(Frantz Fanon 1925—1961)出生在法属马提尼克岛,二战中参加了自由抵抗运动,受过伤并获得勋章。战后他在里昂大学学习医学和心理学,成为心理医生。1953年他到当时的法国殖民地阿尔及利亚的医院工作,加入反帝反殖解放运动,于1956年被法国政府驱逐出阿尔及利亚。他出版的著作有《垂死殖民主义研究》(Studies in a Dying Colonialism 1959)、《地球上不幸的人们》(The Wretched of the Earth 1961)和《走向非洲革命》(Toward the African Revolution 1969)等。

并亲身感受到种族主义带来的精神震动,写出了《黑皮肤·白面具》(Black Skin, White Masks 1952),原名叫"关于消除黑人精神错乱的论文"。和当今的后殖民研究相比,法农的论述显得肤浅,但是他提出的问题,论述的方法,以及一套假设和术语都为此后的后殖民研究指出了方向。

法农的主要贡献就是把"被殖民者"作为"主体"来看待,但这个"主体"一直是殖民者的"他者",本身没有任何自主身份。他指出,种族主义使殖民地人民丧失了自我意识,盲目地认同、臣服于白人的"普遍"标准,由此对黑人心理造成严重扭曲:"种族主义文化的定义就是不准黑人具有健康的心理"。

法农在这里涉及到几个重要的后殖民主义概念。"种族"(race)曾被老殖民主义者用来对人类加以区别,如白人、黑人、黄种人等,再给这些已经区别开来的范畴赋予"科学的固定的特征"。但是法农揭示了这种分类的意识形态性,指出所谓的"科学"缺乏历史依据和事实证明,实乃社会范畴而非生物范畴,反映的是某一群人对另一群人"一厢情愿"的看法。由此产生的种族差异

墨西哥裔美国女作家安泽杜(左)和莫拉格(右)

常常导致"结构性不平等",不仅使欧洲帝国主义者进行种族压迫、经济掠夺和人口灭绝合法化,而且使一整套的价值评断成为思维定式(Baldwin 1999: 27, 117)。这种思考问题的方式对此后批评家影响很大,如对族裔(ethnicity)和性别(gender)的界定遵循的就是这个思路①。

与"种族"相关的另一个概念是"身份"(identity,又做"认同"),即"我们如何认定自己"。"identity"字面意思是"等同于"(same as),但是法农指出,这个身份是由某些人早已杜撰出来,不停加以润色修正,使之延续不断,是一个"意识形态建构,旨在维护加强帝国主义对自我的界定"。所以自我意识是想象的产物,需要自我和非我(non-identity)不断互动才能产生:"被殖民者不得不把他们在殖民者眼中的形象纳入自我形象中,按殖民者的要求把殖民者眼中他们的差异模仿出来"(Fuss, 1995: 144—146)。这种身份的近期表现就是所谓的混血儿文化中出现的"杂糅"(hybridity)现象②。它原本指的是不同文化间的混杂和相互影响,安泽尔杜和莫拉格用来指美国和墨西哥

---

① 参阅第十三单元"性别研究"。
② 这里的混血儿(mestizo)指的是欧洲白人和美洲印第安人的混血儿。

边境地区由于人员往来和文化交流而产生的身份渗透和变化①。那里的混血儿妇女没有固定的身份,后者是由"边境两边的斗争"来确定的。

由此可见,后殖民理论广泛采用了福科的权力理论。"帝国"常常被描述为建立于帝国"话语"之上(相对于"殖民地人民的白骨之上"),而话语指的是一整套有关说话内容和方式的"规定",一套"决定知识可能性的体系"或价值标准。这种"规定"和"决定"是由"暴力"(power)产生的,划分出是非,产生出等级。但是暴力并不总是约束性的,常常还具有"生产性":对福科来说,抓住罪犯是行使司法权利,但产生什么是罪犯的"知识"是更高阶段的权力,是对人的心理控制和精神统治。因此,权力和话语是硬币的两面:"没有相对的知识场存在,就不会构成权力关系;同样,没有知识的预设和组合,也就不会形成权力关系"(Foucault,1977:27)②。

福科有关权力与心理控制和精神统治的论述和法农的描述十分吻合。作为殖民地出身、受过西方专门知识训练的心理科医生,法农深受萨特、塞萨尔和拉康的影响③,对殖民统治下的黑人心理分析得十分透彻,甚至入木三分。在《黑皮肤·白面具》中,法农对帝国主义的意识形态进行了质疑。帝国主义宣扬黑人属于低劣民族,欧洲对非洲的征服是遵循上帝的旨意和自然选择的结果。然而他指出,黑人无论怎样模仿白人,都不可能被白人世界接受为与他们平等的人。"他们告诉我不要越界,要回到属于自己的地方"(Fanon,1952; Ashroft,1995: 324)。黑人的角色是固定不变的,黑人是历

---

① 安泽尔杜(Gloria Anzaldúa),1942— ,墨西哥裔美国女作家,曾因对少数裔、同性恋想法激进而放弃攻读博士学位和大学教职,转而从事写作和社会活动,关注文化身份和认同政治,与莫拉格合编"划时代"的《激进的有色妇女选集》(This Bridge Called Me Back: Writings by Radical Women of Color 1983);莫拉格(Cherríe Moraga),墨西哥裔美国女剧作家、诗人、散文家,曾发起成立第一家有色人种女性出版社"餐桌出版社",著有《最后一代》(The Last Generation 1993),现在斯坦福大学教授拉美戏剧和创作。

② 另见第十单元"新历史主义批评理论"的相关部分。

③ 萨特(Jean-Paul Sartre),1905—1980,法国存在主义哲学家、剧作家、小说家,1929年之后在学校教授哲学,二战时入伍,被德军俘虏,出狱后继续参加抵抗运动。期间写作存在主义小说《恶心》(Nausea 1938),剧本《群蝇》(The Flies 1943)和哲学论著《存在与虚无》(Being and Nothingness 1943)。1955年他和波伏娃曾来华访问。1964年瑞典文学院授予萨特诺贝尔文学奖,但被他谢绝,理由是官方的荣誉会影响作家的独立性。

塞萨尔(Aimé Césaire),1913— ,马提尼克诗人,剧作家,政治活动家,毕业于巴黎高师,主张弘扬非洲传统和文化,摆脱殖民统治,曾任马提尼克首府的市长和法国国民议会议员。1938年他创作长诗《回到我的故土》(Return to My Native Land),其中他创造的"négritude"(黑性)一词很快引起声势浩大的"黑色自觉运动",主张法语区的黑人作家张扬黑人传统文化和身份,批评法国殖民者的暴行。法农十分尊敬塞萨尔,但是政治上并不与他一致,因为塞萨尔主张马提尼克岛仍然属于法国的一个省。

关于拉康,参阅第四单元"精神分析批评"。

史的奴隶(slave of the past)，只能永远保持做奴隶的历史。所以法农的解决方法是从物质上和精神上抵抗这种善恶对立的谵妄之语(Manichean delirium)，以获得真正意义上的独立。他的《地球上不幸的人们》影响十分深远。在书中，法农支持殖民地人民组织起来进行暴力革命。他提醒独立后的前殖民地要注意财富分配，认为殖民地的中产阶级靠不住，没有能力建立稳定富强的民族国家。他号召本土知识分子担负起重任，为重塑

十九世纪末修建北卡罗来纳西部铁路的黑人，照片题为"只有条纹没有星"(Stripes but no Stars)——或许星是有的，就是站在远处的白人资本家

民族意识、挖掘民族文化而努力(Fanon, 1961: 94)。近年来，人们越来越意识到法农的重要性，有人说他是"第三世界的预言家，非殖民化的浪漫英雄"(Loomba, 1998: 143)。也有人对法农的理论表示怀疑，霍米·巴巴就认为法农说的黑皮肤与白面具的两极对立并没有那么绝对，这两种心理总在变动不居(Bhabha, 1994: 117)。还有人批评法农虽然投身到阿尔及利亚的独立运动，实际上却并不真正了解阿尔及利亚的广大群众。另有人批评他忽视女性，把女性等同于黑暗的大陆，与弗洛伊德站到了一起(Loomba, 1998: 162)。

法农从心理学的角度谈到了一个后殖民理论常常论及的现象：心理主动认同；福科所说的产生是非知识这个更高阶段的权力，涉及的也是对人的心理控制和精神统治。但是葛兰西却在更早就意识到了这个问题①。他反对机械地理解经济基础决定论，认为统治阶级行使权力的手段除了强制性的立法、司法、武力以外，还会通过宣传和灌输思想与价值观让人民心甘情愿地接受统治。强制的权力(coercive power)固然需要，但是更高层次的统治离不开"自发"赞同(spontaneous consent)，才可能产生"领导权"或"霸权"(hegemony)，在平民社会中形成情愿受统治的氛围。由此产生的有大规模

---

① 葛兰西(Antonio Gramsci)，1891—1937，意大利共产党领导人，政治理论家，1889年出生于贫穷的意大利南部，1911年进入都灵大学学习，1915年因经济困难中断学习，任都灵社会党《人民呼声报》记者，成为职业革命家。1921年他脱离意大利社会党，帮助创建了意大利共产党，1926年被任命为意共总书记。1926年11月墨索里尼颁布"保障国家安全紧急法"，宣布解散一切反法西斯政党和团体，葛兰西在罗马被便衣警察逮捕，在狱中得以从事一定限度的阅读与写作，1937年4月重获自由，3天以后去世。葛兰西留给后人的是总计2848页的32册札记和428封书信，共计100多万字。1951年意大利出版了七卷本《葛兰西文集》，包括他入狱前写的文章、《狱中札记》和《狱中来信》。1971年英译本出现，产生了极大的影响。

人民自愿参加的"被动革命"可以带来巨大的社会变革。葛兰西为此提出了著名的有机知识分子(organic intellectuals)概念：其主要功能是施加指导、组织、教育、智力方面的影响，争取或保持领导权。统治阶级的有机知识分子将其世界观广泛地传播，使之成为整个社会的共识，使群众认同其"领导"地位。工人阶级则要在革命实践中培养自己的有机知识分子并争取传统的知识分子，打破资产阶级意识形态的神秘性虚伪性，创造不同于资产阶级的"反文化"，打破资产阶级的领导权。葛兰西帮助人们认清了意识形态的巨大作用，提醒人们"臣服和意识形态是殖民统治过程中的绝对中心问题"(Loomba，1998:31)。

对西方殖民心态和意识形态批评最为激烈的，当属赛义德[①]。赛义德的代表作首推《东方主义》，成为后殖民理论的奠基作之一。《东方主义》以西方的东方学研究为批评对象，指出西方的所谓客观中立、不受政治影响的东方学，实际上充满了偏见和误解，是帝国主义实施掠夺和控制的组成部分(Said，1979:96, 215)。赛义德指出，东方主义的种族优劣论并不仅仅是一厢情愿的说法，而是有数百年坚实的东方主义"科学"理论为依据，通过垄断知识和"客观真理"来维系和发展种族的不平等。这和福科对知识的产生过程所做的反思相一致：知识首先是人们在话语实践中使用的言语，展示说话者(知识拥有者)在某个领域里享有的权利，能把自己的概念完整地编码进入已有的知识系统，供话语进行使用。从这个意义上说，事物的"秩序"是由文化代码确立的，而文化代码的运作或知识谱系的建立则需要科学为其提供保证。赛义德和福科一样，着重论述了知识的主观、人为、片面性，尤其指出知识和意识形态可以相互利用，相互加强：知识可以把意识形态进行成形化、系统化，结构化，而反过来意识形态也可以给知识冠上"科学"的称号；从这个意义上说，知识的谬误越少，"科学性"就显得越强，它的意识形态性可能也就更强(Foucault，1973: xx—xxii; 1972: 183—186)。对应于葛兰西的有机知识分子，赛义德提出了"世俗知识分子"(secular/gentile/amateur intellectuals)的概念，即一群精神上和肉体上的自我"流放者"。

[①] 赛义德(Edward Said)，1935—2003，是后殖民理论的标志性人物。他出生于耶路撒冷的中产阶级家庭，先后在开罗、普林斯顿大学和哈佛大学读书，毕业后在哥伦比亚大学英语系任教。他不仅是一位出色的学者，也是一位"业余"政治家，长期致力于巴勒斯坦事业，一度成为巴勒斯坦在学术界的代言人，尽管他本人后来坚持自己在思想上从不隶属于任何党派和国家。赛义德的代表作有《东方主义》(Orientalism 1978)，《世界、文本、批评家》(The World, the Text, and the Critic 1983)，《文化和帝国主义》(Culture and Imperialism 1993)以及《知识分子的各种再现》(Representations of the Intellectual 1994)等。

知识分子是这样的个人,他拥有向大众并为了大众再现、展示、发出某种讯息、观点、态度、哲学、看法的天赋……拥有提出令(当权者)难堪的问题和对抗正统与教条的能力(而不是制造它们),是个不那么容易被政府或公司收买与其合作的人……归根到底,作为表现性人物的知识分子才最重要(Said 1993: 11—12)。

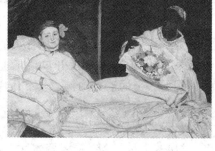

法国印象派画家马奈(Édouard Manet, 1832—1883)的画"奥林匹亚"(Olympia, 1863)也透露出殖民意识

赛义德及其言辞激烈的早期著述引起强烈反响,褒贬不一。一些理论家认为赛义德片面强调了殖民者的话语和统治,忽略了被殖民者的反抗形式,因为被殖民者的声音并没有完全被压制,仍然以各种形式表现出来(Loomba, 1998: 232)。此外,赛义德本人在去世前的十年间也有很大变化,越来越像一个深谙西方学术规则的大牌教授①。

后殖民批评家很多来自前殖民地国家或地区,如赛义德来自巴勒斯坦,斯皮瓦克则来自印度②。这种双重身份使他们熟悉殖民地和帝国主义两套话语,所以按照解构主义的说法,能够既超然于结构之外,不受其控制,又钻入其结构内部来颠覆瓦解它,这种立场斯皮瓦克称之为"谴责的位置"(accusing position)(Veeser, 1989: 281)。她的理论来源十分驳杂,她也不愿意归属任何流派,自我放逐在女性主义、精神分析、解构理论、后殖民理论及马克思主义等领域"之间"。在后殖民理论方面,她以其女性视角弥补了赛义德、巴巴等人理论上的一些欠缺,同时也让后殖民研究更趋于复杂。《属下能说

---

① 后期的赛义德谈论西方古典音乐和礼仪,一口纯正的英语。相比之下,倒是斯皮瓦克和巴巴的"后殖民性"更加明显:两人的英语语言和写作风格显示出十足的"杂糅"性,十分晦涩难读。印度作家拉贾·劳(Raja Rao, 1908—)认为,印度人用英语写作是为了谋求自己的空间,让印度语言文化以"直译"的方式渗透进英语,在原宗主国的领地建立印度语言文化的一方空间,所以使用的是一种"生硬"(rough)的英语(Prasad, 1999: 41—42)。因此,语言问题或许是斯皮瓦克和巴巴的后殖民写作策略。

② 斯皮瓦克(Gayatri Chakravorty Spivak), 1942—   ,出生于加尔各答,在保罗·德·曼的指导下获得博士学位,曾把德里达的《论书写》(Of Grammatology, 1976)译为英文并因此而出名。她著作颇丰,包括《在他者世界:政治批评论文集》(In Other Worlds: Essays in Cultural Politics, 1987),《后殖民批评:采访、策略、对话》(The Post-Colonial Critic: Interviews, Strategies and Dialogues, 1990),《对性别化的后殖民中学术自由的思考》(Thinking Academic Freedom in Gendered Postcoloniality, 1992),《处于教学机器之外》(Outside in the Teaching Machine 1993)以及《后殖民理性批判:走向正在消失的现在之历史》(A Critique of Post-colonial Reason: Toward a History of the Vanishing Present, 1999)。斯皮瓦克任教于哥伦比亚大学。

话吗》(Can the Subaltern Speak? 1988)一文讲述的是一位孟加拉妇女因为无法自我"表述"而最终自杀,由于这位妇女无法冲破男权社会设置的障碍,斯皮瓦克得出结论:殖民地的女性处在帝国主义和父权社会的双重压迫之下,没有发言的机会,是无法开口说话的。"属下"是葛兰西使用的一个词汇,指的是"城市最底层的无产阶级",无法获得帝国主义文化的承认。斯皮瓦克则认为,这种"属下"根本就没有可能说话,因为他们即使发出声音,发出的也是"他者"或者资本主义文化赋予的声音,

印裔美国后殖民批评家霍米·巴巴

而不是自己的声音(Ashcroft 1995: 25—28)。不过这种认为属下不能说话的观点遭到了质疑。有人指出,土著妇女处在多元的社会关系之中,她

印裔美国后殖民批评家斯皮瓦克

们的声音是有迹可循、有据可查的,例如,作为巫术行医者、禁欲者、圣歌吟唱者、艺人和艺术家,妇女有自己的书写形式,因此,斯皮瓦克把属下的声音一笔勾销有以偏概全之嫌(Ashcroft, 1995: 37)。一些激进的女性主义者甚至责骂她是男权的同谋,来封堵女性的嘴巴。对此"误读"斯皮瓦克解释道,所谓"不能说话"是一种比喻的说法,指的是产生不了说话的效果,因为男性或者白人是不会倾听她的申诉,也不会和她进行任何有意义的对话。至于这位失声者是否需要代言人,斯皮瓦克坚决予以否认,因为"替人说话"是殖民者所为,真正能够有所帮助的就是清除障碍,提供机会,让属下自己说话并且产生效果。

另一位主要的后殖民批评家霍米·巴巴对此倒有独特的解释①。他认

---

① 霍米·巴巴(Homi Bhabha, 1949—)出生于印度孟买,但是他会马上补充道:我是帕奇人(Parsi)。帕奇族八世纪为了逃避伊斯兰教的迫害从波斯流亡到印度,是印度的少数族裔,全世界人口只有十六万。巴巴母亲的娘家族名是"杜巴锡"(Dubash),源自其家族的职业(租船业),在印度语中,"dobasha"指操持双语的人,而帕奇人的特点就是能操多种语言,斡旋在英国人、伊斯兰教徒和印度教徒之间——一种天生的回旋其中、游离其外的"解构"境地("hybridity","negotiation"和"in-betweenness"是巴巴常用的概念)。巴巴目前在哈佛大学英语系任教。和斯皮瓦克不同,巴巴的成果并不多,但是影响很大,包括《民族与叙事》(Nation and Narration 1990),而论文集《给文化定位》(The Location of Culture 1994)几乎囊括了他最重要的论文。和斯皮瓦克一样,巴巴以文风晦涩闻名,据说曾经获得过美国最差文学语言奖,一些正统批评家对哈佛大学聘用他十分惊讶。不过艰涩的语言也从一个侧面反映了这些人思考的深度,表述的艰难;同时,这也是后殖民批评家有意而为之的一种策略,以示和主流的区别。

为,如果被殖民者真的有自己的声音,这种声音也只能理解为一种"固定的东西"(fixity),因为被殖民者的话语策略只能是对殖民定式(stereotype)进行含混重复,反映出被殖民者下意识中的矛盾心态,即他们同时需要既成的权力关系也不断地颠覆这种关系(Bhabha,1994:66—69)。巴巴的独特之处是他不像赛义德等人对殖民关系做截然对立的二元区分,如过去/现在、传统/现代性等,而是有意使问题看上去更加"复杂"。他认为殖民者与被殖民者的关系比一般人想象的更微妙,往往存在着中间地带,有政治上模糊不清的特点。面对殖民者的同化政策(如传教),原住民有些采取"狡猾礼仪"(sly civility)的方式,即表面上遵从,实际上使之变味、变质来消解殖民权力。殖民者极力推行自己的宗教、文化、语言、制度、思想等,让这些逐渐取代原住民的原初和本真的文化。而原住民采取的策略则是成为"模拟人"(Man of mimicry),以鹦鹉学舌为突破口,"模拟既是认同,又是威胁"(同上,86),因为原住民在模拟的同时,加进自己的文化元素,是故意的模拟失真,给殖民地文化造成一种逼真却又不同的双重假象,这样就能干扰殖民权威,打破殖民文化的一统天下,解放处于边缘的殖民地文化。所以模拟人形成的是体现差异的文化,在模糊不清的区域促成反殖民话语的产生。这样的抵抗不一定是直接的反抗、简单的否定和排除,而是一种对殖民话语和权力进行"杂糅"(hybridity)的策略①。"杂糅干预权威的实施,不仅表明不可能对其认同,而且反映其殖民存在的不可预测性"(同上 114)。恰如巴巴所举的例子。印度人曾经大量需求《圣经》,却不是为了信教:有的据为己有,视为奇货;有的卖掉赚钱;有的则当作废纸使用。有一位传教士不得不承认,不加区别地分发《圣经》,真是"浪费金钱,浪费时间,让人空欢喜一场"(同上 122)。当然巴巴的这种策略同样也受到质疑。如有人认为他没有建立不同于殖民文本的另类文本,即反殖民话语的文本(Ash-

内战期间大批南部黑人投奔北军,但常常失望,图中的北方白人士兵和南方逃奴依然显示出主从关系:黑人占据的只是搁脚板或者狗的位置。

---

① 这里让我们想起詹明信(元评论)和赛义德(驶入)的策略:钻进对手的身体内部进行反抗,而不是简单的面对面抵抗。"驶入"说(voyage in)来自赛义德的"漂移理论"(traveling theory):理论要突破局限和封闭,游离于间隙之间,产生一个个"地域"(locations),以打破宏大叙事的神话(integrity)(Said, 1983: 241—249)。参阅本书中对两人的相关论述。

croft，1995：43）①。也有人发现巴巴没有把"杂糅性"加以具体化，指涉的是一种分裂的、痛苦的心理状态，又不分性别、阶级和地域，实际上过于普遍化和同质化（Loomba，1998：178）。另外，这种分析仅限于殖民话语和欧洲文化之间的变异，对被殖民文化和第三世界注意不够（Dirlik，1994：342），对殖民文化（如加拿大、新西兰、澳大利亚）内部的差异也语焉不详。

和其他后结构主义批评理论一样，后殖民主义批评自身也存在矛盾。首先，后殖民研究的中心是独立后的前殖民地国家如何摆脱帝国主义意识形态束缚，但是，和它批判的对象"东方主义"一样，后殖民研究的话语权多集中在西方大学和研究机构，难怪有人认为后殖民研究有朝着新的东方主义发展的危险②。其次，有人批评斯皮瓦克和巴巴等人仅仅注重纸上的文本再现，对于真实的现实问题关注不够。现实被简化为话语，话语被简化为英语文学，英语文学被简化为文本，文本又被简化为文字，离现实越来越远（Loomba，1998：96）③。斯皮瓦克对此倒是很坦率：西方主流话语给后殖民理论施舍出一席之地，本身就是让它服务于前者，成为新殖民主义教育机构的工具（Veeser，1989：62）。再次，后殖民研究越来越体制化之后，关注的范围越来越集中，论述方式越来越程式化，忽视了文化的特殊性、不可译性，轻易地走向了普遍化。

赛义德访谈录《文化与抵抗》

这里引出了后殖民主义理论最有争议的"反抗性"问题，即后殖民主义是否是一种抵抗的学说，以及这种抵抗在西方后现代语境下是否行得通。欢呼者有之，认为"和其他概念相比，后殖民更加有利于打破学术界欧洲中心论的一统天下，使后殖民知识分子得以把研究指向与非西方世界有关的政治问题"（Ashcroft，2002：2，

---

① 这种类似的批评也见于解构主义、新历史主义、甚至女性主义和性别研究，即只破不立。其实这种批评在强人所难：后现代理论的基础就是怀疑论、颠覆论，没有哪家愿意钻进"建构""宏大叙事"这个圈套，这样做等于自废武功。

② 这种常见的批评其实也有些误解后殖民理论：这个理论本身就是书斋里掀起的风波，本来就没有普济众生的责任和义务，也就不必要如此地责备它。赛义德去世前一再表明，自己不代表任何人，并且指责当代批评理论的泛文化趋势，痛感当今人文传统消失，人文精神淡薄，人文责任丧失，称之为"人文的堕落"。同时他疾呼，去除浮躁情绪，回复旧日的细读传统，培养基本功扎实的"文学家"（Said 1999）。赛义德个人可以去耶路撒冷向以色列士兵扔石头，以示独立知识分子的身份，但是他深知："理论"只能是学术，不是石头。

③ 这种批评其实也是在"误读"后殖民理论：后殖民理论本来关注的就是文本而不是现实政治。赛义德曾把他看好的"世俗知识分子"称作当代的"罗宾汉"（Said 1994：22），但是英国中世纪的这位传奇英雄却是位杀富济贫的绿林好汉，这一点世俗知识分子决难做到。

219)。但是,自福科的权利理论和知识理论提出之后,后学界对反抗话语早已底气不足,在后殖民主义讨论中也有反映。斯皮瓦克就说过,后殖民研究集中于前殖民地和殖民地人民,把殖民主义和帝国主义牢牢地锁定在过去,反而有助于当今新殖民主义的渗透(Spivak 1999: 1)。巴巴也批评赛义德,说他的《东方主义》通篇都以殖民者为主宰,殖民权威成了畅通无阻的意旨,不受任何阻碍(Bhabha, 1994: 66—84)。有人认为赛义德的失误在于受福科的影响太深,而对葛兰西的霸权抵抗理论则关注不够或多有疏漏(Williams, 2001: 27—33, Kennedy, 2000: 27—30)。也有更加传统的批评,认为以赛义德为代表的西方后殖民理论由于不愿认同马克思主义的唯物史观,割裂历史,不谈实践,所以并不是社会需要的"道德哲学"(Ben, 1992: 12)。

  对这些批评,赛义德觉得有些委曲,认为有违他的本意,斥之为"常见的误解和误读"(Goldberg & Quayson, 2002: 1)。但是他的确也意识到《东方主义》也许有这方面的缺陷,所以在《文化与帝国主义》中设法加以弥补:"本书包括以下两点:世界范围的帝国主义文化模式和反抗帝国的历史经历,这使它不仅是《东方主义》的续编,而且加入了新的内容"(Said, 1993: xii)。这个新内容就是殖民地人民的文化反抗:赛义德用了整整一章来叙述"抵抗与对立"的理论,其中引人注意的概念就是"驶入"(voyage in):有意识地进入欧美话语内部,与之混杂,改造之,通过"世俗知识分子"或者第三世界批评家,使之承认那些"边缘"、"受压制"、"被遗忘"的诸多历史事实(同上,216)。在赛义德看来,后殖民批评家有得天独厚的便利:身处两个世界,通晓两种话语,熟悉两种文明,他们最容易打入宗主国内部进行颠覆①。这里,"驶入"和詹明信二十年前在《语言的牢笼》中使用的方法"元评论"可说是异曲同工:"钻进去对它(结构主义)进行深入透彻的研究,以便从另一头钻出来,带出一种全然不同的、在理论上更令人满意的哲学视角"②。

  实际上,"驶入"的概念在十年前就已经闪现过,那就是《世界·文本·批评家》整整一章描述的"飘移理论"(Traveling Theory)。赛义德对西方"理论"的整合性(integrity)和体制化(institutionalization)怀有戒心,要使之"动"起来,冲破先在的意识形态陷阱,动摇"-ism"的惰性(成形、定势、保守),产生一个个"地域性"(localities),打破其职业化和惟我独尊(Said, 1983: 325—329)。赛义德的"飘移理论"也和他的"飘移身份"相吻合,实际上他所推崇的"业余

---

① 这个思想无疑受到葛兰西"有机知识分子"论的影响:有机知识分子既通晓统治者的策略,又联系社会大众,所以最容易夺得"领导权"(hegemony)。此外,它也映射出其他一些后殖民概念的影子,如"杂糅"。
② 参阅本书第三单元"马克思主义文学批评"。

知识分子"就具有这样的特征：精神和肉体的"飘移"(exile)。他的国家(巴勒斯坦)，他的人民(阿拉伯人)，以及他本人，都具有这种"飘移"性，也因此可以产生反抗性。

"驶入"的提出，部分地回答了有关反抗性是否可能的难题，也得到一定的称赞：边缘进入中心之后，造成了中心的改变，"跨国的向上运动不仅仅只是索要权利，还是对权利的重新定义，可以带来很多好处，因为这意味着对文化资本的重新组合和重新分配"(Robbins, 1994: 28—32)。也有后殖民批评家据此提出相似的"反写"说(write back)，认为后殖民写作不是对中心话语(metropolitan discourse)的继续或适应，而是意义深远的交锋，来改造它。通过"反写"，后殖民话语可以从两种话语内部或两种话语之间来质疑殖民符码，使后殖民知识分子得以施展文化非殖民化策略(Ashcroft, 2002: 220—221)。但是，既然福科已经质疑了反抗的有效性，赛义德的策略也不一定能如愿。有人就指出，"驶入"把西方中心作为非殖民化斗争的唯一场所，忽视了阶级、社会、地缘等因素，反而使"驶入"的异质成为中心的一部分，强权的同谋(Ahmad, 1992: 196—210)。同样，"返写"也有抹杀后殖民话语内部差异之嫌。此外，这种非此即彼的二元对立思想也显得不够"深刻"，招致巴巴等人的批评。

尽管有理论上的局限，后殖民研究还是以良好的发展势头进入了新的世纪，因为毕竟"不同文化之间的关系这个问题依然存在，不管是作为过去殖民主义的遗留物，还是作为相关非洲和亚洲国家内部的现代政治问题"(Said, 1996: 96)。二十一世纪面对的首要问题之一，就是不同文明之间以及单一文明内部的交流与沟通，而这正是后殖民主义可以提供借鉴之处。

狱中札记（葛兰西）

二十世纪七十年代以来，文化批评家们就"霸权"这个概念进行过很多讨论。这一概念源于政治活动家兼作家安东尼奥·葛兰西(1891—1937)，他是意大利共产党的创始人和领导人。1926年墨索里尼宣布共产党为非法团体，将葛兰西抓捕入狱，这位法西斯分子宣称"我们必须让这个头脑停止运转二十年！"但狱中的葛兰西并没有停止思考，这期间他的写作和思考记录在三十二个笔记本共计2848页纸上，这些书信六十年代被结集出版。《狱中札记》(1971)和《狱中信笺》广泛涉及文化和政治领域的诸多问题，其中"思想的物质性"揭示了思想在社会实践中所能发挥的实实在在的作用。而"霸权"的概念则说明了统治阶级是如何通过"赞同"来构建其统治的，即使他们的政治和经济力量并不一定代表从属阶级的利益。葛兰西相信,在这场"策略的战争"中,"有机知识分子"能够发挥重要作用。

人们因此可以说,所有的人皆是知识分子;但并不是所有人都能在社会中起到知识分子的作用。

当人们区分知识分子和非知识分子时,其实往往只根据知识分子所属专业领域的直接社会作用来加以区分,就是说,人们想到的是他们特定的专业活动侧重点的方向,或偏向脑力和智力发挥,或偏向用神经和肌肉的体力劳动。这意味着尽管人们能够谈论知识分子,他们却不能够谈论"非知识分子",因为"非知识分子"根本不存在。但即使是使用智力和脑力的活动与用神经和肌肉的体力劳动之间的区别也不是一成不变的,就是说,存在着不同程度的特定的智力和脑力活动。没有一种人类活动不包含所有形式的智力活动:作为"创造者的人"无法彻底地和作为"思想者的人"区别开来。说到底,每一个人在他的专业活动之外,都仍在进行着某种形式的智力活动,也就是说,他是一个"哲学家"、一个艺术家、一个有品位的人。他参与到某种特定构想的世界之中,遵循某一明晰的道德标准,继而努力去维护这个对世界的构想,或是修正它,即形成新的思维方式。

因此,要创造一个新层面上的知识分子,主要在于对每个人发展到一定阶段都会从事的知识分子活动进行批判性地阐释,将脑力劳动与神经和肌肉劳动之间的关系调节至一个新的平衡点,并且由于神经和肌肉劳动本身是总体实践活动的一部分,不断地改革物质世界和人类社会,所以要

葛兰西的《狱中札记》

保证它成为对世界进行新的整体性构想的基础。传统和庸俗意义上的知识分子指的是文人、哲学家和艺术家所说的那类人。所以自称为是文人、哲学家和艺术家的记者们,也把他们自己看作"真正的"知识分子。在现代社会,技术培训即使是在最原始最不够格的层次上也与生产劳动紧密相连,所以也应该构成新的知识类型的基础。

……新的知识分子不能够再以言辞雄辩的模式存在。雄辩只能从外部短暂地激发情感煽动激情。它应该以建设者、组织者和"永久的劝导者"的角色积极参与到实际生活中,而不仅仅是简单的演说家(但同时这种演说家要高于抽象的数学家);应该从工作技能上升到技术科学,再上升到对历史的人文构想。没有这种升华,人们将停留于"专业性"而不会具有"引导性"(既专业又有政治觉悟)的人。

所以知识分子发挥的作用就成了由历史形成的专门范畴。这些范畴在

与所有的社会集团、尤其是更为重要的社会集团的关系中形成,在与占支配地位的社会集团的关系中经历更为广泛和复杂的演变。任何向着支配地位发展的集团最重要的特征之一就是竭力从"意识形态"上同化或是征服传统的知识分子,然而这个集团若是与此同时能更成功地形成它自己的有机知识分子,这种同化或征服就会更快更有效。

……

学校是产生不同层次知识分子的部门。不同国家知识分子作用的不同可以通过其专业学校的数目及其层次客观地进行衡量:一个国家的教育覆盖的"面"

葛兰西在狱中的档案照,身份编号47444

越广,其教学的"垂直""层次"越多,这个国家的文化世界和文明就越丰富。在工业技术领域可以做这样一个比较:一个国家的工业化程度可以根据其用来制造机器的机床业的发达程度来衡量,以及看它制造更为精密的仪器(用来生产机床和机器及其他设备,以便生产更多的机器等等)的能力。在制造科学实验室仪器或是制造测试新仪器的仪器方面装备最精良的国家,可以被视为技术制造领域最有水平、拥有最高文明等等的国家。这同样适用于知识人才的培养和培养人才的学校;高层文化的中等学校和高等学府之间可以相互吸纳。同样,在这个领域中,数量和质量密不可分。对最精细的技术文化专业,往往要求相应地具备尽可能广泛的基础教育,尽最大的努力来从数量上尽可能多地扩展中级教育。自然这需要提供尽可能广的基础来筛选和精心培育一流的学术水准,即在高级文化和顶级技术领域建立民主机制。当然这也不是没有负面效应:它导致了中级知识阶层有可能面临巨大的失业危机,在所有现代社会中这的确发生了。

……

知识分子和生产领域之间的关系并不像它和社会基础团体之间的关系那样直接,而是程度不同地受整个社会结构和复杂的上层建筑的"调节",而准确地说,知识分子正是其"职能因素"。应该有可能测量不同知识阶层的"有机性"以及他们与社会基础团体的联系程度,也有可能自下而上地(自结构底层逐层向上)建立一种有关这些知识阶层和上层建筑的层次结构。我们现在能做的是确定上层建筑的两个主要的"层次":一个可以被称作"市民社会",即通常被称作"民间"的社会组织的集合体,另一个则是"政治社会"或"国家"。这两个层次一方面对应占统治地位的集团在整个社会中实施"霸权",另一方面则对应着其通过国家和"司法"机关实施的直接统治或指

葛兰西的墓

挥。这些作用确实是涉及组织和相互联系。知识分子是统治集团的"代言人",实施着社会霸权/领导权和政治管理的下位职能。这包括:第一,人民大众对统治集团强加于社会生活的基本导向作出"自发"赞同;这种赞同"历史上"①是由统治集团因其在生产领域的地位和作用而形成的威望(和由此产生的信心)所促生的。

第二,国家的强制机构从"司法上"强迫那些不"赞同"(无论主动还是被动的不赞同)的集团遵守其法令。然而之所以建立这种机构,正是为了应付自发赞同无法形成时在全社会造成的指挥失灵和危机。

这种看问题的方式导致了对知识分子这一概念的扩大,但它是使我们能够尽可能触及现实真相的唯一办法。它同时冲击了对社会团体的成见。社会霸权和国家统治的建构毫无疑问会导致一种特定的劳动分工,并随之产生一整套等级制度,而其中部分阶层并不表现出明确的管理作用或组织职能。例如,在国家和社会管理机构中存在一系列具有手工和工具性质的工作(如非决策性工作,非官方或职能机构的代理性工作)。很明显必须做出这种区别,正如其他区别也应做出一样。的确,智力活动也必须依照其本质特点,按照其不同层次在极端情况下代表的真正的本质区别来加以区分——在最高层次是各种科学、哲学和艺术的创造者,在底层则是对早已存在的或传统积累的知识财富最谦卑的"管理人"和传播者。

在现代社会,基于以上意义所界定的知识分子范畴经历了前所未有的伸延。民主官僚制度衍生出大量的职能,这些职能并非社会生产所必须、却符合统治集团的政治需要……大众的形成从心理上和个人条件上给每个人设定了统一的标准,并且如此这般生产出这种类型的标准化大众,其他标准的大众也是如此生产出来的:竞争使得人们需要建立各种机构,来应付职业保障、失业、学校的生产过剩、往外移民等等问题。

(李琤　译)

---

① 这里的"历史上"指的是由于历史的原因而形成的,指在公众心中不知不觉产生的,与下文的"司法上"相对应。注意整篇选文(乃至葛兰西所有的狱中札记)的隐晦的表达方式:为了躲过狱方的文字检查,他不可能使用直截了当的表达。

关　键　词

创造者的人/思想者的人（homo faber/homo sapiens）
永久的劝导者（permanent persuader）
知识分子的作用（intellectual function）
占支配地位的社会集团（dominant social group）
有机知识分子（organic intellectuals）
调节（mediated）
职能因素（functionaries）
有机性（organic quality）
市民社会/政治社会（civil society/political society）
霸权（hegemony）
下位职能（subaltern functions）
"自发"赞同（"spontaneous" consent）
强制机构（coercive power）

关　键　引　文

1. 当人们区分知识分子和非知识分子时，其实往往只根据知识分子所属专业领域的直接社会作用来加以区分，就是说，人们想到的是他们特定专业活动侧重点的方向，或偏向脑力和智力发挥，或偏向用神经和肌肉的体力劳动。这意味着尽管人们能够谈论知识分子，他们却不能够谈论"非知识分子"，因为"非知识分子"根本不存在。

2. 新的知识分子……应该从工作技能上升到技术科学，再上升到对历史的人文构想。没有这种升华，人们将停留于"专业性"而不会具有"引导性"（既专业又有政治觉悟）的人。

葛兰西信件手迹（1927）

3. 知识分子和生产领域之间的关系并不像它和社会基础团体之间的关系那样直接，而是程度不同地受整个社会结构和复杂的上层建筑的"调节"，而准确地说，知识分子正是其"职能因素"。

4. 我们现在能做的是确定上层建筑的两个主要的"层次"：一个可以被称作"市民社会"，即通常被称作"民间"的社会组织的集合体，另一个则是

"政治社会"或"国家"。这两个层次一方面对应占统治地位的集团在整个社会中实施"霸权",另一方面则对应着其通过国家和"司法"机关实施的直接统治或指挥。这些作用确实是涉及组织和相互联系。知识分子是统治集团的"代言人",实施着社会霸权/领导权和政治管理的下位职能。

5. 国家的强制机构从"司法上"强迫那些不"赞同"(无论主动还是被动的不赞同)的集团遵守其法令。然而之所以建立这种机构,正是为了应付自发赞同无法形成时在全社会造成的指挥失灵和危机。

讨 论 题

1. 葛兰西所称的"知识分子"具有什么特点和作用?与我们常说的知识分子有什么区别?他为什么需要这种知识分子?

2. 什么是葛兰西所说的"专业性"(specialised)和"引导性"(directive)知识分子?做这种区别的目的是什么?

3. "霸权"或"领导权"的含义经历了哪些变化?葛兰西使用这个术语时其含义是什么(记住:当时是墨索里尼法西斯统治时期)?你认为这个概念在今天有什么现实意义?

4. 霸权和意识形态有什么关系?根据葛兰西的说法,后者如何通过前者来实现自己的统制?这个观念和后结构主义的某些观念之间有什么联系?讨论葛兰西所说的"自发赞同"。

黑皮肤,白面具(法农)

弗兰茨·奥玛尔·法农(1925—1961)出生于法属阿尔及利亚加勒比海中的马提尼克岛的中产阶级家庭,二战期间参加戴高乐抵抗力量,而后在里昂大学完成了精神病学的学业,1953年通过精神病医生资格考试,被任命为阿尔及利亚布利达-琼维耶医院精神病科主任。当意识到"在这个国家,当地人在自己的家乡经常精神错乱,生活在一种绝对失去个性的状态"时,他参加了阿尔及利亚民族解放运动,成为其机关报《圣战者报》的编辑。他1952年27岁时出版《黑皮肤,白面具》(原名"一篇反对扭曲黑人的文章"),揭示了一段"极端的痛苦、创伤、疏离和黑暗的历史",分析了殖民者与被殖民者的关系如何在黑人心理上得到确立,不仅使黑人从心理上认同并从属于一种普适化了的白人标准,而且还扭曲了他们的心灵和意识。1959年底阿尔及利亚共和临时政府任命法农为黑非洲巡回大使,他不遗余力地从加纳至喀麦隆,从安哥拉到马里,为真正的独立而战斗。1960年12月他在突尼斯期间发现得了髓细胞性白血病。在剩下的一年里,他写了《地球上不幸的人们》,出版后被冠以"有害国家内部安全"而遭查禁。1961年12月3日在美国华盛顿住院治疗的法农收到样书,五天后便去世了。

"下贱的黑鬼!",或仅仅是"瞧,一个黑鬼!"

当我来到这个世界时,我满心希望在事物中找到它的意义,期望能够发现世界的本源,然而后来我发现我只是茫茫物体中的一件物体。

这种压倒一切的客体感几乎将我吞没,于是我满怀希望地转向其他人。他人对我的关注对我而言就像是一种解脱,它碾过我的身体并使之消遁于无形,使我重新获得原以为早已失去的灵巧,通过让我从这个世界消失,又重新恢复了我的存在。但正当我刚刚到达那另一端时,我却栽了跟头,他人的行为、态度和眼光将我牢牢地定在了那里,就好像一种化学溶液染上了无法褪去的颜色。我愤怒了;我要求得到解释。无人理睬。我爆裂了。现在那些碎片又被另一个自我拼接起来。

黑人在自己人中间时,除了琐碎的内部争端外,不会有机会通过他人来认识到自身的存在。当然会有黑格尔所说的"他为存在"的时刻,但在一个被殖民的文明社会里,任何本体意义上的存在都变得遥不可及。人们在讨论这个问题的时候似乎对这一事实还未给予足够的重视。被殖民者的世界观中存在着某种缺陷,任何存在论都无法对此做出解释。对此可能有人会反对,说每个个体都是如此,但这种反对掩盖了一个重要问题。存在论——一旦它被公认为排除了客观存在——并没能让我们理解黑人的存在,因为黑人不仅仅必须是黑颜色,他的黑色还必须是相对于白人的黑色。一些批评家会觉得有责任来提醒我们,说此命题也有一个逆向命题①。但我认为这是错误的。在白人看来黑人根本没有本体意义上的反抗意识。一夜之间黑人就被赋予两套参照系,他必须在这两套参照系之间寻找自己的位置。他的形而上存在,或者说得平实些,他的传统习俗以及这种习俗的本源,都被抹掉了,因为它们与某种文明相抵触,而这种文明他根本不清楚,是别人强加于他的。

对于二十世纪生长于族人之中的黑人来说,他们根本不知道何时自己相对于他人就已经低人一等。当然我曾就黑人问题与朋友们讨论过,与美洲黑人也谈论过,不过谈的比较少。我们一致抗议这种情况,坚决主张世界

法农的第一部重要著作《黑皮肤,白面具》

---

① 即白人的情况也是如此。

人人皆平等。在安第列斯群岛①，近白色人种、混血人种和黑人之间也存在那种小小的隔阂。对于这些细小的区别，我当时只是满足于学术上的理解，并没有什么惊天动地的后果。然而后来……

然而后来到了我必须面对白人的眼光的时候，这种后果就出现了。我感受到一种从未有过的压抑感。真实的世界改变了我的诉求。在白人的世界里，有色人种在形成其身体概念的过程中遭遇到困难。他们对自己身体的意识完全就是一种否定性行为，是一种第三者意识。身体被包围在一种完全的不确定性氛围中。我知道如果我想抽烟，我会伸出右臂拿起桌子那边的那包烟。而火柴在左边的抽屉里，我必须稍稍向后仰才能拿到。所有这些举动都是出于内在的认识，而并非出于习惯。将我的自我慢慢地构成时空世界里的一个肉体——这似乎就是身体的架构。它不是外部强加于我的；而是对自我和世界一个明确的建构。之所以是明确的，是因为它在我的身体和世界之间产生出一种真实的辩证关系。

《地球上不幸的人们》

黑人意识到他的很多信念并不真实，这些信念是他参照白人的态度和观念而采纳的。但是当他真的意识到的时候，他的学习过程就开始了。而现实却拼命抵制他这么做。但是，有人会提出反对意见，说你只是在描述一个普遍存在的现象，成熟的标志实际上就是能适应社会。我的回答是，这种批评与我所说的不是一回事，因为我刚说明过，对于黑人来说，他将面对一个神话，一个建立在实实在在基础上的神话。当黑人处于他本族的环境中时他不会意识到这个神话；然而一旦他接触到白人，他就会感觉到他的肤色带给他的全部压力。

还有无意识。种族间的行为都是公开发生的，就像公开上演的戏剧，黑人根本没有时间"将它变成无意识内容"。另一方面，白人从某种程度上则能够成功地那么做，因为会产生一个新的要素：罪恶感。无论黑人觉得自己低人一等或高人一等，甚或感觉平等，都是有意识的。这些感觉时刻刺激着他，让他内心不得平静。在他身上，根本就不会产生典型的神经官能症所具有的情感记忆缺失。

每当我读一本心理分析的书、和我的老师讨论问题或是与欧洲病人谈话时，我总是为黑人所拥有的心理图式与面对的现实两者间的不吻合而感

---

① 加勒比海上的法属西印度群岛。

到震惊①。这使我逐步得出一个结论：从白人心理过渡到黑人心理的过程中存在着一种辨证的置换。

夏尔·奥迪埃所描述地"最古老的价值"对于白人和黑人是不同的②。社会化的动力并非出于同样的动机。在冷酷的现实中，我们互换各自的世界。一个详尽的研究应该包括两个部分：

1. 对黑人生活经历的心理分析阐释；
2. 对黑人神话的心理分析阐释。

但是，现实是我们分析的唯一依靠，它使我们不能够照上面的步骤来做。事实比这复杂得多。事实是什么呢？

黑人是一种产生恐惧的事物，他令人惶惶不安。从塞里厄和卡普格拉治疗的病人到那个向我承认和黑人上床太恐怖的女孩，我们能发现不同层次的我称之为黑人恐惧症的东西。与黑人相关的心理分析已有过许多讨论。为了避免方法上的误用，我倾向于将这章的题目定为"黑人与精神病学"，尽管我很清楚弗洛伊德和阿德勒甚至涉猎广泛的荣格在他们的研究中都未涉及黑人③。他们没做是对的。人们太容易忘记，神经官能症并非人类现实的基本症状。不论你是否同意，事实上俄狄普斯情结在黑人之中绝少出现。可能有人会说，正

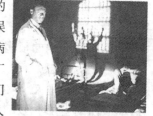

1996年英国拍摄的电影"黑皮肤白面具"

如马林诺夫斯基所主张的④，母系制是它不可能发生的唯一原因。但是，人种学家是否会因为太执著于自身文明中的情结而期望在对其他人种的研究中找到类似的情结呢？撇开这一点暂不谈，用事实来说明会简单些。在法属安第列斯群岛上，百分之九十七的家庭没有出现过俄狄普斯症状。这一情况真让我们衷心地祝贺自己。

除了少数在封闭环境中合不来的人，我们可以说每一例神经症、每一种反常的言行举止或每一宗情感亢奋，只要发生在一个安第列斯人身上，都是其文化环境的产物。换句话说，有一大堆道理，一系列规则慢慢地、微妙地——借助于书籍、报刊、学校及其课本、广告、电影和广播的协助——进入

---

① 英国心理学家巴特莱特（Frederic Bartlett）二十世纪三十年代使用"心理图式"来解释记忆的创造功能。"心理图式"指的是保留在记忆中的各种"主题"，是面对新事物和新记忆的基础。
② 奥迪埃（Charles Odier 1886—1954），法国心理学家。
③ 阿德勒（Alfred Adler 1870—1937），奥地利心理学家、精神病学家，曾与弗洛伊德共事，1911年离开弗洛伊德另立门户（新弗洛伊德学派），研究重点从性冲动转到自卑心理，1935年举家迁往美国。
④ 马林诺夫斯基（Bronislaw Kasper Malinowski），1884—1942，波裔英国人类学家，功能人类学派创始人，主张人类的所有体制都应当放到大的文化背景之下去研究。

他的思想，逐渐形成他对这个世界和他所属群体的认识①。在安第列斯群岛，那种对世界的观念完全是白人化的，因为那里听不到黑人的声音。马提尼克的传说很少，在 Fort-de-France 几乎没几个小孩子知道"路易斯安那的雷姆斯大叔的小兔"的孪生兄弟"Compe Lapin"的故事②。一个熟悉当代黑人诗歌流派的欧洲人如果得知直到二十世纪四十年代安第列斯人还无法把自己视为黑人时，他一定会非常惊奇。直到艾美·沙塞尔的出现，黑人自豪运动及其宣扬和主张才为黑人所知晓③。此外，对此最具体的证据就是每一批新到巴黎的学生都会有的感觉：他们需要几周的时间才能意识到，与欧洲人接触迫使他们面对来欧洲之前从未感觉到的许多问题。而这些问题一直随处可见④。

每当我与我的老师讨论问题或是与欧洲白种病人谈话时，我都能意识到这两个世界之间的差异。最近我和一名在 Fort-de-France 行医的医生谈话时，告诉了他我得出的结论；他将其推而广之，说这不仅在精神病学中存在，在普通医学中也有。"同样"，他加了一句，"你从来不会接触到像课本上说到的那么纯粹的伤寒病；其中多少总会夹杂些疟疾"。要是研究一下一个黑人精神分裂症病例一定会很有意思，如果这种病症真的能在那里找到的话。

我想要说什么？很简单：当黑人和白人世界接触时，他会产生某种敏感的反应。如果他的心理结构不够健全，则会导致自我的崩溃。这个黑人将不再作为具有自主行为能力的人，他将以"他者"（外表为白人）作为行动的

---

① 我建议仍未信服的人做以下这个实验：分别在安第列斯群岛和欧洲观看泰山的影片（《人猿泰山》是泰山系列的第一部，1932年上映时极为轰动，英雄救美人的主角是一个人猿——译注）。在安第列斯群岛上映时，年轻的黑人与主人公泰山认同而和片中的黑人为敌。而他在欧洲影剧院中就很难这么做，因为其他观众都是白人，他们会自然而然地将他视为影片中的野蛮人。这是一次具有决定性的经历。黑人发现自己并不会自然而然地成为一名黑人。一部有关非洲的纪录片在一座法国城市和在 Fort-de-France（马提尼克岛首府）放映会产生类似的效果。进一步说，丛林人和祖鲁人在年轻的安第列斯观众看来可能更可笑。在这种情况下夸张的反应表露出一丝认同，说明这种情况如何发生会很有意思。一个在法国观看这部纪录片的黑人将会无所适从。在那儿他没有任何逃避的希望：他同时是安第列斯人、是丛林人，又是祖鲁人。（法农）

② 雷姆斯大叔是美国作家哈里斯（Joel Chandler Harris），1848—1908，以雷姆斯大叔讲故事的形式写出的多部儿童故事，使他成为"战后南方的重要作家"。雷姆斯是哈里斯依据奴隶叙事传统塑造出的一个内战时忠实于主人的黑奴典型，战后获得自由，在原主人的种植园里做零工，每晚给种植园主的白人小男孩讲故事。

③ 塞萨尔，见综述部分。

④ 尤其是，他们会意识到自己原本对自尊的看法被完全颠倒了。事实上我们看到，到法国的安第列斯人把这一旅程看作他人格形成的最后阶段。事实上我可以很保险地说，为证明自己是白人而到法国去的安第列斯人将会在那里发现他真正的面目。（法农）

目标,因为只有这个"他者"才能赋予他价值。这在道德层面上就是:自尊。但还有其他的东西。

(李玙　译)

关　键　词

本体意义上的存在(ontology)
本体意义上的反抗(ontological resistance)
参照系(frame of reference)
第三者意识(third-person consciousness)
罪恶感(guilt)
心理图式(schema)
辨证的置换(dialectical substitution)
黑人恐惧症(Negro-phobogenesis)
自我崩溃(collapse of the ego)

关　键　引　文

1. 存在论——一旦它被公认为排除了客观存在——并没能让我们理解黑人的存在,因为黑人不仅仅必须是黑颜色,他的黑色还必须是相对于白人的黑色。一些批评家会觉得有责任来提醒我们,说此命题也有一个逆向命题。但我认为这是错误的。在白人看来黑人根本没有本体意义上的反抗意识。一夜之间黑人就被赋予两套参照系,他必须在这两套参照系之间寻找自己的位置。他的形而上存在,或者说得平实些,他的传统习俗以及这种习俗的本源,都被抹掉了,因为它们与某种文明相抵触,而这种文明他根本不清楚,是别人强加于他的。

2. 然而后来到了我必须面对白人的眼光的时候,这种后果就出现了。我感受到一种从未有过的压抑感。真实的世界改变了我的诉求。在白人的世界里,有色人种在形成其身体概念的过程中遭遇到困难。他们对自己身体的意识完全就是一种否定性行为,是一种第三者意识。身体被包围在一种完全的不确定性氛围中。

3. 对于黑人来说,他将面对一个神话,一个建立在实实在在基础上的神话。当黑人处于他本族的环境中时他不会意识到这个神话;然而一旦他接触到白人,他就会感觉到他的肤色带给他的全部压力。

4. 除了少数在封闭环境中合不来的人,我们可以说每一例神经症、每一种反常的言行举止或每一宗情感亢奋,只要发生在一个安第列斯人身上,都是其文化环境的产物。换句话说,有一大堆道理,一系列规则慢慢地、微妙地借助于书籍、报刊、学校及其课本、广告、电影和广播的协助,进入他的思想,逐渐形成他对这个世界和他所属群体的认识。

5. 我想要说什么?很简单:当黑人和白人世界接触时,他会产生某种敏感的反应。如果他的心理结构不够健全,则会导致自我的崩溃。这个黑人将不再作为具有自主行为能力的人,他将以"他者"(外表为白人)作为行动的目标,因为只有这个"他者"才能赋予他价值。这在道德层面上就是:自尊。

讨 论 题

1. 有色人种在白人世界中遇到的问题是什么?这些问题对法农意味着什么?这和半个世纪后的后殖民主义有什么联系?

2. 用葛兰西的"霸权"概念来解释有色人种所遭遇的困境,即虽然白人的政治经济统制并不符合有色人种的利益,却能通过有色人种的"赞同"来实现自己的统制。是什么使得有色人种产生"赞同"的?

3. 评论文中的这句话:"存在论——一旦它被公认为排除了客观存在——并没能让我们理解黑人的存在,因为黑人不仅仅必须是黑颜色,他的黑色还必须是相对于白人的黑色。"

4. 赛义德非常赞赏法农,认为"他比任何人都更鲜明更坚决地表示了这样一种信念,即民族独立的思想需要转变为一种解放的理论",赞赏他的著述在"塑造新的灵魂",把民族意识丰富深化为"关于社会和政治需要的意识",是一种"真正的人道主义"。评论赛义德的看法。

5. 法农的著述已经超越了一般意义上的精神分析和政治论争:"他试图设立一个介绍身体、语言和精神错乱的知识新构成,作为政治前途构成中的必要经验。这种尝试其实离马尔库塞的尝试并不那么远,或者更进一步说,离维也纳的政治精神分析学家们的忧虑也不远,他们因第二次世界大战被迫逃亡到美国,遭到排挤和压迫"(阿利斯·谢基:2002年版《全世界受苦的人》"序言",万冰译,译林出版社,2005年5月)。法农的贡献到底是什么?讨论。

东方主义(赛义德)

爱德华·W.赛义德(1935—2003)拥有普林斯顿大学学士学位和哈佛大学硕士、博士学位,任教于哥伦比亚大学。他是首先将当代欧洲批评理论引入美国学术界的学者之一,其学术声望主要来自他的后殖民主义批评理论。《东方主义》(1978)是赛义德最具争议的一部著作,是他从纯文学研究转向"世界、文本和批评家"的明显标志。在该书中,赛义德探讨了欧洲对中东的再现即东方主义这个概念是如何形成的,如何逐渐取得"科学的客观研究"这个地位。随后的几部作品则使赛义德留下了"巴勒斯坦事业代言人"的形象,也同时使他成为"继诺姆·乔姆斯基之后几乎最有争议的美国学者",这些作品包括《巴勒斯坦问题》(1979)、《关于伊斯兰》(1981)和《文化与帝国主义》(1993)。晚年的赛义德似乎有所回归,最终徘徊于纯学术研究和普世关怀之间,成为一代人文主义典范。

一位法国记者在1975年到1976年那场残酷的内战期间访问贝鲁特①,不无遗憾地这样描写那被洗劫一空的闹市区:"这地方一度好像属于……夏多布里昂和奈瓦尔笔下的东方之地"②。当然,关于这地方,他说的不错,尤其考虑到他是一个欧洲人。东方几乎就是一项欧洲的发明,亘古以来就是一个充满着浪漫传奇、珍奇异物之地,萦绕着神奇的记忆,布满异域风景,给人妙不可言的经历。而现在,它正在慢慢地消失;在某种意义上,它曾经存在过,但那个时代已经结束了。也许在这过程中发生过对东方人自己至关重要的事情,毕竟远在夏朵布里昂和奈瓦尔的那个时代东方人就住在那儿了,而现在遭受折磨的又是他们;但这一切对这位从欧洲来到东方的人来说似乎无关紧要,重要的是欧洲对东方和它当今命运做出再现,此二者对这位记者和他的法国读者都具有一种特殊的种群意义……

赛义德和妹妹罗茜
1941年摄于耶路撒冷

东方不仅与欧洲毗邻,它也是欧洲最广大、最富饶和最古老的殖民地,是其各种文明和语言的发源地,其文化上的对手,更是其根深蒂固、最常出现的他者形象之一。此外,作为与其相对照的形象、思想、性格和经历,东方还帮助界定了欧洲(或西方)的意义。然而,这个东方所有的一切并不纯粹是想象的产物。东方是欧洲物质文明和文化的必要组成部分。东方主义在文化上甚至意识形态上表现和再现了那个组成部分,将其作为一种话语模

---

① 贝鲁特是黎巴嫩首都,阿以战争爆发之后,大量巴勒斯坦难民进入黎巴嫩。黎巴嫩内战1975年爆发,使这座城市分为东西两部分,之后一直战乱不已。

② 夏多布里昂(François Auguste René Chateaubriand),1768—1848,法国作家、政治家,浪漫主义文学的先驱,作品中大量描写异域文明和文化;奈瓦尔(Gérard de Nerval,真名Gérard Labrunie),1808—1855,法国象征主义诗人、散文家。

式,并以各种机构、词汇、学术研究、意象、学说、甚至殖民地官僚体制和殖民地风格作为支撑。相较之下,美国对东方的理解似乎浅薄得多,尽管我们近年来在日本、朝鲜和印度支那的冒险现在应该酿成了一种比较清醒、比较现实的"东方"意识。此外,美国在近东(中东)扮演的广为扩张的政治经济角色又强烈要求我们去理解那个东方。

读者将清楚的是……我所说的东方主义具有几面的意思,我认为这几个层面的意思都是相互独立的①。东方主义最容易让人接受的指称是学术指称,实际上,这个指称仍然为一些学术机构所采用。任何教授东方、描写东方、研究东方的人,不管这个人是人类学家、社会学家、历史学家或语文学家,无论在特殊还是在一般的方面,他或她都是一位东方主义学者,所做的就是东方学。与"东方研究"或"区域研究"相比较,今天的专家们并不太喜欢"东方主义"这个术语,这既是因为这个术语过于含混和笼统,也因为它暗含十九世纪和二十世纪初欧洲殖民主义的高压式的管理态度。尽管如此,关于"东方"的书籍撰写了出来,以"东方"为议题的会议时有召开,而以新旧面貌出现的东方主义学者则成为这些书籍和会议的权威。关键在于,即便东方主义不像过去那样全面延续下来,但东方主义却在学术上通过关于东方和东方人的学说和论文而存活下来。

赛义德和儿子和儿媳摄于2003年7月

这一学术传统的时运、迁移、学科发展和传播是本项研究的部分主题,而与此相关的则是东方主义的一种更加一般的意义。东方主义是一种思维方式,基于"东方"与(大多数情况下)"西方"之间的一种本体论和认识论上的区别。因此,一大批作家,包括诗人、小说家、哲学家、政治理论家、经济学家和宗主国行政官员都把东方与西方之间的基本区别作为叙述的起点,来展开理论、史诗、小说、社会和政治写作,展示东方及其人民、风俗、"精神"、命运等。这种东方主义可以包括埃斯库罗斯,还有维克多·雨果、但丁和卡尔·马克思②。

东方主义学术研究与多少有点想象色彩的诸种意义之间始终有一种相互交流,自十八世纪末起二者之间就建立起相当多的、非常严格的甚或是制

---

① 以下是赛义德最常被人引用的有关"东方主义"一词的界定,但是实际上虽然英语单词都是"Orientalism",由于其含义不同,在不同的场合或语境下翻译成汉语并不一样,这一点要注意。

② 埃斯库罗斯(Aeschylus),525? —456,古希腊剧作家,雅典最早的悲剧诗人,被称为希腊悲剧之父;雨果(Victor Marie Hugo),1802—1885,法国浪漫主义诗人、小说家、剧作家,以《巴黎圣母院》(1831)和《悲惨世界》(1862)最为知名;但丁(Dante Alighieri),1265—1321,意大利文艺复兴时期伟大诗人,名作是《神曲》(1307—1355)。

度化了的交往。这里,我要谈到东方主义的第三种意义,它比前两种都更具有历史的和物质的含义。把十八世纪末作为非常粗略的界定起点,我们可以把东方主义作为处理东方的团体机构来分析和讨论,这种对东方的处理包括发表关于东方的言论,论证关于东方的观点,描写东方,以及教授东方学、向东方殖民:简言之,东方主义这里已经成为西方统治、重建、管辖东方的一种风格。我发现在这方面可以使用米歇尔·福科在《知识考古学》和《监禁与惩罚》中提出的话语观念来认识东方主义①。我的论点是,如果不把东方主义作为一种话语来探讨,那就不可能理解欧洲文化庞大的学科体系,正是借助这个庞大的学科体系欧洲才能在启蒙时代之后从政治、社会、军事、意识形态、科学和想象上对东方实施管理,甚至生产。此外,东方主义占据了如此权威的地位,以至于我认为任何关于东方的写作、思想和行动都不能不考虑到东方主义所强加给思想和行动的限制。简言之,由于东方主义的存在,东方过去不是(现在仍然不是)一个自由的思想或行动主体。这不是说东方主义单方面决定了如何表现东方,而是说每当那个特定的实体"东方"成为问题焦点时,都必然要涉及(因而总是卷入)整个利益网。这种情况何以发生,这是本书试图要表明的。本书还试图表明,欧洲文化正是通过把东方作为一种替身甚至隐蔽的自我而获得力量和身份的……

这是一张很有争议的法新社照片:赛义德自称和平主义者,且批评东方主义把巴勒斯坦人和"暴力"相联系,但是 2000 年 7 月 3 号他在以黎边境向以色列边防警察投掷石块,引来很多非议。

我讨论开始时的前提是:东方并不是一个自然的毫无变化的事实。它不仅仅是存在在那儿,正如西方也不仅仅是存在在那儿一样。我们必须认真考虑维柯的深刻洞见,即人创造自己的历史,人只能够认识他自己创造出的东西,然后将之引申到地理:既作为地理又作为文化的实体,更不用说是历史的实体,诸如"东方"和"西方"这样的地点、区域或地理区划都是人为造成的。因此,正如西方本身一样,东方只是一种思想观念,它有着思维、形象和词汇的历史传统,这些又赋予其在西方和相对西方而言的现实和存在。这两个地理实体相互支持,并在某种程度上相互反映。

说到这儿,就必须继续陈述一些合理的条件。首先,要说东方本质上只是一种观念,或只是没有相应现实的一个凭空创造,那就错了……过去曾经有,现在仍然有一些文化和民族位于东方,他们的生活、历史和习俗拥有其

---

① 关于福科,见本书第十单元"新历史主义批评理论"。

实实在在的现实,而这些现实比在西方所言传的有关它们的一切都更真实。对于这样一个现实存在,本书的东方主义研究做不出多少贡献,惟有予以默认它的存在。而我在此书中所研究的东方主义现象主要涉及的不是东方主义与东方的现实对应,而是东方主义内部形成的一致性及其关于东方(被视为一种职业的东方)的看法,这种看法不屑于与"真正的"东方有任何对应,亦或超越了或者根本不存在这种对应……

第二个条件是,思想、文化和历史在不研究其力量,或更确切地说是其权力构造的情况下是不可能得到认真的理解和研究的。认为东方是被创造出来的,或如我所称,"东方化的结果",并认为这样的事情就是想象顺理成章的必然结果,这样的想法是虚伪的。西方与东方的关系是一种权力关系,统治关系,一种程度不同的复杂的霸权关系……

这把我们引到第三个条件。我们永远不应该假定,东方主义的一套只不过是一套谎言或迷误,一旦道出这些谎言或迷误的真相,它们自然会烟消云散。我本人认为,东方主义作为欧洲—大西洋统治东方的权力符号,比它作为有关东方的一种真实话语(它在学术研究层面上是这么声称的)更具有特殊的价值……

东方主义一直把这种灵活的地位优越作为它的策略,这种灵活的策略把西方人置于与东方的一整套可能的关系之中,并同时永远保持其相对的优势地位。为什么非得把这种关系反过来呢,尤其是自文艺复兴后期至今欧洲一直处于非凡的上升时期?科学家、学者、传教士、商人或水手来到东方,或思考东方的问题,因为他能够到那里,或能够思考东方的问题,并且几乎没有遭到来自东方的任何抵制。在东方知识这一总标题之下,在西方十八世纪末以来统治东方的霸权伞遮护之下,出现了一个复杂的东方,它适于学术研究、博物馆展出和殖民事业重建,适于关于人类和宇宙的人类学、生物学、语言学、种族和历史的理论阐释,适于关于发展、变革、文化个性、民族或宗教性质等经济和社会学理论用来举证。此外,对东方事物的想象性审视多少总是以西方的统治意识为基础的,而那个东方世界正是产生于这种统制意识的未受到挑战的中心。这种审视首先依据谁是或何为东方这些一般的概念,而后依据缜密的逻辑来判断,控制这套逻辑的不仅仅是经验现实,更有欲望、压抑、投资和投射等……

因此,东方主义不是一个由文化、学术或机构被动地加以反映的政治论题或领域;也不是大量庞杂的关于东方文本的集结;更不是再现和表现某种骄横的"西方"帝国主义阴谋来压倒"东方"世界。其实它是地缘政治意识在审美、学术、经济学、社会学、历史学和文字学文本中的播散；它不仅是对基本的地理划分的一种精心描述（世界由两个不平等的半球所组成，东方和西方），更是对一系列"兴趣"的精心描述，运用诸如学术发现、语文学重建、心理分析、地域和社会描写等手段，它不仅创造并且保持这些兴趣；它不仅表现，而且本身就是某种意志和意图，来理解，在某些情况下来控制、操纵甚至吞并这明显是一个不同的（或另外的和奇异的）世界；而最重要的，它是一种话语，与赤裸裸的政治权力决不构成直接的对应关系，而是在与不同类型的权力进行不平衡交换中产生和存在的，在一定程度上通过与诸多权力进行交换而形成，这些权力包括政治权力（如殖民或帝国机构），知识权力（如比较语言学、解剖学或任何现代决策科学等占支配地位的科学），文化权力（如正统的和经典的品味、文本、价值观等），以及道德权力（如关于"我们"做什么，"他们"不能像"我们"那样做什么或理解什么）。事实上，我的真正论点是，东方主义，不单是代表而且就是现代政治-知识文化的一个相当可观的范畴，因此，与其说与东方，毋宁说与"我们"的世界息息相关。

由于东方主义是一个文化和政治现实，因此，它不存在于某个真空的档案中；恰恰相反，我认为可以表明，关于东方的所想所作所为，遵循（或发生于）某些明确的、知识上有迹可寻的线索。这里也能够看到，在广泛的上层建筑压力与创作细节之间，存在着相当程度的细枝末节和精心推敲，即文本性的许多事实。我认为，大多数人文主义者都完全满足于这样的观念，即文本存在于语境之中，互文性这种东西是存在的，成规、前人和修辞风格的压力限制了瓦尔特·本雅明曾经说过的"以'创造性'原则……的名义对生产者所课的重税"，依靠创造性原则，诗人被认为是独立的，完全出于其自身的思想，生产出他的作品。然而，人们并不情愿让政治、机构和意识形态限制以相同的方式作用于作者个体。

（李琤　译）

关　键　词

东方/东方化/东方主义/东方主义学者（the Orient/Orientalize/Orientalism/ Orientalist）

再现（representation）

他者（the Other）

"东方"意识（"Oriental" awareness）

学术指称(academic designation)
利益网(network of interests)
话语模式(mode of discourse)
权力关系(relationship of power)
欧洲—大西洋权力符号(sign of European-Atlantic power)
地位优越(positional superiority)
想象性审视(imaginative examination)
文本性事实(facts of textuality)

关 键 引 文

1. 东方几乎就是一项欧洲的发明,亘古以来就是一个充满着浪漫传奇、珍奇异物之地,萦绕着神奇的记忆,布满异域风景,给人妙不可言的经历。而现在,它正在慢慢地消失;在某种意义上,它曾经存在过,但那个时代已经结束了。

2. 东方不仅与欧洲毗邻,它也是欧洲最广大、最富饶和最古老的殖民地,是其各种文明和语言的发源地,其文化上的对手,更是其根深蒂固、最常出现的他者形象之一。此外,作为与其相对照的形象、思想、性格和经历,东方还帮助界定了欧洲(或西方)的意义。然而,这个东方所有的一切并不纯粹是想象的产物。东方是欧洲物质文明和文化的必要组成部分。东方主义在文化上甚至意识形态上表现和再现了那个组成部分,将其作为一种话语模式,并以各种机构、词汇、学术研究、意象、学说、甚至殖民地官僚体制和殖民地风格作为支撑。

《赛义德选读》(2000)

3. 与"东方研究"或"区域研究"相比较,今天的专家们并不太喜欢"东方主义"这个术语,这既是因为这个术语过于含混和笼统,也因为它暗含十九世纪和二十世纪初欧洲殖民主义的高压式的管理态度。尽管如此,关于"东方"的书籍撰写了出来,以"东方"为议题的会议时有召开,而以新旧面貌出现的东方主义学者则成为这些书籍和会议的权威。关键在于,即便东方主义不像过去那样全面延续下来,但东方主义却在学术上通过关于东方和东方人的学说和论文而存活下来。

4. 这里,我要谈到东方主义的第三种意义,它比前两种都更具有历史的和物质的含义。把十八世纪末作为非常粗略的界定起点,我们可以把东方主义作为处理东方的团体机构来分析和讨论——这种对东方的处理包括发表关于东方的言论,论证关于东方的观点,描写东方,以及教授东方学、向东方殖民:简言之,东方主义这里已经成为西方统治、重建、管辖东方的一种风格。

5. 我们必须认真考虑维柯的深刻洞见,即人创造自己的历史,人只能够认识他自己创造出来的东西,然后将之引申到地理:既作为地理又作为文化的实体,更不用说是历史的实体,诸如"东方"和"西方"这样的地点、区域或地理区划都是人为造成的。因此,正如西方本身一样,东方只是一种思想观念,它有着思维、形象和词汇的历史传统,这些又赋予其在西方和相对西方而言的现实和存在。

6. 思想、文化和历史在不研究其力量、或更确切地说是其权力构造的情况下是不可能得到认真的理解和研究的。认为东方是被创造出来的,或如我所称,"东方化的结果",并认为这样的事情就是想象顺理成章的必然结果,这样的想法是虚伪的。西方与东方的关系是一种权力关系,统治关系,一种程度不同的复杂的霸权关系……

讨 论 题

1. 赛义德对"东方主义"的定义是什么?他给出的三个定义之间有什么关系?哪一个最重要?为什么?

2. 讨论以下的几对概念:东方/西方,羸弱/强壮,奴隶/主人,他者/自我。为什么对立的一方必须依赖另一方才能存在?在什么意义上这些概念是"故意创造"出来的?

3. 很多后殖民批评家(如巴巴)反对赛义德非常绝对化的二元区分,而主张应当有一些"中间地带",以产生"杂糅"或者反抗。你同意吗?

4. 学术研究有一定的规则,"东方学"也形成了自己的研究"规则",赛义德批判的东方主义,指的就是这个"规则"。你认为有可能做关于东方的研究,同时遵循一套自己另立的规则吗?

5. 依据赛义德对知识产生过程的论述,讨论"知识就是力量"这个熟悉的命题。字面上看,十七世纪培根所说的和葛兰西、赛义德所说的十分接近,但是实质上却很不同,不同中又有几分相似和联系。讨论。

征服的面具,文学研究和英国在印度的统治(维斯万纳森)

如果说赛义德在上文中批评的是殖民主义观念从外部表征殖民地所产生的问题,那么下文(1989)则是另一位后殖民批评家对殖民主义在殖民地内部"反映"殖民

社会所作的思考,阐述了看上去"中立"的语言学习是如何成为"后殖民社会的产物",发挥殖民主义意识形态功能的。高里·维斯万纳森 1971 年毕业于德里大学,1985 年获哥伦比亚大学博士,曾师从赛义德多年,现任哥伦比亚大学英语和比较文学教授,研究领域包括 19 世纪殖民研究和学术史研究。

英国文学的引入建设性地解决了对印度教育不断加深的介入和对宗教事物强制性不干预之间的矛盾。重要的是,这一矛盾的解决办法在特许法案之中就已经体现,法案第 43 条规定议会总督有权设立"一笔每年不少于十万卢比的经费用于文学的复兴和改进,以及对印度本土学者进行鼓励"。此后的争论清楚地显示,该项条款中关于应当发展哪种文学故意含混其词,从而引发了一系列有关该条款的误解和矛盾。"复兴"这个词很容易让人理解为是指东方文学而言,但是几乎是故意的意义含混却显示出政府的立场随意性更大,与公开赞同东方主义教育的官方立场相背离[1]。二十多年后,麦考利[2]抓住这一含混辩解说这个词汇明确指的是西方文学,并确信无疑地批评任何试图将其解释为东方文学的做法。

有人争辩说,甚或是想当然地认为,国会用"文学"这个词有可能仅仅指的是阿拉伯文学和梵文文学,说国会不可能把"本土学者"这样一个光荣的称号给一个熟悉弥尔顿诗歌、洛克思辨哲学和牛顿物理学的本地人;说他们只会用这样的称呼来标明那些研究过印度经典典籍中卡桑草的所有用途和化身为神的所有秘密的人。

第一次反对支持东方学校政策的争论早在詹姆斯·密尔之前很久就发生过[3],但他做得最成功,以东印度公司督察的官方身份挑起了关于鼓励显然是非实用主义的教育体制是否明智的争论。在一份 1824 年 2 月 18 日写给孟加拉议会总督的公文中,他着重提到了瓦伦·哈斯丁斯任职期间在加尔各答建立伊斯兰教学校和在贝拿勒斯建立印度教学校的情况[4]。他提到当初建校时的宗旨是"通过鼓励他们学习自己的文学来给本土人留下友好

---

[1] 这里的"东方主义"指的是有关东方语言文化的研习,即赛义德上文中所说的"学术指称",而不是我国学术界更常使用的意义:"西方统治、重建、管辖东方的一种风格"。
[2] 麦考利(Thomas Babington Macaulay),1800—1859,英国历史学家(五卷本《英国历史》1848—1861)、政治家,1832 年任印度事务委员会委员,1834—1839 任印度最高理事会理事,以英国模式改革印度教育。
[3] 密尔(James Mill),1773—1836,英国哲学家、经济学家,鼓吹实用主义,是以写作《论自由》闻名的英国古典自由主义思想家约翰·斯图亚特·密尔的父亲。
[4] 哈斯丁斯(Warren Hastings),1732—1818,英国政治家,1772 年任驻孟加拉邦总督,次年首任驻印度总督,被称为英帝国在印度的元老。

的印象",并指责当地政府没能达到这个既定的目标,尤其是这个有功利目的的目标。密尔首先对东方诗歌是否有价值值得为此专门建立学校提出质疑,因为"从未有人认为有必要建立专门教授诗歌的学校,更没人能肯定这么做能有效地达到(实用的)目的"。密尔的公文要求政府做出一切努力以达到既定的目标,而他的中心论点则是,政府最初制定的传授东方知识的目标根本就是错误的,真正的目的应该是传授"实用的知识"。

与此同时密尔却小心翼翼地做出了一个区分:一边是用梵文或阿拉伯文传授实用知识(他可以容忍这么做),另一边是仅仅为教授印度文学和穆斯林文学而建立学校,"在这些地方你必须教一大堆轻浮不庄重的东西,教不少纯粹的胡闹,只有那和实用挂得上点边"。但同时他也承认,只要这剩下的一丁点中含有足够有用的知识,就应该不惜任何代价将其保持下去。毫无疑问密尔不论鼓励何种类型的教育项目,非常谨慎以免伤害本土人的感情。更何况他的主旨是希望看到印度政通人和,这样才能更迅速有效地推行社会改革。基于这一点,是否用英文倒没那么绝对。事实上,正如埃利克·斯多克斯指出的①,密尔根本就怀疑一切所谓正规教育,不论是用英文还是用本土语言,这种近乎玩世不恭的态度使他孤立于英国主流人文思想之外。然而,尽管他对法律和政府推动社会变革的力量寄予了极大的希望,在社会实用这一点上他是决不妥协的,他既要顾及印度人的既得利益和感情,又要考虑到东方知识的"有害性",而在协调这两方面关系时社会实用性是他坚持的标准。

《征服的面具:文学研究与英国在印度的统治》(1989)

针对密尔的公文,普通教育委员会同意正规教育的目标是传授欧洲知识。但委员会也表达了某种不情愿,它不情愿禁止印度人,尤其是穆斯林,学习他们充满虔诚崇敬的本土文学,这种文学已深深融入他们的风俗习惯和宗教之中,并承载了他们文化的珍贵典籍。作为所有学校都有的一门学科,诗歌是为穆斯林和印度教徒设立的文学课中不可或缺的一部分。对一个要努力尊重一种辉煌文明的完整性的官方机构来说,不准印度人接触诗歌很明显无异于把印度人同他们引以为自豪的重要文化渊源割裂开来。

委员会中有一批东方学学者(包括贺拉斯·威尔逊,豪尔特·马肯斯,

---

① 斯多克斯(Eric Stokes),1924—1981,剑桥大学南亚史家,主要著作有《英国实用主义者在印度》(The English Utilitarians in India 1959)和《农民和英国在印度的统治》(The Peasant and the Raj 1968)。

和亨利·普林塞普①)则对密尔的公文做出了较为激烈的回应。他们并不否认密尔的观点,即印度人需要一种比他们自己的教育系统中的形式更高级的教育。他们对西方知识在印度扎根的可能性抱更为悲观的态度,因为欧洲的文学和科学仍然无法受到当地人的尊重。正如贺拉斯·威尔逊所见:"一个单纯的英文学者不会让当地人对他的学识肃然起敬;他们根本不把英文当作一种学识,但他们却对一个懂梵文或阿拉伯文的人充满崇敬"。之所以形成对英语的蔑视,是因为"maulvis"和"pundits"(分别指阿拉伯和印度的大学者)把这种新的语言文学视作对他们在人民中的权威和影响的威胁。"只要这种情况仍然存在",威尔逊继续写道,"而我们又无法预期这种蔑视会在短期内消除,那么任何强迫本土人民承认西方知识先进性的企图都会招致不满"。他论点中隐含的意思十分悲观:在没有做任何前期工作说服印度人改进其道德和知识的情况下,欧洲文学仍然只能发挥边缘性的有限文化影响。总之,东方学学者们强调,在还没有认真制定出这种教育战略之前,还必须保持尊重印度知识阶层享有政治、文化和精神控制权的政策。

然而对于这种和解政策出现了越来越不耐烦的情绪。最初对印度文化瑰宝的沉醉,那种曾被兴奋地描述为"如此新鲜,如此清新,如此与众不同,超越西方所有陈旧的形式,使思想禁不住惊异和狂喜"的文化,已在十九世纪二十年代被对其知识体系腐朽性的批评所取代。闵托在1813年鼓励复兴东方文化的备忘录受到了尖锐的批评②,认为他没有做一点点"通过灌输或嫁接来部分或全面地介绍欧洲先进的文学与科学,欧洲的知识包含着伟大的发现、高贵的真理和崇高的情感。不!东方学——全部的东方学,就是东方学,简直是不列颠印度基督教总督的负担"。为了瓦解东方学的控制,麦考利同他的妹夫 C.E.特莱维沿一道,致力于重建印度宗教与印度社会现实之间的联系,这种联系在东方学甚嚣尘上的年代一度被隔断。

维斯万纳森:《教会之外:皈依,现代化,信仰》(1998)

就是在这些制度的影响之下印度人民成为他们现在的样子。它们已经失去了

---

① 威尔逊(Horace Hayman Wilson),1786—1860,马肯斯(Holt Mackenzie),1787—1876,普林塞普(Henry Prinsep),1792—1878。
② 闵托(Lord Minto),1751—1814,印度总督(1807—1813)。

平衡，需要补充，维持它们就是延续人民的退化和痛苦。我们的责任不是以此去教化他们，而是要使他们丢弃这种东西，不是进一步固定那长久以来束缚我们的臣民思想的枷锁，而是通过时间的流逝和事物的进步让枷锁脱落。

到了 1835 年，总督威廉姆·本丁克紧随同年麦考利的著名备忘录出台了英语教育法案①，英语教育已经从梵文和伊斯兰学院中分离开，只在完全使用英文教学的学院中教授。这么做的根据是，有人指责说年轻人在本族神学校中学不到什么，也不能说流利的英语，因为他们忙于同时学习三种语言。

但是不管东方学学者对政府将经费只投入英语教育的政策感到多么义愤填膺，孟加拉上流社会的反应却并不总是像他们那样激烈。东方学学者的目标和印度人的需求之间的差异，最显著地表现在 1816 年印度学院的成立，之所以建立这座学院完全是出于一群加尔各答市民的要求，他们不仅仅希望学习他们自己的语言和科学，还想学习英国的语言文学。最初，加尔各答人莱姆汉·罗伊和英国钟表匠戴维·海尔发动这场英语教育运动，完全是为了需要将英国文学翻译成本地语言，并非出于全面引进西方思潮的目的。很可能没有人愿意看到完全的世俗英国文学和科学通过英语为中介全面引进印度。当一群加尔各答市民造访最高法院审判长爱德华·海德爵士，向他表达对"全民道德缺乏"的忧虑，并要求他建立一所教授欧洲教育和英国化道德体系的学院时，这位法官不禁意识到其中的讽刺意味，所以并不赞同②。海德报告说这些人坚持要求接受英语语言文学的经典知识。

> 当他们被告知，出于对他们持有的独特观念的考虑，一套英国方式的传统教育有可能与这些观念相抵触，所以有人建议政府推迟发表赞同他们要求的声明时，他们尖锐地回应到，他们很惊奇有人会认为他们反对开明教育，并说如果他们在接受教育过程中发现任何无法与他们的宗教观念相一致的东西，他们完全可以不接受；而他们仍然希望知道所有"英国绅士们"学习的东西，并且会汲取那些他们认为好的和最喜欢的东西。

这些孟加拉的婆罗门们③毫不掩饰选择英语语言而不是英国文学的工具性动机，对于海德爵士来说再明显不过，对于现代读者就更加明显。本丁克1835 年的英语教育法案中提到了大量印度人谋求需要英语的职位的现象，他解释说，人们已经将学习英语看作是接受高雅教育必不可少的一部分。加尔

---

① 本丁克（Lord William Cavendish Bentinck），1774—1839，英国政治家，1828 年任驻孟加拉邦总督，1833—1835 为印度总督。
② 海德爵士（Sir Edward Hyde），1764—1847，加尔各答最高法院审判长。
③ 婆罗门（Brahmins）是印度四大阶级中等级最高的一个阶级。

各答的印度人整体上看上去比穆斯林更加热切地希望学习英语,同时,部分英国人也认为他们更容易教。一个不那么好听的解释则是,他们更喜欢获取利益,希望得到薪水丰厚的职位,而这些职位则要求英语知识。然而英国人的解释没有考虑到孟加拉上层社会对他们教育的未来充满的极度自信情绪,他们自信到认为引进英语教育根本不会产生担心。对他们来说,更容易接受东方文学和英语学习之间的共存关系(正如上文所述),而对于他们的英国主人们来说,工具性动机则不如文化移入、同化和改良的目的更重要。

总督威廉姆·本丁克根据麦考利的建议于1835年提出的英语教育法案使英语成为印度教育的教学媒介。随着在体制上确立了英语作为正式的教学语言,印度教育转到了一个新的方向。但正如下一章中将会阐述的,本丁克方案的革命性并不在于引进一门新的语言(在1835年之前印度就出现英语语言教学了),而在于赋予了英语教育以一种新的目标和功能,即传播道德价值和宗教价值。通过减少东方学的研究经费以支持英语教学,此法案戏剧性地将英国原先的一种不偏不倚的中立政策改变了。本丁克的前几任总督,包括闵托,蒙特司徒亚特·埃尔芬斯通,查尔斯·梅特卡夫,托马斯·缪洛和约翰·马尔科姆等人,①都自然而然地提倡一种以研究语言和文学本身为目标的传统的研究方式,抵触功利地把人文研究看成现代知识的媒介或是受宗教的压力而将它当作宗教教育材料的做法。然而通过特许法案,积极介入与不偏不倚两种立场之间的矛盾促生了印度的一门新学科——英国文学。

(李珍 译)

关　键　词

故意含混其词(deliberate ambiguity)
实用主义教育体制(utilitarian system of learning)
本土人的感情(native sentiments)
知识体系(systems of learning)
灌输/嫁接(implantation/engraftment)
开明/高雅教育(polite/ liberal education)

---

① 埃尔芬斯通(Mountstuart Elphinstone),1779—1859),历史学家,印度殖民地官员,曾两度婉拒印度总督一职;梅特卡夫(Charles Metcalf),曾任印度代理总督(1835);缪洛(Thomas Munro),1761—1827,1819年任印度马德拉斯市总督;马尔科姆(John Malcolm),1769—1833,孟买总督(1826—1830)。

移入/同化/改良（acculturation/ assimilation/amelioration）
英语的体制化（institutionalization of English）
不偏不倚的中立政策（eclectic policy）
积极介入（active intervention）

关 键 引 文

1. 与此同时密尔却小心翼翼地做出了一个区分：一边是用梵文或阿拉伯文传授实用知识（他可以容忍这么做），另一边是仅仅为教授印度文学和穆斯林文学而建立学校，"在这些地方你必须教一大堆轻浮不庄重的东西，教不少纯粹的胡闹，只有那剩下的一丁点和实用挂得上点边"。但同时他也承认，只要这很少的一部分中含有足够有用的知识，就应该不惜任何代价将其保持下去。

2. 然而对于这种和解政策出现越来越不耐烦的情绪。最初对印度文化瑰宝的沉醉，那种曾被兴奋地描述为"如此新鲜，如此清新，如此与众不同，超越西方所有陈旧的形式，使思想禁不住惊异和狂喜"的文化，已在十九世纪二十年代被对其知识体系腐朽性的批评所取代。

3. 然而英国人的解释没有考虑到孟加拉上层社会对他们教育的未来充满的极度自信情绪，他们自信到认为引进英语教育根本不会产生担心。对他们来说，更容易接受东方文学和英语学习之间的共存关系（正如上文所述），而对于他们的英国主人们来说，工具性动机则不如文化移入、同化和改良的目的更重要。

4. 本丁克方案的革命性并不在于引进一门新的语言（在 1835 年之前印度就出现英语语言教学了），而在于赋予了英语教育以一种新的目标和功能，即传播道德价值和宗教价值。

讨 论 题

1. 英国殖民主义者所发现的英国文学具有的"功能"是什么？这种"功能"发生过那些转变？印度本国人对这种"功能"又是怎么看的？

2. 讨论学习外国语言文学中包含的意识形态"功能"。你认为语言学习和民族认同感有什么联系？语言文学背后隐藏了什么？这和葛兰西的"霸权"观有关系吗？

3. "最初对印度文化瑰宝的沉醉，那种曾被兴奋地描述为'如此新鲜，如此清新,如此与众不同,超越西方所有陈旧的形式,使思想禁不住惊异和狂喜'的文化,已在十九世纪二十年代被对其知识体系腐朽性的批评所取代"。这是否也或多或少反映在西方对待中华文化的态度上?

4. 印度人对于英国文学,从"要我学"到"我要学"的转变,说明了什么?这是不是一种"内心殖民"的表现?

阅 读 书 目

Ahmad, Aijaz. *In Theory: Classes, Nations, Literatures.* NY: Verso, 1992

Ashcroft, Bill Gareth Griffiths & Helen Tiffin eds. *Post-Colonial Studies Reader.* NY & London: Routledge, 1995

Ashcroft, Bill & Hussein Kadhim. *Edward Said and the post-colonial.* Huntington, NY: Nova Science, 2002

Ashcroft, Bill et al. *The Empire Writes Back: Theory and practice in Post-Colonial literatures.* London & NY: Routledge, 2002

Baldwin, Elaine etc. eds. *Introducing Cultural Studies.* London & NY: Prentice Hall Europe, 1999

Ben, Xu. *Situational Tensions of Critic-Intellectuals: Thinking through Literary Politics with Edward W. Said and Frank Lentricchia* NY: P. Lang, 1992

Bhabha, Homi. *Nation and Narration.* London & NY: Routledge, 1990

— *The Location of Culture.* London & NY: Routledge, 1994

Boehmer, E. *Colonial and Postcolonial Literature,* Oxford & NY: Oxford UP, 1995

Dirlik, A. "The Postcolonial Aura: Third World Criticism in the Age of Global Capitalism." *Critical Inquiry* 20, Winter 1994

Fanon, Frantz. *Black Skin White Masks.* Trans. Charles Lam Markmann. NY: Grove P, Inc., 1967

Foucault, Michel. *The Archaeology of Knowledge and the Discourse on Language.* NY: Pantheon Books, 1972

— *The Order of Things, An Archaeology of Human Sciences.* NY: Vintage Books, 1973

— *Discipline and Punish: the Birth of the Prison.* trans. Alan Sheridan. London: Allen Lane, 1977

Fuss, Diana. *Identification Papers.* NY & London: Routledge, 1995

Goldberg, David Theo & Ato Quayson eds. *Relocating Postcolonialism.* Oxford: Blackwell Publishers, 2002

Kennedy, Valerie. *Edward Said: a critical introduction.* Cambridge: Polity P, 2000

* Loomba, Ania. *Colonialism/Postcolonialism,* London & NY: Routledge, 1998

Mohanram, Radhika. *Black Body, Women, Colonialism, and Space.* Minneapolis & London: U of Minnesota P, 1999

Moore-Gilbert, Bart, Gareth Stanton & Willy Maley, eds. *Postcolonial Criticism,* London & NY: Longman, 1997

Paul S. Ropp, ed. Heritage of China, Contemporary Perspectives on Chinese Civilization. Oxford: U of California P, 1990

Prasad, G. J. V. "Writing translation: the strange case of the Indian English novel." In Susan Bassnett & H. Trivedi eds., Post-colonial Translation: Theory and Practice. London & NY: Pinter, 1999

Robbins, Bruce. "Secularism, Elitism, Progress and Other Transgressions: On Edward Said's 'voyage in'." Social Text. Autumn 1994

Said, Edward. Orientalism. NY: Vintage Books, 1979

—— The Question of Palestine. NY: Vintage Books, 1980

—— The World, the Text, and the Critic. Cambridge: Harvard UP, 1983

—— Beginnings, Intention and Method. NY: Columbia UP, 1985

—— Culture and Imperialism. NY: Vintage, 1993

—— Peace and Its Discontents, Essays on Palestine in the Middle East Peace Process. NY: Vintage Books, 1996

—— "Restoring Intellectual Coherence". MLA Newsletter. Spring, 1999

—— Representations of the Intellectual, the 1993 Reith Lectures. NY: Pantheon Books, 1994

Spivak, G. C. The Post-Colonial Critic, Interview, Strategies, Dialogues. Sarah Harasym ed. London & NY: Routledge, 1990

—— Outside in the Teaching Machine. London & NY: Routledge, 1993

—— A Critique of Postcolonial Reason: Toward a History of the Vanishing Present. Cambridge: Harvard UP, 1999

Veeser, H. Adam ed. The New Historicism. NY & London: Routledge, 1989

Viswanathan, Gauri. Masks of Conquest, Literary Study and British Rule in India. NY: Columbia UP, 1989

Williams, Patrick ed. Edward Said. 4 vols. London; Thousand Oaks, Calif: Sage, 2001

巴特·穆尔—吉尔波特等编：《后殖民批评》,杨乃乔等译,北京：北京大学出版社,2001

霍米·巴巴：《纪念法农：自我、心理和殖民状况》,陈永国译,《外国文学》,1991.1

刘俐俐等：《"后殖民主义与中国知识分子的文化策略"问题笔谈》,《南开学报》2001.3

罗钢、刘象愚主编：《后殖民主义文化理论》,陈永国等译,北京：中国社会科学出版社,1999

王宁：《全球化时代的后殖民理论批评》,《文艺研究》2003.5

王岳川：《香港的后现代后殖民思想脉络》,《文艺研究》2000.6

——《台湾后现代后殖民文化研究格局》,《文学评论》2001.4

张京媛主编：《后殖民理论与文化批评》,北京：北京大学出版社,1999

赵稀方：《一种主义三种命运——后殖民主义在两岸三地的理论旅行》,《江苏社会科学》2004.4

朱刚：《萨伊德》,台北：生智出版社,1998

——《重读〈麦琪的礼物〉》,《外国文学评论》2001.2

第十三单元　性别研究批评理论

　　轰轰烈烈的女性主义发展到今天,已经平静了许多,远不如当初那般喧闹和咄咄逼人,更多地具备了主流理论的那种周到、平稳和深邃。如果说二十世纪六七十年代热衷争取女性权益,挖掘女性代表,八十年代津津乐道法国女性"理论",相比之下九十年代之后则显得沉闷。如果尚有一些新的声音,那就是性别研究(Gender Studies)或"同性恋文化"①。

　　"性别研究"范围很广,涉及的学科很多,尤其是社会学,这里只把它限制在文学和与文学相关的文化层面上。性别研究的重要领域包括女性研究(women studies)和女性主义研究(feminism),但这里我们进一步把论题集中于"同性恋文化",即围绕男性同性恋(gay)、女性同性恋(lesbian)以及所谓的"怪异恋"(queer)而产生的文化想象和与此相关的理论②。男女同性恋(港台称男女同志恋)历史悠久,历代对男同性恋多有记载,女同性恋则相对受冷遇,处于无人问津、任其存在的状态。"怪异论"是男女同性恋近十余年的新发展,是同性恋"理论化"的典型表现。十年以前,同性恋理论只能归属于女性主义研究范畴之下;今日它虽然和女性主义仍有千丝万缕的联系,但已经异军突起,成为一门相对独立的理论体系,是女性

古希腊女诗人萨福

---

① "性别"(gender)一直属于女性(主义)研究范畴,一般情况下今日仍然泛指后者,但是自九十年代起,批评理论(尤其女性主义)中涉及的"gender"往往带有同性含义,所谓的"姐妹情谊"(sisterhood)也多含有女同性恋意味。
② 同性恋者认为"homosexual"一词是异性恋强加的,含有贬义,因此倾向于"gay"和"lesbian"。"gay"(字面意思"快乐人")开始指一切同性恋者。二十世纪七十年代女同性恋者认为"gay"有男性中心之嫌,所以改用"lesbian"自称。该词来自"Lesbos"岛,位于希腊东部爱琴海上,公元前七世纪古希腊女诗人萨福(Sappho)出生并生活在那里,据说出身贵族,和岛上的女性来往密切,所以女同性恋也叫"sapphism"。

主义最为活跃的理论延伸①。

尽管今日同性恋文化对女性主义多有微辞,但是不可否认,它的崛起首先要归功于后者的普及和深入。女性主义的一个重要论点是"反本质论"(anti-essentialism),即反对个人身份由某些固定不变的"本质"所决定,反对把由千变万化的社会因素构成的人化约为由某些生来具有的生物因素控制的人。同性恋则牢牢抓住了女性主义的反本质论,"揭示"同性恋在各个历史阶段如何被异性恋所强行定义,性正常/性变态如何被生产出来并服务于统治阶层,"揭露"异性恋社会所"自然化"的种种性"偏见"实际上是意识形态神话,是政治控制工具,以还其社会属性。其次,女性主义(尤其是法国女性主义)对语言的关注也使同性恋文化获益匪浅。拉康关于语言的论述使得女性主义得以区别"自我"(selfhood)和"主体"(subjecthood):如果说自我尚有某种稳定的常态,主体则是语言的产物,是社会符号建构的结果,因此时刻处于变化之中。在对自我身份的界定中,同性恋理论采用了和女性主义几乎相同的语言。克莉斯蒂娃曾说,"如果妇女可以发挥作用,这种作用只能是否定性质的:拒绝现存社会里一切有限的、明确的、结构化了的、充满意义的东西"。而同性恋理论比女性主义更加需要否定性,并把它作为自己身份的特征,如"怪异"就被解释为"任何反、非、抗(contra-, non-, or anti-)异性恋的表述"(Ormand, 1996)②。在实践上,女同性恋和女性主义一道评判"时髦的"男性话语,指出男性所谓的解放女性策略(性解放,性自由等)只不过是对女性另一种名义的奴役和控制,并建立各种社会救援机构对受害女性提供帮助(Raymond 1989: 149—153)。在文本分析上,同性恋理论既致力于表现同性恋文本,更着力于挖掘异性恋文本中暗含的同性倾向,以及这种表现或表露所采用的一些特别的主题,视角,手法,特别关注文本对性本身直接或间接地反映。这种策略也和女性主义如出一辙。

正因为同性恋理论和女性主义如此相通,二十世纪八十年代时同性恋文化仍然广泛以"同性恋女性主义"(lesbian feminism)自称。但是也就在这

---

① 如今的"性别研究"已经和女性主义拉开了距离。值得注意的是,在大多数后结构主义批评理论萎靡不振的情况下,诸如同性恋批评和生态批评这样的少数"批评"理论仍然振振有词,这是一个值得研究的课题,或许一个原因是它们都带有相当的保守色彩,和现在保守的大氛围有契合之处,抑或它们"游戏"、"想象"和"逃避"的成分似乎更大。

② 因此,在女性主义的发展后期及同性恋理论的发展初期,有人在一定程度上赞同本质论,以保持女性身份不会被男权话语(或同性恋身份不会被异性恋)所同化。但是这种本质至多只是女性主义/同性恋理论的一种运作策略,在本质上和男权话语里的两性本质论不同。

个时期,同性恋文化发现自己和女性主义的隔阂越来越大,并最终导致双方分道扬镳。同性恋毕竟声誉不佳,世人对其侧目相视,女性主义急于维护正面形象,所以不愿和前者有太深的瓜葛(Zimmerman, 1996: 167)。这个解释固然有道理,但双方的分歧还有更深层的原因。首先,同性恋理论不仅不忌讳谈论"性",甚至把性作为最重要的观念加以突出,并且批评女性主义力图抹去女性的性特征(de-sexualization)。其后果是,同性恋文化越过女性主义的"两性平等",转而追求"一切性平等"。毋庸置疑,女性主义是批判两性不平等的有力武器,但在解释同性不平等方面的确无能为力,以男权作为抗争对象一致对外的女性主义确实不知道如何处理自己内部边缘和中心的问题。其次,同性恋理论从鼓吹同性互爱,到争取同性平等,最后批判同性间的性压迫性歧视。对女同性恋来说,压迫歧视既来自男性话语霸权,也来自异性恋话语占主导地位的主流女性主义本身。这里的主流女性主义,指白人中产阶级异性恋女性。为了加强自己在和男性话语对话中的地位,主流女性主义竭力扩大其理论的涵盖范围,做法就是认同男性后结构主义理论话语,抹去理论话语中的性别区别甚至性存在。其后果就是降低乃至抹杀女性同性恋文化,如八十年代女性主义的重点是种族和阶级,不提同性恋;九十年代初,法国出版了女性主义力作《欧洲性别史》(五卷本),但是其中竟然没有任何地方涉及同性恋,令同性恋者大失所望(Hoogland, 1995: 469—473)。有时女性主义也会把同性恋文化带上一笔,以显示其"宽容大度",但至多只作为女性主义一个不起眼的叉枝旁骛,借这个"他者"显示女性主流本身。弗洛伊德曾说过,为了成功地压抑某个内容,意识采用的防卫策略是容忍这个内容的暂时存在。

> 为了获得预期的否定效果,意味着在压抑之前让被遗弃的心理材料得到口头或情感上的表达,尽管这种表达是通过否定性语言进行的。因此,遭压抑的无意识内容会既被否定又得到肯定。这种双重压抑策略极好地说明了过去八到十年间同性恋文化在女性主义理论实践框架之内的不同遭遇(同上 478)。

实际上男性话语对女性主义采取的就是这个抑制策略,现在女性主义则把它反过来用之于同性恋文化。同性恋理论和女性主义的另一明显差异就是双方文本解读策略的不同。同性恋理论的做法一是深入同性恋话语本身(女性主义有类似的做法,即探讨文本里细腻的女性感触);但更多的是把文本"怪异化",揭示貌似异性恋的文本实际上暗含同性恋内容,而女性主义文本解读更多的是揭示文本中男权话语的霸道,很少会把男性

福柯的《性史入门》

文本"女性主义化"①。

尽管女性主义的策略和同性恋理论有所不同,它仍然竭力把后者视为同一战壕的战友,以免鹤蚌相争渔翁得利;而同性恋文化对此并不领情,因为虽然之前它投靠女性主义以巩固自己的地位,现在则羽翼渐丰,想凭借拉大和女性主义的距离来突出自己的独立身份。但是双方的区别或许并没有那么大。美国杜克大学同性恋理论家塞基维克(Eve Kosofsky Sedgwick)就主张女性主义和同性恋文化相互依存,其共通之处远远大于表面上的分歧(Rivkin & Ryan 1998: 677)。

同性恋常常被称为病态、性变态、精神异常、行为-思维障碍,甚至犯罪。受这种意识形态影响,很大一部分同性恋者也这么看待自己,并且惧于社会压力而藏身于密室(closet)不敢公开自己的性身份,因此其真实情况一直鲜为人知。当代同性恋理论的发展,得力于福柯的三卷本力作《性史》。《性史》首先点出了一个世人皆知却久已淡忘的事实:同性恋源远流长,是人类社会独特的文化现象,并不是现代人类学家、精神病学家、法律专家所称的

年轻时的培根

"异端"或"变态"。福柯之前,也有人类学家和性学学者讨论过同性恋的发展史,表述过和福柯相似的看法②,但是福柯以后,人们似乎突然意识到自己所习以为常的异性恋社会其实并不那么单纯③,自己所熟悉的历史人物中竟然有这么多人是或者可能是同性恋:统治者(英皇爱德华二世,詹姆士一世,法皇亨利三世,普鲁士国王弗里德力克,拿破仑),政治家(培根),艺术家(达芬奇,米开朗基罗,莎士比亚,拜伦),科学家(凯恩斯,维特根斯坦);当代文化圈子里更不乏其人:惠特曼(Walt Whitman),艾略特(George Eliot),毛姆(Somerset Maugham),福斯特(E.M. Forster),桑塔亚那(George Santayana),柴可夫斯基(P.I. Tchaikovsky)等④。

福柯不仅揭示历史上一直存在同性恋这个事实,而且说明这个事实也

---

① 当然这种差别只是程度上的,并且不断在变化,而且个案差别比较大,这里只就总体情况而言。
② 如布洛(Vern L. Bullough)二十世纪七十年代后期发表的《同性恋史》(Homosexuality, A History)就对自古希腊以来西方社会的同性恋发展及西方教会、国家对同性恋策略的演变进行了非常仔细的梳理。
③ 有学者认为,人类中的50%具有完全的异性恋性取向,4%具有完全的同性恋性取向,而余下的46%则处于两者之间,性取向随时会改变(Rivkin & Ryan, 1998: 694)。而美国性学家金西(Alfred Kinsey)在四十年代就发现人生来就具有同性恋"倾向"(Simpson, 1996: 38)。
④ 注意,现行同性恋文学研究资料中对大部分名人性身份的所谓"披露"仍然是一种推断或者文学"解读",并非证据确凿的"事实"。

是社会意识形态的产物:"我们不应当忘记,有关同性恋的心理学、精神病学、医学范畴到了对同性恋进行特征区别时才出现——维斯德法1870年关于'相反性感情'的著名文章可以作为同性恋的产生日期——依据不再是某类性关系,而是某种性理智,某种自我颠倒男女性别的方式"(Foucault,1981:43)。也就是说,过去社会舆论只把单个的人对照于某些孤立的性行为,1870年起社会体制则以一整套性行为来界定某一类人,这就是现代同性恋科学的开始,也是同性恋成为独立的社会现象范畴、同性恋者具备某种身份的开始。

达芬奇和蒙娜丽莎

> 同性恋不仅古已有之,而且表现形态各不相同,人们对它的看法也因时空而变化:同性恋贯穿于整个人类历史,存在于各种社会形态,发生在各个社会阶层和民族,经历过某种程度的赞同、不置可否、直至最野蛮的镇压。但是变化最大的是不同社会对同性恋的看法,赋予同性恋的意义,以及从事同性恋活动的人对自我的认识(Weeks 1972:2)。

福柯指出,人们习以为亘古不变的"性"其实并不是一个常数(constant),而是不同历史时期人们的独特体验,是随历史形态变化而变化的变数(variable),最能说明这一点的是古希腊的同性恋现象。古希腊人酷爱美,尤其崇尚人体美,优美的形体和该形体的性别没有直接的联系。因此男女两性同样被古希腊男性所吸引,其性选择往往表现成熟男性所具有的品格和情趣。古希腊人当然也认识到性的两重性,提倡高尚的性追求,崇尚有自制力的男性,谴责完全基于肉欲之上的性诱惑,不论这种诱惑来自于哪个性别。对于同性恋(主要是男同性恋),古希腊社会采取的是认可的态度,不论是宗教、法律还是社会都承认其存在,仪式上有表现,文学里有歌颂。当然也有人不赞成,但至多只是讥讽挖苦,谈不上压制。当时颇受非议的同性恋现象是"狎童",主要原因是古希腊社会不欣赏男童的"被动性",认为这种品质不应当属于男性;而家长和教师也感到有责任保护男童不受欺骗,但是这和心理"正常"与否没有关系。此外即使"狎童"也有一定的规范,不可乱来:男童须具备男性的优良品质,不应当女性化;双方关系应当建立在公开自愿的基础之上,成年人没有权威,少年有充分的选择甚至拒绝权,据说连暴君尼禄在这一点上也不能例外(Foucault 1985:187—200)。有人指出,古代社会的社会秩序意义远远大于性别的象征意义,性行为只要符合个人的社会角色就无人追究,因此从现代人的眼光看,

年轻时的莎士比亚

古人几乎都是"双性恋者"(bisexuals)(Abelove 1993: 422)。总之，福柯等理论家试图说明，古希腊社会同性恋文化很普遍，在文献里多有表现，是一种复杂的社会文化现象，并不是简单的"变态"论可以一言蔽之①。

宏观经济学之父 凯恩斯

和主体感受一样，客观世界对同性恋的理解也经历了历史变迁，这是福柯要阐述的一个更加重要的事实。柏拉图和亚里士多德都记述过同性恋，倾向于把它作为先天的作用，和同性恋者本人无关。但二世纪古希腊医生索兰纳斯已经把同性恋看作疾病，是性异常的表现②。中世纪神学家认为人一旦染上同性恋就不能自拔，而且会传染给周围的人，所以要特别小心。当代保存的同性恋历史资料显示，十五到十七世纪有几百万寡妇、老处女在教会的反巫术浪潮里被处死（同上 23），足见惩罚之严。学术界关注同性恋始于十九世纪。由于欧美资本主义工业的飞速发展，城市化的速度前所未有，性取向多元化也越来越明显。当时城市妓女已经普遍，卖淫成为一种职业，由此引发的社会问题引起学者的关注，男妓的存在也开始引起争论。十九世纪八十年代巴黎的同性恋者达七千余人，虽然只占巴黎人口的千分之三，却有聚会，有行话，给社会造成不安。其实"同性恋"这个词也是 1869 年由匈牙利人本克尔特首先使用，1890 年由艾利斯等人引入英语世界并很快被科学界采纳③。十九世纪是科学迅速发展的世纪，医学、社会学对同性恋表现出兴趣。十九世纪后半叶韦斯特法尔是这方面的先驱④。他对两百多例病案进行了研究，从医学科学的角度得出和柏拉图、亚里士多德相似的结论：同性恋是先天的，不应当把它看作罪恶；他还主张同性恋者只是精神"紊乱"，而不是精神"错乱"。同期法国精神病学家让·马丁·夏洛（Jean Martin Charlot，1825—1893）试图医治同性恋，但收效甚微，因此得出结论：同性恋乃遗传缺陷，无法治疗。因此此时医学界认为，解决同性恋只有求助于社会机构，即精神病院或监狱。显然，这个结论已经超出了同情的范围，为今后同性恋的

---

① 从学术研究的角度看，福科对同性恋百科全书式的"知识考古"的确十分精彩。但是，把一切看作"社会象征行为"，当作"叙事"，寻求其背后的"意识形态寓意"（詹明信语），排除对研究对象进行科学探查，做出价值评判，是否在有意转移对事物本身属性进行研究？易言之，这种研究策略是不是更多地带有同为同性恋的福科的一己私利？
② 索兰纳斯(Soranus)，98—117，著有《论妇女病》。
③ 本克尔特(Karoly Maria Benkert)，1824—1882，奥地利出生的匈牙利记者；艾利斯(Havelock Ellis)，1859—1939，费边社成员，支持性解放，最有争议的著作是六卷本的《性心理研究》(Studies in the Psychology of Sex，1897—1910)，曾被列为禁书。
④ 韦斯特法尔(Carl Westphal)，1833—1890，柏林精神病学家。

体制化打下了基础,也为后人解释同性恋定下了基调。夏洛的同事朗姆布罗索以进化论为依据,认为同性恋者属单性繁殖的低级动物[①]。他通过丈量罪犯、妓女、白痴、"性变态"等的头颅、体态、性器官,得出结论:这些人在生理构造上有相似性。克拉夫特-艾宾的《变态性心理》是当时最有影响的专著[②]。他认为性的功能只能是繁殖,除此之外便是

石墙骚乱

当年的石墙酒吧

滥用,同性恋便是无法自制的病态,其堕落程度和杀人食人者相同。二十世纪同性恋研究继续发展,但以上对同性恋的见解依然占据着主导。如弗洛伊德从防止乱伦的角度出发,虽然认为同性恋属"正常"现象,是所有人童年时代必然要经历的阶段,但是仍然把无法超越这个阶段的成年同性恋者归之为病态(Bullough, 1979: 5—11)[③]。

二十世纪中叶开始资本主义消费文化得到蓬勃发展,推崇个性化的时代风尚使同性恋作为一种生活方式得到越来越多的承认,但是六十年代的社会批判思潮(法兰克福学派,女性主义,后结构主义等)、群众抗议运动(反越战,学生游行)以及反传统的先锋派文化对同性恋走出"密室"起到了决定性作用,其标志就是1969年美国"石墙酒吧"事件。"石墙酒吧"(Stonewall Inn)[④]位于纽约市喜来敦广场东侧的格林尼治村克里斯托福街。此地区乃纽约同性恋者的活动区,入夜后穿着怪异的"街头女王"(street queens)在昏暗的灯光下聚集,引得路人侧目。1969年6月27日午夜,纽约市警察局公共道德处的七名警官来到酒吧,以店员无证售酒为由欲行拘捕。当时同性恋者对当局的这种举动习以为常,一般忍气吞声、逆来顺受。但是这次却不同:同性恋者并没有知趣地散开,而是聚集在酒吧门口围观;当一名男性装扮的妇女开始与警察扭打时,人群激愤,扔酒瓶石块。增援的警察打开消防龙头弹

[①] 朗姆布罗索(Cesare Lombroso),1836—1909,意大利犯罪学家,鼓吹犯罪与遗传有关,忽视社会环境的影响,遭到后人的批评。
[②] 理查·冯·克拉夫特-艾宾(Richard von Krafft-Ebing),1840—1902,德国神经心理学家,性心理病理学开创者,尤其是性犯罪学。
[③] 以上只是社会学角度的研究,不应当据此而忽视其他角度的研究(医学,行为科学,精神病学等)。
[④] 该酒吧名字取自美国内战南方将领杰克逊(Thomas Jonathan Jackson),他在战场上勇如"一堵石墙"且多次取胜,最后被自己士兵误击而亡,成为传奇式人物。

压,一连两晚双方严重对峙。

历史上纽约市和同性恋并没有什么联系:美国的男同性恋发源地是洛杉矶,六十年代学生运动的中心在旧金山市。但是纽约却是美国前卫文化的中心①,在电影、绘画、戏剧上新招迭出,尤其是在反抗传统蔑视权威方面常常有惊世骇俗之举,其文化中心就是格林尼治村。当然石墙酒吧事件受到当时的文化大气候影响:1968年法国爆发大规模学生运动,美国也出现反越战争民权的高潮,如4月23号哥伦比亚大学的学潮,及是年夏天美国民主党全国大会时芝加哥发生的严重骚乱。石墙事件并不是纯粹的政治事件,同性恋者也没有统一的规划和明确的斗争纲领。但是学者们一致认为,它是同性恋文化首次公开反抗异性恋文化的歧视和侮辱,成为当代同性恋运动划时代的象征(Dynes 1990: 1251—1254)②。石墙事件之后美国乃至西方世界的同性恋组织迅速发展,开始影响主流社会并渐渐成为不容忽视的政治力量,纽约也因此成为当代男同性恋运动的发源地,那里每年6月的最后一个星期天都要举行活动以纪念"石墙日"。

电影《石墙》

不论是男同性恋还是女同性恋,共有的一个特点就是其本质很难归纳。理论家曾对两词的含义进行过界定,对男女同性恋的特征进行过争论,但至今仍然是各执一词,莫衷一是③。评论家们意识到,同性恋者各人有不同的"风格",每个时代的同性恋文化也会因时代氛围不同而有差异,所以不可能建构出亘古不变的所谓同性恋核心。因此布罗萨德便提出一个女性主义的"诗性建构"以代替本质论建构④:

有此样的女同性恋,有彼样的女同性恋;有此地的女同性恋,有彼地的女同性恋。但是女同性恋的核心首先是具有感染力的形象,所有女性都以此自居。女同性恋是一种精神能量,它使一个女性所能具备的最佳形象具有活力和意义。女同性恋者是表达妇女属性的诗人,只有这个属性才能使女性群体具有真实感(同上 xviii)。

---

① 具有反叛精神的艺术家(Bohemians)产生于十九世纪三十年代的法国,五十年代传到美国时,其落脚点就是纽约的格林尼治村,那里也是二十世纪二三十年代美国"嬉皮派"(Hips)的中心。批评家认为格林尼治精神就是今日美国消费资本主义的精神本质(Cowley 1934: 55—59; Frank 1997: 232—235)。

② 有人把纽约"震惊同性恋世界的枪声"形容为"发卡落地,声震世界"(Jagose 1996: 30)。

③ 出于无奈,有人只好采取类似费希"阐释群体"的办法:"我对本(二十)世纪二十年代以后的女同性恋的定义是:如果你说你是女同性恋者,你就是(至少对你自己而言)"(Munt 1992: 39)。

④ 布罗萨德(Nicole Brossard),1943—   ,加拿大魁北克女作家,艺术家。

男女同性恋的理论困境或多或少反映了他们目前的处境：没有明确的理论身份，必然会使同性恋运动走向停滞乃至被异性恋文化所淹没。但是九十年代以来出现了一个新的同性恋理论，即"怪异论"；虽然从性行为上说"怪人"和同性恋并没有明显的差异，但至少在理论上具备了鲜明的特征。

"怪异"的英文"queer"原义是"古怪"、"难过"、"不适"，港台地区谐其音而称为"酷儿"，但在大陆"酷"字已经被青少年用指英文"cool"，因此学界沿用其原义"怪异"。虽然酷儿理论兴起于九十年代，但是把同性恋称为"queer"则要早得多：七十年代出版的著作里就称同性恋的别称是"queer"，有学者指出本世纪初有些男同性恋者就以此自称。因此"尽管在很大程度上'同性恋'、'男/女同性恋'及'怪异'这些词可以表现同性性关系概念的历史延续，但词汇的实际使用有时会比事件的发生时期略早或略晚。"（同上 73—74）尽管如此，此一时彼一时，今日的"怪异论"已经成为一套在西方主流思想界占有一席之地的理论话语，昨天的"queers"远远不能和它相提并论。

英国小说家毛姆

有些批评家对"gay"、"lesbian"、"queer"不加区分，认为它们只是名称不同，没有实质区别（Rivkin & Ryan，1998：678）。如有人认为"在实践上，几乎所有以这个标签（怪异）自居的人都可能是男/女同性恋社会的一部分，不管他们如何地反对后者"。这种看法有一定的道理，因为男/女同性恋和怪异者一样，把自己看成是"古怪的主体"（eccentric subject），"一个存在于界线之间的主体，相对于白色、西方、中产、男性中心而言，他们是边缘、离心的"（Munt，1992：7）。固然三者的指涉都是同性恋，但是大部分评论家仍然倾向于三者并不是同位语（Jagose，1996：74）。如女同性恋就坚决拒绝把她们等同于男同性恋，因为在同性恋领域里，占主导地位的是男同性恋，自古以来异性恋社会关注的也是男同性恋，女同性恋则相对处于被淹没的状态默默无闻，①因此女同性恋在理论、表现、策略上都有意摆脱"女性主义和男同性恋的双重压迫"（Wilton，1995：1）。怪异论显然得益于同性恋的理论建树，如女同性恋曾经经历过理论的困惑，不知如何在理论上归纳五花八门的女同性恋实践，并且最终认识到，"也许更恰当的做法是把女同性恋的本质理解

---

① 法国女性主义理论家伊瑞盖莱根据英文"homosexuality"一词造出另一词"hom(m)osexuality"：希腊文的 homos（相同）被法文 homme（男人）所取代，意指同性恋实际上成了男同性恋的代名词（Hoogland 1995：471，479）。

为活动,而不是范畴,即'les-being'而不是'lesbian'①。可以肯定的是,称谓政治是女同性恋研究的关键。它不指供理论研究的'女同性恋'抽象范畴,而指那个多重、变化的具体过程,在这个过程里女同性恋躯体在社会和自我之间的渗透镜中存在并发挥着作用"(Wilton,1995:49)。怪异论汲取了这个理论,因此并不在意理论的完美,而注重实践和理论的结合。但是怪异论并不会把自己等同于男/女同性恋,而是在竭力突出自己独特的身份②,至少在理论上的实践是如此。

英国小说家福斯特

虽然如此,要在理论上界定"怪异"仍然很难③。理论界对"怪异"常有两种理解:有时指同性恋的某些特别方式,如双性恋或其他一些非传统的性行为;有时又统指对所有现存性别秩序的反抗④。理论界则多从后者来界定怪异论,如有人称它是"对性和性别以及双方内在关系的假设和现存观念进行颠覆"的理论;也有人认为"怪异活动家和怪异理论都有意打破性的本体范畴,并且为了这个目的有意识地采用戏仿的办法,不仅游戏男女能指,而且游戏表达界定性身份的各种情爱行为。遭到颠覆的不仅是男/女二元对立,而且是同性恋/异性恋二元对立"(Wilton,1995:35)。用通俗的话说,怪异论的实质就是"怪",就是无法用传统语言进行表述,就是似乎是什么,却什么也不是。它也反映了理论家的无奈:怪异论是一个不得不说但又说不清楚的概念⑤。也有人把"怪"归结为一点——反抗:

> 对"怪"的偏好代表了一种想要归纳的大胆冲动。它摈弃忍气吞声的逻辑或简

---

① 这是文字游戏:"being"显示"过程",但是哲学意义上的"being"还指事物的本体存在,以别于事物一般意义上的具体物质存在。这里两层意义都有,但主要指前一种意义上的存在,或指本体存在依赖于物质存在,即女同性恋的具体肢体语言要比抽象理论语言更加重要。
② 曾有人说,怪异论是男/女同性恋理论和后现代文化评判理论结合所产生的"野孩子",所以不愿意承认前者是自己的父亲。此话虽属调侃,却也不无道理。关于怪异论和后现代理论的关系参阅下文。
③ 实际上似乎简单的同性恋界定同样困难。一般人认为同性恋就是"同性间的性吸引"。但是作为理论界定这个说法则过于模糊,例如有很多男性有家室,爱妻、子,只是很偶然地和其他男性有性交往,他们坚决拒绝承认自己属于同性恋(Jagose 1996: 7)。
④ 杰戈斯也有相似的看法:"近年来'怪异'一词的含义和以前不大一样:有时统指处于文化边缘的性别自我形象的整体,有时又指从传统男女同性恋中发展出来的一个新的理论模式"(Jagose 1996: 1)。
⑤ 其实这也是后结构主义各理论经常采取的策略:使用一些含混的术语,故意不加以界定,使它们成为"不得不说但又说不清楚"的概念,以此抗拒体制化,显示批判性。

单的政治利益表征,对正常王国采取更加彻底的反抗。……人们对已经被广泛认可且界定清楚的学术概念"男女同性恋研究"感到担心,不仅需要针对怪异者的理论,而且想使这种理论本身怪起来。对学者和活动家来说,"怪异"不仅和异性恋,而且和包括学术活动在内的"正常"相对立,所以具有批判锐气。坚持"怪异",其揭示出的暴力场所不仅只是缺乏容忍,而是指向正常化所涵盖的广大领域(Warner 1995: xxvi)。

怪异论的这种理论特征和后结构主义如出一辙,实际上怪异论就是后结构主义理论在性别理论上的应用、反映。一位身为同性恋者的评论家喜欢称自己是"dykonstructionist",即女同性恋者(dyke)加解构主义(Munt 1992: xvi)。怪异论喜爱解构主义的方法,往往从异性恋话语中读出同性恋蕴义。如弗洛伊德的性理论异性恋色彩相当浓,但是同性恋理论家塞基维克就指出,弗洛伊德其实已经说明,男同性恋的基础是异性恋(即由男孩恋母而致),而男异性恋的基础是同性恋(男孩与父亲相认同)(Sedgwick 1985: 23)。美国加州伯克莱分校理论家巴特勒也用后结构主义解构性别里的自然/文化二元论,指出所谓毋庸置疑的两性生理差异(自然)其实是人们主观建构的结果(文化):"性别表现之外不存在性别身份;人们常说性别表现后于性别身份,其实正是性别表现从行为上构成了性别身份。"(Butler 1990: 8—25)

尽管怪异论对后结构主义十分青睐,但后结构主义理论本身的矛盾性使得怪异论理论家不得不对它小心翼翼。如后结构主义力图消解二元对立,尤其主张消解对立面之间的价值判断。但是完全取消性行为中的价值判断并不是怪异论的本意,因为性行为中肯定存在权力关系,取消价值判断则无助于保护弱者,况且人们对乖戾的性举止本来就有厌恶感,不会赞成在性行为上为所欲为。有些怪异论者仍然主张二元对立,争取同性恋身份,以便和异性恋完全平等,因为让已经"边缘化"的同性恋再主张"价值多元",无异于自我消亡。为此有些同性恋理论家竭力想建立一套同性恋理论,(Morris,1993: 173);一些同性恋者甚至不惜矫枉过正,拼命宣扬同性至上论,成为"大同性恋主义者"(queer chauvinists)。更有远见的同性恋者则摆出超脱的姿态,放弃本质主义/消解主义之争,把目标定在人类大同的基础上,力图沟通各种性倾向之间的交流和对话,最终达到性倾向间的完全平等。因为从后结构主义推出去,当代后现代社会的一切理论话语(包括后结构主义理论,当代女性主义理论,甚至怪异论等)都是异性恋理论话语的延伸,只能反过来加强异性恋的统治地位。从更实际的

美国诗人 W.H.奥登

角度来说,怪异论汲取后现代理论的特点,把表征作为审美/文字游戏而不是政治斗争,以解构、颠覆、消灭各种即存概念为己任,乐此不疲。这样做使怪异论带有后结构主义理论的艰涩以及同性恋语言的神秘,即使同性恋者也难以进入,更不用说为普通读者所理解了。因此有人预言:真正的同性恋解放之日就是同性恋的消亡之时(Simpson, 1996: 46—54)。言下之意,同性恋本来就是异性恋为了压制、清洗而臆造出来的理论话语,"偏见"的消失也就等于"同性恋"这个带有偏见的范畴的消失①。

同性恋文本分析是同性恋批评理论的主要部分。同性恋文本分析的特点主要有两个:一是建构主义(constructionists),旨在说明性别倾向是后天形成,性别特征是社会建构的产物;二是"解构主义",即从异性恋文学经典里读出同性意蕴。必须注意的是不要把这种阅读策略简单化,同性恋文本阅读不仅仅只是改变文本的属性(identity)。

> 把诸如《嘎文爵士和绿色骑士》进行怪异化始于该政治行为(同性恋批评)本身的含义。作为建构主义我们认为嘎文爵士和绿色骑士都不是同性恋者,同性恋这个词和他俩没有关系;与此同时我们会详细勾勒他们的同性恋举止,因为这些举止使他们看上去像是同性恋者。通过这种行为我们使西方经典的规范性变得可疑,我们使制造经典的人们接受,在他们(或我们)的体制里或在他们本身,存在着某种"怪异"的东西(Ormand 1996: 16—18)。

青年时的拿破仑

也就是说,怪异论并不急于下同性/异性的结论,更不会据此进行价值判断,而是意在打破两者间的二元对立,把异性恋文本"怪异化",或者显示其中时隐时现的性别斗争,使之"陌生化"。对非同性恋者来说进入同性恋文本批评可能会有困难:同性恋批评在很大程度上依赖批评者对同性恋的个人体验,这种体验常常只可意会,无法言传,非同性恋者很难把握(Zimmerman & McNaron, 1996: 46; Wilton 1995: 132)。因此虽然同性恋理论家意识到需要动员广泛的非同性恋群体参与同性恋的行列(Wilton, 1995: 7—8),同性恋批评仍然很难普适化②。迄今以怪异论重读经典最有影响的是塞基维克

---

① 这个"理想"也不是那么不可想象,古希腊社会不就是一个例子。由此可见同性恋研究的"反动"性:对昔日美好时光的留恋,正如生态批评所留恋的前工业化社会一样。

② 女性主义批评也存在这个问题,很多女性批评家否认男性批评家甚至非女性主义的女性批评家有权力进行女性主义批评,因为男女两性的直觉和体验有差异。但是同性恋批评在这方面的限制上似乎更加严格。

的《男性之间：英国文学与男性同性社会欲望》。此书通过对莎士比亚、威彻利、斯特恩、丁尼生、艾略特、狄更斯等名家作品的解读，展示传统社会中存在的"男性同性社会欲望"(male homosocial desire)，其表现方式就是"同性恋恐惧症"(Sedgwick, 1985: 1—5)。

同性恋者现在有了自己的出版园地，也时有作品问世，诗集《共同语言的梦想》就是一例。《母狮》描写了一只被囚母狮的境况："在她胯下金色的皮毛里/涌动着一股天生、半放弃的力量。/她的脚步/被困。三平方码 /覆盖了她的全部空间。/在这个国度，我得说，问题永远是/走得太远，而不是/循规蹈矩。你有很多山洞/崖石没有探过。但是你知道/它们存在。它高傲、脆弱的头/嗅着它们。这是她的国度，她/知道它们存在着"(Rich, 1978: 21)。书中还收集了二十多首情爱诗，表达了女同性恋独特的性爱体验和视角，同时又不乏含蓄，透露出一些审美空间。但是和同性恋理论相比，同性恋文学创作总体上层次比较肤浅，大多局限在纯粹各人情感的流露和个人生活的描写，很难和异性恋社会形成交流，而且大多数这种作品的阅读对象是自己小圈子里的人，使用的词语、意象、语气等等只有圈内的人才觉察得出，异性恋读者很难进入；即使理解其意，也会因为习性不同而敬而远之，更不用说会产生厌恶感了。所以同性恋作品没有形成如同性恋理论那般的影响，至今仍然大多停留在同性恋的"密室"中。

同性恋是一个不具普遍性的文化现象，虽然历史悠久，但是真正把它作为一种人文现象在学术层面上加以系统的研究，则是近十几年的事情，而且其研究视角完全是西方的。但是任何人文现象都和历史的发展有密切联系，所以西方同性恋理论很注意研究古代文明社会，如古希腊、古印度，也包括中国古代社会。众所周知，中国典籍里有大量关于同性相通的描写，尤其是有关男同性恋的记载。美国汉学界认为，中国同性恋是一种文化景观，从"龙阳"、"断袖"的传说到《肉蒲团》、《金瓶梅》、《红楼梦》一直如此，而同时代的西方一直视同性恋为犯罪或精神病。明末清初话本小说《品花宝鉴》被认为是世界最早的同性恋作品之一，其艺术价值虽不如《红楼梦》甚至《金瓶梅》，但文化意义却毫不逊色(史安斌, 1999: 6)。作为文化现象，十九世纪初开始于广东的"抗婚族"也引起西方学者的兴趣。百年间，顺德、南海、番禺等养蚕地区出现"自梳女"，即年轻女性结成关系密切的群体，到了婚嫁年龄时参加一个梳头仪式，在神像及证人前起誓终身不嫁；另一些人虽然行正式婚礼，但不圆房，婚后三天返回娘家，就此一去不回

着男装的秋瑾

("不落家")。与此相关的其他一些风俗也引起同性恋学家的注意:这些地区女性不缠足,溺弃女婴的情况很少,女性地位相对较高。这里"先天大道"教派的势力很大,主张男女平等,信奉观音娘娘,一些地方教会完全由女性掌管,宣扬抗婚可嘉,鼓励无夫无婆无子的女性社区生活。当地的"女屋"、"女宿"、"宝卷"(专为女性阅读的书)成为这一文化的特征(Abelove & Halperin, 1993: 240)。"抗婚族"现象对中国社会的性别研究无疑很有意义,但和当代的同性恋理论有多大关系仍有待挖掘,不必匆忙为之欢呼。很明显,抗婚现象的出现与普及和十九世纪西方资本的入侵和影响有直接联系,当时那里几十家蚕茧工场只招收未婚女性,男性去南洋做工后当地的事务也落入女性的身上(Wolf & Witke, 1975: 67—75)。所以这种现象只能说明"抗婚族"的社会成因,并不能说明女同性恋的"自然"属性。由此推开,中国古代社会的同性恋在本质上和古希腊社会的"狎童"现象一样,至多只能说明同性恋现象"早已有之",而且展示的往往也是同性恋的社会属性而非自然属性,和今日作为文化批评理论的同性恋理论几乎没有相通之处,对当代同性恋文化研究来说津津乐道于此似无必要。

近代中国史上一个与此相关的人物是秋瑾,引人注意的原因并不在于她是同性恋者(或者她根本就不是),而是因为她在中国近代史中占有重要地位。八国联军入侵及义和团运动失败后,越来越多的中国学生到日本留学,二十世纪初时达万人,而女学生仅百人,且大都集中在青山(Aoyama)女子技校,有极强的女性群体意识。1903年她们成立了纯女性组织"互爱社"(Mutual Love Society)①,其成员之一就是女"剑侠"秋瑾。秋瑾在赴日之前1903年曾和丈夫在北平短住,据说此时秋瑾遇诗人、书法家吴哲英。两人成莫逆之交,相见恨晚,秋瑾很快与夫离异,次年正月初七和吴正式结拜成终生知己,并曾赋诗一首("Orchid Verse")以纪念。结拜后的第二天秋瑾便以男装向吴哲英辞行,并将自己部分出嫁时的嫁妆(鞋、裙)送予后者以为纪念,因为她决定"从今以后只着男装"。1907年秋瑾被清政府杀害后,吴哲英冒死收尸厚葬之。曾有人以为秋瑾是女同性恋者,理由有三:秋瑾和吴哲英的誓盟类似于女同性恋之间的"默契"(female bonding);秋瑾的"兰花赋"和上文提到的"自梳女"社团"金兰花社"(Golden Orchid Society)有脉承关系;秋瑾对男权极其厌恶,当时东京

着男式西装的秋瑾

---

① 这里的中文名称译自英文。

中国女留学生编辑的杂志《新中华女性杂志》("New Chinese Women Magazine")曾专门介绍欧美著名女性,其中的很多人(如小说家艾略特[George Eliot]、圣女贞德[Joan of Arc])都是女同性恋者(Zimmerman & McNaron, 1996: 160—164)。对于秋瑾是否同性恋者,中美研究民国史的专家持谨慎态度。不仅因为同性恋研究尚没有进展到传统学科的地步,而且仅凭以上的依据(可以看出以上三点基本上是一种"解读"而非事实)尚不足以证明秋瑾有同性恋经历。最重要的是,只有弄清了秋瑾的性身份和反清斗士身份之间的联系,她是不是同性恋者这个论题才具有实际意义。

在后现代主义思维范式的影响下,泛政治化文化评判已经成为西方批评界的时尚,使得当前成为男女同性恋研究的"黄金时代"(Wilton 1995: 1)。这里,也许杰戈斯对怪异论的看法适用于同性恋批评理论整体的现状。她认为,怪异论的真正身份只能是关系性的,其理论也"只可意会不可言传"(largely intuitive and half-articulate),只可自指不可他指,所以时髦性大于理论性。正因为如此,有些民众对怪异论颇为反感,也有人认为怪异论自居边缘,终成不了气候。更尖刻的批评是:怪异论的出现其实是资本主义全球化影响的结果,其成功之日就是开始衰败之时,因为进入资本主义主流话语意味着脱离社会实践,受益的只是少数"终身教授"(Jagose 1996: 96—98, 106, 110—127)。但是和女性主义一样,同性恋理论确也为同性恋者争得了一定的"人文关怀"。如经过长期争论,法国议会两院 1999 年 10 月通过"公民互助契约",重新定义"家庭"的内涵:不拘性别,只要成双同居,均可视为家庭,从 2000 年起依法取得减税及享受社会福利优待。德国同性恋者受到鼓舞,也要求德国政府效仿法国的做法。但是笃信天主教的法国人大多数对此不以为然,担心出现"父母难辨、六亲难分"的尴尬局面,右派政党扬言若上台将废弃这项"丑陋"的法律。美国宾夕法尼亚大学校长出席同性恋社团活动,许诺为同性恋者争取更多权益;但在为教师配偶提供免费医疗保险时,又宣布此项政策不适用于同性恋者(史安斌,1999: 6)。哈佛大学批评理论教授佳丁 1999 年秋季开过一门课,叫"女性主义理论及其问题",课上请人"现身说法"。一次请来一位女同性恋博士生,她谈到自己有强烈的愿望想以此作为博士论文的选题,教授们出于"政治正确"的原因都表示支持,但寻找导师时,所有教授都以种种理由拒绝(朱刚,2001)。无论如何,同性恋批评理论是二十世纪末西方文艺文化批评理论的一个亮点,并将伴随西方社会进入二十一世纪,其理论得失尚有待进一步的考察。

同性恋性史（布洛）

弗恩·L.布洛（1927——　）是纽约州立大学讲座教授。作为社会学家和心理学家，他多年来从事同性恋研究，发表著作五十余部，论文数百篇，是该领域著名专家。《同性恋史》（1979）一书对西方同性恋性做了全面的历史梳理。在下面的选文中，他探讨了同性恋欲望的五个精神"阶段"。这些心理因素影响到作家的写作方式，并自然而然地和后来批评理论关注的权力和身份问题相吻合。

法国传奇女英雄圣女贞德

萨默塞特·毛姆是二十世纪最成功的畅销作家之一①，他却感到无法如实描写自己最为熟悉的那一类爱情——同性恋。他的侄子罗宾·毛姆记录下了叔叔的忧虑：如果诚实地对待自己并如实地写出同性爱，就会失宠于公众，招致评论家的敌意。

> 你知道为什么尼尔（科沃德）或我没想过把我们的个人偏好公之于众？因为我们知道这会激怒他们。相信我，我心里清楚自己在说什么。

科沃德在对待同性恋行为上比毛姆更为开放②。据奥伯伦·沃说，毛姆觉得

> 不承认自己的同性恋倾向，意味着作为作家的他整个人格面貌是造作的。当然这并不是说，同性恋作家只能描写同性恋行为。但毛姆在自我选择的命运下，永远无法说出自我的真实声音，发出的声音永远只能是他人的声音……

至少毛姆还能违心地继续从事写作，但其他作家发现根本不能隐瞒自己的真实情感。比如说晚年的E.M.福斯特放弃了发表小说的念头，就是因为感到无法公开描写同性恋。③ 他在1913年创作了一部结局圆满的同性恋

少年时代的毛姆

---

① 毛姆（William Somerset Maugham），1874—1965，英国小说家、戏剧家，作品有《人间的枷锁》（1915）等，1920年曾到过中国，长篇小说《彩巾》（1925）就以中国为背景。
② 科沃德（Sir Noel Pierce Coward），1899—1973，英国剧作家、演员，作曲家。
③ 福斯特（Edward Morgan Forster），1879—1970，英国小说家，以《印度之行》（1924）最著名，批评文集有《小说面面观》（1927）。

小说《莫里斯》,并不断加以修改,但是只允许此书在他去世以后才可以正式出版。他还写了一个同性恋主题的短篇小说系列,收集在《未来生活》中,在其身故后才出版。

美国诗人金斯伯格

显然许多人知道毛姆和福斯特的同性恋身份,科沃德对自己的性取向从不加以掩饰,但公众对此毫不知情,因而毛姆和福斯特都不能自如地表达同性恋情。像他们那样害怕曝光的人为数不少,而且他们的胆怯也事出有因。阿德瑞·纪德(1869—1951)是首批在生前就声称自己是同性恋的名作家之一[①],他在出版于1924年的自传体小说 Si le grain ne meurt(翻成英语《如果它死去》)中首开禁忌,并确认小说中的影射属实。同年,他出版了有关同性恋的对话《牧童》。后来的一些作家如艾伦·金斯伯格以及克里斯托弗·伊舍伍德都未在性取向问题上遮遮掩掩[②],并且都创作了有关同性爱主题的小说、诗歌。田纳西·威廉姆斯也在其作品中描写了同性恋[③],然而与金斯伯格和伊舍伍德不同的是,同性恋主题在他作品中从来没有凸显过,其剧中人物既可演成同性情侣,又可演成异性情侣。另有一些社会名流从未公开宣称自己的同性恋身份,这其中包括经济学家乔根·梅纳德·凯恩斯,小说家哈特·克兰、休·沃波尔、弗吉尼亚·沃尔夫,诗人W.H.奥登以及数量庞大的商人、工人甚至政治家[④]。比如汤姆·德赖伯格是英国工党1949—1972年的全国执行委员会主席[⑤],他的同性恋倾向为许多议员同仁所知,但据说正因为这一点而被挡在了内阁门外,尽管他获提名进入上议院。事实上,一旦捅破了这层薄纸后,同性恋无处不在。甚至像霍雷肖·小

---

① 纪德(André Gide),法国小说家、戏剧家,获1947年诺贝尔文学奖。
② 金斯伯格(Allen Ginsberg),1926—1997,美国诗人、随笔作家,1948年毕业于哥伦比亚大学,他的第一本诗集《嚎叫及其他诗》是五十年代"垮掉的一代"的代表作;伊舍伍德(Christopher Isherwood),1904—1986,英国出生,剑桥大学毕业,1939年定居美国,创作小说戏剧,和同性恋作家W.H.奥登合写过三部剧本,《克里斯托弗及其同类》(1976)反映他本人1929至1939年间的生活,大胆暴露了自己的同性恋性取向。
③ 威廉姆斯(Tennessee Williams),1911—1983,美国南方剧作家,曾两次获得普利策奖。
④ 凯恩斯(John Maynard Keynes),1883—1946,英国经济学家,被称为宏观经济学之父;克兰(Hart Crane);沃波尔(Hugh Walpole),1899—1932,美国城市诗人;沃尔夫(Virginia Woolf),1882—1941,英国现代主义小说家、散文家、批评家,以意识流手法著称;奥登(Wystan Hugh Auden),1907—1973,英国诗人、剧作家、批评家,毕业于牛津大学,1939年移居美国,抗战期间曾到过中国。
⑤ 德赖伯格(Tom Driberg),1905—1976,英国政治家,下院议员。

阿尔杰（儿童文学作家）这样的美国民间故事好手也不例外①；他笔下的无性男孩人物通过一种有德行的生活而赢得成功，这很可能是作者表达同性恋爱恋的自我升华。

同性恋隐身壁橱并不仅仅是出于惧怕曝光②，另有一些深藏在人们潜意识中的隐情和社会学家欧文·戈夫曼归类为耻辱的现象与此相关③。戈夫曼概括了面对这一耻辱的系列反应：屈服于耻辱，试图改正或改变，严格保密或极力掩饰（表面装得像没事似的），同其他社会异类一起加入自发的社团或者组织。而这群被社会嫌弃或自我感觉被社会嫌弃的人常常也会走向自我厌恶。比如犹太人的自我憎恶，黑人之间的敌意，以及妇女之间的相互诋毁等。同理，这也造成了同性恋之间的自我憎恨。可能最常用的应付机制就是试图装扮成正常人。据估计，在过去有几十万黑人冒充白人，有些甚至估计这个数字达到几百万。蒙羞的种族取了益格鲁-撒克逊的名字，将自己的鼻子截短，努力使自己行为举止更像一般的美国人④。他们中有些人被人接受的愿望如此强烈以致走向了极端，甚至出现了自相矛盾的情况：美国纳粹党的一些领袖竟出自犹太家庭。同样的原因使得许多同性恋选择了结婚，显示出一种极端的男子气或女子气，来掩饰（纵使不能改变）自己的失败。他们中只有少部分人联合起来，组成团体，相互支撑，然而这种群体的踪迹在历史上很难查找。

仅仅宣称"我是同性恋"是很难让同性恋走出密室、公开身份的。在一篇富有洞见的文章中，米歇尔·P.伯克将同性恋的露面比作悲伤的历程。伯克采纳了伊丽莎白·库布勒-罗斯提出的阶段理论来阐释与死亡相关的悲伤

---

① 阿尔杰（Horatio Alger），1832—1899，美国牧师，内战结束后不久出版小说《破破烂烂的迪克》（*Ragged Dick; or, Street Life in New York*, 1868），描写纽约街头乞丐儿靠自己的努力成为富翁，风靡一时。此后三十年出版过近百部流行小说，"阿尔杰主人公"大多都是此类乞丐变富翁的人物。

② 英语是"closet"，但是更通常的翻译是"密室"。

③ 戈夫曼（Erving Goffman），1922—1982，加拿大社会学家，毕业与芝加哥大学，曾任美国社会学学会主席（1981—1982）。

④ 装扮（passing）是文学作品中经常出现的主题，尤其种族意识强烈的环境下，如美国文学。如美国小说家切斯纳特（Charles Waddell Chesnutt 1858—1932）祖父是白人，父母都是自由黑人，自己外表上几乎看不出是混血儿。他的第一部长篇小说《雪松后面的房子》（*The House behind the Cedars* 1900）描写的就是貌似白人的混血儿试图"装扮"成白人但最终被识破的故事，触及的是不同肤色通婚（miscegenation）这个社会敏感问题，这是切斯纳特经常触及的主题，而且表现得很有深度，而且由此引发出当代后殖民主义和文化批评家对这个主题进一步的关注。二十世纪初一亿美国人口中有一千余万有色人种，其中一百五十万和切斯纳特一样外表几乎就是白人，"装扮"现象却十分敏感又十分普遍，从一个侧面反映了法农在《黑皮肤白面具》里涉及的"内心殖民"（internal colonization）现象（朱刚 2002: 401—404）。

过程①。全过程包含五个阶段,用来解释同性恋不愿走出密室相当贴切,尽管如今对同性恋的惩罚远不及过去严酷。这五个阶段是:

1. 否认和疏离
2. 愤怒
3. 争辩
4. 沮丧
5. 接受

瑞士裔美国心理学家库布勒-罗斯

布洛在中山大学讲学,题为"性别问题:研究及意义"

毫无疑问,许多有同性恋倾向的人一旦明白自己的这种倾向便会竭力否认,包括他们的父母、兄妹、老师及同伴在内的身边最亲近的人也会这样反应。"这个阶段会逐渐过去"、"对这个年龄阶段的孩子来说这很正常",这些说法试图否认事实。和那些最终不得不接受孩子同性恋性取向的家长们交谈,人们会惊讶于在孩子的成长过程中,这些家长是多么自欺欺人。他们拒绝接受哪怕是最明显的事实,因为接受的后果对他们来说是太过残酷了。越是否认事实真相,个人越是与世疏离,感到自己是人世间的怪物,孤家寡人,无人愿意搭理。另一方面社会的压抑强化了这一认识,因为这个社会从不开诚布公地讨论同性恋。然而正是这种自我否认有时反而导致极端的男子气或女子气。

许多人从未走出否认阶段,这些人通常成为最憎恶同性恋的人,将之痛斥为罪恶,害怕自身被压抑的欲望。他们是阿多诺等描述的专制人格的合适人选。尽管阿多诺关注的主要是种族主义心态,他对于专制人格的描述为我们深入了解滞留在"否认"这个第一阶段的人提供了思路②。此类人被内心深处的不安全感所驱动,以道德热诚固守传统观念,刻意将人分为善恶两类,死死抓住貌似科学的条条框框,期望值过高,沉溺于权力和地位,不愿或不能容忍缺点和模棱两可,因为任何的缺陷或者模棱两可都可能削弱对同性恋倾向的否认,并破坏个人的自我防守。这并非在说,所有具有专制人格的人都是隐藏的同性恋者,或是说对同性恋深恶痛绝的人全都是同性恋。我们仅是暗示他们中有些人可能是这样,尤其那些竭力否认自己此类倾向

---

① 库布勒-罗斯(Elizabeth Kübler-Ross),1926—2004,瑞士心理学家,毕业与苏黎世大学,1958年去美国。第一部论著《论死亡和死亡过程》(On Death and Dying 1969)基于对医院几十名临终前病人的采访而写成,十分轰动,成为专家和普通人的手边书,推动了医疗学术界的"临终关怀"(palliative care 或 hospice)运动。

② 阿多诺(Theodor Adorno),1903—1969,德国法兰克福学派的主要代表,马克思主义理论家。见第三单元"马克思主义文学批评"。

的人,他们自我心理不能平衡,也不容他人获得平衡。

如果一个人无奈地接受了自己的性取向,熬过苛严的自我否认阶段后,便进入第二个愤怒阶段。表现在同性恋上,他们会苦苦逼问自己,"为什么是我?"这种愤怒的对象无所不指,不仅迁怒于自身,而且迁怒于社会。有时他怒气冲天,要不自我惩罚,要不报复这个对他充满敌意的社会。出现同性恋苗头的人,其身边的亲人也会出现典型的愤怒反应。许多同性恋的家长也经历了愤怒阶段,他们责怪自己的疏忽,甚至宁愿孩子死去也不要他们成为同性恋,同时又因为愤怒而感到内疚。正因为许多同性恋者清楚父母的愤怒反应,他们永远无法鼓起勇气告诉真相,而是竭力保守秘密。

不是所有的同性恋都必须经过愤怒阶段,也不是非经过不可。也并不是所有父母都会经过这个阶段,但是的确有很多父母经历了愤怒,所以对此阶段需要加以认真对待。另一方面,有些人永远停留在这一阶段,对世界、自己或所爱之人充满敌意。但是同性恋中的大多数人由愤怒转向争辩,或和自己或和上帝争辩。他们常常试着许愿:"只要让我变回'正常人',我会把百分之十的财富捐给教堂,我会善待父母,我保证不再让上帝您烦心。"有时争辩的方式是另外一种:"只要让我再有一次同性恋行为,我发誓永不再犯。这次是对我的考验,

英国二十世纪小说家福斯特

而且仅有这么一次,我保证从今往后老老实实做人。"对于那些认可自己的人,每次的同性恋行为都变成一次争辩:仅此一次,下不为例;而对于那些拒绝认可自己的人来说,通过争辩可以去除心理包袱。每次发生同性恋性行为后,他们常常是悔恨,忙于清除各种证据,矢口否认一切。家长和其他关爱他们的人也表现出类似的争辩,可能仍寄希望于孩子会像他们年轻时一样,只要表现好就获得外出旅游作为奖赏。

争辩过后是沮丧,因为他们逐渐认识到同性恋行为根本不会消失,他们依然故我。有些家长曾对孩子的转变持乐观态度,他们在认识到子女不会也不能改变且希望十分渺茫后,便也陷入沮丧的深渊,除了接受儿女是同性恋这个事实外别无他法。而同性恋本人也唯有接受事实一条路可走。意识到这一点令他们恐惧和抑郁,因为对未知都会有强烈的恐慌。正因如此,这一阶段的自杀现象非常普遍。但是由于消沉是面对现实的结果,随之而来的阶段就是面对真实的自我。

接受事实可以有很多含义,但主要是对自己说,"我是同性恋,我不再隐瞒,我要承认我自己。"保守秘密的负担十分沉重,尤其当他/她已经接受自己

是同性恋之后。这倒并不是说,每个同性恋者都要大声宣告自己的同性恋身份,对此许多人毫不在乎,认为不关他们的事。然而,对于身边亲近和重要的人来说,告诉他们真相意义重大。E.M.福斯特接受了自己的同性恋事实,这对他周围的人来说已不是秘密,然而他不愿意描写同性爱的行为是一种心智的不诚实,结果是妨碍了他的小说创作。毛姆同性恋的事实使他日益不快与痛苦。霍雷肖·阿尔杰将同性恋小说精心伪装,他创造的少年为了报答寡母的期望,都得到勤奋的成年男子的关爱与鼓励。

(宋文 译)

关 键 词

同性爱(homoerotic love)
同性恋主题(homoerotic themes)
性取向(sexual preference/inclinations/leanings)
走出壁橱/密室(come out of the closet)
极端男子气/女子气(extreme machismo/femininity)
耻辱(stigma)
装扮(passing)
社会的压抑(societal repression)
专制人格(authoritarian personality)
对同性恋深恶痛绝的人(homophobic individuals)

关 键 引 文

1. 而这群被社会嫌弃或自我感觉被社会嫌弃的人常常也会走向自我厌恶。比如犹太人的自我憎恶,黑人之间的敌意,以及妇女之间的相互诋毁。同理,这也造成了同性恋之间的自我憎恨。可能最常用的应付机制就是试图装扮成正常人。据估计,在过去有几十万黑人冒充白人,有些人甚至估计这个数字达到几百万。蒙羞的种族取了盎格鲁-撒克逊的名字,将自己的鼻子截短,努力使自己行为举止更像一般的美国人。

2. 越是否认事实真相,个人越是与世疏离,感到自己是人世间的怪物,孤家寡人,无人愿意搭理。另一方面社会的压抑强化了这一认识,因为这个社会从不开诚布公地讨论同性恋。然而正是这种自我否认有时反而导致极端的男子气或女子气。

3. 许多人从未走出否认阶段,这些人通常成为最憎恶同性恋的人,将之痛斥为罪恶,害怕自身被压抑的欲望。他们是阿多诺等描述的专制人格的合适人选。尽管阿多诺关注的主要是种族主义心态,他对于专制人格的描述为我们深入了解滞留在"否认"这个第一阶段的人提供了思路。

4. 保守秘密的负担十分沉重,尤其当他/她已经接受自己是同性恋之后。这倒并不是说,每个同性恋者都要大声宣告自己的同性恋身份,对此许多人毫不在乎,认为不关他们的事。然而,对于身边亲近和重要的人来说,告诉他们真相意义重大。

讨 论 题

1. 根据布洛的说法,为什么同性恋不大情愿走出"密室"?
2. 对作家而言,布洛所说的五个阶段会产生什么样的后果?
3. 阅读下面的引文,并讨论与此相关的身份认同问题:

不承认自己的同性恋倾向,意味着作为作家的他整个人格面貌是造作的。……他永远无法传达真实自我的声音,而只能传递他人的声音……

怪异论导言(杰戈斯)

安娜玛丽·杰戈斯(1965—　)出生于新西兰,曾在墨尔本大学任高级讲师十余年,2003年回到新西兰任维多利亚大学电影电视传媒系副教授。《怪异论》(1996)是对作为文学批评理论的"怪异论"做详细综述的一本专著。她在下文中描述了性别研究在后结构主义语境中的形成过程,并探讨性别研究和其他诸如后女性主义、后殖民主义和文化研究等当代文艺理论之间的关联。

作为一种知识模式,怪异论不仅由男、女同性恋政治和理论发展而来,而且深受构成二十世纪晚期西方思潮的特殊历史认知的影响。在女性主义和后殖民主义理论与实践中,我们可以看到类似的转变。比如丹尼斯·赖利(1988)就女性主义坚持把"女性"作为统一、稳定和一贯的范畴提出质疑,亨利·路易斯·盖茨(1985)改变了"种族"的自然属性①。像这样的概念变化对于男女同性恋的研究和实践产生了重大影响,并且对怪异论的分析提供了历史语境。

男女同性恋运动根本上都信奉身份政治化的观点②,认为身份是进行有效政治干预的必要前提。但怪异论却印证了一种与身份类别范畴更为间接的关系。怪异论接受了后结构主义理论把身份理解为带有暂时性和偶然性,并且逐渐意识到在政治表述上身份范畴的局限性,所以使得怪异论能够以一种个人身份和政治组织的崭新面貌出现。"身份"也许是每一个人拥有的最自然化了的文化范畴之一:人们总是以为自我存在于所有表征框架之外,从而验证了自我是不可否定的真实这一观点。然而到了二十世纪下半叶,这些关于身份的看似不言而喻的或是符合逻辑的论断遭到了诸如路易斯·阿尔图塞、西格蒙德·弗洛伊德、费迪南德·德·索绪尔、雅克·拉康、米歇尔·福柯等理论家的多方面的强烈质疑。这些著作的总体效果,就是大大推动了社会学理论和人文科学的某些发展,用斯图亚特·豪尔的话说,就是他们实现了"笛卡儿主体的最终去中心化"③。其结果就是身份被设想为某种经久不衰、一以贯之的文化想象与神话。将身份设想为"神话"建构并不是说身份范畴不会产生物质效果,而是像罗兰·巴尔特在其著作《神话研究》(1978)中所做的那样去认识我们自身,即我们对自身的理解(一贯的、统一的、有自决力的主体)是表征代码所致,这些表征代码通常用来自我描述,并使身份得以理解。巴特对主体性的认识质疑了似乎是自然的或者不证自明的关于身份的"真理",这个真理其历史渊源来自雷纳·笛卡儿的观念,将自我看作是自主的、理性的、一贯的。

杰戈斯的代表作《怪异论导言》

卡尔·马克思强调限制体系或历史条件决定个人行为,阿尔图塞引用这一观点,认为我们并不是先在的自由主体,相反,我们是由意识形态建构而成的。阿尔图塞的主要观点是:个人是经过意识形态的"质询"或"召唤"才成为主体的,质询是通过确认和认同的强大混合体产生出来的。这一观念对于彻底审视身份政治意义重大,因为它揭示了意识形态不仅规定了个人在社会中的位置,而且赋予他们以身份感;也就是说,它表明人的身份已

---

① 赖利(Denise Riley),1948— ,任教于东安吉丽亚大学英美研究学院,著有《女性主义与历史上'女性'这个范畴》(Feminism and the Category of 'Women' in History 1988);盖茨(Henry Louis Gates 1950—),哈佛大学非裔美国研究系主任,著有《种族的未来》(The Future of the Race 1996)等。
② "identification"可以翻译成"身份"、"认同"等。
③ 笛卡儿(René Descartes),1596—1650,法国思想家,哲学家,以"我思故我在"著名。

经由意识形态构成,而不简单地靠对其进行反抗而形成。

同马克思主义结构主义对主体性的解析一样,心理分析提供了一种文化叙述,使得身份是个人的自然属性这个假设变得更为复杂。西格蒙德·弗洛伊德的无意识理论进一步对主体性的稳定和一致的理念提出挑战。

无意识理论确立了重要的心理和心灵过程对形成人格所产生的影响,个人对此并未察觉,并对主体是完整的和有自知之明的这个通常的假定产生革命性影响。此外,通过对弗氏著作的阐述,尤其是法国心理学家雅克·拉康对其诠释,主体的建立被看成是认知过程,而不是早就存在。主体不是自我的基本特质,而是源于外部建构。因此,身份是在和他人的认同或区别中产生的:它是一种持续不断、永不结束的过程,而不是不动产①。

费迪南德·德·索绪尔在1906至1911年间开设的一些较有影响的有关结构语言学的讲座中,认为语言不是反映而是建构了社会现实。在索绪尔看来,语言不是第二秩序系统,其功能不是仅仅用来描述现存的东西。相反,语言把它似乎仅仅在描述的东西加以构成并彰显其重要性。另外,索绪尔将语言定义为先于个人言语而存在的意义系统。语言通常被误解为表达"真"我的个人所思所感的媒介。但是索绪尔却提醒我们注意:我们把自我看成私人的、个人的、内在的,这种自我理念原本就是语言建构的结果。

美国批评家弗斯

阿尔图塞、弗洛伊德、拉康、索绪尔的理论为怪异论的出现提供了后结构主义语境。法国历史学家米歇尔·福柯更加旗帜鲜明,来改变性别身份是自然属性这种普遍认可的看法。福柯强调性倾向并不是个人的天生属性,而是属于现存文化的范畴,是权力作用而成,而不仅是权利的客体。福柯的论著对于男女同性恋发展意义重大,并由此形成了怪异论行为研究及学术研究。我们这样说倒不是为了声明福柯的著作与同性恋实践和理论有直接的关系,而是正如黛安娜·弗斯所指出的,福柯对于性倾向的著作呼应了"当下同性恋理论家和实践者关于诸如'男同性恋'、'女同性恋'和'同性恋'这些分类的意义和适用性的争论,在后结构主义的氛围下,所有关于身份的说法都变得有问题"②。

福柯认为,性是话语的产物而不是天生状态,这一论点是他有关现代主

---

① 关于弗洛伊德和拉康的理论,见本书第四单元"精神分析批评"。
② 弗斯(Diana Fuss),普林斯顿大学教授,英语系副主任,以后殖民主义和身份研究著名,著述包括《从本质上讲:女权主义,自然,与区别》(1989)和《身份论文集》(1995)。

体性是权力网作用之结果这个宏大理论的一部分。权力的功能不仅限于阻止、压制,而且起着生产和加强的作用,权力"运作于无数点",其效果无法预先决定(Foucault, 1981)。人们普遍认为性存在于权力关系之外,却又受其压迫,和此观点相左,福柯(1979)认为权力的首要任务并不是进行压制:

> 人们在定义权力压制效用时,接受了纯粹法学概念上的权力;人们将权力等同于说"不"的法律,它首先是一种强制令。我现在相信有关权力的整个概念都是错误的、狭隘的、以偏概全的,奇怪的是人们却都相信这套说法。如果权力只是压迫,如果它永远说"不",你真的相信我们会心甘情愿地俯首听命?权力之所以拥有控制力并令人接受,并不仅仅因为它具有否决的力量,还因为它普遍存在,创造出事物,产生出愉悦,形成学识,构成话语;它应当被视为遍及整个社会机构的生产性网络,而不是行使压制功能的负面机构。

在福柯的分析中,遭到边缘化的性别身份不完全是权力运作的牺牲品。相反,他们是同样的运作所产生出来的:"两个世纪以来,性别话语不断增加而不是减少;如果说它传布了禁忌和禁锢的话,它也从根本上确保了整个斑驳陆离的性体系的稳固,对其观念加以灌输。"(Foucault, 1981)对权力的生产性与加强作用的强调改变了传统上对权力的理解方式,其结果是,福柯对权力的再评价极大地影响了同性恋分析。

由于福柯并不认为权力从根本上是一种压制性力量,因此他倒也并不赞同诸如打破禁锢大声说出这样的解放策略。事实上,由于人们早已广泛接受了性压抑这个现代观念,福柯推测对这种压制进行话语批评根本不会正确地揭示权力的运作机制,"它……通过称之为'压抑'来谴责(显然是误解)的东西,究其实就是它所谴责的历史网络的一部分,和它毫无二致"。解放论者信心百倍地要藐视权力,让曾经被禁止而沉寂的男女同性恋身份和性行为重见天日,并由此产生改革,但福柯对这一切表示怀疑。正因为在此事上福柯坚决地采取了反解放主义的立场,所以有时他被看作是鼓吹政治失败主义,不过在他所批评的"压抑假说"已普遍存在的情况下,这么看他也许并不奇怪。

法国思想家福柯
(1926—1984)

然而福柯也认同"哪里有权力,哪里就有反抗",反抗和权力"绝对共存于同一时空"(Foucault, 1988)。和权力一样,反抗有多种多样且不稳定;在某些地点聚合,在另一些地方分散,在话语中传播。"话语"是和某一特定概念相关的形形色色的言语集,因而既构成又质疑该概念的意义——是"一系列不连贯的环节,在战术上其作用在于既不统一也不稳定"。福柯告诫我们,不要把权力当作只是划定等级关系的界线;他也同样坚持认为,话语不仅仅是支持或反对什么,而是无穷尽的多产多义:"我们不能把一个话语世界想象为可以划分成可接受话语与受排斥话语两部分,或是主导话语与从属话语两部分;而应是一个由不同策略起作用的多重话语所组成。"

福柯在描述话语与策略之间的关系时,以及在表现通过使用策略一段话语如何可以被用来为相反的目的服务时,他特别列举了同性恋这个范畴是如何在权力与反抗的关系中被形成的。同性恋作为"物种"的兴起说明了话语的多种能力。

  19世纪出现了有关同性恋、性倒错、鸡奸和"心理两性畸形"物种和亚物种的一整套精神病学、法学和文献,毫无疑问,正是这些使得社会得以对"性倒错"方面采取更加严厉的控制;但同时也使"相反"的话语得以形成:同性恋开始代表自身发出声音,通常使用相同的语汇,使用医学上称其为病态的那些相同范畴,要求承认同性恋的合法性或"自然性"。

因此,话语完全是在权力机制范围之内(但并不一定服务于后者)。福柯的分析集中在话语作为反抗模式,不是要对其内容提出质疑,而是为了具体说明其运作策略。由于同性恋是福柯的主要例证之一,他将性别身份看作现存文化范畴的话语效果。福柯的著作对人们通常理解的权力和反抗提出质疑,显然受到男女同性恋以及后来的怪异恋等理论和实践的青睐。同性恋研究深受福柯著述的启发,尽管福柯将"作者"看作文本效果而不是真实的在场,他公开的同性恋身份显然有利于同性恋研究的发展。

(宋文 译)

关 键 词

知识模式(intellectual model)

范畴(category)

政治表述(political representation)

身份政治(identity politics)

文化想象(cultural fantasy)

主体性(subjectivity)

物质效果(material effect)

表征代码(representational codes)

话语产物/天生状态(discursive production/ natural condition)

权力网（networks of power）
生产性网络（productive network）
解放策略（liberationist strategies）
压抑假说（repressive hypothesis）

关 键 引 文

1. 作为一种知识模式，怪异论不仅由男、女同性恋政治和理论发展而来，而且深受构成二十世纪晚期西方思潮的特殊历史认知的影响。

2. 怪异论接受了后结构主义理论把身份理解为带有暂时性和偶然性，并且逐渐意识到在政治表述上身份范畴的局限性，所以使得怪异论能够以一种个人身份和政治组织的崭新面貌出现。

3. 将身份设想为"神话"建构并不是说身份范畴不会产生物质效果，而是像罗兰·巴特在其著作《神话研究》（1978）中所做的那样去认识我们自身，即我们对自身的理解（一贯的、统一的、有自决力的主体）是表征代码所致，这些表征代码通常用来自我描述，并使身份得以理解。

4. 阿尔图塞……认为我们并不是先在的自由主体，相反，我们是由意识形态建构而成的。阿尔图塞的主要观点是：个人是经过意识形态的"质询"或"召唤"才成为主体的，质询是通过确认和认同的强大混合体产生出来的。这一观念对于彻底审视身份政治意义重大，因为它揭示了意识形态不仅规定了个人在社会中的位置，而且赋予他们以身份感；也就是说，它表明人的身份已经由意识形态构成，而不简单地靠对其进行反抗而形成。

5. 权力的功能不仅限于阻止、压制，而且起着生产和加强的作用，权力"运作于无数点"，其效果无法预先决定。

讨 论 题

1. 杰戈斯描述了使性别研究得以发展的后结构主义历史背景，这个历史背景总的特点是什么？

2. 为什么在这种背景之下"身份认同"成为显在的问题？它如何影响了性别研究？

3. 讨论福柯下面这句话："权力之所以拥有控制力并令人接受，并不仅仅因为它具有否决的力量，还因为它普遍存在，创造出事物，产生出愉悦，形成学识，构成话语；它应当被视为遍及整个社会机构的生产性网络，而不是行使压制功能的负面机构"。

4. 从后结构主义的角度,论述"性别"、"同性恋"和"身份"研究与现代西方批评理论的关系。

女人并非天生(威蒂格)

莫尼卡·威蒂格(1935—2003)是亚利桑那大学法语教授,同时也从事长短篇小说、剧本及散文创作。下文发表于1981年,就有关性别压迫的历史成因的多种解释提出了质疑。和许多女性主义批评家一样,威蒂格对把女性作为"自然"的社会范畴、把性别差异归为生物差异提出质疑。她试图论证,女同性恋是文化产物,女同性恋关系这种身份超越了异性恋关系中的性别和性行为。

唯物主义女性主义对女性压迫的解读推翻了妇女是"天生一群"的理念:"一群特别的种族群体,被视为天生的一群,男人被认为是身体构造特别的一群人"。此类分析在理念层面上的建树,由实践在事实层面上予以证实:女同性恋团体一存在,就推翻了女性是由"天生一群"的人构成的这种人为的(社会的)事实。女同性恋团体实事求是地揭示出,和把女性作为客体的男性父权的决裂是政治性举措,并且表明女性已在意识形态上被重构为"天生一群"。对于女性,意识形态影响深远,使我们身心都受其操纵。我们被强迫从肉体上和思维上去逐条迎合为我们而设立的女性先天"属性"。我们已被扭曲到如此严重程度,以至于他们将我们压迫变形后的躯体称为"自然"。我们已被扭曲到如此严重程度,以至于最终压迫变成我们内心天性产生的后果(天性仅是一种观念)①。唯物主义经过分析论证得出的结果,也是女同性恋团体实际验证的结果:世上不仅不存在天生一族的"女性"(我们女同性恋便是明证),而且作为个人来说,我们质疑"女性"仅仅是个神话。西蒙·德·波伏娃说过这一点,她说:"女人不是天生的,而是后天形成的。生物、心理和经济命运都不能决定女性在社会中的地位:是文明从总体上造就了位于男人与宦官之间、被称为女子的这一生物"。

然而,许多美国及他国的女性主义者及女同性恋女性主义者仍然相信,女性压迫源自生物及历史因素。她们中甚至有人声称在波伏娃身上找到了源头。相信母亲权利和女性创造"史前"文明(由于女性有一种生物气质),而粗俗野蛮的男人则从事狩猎工作(同样出于生物秉性),这些说法和男性阶层迄今提出的生物化历史解释如出一辙。这样的做法同样在社会事实之

---

① 参阅后殖民批评家法农的"内心殖民"说,本书第十二单元"后殖民主义批评理论"。

外寻找男女之别的生物学解释。对我来说,女同性恋对女性受压迫的解析决不会如此,既然它的假设就是社会基础或社会起源在于异性恋。母系社会并不比父系社会少强调异性恋:改变的只是压迫者的性别而已。另外,这一概念不仅蕴含在对性别的分类(男人和女人),而且坚持认为生儿育女(生物学)是定义女性的要素。尽管同性恋社会中的实际情况和生活方式与这一理论不一致,仍然有女同性恋者申明:"女人和男人是不同种类或种族(这两个词可以互换):同女人相比,男人在生理上处于劣势,男性暴力是其生物必然……"如此一来,无异于承认男女之间存在"天然"差别,把历史自然化了,假设"男人"和"女人"早已存在并将继续存在下去。我们这么做不仅把历史自然化,而且将压迫我们的社会现象自然化,从而使改变不再可能。比如,我们不把生育看作是强迫生产,而视之为"天然"的"生理"过程,忘记了我们生活的社会实行有计划的生育(人口学),也忘记了我们自己也被要求来生儿育女,而实际上这是"除战争外"具有高度死亡威胁的唯一的一项社会活动。因此,生儿育女这个贯穿妇女一生且延续已有数万年之久的活动被视为女性独有的创造活动,只要我们"不能靠决心或者毅力摆脱这一观念",获得生育控制权的意义就要远远超出控制此项生产的物质手段:妇女一定要从强加予她们的"女人"定义中解脱出来。

　　唯物主义的女性主义分析方法表明,我们看成是压迫的原因或根源的东西实际上仅仅是压迫者强加给我们的印记:"女性神话",加上物质效果和与之相符的女性意识和身体表现。因而,这一印记并非先于压迫而存在:科莱特·吉约曼早已指出①,在黑人奴隶制社会经济存在之前,种族这一概念并不存在,至少不包含其现代内涵,而是被用于指称家族后裔。然而如今,种族完全和性别一样,被看作是一个"即成现实","可感知的存在","生理特征",从属于自然秩序。但是我们所相信的生理的、直接的感知其实仅是一种复杂而神秘的建构,一种"想象构成",通过感知到的关系网重新阐述而成的生理特征(和其他事物一样,它们本身是中立的,但是打上了社会制度的烙印)。(他们被视为黑人,因而他们就是黑人;她们被看作女人,因而她们就是女人。但被人当作黑人和女人之前,他们首先得被变成那样。)女同性恋者应当永远牢记并承认,在妇女解放运动之前的日子里,身为"女人"是多么"不自然",受到强制,完全难以忍受,遭到破坏。这是一种政治限制,那些对它加以抵制的人被指责为不是"真正"的女人。然而后来我们倒是以此为

---

① 吉约曼(Colette Guillaumin),当代法国哲学家,社会学家,此处指其论文《种族和自然:记号系统,自然族群和社会关系观念》(Race and Nature: The System of Marks, the Idea of a Natural Group and Social Relationships 1988)。

荣,因为正是在这指控中早已蕴含了胜利的曙光:压迫者坦陈"女人"不是不言而喻的东西,因为做女人就得像个"真正"的女人。同时我们还被指责为妄想成为男人。今天,这一双重遣责在妇女解放运动的语境下被女性主义者以及政治目标越来越"女子气"的女同性恋者充满热情地重新拾了起来。然而,拒绝成为女人并不意味着要变成男人。另外,我们以被普鲁斯特称作女人/男人的"充当男人的女同性恋者"为例①,这一经典的范例激起了极大的恐怖,她被当作异己的感受与那些想变为女人的人有何不同?这是两个难以区分的角色。至少作为一个女人,想成为男人表明她已经摆脱了对她的预设。但是,即使她一厢情愿,使出浑身解数她也变不成男人。因为要从女人转变为男人,不仅要求外表像男性,而且要有男性的意识,也就是说,一生至少有权处置两个"天生"奴隶命运的意识。这是不可能的,压迫女同性恋的特点之一正是要让女性远离我们,因为女性只属于男人。因而,女同性恋只能成为另类,变成不女不男、不阴不阳的怪物,一个社会产物,而非自然产物,因为在社会中根本没有自然的立足之处。

拒绝成为(或保持)异性恋总是有意或无意地拒绝成为男人或女人。对女同性恋者来说,这意味着不仅仅只是拒绝接受"女人"角色,而是对男性经济、意识形态、政治权力的摈弃。早在女同性恋和女权主义运动开始之前,我们女同性恋者及非女同性恋者便深知这一点。然而正如安德烈亚·德沃金所强调的②,近来许多女同性恋者已经"不断试图转变奴役女性的意识形态观念,把它变成从活力、宗教和心理方面对女性生物潜能的热烈庆祝"。因此,女同性恋和女权主义运动的某些发展带领我们返回到男性专为我们而造的女性神话,从而使我们陷入"天生一群"的泥沼。我们挺身而出为无性别社会而战多日,如今却发现重新身陷旧日"女性多美好"的死结。西蒙·德·波伏娃特别强调提请我们提防一种错误意识,即从那些神话(男女有别)特征中精心挑选一些看上去不错的特征,用来界定女性。"女性多美好"这个概念达到的目的就是保留女性定义中压迫所能赋予的最好的特征(依据的是谁的标准?),它并不强烈质疑"男"、"女"这样的分类,后者是政治区分,而

---

① 普鲁斯特(Marcel Proust),1871—1922,法国小说家,以 16 卷《追忆似水年华》(Remembrance of Things Past),1913—1927,最为著名。但是同性恋批评家认为这是一部同性恋作品。

② 德沃金(Andrea Dworkin),1946—2005,美国激进女性主义批评家,作家,批评中产阶级女性主义的妥协政策,尤以对色情艺术的批评闻名,指责色情艺术是强奸的帮凶,她本人也是性暴力的受害者,一生坎坷,1998 年结婚,但夫妇两人都是同性恋。

非自然属性。这就将我们放在"女人"内部相互争斗,不是像其他种类那样为了消灭我们的种类,却是为维护和强化"女人"而战。这便导致了我们满足于发展有关自身特性的"新"理论:因此,我们把被动称作"非暴力",而对于我们主要的和迫切的却是同自身的被动性作斗争(或者说同我们的恐惧作斗争,这种恐惧是有理由的)。"女性主义者"的含糊概念是整个女性所处情景的概括。"女性主义者"意味着什么?女性主义者由单词"女性","妇女"组成,它意味着:一些为妇女而战的人。对我们中大多数人来说,它意味着那些为女性种类而战,为消除这个种类而战。对其他人来说,它意味着为维护和强化女人和女性神话而战。但是既然"女性主义者"一词会造成歧义,为什么又要选它呢?十年前我们自称"女性主义者",不是为了支持或强化女性神话,也不是为了认同压迫者给我们下的定义,而是要确认我们的运动有光荣的历史,并强调与过去的女性主义运动有政治联系。

正是由于这场运动赋予女性主义的含义,才使得我们得以对其提出质疑。上个世纪的女性主义恰巧永远无法解决自然/文化,女人/社会概念之间的对立。女人开始作为群体为自己而战,理所当然地认为,因为受到压迫她们便具有相同的特征。但对她们来说,这些特征是天然的、与生俱来的,而不是社会造成的。她们甚至于不惜采纳达尔文的进化论。然而她们并不像达尔文那样相信"女人不如男人进化得高级,但她们的确相信男女特性在进化发展过程中形成差异,整个社会反映了这一两极分化"。早期女性主义的失误在于它仅仅批判了达尔文主义的女性劣等论,却又接受这一论点的基础——即认为女人具有"独特性"。最后是女性学者而不是女性主义者用科学的方法推翻了这一理论。但是早期女性主义者没有把历史看作从利益冲突中发展而来的动态过程。此外,她们仍然和男人一样,相信对其压迫的根源来自她们自身。因而在取得了一些了不起的成就之后,这些身处前沿阵地的女性主义者们发现自己陷入了失去战斗理由的尴尬境地。她们举起不合逻辑的原则——"差异求平等",这一观点目前又开始有所抬头。她们跌入了女性神话的陷阱,这个陷阱现在又一次威胁着我们。

法国小说家普鲁斯特

如何用唯物主义术语来界定压迫,用证据表明女人是一个类别,也就是说,"男""女"分类是政治和经济范畴,并不是永久不变的,这便是我们的历史任务,只有我们才能担负这个任务。我们的战斗目的是消除男性种类,不是通过种族灭绝,而是经过政治斗争。一旦"男性"种类消失,"女性"种类也会随之消失,因为没有了主人,奴隶也就不存在了。我们的首要任务看来是把复数的"妇女"(我们属于其种类来进行战斗)和单数的妇女这个神话彻底区别开来。因为不存在这样单数的"女性":她是想象的结果,而复数的"妇女"则是社会关系的产物。我们强烈感到这一点,不论在任何地方我们都拒绝被称为"妇女①解放运动"。另外,我们还必须摧毁我们身心内外的神话。单数的"妇女"不是我们中的任何一个人,而是政治和意识形态的产物,以否定复数的"妇女"(剥削关系的产物)。因此,单数的"女性"设在那儿来迷惑我们,来掩盖复数"妇女"的真相。为了意识到女性种类,为了组成群体,我们首先要杀死包含了最具诱惑力的单数"女性"神话(我想到了弗吉尼亚·沃尔夫说过的话:要成为女作家,首要任务就是杀死"房间里的天使")。但要成为女性种类,我们没有必要压抑自我,既然个人不应当沦为对她/他本人的压迫,因此我们势必也要正视把我们建构成我们历史的单个主体的必要性。我相信这就是为什么目前人们如此热衷于给妇女下各种"新"定义的原因所在。关键的是对个人的定义和对种类的定义(当然不仅针对妇女)。因为一旦人们认可压迫,他们需要了解并经历把自己建构成一个主体(对应于压迫的客体),尽管遭受压迫,人们仍然能"成就大业",仍然能辨识自我身份。如果一个人被剥夺了身份,根本就没有可能进行抗争,也失去了抗争的内在动力。因为,尽管我只能同他人并肩作战,但首先我要为自我而战。

(宋文 译)

关 键 词

天生一群(natural group)
操纵(manipulation)
天性/自然(nature)
生物秉性(biological predisposition)
生活方式(ways of living)
女性神话(myth of woman)
想象构成(imaginary formation)
政治限制(political constraint)
政治斗争(political struggle)

---

① 这里的"妇女"是单数的。

关 键 引 文

1. 女同性恋团体实事求是地揭示出,和把女性作为客体的男性父权的决裂是政治性举措,并且表明女性已在意识形态上被重构为"天生一群"。对于女性,意识形态影响深远,使我们身心都受其操纵。我们被强迫从肉体上和思维上去逐条迎合为我们而设立的女性先天"属性"。我们已被扭曲到如此严重程度,以至于他们将我们压迫变形后的躯体称为"自然"。我们已被扭曲到如此严重程度,以至于最终压迫变成我们内心天性产生的后果(天性仅是一种观念)。

2. 因此,生儿育女这个贯穿妇女一生且延续已有数万年之久的活动被视为女性独有的创造活动,只要我们"不能靠决心或者毅力摆脱这一观念",获得生育控制权的意义就要远远超出控制此项生产的物质手段:妇女一定要从强加予她们的"女人"定义中解脱出来。

3. 然而如今,种族完全和性别一样,被看作是一个"即成现实","可感知的存在","生理特征",从属于自然秩序。但是我们所相信的生理的、直接的感知其实仅是一种复杂而神秘的建构,一种"想象构成",通过感知到的关系网重新阐述而成的生理特征(和其他事物一样,它们本身是中立的,但是打上了社会制度的烙印)。(他们被视为黑人,因而他们就是黑人;她们被看作女人,因而她们就是女人。但被人当作黑人和女人之前,他们首先得被变成那样。)

4. 她们举起不合逻辑的原则——"差异中求平等",这一观点目前又开始有所抬头。她们跌入了女性神话的陷阱,这个陷阱现在又一次威胁着我们。

5. 我们的首要任务看来是把复数的"妇女"(我们属于其种类来进行战斗)和单数的妇女这个神话彻底区别开来。因为不存在这样单数的"女性":她是想象的结果,而复数的"妇女"则是社会关系的产物。我们强烈感到这一点,不论在任何地方我们都拒绝被称为"妇女解放运动"。另外,我们还必须摧毁我们身心内外的神话。单数的"妇女"不是我们中的任何一个人,而是政治和意识形态的产物,以否定复数的"妇女"(剥削关系的产物)。

讨 论 题

1. 什么使威蒂格成为一个激进的同性恋女性主义者?你赞同她的主张吗?

2. 威蒂格笔下的单数"女人"和复数"女人"有什么不同？你认为女性有生物特征和社会特征吗？两者的区别何在？

3. 威蒂格一再说自己是"唯物主义者"，她是什么意思？讨论下面这句话："如何用唯物主义术语来界定压迫，用证据表明女人是一个类别，也就是说，'男''女'分类是政治和经济范畴，并不是永久不变的，这便是我们的历史任务，只有我们才能担负这个任务。"

4. 威蒂格一直在大谈女性主义。她青睐的"女性主义"和通常意义上的女性主义有什么区别？这种区别重要吗？评论下面这句话："十年前我们自称'女性主义者'，不是为了支持或强化女性神话，也不是为了认同压迫者给我们下的定义，而是要确认我们的运动有光荣的历史，并强调与过去的女性主义运动有政治联系"。

壁橱认识论（塞奇威克）

伊夫·科索夫斯基·塞奇威克（1950—   ）是杜克大学和纽约城市大学英语系教授，性别研究领域有影响的先驱者之一。其著作《男人之间：英国文学和男性同性社会欲望》（1985）追溯了存在于英国经典作家中的同性恋传统，并在近作《壁橱认识论》（1990）中勾勒出怪异论的轮廓。和许多怪异理论家一样，塞奇威克认为"壁橱"或她所称作的"公开的秘密"王国，其传统远比人们过去认为的时代久远。另外，这一传统有它特别的强制性规则，虽然颇有争议，他人却可以借此洞察世界，了解其价值。

壁橱认识论不是取代认识常规的老生常谈。1969年6月及后来的事件①让许多人更深切地感觉到同性恋自我显示所蕴含的活力，展示出的吸引力，以及未来的希望，然而，石墙事件的发生并没有使同性恋的隐秘性得到丝毫的减弱。事情在很多方面恰恰相反。公众灵敏的注意力触角，对每一个揭示出的同性恋事件（尤其是非主动地揭示）都感到新鲜，人们非但没有感到厌烦，惊讶和愉悦之情反而得以加强，公众公开谈论的气氛越来越浓厚，那种过去不敢显露出来的恋情让公众莫名地感到兴奋。如此富有活力及成效的叙述结构当然不甘心轻易地失去其社会意义的重要形式。正如 D.A. 米勒在其极富洞见的文章中指出的那样②，秘密状态

---

① 指1969年6月27日发生在纽约格林尼治村的同性恋骚乱事件（石墙事件），见综述。

② 米勒（D. A. Miller），加州大学伯克莱分校教授，1977年毕业于耶鲁大学比较文学专业，研究领域为19世纪英法文学和性别研究。

的作用就是

> 主体的实践,建立起私/公、内/外、主/客的对立,并使这些二元对立的第一项免遭损害。而"公开的秘密"这个现象却不像人们想象的那样能打破二元对立及削弱意识形态作用,相反却证明了其奇妙的恢复。

甚至在个人层面,即使那些最开放的同性恋者,也刻意选择一些对于他们个人、经济及制度方面重要的人物一起隐藏在壁橱里。再说,异性恋观念专横十足的韧性意味着,正像《彼得·潘》中的温迪①,即使在人们打盹的时候,也会发现新的墙壁在周围拱起来:每每遇到新的学生,更别提新的上司、新的社工人员、贷款员、房东和医生,新的壁橱就会树立起来,这种壁橱具有典型的令人不安的光学和物理性质,强迫对至少像同性恋那样的人群开展新的调查、进行新的计算、在保守秘密或公开秘密方面提出新的负担和要求。甚至对于一个公开宣称自己是同性恋的人,她并不知道每天与之打交道谈话的人是否清楚其同性恋身份;同样令她颇费猜测的是,任何特定的谈话者如果真的知道她的真实身份,他对这一点是不是很在乎。在最基本的层面上,同性恋者要找工作,要获得监护或探视权,要寻求保险,要保护自己免遭暴力,免遭强制"治疗",避免歪曲性的印象,免遭侮辱性的审查或直接的侮辱,防止对其身体使用的物品进行强制性解释。要避免所有这些伤害,他们如果在其一生中的某些或全部时节选择继续留在壁橱内或是重新进入壁橱,我们对此也不难理解。同性恋者的壁橱不仅仅是同性恋生活才有的特征,但是对许多同性恋者来说却是他们社会生活中的根本特色。不管他们是多么富有勇气和习惯于坦率,不管他们有多幸运地获得周围社区的支持,几乎对所有同性恋者来说壁橱生活仍然主导着他们的生存状态。

在此我要说,在整个这个世纪中,壁橱认识论对同性恋文化和其身份的认识是至关重要的,一以贯之的;但这并不是要否认,对于同性恋者来说,壁橱周围和壁橱之外已经发生了巨大的变化。如果在一个历史叙事中没有转折点,作为启示获救的开始,不论存在于过去还是将来,则突出壁橱的中心性和延续性就有些冒险。

塞奇威克的代表作《男人之间:英国文学和男同性恋欲望》

---

① 《彼得·潘》是苏格兰作家巴里(Sir James Matthew Barrie),1860—1937,所写的最著名的童话剧(Peter Pan 1904),故事主人公彼得永远长不大,温迪是他的好友。梁实秋曾把它译成中文。

一种介绍如果缺乏那种特殊的乌托邦组织,就有一味美化壁橱的危险,即使没有刻意这么做;就有把被勒索、被扭曲、被剥夺权力以及遭受痛苦的情况展现为不可避免或是有价值的危险。如果这些风险值得一冒,其原因部分在于同性恋写作、思想和文化具有非乌托邦传统,为后继的同性恋思想家保持了不衰的、丰沛的创造力,尽管他们的政治一直没有得到一种合法的解读,甚至经常连宽容的解读都少有。但是,在更大的范围里,在语气也不那么中听的情况下,壁橱认识论仍然是整个西方现代文化历史取之不竭的源泉。尽管有充分的理由将壁橱认识论作为研究的对象,但还是没有理由只关注那些身藏壁橱的(不管多么躲躲闪闪)同性恋者,而把周围异性恋文化中对它指手画脚的人排除在外,他们要深入表述壁橱的需求并不过分。

但是在此阶段,我几乎不知道还有什么其他的可以双方兼顾的抉择,也许我们完全可以说这种兼顾双方的选择是不可能的,原因下面会讨论。至少扩大细察范围,采取新的分析方式,改变论题角度,这些都包括在此番的方法论讨论之内。

1973年马里兰州蒙哥马利县,八年级地理老师阿肯弗拉被发现是同性恋,校董事会把他调离了教师岗位。随后,阿肯弗拉向诸如"六十分钟"和大众广播公司等新闻媒体讲述了自己的处境,之后学校就不再和他续签合同了。阿肯弗拉告了学校。联邦地区法院第一次听证他的案例时支持校董事会采取的决定和提出的理由,认为阿肯弗拉诉诸媒体给他自己及其性取向招来了过度的注意,以至于给教育带来了负面影响。第四巡回申诉法庭持有不同意见。法官们认为阿肯弗拉在公众面前暴露其同性恋身份得到有关言论自由的第一修正案的保护。上诉法庭驳回了下级法庭的裁决,但维持了不允许阿肯弗拉返回教席的原判。事实上,他们原先剥夺了阿肯弗拉的起诉权,理由是在最初的求职申请中,他没有说明自己在大学时曾在一个学生同性恋组织中任过职,校方官员在法庭上承认,如果当时他做了说明,就没有学校会聘用他做教师。因此,将阿肯弗拉逐出教室的理由不再是他过多地暴露了自己的同性恋恋情,相反却是他暴露得还不够。最高法院拒绝接受上诉。

令人惊讶的是在阿肯弗拉一案中,两个法庭中的任何一个都强调,老师的同性恋行为"本身"不足以成为把他逐出校门的理由。每个法庭的裁决依赖的都是以下这个含蓄的区别:一方面是阿肯弗拉据称可以得到保护和支持的同性恋事实本身,另一方面是他广遭批评的处理此事的方式。但是后一项行为却那么不堪一击,无法承受同时出现的一系列相互矛盾的宣判,说明了同性恋情那么容易遭受攻击,也证明了身为教师的同性恋者的存在空间受到两方面的无情夹击,一方面推动他暴露,同时另一方面又禁止他这样做。

相关的不协调还表现在对不断出现的公与私这两个术语的区别上,使得当代同性恋存在的司法空间充满漏洞。当美国最高法院1985年在罗兰和疯河地方小学案件的审理中拒绝上诉方时,对开除一个双性恋指导老师表示支持,因为她向一些同事表露了自己的性倾向。表露行为没有得到第一修正案应有的保护,因为它没有构成"公众关心"的言论。仅仅在十八个月以后,又是这个美国最高法院做出裁决,认为同性恋和他人无关,作为对米歇尔·哈德威克有关同性恋不关他人事的争辩的答复①。如果同性恋行为不被看作是公众关心的事件(不管如何重判),尽管它审理时受到过度关注,最高法院的裁决也没有把它归在私人的范畴下。

塞奇威克在中国台湾做学术报告(1998)

这段司法判决中最明显的事实是,它编织出一套让人痛苦的双重束缚文字制度,该制度通过自相矛盾的话语限制,来动摇同性恋的存在基础,以达到有系统地压迫同性恋者,剥夺其身份,压制其行为的目的。然而,这样即刻的政治认识可以由完全另一种历史假设加以补充。我想争辩说,自十九世纪末以来,欧洲和美国为有关同性恋事宜及其界定煞费苦心,投入了大量的精力,也吸引了很多注意力,这么做的原因就是想清楚表述同性恋与范围更大的隐藏和公开标示之间的关系,私人和公众之间的关系,这一点过去和现在都对整个歧视同性恋的异性恋文化的性别、性和经济结构构成严重的问题,这些标示具有鼓动性,但又具有危险的矛盾,浓缩进某些同性恋形象中,既压抑又持久。"壁橱"和"公开"是目前的通用词组,几乎任何充满政治含义的话语都一而再再而三地加以应用,这两个词组对同性恋形象来说最严重也最具吸引力。

壁橱是本世纪定义同性恋压迫的结构。捍卫公民自由的律师做出的法律陈述,或首先是宪法保护隐私权议题的鲍尔—哈德威克诉讼②,以及做出

---

① 1982年8月,警察因哈德威克酗酒闹事到他的住处传唤他,却发现他正在与另一男性口交,遂以鸡奸罪予以逮捕,地方检察官决定不必将案件交给大陪审团,因为佐治亚州法律规定口交属于鸡奸。哈德威克遂起诉州总检察长,认为州法律无效。案件最终移交美国最高法院。

② 1986年美国最高法院在对哈德威克案的裁决中,以5比4的微弱优势,拒绝把同性恋在家中的性行为解释为个人隐私而提供法律保护。不过其中的一个大法官事后承认,自己当时由于犹豫不定而投错了票。在1961年,同性恋间的性行为在美国所有州都是非法的,而到1986年,只有24个州和哥伦比亚特区还维持这样的法律,但同性恋被囚禁的可能性几乎没有了,乃至美国副总统切尼的女儿可以带着自己的同性恋伴侣出入公开场合,为共和党募捐。

判决之后开明人士对警察侵入卧室的不良印象的关注——《本地人》杂志的通栏标题"让警察重返米歇尔·哈德威克的卧室"——这就好像政治权利就是让警察得以返回属于他们的街头,让性生活归于他人不容践踏的私人领域;所有这些都是壁橱形象的拓展以及对其权力的验证。这一形象经久不衰,即使其概念在反对同性恋的呼声中经受挑战,犹如下文对哈德威克案的反应,针对的是同性恋读者。

你独自能做些什么?答案不言自明。你并不孤独,你无法承受这份孤独。作为安全保护,那扇壁橱门远不够结实——目前甚至变得愈加危险。你必须走出来,为你自己好,也为了我们大家好。

走出壁橱公开露面的形象和隐身壁橱的形象有规律地交替着,作为救赎的确定认识,它表面上毫不含糊的公众姿态可以和壁橱所代表的模棱两可的私密形成对照:"如果每一个同性恋都走出壁橱回到家庭",上一篇文章继续写道,"一亿美国人就站到了我们这边。雇主和异性恋朋友也会增加一亿"。然而,疯河学区法庭却拒绝把一个女人的公开露面作为可信的公共话语行为来倾听,这一反应在许多对同性恋公开露面行为的冷淡反应中得到呼应:"这很好,但是为什么你会认为我想知道这一切呢?"

我们将要看到,这个世纪的同性恋思想家从来没有对进出壁橱私密空间这个折中的隐喻所具有的破坏性的自相矛盾视而不见。但正如福柯著作所揭示的,壁橱隐喻的欧洲文化渊源如此播散以及它和这个文化中的"大"(即明显的非同性恋)私密的关系如此重要,如此具有包容性、代表性,正如福科这个人物戏剧性地显示的那样,以至于简单地使用另一个隐喻也永远无法成为真正的可能。

(宋文 译)

关　键　词

壁橱认识论(epistemology of the closet)
秘密状态(secrecy)
歪曲性印象(distorting stereotype)
侮辱性审查(insulting scrutiny)
司法空间(legal space)
方法论讨论(methodological projects)
司法判决(judicial formulations)

双重束缚（double binds）
歧视同性恋的异性恋文化（heterosexist culture）
公开/露面（coming out）
公共话语行为（public speech act）
隐喻（metaphor）

关 键 引 文

1. 秘密状态的作用就是

  主体的实践，建立起私/公，内/外，主/客的对立，并使这些二元对立的第一项免遭损害。而"公开的秘密"这个现象却不像人们想象的那样能打破二元对立及削弱意识形态作用，相反却证明了其奇妙的恢复。

 2. 同性恋者的壁橱不仅仅是同性恋生活才有的特征，但是对许多同性恋者来说却是他们社会生活中的根本特色。不管他们是多么富有勇气和习惯于坦率，不管他们有多幸运地获得周围社区的支持，几乎对所有同性恋者来说壁橱生活仍然主导着他们的生存状态。

 3. 我想争辩说，自十九世纪末以来，欧洲和美国为有关同性恋事宜及其界定煞费苦心，投入了大量的精力，也吸引了很多注意力，这么做的原因就是想清楚表述同性恋与范围更大的隐藏和公开标示之间的关系，私人和公众之间的关系，这一点过去和现在都对整个歧视同性恋的异性恋文化的性别、性和经济结构构成严重的问题，这些标示具有鼓动性，但又具有危险的矛盾，浓缩进某些同性恋形象中，既压抑又持久。

 4. 走出壁橱公开露面的形象和隐身壁橱的形象有规律地交替着，作为救赎的确定认识，它表面上毫不含糊的公众姿态可以和壁橱所代表的模棱两可的私密形成对照……

 5. 但正如福柯著作所揭示的，壁橱隐喻的欧洲文化渊源如此播散以及它和这个文化中的"大"（即明显的非同性恋）私密的关系如此重要，如此具有包容性、代表性，正如福科这个人物戏剧性地显示的那样，以至于简单地使用另一个隐喻也永远无法成为真正的可能。

讨 论 题

1. "壁橱"（或"密室"）在这里指的是什么？"壁橱认知"又指的是什么？

2. 许多同性恋认为自己的确已经走出了壁橱这个小天地。但是,"壁橱"在这里被用来喻指对有关隐私和公开,个人和公众,无知和知识的一些"遏制规矩",进而把后者作为"控诉"的对象。你认为怎么作同性恋就可以走出这个所谓的"壁橱"吗?

3. 讨论下面这句话:"不管他们是多么富有勇气和习惯于坦率,不管他们有多幸运地获得周围社区的支持,几乎对所有同性恋者来说壁橱生活仍然主导着他们的生存状态。"

性别困扰(巴特勒)

朱迪思·巴特勒(1956—)任教于约翰斯·霍普金斯大学和加利福尼亚大学伯克莱分校。作为性别批评的重要学者,她在其著作《性别困惑:女性主义和身份颠覆》(1990)、《进/出》(1991)、《女性主义者对政治进行理论化》(1992)中探讨了性别身份问题中涉及的复杂现象。她的著作涉猎广泛,话题涉及哲学、电影、心理分析、性、种族等。巴特勒追寻结构主义/解构主义的传统,甚至有刻板之嫌,认为任何由生理性别/社会性别造成的身份都服务于同性恋憎恶这个异性恋立场,把任何其他的可能性都包容到这个二元对立中来:"女同性恋/男同性恋社团可以进行政治实践,不仅强调一种共享的性别身份,而且包容进各种由生理性别、社会、种族、少数族裔、经济和社会性别所造成的差异"。

女性主义理论大多假定,从妇女的类别来理解,存在有某种身份,女性不仅在话语范围内激发起女性主义的兴趣,为她们树立起目标,而且构成了政治再现追求的目标。但政治和再现都是颇有争议的术语。一方面,再现是政治过程中的一个操作性术语,旨在把妇女作为政治主体,把显示度和合法性延伸到女性;另一方面,再现行使语言的命名功能,而语言据称既会揭示又会歪曲有关女性类别的真实性假设。对女性主义理论来说,发展一种语言,来完全地充分地再现妇女,对于提高妇女在政治上的显示度很有必要。考虑到普遍存在的文化状况是妇女的生活或者是被错误地再现,或者就是根本没有得到再现,这一点就显得尤其明显和重要。

最近,这类通行的关于女性主义理论和政治之间关系的观念在女性主义话语内部遭到挑战。女性主体本身不再是稳定或永恒的术语。很多著述不仅质疑是否可以把"主体"作为再现或者解放的终极目标,而且在究竟什么可以构成或应当构成妇女这个类别方面人们莫衷一是。政治和语言学的"再现"观在范围上预先提出了标准,以此为参照形成主体,其结果就是再现的范围仅仅只能涉及如此划定的主体。也就是说,主体首先必须拥有主体资格,然后才能得到再现。

福柯指出,司法权力体系先产生出对象,其后再对它进行再现。权力的司法概念看上去用纯粹的否定术语来规范政治生活,也就是说,通过灵活多变的选择操纵,来限制、禁止、规范、甚至是"保护"与政治结构相关的个人。然而,被结构如此规定的主体,由于要臣服于结构,就要按照结构的要求被成形,被定义,被复制。如果这一分析是对的,那么把女性作为女性主义"主体"来予以再现的司法语言和政治本身就是话语形式,是某一特定的再现政治制度作用的结果,再反过头来说它促进了女性的解放。如果能说明该制度通过主导上的差异来产生社会性别主体,或是产生出所谓的阳性主体,这便会在政治上造成问题。如此一来,对解放"妇女"的制度不加批评的青睐显然有违自己的理论初衷。

巴特勒的代表作《性别困扰》,被美国批评史家李奇列为十部必读的批评论著之一。

"主体"问题对政治至关重要,尤其是对女性主义政治来说,因为法律主体都毫无二致地通过某些排斥实践而得以产生,一旦这个政治司法结构建立起来,这些实践并不"表明"出来。换句话说,对主体的政治建构中带有合法性和排他的目的,由于政治分析以法律结构为基石,所以政治运作得以有效地掩盖起来,被正当化。司法权力不可避免地"产生"出它自称仅仅要表现的东西,所以,政治必然要关注权力的双重功能:即法律功能和产生功能。实际上,法律先产生出"主体先于法律"这个概念,然后再加以掩盖,目的是为了把话语形式表现为自然的基本前提,这个基本前提接下来就把法律自身的规范性霸权合法化。仅仅查究女性如何在语言和政治中得到充分再现是不够的。女性主义批评也应该了解,"妇女"这个范畴或女性主义的主体是如何由权力结构产生并受其限制的,女性解放也是经过这个权力结构获得的。

实际上,妇女作为女性主义主体这一问题,让人们想到在法律"之前"可能就没有一个主体,等待着在法律中或者被法律再现。也许主体(还有使用表明时间的"之前"这个词)必须通过法律才能形成,把法律作为其假定拥有自身合法性的基础。这一盛行的假设,即在法律面前本体是完整的,也许可以理解为当代自然状态假设留下的痕迹,就是说,构成古典自由主义司法结构的那种基础论寓言。使用执行性的非历史术语"之前"促成了一种基础性的假设,保证了存在一种前社会的个人本体,这些个人主动同意被管理,这样就构成了社会契约的合法性。

基础论的神话支持主体观念,然而除此之外,假设"妇女"一词表示一种共同身份还使女性主义遇到另一个政治难题。"妇女"一词不是一个稳定的能指,表明一致赞同被描述或再现的所指,甚至把"妇女"作为复数形式也是一个麻烦的术语,是一个争夺的焦点,焦虑的根源。正像丹尼斯·赖利的文章标题所示:"我叫那个名字吗?"① 正是因为名字有可能具有多重意义,所以才产生出这个问题。如果一个人"是"女人,也不能完全概括那个人的一切;女人一词无法以一概全,并不是因为前社会性别的"个人"超越了特定的社会性别特征,而是因为在不同历史背景下社会性别的构成不总是前后一致的或一以贯之的,而且还因为社会性别和话语构成种族、阶级、少数族裔、生理性别和地域等身份特征相互交叉。其结果,就是无法把"社会性别"从产生并保持它的政治、文化的交叉作用中分离出来。

巴特勒的著作《至关重要的身体》(1993)

某种政治假设认为一定存在有女性主义的共同基础,可以在跨文化的语境中找到它的身份,这一假设通常伴随着了一种观点,认为女性压迫具有某种单一的形式,可以在父权或男性占主导的普遍或霸权结构中辨别出来。近年来,普适的父权制观念已受到广泛的批评,原因在于它不能解释在存在有女性压迫的具体文化背景下性别压迫是如何作用的。如果这些理论要顾及不同的文化背景,也从一开始就假定要寻找的是普遍原则的"个案"或"实例"。女性主义的理论形式已经遭到批评,因为它力图殖民和改变非西方文化,来支持充满西方色彩的压迫观念;同时,女性主义者还力图建构一个"第三世界",甚至"东方"世界,其中的性别压迫被精妙地解释为一种非西方的本质的野蛮行径。女性主义急于建立父权制的普适地位,以加强自诩的代表性,这一需要间或激发了一种省事的做法,即寻找统治结构分类上的或虚构的普适性,以此来造就女性普遍的屈从经历。

尽管普适的父权制主张不再有往日的信誉,但是共享的"女人"观以及由此构架引申出的推论却很难被取代。当然许多不同意见在相互争论:在女性受压迫之前,"妇女"之间有共性吗?或者仅仅由于受到压迫"妇女"就被联系到一起吗?独立于从属男性统治文化的女性文化有没有自身的特殊性?女性文化或语言实践的特殊性和完整性是不是总是和强势文化相提并论并被后者的语言加以说明?有没有可区分识别的"女性特别"领域,既不

---

① 赖利(Denise Riley),1948— ,见本单元前注。

同于男性领域,也由于某种未加标识的因而也是假设的普适性"妇女"而显露出这种不同?阴/阳二元对立不仅构成了排斥框架,在此框架内可识别出女性的特殊性,而且女性的这种"特殊性"同时又一次和其背景完全相剥离,在分析时从政治上脱离了阶级、种族、少数族裔以及其他权力关系轴,这些权力关系组成了"身份",并使单一身份概念成为一种错误。

  我的建议是,假设女性主义具有主体的普适性和统一性被再现话语的限制有效地削弱了,这个主体要在再现话语中行使其功能。实际上,坚持认为女性主义主体具有稳定性,把女性类别看作浑然一体,这些都是不够成熟的想法,不可避免地造成许多人对这一类别加以拒绝。这些排斥域表明了该结构的强制与规诫的后果,即使该结构的详尽阐述是为了解放女性的目的。事实上,女性主义内部的分化和女性主义声称所代表的"女人"却对女性主义提出对立意见,这些都表明了身份政治的局限性。有人建议,女性主义应该在更大的范围里寻求对主体的再现,而不仅囿于自说自话;但这也会导致矛盾的后果,即如果拒绝考虑女性主义自己的表现中所包含的建构力量,女性主义的目的就有达不到的危险。仅仅为了"策略"的目的而求助于女性分类并不能使这一问题得到改善,因为策略包含的意义总是超过使用策略的本意。在此,排斥本身可以看作这样的超出原意却又带来重要后果的意义。女性主义为了符合再现政治的要求,表达了一个稳定的主体,却由此被指责为严重误解。

巴特勒参与编写的《巴特勒读本》(2003)

  要完成的政治任务显然不是拒绝再现政治——似乎我们能够拒绝似的。语言和政治的司法结构组成了当今的权力领域;因此,我们的位置不可能超出这一范围,只能是对其自身的合法性行为进行一种谱系批评。因此,正如马克思所说的那样,批评的出发点是历史的今天,其任务就是在这个已经构成的框架内,对当今司法结构使之成形、正当化和固定化的身份类别进行批评。

  在文化政治发展的这个时刻,一个被人称为"后女性主义"的时期,可能会出现一个机会,从女性主义的视角内部来反思建构女性主义主体这个迫切要求。在女性主义政治实践内部,似乎有必要对身份的本体建构进行一番彻底的再思考,以便形成一种再现政治,用其他的方法振兴女性主义。另一方面,也许到了设想一种激进批评的时候,使女性主义理论不需要建立一种唯一的持久的基础,因为这个基础会不可避免地排斥持其他身份观和反身份观的人士,会不可避免地受到这些人的反对。这种排除的做法把女性主义理论建立在妇女作为主体的观念之上,会不会反而削弱女性主义进一步要求"再现"权的目标?

可能问题更为严重。把女性建构为一种连贯、稳定的主体范畴是对社会性别关系不明智的规定和物化吗?难道这样的物化不是恰好和女性主义的目的南辕北辙吗?在多大程度上女性范畴可以是稳定和一致的,是不是仅局限于异性恋模式?如果稳定的性别观念不再是女性主义政治的基本前提,很可能一种新型的理想的女性主义政治可以对抗性别和身份的物化,这种女性主义政治会把身份的不同建构方式看作是方法论和规范化的前提,即使不是它的政治目标。

追查那些促成和掩盖了使女性主义具有司法主体资格的政治运作方式,正是对女性分类进行女性主义谱系学研究的任务。在质疑"女人"作为女性主义主体的努力中,对女性类别不加质疑的援引可能会导致把女性主义排除在再现政治之外。有些主体的建构是通过排除那些达不到对主体不成文的规范要求的人来实现的,把再现的范围扩大到这样一些主体,这样做又有什么意义呢?当再现成为政治的唯一焦点时,我们无意间维护的是什么样的支配和排除关系?如果主体的形成发生在某一个权力领域,但是这个权利领域在我们明确女性主义政治的基础时通常会被掩盖,那么女性主义主体的身份就不应当成为女性主义政治的基础。也许听上去有些自相矛盾:只有在"妇女"的主体无从假定的时候,"再现"对于女性主义才有意义。

性别研究的理论先驱福科本人也是同性恋者

(吴文安 校)

关 键 词

显示度(visibility)
合法性(legitimacy)
主体(subject)
社会性别主体(gendered subjects)
规范性霸权(regulatory hegemony)
社会契约(social contract)
共同基础(universal basis)

结构分类上的/虚构的普适性(categorical/fictive universality)
再现政治(representational politics)
谱系批评(critical genealogy)
彻底的再思考(radical rethinking)
性别和身份的物化(reifications of gender and identity)
女性主义谱系学研究(feminist genealogy)
支配和排除关系(relations of domination and exclusion)

关 键 引 文

1. 但政治和再现都是颇有争议的术语。一方面,再现是政治过程中的一个操作性术语,旨在把妇女作为政治主体,把显示度和合法性延伸到女性;另一方面,再现行使语言的命名功能,而语言据称既会揭示又会歪曲有关女性类别的真实性假设。对女性主义理论来说,发展一种语言,来完全地充分地再现妇女,对于提高妇女在政治上的显示度很有必要。

2. 福柯指出,司法权力体系先产生出对象,其后再对它进行再现。权力的司法概念看上去用纯粹的否定术语来规范政治生活,也就是说,通过灵活多变的选择操纵,来限制、禁止、规范、甚至是"保护"与政治结构相关的个人。然而,被结构如此规定的主体,由于要臣服于结构,就要按照结构的要求被成形,被定义,被复制。如果这一分析是对的,那么把女性作为女性主义"主体"来予以再现的司法语言和政治本身就是话语形式,是某一特定的再现政治制度作用的结果,再反过头来说它促进了女性的解放。

3. 司法权力不可避免地"产生"出它自称仅仅要表现的东西,所以,政治必然要关注权力的双重功能:即法律功能和产生功能。实际上,法律先产生出"主体先于法律"这个概念,然后再加以掩盖,目的是为了把话语形式表现为自然的基本前提,这个基本前提接下来就把法律自身的规范性霸权合法化。仅仅查究女性如何在语言和政治中得到充分再现是不够的。女性主义批评也应该了解,"妇女"这个范畴或女性主义的主体是如何由权力结构产生并受其限制的,女性解放也是经过这个权力结构获得的。

4. "妇女"一词不是一个稳定的能指,表明一致赞同被描述或再现的所指,甚至把"妇女"作为复数形式也是一个麻烦的术语,是一个争夺的焦点,焦虑的根源。

5. 要完成的政治任务显然不是拒绝再现政治——似乎我们能够拒绝似的。语言和政治的司法结构组成了当今的权力领域;因此,我们的位置不可能超出这一范围,只能是对其自身的合法性行为进行一种谱系批评。因此,正如马克思所说的那样,批评的出发点是历史的今天。其任务就是在这个已经构成的框架内,对当今司法结构使之成形、正当化和固定化的身份类别进行批评。

讨 论 题

1. 巴特勒谈及作为女性主义主体的"女人"时,指的是什么?在哪些方面她的讨论和性别研究有关?

2. 根据巴特勒的看法,女性主义具备某种自己的身份有什么好处和坏处?为什么巴特勒对传统的女性主义如此不满?她到底需要什么样的女性主体?

3. 讨论下面这句话:"如果稳定的性别观念不再是女性主义政治的基本前提,很可能一种新型的理想的女性主义政治可以对抗性别和身份的物化,这种女性主义政治会把身份的不同建构方式看作是方法论和规范化的前提,即使不是它的政治目标"。

阅 读 书 目

Abelove, Henry, Michèle & David M. Halperin eds. *Lesbian and Gay Studies Reader*. New York & London: Routledge, 1993

Bullough, Vern L. *Homosexuality, A History*. New York: The New American Library, 1979

Butler, Judith. *Gender Trouble. Feminism and the Subversion of Identity*. New York & London: Routledge, 1990

Cowley, Malcolm. *Exile's Return, A Narrative of Ideas*. New York: W.W. Norton & Company, Inc. Publishers, 1934

Dynes, Wayne R. ed. *Encyclopedia of Homosexuality*. New York & London: Garland Publishing, Inc., 1990

Federman, Lillian. *Surpassing the Love of Men, Romantic Friendship and Love Between Women from the Renaissance to the Present*. New York: William Morrow and Company, Inc., 1981

Foucault, Michel. *Volume 1 of the History of Sexuality*. Trans. Robert Hurley. Harmondsworth: Penguin, 1981

— *The Use of Pleasure, Volume 2 of the History of Sexuality*. Trans. Robert Hurley. Middlesex: Viking, 1985

Frank, Thomas. *The Culture of Cool: Business Culture, Counterculture, and the Rise of Hip Consumerism*. Chicago: U of Chicago P, 1997

Hoogland, Renee C. "Hard to Swallow: Indigestable Narratives of Lesbian Sexuality." *Modern*

Fiction Studies. 1995. Vol. 41. No.3—4

Jagose, Annamarie. *Queer Theory*. Carlton South: Melbourne UP, 1996

Morris, Pam. *Literature and Feminism, An Introduction*. Cambridge: Blackwell, 1993

Munt, Sally ed. *New Lesbian Criticism, Literary and Cultural Readings*. New York: Columbia UP, 1992

Ormand, Kirk. "Positions for Classicists, or Why Should Feminist Classicists Care about Queer Theory?" Paper delivered at the Princeton conference on "Feminism and the Classics: Setting the Research Agenda", 1996

Raymond, Janice G. "Putting the Politics Back into Lesbianism". *Women's Studies International Forum*. Vol. 12. No. 2, 1989

Sedgwick, Eve Kosofsky. *Between Men, English Literature and Male Homosocial Desire*. New York: Columbia UP, 1985

Simpson, Mark ed. *Anti Gay*. London: Freedom Editons, 1996

Warner, Michael ed. *Fear of A Queer Planet*. Minneapolis & London: U of Minnesota P, 1995

Weeks, Jeffrey. *Coming Out: Homosexual Politics in Britain from the Nineteenth Century to the Present*. London: Quartet Books, 1972

Wilton, Tamsin. *Lesbian Studies: Setting An Agenda*. London & New York: Routledge, 1995

Wolf, Margery & Roxane Witke eds. *Women in Chinese Society*. Stanford: Stanford UP, 1975

Zimmerman, Bonnie & Toni A.H. McNaron eds. *The New Lesbian Studies, Into the Twentieth-First Century*. New York: The Feminist P, 1996

史安斌:《"怪异论"理论及其对文学研究的影响》,《外国文学》1999.2

王晓路:《性属理论与文学研究》,《文艺理论与批评》2003.2

朱刚:《从 SCT 看二十世纪美国批评理论的走向》,《英美文学论丛》(第二期),上海外语教育出版社,2001

——《新编美国文学史》(第二卷),上海外语教育出版社,2002

结 束 语

二十世纪西方批评理论庞大而复杂,论及的问题触及现当代西方社会生活的各个角落;并且由于它的泛文化倾向,使它自身的轮廓越来越不清晰,对它的理论界定、评述越来越困难。现当代西方批评理论各个流派内部也是如此。如果说俄苏形式主义、英美新批评尚能较容易地进行理论归纳,其后的诸流派内部则见解纷呈,各执一词,莫衷一是,越来越难找到能为各方所接受的"基本观点",甚至常常连所谓的代表性人物都难以确定①。如说到后殖民主义批评理论自然使人想起赛义德,但赛义德也只是早期后殖民主义问题讨论中的主要发言者,眼下很多人也许并不认为他在某些方面会比其他后殖民主义理论家更加重要。理论家个人也是如此。他/她的理论视角经常变换,此一时彼一时,已经无法用某个单一的"主义"对他/她进行理论概括。如早期和后期的巴特很不一样,卡勒从结构主义过渡到解构主义及后现代主义,米勒也早就结束了解构主义著述,伊瑟尔不时地站出来继续解释几句他的"读者反应"批评,但他有关读者反应批评的理论建树早在八十年代就已经停止,而且除了作为阶段性成果或者流派介绍之外,很少继续讨论。像德里达、斯皮瓦克、克里斯蒂娃等理论家,也早已今非昔比了。

这些现象说明,"批评理论"在不断发展更新,因为"理论"的功能是提供思考的可能性,一旦思考近乎完满,就意味着一种"理论"接近消亡,将要被另一种理论所取代。卡勒在一部批评理论史的结尾说:

> 理论提供的不是一套解决问题的办法,而是继续思考的前景。它要求致力于阅读,挑战先见,质疑思考的出发点。它是不停的思考过程,不因某个简短介绍的

---

① "今日的理论是一个松散的联邦制政体,疆界相互渗透,没有统一的宪法,各州使用的语言类似于一种混合方言。整个联邦不像一个中央集权的超级大国,或者说,更像不断膨胀却又互不买账的欧盟。"(Jennifer Howard. "The Fragmentation of Literary Theory." The Chronicle of Higher Education. December 16, 2005)这个比喻还有欠缺:欧盟松散,但成员国毕竟是独立的主权国家;而各个理论流派本身都是一种混沌体,要明确"国家元首"不那么容易。

结束而结束(Culler，1997: 122)。

　　这也是本书在结束时要告诉读者的话：现当代西方批评理论开阔了人们的视野，这是它最主要的功绩；在它的推动下，人们将继续思考，继续探索，继续质疑。

　　现当代西方批评理论的一个特征，就是理论的文化属性越来越明显。任何理论总是来自社会现实，而文化则是社会现实的集中体现。因此，理论自然要和文化互为依托，反映并阐释社会现实。但是近二十年，文艺批评有泛文化评判之嫌，不仅使遵循人文传统的人士不知所措，甚至某些新潮理论权威也有追悔莫及之感。如后殖民主义理论元老赛义德九十年代撰文，指责当代批评理论的泛文化趋势，痛感当今人文传统消失，人文精神淡薄，人文责任丧失，称之为"人文的堕落"。同时他疾呼，去除浮躁情绪，回复旧日的细读传统，培养基本功扎实的"文学家"。赛义德似乎在说，儒雅固然不可取，但是知识分子的社会精英地位也不可忘记(Said 1999: 3—4)①。实事求是地说，以后现代文化研究为代表的西方文艺文化批评理论确实对学术界，尤其对大学的教育体制造成很大的冲击②。物极必反，新世纪批评理论向传统回归也未必不会发生。这种现象本身也是对当代西方社会现实的反应，也是一种文化现象。批评理论的走向如何目前尚难预测，但是可以肯定，即使回归传统，也是一种更高层次上的回归，二十世纪批评理论的文化属性将会以新的方式继续得以光大。

　　但是上面这种状况还有更深层次的原因。马克思主义告诉我们，文化现象总是社会现实的反映。造就了现当代西方批评理论蓬勃发展的是六十年代剧烈动荡的社会现实，像福柯、德里达、詹明信、克里斯蒂娃、伊瑟尔、姚斯等为数不少的"理论家"对当时的社会革命(不论是中国 1966 年还是法国 1968 年的群众运动)给予了极大的认同，并在书斋里进行着"理论上的实践"(praxis)(甚至也有人上街身体力行)。从某个意义上说，批评理论是文化革命的结果，是激烈动荡年代的产物。时过境迁，八十年代之后西方世界发生

---

① 这里后殖民主义者赛义德已经消失，出现的是理论生涯初期(即六十年代中期写作博士论文《约瑟夫·康拉德及自传的虚构性》时)的赛义德。这似乎是理论的一种倒退，因为七十年代美国学研究的重要理论家里查德·欧曼便从英语教学入手进入文化研究，赛义德的《东方主义》也随后跟进，文化研究很快形成气候并达到高潮。现在，倒是又想退回当初的"文学"研究了。
② 后现代理论的学院化倾向越来越重，语言越来越晦涩抽象，和大学(尤其是本科生)教育脱节，很难吸引学生。而且现代理论范围无限扩大，使教师学生无所适从，教学计划难以制定。后现代理论多出自英文系，但却和英文越来越没有关联，英文系的传统教学内容反而成了理论的怀疑对象(陶洁 1995: 100—105)。这一切的始作俑者包括赛义德本人，现在赛义德本人也开始加以抱怨了。

了巨大的变化,尤其是里根-撒契尔-老布什当政以来,英美社会全面向右转,保守主义"回潮"(backlash)愈加明显。在这种大环境之下,批评理论的"批判性"很难继续施展①。

此外,批评理论赖以生存的社会基础也发生了变化。二十世纪二十年代至五十年代美国存在一个不断庞大的中产阶级,即美国梦阶层,从中产生出一大批独立和批判意识很强的知识分子和社会活动家,对各种社会不公进行批判。但是二十世纪末这个阶层几乎已经不复存在了,取而代之的是哈佛大学法语教授爱丽斯·佳丁(Alice Jardine)所称的"拥有"(access)阶层,即那些享有和掌握技术科学、教育资讯、互联网、医疗福利等等的阶层,拥有者更难"独立"。今日的美国社会正在这个意义上两极分化,而且分化的速度越来越快,从"不拥有"转到"拥有"越来越困难。以上的原因使批评理论失去了很大一部分活动家和追随者。

后现代社会也使批评越来越难和现实挂起钩来。泛滥的化妆品、美容院"可以把最开放的新女性变为她维多利亚祖母所期望的那种洋娃娃",女性主义的战斗精神也很难招架女明星的脂粉气②。因此一些后结构主义批评家对理论的批判效果不仅十分怀疑,甚至十分悲观。如福科早就指出,现代资本主义社会为了消融异己力量,需要消除话语屏障,更好地控制话语传播,最大限度地降低异己理论的破坏力,因此也需要理论进行一些对现实不会造成伤筋动骨的"批判"。斯皮瓦克也坦言,和资本主义意识形态全球化相比,批评理论显得微不足道,用理论来"匡正时弊"只是理论家的"幻想",自居"边缘"的"世俗知识分子"甚至就是中心的同谋。莫菲也说过,理论批判犹如摘除引信(defused)的炸弹,看上去来势汹汹,却不会给对手造成实质性危害③。因此,当今的批评理论越来越学院化、体制化(institutionalized),封闭在象牙塔里,沦为批判对象的工具,不停地复制出它原本想消除的对象,

---

① 这种情况有些类似于八十年代之后国内相声发展面临的困境:作为一种专事讽刺批评的文艺样式,如果失去了批判对象(或者从批评社会文化转到拿自己"开涮",正如批评理论常常感到对社会现实无奈而自责一样),失去了听众的关注和兴趣,无法适应新的社会变化,找不到新的兴奋点,就会出现所谓的"不景气"。

② Gilbert, Sandra M. & Susan Gubar eds. The Norton Anthology of Literature by Women, the Tradition in English. New York: W. W. Norton & Company, 1985. pp.162—183, 1654—1676.

③ 参见 Michel Foucault. The Archaeology of Knowledge and the Discourse of Language. New York: Pantheon Books, 1972. pp.228—229; Edward Said. Representations of the Intellectual, the 1993 Reith Lectures. New York: Pantheon Books, 1994. pp.xvii, 22; G. C. Spivak. The Post-Colonial Critic, Interview, Strategies, Dialogues. Sarah Harasym ed. London & New York: Routledge, 1990. pp.62—63, 135, 156; Michael Belok V. ed. Post Modernism, Review Journal of Phylosopgt and Social Science. vol. xv. No. 1 &2. India: ANU Books, 1990. p.7

所以越来越难"批判"现实。

当代西方批评理论的发展变化,可以通过美国"批评理论学院"(School of Criticism and Theory)窥得一斑。批评理论学院自称是美国当今集中研讨批评理论最好的场所,欧美一流的批评理论家在那里讲过学,其中中国学者较为熟悉的有德里达、德·曼、波逖(Richard Porty)、托多洛夫、赛义德、詹明信、巴特勒、怀特、伊格尔顿、伊瑟尔、莫娃等。1976年批评理论学院在加利福尼亚大学 Irvine 分校正式成立,首届讲习班开学。此后每年举办一期,学员来自世界各地,每期平均八十五人左右。批评理论学院的办学宗旨来自于四十年代后期建于俄亥俄州肯庸学院的"肯庸人文学院"(Kenyon School of Letters),旨在向美国学术界(尤其是高等院校)推广当时正处于巅峰的英美新批评,当时的著名学者博克(Kenneth Burke)、维姆萨特、沃伦、韦勒克及一些欧洲学者都去讲过学。五十年代"肯庸人文学院"转到印第安纳大学,名称也改为"印第安纳人文学院"(Indiana School of Letters),但很快寿终正寝,被印第安那大学"兼并"。

六十年代中期新批评之后新的理论纷至沓来,亚当斯(Hazard Adams)、哈特曼(Geoffrey Hartman)等人决定成立一个机构,研习和推广批评理论。为了避免走"肯庸人文学院"的老路,他们采取流动办学制,不和挂靠的大学产生隶属关系。所以这些年来批评理论学院一直在流动着:1976年在加利福尼亚大学伊文(Irvine)分校,接着转移到西北大学,四年后移师 Darmouth 学院,1996年来到康奈尔大学,很快还会继续"移动"。赛义德曾经把批评理论的性质归纳为"漂移"(traveling),即批评理论如果要保持批判性,就有必要不时地"漂移",以便打破自我封闭,不断处于交流对话发展状态,防止被"物化"成资本主义的一件商品①。这和中国古人"流水不腐,户枢不蠹"的观念十分近似。

批评理论七八十年代在美国迅速发展,进入大学研究生院,成为研究生的必修课和本科生的选修课。此时批评理论学院也突破单纯的知识介绍和传授,提供机会让学员亲身体会新理论新方法。比如学员们在学校研读德里达的著作,然后到"批评理论学院"面对面地和德里达本人进行交流、争论,为此批评理论学院邀请了一大批欧美著名理论家来授课和讲学,其学员很多在理论界崭露头角,如《诺顿批评理论选集》的主编文森特·李奇。八十年代后期,批评理论学院针对批评界对纯理论的批评,更加注意批评理论和现实世界的关系,扩大"理论"的涵盖范围,把艺术,历史,思想史,甚至法

---

① Edward Said. *The World, the Text, and the Critic*. Cambridge: Harvard UP, 1981. pp.226—247,另见第十二单元"后殖民主义批评理论"。

学等包括进来。如在 2000 年第二十四期的批评理论学院上，六个星期的专题研讨有四个：少数裔文学，文学系统论，二战时期的屠犹（holocaust）研究，加缪研究；内容上包括文化、文学、历史、思想史；两星期的系列讲座有两个：当代法国思潮、艺术史和英美当代诗歌理论；以及五个讲座，内容包括性别研究，哲学，法学理论等。参加授课或讲座的知名学者有伊利诺伊大学的费希（Stanley Fish），加州大学伯克利分校的巴特勒（Judith Butler），布朗大学的周蕾（Rey Chow）等。

参加第二十四期 SCT 的学员仍然是美国（少数欧洲和亚洲）大学里的优秀博士生和青年教师，但是一种悲观的情绪一直弥漫在学生和教授们中间，大家尽管不说，似乎都心知肚明。这种心情，可以说都让批评理论的最大解构者，或许就是当今美国批评理论界的权威斯坦利·费希所一语道破。费希早年的研究方向是十七世纪英国文学，所作《为罪恶所震惊》（"Surprised by Sin" 1967)）被认为"永远地改变了弥尔顿研究的方向"，获得美国弥尔顿研究会颁发的成就奖。七十年代起他涉足批评理论，其情感文体学、阐释集体说使他成为当时美国主要的读者批评理论家，被解构主义批评家德·曼称为"极少数真正懂得批评理论的人之一"。八十年代末费希在《顺其自然》（Doing What Comes Naturally）一书里对形式主义做了迄今最为深刻的剖析，但也就在这里他指出：如果我们不再自欺欺人，就应当承认，形式主义其实一直就是人们思维的普遍样式。这个结论既深刻又无可奈何，表露出后结构主义者的一种"大彻大悟"，倒和英美新批评家韦勒克有些默契，后者在八十年代曾不无自豪地宣称："未来的时代将重新回到新批评所开创并反复申明的许多真理"①。八十年代起费希依赖文学阐释学基础转向法学理论研究，是当今美国重要的法学理论家。1994 年费希出版《没有言论自由这么回事，而且这是一件好事》（There Is No Such Things As Free Speech, and It's A Good Thing, Too），1995 年出版《专业正确》（Professional Correctness）②。在这两本书里，他阐述了自己对批评理论的看法。这种看法集中体现在 2000 年 7 月 21 日他在康奈尔大学为"批评理论学院"所做的题为"理论最少论"（"Theory Minimalism"）的讲演里，说明的就是"理论无用论"。

费希所谓的"理论"指脱离具体历史境况、被高度抽象化、并且放之四海而皆准的概念，如"自由"、"平等"、"博爱"、"宽容"、"中立"、"多元化"等等，

---

① René Wellek & Austin Warren. The Attack on Literature. Chapel Hill: U of North Carolina P, 1982. pp. 87,102

② 这里费希在玩文字游戏："Professional Correctness"对应的是"Political Correctness"，两个短语的缩写都是"PC"，前者批评的是批评理论的政治化和跨学科倾向，曾一度非常时髦。

而把通常意义上的批评理论称之为"概括"。虽然费希竭力说明"理论"不等于"概括",但是两者只是层次不同,性质上完全一样。如不论"理论"还是"概括"本身都没有实质性内容,却据称适用于普遍的具体个案。理论化或概括化的思想来自于六十年代初的语言学转向,当时的各种语言学学派(乔姆斯基语言学,计算机语言学,话语行为理论,巴赫金的语言范畴等等)有一个共同的基本观点:发现并描述语言形式的普遍系统/结构,将它应用于文本,以便产生"正确"的阅读。所谓"正确"就是超然于语言使用者出身背景、个人好恶之外,放之四海而能被普遍接受。这种对文学语言规律的"概括"就已经是费希所称的"理论"了。二十世纪后半叶法学理论界也在寻找类似的对法律行为的"正确"解释。当时法学理论界有一个重要说法:"实践无控制",即实践本身不会为实践者提供实践行为所需要的控制和指导,需要依赖更高层次上更加普遍抽象的概括,即理论。但费希则认为:文学界或法学界这种想法太天真,因为理论提供的充其量只是一种修辞手法;这种"修辞"可以以不同的方式被加以利用,但却对实践并非不可或缺。也就是说,不论你有没有某种法学/文学理论,也不管这种理论正确与否,它都不会对实际判案/文学阅读产生明显影响。它只是实践的一个"元论述",而不能开出如何进行实践的药方。

切断了理论和实践的联系之后(即"理论"无法指导实践),费希进一步切断理论本身相互间的联系。在《专业正确》里,他特别强调所谓"任务的专门性"(distinctiveness of tasks),即每一个学科都有各自的独特性、专门性与集中性(specificity and density),因此不同的理论实践(praxis)之间无法进行沟通或者转换。对于有人试图寻找一种理论视角来包容多种理论范围,如有的文学家想跻身于史学家、思想家或者哲学家,费希认为是个大错误,其结果反而会导致文学批评的终结。基于此,费希直言不讳地批评一些跨学科的研究方法,如新历史主义和后殖民主义。

理论和现实、理论和理论之间的联系一旦切断,理论也就真的没有什么作为了。费希反对把学科变成政治工具,认为批评六十年代之后形成的"政治正确"的作法(即批评的政治化)。他说,如果认为批评理论应当产生实际效果,应当正面影响人们的实际活动,就太天真了。理论界常以女性主义作为理论影响现实的正面例证。费希则辩解到,学术界的女性主义(性别研究也是如此)来自于大规模社会运动,而不是女性主义理论会"指导"妇女解放运动。当然女性主义在一定程度上积极介入了社会运动,但是即使没有这样的学术实践,这些社会运动照样会产生和发展。他的结论是:要指望由学术思想来引发社会变革是极其困难的。费希承认,他的观点代表了近二十年法学理论界的一种"反理论"思潮,即理论行为尽管可以实施,但其最终结论通常并不"正确"。在法学理论界,两个人可以代表不同的理论流派,但面对同样的法律事实,两人极有可能得出相同的结论;或者两人得出的结论相反,但原因并不是因为两人的"理论"不同。也就是说,"理论立场"和"实践结果"并没有直接的逻辑因果联系。美国法学界曾经对第一修正案(first amendment)展开过理论争论,有原本论(originalism,即对美国宪法的阐释要依照宪法制定者的原本意图)和阐释论(interpretivism,即可以用今日需要来解释美国宪法)之争。费希认为,不论持哪一种"理论",对实际判案的结果都不会产生明显的影响。这种情况在文学研究里也如此。比如费希称自己是坚定的"意图论"者,认为文学阐释的合法性必须依照作者的原始意图来衡量。有人也许竭力反对意图论①,但在解释具体诗歌时,这两种理论差异不会使文本阐释有明显的不同。

如果说六十年代之后出现的各种后结构主义理论思潮尚想以文本化的方式介入现实社会的话,费希则把后结构主义尚存的一丝幻想彻底消解了。与此同时,尽管费希一再夸大理论和现实的距离。他本人却频频介入美国政治,不断出现在美国主要媒体(这在美国批评理论界很少见),而他所宣扬的正是批评理论无用论。作为理论家,费希思维敏捷,逻辑严密,推论具有极大的说服力②,因此在他的宣传下"理论"的光环正逐渐褪色,"理论无用论"反倒成了新的时尚。赛义德早年对"理论"怀有戒心,因为大凡-ism 总是书斋的产物,为某个政治制度服务。他喜欢"批评",因为"criticism"虽然也是-ism,却不指任何理论,从事的只是颠覆和批判。因此,"批评家的工作就是抵制理论,让它进入历史现实,进入社会,与人类的需要和利益相吻合,使之对应于日常生活中的具体现实"③。但他今天却不得不面对这样的事实:在当今西方社会,"理论突破"成了"理论陷阱",理论批评成了纸上谈兵,替批评者个人在学术机构里谋取一些好处,除此之外,批评理论别无他用:"福科用理论在自己四周围了一圈,把自己和跟随他的人统统关进了这个特殊的领地"④。这使人想起詹明信对俄苏形式主义、结构主义、解构主义的批评:

---

① 在维姆萨特和比尔兹利发表《意图谬误》(The Intentional Fallacy,1946)之后,意图论的确已经名声不佳;结构主义、后结构主义时代依赖作者意图的人越来越少。

② 费希的能言善辩在八十年代初和德国接受美学家伊瑟尔的论战中就已经初露锋芒,逼得这位曾经和美国读者批评并肩作战的战友只能环顾左右而言他(参阅 Stanley E. Fish, "Why No One's Afraid of Wolfgang Iser" 及 Wolfgang Iser, "Talking like Whales — A Reply to Stanley Fish." Diacritics. vol. 2. 1981)。

③ Edward Said. The World, the Text, and the Critic. Cambridge: Harvard UP, 1981. pp.241—242

④ Ibid. pp.243—245

它们"顺着自己观念牢房的围墙向前摸索,从牢房内部描述这个牢房,但又似乎把它说成只是一种可能的世界,而其他的世界又想象不出"①。按照费希的说法,理论本来就只能安分守己,"越界"反而不"自然"。这就是世纪之交批评理论所处的尴尬境地。

后结构主义思潮的代表德里达去世之后,《纽约时报》宣称,"宏观大论"的时代结束了;其实前一年(2003年)四月《时代周刊》就报道过芝加哥大学的一次关于批评理论现状的研讨会,报道的标题就是"最新的理论就是理论无关大旨"(Howard 2005)。无论如何,二十世纪五花八门的西方人文思潮冲击着传统文化,六十年代开始的"文化革命"的精神至今还在以某种不同的形式继续着,只不过不再那么锋芒毕露了。回想这场曾经的"文化革命",有人觉得茫然,有人感到惋惜,有人则痛心疾首,也有人感到忧心忡忡,对未来不无焦虑。但是二十世纪已经结束,新的世纪已经开始。不论人们如何怀念"昔日的好时光"②,总要面对未来。二十世纪西方文艺批评理论的发展脉络告诉我们,随着科技的进步和后现代意识的深入,人文思潮将会进一步发展,因为正如盛宁先生所言:经过一番"理论洗礼"之后,我们"再也无法回到前理论的纯真时代了"③。不管我们喜不喜欢,社会生活将迫使理论去面对现实,思考现实,解释现实,并且在这个过程中"理论"会不断得到更新。如果批评理论还有可能继续发展、还会继续发挥作用的话,也许这就是它的唯一出路④。

阅读书目

Adams, Hazard ed. *Critical Theory Since Plato*. New York: Harcourt Brace Jovanovich, Inc., 1971

Adams, Hazard & Leroy Searle eds. *Critical Theory Since 1965*, Tallahassee: U Presses of Florida, 1992

---

① Fredric Jameson. *The Prison-House of Language, A Critical Account of Structuralism and Russian Formalism*. Princeton & London: Princeton UP, 1972. p.186

② 这里的"好时光",一指二十世纪六十年代之后的文化反叛时代,亦即后结构主义时代,也指之前的儒雅文化时代,亦即后结构主义所要颠覆之时代。后者的来势凶猛,力图拆除后结构主义"政治正确的庙堂",消除文化研究、后殖民主义研究、族裔研究等"十字军运动"造成的邪恶影响,把被"媒体大学"(mediaversity)搞乱的传统恢复成昔日的文学圣殿(university)。(哈罗德·布鲁姆:"中文版绪言",《西方正典》,江宁康译,译林出版社,2005年,第1—3页)

③ 盛宁:《对"理论热"消退后美国文学研究的思考》,《文艺研究》2002年第6期,第14页

④ "结束语"的部分内容参见:《世纪之交的美国文学批评理论——尴尬》,《文艺报》,2000/11/21;《对理论的思考——斯坦利·费希访谈录》,《当代外国文学》,2001年第1期;《从SCT看二十世纪美国批评理论的走向》,《英美文学论丛》(第2期),上海外语教育出版社,2001

Bate, Walter Jackson ed. *Criticism: The Major Texts*. San Diego: Harcourt Brace Jovanovich, Publishers, 1970

Bressler, Charles E. *Literary Criticism, An Introduction to Theory and Practice*. 2nd ed. New Jersey: Prentice Hall, 2003

Davis, Robert Con & Ronald Schleifer eds. *Contemporary Literary Criticism*. New York & London: Longman, 1989

Eagleton, Terry. *Literary Theory, An Introduction*. Minneapolis: U of Minnesota P., 1985

Jefferson, Ann & David Robey eds. *Modern Literary Theory — A Comparative Introduction*, New Jersey: Barnes & Noble Books, 1986

Latimer, Dan *Contemporary Critical Theory*. San Diego: Harcourt Brace Jovanovich, Publishers, 1989

Leitch, Vincent B *American Literary Criticism, from the 30s to the 80s*. New York: Columbia UP, 1988

— et al. *The Norton Anthology of Theory and Criticism*. New York & London: W. W. Norton & Company, 2001

Lodge, David. *20th Century Literary Criticism*, London: Longman Group Ltd., 1972

Makaryk, Irena R. ed. *Encyclopedia of Contemporary Literary Theory*. Toronto: U of Toronto P, 1997

Newton, K. M. Ed. *Twentieth Century Literary Theory, A Reader*. London: Macmillan Education Ltd., 1988

Selden, Raman. ed. & intro. *The Theory of Criticism: From Plato to the Present*. Edinburgh: Pearson Education Limited, 1988

Spikes, Michael P., *Understanding Contemporary American Theory*. revised ed. Columbia: U of South Caroline P., 2003

Rivkin, Julie & Michael Ryan eds. *Literary Theory: An Anthology*. Malden: Blackwell, 1998

Trilling, Lionel. *Literary Criticism An Introductory Reader*. New York: Holt, Rinehart and Winston, Inc., 1970

钱钟书:《管锥编》,中华书局,1979

盛宁:《二十世纪美国文论》,北京:北京大学出版社,1994

R.E. 斯皮勒:《美国文学的周期》,王长荣译,上海:上海外语教育出版社,1990

游国恩等:《中国文学史》(四卷本),北京:人民文学出版社,1984

张子清:《二十世纪美国诗歌史》,长春:吉林教育出版社,1995

朱立元:《当代西方文艺理论》,上海:华东师范大学出版社,1997